Katarzyna Wielka

Gra o władzę

Ewa Stachniak

Katarzyna Wielka
Gra o władzę

tłumaczenie autoryzowane
z języka angielskiego
Ewa Rajewska

KRAKÓW 2012

Tytuł oryginału
The Winter Palace

Copyright © 2011 Eva Stachniak

Copyright © for the translation by Ewa Rajewska 2012

Projekt okładki
Magda Kuc

Opieka redakcyjna
Anna Pasieka-Blycharz
Ewa Polańska

Adiustacja
Ewa Polańska

Korekta
Katarzyna Onderka

Projekt typograficzny
Irena Jagocha

Łamanie
Piotr Poniedziałek

ISBN 978-83-240-1729-4

Książki z dobrej strony: www.znak.com.pl
Społeczny Instytut Wydawniczy Znak, 30-105 Kraków, ul. Kościuszki 37
Dział sprzedaży: tel. 12 61 99 569, e-mail: czytelnicy@znak.com.pl
Wydanie I, Kraków 2012
Druk: Drukarnia Abedik S.A., Poznań

Dla Szymona i Chizuko

Sankt Petersburg, 17 października 1756 roku

Mam trzy osoby, które nie opuszczają jej pokoju i — nic o sobie nie wiedząc — donoszą mi o wszystkim. Nie zawahają się poinformować mnie, kiedy nadejdzie decydujący moment.

Z listu wielkiej księżnej Wszechrusi (późniejszej carycy Katarzyny Wielkiej) do *sir* Charlesa Hanbury'ego Williamsa, ambasadora brytyjskiego na dworze carycy Elżbiety

Szpiedzy, o których głośno, to ci, których zdemaskowano, bądź ci, którzy ujawnili się sami. Pierwsi byli na tyle nieostrożni, by pozostawić po sobie trop słów, drudzy mieli ku temu własne, tylko im znane powody.

Być może przyznali się, gdyż nie pozostało im nic prócz martwych wspomnień o dawnej potędze.

Być może chcieli cię ostrzec.

Byłam nadworną zauszniczką, żywym biuletynem dworskim. Szafarką „prawdy szeptu". Wiedziałam o pustych w środku książkach, kufrach z podwójnym dnem i o labiryncie tajnych przejść. Wiedziałam, jak otworzyć ukryte szufladki w twoim sekretarzyku i jak odpieczętować listy, nie wzbudzając twych najmniejszych podejrzeń. Jeśli byłam w twoim pokoju, włos owinięty wokół zamka zawiązywałam tak samo jak ty. Jeśli zdarzyło ci się zaufać nocnej ciszy, poznawałam twoje sekrety.

Nie uchodziły mej uwadze zaczerwienione uszy i zaróżowione policzki. Liściki upuszczone do tuby instrumentu. Dłonie nazbyt gorliwie chowające się w kieszeniach. Zbyt częste i pośpieszne wizyty złotnika czy szwaczki. Wiedziałam o skórzanych spódnicach wkładanych pod wytworne suknie, by zatrzymać popuszczany mimowolnie mocz, o pokojówkach zakopujących w ogrodzie zakrwawione szmaty, o rozpaczliwym łapaniu tchu, które nie mogło już odgonić śmierci.

Nie potrafiłam wyczuć strachu, lecz dostrzegałam jego oznaki. Przyśpieszone bicie serca, rozszerzone źrenice, niespokojne dłonie, pobladłe policzki. Słowa wypowiadane zbyt gwałtownie, przedłużające się milczenie. Widziałam, jak lęk narasta w komnatach, w których każdy szept wzbudzał podejrzenie, każdy gest lub jego brak wpisywał się w pamięć, aby można go było wykorzystać w przyszłości.

Widziałam, co strach potrafi zrobić z sercem.

Rozdział pierwszy

1743–1744

Mogłam była ją ostrzec, kiedy przyjechała do Rosji. Przestrzec tę trzeciorzędną księżniczkę z Zerbst, mieściny nie większej niż petersburski Ogród Letni, tę kruchą dziewczynkę, która miała stać się Katarzyną.

Ten dwór to świat, jakiego nie znasz, mogłam jej była powiedzieć, wkraczasz na grząski grunt. Tu nadzieje schną i obumierają. Tu marzenia obracają się w proch. Nie daj się zwieść czułym spojrzeniom i przymilnym słowom, obietnicom świetności i chwały.

Nasza caryca zdążyła już cię oczarować. Swoją bezpośredniością, delikatnym dotykiem dłoni, łzami, które uroniła na twoje powitanie. Wigorem słów i gestów, orzeźwiającym brakiem cierpliwości do wymogów dworskiej etykiety.

– Jakże łaskawa i szczera jest caryca Elżbieta Piotrowna! – powiedziałaś.

Inni również tak twierdzili. Wielu innych. Ale szczerość może być maską, przebraniem, o czym poprzedniczka Elżbiety przekonała się zbyt późno.

Jeszcze trzy lata temu nasza urzekająca imperatorowa była tylko niezamężną księżniczką na dworze Iwana VI, cara niemowlęcia, i jego matki regentki. Narzeczonego odebrała Elżbiecie ospa, a intrygi polityczne przekreśliły inne perspektywy małżeństwa, aż w końcu prawie wszyscy doszli do wniosku, że trzydziestodwuletnia panna, najmłodsza córka Piotra Wielkiego, utraciła szanse na tron. Powszechnie uważano ją za lekkomyślną i płochą, pochłoniętą bez reszty finezją tanecznych kroków i kroju balowych sukien – powszechnie, poza garstką tych, którzy mieli oczy szeroko otwarte i liczyli na to, że odezwie się w niej krew ojca.

Francuzi okrzyknęli ją „Elżbietą Litościwą", gdyż w przeddzień wydarcia berła Iwanowi VI poprzysięgła na ikonę świętego Mikołaja Cudotwórcy, że za jej panowania nikt nie zostanie skazany na śmierć. W dniu zamachu dotrzymała przysięgi, powstrzymując gwardię pałacową przed poderżnięciem małemu Iwanowi gardła. Wyjęła zapłakanego cara z kołyski, ucałowała go w mokre policzki i oddała matce, po czym oboje posłała do więzienia.

Lubi, kiedy przy niej powtarzać, że od dnia, w którym sięgnęła po władzę, w Rosji nie spadła ani jedna głowa – zabrania jednak wspominać o odciętych językach i uszach. O plecach zmienionych w krwawą masę pod uderzeniami knuta. O więźniach przybitych do desek i wrzuconych do lodowatej rzeki. Litość także wie, jak zwodzić.

Tu, na rosyjskim dworze – mogłam była ostrzec nowo przybyłą księżniczkę z Zerbst – życie jest grą, w której wszyscy oszukują. Każdy każdego obserwuje. W tym pałacu nie znajdziesz miejsca, gdzie mogłabyś być zupełnie sama. Korytarze za ścianami tworzą labirynty ukrytych przejść. Ci wtajemniczeni, którzy je znają, są niewidoczni. Panneau można otworzyć, biblioteczki przesunąć, szepty podsłuchać przez ukryte rury. Każde twoje słowo może zostać podchwycone i obrócone przeciwko tobie. Przyjaciel, któremu zaufasz, może cię zdradzić.

Twoje kufry zostaną przeszukane. Podwójne dna szuflad i skrytki wewnątrz książek nie na długo zachowają swoje sekrety. Twoje listy zostaną skopiowane przed wysłaniem. Jeśli służąca się poskarży, że nie może znaleźć osobistej części twojej garderoby, być może twój zapach został zabezpieczony w zakorkowanej butelce do czasu, kiedy wyślą psy gończe, by zwęszyły twoją kryjówkę. Ucz się sztuki zwodzenia. Kiedy zaczną cię wypytywać, choćby żartem, choćby mimochodem, będziesz miała tylko sekundy, żeby skryć myśli, zatrzasnąć serce i zataić to, czego nie chcesz zdradzić. Oczy i uszy dociekliwego rozmówcy nie mają sobie równych.

Posłuchaj mnie.

Wiem, o czym mówię.

Ten, kogo nie podejrzewasz, może być najgroźniejszym ze szpiegów.

*J*mperatorowa Elżbieta nigdy nie ukrywała, że rządzić zamierza sama, bez cesarskiego małżonka. Z braku potomków, którzy mogliby po niej dziedziczyć, posłała po swego osieroconego siostrzeńca, Karola Piotra Ulryka, księcia Holsztynu. Kiedy młody książę, wysoki i chudy jak tyczka, przyjechał z oczyma przekrwionymi ze zmęczenia po długiej podróży, chwyciła go w objęcia.

– Krew Romanowów! – oświadczyła. – Wnuk Piotra Wielkiego!

Nadzorowała jego przejście na wiarę prawosławną. To ona nadała mu imię Piotr Fiodorowicz i uczyniła następcą tronu. Miał wtedy czternaście lat. Nawet go nie spytała, czy chciałby przeprowadzić się do Sankt Petersburga. Nie zapytała go też, czy chce któregoś dnia zostać władcą Rosji. A teraz, wkrótce po jego piętnastych urodzinach, nie zapytała, czy chciałby się ożenić.

Księżniczka Zofia Fryderyka Augusta Anhalt-Zerbst. Najpierw przysłano jej portret; pamiętam doniosły moment jego odsłonięcia. Portrety tego rodzaju nie mają oddawać podobieństwa, mają oczarować.

– Ona? – usłyszałam kanclerza Bestużewa, kiedy caryca po raz pierwszy napomknęła o Zofii. – Dlaczego akurat ona? – Kanclerz wspomniał o potrzebie zawierania pożądanych sojuszów, zabezpieczania się na obie strony. Europa wymaga starannie wypracowanej równowagi sił. Prusy stają się zbyt potężne. Jej Cesarska Wysokość powinna rozpatrzeć kandydaturę saskiej księżniczki – powiedział.

Elżbieta stłumiła ziewnięcie.

– Nic jeszcze nie postanowiłam – odparła. Tymczasem Piotr – usadowiony tuż u jej stóp – zaabsorbowany był pierścieniem z turkusem, który obracał na swoim długim białym palcu, tak jakby dokręcał śrubę.

W kolejnych tygodniach wielokrotnie słyszałam, że ojciec Zofii to książę miernego polotu, pruski generał niezdolny utrzymać w ryzach nieobliczalnej żony, dla której niedosięgłym wzorem świetności był zapyziały dwór w Brunszwiku. Książęta Anhalt-Zerbstowie mieli doskonałe koneksje, ale byli biedni; bezwstydnie domagali się cesarskiej uwagi, przypominając, że przed laty Elżbieta omal nie poślubiła jednego z nich. Ta wątła więź z Rosją była ich jedyną nadzieją, by zyskać na znaczeniu.

Lokaj rozsunął czerwoną aksamitną zasłonę; ujrzeliśmy portret przedstawiający szczupłą i wdzięczną figurkę uroczej czternastoletniej panny stojącej przy kominku, jakby oderwanej od lekcji. Zobaczyliśmy drobne dłonie złożone na fałdach oliwkowej sukni. Wbrew pogłoskom, które nas dobiegły, księżniczka Zofia nie była ułomna. Żadna przebyta w dzieciństwie choroba nie zdeformowała jej kręgosłupa. Otaczała ją aura lekkości, wyglądała, jakby zamierzała się zaraz puścić w radosne tany. Miała ostro zakończony podbródek, a usta małe, lecz ładnie wykrojone. Może nie była piękna, ale świeża i figlarna, jak kociak, który obserwuje toczący się kłębek wełny. Malarz nie szczędził starań, abyśmy dostrzegli łagodny wyraz jej oczu, brązową tęczówkę ozdobioną błękitnymi plamkami, i alabastrową karnację, która tak uderzająco kontrastowała z jej kruczoczarnymi włosami. Nie mogliśmy też nie zauważyć jej gorliwego wysiłku, żeby się spodobać.

Szepty niezdecydowania wypełniły komnatę. Dworzanie cedzili słowa, tak aby pochwałę dało się jeszcze wycofać, a przyganę zmienić w zawoalowany komplement. Sztuka zwodzenia – pomyślałam. Wizerunek oczu na skrzydłach motyla, który mignie na zbawienną sekundę. Pasikoniki, które wraz z upływem miesięcy zmieniają kolor, żeby się dopasować do odcienia więdnących liści.

Dostojni panowie i damy dworu wciąż jeszcze przyglądali się portretowi, lecz ja wiedziałam, że istnieje dużo ważniejszy obiekt obserwacji, twarz carycy Rosji, wciąż skupionej na wizerunku młodej księżniczki, twarz, z której potrafiłam czytać jak z książki. Moja pani, jeśli tylko zechce, wyswata Zofię swemu siostrzeńcowi.

Westchnienie. Niemal niedostrzegalne drgnienie dolnej wargi. Chwila zadumy, tej samej, w jakiej Elżbieta Piotrowna pogrążała się przed rozpoczęciem modłów. Łza staczająca się wolno po uróżowanym policzku.

Spojrzałam znów na portret i odgadłam, co w nim dostrzegła. Na sportretowanej twarzyczce odnalazła subtelne echa rysów innej twarzy – męskiej, starszej. Wspomnienie zmarłego przed laty narzeczonego, wspomnienie, które się nie zatarło i nadal porusza do łez.

– Boże, bądź miłościw...

Kiedy usłyszałam, jak imperatorowa Wszechrusi odmawia szeptem modlitwę za dusze zmarłych, wiedziałam, że ród Anhalt--Zerbstów odniósł swoje pierwsze zwycięstwo.

Szepty przybierały na sile, wciąż niezdecydowane, wciąż niepewne. Nikt z dworzan nie śmiał ryzykować gniewu Elżbiety. Tak jak ja pamiętali o przedmiotach, którymi potrafiła ciskać z furią na wszystkie strony. O puderniczce, która wybuchła chmurą białego pyłu, i o srebrnym posążku Amora i Psyche, który wyżłobił nierówne wgłębienie w podłodze. Podobnie jak ja dobrze pamiętali o wyciętych językach, po których został jedynie kikut.

– Ma zieloną suknię – odezwał się wielki książę. Gdy posługiwał się niemieckim, melodyjnie przeciągał samogłoski. Tylko gdy mówił po rosyjsku, jego głos brzmiał ostro i niezgrabnie.

Wszystkie spojrzenia zwróciły się w jego stronę.

Piotr miał na sobie zielony aksamitny frak szamerowany złotem. Wtedy jeszcze jego twarz nie była zeszpecona ospą. Była szczupła i blada, ale nie odrażająca. Dzień wcześniej widziałam, jak przygląda się swojej dłoni, palec po palcu, jakby kryła niezgłębioną tajemnicę.

– I co sądzisz, Piotrze? – zapytała Elżbieta. Przypatrywałam się, jak wygładza rękaw swojej sukni z ciężkiego brokatu w kolorze burgunda, jak bawi się naszytymi na nim perłami. – Czy wygląda choć trochę tak jak na tym portrecie?

– To wierna podobizna – oświadczył. – Właśnie tak zapamiętałem moją kuzynkę Zofię.

– Daleką kuzynkę, Piotrze.

– Daleką kuzynkę – zgodził się. – I wcale nie ma garbu.

– A kto powiedział, że ma?

– Nie pamiętam.

– Kto ci powiedział, że Zofia ma garb, Piotrze?

– Nie pamiętam. Mój Murzyn. Ale to nieprawda. Zofia jest bardzo silna. Kiedy w Eutin urządzaliśmy wyścigi w ogrodzie, zawsze była pierwsza.

– Taki wigor na pokaz wcale nie musi być dobrym znakiem, Wasza Wysokość – stwierdził kanclerz Bestużew.

Przyjrzałam się uważnie przypudrowanym srebrzystobiałym lokom jego peruki, krzaczastym brwiom, miękkim rysom gładkiej twarzy. Aksamitny frak kanclerza był nowy, zauważyłam, dobrze skrojony i twarzowy, w kolorze zaschłej krwi. Do piersi miał przypięty miniaturowy konterfekt carycy. Nieraz widziałam, jak kanclerz o świcie opuszcza sypialnię Elżbiety porozpinany, w wymiętym ubraniu i z ognikami w czarnych oczach.

Ten śliski węgorz? Szczwany lis?

Czyżby przeoczył to, co właśnie dostrzegłam? Czyż nie odgadł, że caryca dokonała już wyboru?

– A to dlaczego, drogi hrabio? – wycedziła Elżbieta.

– Mocne nogi? Spiczasty podbródek? Takie kobiety są zwykle apodyktyczne. To przekonanie opieram na ważkim doświadczeniu osobistym, Wasza Wysokość – kanclerz Bestużew złożył jej dworny ukłon. Przytłumione śmiechy wypełniły komnatę. Żona kanclerza, znana z częstych wybuchów złości, była obdarzona ostro zakończonym podbródkiem. Jak aktor, który już delektuje się myślą o kolejnym triumfie, Bestużew dodał: – Doświadczeniu, o którym z rozkoszą opowiem Waszej Cesarskiej Wysokości przy innej, bardziej stosownej okazji.

Elżbieta odwróciła głowę.

– Postanowiłam zaprosić księżniczkę Zofię – oznajmiła. – Razem z matką. Nic oficjalnego. Książętom Anhalt-Zerbstom wyświadczyłam już wystarczająco dużo łask, by teraz mogli okazać mi wdzięczność.

Zobaczyłam, jak wiele ramion opada z poczuciem ulgi. Dworzanie prześcigali się teraz w wyrażaniu aprobaty i wynajdowaniu powodów, dla których ich zdaniem Jej Cesarska Wysokość podjęła doskonałą decyzję.

Tego dnia humor dopisywał Elżbiecie. Haftowany rąbek jej sukni skrzył się przy każdym poruszeniu. Pamiętam, że zastanawiałam się, kto ją po niej dostanie, bo caryca nigdy nie wkładała tego samego stroju dwa razy.

Portret młodej pruskiej księżniczki o promiennym uśmiechu odstawiono na bok. Spocząwszy na szezlongu, który wnieśli lokaje, Elżbieta poprosiła hrabiego Razumowskiego, aby zaśpiewał. Jej twarz nie zdradzała najmniejszego śladu zniecierpliwienia, gdy hrabia pieczołowicie stroił struny swojej ulubionej bandury. Nie zganiła też wielkiego księcia, który wpakował sobie kciuk do ust, żeby obmacać dziąsła. Tydzień wcześniej wypadł mu kolejny spróchniały ząb.

Jeśli decyzja Elżbiety była dla Bestużewa rozczarowaniem, to teraz tego zawodu po sobie nie pokazywał. Patrzyłam, jak się pochyla nad moją panią, żeby jej szepnąć coś do ucha. Musnęła go zalotnie złożonym wachlarzem. Kanclerz ujął jej dłoń i złożył na niej pocałunek. Powoli, zatrzymując wargi na opuszkach jej palców.

Nie chciałam odwrócić wzroku.

Byłam wówczas szesnastolatką o różanych policzkach, jedną z bezimiennej rzeszy panien w Imperium Wschodu. Już wtedy pozbawioną złudzeń. Wystarczająco ładną, żeby ją uszczypnąć czy poklepać po pośladkach albo szepnąć do ucha lubieżne słowo. Wiedziałam, że „cesarska wychowanica" to tylko wyszukane określenie żebraczki, od której w każdej chwili szczęście może się odwrócić.

Tyle nas, osieroconych czy porzuconych, było zdanych na łaskę carycy. Tyle nas zabiegało o jej skinienie czy rozbawiony uśmiech. O szansę, chociażby nikłą, że nas zauważy. Uzna, że może być z nas jakiś pożytek.

Hrabia Razumowski, ten prosty kozak, śpiewak cerkiewny, który niegdyś oczarował Elżbietę melancholijnym spojrzeniem czarnych oczu i głębokim barytonem, odchrząknął. Car nocy, jak go nazywaliśmy, najbardziej wyrozumiały spośród jej kochanków. Grube kotary były zaciągnięte, płonęły świece. W ich migotliwym świetle na twarzy Elżbiety kładł się srebrny poblask, a komnatę wypełniały kojące, rzewne tony jej ulubionej dumki:

> Jeśli znajdziesz lepszego ode mnie – zapomnisz,
> Jeśli znajdziesz gorszego – to wspomnisz.

Mój ojciec był introligatorem, mistrzem złoconych opraw. W Polsce, którą opuściliśmy w 1734 roku, dla młodego, mierzącego wysoko rzemieślnika z żoną i dziećmi nie było pracy.

Wyjechalibyśmy do Berlina, gdzie terminował mój ojciec, gdyby nie książę Kazimierz Czartoryski, kasztelan wileński, dla którego ojciec wykonał swe pierwsze poważne zlecenie. Książę zachwycony kunsztem jego złotych tłoczeń i zdobionych klejnotami opraw, obiecał, że o nim nie zapomni. Kiedy carowa Anna Iwanowna zapragnęła odnowić bezcenne stare woluminy, dotrzymał słowa.

Wiosną 1734 roku miałam siedem lat, a mój młodszy brat właśnie się urodził.

– Poleć mu, panie, żeby przyjechał do Sankt Petersburga – rzekła carowa Anna. – Dla wprawnego rzemieślnika przyszłość stoi tu otworem.

Miasto stworzone siłą woli jednego człowieka, mawiał o Sankt Petersburgu mój ojciec. Nowa stolica Rosji została zbudowana na przekór niesfornemu nurtowi Newy i bezlitosnym ciemnościom północnych zim, dodawał.

Przybyliśmy tam na statku jesienią. Tylko we trójkę. Mój braciszek został pochowany na warszawskim cmentarzu. Kolejny syn, który nigdy nie dorośnie, by nauczyć się rzemiosła ojca i przejąć po nim warsztat.

– To nasza wielka szansa – powiedział nam tata, wskazując płaski pas lądu, na którym w porannej mgle rozpoznałam kształty budynków, jakby narysowane ręką dziecka. Za nami widać było tylko spieniony ślad wody.

– Daj Boże – odpowiedziała cicho mama; w jej głosie usłyszałam nadzieję.

W Warszawie stara Cyganka przepowiedziała jej, że dożyje dnia, w którym córka wyjdzie bogato za mąż. „Za wielmożę” – kusiła Cyganka, patrząc na nią wyczekująco. Mój los krył się w plątaninie linii na matczynej dłoni, ból, który nadejdzie i odejdzie, radość, która rozbłyśnie po długiej podróży. Ojciec zmarszczył brwi, kiedy usłyszał te wróżby, ale mama tak się ucieszyła, że dała Cygance dukata.

Moja matka pochodziła z zaściankowej szlachty, zbyt biednej, by przywilej urodzenia mógł coś dla niej znaczyć.

– Dom, stodoła, parę krów – podsumowywał to ojciec ze śmiechem. – Owszem, można powiedzieć, że to szlachta, bo zanim twój dziadek zabierał się do orania swojego zagonu, wkładał wpierw białe rękawiczki i przypasywał szablę.

Ojciec lubił opowiadać o dniu, w którym ujrzał moją matkę w saloniku jej krewnych, pochyloną z igłą nad koronką. Sprowadzono go, żeby zabrał stare książki do oprawy, a mama bawiła tam przysłana przez owdowiałą matkę, w nadziei że znajdzie sobie odpowiedniego męża. Poczuwszy na sobie jego wzrok, wzdrygnęła się i ukłuła w palec.

– Wystraszył mnie pan! – krzyknęła, zanim włożyła krwawiący palec do ust.

Z miejsca się w niej zakochał.

Po kilku dniach wrócił i podarował jej książkę, którą sam oprawił. *La Princesse de Clèves*, dopowiadała dumna ze swej francuszczyzny mama i zaczynała sobie żartować z jego wyboru. Historia żony zakochanej w innym mężczyźnie? Szpiegującego ją męża? Co ty sobie wtedy właściwie myślałeś, pytała ojca.

Nie myślał. Był zadurzony. Zapragnął właśnie jej, żadnej innej.

– Rezolutna panna nie powinna marnować czasu na robótki – powiedział jej tego dnia.

Przyjęła podarunek. Przyglądał się, jak z nabożeństwem otworzyła książeczkę o złoconych brzegach. Jak podniosła wzrok, żeby objąć jego wysmukłą, zgrabną sylwetkę, brązowe oczy o stanowczym spojrzeniu. Srebrne guziki, które starannie wypolerował. Dłonie, które potrafiły dać drugie życie wystrzępionej, przeżartej pleśnią okładce. Słuchała, kiedy jej opowiadał o Berlinie, gdzie po raz pierwszy widział plakietową oprawę i wybrał się do opery.

– Żona rzemieślnika – skrzywiła się moja babka i znacząco westchnęła, kiedy kilka tygodni później mój ojciec poprosił ją o rękę córki. Babka nie ceniła ani jego umiejętności, ani kunsztu. Jej jedyna córka popełniała mezalians. Żeby udobruchać babkę, rodzice ochrzcili mnie jej imieniem. Nie poznałam jej nigdy. Zmarła, zanim skończyłam rok.

Basia, Basieńka – nazywała mnie mama. Jak łatwo zmienić imię, nadać mu odmienne brzmienie. Wydłużyć lub skrócić, sprawić, by brzmiało oficjalnie i surowo lub miękko i figlarnie. By nadało jego właścicielce cech bezbronnego dziecka lub władczej kobiety. Kochanki lub damy, przyjaciela lub wroga.

W Rosji zostałam Warwarą lub Warieńką.

*J*uż po przybyciu do Sankt Petersburga ojciec zaczął pracować w cesarskiej bibliotece.

– Pisma mądrych i uczonych mężów – mawiał. – Księgozbiór godny potężnego władcy.

Podczas wielkiego poselstwa, swej słynnej podróży po Europie, Piotr Wielki zgromadził około piętnastu tysięcy woluminów; wiele z nich pilnie potrzebowało teraz umiejętności mojego ojca.

Mama pęczniała z dumy. Jak bardzo myliła się babka Barbara: jej córka dobrze wybrała sobie męża. To, co w Polsce było niemożliwe, urzeczywistniło się tutaj, w Rosji. Carowa Anna z niecierpliwością oczekiwała na odnowione książki, a mama oczyma duszy widziała mnie już na jej dworze, jak podbijam serce jakiegoś arystokraty.

– Przecież to jeszcze dziecko – protestował ojciec.

– Dzięki temu masz więcej czasu, żeby wyrobić sobie nazwisko – ripostowała mama. Dla niej te rozsypujące się, zapleśniałe księgi z cesarskiej biblioteki były obietnicą, zapowiedzią obfitości przyszłych zaszczytów.

Po niespełna dwóch latach w Sankt Petersburgu przeprowadziliśmy się do własnego domu. Stał co prawda na Wyspie Wasiljewskiej, pośród dawno nieczynnych, zamulonych kanałów i dzikich pól, na których nocami wciąż jeszcze wyły wilki, lecz i tak był bez porównania lepszy od tego, który pozostawiliśmy w Warszawie.

Dom był drewniany, ale przestronny, z piwnicą, w której mieścił się warsztat ojca. Ojciec przyjmował teraz czeladników. Mieliśmy służące i lokajów, kucharkę, powóz i sanie. Przychodziły do mnie nauczycielki francuskiego i niemieckiego, a potem także nauczyciel tańca i wdzięku, który zapewnił mamę, że wcześniej uczył siostrzenicę hrabiny Woroncowej. Mama dokładała wszelkich starań, by w odpowiednim czasie wydać mnie dobrze za mąż.

Co dzień po lekcjach wymykałam się do warsztatu ojca. Siadałam w kącie na stołeczku i obserwowałam powolne, uważne ruchy jego rąk, gdy wybierał odpowiedni kawałek wyprawionej skóry ze stosu piętrzącego się przy drzwiach.

– Najlepsza jest ta wzdłuż kręgosłupa – uczył mnie. – Nigdzie indziej nie ma tak jednolitej barwy.

Uwielbiałam się przyglądać, jak przykładał do skóry szablon oprawy, przesuwał go tak, aby ominąć wszelkie skazy na miękko wyprawionym kawałku i w końcu przykładał nóż.

Pokazywał mi oprawione przez nieudolnych rzemieślników książki, których naprawę mu zlecono.

– To nie powinno się było zdarzyć – mówił, kręcąc głową i wskazując miejsca, w których złocenie odeszło lub ściemniało od nadmiernego ciepła. Jego sekrety były proste. Dobrze naostrzony nóż jest znacznie ważniejszy niż siła rąk, powtarzał. Podobnie jak jego czeladnicy uczyłam się, że tępe narzędzie przyciskane zbyt mocno i na siłę może tylko uszkodzić skórę.

– Zapamiętasz, Basieńko? – pytał.

Warsztat taty pachniał octem, sadzą i klejem. Obiecywałam, że tak.

Mierzenie wysoko – jak określała to moja matka. Była kobietą praktyczną. Jej marzenia zawsze liczyły się z możliwościami. Bo czyż jej mąż nie był wyjątkowo utalentowany? Carowa Anna wprawdzie jeszcze go nie przyjęła, ale czy carewna Elżbieta nie wezwała go już raz do Pałacu Zimowego?

To była ulubiona opowieść mamy. W małym pokoju na mansardzie pałacu piękna carewna powierzyła mojemu ojcu swój skarb, sfatygowany modlitewnik z dużą czcionką, która nie męczyła wzroku.

– To dar od kogoś bardzo mi bliskiego – powiedziała. – Nie wiem, czy da się go naprawić.

Ojciec ostrożnie wziął modlitewnik do rąk i pogładził spękaną skórę oprawy. Obejrzał rubiny i szafiry ułożone w kształt krzyża, zadowolony, że żadnego nie brakuje. Zwrócił uwagę na luźne kartki i puszczające szwy.

– Tak, Wasza Wysokość – odpowiedział. – Da się go naprawić.

Nie spuszczała z niego wzroku.

– Nie zginie ani jeden skrawek oprawy – zapewnił. Z kieszeni na piersi wyjął chustkę i zawinął w nią modlitewnik.

Przez następne dwa tygodnie ojciec wyczyścił klejnoty jeden po drugim i osadził je z powrotem w oprawie, wkleił luźne kartki i wzmocnił ich kruszące się brzegi. Po usunięciu warstwy brudu okazało się, że sama okładka jest niemal nienaruszona. Dobrze wyprawiona cielęca skórka o rudawej barwie potrzebowała ledwo odrobiny oleju brzozowego, żeby przetrwać wieki, opowiadał. Upływ czasu i dotyk ludzkich rąk sprawiły, że to złocenia ucierpiały najmocniej, ale właśnie w złoceniu opraw ojciec był mistrzem. Kiedy oprawa była gotowa, nikt nie był w stanie poznać, gdzie kończył się stary wzór, a zaczynał nowy.

Carewna Elżbieta ujęła modlitewnik w dłonie i zaczęła przewracać kartki, z początku bardzo ostrożnie, niepewna ich wytrzymałości. Jak już skończyła, położyła rękę na ramieniu ojca; w oczach córki Piotra Wielkiego błyszczały łzy wdzięczności.

Ale to już przeszłość, przypominała nam mama. Służba cesarska niesie z sobą możliwość awansu w tabeli rang. Plebejusz, który otrzyma od cara klasę czternastą, zyskuje tytuł szlachecki. Klasa czternasta to jeszcze niewiele, ale gdy osiągnie klasę ósmą, jego szlachecki status rozciągnie się na żonę i dzieci.

– I co wtedy? – pytałam.

– Carewna zawsze potrzebuje pięknych i zdolnych dworek, które by jej służyły, Basieńko. A kiedy już trafisz do Pałacu Zimowego, wszystko może się zdarzyć.

Cesarska biblioteka mieściła się w zachodnim skrzydle Kunstkamery, muzeum, w którym Piotr Wielki wystawił na pokaz nie tylko uczone księgi, lecz także swoją kolekcję osobliwości. Były w niej kamienie szlachetne i skamieliny, herbaria z próbkami roślin z Nowego Świata i jego zbiór anomalii natury: szklane słoje z okazami ludzkich i zwierzęcych ułomności, które na cesarski rozkaz urzędnicy zwozili z całego imperium.

– Muzeum jest świątynią wiedzy – powiedział mi ojciec. – Lampą, której światło rozprasza ciemności, dowodem na nieskończoną różnorodność form życia.

Piotr Wielki miał misję – chciał oświecić swój lud. Ani złe oko, ani żaden zły urok nie miały mocy zamienić zdrowego płodu w monstrum, ponieważ, jak głosiły słowa cara zapisane na ścianie Kunstkamery, „Sam Stwórca jest Bogiem wszystkich stworzeń, nie zaś Diabeł".

– Przeklęte miejsce – mówiły o muzeum nasze służące, żegnając się znakiem krzyża, ilekroć mijały masywne drzwi Kunstkamery. Opowiadały o komnatach, w których oczy zmarłych przyglądają się żywym, kończyny czekają na swych prawowitych właścicieli, którzy – jak wierzyły – przyjdą je odebrać i zapewnić im należyty pochówek.

Rok po roku w każdy poniedziałkowy ranek ojciec udawał się do Kunstkamery, by pobrać tygodniowy zapas książek do oprawy. Kiedy wracał do domu, jego ubrania pachniały pleśnią i kurzem. Praczki moczyły je przez całą noc w mydlinach, dziwiąc się, że wciąż barwią wodę na czarno. Widziałam, że zanim ich dotkną, żegnają się na sposób prawosławny, trzema palcami, od prawego do lewego ramienia.

– Diabelskie zajęcie – powtarzały. – Nic dobrego nie przyniesie.

– Nie boisz się monstrów? – zapytałam kiedyś ojca.

Odpowiedział mi pytaniem na pytanie.

– Jakże cokolwiek na tej ziemi może być sprzeczne z naturą, wyjęte spod praw stworzenia? – W jego oczach zobaczyłam cień zawodu. – Nie powinnaś nawet używać słowa „monstrum", córeczko.

Dużo o tym myślałam. I myślę nadal. Wystrzegam się słów, które kształtują nasze myśli, nasze przeznaczenie.

Zauszniczka.
Żywy biuletyn.
Caryca.
Szpieg.

Sześć lat po naszym przyjeździe do Sankt Petersburga carowa
Anna tuż przed śmiercią wyznaczyła maleńkiego Iwana VI na
swego następcę, a swojego niemieckiego doradcę Birona – na re-
genta. Gwardia pałacowa nie kryła oburzenia. Germańskie przy-
błędy opanowują Rosję, sarkano, sięgają po nieswoje. Jaki będzie
ich kolejny krok? Zakażą wiary prawosławnej? Regencja szybko
przeszła z rąk Birona do matki Iwana Anny Leopoldowny, ale
pogłoski o rządach obcych nie ustały. Rok później, 25 listopada 1741 roku, carewna Elżbieta, jedyna żyjąca potomkini Piotra
Wielkiego, wzięła szturmem Pałac Zimowy. Rosja się radowała.
Najwyższy czas, mówiono, żeby rosyjska księżniczka czystej krwi
upomniała się o to, co jeszcze pozostało z jej dziedzictwa.

Gdy tylko Elżbieta przejęła tron, wygnała niemieckich doradców.
Jej triumfalny dekret ogłosił koniec „upadlającego ucisku ze strony obcych". Kolejny cesarski ukaz zabraniał wypowiadania imienia
obalonego monarchy. Wszystkie monety z wizerunkiem Iwana VI
musiały zostać zwrócone do mennicy i wymienione na nowe. Karą
za niepodporządkowanie się temu rozkazowi było odjęcie prawej
ręki. Przed nastaniem wiosny 1742 roku carewna, która niegdyś
poprosiła mojego ojca o oprawienie drogocennego modlitewnika,
została ukochaną mateczką, imperatorową Wszechrusi.

– Idź do niej – nakłaniała ojca matka. – Przypomnij, kim jesteś. Zaofiaruj swoje usługi na dworze.

Ojciec się wahał. Zatrudnienie w cesarskiej bibliotece zakoń-
czyło się wprawdzie wraz ze śmiercią carowej Anny, ale wyrobił
już sobie pozycję, otrzymywał dziesiątki prywatnych zleceń.

– Przecież dobrze sobie radzimy – słyszałam, jak tłumaczy mamie. – Jesteśmy szczęśliwi. Czego nam więcej trzeba?

– Zrób to dla swojej córki – odpowiadała. – Żebyśmy nie musieli się troszczyć o jej przyszłość.

Tata nie zbywał próśb mamy, ale wynajdował powody, żeby opóźnić ich spełnienie. Caryca przygotowuje się do pielgrzymki. Caryca jest osłabiona długotrwałym postem. Zbliża się Wielkanoc. Dwór oczekuje na przybycie cesarskiego siostrzeńca; dwór jest bardzo zajęty sprawami związanymi z koronacją; zbyt wielu suplikantów czeka w kolejce pod drzwiami do sali tronowej.

Któregoś słonecznego kwietniowego dnia, kiedy mama przyszła do mojej sypialni, żeby mnie obudzić, zauważyłam, jak się zachwiała i krzywiąc się, przycisnęła rękę do podbrzusza.

– To nic, Basieńko – zapewniła mnie zaraz, zmuszając się do uśmiechu. – Pewnie zjadłam zepsutą ostrygę.

Białka oczu miała przekrwione.

– Już mi lepiej – powiedziała, pomagając mi włożyć poranną suknię przygotowaną przez służącą. – Pośpiesz się, tata na nas czeka.

Nasza Wielkanoc już minęła, ale według kalendarza prawosławnego Wielki Piątek wypadał dopiero za tydzień. Nasze służące wciąż pościły, kiedy my siadaliśmy do pełnych śniadań.

Tego kwietniowego poranka w kuchni pachniało świeżo zaparzoną kawą i przypalonym chlebem. Pomywaczka, której polecono podgrzać bochen w piecu, zostawiła go tam zbyt długo i gruba pajda na moim talerzu miała twardą, zwęgloną skórkę. Tata kazał mi zeskrobać spaleniznę nożem do masła; tak zrobiłam, ale mimo to gorzki posmak pozostał.

Po śniadaniu ojciec zszedł do swojego warsztatu, a ja czekałam, aż mama poprosi mnie, żebym jej poczytała którąś z jej ulubionych francuskich powieści, podczas gdy sama będzie haftowała moją nową sukienkę. Ale nie poprosiła. Na jej twarzy położył się cień. Jęknęła.

– To nic takiego. – Słowa wypowiedziane bez tchu, urwane z bólu.

Pamiętam ciche skrzypnięcie drzwi prowadzących do apteczki, gdzie na półkach stały rzędy buteleczek z ziołowymi ekstraktami, każda z nich opatrzona etykietką ze starannym pismem mamy. Pamiętam mocny zapach mięty na szklanym korku, który trzymałam, kiedy mama odmierzała trzydzieści kropel nalewki. Pamiętam bryłkę cukru zabarwioną na zielono. Mama poczekała, aż cukier rozpuści się jej w ustach, zanim połknęła lekarstwo, a potem, nadal próbując się uśmiechać, poprawiła złoty medalik z Najświętszą Panienką na mojej szyi. Kiedy prowadziła mnie za sobą z powrotem do salonu, myślałam o tym, jak miękka i ciepła jest jej dłoń, i o tym, że jej palce zwężają się ku końcom tak samo jak moje.

W salonie mama powiedziała, że musi się na chwileczkę położyć. Czuje się nadal słabo, ale nie powinnam tym niepokoić taty, który ma do wykonania ważne zlecenie. Pod jego nieobecność czeladnik na pewno zepsuje oprawy.

– Poczuję się lepiej, zanim w Twierdzy Pietropawłowskiej wystrzelą z działa na południe – wyszeptała. – Obiecuję.

– Mogę się położyć przy tobie? – zapytałam.

– Tak – odpowiedziała i zrobiła mi miejsce na otomanie. Chyba wyglądałam na wystraszoną, bo pogłaskała mnie po policzku i kazała obiecać, że nie będę się martwiła. Miałam piętnaście lat i niewiele wiedziałam o obietnicach, których nie można dotrzymać, ani o dreszczach, które już nie przejdą.

Umarła przed wieczorem.

Po śmierci mamy przez wiele dni snułam się po pogrążonych w ciszy pokojach, przerażona i zagubiona. Cisza aż dzwoniła w uszach, a ja mimo to żyłam złudzeniem, że zastanę ją gdzieś, jeśli tylko się pośpieszę. Któregoś razu wyraźnie poczułam jej obecność, aksamitny pocałunek, delikatny uścisk dłoni.

– Muszę ci coś wyznać, Basieńko – dobiegł mnie łagodny głos. – Coś ważnego. Coś, o czym musisz wiedzieć.

Nie odwróciłam się w stronę tego szeptu. Nie chciałam się przekonać, że już zniknęła.

To w ciągu tych długich, pustych dni po śmierci mamy nauczyłam się słuchać.

– Weź je – słyszałam, jak jedna służąca namawia drugą, wskazując jedwabne pończochy haftowane w róże, które należały do mojej matki. – Pan i tak nie zauważy.

W pokojach po kątach zbierały się kłębki kurzu, a pokojówki w najlepsze plotkowały w alkowie, tak jakby mnie tam nie było. Na ulicy zobaczyłam kobietę w czepku mojej matki, przepasaną jej szarfą. Dwa spośród srebrnych kubków mamy także zniknęły.

Ludzie tak lekkomyślnie zdradzają się przed dziećmi. Zostawiają ślady, jakby rzucali okruchy chleba, które w baśni miały oznaczyć drogę przez las. Czasem szepczą, ale słuch zawsze miałam doskonały. Czasem przechodzą na inny język, ale do języków także mam ucho.

– Po cóż? – zapytał tata, kiedy go błagałam, żeby przeszukał kufer służącej. – To nie wskrzesi twojej matki.

Pierwsza zachorowała służąca, która ukradła pończochy. Dopadły ją bóle brzucha; twarz miała purpurową z gorączki.

– Psia wiara, psia śmierć – wymruczał jej ojciec, kiedy przyjechał wozem drabiniastym po ciało. Zanim odjechał, splunął na ziemię i pogroził nam pięścią. Kilka dni później pomocnik rzeźnika, dwa domy dalej, obudził się z plecami pokrytymi czerwoną wysypką, tak jakby demony z bani wysmagały mu skórę.

To wszystko nasza wina, słyszałam. Jadowite, ściszone głosy ścigały mnie w kuchni, sypialni, ogrodzie otoczonym lichym płotem.

Byliśmy obcy. Byliśmy rzymskimi katolikami. Lachami. Psia wiara, słyszałam. Rzymska religia. Może nie jedliśmy padliny ani bobrowych ogonów tak jak inni kacerze, ale i tak nie można było o nas powiedzieć niczego dobrego. Przyjechaliśmy do Rosji z fałszem w sercach, po to, żeby nawracać Rosjan na naszą łacińską wiarę.

Służące rozpamiętywały grzechy mojej matki. Czy nie powiedziała, że nie ma nic zdrożnego w przedstawianiu twarzy Boga Ojca? Czy nie upominała mnie, kiedy – bez złych zamiarów – żegnałam się na sposób prawosławny? Nie dziw, że odeszła tak nagle.

– Jak po chleb sięgała – słyszałam, jak szepczą między sobą. – W dniu naszego postu.

Nie pamiętam, kiedy po raz pierwszy usłyszałam słowo „cholera", ale nagle zaczęli je powtarzać wszyscy. Groźne słowo, myślałam, jak klątwa, która zakreśliła krąg wokół ojca i mnie. Niewielu odważało się go przekroczyć. Kucharka, zanim odeszła, poleciła, by jej zaległą zapłatę przekazać szwagrowi. Lokaj spakował swój kufer i opuścił nas tego samego dnia. Dwie służące poszły jego śladem. Potem zniknął najstarszy i najbardziej doświadczony czeladnik ojca. Przesyłki zostawiano na progu; na nasz widok znajomi przechodzili na drugą stronę ulicy. Wielu klientów zaczęło nas unikać i wkrótce ojciec musiał odprawić ostatniego czeladnika.

– To wszystko ze strachu – powtarzał mi. – Musimy być silni, Basieńko. To minie.

Starałam się mu wierzyć.

Mimo przepowiedni służących cholera nas ominęła, a epidemii nie było. Ani w tym miesiącu, ani w następnym. Z nadejściem lata gadanie ucichło, ale nasz los się nie poprawił. Ojca nie było już stać na nauczycieli dla mnie, więc kazał mi sobie czytać podczas pracy niemieckie książki i na bieżąco poprawiał moją wymowę. Opisy różnic między rodzajami skóry i typami precyzyjnych narzędzi nużyły mnie, ale nie narzekałam. Kiedy kończyliśmy czytanie, pokazywał mi, jak prowadzić rachunki, a ja cieszyłam się, że mogę mu pomóc.

– Jeszcze tylko kilka chudych miesięcy, Basieńko – mawiał za każdym razem, gdy kończyłam sumować jego mizerne wpływy.

Wieczorami, popijając swój ulubiony napój, gorące mleko z miodem i grubą warstwą topionego masła posypanego siekanym czosnkiem, zapewniał mnie, że niedługo znowu stanie na nogi. Przecież nie stracił swoich umiejętności. Nowa caryca była córką Piotra Wielkiego. Niebawem książki znów powrócą w Rosji do łask.

℘ewnego październikowego ranka, skończywszy moją dzienną porcję lektury, przyglądałam się, jak ojciec pochylony w milczeniu nad roboczym stołem złoci litery na grzbiecie oprawy. Często mi pokazywał, jak po otwarciu książki na oklejce po obu jej stronach zarysowują się bliźniacze linie wyznaczające obszar, na którym można umieścić litery. Jeśli złocenie za nie wykroczy, wystarczy otworzyć książkę zaledwie kilkakrotnie, żeby pozłota spękała.

– Byłem w pałacu – odezwał się. Zamilkł i dopiero po chwili dodał: – Tak jak chciała tego mama.

Wstrzymałam oddech.

– Suplikantów było wielu. Kilka godzin czekałem, zanim dopuszczono mnie przed oblicze carycy. Nie mówiłem ci o tym, bo nie wiedziałem, czy to cokolwiek zmieni. Ale twoja matka miała rację. Wasza Wysokość nie zapomniała o modlitewniku, który dla niej naprawiłem, kiedy była jeszcze carewną.

Opowiedział jej o śmierci mamy i o tym, jak cholera zniszczyła jego pozycję, pochłonęła oszczędności.

– Ale to nie złamało mego ducha, Wasza Cesarska Wysokość, ani mojej wiary w Rosję – zapewnił ją.

Elżbiecie spodobały się te słowa. I to do tego stopnia, że poleciła swojemu kwatermistrzowi, by wysyłał ojcu biuletyny dworskie do oprawy. Zapytała też o mnie.

– Przyprowadź tu swoją córkę, chcę ją zobaczyć – powiedziała.

Mówiąc te słowa, ojciec odwrócił twarz, tak że nie dostrzegłam jej wyrazu. Zdziwiło mnie, jak niepewne były ruchy jego dłoni.

Wciąż pamiętam tytuł, nad którym pracował tego dnia. Były to *Roczniki* i *Dzieje* Tacyta w jednym tomie. Jedyna oprawiona przez niego księga, jaką kiedykolwiek widziałam, na której grzbiecie litery wykraczały poza ograniczające linie oklejki.

Siedem miesięcy po śmierci mamy, w jeden z ponurych listopadowych dni spowitych dymem z kominów, ojciec zabrał mnie do pałacu. Jechaliśmy fiakrem przez pontonowy most Izaakowski, który pod koniec grudnia jak co roku miał być zamknięty i zastąpiony lodową przeprawą po zamarzniętej Newie. Przytulona do boku ojca, wyobrażałam sobie, jak caryca uśmiecha się do mnie i wyciąga rękę do pocałowania. Skóry, którymi wymoszczono wnętrze fiakra, pachniały brzozowym dziegciem i kwasem chlebowym.

Zanim wysiedliśmy, ojciec posadził mnie na kolanach i pocałował w czubek głowy. Powiedział, że chce zabezpieczyć moją przyszłość na wypadek, gdyby Bóg powołał go do siebie przed czasem tak jak mamę.

– Poza mną nie masz nikogo. Nie mogę spać spokojnie, kiedy myślę, że mógłbym umrzeć i zostawić cię całkiem samą – wyszeptał.

Mocno mnie przytulił, a ja poczułam jego zapach, nie ten znajomy, octu i kleju, ale, tak niecodzienny u niego, wody kolońskiej i tabaki.

Caryca Elżbieta, w srebrzystej sukni, z białym piórem nad czołem. Na jej widok pomyślałam o aniołach, świetlanych wysłannikach Boga, którzy uskrzydlonymi ramionami bronią zbłąkanym dzieciom dostępu do niebezpiecznych miejsc.

– Podejdź, moje dziecko – powiedziała, a jej głos zabrzmiał szczególnie słodko, gdy wymawiała to ostatnie słowo.

Zawahałam się. Do aniołów trudno się zbliżyć bez lęku.

– Idź – ponaglił ojciec, popychając mnie lekko w jej kierunku.

Spuściwszy oczy, wpatrzona w rąbek jej sukni wyszywanej perłami i złotą nicią, z ociąganiem ruszyłam przed oblicze imperatorowej Wszechrusi. Modliłam się, aby ukłon, który ćwiczyłam od wielu dni, nie zdradził mojej niepewności.

Elżbieta ujęła w dłonie mój podbródek i zaglądając mi w oczy, skłoniła mnie do podniesienia wzroku. Emanowała wonią kwiatu pomarańczy i jaśminu.

– Jaki ładny uśmiech – wymruczała.

Poczułam dotyk jej palców na policzkach, delikatną, łagodną pieszczotę. Pozwoliłam, żeby otoczyła mnie słowami, promieniującymi ciepłem jak ozdobione biało-niebieskimi kaflami pałacowe piece. Ojciec powiedział mi wcześniej, że caryca ma dobre serce, że wie, co to ból po stracie matki i obawa o przyszłość. Czyż nie posłała po osieroconego syna swojej siostry? Czyż nie uczyniła go wielkim księciem?

– Jak ci na imię, moje dziecko? – zapytała.

– Barbara.

– Warwara Nikołajewna, Wasza Cesarska Wysokość – poprawił mnie ojciec.

– Warwaro, twój ojciec prosił mnie, bym wzięła cię pod swoją opiekę w razie jego śmierci. Czy jest to także twoje życzenie?

– Tak, Wasza Wysokość – odparłam.

– Niech więc tak będzie – powiedziała. Złożonym wachlarzem dotknęła mojego ramienia. – Otoczę cię należytą opieką. Masz moje słowo.

Ojciec stał bez ruchu, lekko pochylony, kiedy Elżbieta opuszczała salę tronową w otoczeniu licznego orszaku, który wysławiał jej szlachetność. Zwiesił głowę, gdy kilku dworzan przystanęło i przyjrzało mi się uważnie przez monokle, wzrokiem, jakim patrzy się na ptaka w klatce. Ręka, którą chwycił moją, była zimna i mokra od potu.

Czy domyślił się, co mnie czeka?

Stałam u jego boku, milcząca i zalękniona, póki nie odszedł ostatni dworzanin, a cesarska gwardia nie zamknęła za nim pozłacanych drzwi. Pragnęłam zapytać, który z nich był wielkim księciem Piotrem, ale nie śmiałam.

Kiedy wyszliśmy z pałacu, zaczął padać śnieg. Fiakier czekał w umówionym miejscu, a woźnica, od którego było czuć wódką, obrzucił nas podejrzliwym spojrzeniem. Na brzegu

Newy wiatr przegarniał śmieci, bawił się dziurawym słomkowym kapeluszem, strzępem jutowego płótna, drewnianym kołem o połamanych szprychach.

Nabrzeżem prowadzono skazańców z ogolonymi głowami, całą grupę zakutą parami w kajdany. Wielu z nich miało okaleczone nozdrza. Niektórym, tym o wąskich, tatarskich oczach, brakowało nosa albo ucha. Miękki, mokry śnieg zaczął sypać mocniej, a ich gołe głowy okryły się bielą.

Nasz fiakier wjechał na most Izaakowski. Teraz, kiedy widziałam już wnętrze pałacu, skóry do okrycia wydały mi się jeszcze bardziej wyleniałe, a zapach dziegciu i kwasu trudniejszy do zniesienia.

– Nie zamierzam cię opuszczać, Basieńko. To tylko tak na wszelki wypadek – odezwał się ojciec.

Wtedy zaczęłam płakać.

Nie byłam przy nim, gdy umierał. Późnego grudniowego wieczoru przy kolacji ojciec odsunął od siebie miskę kaszy zaprawionej śmietaną. Nie był głodny. Poprosił tylko jak zwykle o filiżankę gorącego mleka. Wypije je u siebie, powiedział.

Właśnie minęły nasze pierwsze święta Bożego Narodzenia spędzone bez mamy. Dni wydawały się niekompletne, rozbite na nieprzystające do siebie kawałki; zbyt pełny talerz, uwierający but, puste krzesło. Poczucie dławiącej pustki ogarniało mnie za każdym razem, kiedy musiałam przed sobą przyznać, że nawet matczyne szale schowane w szafie pachną jedynie suszonym rozmarynem.

Za kilka dni mieliśmy witać Nowy Rok. Szesnasty rok mojego życia, rok, w którym miałam przestać być dzieckiem.

Nowa służąca, która zaniosła mleko na górę, otworzyła drzwi do sypialni ojca i głośno krzyknęła. Nie chciała mnie wpuścić do środka, zrobiła tylko znak krzyża nad moją głową i próbowała zamknąć mnie w uścisku, mamrocząc swoje zaklęcia przeciwko urokom, równie bezcelowe jak nadzieja. Jej fartuch wciąż pachniał świątecznymi wypiekami, rodzynkami, goździkami i wanilią.

– Poślij po waszego księdza, Warwaro! – nalegała, zagradzając mi przejście własnym ciałem. – Na litość boską, poślij kogoś po księdza!

Odepchnęłam ją na bok.

Kiedy nasz ksiądz przybył w asyście ministranta, ciało ojca przeniesiono już na łóżko; twarz miał poszarzałą i spokojną. Opuszki jego palców były fioletowe, jakby je poobijał w ostatnich chwilach życia. Na biurku leżała kartka papieru zapisana jego pismem. Obok niej gęsie pióro z ułamaną końcówką.

– Pękło mu serce – powiedział ksiądz, a ja wyobraziłam sobie serce taty roztrzaskane na przezroczyste drzazgi, ostre jak ciernie.

W ostatnich słowach ojca nie było nic dla mnie. Spisał sobie tylko listę zadań na następny dzień. Odkąd rozeszła się wieść, że caryca Elżbieta roztoczyła nad nim mecenat, zamówienia na nowe oprawy popłynęły strumieniem. Zamierzał dokupić jeszcze dwa słoje kleju. Narzędzia wymagały naprawy; noże naostrzenia. Koniuszek jego ulubionego gładzika ukruszył się. Trzeba znaleźć inne miejsce do gromadzenia skór, bo na świńskiej odkrył ślady pleśni. „Nic tak nie natłuszcza powierzchni jak olej ze słodkich migdałów" – zapisał.

Ksiądz ukląkł i zaczął odmawiać modlitwę za zmarłych. Ja także uklękłam.

– Wieczne odpoczywanie... – próbowałam powtarzać za nim, ale głos mi się załamał przy wypowiadaniu tych podniosłych słów.

Tego ciemnego grudniowego wieczoru liczyły się tylko łzy i milczenie.

Nowe zamówienia nie na wiele się zdały. Ojciec miał zbyt wiele długów. W styczniu 1743 roku nasz dom i wyposażenie warsztatu poszły pod młotek. Patrzyłam, jak ulubiony dywan mamy zostaje zwinięty i wyniesiony. Jak książki ojca w skrzyniach wędrują na czyjś wóz. Cały mój majątek sprowadził się do niedużego tobołka i kilku rubli zawiniętych w kawałek płótna.

Caryca obiecała, że weźmie mnie w opiekę, powtarzałam sobie.

Przybyłam do pałacu w lutym, w najzimniejszym miesiącu roku. Lokaj o kwaśnym oddechu kazał mi czekać i zostawił mnie w pokoju dla służby. Oczekiwanie dłużyło się w nieskończoność. Nikt nie zwracał na mnie najmniejszej uwagi, z wyjątkiem pałacowego kota, który ocierał się o moją kostkę. Obserwowałam pokojowych uwijających się jak w ukropie, ponaglanych przez strach. Słyszałam wymierzane policzki i miotane przekleństwa, tupot niewidzialnych stóp, przemierzających tam i z powrotem wąskie kuchenne korytarze. Podmuch lodowatego powietrza dosięgnął mojego policzka. Strach podszedł mi do gardła.

Skuliłam się w sobie i czekałam.

Zapadł zmrok. Do przedpokoju weszła wysoka kobieta o jasnych, srebrzystych włosach. Jej suknia wyglądała na ciężką i musiała być ciepła, ponieważ poczułam ostry zapach potu. Obrzuciła mnie niecierpliwym spojrzeniem. Odpychając łaszącego się kota, zaczęła narzekać na brudne plamy na drzwiach, smugi na szybach i kłaczki sierści na otomanach. Wymawiane z niemiecka samogłoski nadawały jej głosowi ostry, oskarżycielski ton.

– Nazywam się Warwara Nikołajewna – odważyłam się odezwać. – Caryca posłała po mnie.

– Wiem – odwarknęła z lekceważącym uśmiechem, ściągając brwi. Jej twarz przypominała mi pyszczek żółwia, a głowa wydała się stanowczo za mała w stosunku do okazałego ciała. Dopiero później dowiedziałam się, że była to *Frau* Kluge, nadworna garderobiana, której powierzono opiekę nade mną.

– Chodźże, dziewczyno – rozkazała, więc poszłam jej śladem, tuląc do piersi mój tobołek. Zauważyłam i wysłużone gołe deski pod nogami, i szpary w drewnianych ścianach, i kłębki kurzu zbierające się po kątach. Naszła mnie myśl, że jestem tylko muchą, której pozwolono zrobić kilka kroków, zanim opadnie packa.

Nie uszłyśmy daleko. W pałacowej kuchni dostałam talerz wodnistego kleiku i kubek cienkiego kwasu. Musiałam jeść szybko, bo *Frau* Kluge nie miała czasu do stracenia. Musiałam zachowywać milczenie, bo nie zamierzała słuchać tego, co miałam jej do powiedzenia. Kiedy skończyłam posiłek, zaprowadziła mnie do pomieszczeń dla służby. W izbie cuchnącej zawartością nocników i pleśnią spało nas siedemnaście. Myszy przemykały pod łóżkami i chowały się w naszych butach. Jak się dowiedziałam, cesarskie koty były zbyt dobrze karmione, żeby się za nimi uganiać.

– Żebyś mi była gotowa, kiedy rano po ciebie przyjdę – przykazała *Frau* Kluge i odeszła.

Usiadłam na twardym, wąskim łóżku, jedynym, jakie było wolne. Ucałowałam medalik z Najświętszą Panienką, który dostałam od mamy. Z początku inne dziewczęta przyglądały mi się ciekawie, ale kiedy zobaczyły, jak żegnam się na rzymską modłę, odwróciły wzrok.

Źle spałam, odgłosy dobiegające z izby – zgrzytanie zębów, jęki, wiatr tłukący o zamarznięte szyby – wkradały się do mojego snu. Było przeraźliwie zimno. Raz obudziłam się, czując, jak pod mój cienki koc wślizguje się czyjaś ręka. Z walącym głośno sercem usiadłam na łóżku i rozejrzałam się wokół, ale moje towarzyszki wyglądały na pogrążone we śnie. Ugryzłam się w ramię, żeby się przekonać, czy ten lepki dotyk mi się nie przyśnił. Dziewczyna śpiąca na łóżku obok jęknęła.

W końcu zapadłam w głęboki sen, przyszła do mnie matka i wytarła mi rękę czymś wilgotnym i ciepłym.

– Chodźmy, Basieńko, nasza pani na ciebie czeka – powiedziała, a ja ruszyłam w ciemność za jej migotliwą zjawą.

Rankiem, kiedy sądziłam, że nikt nie patrzy, schowałam pod obluzowaną deską w podłodze przy moim łóżku ruble, które miałam ze sobą. Wieczorem, kiedy podniosłam deskę, żeby sprawdzić, czy mój spadek jest bezpieczny, zawiniątko było płaskie i puste. Monety zniknęły.

*R*ano zgodnie z obietnicą zjawiła się *Frau* Kluge. Znalazła dla mnie miejsce w cesarskiej garderobie. Wyraziła nadzieję, że moja matka nauczyła mnie przynajmniej szyć.

Nie czekała na moją odpowiedź.

Poszłam za nią, wysłuchując jej jazgotliwych utyskiwań. Już ona znała takie jak ja. Bezpańskie koty spodziewające się misek śmietanki. Ludzie mnożą się na potęgę, a potem oczekują, że ich dziećmi zajmie się kto inny. Zbyt wielu wykorzystuje dobroć Jej Wysokości. Ruble nie rosną na drzewach. Kiełbasy i bochenki chleba nie spadają z nieba jak deszcz.

W cesarskiej garderobie *Frau* Kluge przykazała mi wziąć się solidnie do roboty.

– I pamiętaj, dziewczyno, nie chcę słyszeć na ciebie żadnych skarg.

Moje hafty nie zasłużyły na pochwałę. Ściegi kładłam krzywo, myliły mi się kolory. Matka źle mnie wychowała, usłyszałam. Kiedy dostałam guziki do posortowania i przyszycia, z trudem nawlokłam igłę, a supełek na końcu nitki zrobiłam za duży i zaraz się rozwiązał.

Nikt się do mnie nie odzywał, słyszałam tylko rozkazy. Pozostałe szwaczki, wprawne i szybkie, pochylały się nad swoją pracą, pochłonięte rozmową o nowym wielkim księciu. Ściągały usta w dzióbek i nazywały go biedną sierotką pozbawioną matczynej miłości. Usłyszałam, że jest dowcipny i ma dobre serce. Że zapamiętuje imiona wszystkich, których spotkał, i melodie, które usłyszał choćby raz. Od przyjazdu wielkiego księcia minął zaledwie rok, a jego rosyjski jest już na tyle biegły, by mógł wydawać rozkazy i rozumieć, co się do niego mówi. Jego prawosławne imię, Piotr Fiodorowicz, pasuje do niego znacznie bardziej niż niemieckie Karol Ulryk. Lubi bliny i zupę z jesiotra. A także kaszę z grzybami. W Pałacu Zimowym wnuk Piotra Wielkiego z każdym dniem rośnie w zdrowie i siłę.

Teraz, kiedy Rosja miała już następcę tronu, szwaczki przewidywały liczne bale i maskarady. Caryca będzie potrzebowała wielu nowych strojów i szat. W cesarskiej garderobie nie będzie ani chwili na próżnowanie.

Nim minęło południe, stopy miałam zdrętwiałe z zimna, a palce u rąk popuchnięte od ukłuć igłą. Do jedzenia dostałam kromkę czarnego chleba, do popicia herbacianą lurę.

– Tylko tyle zrobiłaś? – skarciła mnie *Frau* Kluge. Wyrwała mi wierzchnią suknię, nad którą pracowałam, i zaczęła nią wymachiwać jak sztandarem, wzbudzając u szwaczek salwy śmiechu.

Zwiesiłam głowę i stłumiłam płacz. *Frau* Kluge wręczyła mi brzytwę i patrzyła, jak odpruwam guziki, które wcześniej przyszyłam. Tego wieczoru nie dostanę kolacji, usłyszałam. Nie zasługuję na posiłek, dopóki nie nauczę się porządnie pracować.

Wracając do służebnej izby, wyjrzałam przez lufcik okna połyskującego od szronu. Na pałacowym dziedzińcu muł ciągnął furę wyładowaną sztukami mrożonego mięsa, a woźnica popędzał go, żeby zrobić miejsce dla cesarskich sań. Kiedy tylko te się zatrzymały, wyskoczył z nich jakiś młodzieniec i popędził do pałacu. Byłam ciekawa, czy to sam wielki książę, ale nie miałam kogo zapytać.

Pomyślałam o koszu wypełnionym guzikami, o niezliczonych rzędach sukien owiniętych w jedwab i przechowywanych w olbrzymich skórzanych skrzyniach, drogocennych szatach, których pewnie nie będzie mi dane nawet dotknąć. Pomyślałam o sieci zmarszczek wokół wąskich ust *Frau* Kluge, o jej cierpkim głosie, o kroplach ropy, która zbierała się w kącikach jej oczu.

Wślizgnęłam się do mojego wąskiego łóżka i przycisnęłam palce do brzucha, usiłując oszukać głód. Obok mnie przeszedł pałacowy kot, nie zaszczyciwszy mnie nawet jednym spojrzeniem.

Wreszcie zasnęłam. Śniłam o jedzeniu parujących klusek z talerza wielkiego jak księżyc.

Gdy nasza matuszka marzła w nocy, wzywała do swej sypialni kompanię oficerów pałacowej gwardii, twierdziły szwaczki, żeby ogrzewali powietrze oddechami.

Kiedy urządzała maskaradę, wszystkie damy musiały przywdziać męskie ubrania, a mężczyźni włożyć suknie z rogówką i balansować na obcasach. A żadna z dam dworu nie mogła dorównać Jej Cesarskiej Wysokości pod względem kształtnych nóg.

Nawlekając igły i wygładzając fałdki atłasowych lamówek czy pienistych koronek, szwaczki plotkowały o tym, jaki będzie los przystojnego oficera, który grał węża w dworskiej komedii. Caryca pytała o niego już dwa razy, mówiły. Koty, które sypiają na jej łożu, noszą aksamitne ubranka i kapelusze. Jedzą smażone piersi kurczaka i chłepczą mleko ze srebrnych spodeczków.

Nie odrywałam oczu od szycia, lecz mimo to fastryga, którą mi zlecano, wychodziła krzywo. Moje ściegi były za długie. Musiałam wszystko pruć. Suknie były ciężkie i ześlizgiwały mi się z kolan na podłogę, nurzając się w kurzu. Kolejny dowód mojej niezgrabności.

I pracowałam za wolno, stanowczo za wolno.

– Rób, co ci kazano – słyszałam, kiedy usiłowałam bronić moich wysiłków. – I nie dyskutuj z lepszymi od siebie.

Tego tylko ode mnie chcą, myślałam; gorycz smagała mnie z gwałtownością wiosennej ulewy. Żebym nie zostawiła śladu na pościeli, w której spałam, na szmatach, które w służebnej izbie uchodziły za ręczniki. Żebym się skurczyła tak, by ich oczy prześlizgiwały się po mnie, nie zauważając mojej obecności. Chcieli, bym zniknęła, rozsypała się w garstkę prochu, tak aby jakaś posługaczka mogła mnie zmieść z podłogi, zatrzeć po mnie ostatni ślad.

„A kiedy już trafisz do Pałacu Zimowego, wszystko się może zdarzyć". Teraz, kiedy byłam sierotą, z bólem przypominałam sobie słowa matki. Nie ma nic zdrożnego w pragnieniu, by zajść wyżej. Dzięki niemu człowiek przestaje być niewidzialny.

$\mathcal{K}$ażdego ranka nadworna garderobiana ubierała drewniane kukły, krawieckie manekiny podobne do tych, jakie kupcy tekstylni wystawiają w oknach swoich sklepów, żeby zaprezentować towar. Na dworze te manekiny nazywano pandorami – małymi, jeśli służyły do demonstrowania strojów codziennych czy nieoficjalnych; dużymi, jeśli ubrano je w szaty ceremonialne lub suknie balowe. *Frau* Kluge zanosiła pandory do cesarskiej sypialni, aby nasza pani mogła zdecydować, co na siebie nałoży.

Myślałam o ambicjach mojej matki. Myślałam o tym, co Elżbieta przyrzekła mojemu ojcu.

Zebrałam się na odwagę i poprosiłam *Frau* Kluge, żeby przy prezentacji pandor przypomniała Jej Wysokości o moim istnieniu. Potrafiłam czytać po francusku i niemiecku. Miałam dobry głos, mocny i o miłej barwie. Umiałam też śpiewać. Palce miałam nienawykłe do szycia, ale moje pismo było staranne i równe. Czy nie mogłaby poprosić, by Jej Wysokość wzięła mnie do siebie na służbę?

Frau Kluge nawet nie pozwoliła mi dokończyć. Zanim wypowiedziałam ostatnie słowo, poczułam piekący ból policzka.

– Jesteś nikim, dziewucho – usłyszałam. – Zapamiętaj to sobie: nikim. I nic nigdy tego nie zmieni.

Nie czekałam na kolejny policzek. Pośpiesznie wróciłam na miejsce i podniosłam suknię, którą wykańczałam. Czułam piekący ból twarzy. Ukłułam się w palec, z którego wypłynęła kropla krwi.

Za moimi plecami szwaczki szeptały o tym, że Jej Wysokość nie przykłada wagi do książek i pism. A nawet gdyby było inaczej, czy nie ma w swoim otoczeniu osób bardziej niż polska przybłęda godnych, by jej służyły?

Czułam, jak wzbiera we mnie hardość. Wiedziałam, że jestem bystrzejsza od *Frau* Kluge i służących, które teraz się ze mnie śmiały. Wyobraziłam sobie, jak odwiedza nas sama caryca i zastaje mnie pochyloną nad fastrygą. Tak piękna, jak ją zapamiętałam tego pierwszego dnia, pachnąca kwiatem pomarańczy, z piórem w upudrowanych włosach.

– A cóż ty robisz w takim miejscu, Warwaro Nikołajewna?! – pyta. – Dlaczego nikt cię do mnie nie przyprowadził? Co za dureń zlecił ci to szycie?

Wyobraziłam sobie zmieszanie *Frau* Kluge, jej usta mamroczące przeprosiny i błagania o wybaczenie.

– To moja wychowanica – zbywa je z gniewem Najjaśniejsza Pani – którą miałam otoczyć opieką, tak jak to przyrzekłam jej ojcu.

Frau Kluge, pobladła, z pokornie spuszczonymi oczyma zwiesza głowę. A kiedy caryca śle ją precz, na żółwim pyszczku *Frau* Kluge zastyga grymas przerażenia.

Moja przyszłość byłaby zapewniona. Nosiłabym jedwabne sukienki z szerokimi rękawami, w których moje ręce wydawałyby się takie drobne. Spałabym w alkowie przylegającej do cesarskiej sypialni. Nikt nigdy nie przeszedłby obok mnie, udając, że mnie nie widzi.

Tygodnie mijały, a ja z każdym dniem spędzonym w cesarskiej garderobie wydawałam się sobie coraz bardziej niezgrabna i powolna. Pęcherze na palcach nigdy nie zdążyły wygoić się do końca; od nieustannego pochylania się bolały mnie ramiona. Inne szwaczki chwalono za ich pracę, ale moje wysiłki nigdy nie zostały docenione. *Frau* Kluge, mijając mnie, za każdym razem rzucała mi wyniosłe, pełne pogardy spojrzenie.

Codzienna miska kaszy z cienką okrasą pomagała odpędzić najgorszy głód, miałam też dach nad głową, ale miałam to wszystko za nic. Byłam sierotą zdaną na łaskę obcych ludzi, którzy bronili mi dostępu do carycy. Gdybym tylko mogła przypomnieć jej, kim jestem i co obiecała mojemu ojcu, mój los z pewnością by się odmienił.

Pewnego zimnego kwietniowego dnia w rozpaczy napisałam do carycy liścik. Przypięłam go wewnątrz szala spowijającego suknię nałożoną na dużą pandorę. Wspomniałam w nim i o modlitewniku, który naprawił dla niej mój ojciec, i o jej obietnicy zapewnienia mi przyszłości. „Leżę bezsennie, dzień i noc rozpamiętując chwilę, w której Wasza Cesarska Wysokość dotknęła mojej twarzy" – napisałam.

Frau Kluge odniosła mi ten liścik z triumfalnym uśmieszkiem. Zmusiła mnie, żebym odczytała go na głos chichoczącym szwaczkom. Szczególnie fragment o moim ojcu: „Był rzemieślnikiem o niezwykłym kunszcie i wyobraźni – pisałam – który nigdy nie zwątpił w wielkoduszność rosyjskich serc".

– Lubimy wielkie, paradne słowa – uśmiechnęła się szyderczo i podarła mój liścik na kawałki.

Nie odpowiedziałam.

– Przybłęda zawsze pozostanie przybłędą – wycedziła. Jeśli nie zaprzestanę knucia, przewidywała, czeka mnie zbieranie końskiego łajna na ulicach. – Czym zresztą trudniłby się teraz twój ojciec, gdyby jeszcze żył – dodała.

Nie wiedziałam, jak ukryć nienawiść wyglądającą mi z oczu.

Frau Kluge sięgnęła po rózgę i smagnęła mnie po łydkach. Poczułam przeszywająco ostre cięcie, potem jeszcze jedno. Patrzyłam, jak skóra na moich nogach zmienia kolor najpierw na biały, potem na czerwony.

Zacisnęłam zęby i przysięgłam sobie, że już nigdy więcej nie będę płakać.

Miesiąc później nadal budziłam się przed świtem. Wymykałam się z lodowatej izby, w której spały szwaczki, i włóczyłam się po korytarzach jak jeden z pałacowych kotów. Słyszałam, że Najjaśniejsza Imperatorowa nie najlepiej sypia. Może któregoś razu natknę się na nią lub na wielkiego księcia, myślałam. Słyszałam, że bardzo polubił Murzyna, którego na powitanie podarowała mu ciotka. Zrobił tego czarnoskórego młodzieńca swoim adiutantem. W czym byłam mniej warta od niego? Pragnęłam tylko szansy przypomnienia carycy o moim istnieniu.

Z początku zakradałam się do pałacowej kuchni, skuszona zapachem wyszukanych potraw, które nigdy nie trafiały na stół szwaczek, spiżarnie jednak zawsze były zamknięte na klucz, a jedyną rzeczą, na której nie zbywało w magazynach, były tanie łojowe świece. Czasem oficerowie pałacowej gwardii pytali mnie, dokąd się wybieram albo skąd idę, ale wtedy spoglądałam im prosto w oczy i podawałam jakąś pikantną wymówkę, na przykład, że nie mam w zwyczaju zdradzać sekretów mojej pani. Kilku młodszych oficerów zawsze próbowało skraść mi przy tej okazji całusa, ale byłam zwinna, więc udawało im się co najwyżej musnąć rąbek mojej sukni.

Carycy nie spotkałam, odkryłam jednak komnaty, w których stoły były przykryte dywanami, a szafy pełne przedziwnych instrumentów muzycznych; pokoje zastawione starymi meblami, z rzędami obrazów opartych o ścianę. W jednej z takich komnat znalazłam skrzynię pełną starych książek.

Wyjęłam je jedna po drugiej i wytarłam z kurzu. Były to głównie naukowe traktaty z astronomii i medycyny, księgi o narzędziach i roślinach, jakich nigdy jeszcze nie widziałam. Oprawy miały proste, bez żadnych zdobień. Ojciec zmarszczyłby brwi na widok puszczających szwów i ciemnych plam pleśni na stronicach.

Właśnie takiej nocy znalazł mnie hrabia Bestużew, kanclerz Rosji.

– Kim jesteś? – zapytał.

Pochłonięta lekturą zapleśniałej księgi, którą wyciągnęłam ze skrzyni, nie zauważyłam, kiedy wszedł. Gdy stanął nade mną, poczułam zapach wódki i czegoś jeszcze, czegoś drażniącego, czego nie umiałam jeszcze nazwać.

Wiedziałam, kim jest, bo często go widywałam przemierzającego pałacowe korytarze takim krokiem, jakby był panem stworzenia.

Słyszałam, że jego aksamitne fraki pochodziły z Paryża. Główki jego lasek świeciły srebrem. Szwaczki szeptały, że kanclerz często ogrzewa łoże naszej pani, i zastanawiały się, jak prezentuje się w sukni z rogówką podczas cesarskich maskarad.

– Szwaczką Jej Cesarskiej Wysokości – odpowiedziałam.

– Szwaczką, która czyta po niemiecku?

W półmroku wypełniającym komnatę czułam, że bacznie mi się przygląda. Ujął mnie mocno za podbródek i podniósł moją twarz ku sobie.

– Wiesz, kim jestem? – zapytał.

– Jesteś, panie, śliskim węgorzem i szczwanym lisem – odparłam spokojnie.

Roześmiał się.

– A skąd to wiesz, dworska panno?

– Podczas szycia nastawiam uszu.

– I cóż takiego jeszcze słyszysz? – dotknął mojego karku, przesunął palcem po złotym łańcuszku z Najświętszą Panienką. – Powiesz mi?

– Kawaler Duval gustuje w chłopcach stajennych – oznajmiłam zuchwale.

– Czyżby? Skąd to wiesz?

– Tak mówi Anton.

– A kimże jest Anton?

– Lokajem wielkiego księcia Piotra. To ten wysoki z krzywymi zębami. Anton smali cholewki do nadwornej szwaczki i zawsze próbuje ją pocałować, ale ona uważa, że to nicpoń. Wszystkie jego słodkie słówka na nic, mówi. – Serce waliło mi jak młot. Książka ześlizgnęła mi się z kolan i upadła na podłogę, ale nie schyliłam się, by ją podnieść. – Saski poseł przechodzi kolejną kurację rtęcią – ciągnęłam. – Medycy każą mu pić sproszkowany ołów i modlić się do greckich bogów.

– Coś podobnego. Powiedz mi jeszcze, szwaczko, czy do twoich uszu dochodzą także uwagi na temat Jej Wysokości?

– Czasami – powiedziałam po chwili wahania.

– I co takiego słyszysz?

– *Frau* Kluge mówi, że nasza mateczka nie powinna zapominać, iż hrabia Razumowski naprawdę ją kocha. Moim zdaniem *Frau* Kluge sama jest w nim zakochana. Rumieni się za każdym razem, kiedy słyszy jego imię. Widziałam, jak ukrywa się w kuchennym korytarzu, żeby usłyszeć, jak hrabia śpiewa.

– *Frau* Kluge? Ta tłusta niemiecka gęś, która uważa się za nie wiadomo co? – zdziwił się kanclerz.

– Skubie wargi, żeby wyglądały na pełniejsze. Wypycha sobie biust poduszeczkami.

Znowu się zaśmiał, stłumionym gardłowym śmiechem.

Jak złudnie proste wydają się kroki, które odmieniają ludzkie życie. Jak niewiele jeszcze wiedziałam o zwyczajach carycy – o zmienianych co noc sypialniach, o kochankach, którzy oczekiwali na nocne wezwanie. Wierzyłam, że do tej zapomnianej części pałacu sprowadził kanclerza Rosji szczęśliwy traf. Że to szczęśliwy traf sprawił, iż hrabia Bestużew zaczął rozmawiać z niezdarną szwaczką z cesarskiej garderoby. I że to szczęśliwy traf zaprowadzi mnie przed oblicze mojej pani.

Nocy takich jak ta było w kolejnych miesiącach jeszcze wiele. Wypełnionych nadzieją, beztroskim śmiechem i wyznaniami, które chętnie przed kanclerzem czyniłam, wdzięczna za luksus poświęconej mi uwagi.

Frau Kluge przechowuje w szufladzie szafirową buteleczkę. Twierdzi, że to woda kolońska, ale sama widziałam, jak ona i nadworna szwaczka z niej popijały. I to nie raz.

Anton, lokaj wielkiego księcia, powiedział, że miałby ochotę roztrzaskać Murzynowi głowę o ścianę.

Hrabina Gołowina trzyma pod łóżkiem w swym alkierzu chłopkę, która opowiada jej baśnie, kiedy jej pani nie może zasnąć.

Nietrudno było się zorientować, które z moich opowieści podobały się kanclerzowi.

– Czy szwaczka potrafi dochować tajemnicy? – zapytał któregoś razu.

– Tak – odpowiedziałam.

– Ten pałac nie kończy się na garderobie, Warwaro.

Kiwnęłam głową.

– Istnieją opowieści znacznie donioślejsze. Trzeba tylko wiedzieć, gdzie ich szukać.

Kanclerz Rosji położył rękę na mojej dłoni.

Spuściłam oczy i utkwiłam wzrok w srebrnych sprzączkach u jego butów. Były kwadratowe, ozdobione drogimi kamieniami. Słuchałam.

Są wśród nas tacy, mówił mi kanclerz Rosji, którzy, wyzuci z czci i wiary, spiskują przeciw carycy i nie zawahają się przed zbrodnią przeciw majestatowi. Przebiegli i obłudni; wiedzą, jak ukryć swoje myśli, zamaskować je kłamliwymi zapewnieniami o swej lojalności.

Są wszędzie, mówił, ale działają w ukryciu. Nasza pani musi wiedzieć, kim są i jakie mają zamiary.

Kanclerz mówił przytłaczająco poważnym tonem. Ani na chwilę nie spuszczał wzroku z mojej twarzy.

Prawi poddani muszą zostać nagrodzeni, a źli – ukarani. Trzeba oddzielić ziarno od plew. Mój ojciec nie bez powodu przyprowadził mnie do pałacu. Ufał swojej monarchini. Teraz jego córka może nauczyć się pełnić funkcję ważniejszą, niż kiedykolwiek przypuszczał – może zostać oczami i uszami carycy Rosji.

Jej zausznicką.

Jej biuletynem.

Przekazicielką najważniejszych opowieści.

– Kimś, komu nasza pani może zaufać, Warwaro – powiedział kanclerz. – Oraz kimś, komu także ja mogę zaufać.

Miałam szesnaście lat. Nadal wierzyłam w powszechną ułudę bezbronnych: że władcy rządziliby sprawiedliwiej, gdyby tylko wiedzieli to, co przed nimi zatajono. Wierzyłam w powtarzane od wieków ckliwe historie, w których królowie lub królowe, sułtani czy carowie odmieniali swe serca, poznawszy radości i troski zwykłych ludzi.

– Spójrz na mnie, Warwaro – powiedział kanclerz. Ręka, którą położył na mojej, była ciężka, ale jej dotyk był ciepły i delikatny.

Podniosłam oczy na tyle, żeby zobaczyć jego gładko wygoloną twarz i dołeczki na policzkach.

Obserwował mnie już wystarczająco długo, oznajmił. Mój rosyjski był nienaganny. Słyszał, jak rozmawiałam po niemiecku z jednym z lokajów wielkiego księcia. Znałam też francuski. I polski.

– Chciałabyś się nauczyć tego, czego tylko ja mogę cię nauczyć?

Podeszłam do niego bliżej, tak blisko, że zobaczyłam maleńkie odbicia mojej pobladłej twarzy w jego źrenicach.

Skinęłam głową.

Podniecenie rosło we mnie jak ciasto drożdżowe mamy. Wszystko wydało mi się dziecinnie łatwe. Wystarczy tylko wziąć kilka lekcji, a moje życie zmieni się na lepsze.

Nie wiedziałam jeszcze, jak zdradliwe są te pozornie niewinne opowieści – że kawaler Duval za względy chłopców stajennych zapłaci sekretami króla Francji, zaś Anton wkrótce zostanie przesłuchany i zwolniony ze służby u wielkiego księcia. Ale nawet gdybym wiedziała, nie powstrzymałoby mnie to przed powtarzaniem rzeczy, dzięki którym kanclerz Rosji zwrócił na mnie uwagę.

Jeszcze nie wtedy.

*B*iałe noce ledwie przeminęły, kiedy zaczęłam pobierać nauki. Pierwsza była krótka.

W ślepym zaułku pałacowego korytarza kanclerz wskazał na szczelinę w drewnianej ścianie.

– Stań tutaj i obserwuj – rzekł. – Jak wrócę, opowiesz mi, co zobaczyłaś.

Pozostawiona samej sobie, ochoczo zajrzałam przez szparę. Dostrzegłam sekretarzyk i niewyraźną sylwetkę samotnej kobiety czytającej coś przy świecy. W jej wyglądzie ani zachowaniu nie było niczego niezwykłego i po chwili obserwowanie zaczęło mnie nużyć, ale patrzyłam dalej. Godzinę później kobieta odłożyła książkę, ziewnęła i wyszła z izby.

Pomyślałam, że mogłabym opuścić moją kryjówkę, żeby ją śledzić, ale bałam się zgubić w drodze powrotnej w pałacowych zakamarkach, więc zostałam na miejscu. Po gorącym dniu w korytarzu panowała nieznośna duchota. Od wdychania kurzu unoszącego się w powietrzu drapało mnie w gardle. Wzdłuż kręgosłupa spływała mi strużka potu. Musiałam się szczypać w ramię, żeby nie zasnąć.

Kiedy kanclerz po mnie wrócił, zadał mnóstwo pytań. Czy kobieta miała przyklejoną muszkę? W jakim miejscu twarzy? Czy w trakcie lektury bawiła się bransoletką? Może sprzączką przy pasku? Ile guzików miały jej rękawy? Jak często przewracała kartki?

Z każdym pytaniem, na które nie umiałam odpowiedzieć, opuszczała mnie nadzieja, a łzy napływały mi do oczu. Na nic mu się nie zdam – myślałam, przygotowując się na odprawę.

Kanclerz Rosji podwinął rękaw mojej sukienki, odsłonił siniaki, jakie pozostawiły moje palce.

– Największą cnotą szpiega jest cierpliwość – powiedział z uśmiechem. – Wszystkiego innego mogę cię nauczyć.

Po tej pierwszej lekcji przyszły następne. Wkrótce umiałam już otwierać zamki za pomocą szpilki do włosów i rozpoznawać ukryte szufladki po układzie słojów drewna. Wiedziałam, w jaki sposób sekretne kieszenie mogą być wszyte do pasków lub sakwojaży, a listy sprytnie ukryte. Poznałam tajniki zegarów, wyściółek butów czy przewodów kominowych. Zalety schowków w odpowietrznikach pieców, pod parapetami, wewnątrz poduszek lub opraw książek.

Nauczyłam się obserwować, nie będąc widzianą, odróżniać szczere uśmiechy od tych, które maskują zdradę, i szydzić z lichych skrytek pod poduszkami czy obluzowanymi deskami w podłodze, które umiał wyśledzić byle złodziej.

Poznałam zalety mylenia tropów i błogosławieństwa rutyny. Nauczyłam się przybierać nieprzenikniony wyraz twarzy i wtapiać się w otoczenie.

Przekonałam się, że bycie niewidzialnym jest tak samo ważne jak cierpliwość.

*D*o komnat kanclerza prowadziło sekretne przejście, wąskie i strome. Zwykle, gdy kanclerz Rosji chciał mnie widzieć, znajdowałam pod poduszką czerwoną chustkę, ale tej chłodnej sierpniowej nocy wysłał po mnie swojego lokaja. Zastanawiałam się, czy to znak od niego. Caryca Elżbieta właśnie zjechała do Pałacu Zimowego po letnich miesiącach spędzonych w Peterhofie. Czy to możliwe, że kanclerz w końcu mnie do niej zaprowadzi?

Bezszelestnie, tak aby nie obudzić szwaczek, włożyłam najlepszą suknię po mamie, tę z białego muślinu. Krawcowa, którą ojciec zatrudnił przed swoją śmiercią, musiała ją zwęzić, ale kiedy kątem oka zobaczyłam moje odbicie w lustrze, suknia wyglądała, jakby została uszyta specjalnie dla mnie. Z butami było gorzej. Mama miała mniejsze stopy i jej pantofelki cisnęły mnie w palce.

Kanclerz Rosji oczekiwał mnie w swoich pokojach. Usadowiony w fotelu pod oknem, przyglądał mi się spod przymrużonych oczu. Bez peruki jego łysiejąca głowa wydawała się mniejsza i nie tak imponująca. Na palcu nosił masywny złoty pierścień. Lepiej mu w czerwonym niż w czarnym aksamicie ze srebrną lamówką, pomyślałam, a koronkowy kołnierz dodaje mu szyku.

Czy to on był tym wielmożnym panem z marzeń mojej matki?

– Podejdź no tu, dworska panno.

Żartobliwy ton w jego głosie sprawił, że poczułam się ważna, przeznaczona do wielkich celów. Nieśmiałość zeszła ze mnie jak łupina z cebuli. Teraz zabierze mnie do carycy, pomyślałam, ale nauczyłam się już ukrywać radość. Czyż nie powiedział mi kiedyś, że cierpliwość jest największą cnotą szpiega?

Tę chłodną sierpniową noc rozgrzewało płonące w kominku brzozowe polano, jeszcze mokre – drewno syczało i dymiło.

– Służbę wprawdzie odesłałem, ale nie wyjdziesz stąd głodna – powiedział kanclerz, wskazując stolik zastawiony dla dwóch osób.

Podeszłam bliżej. Wyglądał zwyczajnie, a talerze były puste.

– To mechaniczny stolik – uśmiechnął się na widok mojego zaskoczenia. – Taki sam jak ten, który Jej Cesarska Wysokość ma w swoich apartamentach. Lepiej naucz się z niego korzystać.

Gestem zaprosił mnie, abym usiadła.

– Podnieś go – powiedział, wskazując porcelanowy talerz. Pod nim zobaczyłam drewniane wieczko.

– Otwórz.

W skrytce znalazłam ołówek i kartkę papieru.

– Wiem, jaką breją *Frau* Kluge karmi swoje szwaczki, więc napisz, na co masz największą ochotę – powiedział. – Nie wstydź się.

„Zupa z jesiotra", napisałam. „Pieczony bażant".

– Cokolwiek zechcesz. Pisz, pisz. – W jego oddechu czułam wódkę.

„Ostrygi".

„Tort bezowy".

Pociągnął za sznurki, stolik zniknął w szybie ukrytym pod podłogą. Deski wróciły na miejsce. Kiedy klapy w podłodze znów się otworzyły, stolik był zastawiony daniami, każde przykryte srebrną pokrywą. Kanclerz zdjął je jedna po drugiej.

– Jedz – powiedział. – Nasza pani nie lubi chudych dworek. W ich towarzystwie czuje się niezgrabna.

Jego talerz pozostał pusty.

Patrzył, jak sięgam po muszle i niezdarnie połykam chłodne, pachnące cytryną ostrygi. Zupa rybna była gorąca i jedząc ją zbyt szybko, poparzyłam sobie język. Włókna wędzonego jesiotra utkwiły mi między zębami. Bezskutecznie próbowałam je usunąć czubkiem języka.

Obok opróżnionej do połowy butelki wiśniówki stały dwa kieliszki. Napełnił je aż po brzegi.

– Prezent od Najjaśniejszej Imperatorowej – wymamrotał. – Dowód cesarskiego uznania i dozgonnej wdzięczności.

Jeśli w jego słowach była gorycz, zignorowałam ją.

– Jej ulubiony napój, Warwaro. Skosztuj!

Podniosłam kieliszek najostrożniej, jak potrafiłam, ale mimo to kilka kropel kapnęło na stół. Ponieważ nie było na nim obrusa, który by je wchłonął, starłam je rękawem.

Roześmiał się.

– Spróbuj – namawiał mnie, teraz już łagodniej. – Naucz się, co naprawdę dobre.

Spróbowałam. Różowy płyn palił mnie w gardle. Szybko odstawiłam kieliszek.

Pochylił się w moją stronę, podniósł swój kieliszek i opróżnił go jednym haustem.

– Tylko malutki łyczek cesarskiej wdzięczności? – zażartował. – Koniecznie musisz wypić więcej.

Wypiłam. Pokój wokół mnie zawirował i zadrżał w posadach. Wbiłam widelczyk w spory kawałek tortu bezowego udekorowanego bitą śmietaną i czekoladą.

Ciepło w moim żołądku napełniło mnie błogością. W ustach czułam smak jesiotra i bitej śmietany.

Gdzie kończy się przeznaczenie, a zaczyna wybór?

Kanclerz przyglądał się, jak kończę posiłek, jak wycieram usta z jedwabistej warstewki tłuszczu, jak delektuję się słodyczą roztopionej czekolady i jak wypijam jeszcze trochę wiśniówki. Wreszcie się odezwał. Jego głos był spokojny i dźwięczny.

– Jesteś piękną dziewczyną, Warwaro, ale nasza pani nie gustuje w kobietach. Zapewne nie wiesz nawet, o czym mówię, prawda? A powinnaś. Musisz wiedzieć, że w głębi duszy caryca jest córką prostej wieśniaczki. Wybiera mężczyzn silnych i niewyszukanych. Lubi, kiedy jej schlebiać, i lubi czuć się pożądana, ale najbardziej ze wszystkiego lubi urok nowości. Mogę sprawić, żeby cię wezwała, ale nie jestem w stanie zapewnić, że jej zainteresowanie tobą się utrzyma. Będziesz musiała umiejętnie dawkować jej swoje doniesienia. A do tego będę ci potrzebny bardziej, niż ci się wydaje.

Spojrzałam na jego łysinę, rozpięty frak i rozchełstaną koszulę. Ścisnęło mnie w gardle. Wstał i podszedł do mnie. Poczułam, jak jego ciepłe dłonie wślizgują się pod mój gorset, sięgają do piersi. Jak kamień w jego pierścieniu zahacza o koronkę matczynej sukni.

– Nie zrobię ci krzywdy – wymamrotał.

Pozwoliłam, by kanclerz pociągnął mnie na otomanę, uniósł halkę, rozchylił gorset. Jego dłonie zacisnęły się mocniej na moich nadgarstkach.

Przycisnął moją rękę do blizn na swojej piersi. Trzy długie szramy tuż nad sercem i czwarta, tak głęboka, że mogłabym w niej schować palec. Pod warstwą cienkiego batystu paradnej koszuli poczułam mocne bicie jego serca. Przestraszyłam się, że umrze. Co powiem lokajowi, kiedy mnie znajdzie w martwych ramionach swego pana? Czy będzie je musiał złamać, aby mnie uwolnić?

– Nie bój się – usłyszałam. Wsunął sobie moją dłoń do spodni i zacisnął. Po chwili całą rękę miałam mokrą i lepką.

Zamknęłam oczy.

Odsunęłam myśl o grzechu, o piekielnym ogniu wiecznej kary. Coś się we mnie zatrzasnęło i poddało, jak sadza osypująca się w głąb komina.

Kiedy już było po wszystkim, zapytał:

– Nie zrobiłem ci krzywdy, prawda?

– Nie – odpowiedziałam.

Jeszcze wtedy mu wierzyłam.

– Nic się nie stało. Niczego ci nie odebrałem, Warwaro. Nadal jesteś dziewicą.

Bełkotał.

Patrzyłam, jak jego głowa opada na otomanę, a zaczerwienione oczy zamykają się same.

Wstałam, chwiejąc się na nogach. Suknia mamy była mokra od jego nasienia. Pantofle leżały pod biurkiem. Schyliłam się, żeby je podnieść. Nie włożyłam ich jednak. Boso ruszyłam ku drzwiom. Za sobą słyszałam tylko chrapanie kanclerza. Odwróciłam się w jego stronę. Ominęłam wzrokiem rozporek. W blasku świec jego łysina błyszczała jak wypolerowana tarcza.

Po wyjściu z komnaty Bestużewa nie byłam w stanie dłużej powstrzymać mdłości. Zwymiotowałam prosto do olbrzymiej wazy, która stała na korytarzu. W głowie nadal mi szumiało, a w ustach miałam kwaśny posmak.

Zanim wróciłam do sypialnej izby, wódka przestała działać. Lepiły mi się dłonie, a palce cuchnęły wymiocinami. Dzbanek w umywalni był pusty, więc najstaranniej, jak mogłam, opłukałam ręce we własnej ciepłej urynie. Potem zdjęłam poplamioną sukienkę mamy i zawiązałam ją na supeł. Wypiorę ją bez świadków, pomyślałam.

Zapadłam w niespokojny sen, a kiedy obudziłam się w środku nocy, zobaczyłam tarczę księżyca przesłoniętą świetlistą mgiełką.

Nie pamiętam, co mi się śniło. Rano, kiedy pomywaczka przyniosła dzban wody, pobiegłam do niego, odpychając współmieszkanki na bok. Starałam się zapomnieć o rękach kanclerza na moich piersiach, o matczynej sukni, wymiętej i poplamionej jak szmata.

Nic się nie stało, powiedział. Nadal jesteś dziewicą.

Zanurzyłam ręce w wodzie i namydliłam szarym mydłem. A potem jeszcze raz. Przez okno pałacu zobaczyłam grzbiety szarych fal Newy, połyskujące w porannym słońcu.

— Szpiegowanie, Warwaro — powiedział mi później kanclerz Bestużew — jest sztuką posługiwania się ludźmi, którzy nie wierzą w lojalność, których zachłanność jest ogromna i nieprzewidywalna, a motywy – zawsze podejrzane. Każdy, kto dla nas pracuje, może zostać przekupiony przez kogoś hojniejszego. Najlepsi szpiedzy to nie ci, którzy pracują dla pieniędzy czy ze strachu. Lecz dla zaspokojenia swoich najskrytszych pragnień.

Wiele było takich lekcji i wiele było takich nocy. Przesiąkniętych obietnicami, nagradzanych pochwałą. Byłam pojętna. Sprytna. Ładna. Byłam zwinna i szybka. Wiedziałam, kiedy mówić i kiedy zachować milczenie. Słuchałam uważnie i zapamiętywałam wszystko, co usłyszałam.

Nie byłam już zwykłą szwaczką, bezimienną pałacową służką, przybłędą, która nie ma na tym świecie nikogo, kto by się zatroszczył o to, czy jeszcze żyje.

Moja przyszłość rysowała się jasno, a moment triumfu wydawał się bliski.

Takimi myślami ogrzewałam się, śpiesząc z komnat kanclerza do cesarskiej garderoby.

Lato dawno minęło, dwór na powrót rozlokował się w Pałacu Zimowym, a moje lekcje nadal trwały. Wiedziałam już, że wszystko jest pozorem. Ci, którzy nie raczyliby na mnie spojrzeć na korytarzu, mieli sekrety bardziej zgubne od moich.

Jeśli miałam jakiekolwiek wątpliwości, czy to aby na pewno najszybsza droga do cesarskich łask, kanclerz je rozproszył:

– Najjaśniejsza Imperatorowa uwielbia weseliska – powiedział. – Jeżeli uzna, że jesteś do zastąpienia, wyda cię za mąż za ostatniego ze swych fagasów i zatańczy z panem młodym na weselu. Masz już kogoś na oku?

– Nie.

Pieszczota, ostrzeżenie, obietnica. A pod tym wszystkim przekonanie o mojej wyjątkowości, przytępiające zmysły i popychające mnie tam, gdzie sama nie trafiłabym nigdy.

– Słuchaj.

– Obserwuj.

– Zapamiętuj.

– Okłamuj każdego oprócz mnie.

– Wróć.

Nigdy nie odmówiłam. Wiedza o tym, co skryte przed innymi, pociąga jak opium.

Wtedy jeszcze nie wiedziałam, że głos kanclerza będzie się we mnie potęgował i stawał coraz bardziej natarczywy. Że zagłuszy moje własne myśli, i tylko jemu będę posłuszna.

„Nie mów zbyt wiele. Wystrzegaj się tych, którzy zadają za dużo pytań. Śledź uważnie spocone dłonie, zagubione spojrzenia. Pamiętaj, że nie ma miejsc bezpiecznych, że nie ma pokoi, które można by zupełnie wyciszyć. Nie ufaj przejawom dobroci. Wszelkie dary i życzliwe uśmiechy to tylko różne formy przekupstwa".

Wtedy nie wiedziałam jeszcze, że tajemnice potrafią tak odurzyć i że tak trudno od nich uciec.

Ostatniej wrześniowej nocy kanclerz zabrał mnie do cesarskiej sypialni.

Ciężkie zasłony były zaciągnięte. Na marmurowym stoliku zobaczyłam opróżnioną do połowy butelkę wiśniówki; plastry cytryny połyskiwały w kałuży rozlanej cieczy. Wbrew temu, co mówiły szwaczki, kot, który wyciągnął się przy kominku, nie miał na sobie aksamitnego ubranka. W srebrnym okuciu rączki kanclerskiej laski opartej o obramowanie kominka odbijało się migotanie płomieni.

Myślałam, że sypialnia jest pusta, ale ze spowitego półmrokiem łoża z baldachimem doszło mnie pogwizdywanie skocznej melodii.

– Oto i ona, Wasza Wysokość – odezwał się kanclerz. – Tak jak obiecałem. Ta nie zawiedzie.

– Przyprowadź ją tu bliżej – rozkazała Elżbieta, wynurzając się z cienia i osłaniając oczy przed bladą poświatą księżyca, który wkradł się przez szparę w zasłonach. Kiedy się do niej zbliżyłam, zauważyłam pąsowe usta i paznokcie zabarwione na różowo olejkiem z dzikiej róży.

Jakże się różniła od olśniewającej damy, którą zapamiętałam z pierwszego dnia w pałacu. Rozpuszczone włosy wydawały się cienkie i słabe, a twarz – nalana. Dezabil z muślinu odsłaniał pomarszczoną skórę na piersiach. Rozsiadła się na fotelu i uniosła gołą stopę, na której kołysał się pantofel.

– Twój ojciec był przystojnym mężczyzną – powiedziała, bawiąc się złotą bransoletką na przegubie. – Niezwykle przystojnym. Przypomnij mi, czym to on się zajmował?

– Był introligatorem, Wasza Wysokość.

Zachichotała.

– Odziedziczyłaś po nim to aksamitne spojrzenie.

Uklękłam i ucałowałam jej dłoń, miękką i pachnącą różanym olejkiem i słodką wódką. Pogłaskała mnie po ramieniu, wygładzając rękawy mojej sukni, po czym odprawiła jednym gestem.

Z rogu komnaty, do którego się usunęłam, słyszałam, jak rozmawiając z kanclerzem, ściszyła głos. Wiedziałam, że decydują o moim losie. Usłyszałam słowa „wielki książę" i „dworki". Słyszałam pytania i odpowiedzi, zapewnienia o, jak sądziłam, moich umiejętnościach. Raz czy dwa razy Elżbieta zerknęła w moją stronę, jakby szukając potwierdzenia obietnic kanclerza. Czekałam, zaciskając dłonie i nastawiając uszu.

W końcu kanclerz skłonił się i zwrócił do mnie.

– Możesz podziękować Jej Wysokości, Warwaro – oznajmił. Jego twarz promieniała zadowoleniem.

Spojrzałam na Elżbietę. Skinęła głową.

Wtedy pośpieszyłam ku niej i rzuciłam się do cesarskich stóp.

𝒫o wyjściu z sypialni imperatorowej kanclerz powiedział mi, że zostanę przydzielona do dworu wielkiego księcia.

– Pokojówka od alkierza – powiedział.

Praca miała nie być zbyt wyczerpująca, ponieważ wielki książę nie dbał szczególnie o strój, a swoich mundurów nigdy nie pozwalał dotknąć pokojówkom.

– Obserwuj jego dworki, jego lokai i służących – powiedział kanclerz. – Wiedz, kto go oszukuje podczas gry w karty, a kto próbuje zdobyć jego zaufanie. Pamiętaj, że obserwujesz przyszłego cara.

Kiwnęłam głową.

– Twoja pani będzie po ciebie posyłała nocami – ciągnął kanclerz, podkreślając swoje słowa stuknięciami laski o podłogę. – A kiedy już cię wezwie, musisz mieć dla niej ciekawe opowieści. Nie jesteś jej jedyną zauszniczką.

Ponownie skinęłam głową.

Poczułam, jak jednym palcem unosi ku sobie mój podbródek.

– Dotrzymałem słowa, prawda?

– Tak.

– I jesteś mi wdzięczna?

– Tak.

Jego ręka przez krótką chwilę pieściła mój policzek, a potem bezwładnie opadła.

– Nasza pani chce usłyszeć swoje opowieści, a ja chcę słyszeć swoje, Warwaro. Ja cię ochraniam i utrzymuję. Ty słuchasz i jesteś lojalna. Jesteś także moimi oczami i uszami. Miej je zawsze otwarte. Okłamuj wszystkich wokół, ale mnie – nigdy.

Wtedy sądziłam, że ta obietnica nie będzie mnie nic kosztować.

Z cesarskiej sypialni dobiegł nas zuchwały męski śmiech, a po nim dźwięki gitary. Ktokolwiek to był, musiał wejść sekretnym przejściem natychmiast po naszym wyjściu.

Pustymi korytarzami Pałacu Zimowego poszłam za kanclerzem Rosji do jego komnat.

Rankiem w cesarskiej garderobie *Frau* Kluge wydawała się jeszcze bardziej skwaszona niż zazwyczaj. Zajęłam moje miejsce, po czym z zaczerwienionymi, piekącymi z niewyspania oczyma zabrałam się do prasowania wstążek.

Frau Kluge unikała mojego spojrzenia.

Odkąd dwór powrócił z letnich wywczasów w Carskim Siole, szwaczki plotkowały, że Jej Cesarska Wysokość marszczy brwi, kiedy słyszy nazwisko swojej nadwornej garderobianej. Że nazywa *Frau* Kluge „niemiecką klępą, która niczego nie umie zrobić jak należy". Coraz częściej zdarzały się poranki, kiedy *Frau* Kluge wracała z cesarskiej sypialni zapłakana, pandory były połamane, a zdarte z nich suknie – pogniecione i w strzępach. W takich wypadkach nadworna szwaczka kazała nam rzucać wszystko i pośpiesznie przygotowywać inne stroje do pokazania carycy.

Tego dnia ku naszej wielkiej uldze pandory wróciły z oględzin w nienaruszonym stanie i wszystkie zajęłyśmy się gorączkowym wykańczaniem najnowszej kreacji – odcinaniem wystających nitek, prasowaniem rąbka, obmacywaniem tkaniny w poszukiwaniu zapomnianych szpilek. Kiedy wierzchnia suknia była gotowa i owinięta w kupon jedwabiu, *Frau* Kluge zaniosła ją na pokoje.

Patrzyłam, jak wybiega ze szwalni. Patrzyłam, jak wraca po jedną ze szwaczek, która miała dokonać jakichś ostatnich poprawek. Przez moment zdjął mnie lęk, że nic się nie wydarzy, że Elżbieta zapomniała o swojej obietnicy.

Lecz kiedy *Frau* Kluge wróciła, podeszła do nadwornej szwaczki i coś do niej wyszeptała.

Po chwili obie obrzuciły mnie wzrokiem.

Zaczęłam fastrygą naszywać lamówkę na pąsową balową suknię. Wygładziłam wstążkę ręką i ułożyłam ją na jedwabiu i wtedy podeszła do mnie *Frau* Kluge.

– Jej Wysokość życzy sobie, żebyś zajęła się garderobą wielkiego księcia. – W jej głosie wyczułam niepokój, ale nie zrobiłam nic, by ukryć, jak bardzo mnie ucieszył. – Jak tylko skończysz pracę na dziś, spakuj swoje rzeczy.

Szepty wokół mnie rosły i gęstniały.

Wstążka i jedwab wyślizgnęły mi się z rąk na podłogę, ale ani *Frau* Kluge, ani nadworna szwaczka nie złajały mnie za to. Tym razem nie usłyszałam też, że mam się przestać głupio uśmiechać.

Tego wieczoru *Frau* Kluge zaprowadziła mnie do izdebki w zachodnim skrzydle pałacu, tuż obok pokoju dworek wielkiego księcia Piotra.

Nocnik muszę opróżniać sama, powiedziała, ale przysługuje mi tyle łojowych świec, ile potrzebuję, pod warunkiem że ogarki odniosę ochmistrzyni. Pomywaczka przyniesie mi co rano dzbanek z wodą, żebym mogła się obmyć.

– Będziesz też miała swoją półkę – oznajmiła. Zauważyłam, że kurczowo ściskała poręcz schodów. – Półkę, stolik i drewnianą skrzynię na swoje rzeczy, Warwaro Nikołajewna – dodała, otworzywszy przede mną drzwi.

Jak pięknie zabrzmiał dźwięk mojego pełnego imienia.

Izdebka była starym zaślepionym wykuszem o cienkich drewnianych ścianach. Spojrzałam na gołą podłogę, sufit z brązowymi zaciekami, na grubą warstwę kurzu na parapecie i stoliku. Nie było kominka. Zza ściany słyszałam radosny śmiech dworek szykujących się właśnie do cesarskiej maskarady, na której kobiety wystąpią w męskich strojach, a mężczyźni w balowych sukniach. W sąsiednim pokoju ktoś grał na skrzypcach.

Frau Kluge zrobiła kilka niepewnych kroków, po czym odwróciła się do mnie. Jej usta zacisnęły się w wąską, prostą kreskę.

Za alkierz wielkiego księcia odpowiadają dwie inne pokojówki, poinformowała mnie sucho, Jego dworki mają własne służące.

– O swoje obowiązki zapytaj lepiej Jego Wysokość – syknęła. – Wyszoruj się jutro jak należy i idź mu się przedstawić.

W głosie *Frau* Kluge usłyszałam dawną wyniosłość. Jeśli chciałam, żeby gubiła się w domysłach lub czuła respekt przed niezwykłymi możliwościami mojej nowej pozycji, nie zamierzała dać mi tej satysfakcji. Cesarskim życzeniem jest, by polska przybłęda służyła wielkiemu księciu – cesarskiemu życzeniu ma się stać zadość. Nie pierwszy to raz, nie ostatni. Nie jej zgadywać myśli swojej pani.

Frau Kluge spojrzała na mnie raz jeszcze i wyszła.

Mysie odchody starłam kawałkiem starej ścierki, którą znalazłam pod stołem. Moje nowe łóżko było tak samo twarde i wąskie jak poprzednie, a koc równie wytarty.

Zza ściany usłyszałam kaskady przymilnego śmiechu, znak, że do pokoju obok wszedł właśnie wielki książę. Stare deski były tak rozeschnięte, że mogłam bez trudu patrzeć przez szpary. Zobaczyłam go, wysokiego i chudego jak tyczka, w białej jedwabnej sukni z rogówką i damskiej peruce; jego szczupła twarz była upudrowana i pokryta różem. Dworki – wszystkie w granatowych holsztyńskich mundurach – otaczały go kołem.

Książę zakręcił się jak fryga przy akompaniamencie frenetycznych oklasków. Dygnął i przesłonił twarz strusim piórem. Usłyszałam, jak chichoce i mówi coś po rosyjsku. Jego cienki głos brzmiał piskliwie i bardzo cudzoziemsko.

Wreszcie wszyscy wyszli, a ja starłam kurz z drewnianej skrzyni i otworzyłam ją. Nie było jej czuć myszami. Włożyłam do niej mój skromny dobytek – suknię mamy, jej pantofelki, kilka książek oprawionych przez ojca. Zamknęłam wieko i rozejrzałam się za kluczem, ale nie znalazłam go.

Rankiem, zanim przedstawiłam się wielkiemu księciu, jego Murzyn ostrzegł mnie, bym sprawiła się szybko; Jego Wysokość jest zmęczony po balu i życzy sobie zająć się swoimi sprawami.

Piotr właśnie skończył śniadanie. Siedział przy stole, oparty na łokciach i wpatrywał się w rozwinięty rulon papieru. Na czole miał jeszcze smugę wczorajszego różu. Jego upudrowane jasne włosy były uczesane na modłę, którą nazywano wtedy hiszpańską. Dziewczęcym, piskliwym głosem wymieniał rosyjskie miejscowości. Jak się okazało, była to lista twierdz usytuowanych wzdłuż wschodniej granicy.

Na stole pomiędzy półmiskami waliły się książki pełne map i rycin; jako nieodrodna córka swojego ojca skrzywiłam się na myśl o śladach pozostawionych przez zatłuszczone palce.

Piotr nie podnosił wzroku znad mapy, którą studiował.

– Mów, co ci kazali powiedzieć – rozkazał po niemiecku. W jego ustach niemieckie słowa brzmiały mniej piskliwie niż rosyjskie

Uznałam, że rozsądnie będzie odpowiedzieć także po niemiecku. Powiedziałam, że życzeniem Jej Cesarskiej Wysokości jest, abym pełniła przy nim służbę.

– A co potrafisz?

Zaskoczona pytaniem, zawahałam się przez chwilę. Mój wzrok padł na gazety zgromadzone na stoliczku obok. Dostrzegłam w nich swoją szansę.

– Mogłabym czytać Waszej Wysokości – odparłam. – Żeby Wasza Wysokość oszczędzał wzrok.

Piotr spojrzał na mnie z zaciekawieniem i zamrugał. Zauważyłam, że ma osobliwie jasne rzęsy. Jego skóra była mlecznobiała; później przekonałam się, jak szybko opala się na ognistoczerwono za każdym razem, kiedy zbyt długo przebywał na słońcu.

– Muszę zapytać profesora Stehlina – odpowiedział. – To mój nowy nauczyciel. Z Prus.

Spodziewałam się, że każe mi odejść, ale wskazał na jedną z map leżących na stole. Paznokcie, jak zauważyłam, miał zabarwione czerwonym olejkiem.

– Wiesz, gdzie leżą Prusy?

Kiwnęłam głową i spostrzegłam, że sprawiło mu to zadowolenie.

Tego ranka wielki książę zadał mi wiele pytań. Chciał wiedzieć, gdzie się urodziłam i dlaczego moi rodzice przyjechali do Rosji. Rozczarowała go wiadomość, że mój ojciec był introligatorem, a nie żołnierzem.

– Czy Polacy nie lubią walczyć? – zapytał.

Odparłam, że nie wiem. Powiedział, żebym się nie martwiła. Życie jest pełne niespodzianek. On sam zawsze myślał, że zostanie królem Szwecji.

– Możesz jeszcze wyjść za mąż za żołnierza – dodał.

Dopiero wtedy zauważyłam leżącą na dywanie poplamioną rogówkę z połamanymi obręczami.

$\mathcal{S}$zczęśliwie dla mnie profesor Stehlin nie sprzeciwił się mojej propozycji i odtąd codziennie rano stawiałam się w gabinecie Piotra, gotowa do lektury. „Miej oczy szeroko otwarte – powiedział mi kanclerz. – Pamiętaj, że obserwujesz przyszłego cara".

Czytania było mnóstwo. Wyimki z zagranicznych raportów i gazet, opisy fortec z *Sila Imperii* lub z *La galerie agréable du Monde*. Fragmenty na temat zachowań różnych zwierząt, anatomii roślin, układu petersburskich kanałów i skarbów Kunstkamery.

Każdy przeczytany przeze mnie ustęp stawał się tematem lekcji. Warowna twierdza była pretekstem do wyjaśnienia wzoru matematycznego, każdy komunikat – do prześledzenia granic obcych krajów i sprawdzenia ich położenia na mapie. Kiedy wielki książę robił się niecierpliwy lub zmęczony, profesor Stehlin ordynował mu spacer: do pałacowych ogrodów albo na ulice Sankt Petersburga, miasta, które jego słynny dziad Piotr I wydarł mokradłom i morzu.

Przyszły car ma mądrego nauczyciela, uznałam.

–$\mathcal{M}$ów – rozkazała mi Elżbieta pierwszej nocy, kiedy zostałam wezwana do cesarskiej sypialni.

Po drodze zobaczyłam skuloną w kącie pokojówkę. Szlochała, obejmując się chudymi ramionami. Drzwi, którymi weszłam, były ukryte w rzeźbionym panneau. Otworzyły się bezszelestnie. Cesarskiej zausznicki nikt nie powinien słyszeć.

Elżbieta leżała na łóżku z kompresami na powiekach. U jej boku spały dwa leniwie wyciągnięte koty. Usiadłam na wyszywanym podnóżku. „Schlebiaj jej. Opowiadaj to, co chce usłyszeć.

Spraw, by miała ochotę słuchać cię bez końca" – przypomniałam sobie słowa kanclerza.

– Profesor Stehlin powiedział, że Wasza Cesarska Wysokość wygląda zachwycająco w preobrażeńskim mundurze – zaczęłam.

– Komu powiedział? – Nie zdjęła kompresów z oczu, lecz uśmiech na pięknie wykrojonych ustach zachęcał mnie, abym mówiła dalej.

– Hrabiemu Lestocqowi, który aż przygryzł wargę.

Za drzwiami usłyszałam niecierpliwe szuranie. Inni też czekali na swoją kolej.

– Czy mój siostrzeniec robi należyte postępy w nauce?

– Tak, Wasza Wysokość.

– Czy podoba mu się któraś z jego dworek?

– Nie wyróżnia żadnej. One jednak wyobrażają sobie, że jest inaczej. Szczególnie panna Gagarina.

Tematów opowieści nie brakowało. Z mojej izdebki o cienkich ścianach nietrudno było podglądać dworki i podsłuchiwać ich paplaninę. W pałacowych komnatach ich oczy prześlizgiwały się po mnie, jakbym była powietrzem, ale ja już znałam ich myśli. Ta próbowała kusić wielkiego księcia widokiem obnażonych piersi. Tamta dąsała się, ponieważ Piotr powiedział, że jest zupełnie pozbawiona muzycznego słuchu. Słuchałam ich dziecinnych zwierzeń o pierwszych pocałunkach i przysięgach na śmierć i życie; starannie ważąc ich pragnienia i lęki.

Były łatwym celem. Zbyt rozpieszczone, żeby dostrzec to, co dzieje się tuż za ich plecami, zbyt pewne siebie, żeby zaszczycić swoją uwagą innych.

Elżbieta usiadła na łóżku i zdjęła kompresy z oczu.

– Zapal jeszcze jedną świecę, Warwaro. Za ciemno tu.

Wstałam z podnóżka. Odpaliłam nową świecę od już płonącej i ustawiłam ją na stoliku przy cesarskim łożu. Usłyszałam chrapliwe kocie pomrukiwanie. Caryca muskała długimi, szczupłymi palcami rudawe futerko swojego ulubieńca.

– Panna Gagarina, powiadasz? – zachichotała. – Powiedz mi, Warwaro, co ta gąska sobie wyobraża?

*P*rzyszły car miał wielu gości, poinformowałam kanclerza.
Książę Lew Naryszkin rozśmieszył go do łez głośnym pierdzeniem i naśladowaniem ulicznych dziwek. Hrabia Woroncow podarował księciu srebrny zestaw podróżny inkrustowany szylkretem i masą perłową.

– Godny najlepszego żołnierza – powiedział.

Frau Kluge wynajdywała coraz to nowe powody do odwiedzin. Ganiła pokojówki za niechlujność i kazała im bez końca szorować palenisko kominka. Zawsze celowała tak, żeby zastać wielkiego księcia samego; rozmawiała z nim o Eutin i wmawiała mu, że się tam urodził. Elżbieta także przyszła z wizytą. Przyglądała się, jak Piotr ślęczy nad mapami, i pogłaskała go po głowie, kiedy jej wyjaśnił ruchy wojsk w jakiejś zapomnianej bitwie.

– Mój ojciec byłby z ciebie dumny – powiedziała.

Opowiedziałam kanclerzowi o cesarskiej obietnicy wiosennego polowania na niedźwiedzie, z tropicielami, nagonką i sforą ogarów. A także o robieniu przymówek na temat panny Gagariny, o skutkach jej zalotnych póz i drobnych kroczków.

– Rozglądam się za żoną dla ciebie – oznajmiła caryca, szczypiąc siostrzeńca w policzek. – Nie mam wyjścia, wkrótce może być za późno.

Na wzmiankę o książęcej żonie kanclerz wyraźnie się ożywił. Zauważyłam gwałtowny ruch głową i zaciśnięte wargi. Przypominał drapieżnego ptaka krążącego nad swoją ofiarą.

– Wymieniła już jakieś kandydatki?

– Księżniczkę saską Marię Annę, kilkakrotnie. Ale wielki książę nie chce o niej słyszeć. Twierdzi, że ma końską twarz. Teraz mowa już tylko o księżniczce Anhalt-Zerbst.

– Pruska narzeczona! Jakbyśmy nie mieli dość kłopotu z jednym Niemcem! Czy książę wciąż moczy łóżko?

– Tak. Pokojówki się skarżą, że muszą ciągle zmieniać prześcieradła.

Kanclerz nie ukrywał swojego rozdrażnienia wnukiem Piotra
Wielkiego. Świat nie jest igraszką książąt. Rosja potrzebuje sojuszu z Saksonią lub Austrią. Król Prus zbyt rośnie w siłę. Byłoby
lepiej dla wszystkich, gdyby następca tronu potrafił pojąć chociaż
tyle. W jego głosie pobrzmiewało znużenie.

Kanclerz westchnął. Dokumenty na jego biurku leżały odwró-
cone zapisaną stroną do dołu i pogrupowane po dwa, tak aby żaden nie mógł niepostrzeżenie zniknąć.

– Czy wymagam od niego zbyt wiele, Warwaro?

Szpieg nie musi odpowiadać na takie pytania.

Szpieg powinien natomiast wspomnieć o liście ukrytym w se-
kretnej szufladzie, która otwiera się tylko wówczas, kiedy nacisnąć
rzeźbioną kolumienkę po prawej stronie. O liście nazywającym
Fryderyka II najzręczniejszym władcą w historii. Skarżącym się,
że Rosja to barbarzyński kraj, którego ciemny lud wierzy w gusła
i całuje święte obrazy w nadziei, że uleczą go ze wszystkich cho-
rób. W którym następca rosyjskiego tronu pisze: „Gdybym był
nie opuścił Holsztynu, służyłbym teraz w armii Waszej Wysokości, ucząc się, na czym polega rzemiosło prawdziwego żołnierza".

O liście, który *Frau* Kluge zgodziła się przekazać we właściwe ręce.

W pierwszych dniach października profesor Stehlin zaczął
mi zaznaczać te fragmenty historii Rosji, które miałam
przeczytać wielkiemu księciu. Opisy wielkiego poselstwa z 1697
i 1698 roku, podróży Piotra Wielkiego po Europie, kiedy to poznał
tajniki budowy okrętów i zaczął skupować książki i osobliwości.
Zarys bitwy pod Połtawą, w której armia rosyjska pokonała króla
Szwecji, zapewniając Rosji cenny dostęp do Morza Bałtyckiego.

– „Spójrzcie na niego – czytałam – na tego męża podobnego Bogu, teraz spowitego chmurą pyłu, dymu, płomieni, zlanego

własnym potem po dokonaniu nadludzkiego wysiłku. Rosja jest silna Bogiem i carem. Monarcha jest bowiem ojcem jej ludu, tak jak ziemia jest jego matką".

– Za panowania dziada Waszej Wysokości – podkreślił Stehlin – nic nigdy nie było kwestią przypadku.

Piotr wysłuchał go, nie przewracając oczyma.

Wycieczka do Kunstkamery została zaplanowana jako zagadka, którą wielki książę miał samodzielnie rozwiązać. Dlaczego jego dziadek otworzył swoje słynne muzeum? Dlaczego chciał, aby ludzie przychodzili oglądać jego niezwykłe zbiory? Czego największy car Rosji chciał w ten sposób nauczyć swój lud?

Kiedy profesor Stehlin przedstawił swój plan, wielki książę zerwał się z miejsca i klasnął w ręce.

– Czy ona też pójdzie? – zapytał, wskazując na mnie.

– Jeśli takie jest życzenie Waszej Wysokości.

Omal nie ugięły się pode mną kolana. Chociaż wyspę widziałam z pałacowych okien, nauczyłam się nie spoglądać w stronę drugiego brzegu rzeki. Nie znaczy to, że nie pamiętałam o moim dawnym życiu. Nić wspomnień zaciskała się już bolesną pętlą wokół mojego serca – silniejszego szarpnięcia mogłabym nie wytrzymać.

Najpierw przypomniały mi się słowa ojca: „Światło rozumu… rozprasza mroki strachu i przesądów… Kunstkamera jest świątynią wiedzy". Zawtórowały im szepty naszych służących: „miejsce przeklęte tylko sprowadzi nieszczęście na nasze głowy". Czyżby miały rację, szydząc z przekonań mojego ojca?

Odsunęłam od siebie te myśli.

Pierwszą rzeczą, jaką profesor Stehlin pokazał wielkiemu księciu w Kunstkamerze, był kopiec usypany z czaszek i kości przykryty szklaną kopułą. Dwa szkielety dzieci, podparte żelaznymi prętami, wyglądały, jakby chciały się na niego wspiąć. Obok nich szkielet ze smyczkiem w ręce przygotowywał się do gry na skrzyp-cach. Ponad tą scenką wisiał wieniec upleciony z wysuszonych tętnic, nerek i serc, opatrzony tabliczką, na której wykaligrafowany napis głosił: „Czemuż więc miałbym pragnąć rzeczy świata tego?".

– Sztuka anatomiczna – wyjaśnił profesor Stehlin. – Ale dlaczego mielibyśmy myśleć o śmierci, będąc jeszcze w kwiecie wieku? – zapytał swojego ucznia.

Piotr z zadowoleniem zatarł ręce i uśmiechnął się szeroko. Zapamiętywał słowo w słowo teksty, które przeczytałam mu przed wieloma dniami.

– „Żeby uświadamiać sobie krótkość naszego żywota. Żeby sobie przypomnieć, że za nasze uczynki będziemy odpowiadać także i po śmierci".

Profesor Stehlin z uśmiechem pokiwał głową.

Były w sąsiednim pomieszczeniu. Nieruchome, zastygłe w zamyśleniu twarze o bladej, pomarszczonej skórze, ciałka pływające w szklanych słojach, zawieszone w przeźroczystej cieczy. Dwie głowy połączone w jedną, twarz pozbawiona oczu, nogi zrośnięte w syreni ogon. Płody z kikutami zamiast rąk, niemowlęta o dwóch twarzach.

„Zmarli przyglądający się żywym" – szeptały służące w domu moich rodziców.

Szczelniej owinęłam ramiona szalem. Obok mnie wielki książę przestąpił z nogi na nogę.

– Te zdeformowane płody przyszły na świat w Rosji, zrodzone z ludzkich i zwierzęcych matek. Dziad Waszej Wysokości rozkazał, aby je gromadzono i przywożono tutaj – wyjaśnił profesor podekscytowanym głosem. – Przyjrzyj im się uważnie, książę, i zadaj sobie pytanie: w jakim celu?

Piotr wpatrywał się w słój z bliźniakami. Jeden z nich składał się zaledwie z kilku fałdów wysuszonej skóry, które przylgnęły jak żaba do pleców rozdętego ciała brata.

Milczał.

Profesor Stehlin sam odpowiedział na swoje pytanie. Piotr Wielki chciał uczyć swoich poddanych. Monstra były po prostu uszkodzonymi płodami.

– Owocami choroby lub nadużyć – oświadczył. – Albo też lęku matki.

Wskazał na inskrypcję na ścianie: „Gdyż matka może przekazać piętno swego strachu życiu, które nosi w łonie".

– Niech Wasza Wysokość powtórzy te słowa – powiedział.

Piotr oderwał oczy od słoja, którego zawartość przez cały czas pochłaniał wzrokiem. Zobaczyłam, jak usta mu drgnęły, ale nie wydobył się z nich żaden dźwięk. Dopiero po chwili usłyszałam jego krzyk, przeszywający, ochrypły i mroczny, i tupot oddalających się kroków.

Nauczyciel wielkiego księcia mrugał ze zdumienia, oszołomiony skutkiem swoich słów.

– Nie stój tak, Warwaro – zakomenderował. – Biegnij za nim!

Popędziłam do podnóża schodów. Piotr siedział w kucki i trząsł się na całym ciele. Na mój widok ukrył twarz w dłoniach.

– Zabiją mnie tu! – wyjąkał. – Wiem, że tak będzie!

Próbowałam położyć rękę na jego ramieniu, ale ją strząsnął.

– Były już znaki – słyszałam, jak szlocha. – Tak samo jak przed śmiercią mamy. Nie chcieli, żebym o tym wiedział, ale ja wiem!

Strużka wymiocin przeciekła mu przez palce i zaczęła kapać na podłogę.

Pomyślałam o osaczonym ptaku bezradnie trzepoczącym skrzydłami, zbyt przerażonym, aby zerwać się do lotu.

– Sprowadź lokaja, Warwaro! – za moimi plecami rozległ się głos profesora. – Tylko szybko!

Nawet nie słyszałam, kiedy zszedł po schodach, a on był już na dole i pomagał wielkiemu księciu wstać.

– Zobaczyłeś monstra, Wasza Wysokość. Zobaczyłeś, co może zrobić strach. Nie pozwól, aby opanował twoje myśli, książę. Nie potrafimy przewidzieć przyszłości – mówił, kiedy wybiegałam z muzeum. – Ale z pomocą rozumu możemy się przygotować na to, co może nadejść.

W ciszy, która spowiła resztę tego dnia, rozważałam te słowa, doszukując się w nich skaz, tak jak robił mój ojciec, gdy oglądał skórę na oprawy swoich ksiąg.

Nie potrafimy przewidzieć przyszłości.

Rozum może pokonać strach.

Lecz w nocy, leżąc samotnie w moim wąskim łóżku, słyszałam stłumiony płacz wielkiego księcia dobiegający z pokoju obok.

Wielokroć już miałam wstać i iść do niego. Ale za każdym razem znajdowałam wymówkę. I tak mnie odeśle. Na pewno zaraz przestanie. Przyszły car musi brać trudne lekcje życia tak samo jak inni.

A taka nauka jest bolesna.

Nie ma na to rady.

Łkanie w końcu ucichło, a ja usnęłam. „Patrz!” – namawiały mnie we śnie monstra z Kunstkamery. – Przyjrzyj się naszym palcom połączonym błoną, naszym zrośniętym nogom, zaciśniętym powiekom”.

„Dlaczego nie patrzysz?”

„Boisz się, że zobaczysz zbyt wiele?”

L udzie często sądzą, że mogą skryć się za swymi twarzami, ukształtować je jak maski na kostiumowy bal. Łudzą się, że ich promienne uśmiechy czy wyniosłe spojrzenia nie zdradzą myśli, które woleliby zachować dla siebie. Zjadliwej zawiści dworaka. Pogardy damy. Dojmującej tęsknoty dziecka.

Nie byłam jedyną zausznniczką Elżbiety, ale z jej twarzy potrafiłam czytać lepiej niż z innych. Źrenice rozszerzały się, kiedy zuchwałe męskie spojrzenie sprawiało jej przyjemność. Delikatne zmarszczenie brwi zawsze zwiastowało przypływ zniecierpliwienia, szeroki ruch ramion – zainteresowanie. Kiedy słabło, zaczynała się bawić pierwszym przedmiotem, jaki miała pod ręką.

Grzechy innych wywierały największe wrażenie. Pałacowe czeluście były mroczne i głębokie niczym wody Newy. W falującej otchłani zawsze coś się poruszało. Tajemnice były jak wyrzucone na brzeg ciała, pogięte monety, wygładzone odłamki szkła obtoczone w błocie. Bezużyteczne dla tych, którzy nie wiedzieli, skąd pochodzą. Na wagę złota dla tych, którzy posiadali tę wiedzę. Wystarczyło tylko patrzeć i zapamiętywać. Wystarczyło słuchać szeptów tych, którzy sądzili, że są sami.

Księżna Gołubiewa więziła swojego fryzjera w klatce we własnej alkowie, aby ten nikomu nie zdradził, że wyłysiała. W zamkniętej na klucz szafce w bibliotece hrabiego Szeremietiewa stały książki typu *Wenus w klasztorze albo zakonnica bez habitu*. Hrabia miał tam także obrazki z dźwigienkami w ramach. Po ich naciśnięciu można było zobaczyć ukryte scenki: pasterze i pasterki swawolący nago na łące. Surowa dama dworu, unosząca suknię, aby odsłonić pieska liżącego zwieńczenie jej ud.

Niedługo trwało, nim zostałam ulubioną zauszniczką Elżbiety.

*T*ej nocy uwagę carycy pochłaniała bransoletka na przegubie jej dłoni, pobrzękiwanie przywieszonych do niej wisiorków z drogimi kamieniami, blask złota migocącego w świetle świec.

– Jest coś, co Wasza Wysokość powinna wiedzieć o *Frau* Kluge – powiedziałam.

– O *Frau* Kluge? – zapytała z roztargnieniem Elżbieta. – Co takiego?

– Odwiedziła ją baba-szeptucha.

Bransoletka przestała pobrzękiwać. Caryca siedziała w milczeniu, podczas gdy ja opowiadałam o bezzębnych ustach znachorki, mamroczących zaklęcia, o świecy, która skwierczała i dymiła, chociaż nie było przeciągu.

Jak szybko i gładko płynęły moje słowa.

Ruble zmieniły właścicielkę. Amulety zostały przekazane. Obrzydliwe. Nie do opisania. „Weź tę buteleczkę... Napełnij ją swoim moczem... Rozsmaruj na czterech nogach łoża swej pani. To zatrzyma przy tobie jej łaskę".

Miała jeszcze zebrać cesarskie włosy, obrzynki paznokci, płatki złuszczonej skóry. Zmieszać je z amuletami i ziołami o potężnej mocy. Opakować w kawałek starego papieru. Owinąć świeżo wyprasowaną czarną wstążką. Umieścić w sekretnym miejscu, tak aby urok mógł zacząć działać.

Elżbieta z trudem zaczerpnęła powietrza. Wtedy jeszcze nie miałam pojęcia, jak bardzo boi się czarów. Ale nawet gdybym wiedziała, nie przestałabym opowiadać. Jej źrenice się rozszerzyły, a ręka zacisnęła się na mojej, przyciągając mnie bliżej. Jeszcze nigdy nikt nie słuchał mnie w takim napięciu.

– Gdzie to położyła?

Wskazałam na jej łoże, w nadziei, że dobrze usłyszałam. I że *Frau* Kluge zrobiła, co poleciła jej szeptucha.

– Pokaż – zażądała caryca.

Podeszłam do łoża i uniosłam materac. Niepotrzebnie wątpiłam w siłę desperacji. Urok tam był: nieduże papierowe zawiniątko przewiązane czarną wstążką.

Elżbieta rozkazała mi je otworzyć.

Tak zrobiłam. Zapachniało kurzem i ziołami. W środku oprócz skrawków obciętych paznokci o różowej barwie była ogryziona kość, kłębek włosów, przywiędła marchewka i pęk suszonych kwiatków.

Elżbieta żegnała się raz za razem.

– Połóż to tam – rozkazała drżącym głosem. – Ostrożnie. Nie upuść!

Zawiniątko umieściłam na stoliku pod oknem.

– Zakryj to czymś.

Przykryłam je jedwabną chustką.

– A teraz idź.

Zrobiłam krok w stronę sekretnego przejścia, ale caryca powstrzymała mnie i gestem przywołała do siebie.

– Dobrze się spisałaś, Warwaro. Kanclerz nie pomylił się co do ciebie. Bardzo dobrze.

Poczułam jej palce na moich włosach.

Tej nocy, kiedy wróciłam do mojej spartańskiej izdebki, nie myślałam o kanclerzu ani o *Frau* Kluge. Nie zastanawiałam się nad tym, co się wydarzy. Zasnęłam z myślą o cieple cesarskiej dłoni.

Połyskliwą suknię Jej Wysokości okrywała pelisa z soboli, a spod jej zielonego aksamitnego kaptura wyglądało wsunięte we włosy czarne pióro. Z balkonu, na którym stała Elżbieta, musiało być wyraźnie widać dwóch strażników, którzy prowadzili *Frau* Kluge na pałacowy dziedziniec, świeżo uprzątnięty z pierwszego listopadowego śniegu.

Piotra nie było. Caryca zabroniła siostrzeńcowi opuszczać komnaty, ponieważ obudził się z bólem gardła. Kiedy przyszłam zapytać, czy chciałby, żebym mu poczytała, siedział okrakiem na swoim psie i drażnił się z nim, pokazując mu kość.

– Zostaw mnie w spokoju – rzucił szorstko.

Tłum gapiów zaczął się gromadzić już o świcie. Ludzie zbici w gromadki pod ścianami Pałacu Zimowego przytupywali i uderzali się w piersi dla rozgrzewki.

Twarz *Frau* Kluge była blada i ściągnięta, oczy spuszczone. „Pruska zdrajczyni!" – usłyszałam okrzyki. – „Chciała ściągnąć nieszczęście na nasze głowy!"

Buty szurały na zamarzniętej ziemi. Szumiało od plotek, mrocznych i złowrogich. „Czciła Pana Ciemności…" „Kąsała miłosierną rękę, która ją karmiła".

Ktoś rzucił zgniłą kapustą. Rozprysła się na śniegu. Oczy *Frau* Kluge zwęziły się ze strachu.

„Przyłapana na gorącym uczynku" – słyszałam. „Zdemaskowana, kiedy najmniej się tego spodziewała". „Ma, na co zasłużyła!"

„Szpiegowała dla Prusaków". „Ręce ma splamione niemieckim złotem".

„Czy nie była zawsze fałszywa i podstępna? Nie zadawała wiecznie pytań, kiedy powinna siedzieć cicho?"

Jakiś pies warknął. Usłyszałam pojedyncze uderzenie w bęben.

Wszystkie oczy zwróciły się w stronę balkonu, którego balustradę zasłaniała flaga z dwugłowym rosyjskim orłem rozpościerającym skrzydła. Caryca nie poruszyła się.

Bęben odezwał się ponownie, a Elżbieta odwróciła się ku kapitanowi gwardii. Okryta rękawiczką dłoń uniosła się i przez sekundę myślałam, że błagalny wyraz oczu *Frau* Kluge zmiękczy serce mojej pani. Ale imperatorowa Wszechrusi skinęła głową i opuściła rękę.

Straże wepchnęły *Frau* Kluge na podwyższenie, pośpiesznie sklecone z kilku belek i desek. Na moich policzkach i ustach topniały płatki śniegu. Jakiś mężczyzna za mną poskarżył się, że nic nie widzi.

Jak żałosnych drobiazgów się chwytamy, żeby odsunąć poczucie winy: wspomnień ostrych słów, twarzy wykrzywionej złością, smagnięć rózgą. Jak miła jest myśl o zasłużonej karze, wymierzonej sprawiedliwości. Jak łatwo gardzić tymi, którzy wypadli z łask.

„Za mego panowania nikt nie zostanie skazany na śmierć" – ślubowała Elżbieta w dzień zamachu, który przed dwoma laty wyniósł ją na tron. *Frau* Kluge nie umrze, powtarzałam sobie, chociaż wiedziałam, że śmierć to nie jedyne, czego można się obawiać. Pod uderzeniami knuta skóra zmienia się w krwawe strzępy. Rwą się mięśnie. Pękają kręgosłupy. Niewiele trzeba, by z kobiety zrobić kalekę.

Ktoś za mną zachichotał.

Caryca skinęła raz jeszcze. Strażnik, który trzymał knut, zamierzył się i ciszę przeszył odgłos pierwszego uderzenia. Usłyszałam krzyk. Zanim zdążyłam odwrócić oczy, zobaczyłam, jak ciało *Frau* Kluge osuwa się na ziemię. Ciosów było jeszcze dziewięć, nim odczytano wyrok – wydalenie z dworu i wygnanie.

Od tego dnia nikomu w Pałacu Zimowym nie wolno było wymienić jej nazwiska.

– Grasz w pałacową grę. Tu można tylko przegrać lub wygrać – powiedział mi tego wieczoru kanclerz, pieszcząc moje kolano. – Ty także możesz niespodziewanie wrócić tam, skąd przyszłaś.

Blizny na jego piersi, wspomniał ze śmiechem, były pamiątką pozostawioną przez rękę konającego. Nie przypominał sobie już nawet jego imienia.

– Uważaj na to, co się czai w ciemnościach, Warwaro. Chwila nieuwagi i twoje miejsce zajmie ktoś inny.

Starałam się wierzyć, że nie ma innej drogi.

W odległych skrzydłach Pałacu Zimowego – w małych, zapomnianych komnatach wyłożonych ciemnymi dębowymi deskami, które wciąż pamiętają odgłos długich kroków Piotra Wielkiego – każdego wieczoru czekały na Elżbietę zaścielone łoża. Co noc zmieniała sypialnię. Nikt nie mógł wiedzieć, gdzie imperatorowa Rosji spędzi noc.

Ona także obawiała się sztyletu skrytobójcy.

Do tego czasu poznałam już wiele cesarskich tajemnic. Widziałam moją panią we łzach, widziałam ją trawioną żądzą. Widziałam jej ubrania walające się na podłodze – pocięte na strzępy, by ją z nich wyswobodzić, gdy była zbyt pijana. W ciągu miesięcy, które upłynęły od moich pierwszych nocnych wezwań, opowiadałam jej o głupocie i dumie, nadziejach i zdradach.

Dowodem zaufania, jakim mnie darzyła, było to, że powiedziała mi o liście, który jej sekretarz wysłał do księcia Anhalt-Zerbsta.

List ten niczego nie obiecywał, prosił tylko o towarzystwo jego córki. Caryca miała wszelkie powody, aby wierzyć, że Zofia przybędzie do Rosji przed 10 lutego, by zdążyć na urodzinowy bankiet. Wielki książę kończył szesnaście lat.

– Będziemy wtedy w Moskwie – powiedziała mi, ucieszona myślą o zbliżających się przenosinach dworu. Spędzanie zbyt długiego czasu w jednym miejscu niecierpliwiło ją. Gdzie indziej dni zawsze były pogodniejsze, a noce bardziej gwiaździste. Poza tym Elżbieta nie lubiła, kiedy którykolwiek z jej pałaców zbyt długo pozostawał pod kuratelą służby. To wtedy ściany zaczynały się łuszczyć, jedwabie płowieć, a dywany linieć.

Pańskie oko konia tuczy.

Tej nocy nie czytałam pałacowych raportów. Zamiast tego miałam spisać listę pytań do zarządcy. Czy meble, które caryca kazała wysłać z wyprzedzeniem do Moskwy, już dotarły? Czy nie ucierpiały wskutek wilgoci albo przez myszy? Czy zatrudniono rzeźbiarza, który sprawdzi stan posągów i dokona niezbędnych napraw? Nawet z dala od stolicy cesarskim gościom nie powinno się dać pretekstów, by zwątpili we wspaniałość rosyjskiego dworu.

– Wielka sala balowa w Annenhofie nada się w sam raz na ich pierwszy taniec – powiedziała Elżbieta. Gładziła mruczącego kota, który skulił się na jej podołku.

Koty nigdy nie dały się zmylić sypialnianym roszadom. Zawsze wiedziały, gdzie ją znaleźć.

W cesarskiej garderobie szwaczki gorączkowo przygotowywały moskiewskie kreacje. W korytarzach lokaje ustawiali kufry i skrzynie przed załadowaniem ich na sanie. Skrzynki wyściełane powrósłami ze słomy piętrzyły się w westybulu. W stajniach masztalerze szykowali postronki i uprzęże. Ja zaś miałam zadbać o to, by wśród lektur wielkiego księcia znalazły się odpowiednie wyimki.

– Mniej bitew, Warwaro – poleciła mi Elżbieta. – Może jakieś francuskie powieści. Byle nie nazbyt frywolne. Mój siostrzeniec jest bardzo podatny na wpływy. I znajdź mu jakieś miłosne wiersze, niech się ich uczy na pamięć.

W styczniu 1744 roku w moskiewskim pałacu Annenhof imperatorowa Wszechrusi chciała słuchać jedynie o księżniczce Zofii Anhalt-Zerbst.

– Co nowego dziś usłyszałaś o naszych podróżniczkach, Warwaro? – spytała, kiedy tej nocy weszłam do jej sypialni. Minęła północ, nastała najciemniejsza z godzin. Elżbieta leżała na łóżku, z głową wspartą na poduszkach. Puszok, biały kocur, jeden z jej ulubieńców, których zabrała z Sankt Petersburga, umościł się obok niej i lizał sobie puszyste łapy.

Usiadłam u jej bosych stóp, szczupłych, kształtnych stóp tancerki. Najpierw ogrzałam dłonie, rozcierając je jedna o drugą, a potem sięgnęłam po olejek lawendowy.

– Książę Naryszkin mówi, że księżniczka nie jest zbyt urodziwa.

– A co mówi kanclerz?

– Że jest bardzo bystra.

– Sprytna, chciałby powiedzieć – Elżbieta przewróciła oczami. – Wścibska. A skąd on to wie?

– Dostał kolejny list z Berlina.

Berlińscy szpiedzy byli niestrudzeni, mogłam więc odmalować przed carycą portret młodziutkiej księżniczki ze Szczecina – ponurej czarnej kropki u ujścia rzeki Odry, z dala od wielkiego świata. Obraz ciemnowłosej dziewczynki pozostawionej samej sobie, bawiącej się z dziećmi kupców na śliskich wybrukowanych kocimi łbami ulicach; córki roztrzepanej matki, która nie kryła rozczarowania tym, że jej pierworodna nie jest chłopcem.

– Jej ojciec, Wasza Wysokość, celuje w udzielaniu rad, ale brak mu środków, aby je wcielić w życie. A charakter jej matki pogarsza się z każdym rokiem.

Opowiedziałam Elżbiecie o z trudem maskowanym ubóstwie wysoko urodzonych, o wyliniałych dywanach, które źle opłacana służba czyściła sokiem z kiszonej kapusty, żeby przywrócić im kolor. O tapicerowanych krzesłach z wystającą szarawą wyściółką, o platerowanych srebrem naczyniach z krawędziami zdradzającymi właściwą warstwę z miedzi lub cyny. O wielokrotnie przerabianych i łatanych sukniach, które modne nie były chyba nigdy.

– I Bestużew takie rzeczy o niej opowiada? Czy on naprawdę myśli, że odeślę dziewczynę z takiego powodu?

Poczułam, jak napinają się mięśnie jej stóp. Spostrzegłam, że w oczach carycy gromadzą się burzowe chmury.

– Kanclerz twierdzi, że biedne księżniczki nie są przyzwyczajone do sprawowania władzy. Wyniesiona ponad swój stan, będzie wdzięczna tym, którzy ją tam postawili, i zostanie najbardziej oddaną sługą Waszej Wysokości.

Pod naciskiem moich dłoni stopy Elżbiety zaczęły odzyskiwać sprężystość i ciepło. Masowałam każdą z nich z osobna kolistymi ruchami.

– Wielki książę – ciągnęłam – pyta o księżniczkę codziennie.

Nie zdziwiłam się, kiedy stopy mojej pani znowu się napięły. Widziałam już, jak się skrzywiła, gdy jej siostrzeniec przekręcił jakieś rosyjskie nazwisko. Zauważyłam lekceważący uśmiech, którym skwitowała jego niezgrabny upadek podczas jednej z maskarad, kiedy potknął się na wysokich obcasach.

Nalałam na dłoń nową porcję olejku.

– Wielki książę chce wiedzieć, dlaczego Zofia tak się ociąga z przybyciem.

Na stole w swojej sypialni Piotr rozłożył mapę, po której powóz zabawka przesuwał się co dzień o kilka centymetrów. W powozie siedziały dwie lalki – ta większa z obtłuczonym nosem, odkąd pałacowy kot zrzucił powóz na podłogę. Nie wspomniałam jednak Elżbiecie o tym, że za każdym razem kiedy profesor Stehlin zwracał uwagę swemu uczniowi, by przestał pocierać policzek czy ciągnąć się za uszy, Piotr wyglądał na zaskoczonego, jakby nie zdawał sobie sprawy, co robią jego ręce.

Elżbieta przymknęła oczy. Mówiłam dalej.

Wielki książę martwił się, że jego przyszła narzeczona jest chuda. Profesor szybko go uspokoił. Księżniczka nabierze ciała, jak tylko zacznie jeść wyśmienite rosyjskie jedzenie. „Kobiety – powiedział Stehlin – powinny być miękkie i zaokrąglone jak nasza Najjaśniejsza Imperatorowa".

– Ten stary pochlebca naprawdę tak powiedział? – zapytała Elżbieta, tak jak przewidywałam.

– Tak, Wasza Wysokość.

– A co Piotr na to?

– Cały się rozpromienił.

Przez szparę w zasłonach wpadało blade światło świtu. Mówiłam cichym, spokojnym głosem, w nadziei że Elżbieta w końcu zaśnie.

Wielki książę chciał wiedzieć, co się robi z narzeczoną. O to, czy będzie musiał ją pocałować, pytał mnie już trzy razy. Odpowiedziałam, że tak, a on oblał się szkarłatnym rumieńcem.

Pytań miał znacznie więcej: Czy kiedy już będzie miał żonę, nadal będzie musiał brać lekcje tańca? Czy może będzie mógł się skupić tylko na swoim pułku? Czy Zofia będzie chciała przyglądać się, jak prowadzi musztrę? Była przecież córką żołnierza.

Elżbieta zamknęła oczy.

Cały Sankt Petersburg oczekuje przybycia księżniczki Anhalt--Zerbst, ciągnęłam. Żonglerzy ćwiczą nowe sztuczki, wróżbiarze przepowiadają wielką radość.

Wreszcie usłyszałam pierwsze ciche chrapnięcie mojej pani. Okryłam jej stopy błamem futra ze srebrnego lisa. Wytarłam ręce z olejku i wymknęłam się z komnaty. Świecy nie zgasiłam. Znałam na pamięć cesarskie życzenia.

*D*oniesienia Tajnej Kancelarii o postępach trwającej już miesiąc podróży księżniczki Zofii do Rosji przychodziły na arkuszach przewiązanych zieloną wstążką o końcach opieczętowanych lakiem. Zawierały mało pochlebne opowieści o pocerowanych pończochach i koszulach ze zgrzebnego płótna. Anhalt-Zerbstowie mieszkali w pałacu, na który żaden arystokrata z Sankt Petersburga nawet by nie spojrzał.

Kiedy w dzień Nowego Roku nadeszło zaproszenie z Rosji, ojciec Zofii podobno zastanawiał się przez całe trzy dni, zanim wyraził zgodę na tę podróż. Sprzeciwiał się zmianie religii, którą wymusiłoby małżeństwo z rosyjskim następcą tronu. „Jakże można ryzykować zbawienie naszej córki w imię próżnej sławy? Pozwolić jej na bałwochwalstwo?" – pytał. „Gdybym cię słuchała, wciąż tkwilibyśmy w Szczecinie" – odparła jego małżonka księżna Joanna, lecz ona także próbowała ukryć przed córką cesarskie zaproszenie. „Żeby jej niepotrzebnie nie ekscytować, skoro nic jeszcze nie jest pewne" – tłumaczyła mężowi. Mówiono o potajemnych zaręczynach Zofii z jej własnym wujem, ale książę i księżna Anhalt-Zerbstowie nie byli głupcami. Umieli docenić lepszą partię. Zofia może i lubiła przesiadywać u wujka na kolanach, jednakże wciąż była dziewicą.

– Przyjechały raptem w cztery powozy, ale nawet za to trzeba było zapłacić z cesarskiej szkatuły – podrwiwał kanclerz, wciskając mi do rąk gęsto zapisane raporty.

Szpiedzy donosili o drobnych sprzeczkach o zgubione grzebienie i pluskwy w łóżku. Niemiecka pokojówka potwierdziła, że Zofia do siódmego roku życia nosiła gorset dla wzmocnienia kręgosłupa. Teraz po skrzywieniu nie było jednak śladu.

Księżna i księżniczka jechały nieoznakowanymi powozami jako hrabina Rheinbeck i jej córka *Figchen* – mała figa – jędrna, słodka i pełna drobnych nasion. Tak pieszczotliwie nazywano Zofię w dzieciństwie. Jej matka nieustannie narzekała, że zima jest niedogodną porą na podróżowanie.

Koleiny na traktach były zamarznięte na kość, pokoje w zajazdach często nieogrzewane. *Figchen* popuchły nogi i podczas postojów trzeba ją było nosić. Parę razy zdarzyło się, że podróżniczki musiały spać w izbie oberżysty, razem z jego dziećmi, psami i kurami. Ach, gdzież są słynące z wygód pruskie gospody, gderała księżna Joanna.

Dla tych szpiegów, którzy obserwowali je dniem i nocą, żaden szczegół nie był zbyt trywialny, a każdy taki smaczny kąsek wywoływał rozbawiony chichot mojej pani.

Z chwilą gdy tylko Zofia z matką przybyły do Rygi, farsę z podróżowaniem incognito porzucono. Nieoznakowane powozy Anhalt-Zerbstów odesłano do Prus, zastępując je rosyjskim podarunkiem w postaci cesarskich sań.

– Wyglądają jak olbrzymie łoże, prawda, *maman*? – miała na ich widok wykrzyknąć Zofia. – Widziałaś kiedy coś podobnego?!

Szybko nauczyła się do nich wsiadać i z nich wysiadać. Oznajmiła, że po raz pierwszy od tygodni jest jej ciepło aż po same końce palców. Przykładała policzki do futer z soboli, głaskała piernaty i futrzane błamy okryć i oświadczyła, że „nasza najłaskawsza caryca Elżbieta" jest najhojniejsza na całym świecie.

– Sprytne pochlebczynie. To im muszę przyznać – powiedział kanclerz, wsuwając rękę pod moją koszulę. – Mimo to nasza *Figchen* ze spiczastym podbródkiem nie utrzyma się tu dłużej niż kilka tygodni.

Kanclerz Bestużew nie był zadowolony ze strumienia doniesień o egzaltowanym podziwie księżniczki Anhalt-Zerbst dla jej cesarskiej dobrodziejki oraz o rosnącej niecierpliwości Piotra, by spotkać przyszłą narzeczoną. W obecności Elżbiety kanclerz, tak jak wszyscy inni, wychwalał Zofię pod niebiosa, ale przede mną nie ukrywał gniewu.

– Te doniesienia to dzbany jeszcze ciepłych plwocin – mówił. – I co mam teraz z tym zrobić? Wypić i zacmokać z zachwytu?

Patrzyłam, jak trzęsie się z oburzenia i tłumionej furii. Słuchałam, jak narzeka, że raporty spływają do niego zbyt wolno. Szpiedzy się powtarzają, przysyłają opisy tych samych zdarzeń z niewiele znaczącymi zmianami; większość i tak jest bezużyteczna. Rządzący mogą być ślepi i głusi na sprawy wagi państwowej, ale najlepszym dworzanom nie wolno popełniać tego błędu.

– Zobacz, czy nie ma w tym czegoś, o czym powinna usłyszeć – mówił, rzucając mi na kolana plik papierzysk. Była to kolejna umiejętność, którą mi przekazał: wyławianie istotnych szczegółów z morza błahostek.

Przejrzałam kolejny raport o uroczystych modłach porannych za zdrowie carycy i wielkiego księcia, o pończochach noszonych przez trzy dni z rzędu, z których jedna była niezbyt zręcznie zacerowana na dużym palcu, o stolcach: luźnych i regularnych, o znamieniu na udzie Zofii. „Pod pretekstem obejrzenia jej obolałych, spuchniętych nóg zbadałem księżniczkę – pisał chirurg Elżbiety. – Zaczęła już miesiączkować. Z całym przekonaniem mogę stwierdzić, że biodra są szerokie i nie będzie miała problemów z porodem".

Tylko księżna Joanna potrafiła zawsze poprawić humor kanclerza. Najchętniej sięgałam po kopie jej listów do domu i wpisów do jej dziennika.

„Przyjął mnie sam książę Władimir Dołgoruki.

Nigdy bym nie przypuściła, że to wszystko dla mnie, szarej myszki, na której wejście w niektórych pałacach ledwie uderzano w bęben, a do innych wprowadzano mnie bez żadnych ceremonii" – pisała Joanna o powitaniu w Rydze.

– Biedna *Figchen* mogłaby wypaść z sań, a mamunia w ogóle by tego nie zauważyła! – mruknął kanclerz.

Zachichotałam.

Nastawiłam się na jego zwykłą tyradę o jabłkach padających niedaleko od jabłoni, jakich matkach, takich córkach, ale obyło się bez tego. Znalazłam bowiem list, który sprawił mu większą przyjemność niż słuchanie własnego głosu.

Jako jeden z generałów, którym powierzono zadanie powitania księżniczki Zofii Anhalt-Zerbst w Rosji, czuję się w obowiązku powiadomić Waszą Cesarską Wysokość o rozmowie, jaką odbyłem z naszym znakomitym gościem.

Śpieszę donieść Waszej Wysokości, że księżniczka Zofia zwróciła się do mnie z dość szczególną prośbą. Zapytała mianowicie, czy mógłbym jej przedstawić szczegółowy raport na temat charakterów i zwyczajów najważniejszych osób na dworze. Jej pytania brzmiały: Czy są oni w łaskach u carycy? Czy są dobrze opłacani? Czy mają żony i dzieci? Kim są ich najbliżsi przyjaciele?

– Jeśli sporządzi pan dla mnie takie notatki – dodała księżniczka – zachowam pana we wdzięcznej pamięci, generale.

Wiedząc, że jeśli odmówię tej niezwykłej prośbie, księżniczka znajdzie kogoś innego do jej spełnienia, notatki sporządziłem. Dokładną kopię mojego raportu dołączam do niniejszego zeznania. Jak Wasza Cesarska Wysokość raczy zauważyć, zawiera on wyłącznie najbardziej oczywiste i powszechnie znane fakty. W dwóch przypadkach na specjalną prośbę księżniczki wymieniłem imiona psich ulubieńców.

Księżniczka wprost przepada za psami.

Ten właśnie list przeczytałam Elżbiecie wieczorem, kiedy odesłała już pokojówki. Czytałam wolno, tak jak polecił mi kanclerz. „Żeby posiać ziarno cesarskiej wątpliwości".

Elżbieta siedziała w gotowalni, przyglądając się, jak obręcze złotej bransolety połyskują na jej nadgarstku.

– Gdzie jest teraz Zofia? – zapytała, tak jakby nie usłyszała ani słowa z tego, co przeczytałam.

– W Sankt Petersburgu, Wasza Wysokość. Zażywa krótkiego odpoczynku przed podróżą do Moskwy.

– Podoba jej się tam?

– Mówi, że Petersburg jest znacznie większy i piękniejszy od Berlina. Kiedy książę Repnin pokazał jej słonie Waszej Wysokości, klasnęła w ręce aż dwadzieścia pięć razy. Nie mogła uwierzyć, że tak potężne stworzenia potrafią tańczyć z taką gracją.

– Zdąży na uroczystości urodzin Piotra?

– Tak, Wasza Wysokość.

Zobaczyłam, jak Elżbieta pochyla się w stronę lustra w srebrnej oprawie, ślini palec i wygładza nim brew. Oczekuje nocnego gościa, uświadomiłam sobie, gościa, dla którego skrapia właśnie perfumami nadgarstki i skórę za uszami, gościa, który nadejdzie tajnym korytarzem prowadzącym aż na dziedziniec.

– Idź już – powiedziała.

List zostawiłam na stoliku przy cesarskim łożu. Lecz zanim otworzyłam drzwi, Elżbieta wezwała mnie z powrotem.

– Jak długo służysz w pałacu, Warwaro?

– Prawie rok, Wasza Wysokość.

– Ile masz lat?

– Szesnaście, Wasza Wysokość.

– Mogłabyś zostać jej przyjaciółką. Starszą przyjaciółką, której mogłaby zaufać.

– Jeśli takie jest życzenie Waszej Cesarskiej Mości – odparłam i zamilkłam, czekając, aż powie mi coś więcej, ale odprawiła mnie niecierpliwym gestem.

*P*odróżniczki nie śpieszyły się z przyjazdem. Przed 6 lutego caryca przestała ukrywać swoje zniecierpliwienie nawet w obecności kanclerza. Miała nadzieję, że przed oficjalnym urodzinowym bankietem Zofia i Piotr spędzą dzień czy dwa w swoim towarzystwie. Ileż może trwać „krótki postój w Sankt Petersburgu"? Czyżby nie zdawały sobie sprawy, że ona czeka?

9 lutego przed główne wejście do Annenhofu zajechały cesarskie sanie i zatrzymały się wśród pobrzękiwania dzwoneczków uprzęży. Drobna dziewczęca postać wyplątała się z okrywających ją skór i szybko podążyła za matką do wejścia wzdłuż szeregu oczekujących na ich przybycie szambelanów i oficerów gwardii.

– *Maman*, jak tu ciepło! – zachwyciła się księżniczka, klaszcząc w dłonie. – Cieplej niż w pałacu w Zerbst latem!

W westybulu cesarskich gości powitał marszałek Brummer, a nie kanclerz Bestużew.

– To zaszczyt – powiedziała księżna Joanna na tyle głośno, by wszyscy ją usłyszeli. – I wielka radość dla nas.

Pośpiesznie zabrano je do ich komnat, żeby się odświeżyły przed spotkaniem z carycą. Na pałacowych korytarzach dworzanie, pokojówki, kucharki, lokaje, a nawet palacze wspinali się na palce i wyciągali szyje. Przepchnęłam się tuż za szereg straży, ale ku mojemu rozczarowaniu udało mi się zobaczyć tylko skrawek pelisy z soboli i brązowe przybranie głowy.

Popędziłam przed oblicze carycy. Siedziała w sali tronowej, otoczona przez damy dworu. Wielki książę stał u jej boku, przestępując z nogi na nogę, ze wzrokiem wbitym w drzwi. Kanclerz Bestużew stał tuż za nimi. Uśmiech powściąganego rozbawienia na jego wąskich wargach można było wziąć za wyraz radości.

– Trzeba było bardziej dosadnie! – warknął, kiedy mu powiedziałam, że list, który kazał mi przeczytać, nie zrobił na Elżbiecie żadnego wrażenia. – Nie możemy pozwolić na to, żeby ta mała *Hausfrau* pogrywała tu w swoje gierki!

– Właśnie przybyły, Wasza Wysokość – oznajmiłam, łapiąc z trudem oddech i nie potrafiąc ukryć podekscytowania, za co kanclerz spiorunował mnie wzrokiem.

– Widziałaś ją, Warwaro? – spytała caryca.

Przytaknęłam.

– Czy wygląda na zmęczoną?

– Tak – odparłam. – Ale równocześnie nie może się doczekać spotkania z Waszą Wysokością.

– Widać nie zmęczyła się aż tak jak jej matka.

Czy w głosie Elżbiety pobrzmiewała złośliwość? Czyżbym usłyszała nutkę zazdrości, zanim jeszcze zdążyła poznać Joannę?

Zdążyły zaledwie zdjąć wierzchnie okrycia i już stawiły się przed Elżbietą. Matka i córka były wyraźnie poruszone i olśnione widokiem gospodyni. Księżniczka Zofia miała na sobie prostą, dopasowaną suknię, ozdobioną zwykłą żółtą wstążką; Joanna wybrała skromny, lecz suto marszczony strój, w którym wyglądała na przysadzistą i niezgrabną.

Bardzo sprytnie – pomyślałam.

Elżbieta w sukni ze srebrzystej mory, obszytej potrójną złotą lamówką i rzędem diamentów, słuchała z nieukrywanym zadowoleniem, jak księżna Joanna bezbłędnie wygłasza swoją wyuczoną mowę. O głębokiej wdzięczności, o uświęconych więzach między obiema rodzinami i jej radości, że wreszcie może to wszystko wyrazić. Prosiła carycę o dalszą opiekę nad rodem Anhalt-Zerbstów, nade wszystko jednak „nad tym dzieckiem, któremu Wasza Wysokość raczyła zezwolić, by mi towarzyszyło".

Elżbieta wstała, objęła Joannę i ucałowała w oba policzki. Posypały się zapewnienia o specjalnych względach, wyrazy zachwytu i komplementy, odpłacane żarliwymi gestami zaprzeczeń.

– A teraz pozwól, pani, że się jej przyjrzę – Elżbieta zwróciła się ku Zofii.

Stała za matką ze splecionymi rękami. Nie, nie jest ładna, uznałam, patrząc na wąską bladą twarz księżniczki z Zerbst i na jej spiczasty podbródek. Nie przyciągała urodą, chociaż cerę miała mlecznobiałą i niemal przejrzystą. Była bardzo szczupła, zbyt szczupła. Jej chude ramiona sterczały niezgrabnie, chociaż okryto je podwójnie złożonym szalem. A jednak było w niej coś urzekającego, coś, czego nie umiałam jeszcze określić.

– Tak się cieszę, Wasza Cesarska Wysokość – powiedziała cicho po francusku Zofia. – Wasza Wysokość jest jeszcze piękniejsza, niż mnie zapewniano.

Spuściła oczy i uśmiechnęła się, nieśmiało, dziewczęco.

Kanclerz Bestużew poruszył się. Spostrzegłam, jak strzepuje niewidzialne pyłki z aksamitnej kamizelki.

– Ależ ona jest doprawdy *charmante*! – wykrzyknęła Elżbieta, objęła księżniczkę i ucałowała ją w oba policzki.

– A mój siostrzeniec? – spytała, wskazując na Piotra. – Czy jest tak samo przystojny jak wówczas, kiedy go ostatnio widziałaś? A może twoja skromność nie pozwoli ci tego przyznać?

Policzki Zofii zaróżowiły się lekko.

– Dosyć tych ceremonii – powiedziała Elżbieta, wyraźnie zadowolona z milczenia księżniczki. – Przejdźmy do moich komnat, by tam spokojnie porozmawiać.

Księżna, księżniczka i wielki książę wyszli za nią z sali tronowej. Drzwi prowadzące do cesarskich apartamentów zamknęły się z głuchym stukiem i wkrótce dworzanie – a wśród nich i kanclerz – zaczęli się rozchodzić.

Przed wejściem do komnat Elżbiety znajdował się niewielki antyszambr, gdzie w udekorowanej girlandą niszy stało białe marmurowe popiersie Piotra Wielkiego. Tam usiadłam, zwlekając z odejściem. Sama nie wiem, na co czekałam – na to, że drzwi się jednak otworzą? Na rozkaz, który będę mogła wypełnić? Na jakąś informację, którą będę mogła przekazać kanclerzowi?

Od czasu do czasu słyszałam śmiech Elżbiety albo głos Joanny, a czasem Piotra. Tylko Zofia milczała.

Po mniej więcej godzinie drzwi rzeczywiście się otworzyły i wyszła z nich caryca. Była sama. Nie zwróciła na mnie uwagi, podeszła do okna i rozchyliła zasłony. Przez dłuższą chwilę stała w milczeniu; zobaczyłam, jak ociera łzę.

*P*o oficjalnym powitaniu cesarscy goście zostali pozostawieni samym sobie. Zaczął się już wielki post, czas spowiedzi i skruchy. Przez sześć tygodni wyznawcy wiary prawosławnej mieli nie tykać mięsa, ryb i tłuszczów.

Księżniczka i księżna były luterankami, więc nie musiały pościć ani chodzić na poranne nabożeństwa. Zalecono im wypoczynek, by odzyskały siły po ponadmiesięcznej podróży.

Zdążyłam już złożyć wizytę w pokoju Zofii.

Jej kuferek z przyborami toaletowymi był pokryty kosztownym francuskim szagrynem. W środku znajdowały się porcelanowe słoiczki z trzema odcieniami różu i *poudre de violette*, a także buteleczki ozdobione kameami, w których trzymała wodę o zapachu jęczmienia i mleczko migdałowe. Najbardziej misterne były buteleczki z perfumami. Jedną z nich zdobił rzeźbiony amorek wypuszczający swą strzałę gdzieś w przestrzeń, inną – nimfa stojąca pod drzewem. Wszystkie były cesarskimi podarunkami. Pokojówki szeptały, że w bagażu niemieckiej księżniczki były tylko cztery koszule i tuzin par grubych pończoch.

Otworzyłam małe srebrne puzderko. Niektóre ze znajdujących się w nim muszek z czarnej tafty były okrągłe, inne miały kształt serca albo półksiężyca. Przyłożyłam jedną do policzka, ale odpadła.

Zielony notatnik spięty klamrą z lichym zamkiem dał się łatwo otworzyć szpilką do włosów. Może nawet zbyt łatwo.

Oczy wielkiego księcia są brązowe i lśniące, tak samo jak oczy jego dziadka.

Caryca Rosji jest najpiękniejszą kobietą, jaką widziałam w życiu. I najmilszą. Niezbyt się przejmuje wymogami etykiety.

Sprytna jest – pomyślałam. W jej pokoju nie znalazłam najmniejszego śladu wątpliwości czy lęku przed samotnością na tym obcym, nieprzyjaznym dla przybyszy dworze.

Widziałam już skwaszoną minę kanclerza, palce bębniące o stół. Znowu będzie się skarżył na przeciągi i opróżniał kolejne kieliszki wódki.

Myśl ta napełniła mnie nieoczekiwanym zadowoleniem.

Z książęcego rodu czy nie, Zofia była tylko panną na wydaniu. I nie mogła zrobić nic, by powstrzymać kanclerza Rosji przed odesłaniem jej tam, skąd przybyła. Pozwoli jej pewnie zatrzymać prezenty, pamiątki jej płonnych nadziei, ale to wszystko. Do końca swoich dni ta pruska księżniczka będzie opłakiwać to, co straciła, krótki przebłysk życia, które mogło do niej należeć.

„Mogłabyś zostać jej przyjaciółką" – powiedziała mi Elżbieta w styczniu, kiedy wszyscy czekaliśmy na przyjazd Zofii. Był już początek marca, a ja wciąż zajmowałam się podglądaniem gości przez szpary moskiewskiego pałacu. Obserwowałam księżniczkę i jej nowe dworki, cztery młode Rosjanki z prowincji, córki drobnej szlachty.

Patrzyłam, jak otaczają ją kołem, dopytując się, co jej się w Rosji podoba i co sądzi o ich sukniach i uczesaniach. Przyglądałam się, z jakim wdziękiem Zofia radzi sobie z ich banalnymi pytaniami, jak skwapliwie chwali ich gust i świecidełka.

Nawet dla trzeciorzędnej pruskiej księżniczki były towarzystwem lepszym niż córka rzemieślnika.

*P*arę dni później z ponurego półmroku pozbawionej okien izby dla służby obserwowałam księżniczkę Zofię Anhalt--Zerbst. Siedziała samotnie na łóżku w srebrzystej sukience z muślinu, zbyt lekkiej jak na rosyjską zimę, z szalem na wątłych ramionach, kołysząc się w przód i w tył.

Patrzyłam, jak podnosi książkę i zaczyna czytać. Pomyślałam, że przy najbliższej okazji muszę sprawdzić, czy między stronicami nie kryją się listy.

Od zatęchłego powietrza izby kręciło mi się w głowie. Przez szpary w podłodze wsączał się zapach gotowanej kapusty i suszonych grzybów. Gorset sukni wrzynał mi się w ciało. Myślałam o paradzie słoni w Sankt Petersburgu, której w tym roku nie zobaczę.

Kiedy spojrzałam znowu, Zofia stała w otwartych drzwiach, które prowadziły nie do głównego korytarza, lecz do korytarzyka dla służby. Lokaje i pokojówki śpieszyli nim z tacami śniadaniowymi, dzbankami do kawy, koszyczkami. Jedna z pokojówek usiłowała wyjaśnić księżniczce po rosyjsku, że nie powinna otwierać tych drzwi, bo to nie przejście dla niej.

– Ależ, Wasza Wysokość, proszę! – błagała. Policzki miała zaczerwienione z podekscytowania. Potrafiłam sobie wyobrazić, co będzie opowiadać wieczorem w izbie czeladnej.

– Spasiba. Dziękuję – powtarzała Zofia, ale nie ruszała się z miejsca.

Wtedy otworzyły się główne drzwi. Do pokoju weszła księżna Joanna. Czy może raczej: wtargnęła do środka jak burza z piorunami. Miała ciemne podkowy pod oczami, jeszcze nie zatuszowane pudrem.

– Co ty wyprawiasz, głupia? – ofuknęła córkę. – Natychmiast zamknij te drzwi!

Oskarżyła ją o obojętność, brak powabu i kobiecej gracji. Wielki książę nie był ostatnio zadowolony i księżna dobrze wiedziała dlaczego.

– Czemu nie okazujesz więcej zainteresowania temu, co ma ci do powiedzenia?

– Ale on chce rozmawiać w kółko o Holsztynie, *maman*.

– Więc rozmawiaj z nim o Holsztynie, idiotko!

Popłynęły kolejne oskarżenia. Jej córka nie porusza się z należytym wdziękiem. Lekceważy swoje obowiązki względem ojca – chociaż trudno było powiedzieć, co dokładnie do nich należało. Zofia stała ze spuszczoną głową, obracając w palcach mały wisiorek zawieszony na szyi.

Główne drzwi otworzyły się jeszcze raz. Weszła Bairta, zawodząc na cały głos. Była to mała Kałmuczka, którą Elżbieta podarowała księżniczce w prezencie powitalnym. Caryca usłyszała jej śpiew na ulicy. Brzmiał jak najpiękniejszy dzwoneczek. Ojciec Bairty za swoją córkę chciał tylko dobrego konia.

– Dlaczego nie trzymasz tej beksy we własnym pokoju, Zofio? – warknęła księżna na widok małej. – Od tych jej ciągłych płaczów dostaję migreny!

Bairta czmychnęła w kąt pokoju i tam przykucnęła.

Na szczęście księżna zmęczyła się wygłaszaniem tyrady. Z wymuszonym uśmiechem przyjrzała się swojemu odbiciu w lustrze, poprawiła włosy i muszkę przyklejoną na podbródku. Przez chwilę stała bez ruchu, wsłuchując się w coś, czego nie mogłam dosłyszeć.

– Żebyś mi później nie mówiła, że cię nie ostrzegałam! – rzuciła przed wyjściem.

Zofia wytarła oczy i potrząsnęła głową jak mokry pies. Zrobiła kilka niepewnych kroków po pokoju i zaczęła ćwiczyć dyganie przed lustrem.

„Mogłabyś zostać jej przyjaciółką – powtarzałam słowa Elżbiety. – Starszą przyjaciółką, której mogłaby zaufać".

Przycupnięta w kącie Bairta znowu zaczęła popłakiwać. To moja szansa, uznałam.

Wymknęłam się z pomieszczenia dla służby i zapukałam do głównych drzwi.

– Proszę! – usłyszałam.

Widząc mnie, Zofia uśmiechnęła się, jakby wiedziała, kim jestem, co mnie zaskoczyło.

– Jesteś lektorką wielkiego księcia, prawda? – zapytała. – Jak się nazywasz?

– Warwara Nikołajewna.

– Warwara Nikołajewna – powtórzyła. W jej ustach moje rosyjskie imię brzmiało dziwnie ostro. – Przysyła cię wielki książę?

– Akurat przechodziłam obok, Wasza Wysokość – skłamałam. Przez twarz księżniczki przemknął wyraz rozczarowania, ale szybko zniknął. – Wydawało mi się, że słyszę płacz – dodałam.

Wskazała na Bairtę. Biedna mała siedziała w kącie z buzią ukrytą między kolanami.

– Ciągle płacze. Próbuję pytać, co jej dolega, ale mnie nie rozumie.

Skulona Bairta wydała dźwięk pomiędzy westchnieniem a łkaniem.

Uklękłam przy niej.

– Co się stało? – zapytałam ją po rosyjsku. Niechętnie podniosła na mnie oczy.

– Chcę do mamy – wyszlochała.

W spojrzeniu, jakie bez słów wymieniłyśmy z Zofią, niewiele było pociechy. Jak tu wytłumaczyć dziecku, że nawet księżniczka nie może się sprzeciwić cesarskiej woli?

– Powiedz, że coś jej pokażę, pod warunkiem że przestanie płakać – rzekła Zofia.

Tak zrobiłam.

Bairta, zaciekawiona, choć wciąż zapłakana, przyglądała się, jak jej pani nadyma policzki i mruży oczy. Jak wydaje groźny pomruk, miauczy i syczy jak koty szykujące się do walki. Gdybym jej nie widziała, mogłabym przysiąc, że do pokoju niepostrzeżenie zakradły się dwa pałacowe kocury. Pąsowa ze zmęczenia Zofia nie ustawała w wysiłkach, aż wreszcie łzy Bairty przestały płynąć.

Wciąż pamiętam rozkoszne uczucie ciepła, które rozlało się w moim sercu, trwałe jak zapach perfum.

– Gdzie się tego nauczyłaś, pani? – zapytałam zdziwiona.

Uśmiech rozjaśnił jej twarz. Oczy rozbłysły. Wcale nie wygląda jak mała *Hausfrau*, uznałam, a jej podbródek nie jest aż tak bardzo spiczasty.

– Ojciec mnie nauczył – odparła. A potem dodała: – Ale nie opowiem ci o nim, bo zrobi mi się smutno. A gdybym teraz ja zaczęła płakać, nic by to nie pomogło.

*P*rofesorowi Stehlinowi polecono skrócić czas, który wielki książę miał poświęcać na naukę. Młodzi powinni spędzać więcej chwil sam na sam, orzekła caryca, zanim dwór wróci do Sankt Petersburga.

A mnie przykazała mieć ich na oku.

Wielki książę odwiedzał swoją narzeczoną codziennie, w jej komnatach, i zgodnie z życzeniem Elżbiety spędzał u niej bite dwie godziny. Mimo to niewiele miałam do przekazania.

Zofia zapytała, czy książę zabierze ją na przejażdżkę saniami, ale on odparł, że to ją tylko znudzi.

– To może nauczy mnie książę jakiegoś rosyjskiego tańca? – spytała.

– Nie lubię tańczyć.

– Dlaczego?

– Bo nie, i już.

Ich rozmowa kleiła się jeden jedyny raz, wtedy gdy Zofia, poinstruowana przez matkę, zapytała Piotra o Holsztyn.

Najlepszą nowiną, jaką miałam do przekazania mojej pani, była ta o niezgrabnym całusie, który wielki książę wycisnął na policzku narzeczonej, zanim rozpoczęli wyścigi wzdłuż korytarza, żeby sprawdzić, czy uda im się rozśmieszyć strażnika na warcie.

Szłam właśnie do gabinetu Piotra, kiedy zatrzymała mnie Bairta.
— Chodź, pani chce cię zobaczyć — wyseplaniła i złapała mnie za rękę.

Poszłam za nią bez słowa. Dzień wcześniej słyszałam, jak mała gra na harfie w antyszambrze przed wejściem do pokoju Zofii. Nie zapytałam, czy nadal tęskni za matką.

Zofia czekała na mnie; siedziała przy oknie z książką na kolanach. Rozpoznałam ogrzewacz do stóp, na którym opierała nogi – podarunek Elżbiety, która uważała, że futrzane okrycia nie wystarczają na rosyjskie mrozy.

Z początku byłam ostrożna. Spodziewałam się, że księżniczka zacznie mi zadawać pytania o wielkiego księcia i carycę. Zastanawiałam się, co mogę jej bezpiecznie powiedzieć. Z sąsiedniego pokoju dobiegał szczebiotliwy głos księżnej Joanny, któremu wtórował męski śmiech.

— Czy Warwara to to samo imię co Barbara? – zapytała Zofia.
— Tak – odpowiedziałam.
— Czy to imię coś znaczy?

Przypomniałam jej, że po grecku „barbaros" to barbarzyńca i obcy, ale święta Barbara, moja patronka, była kobietą uczoną, która nawróciła się na chrześcijaństwo mimo sprzeciwu ojca. Tych, którzy się do niej modlili, ochraniała od burz i piorunów.

— Skąd o tym wiesz? – zapytała Zofia.
— Przeczytałam w jednej z książek mojego ojca. Świętej pamięci – dodałam, zanim zdążyła o niego zapytać.

Utkwiłam wzrok w arrasie, który wisiał za jej plecami. Przedstawiał nimfę zmieniającą się w drzewo, z gałązkami wplątanymi we włosy; jej nogi zrastały się w pień, a skórę do połowy okrywała kora. Tuż za nią jej prześladowca próbował ją pochwycić.

— Ja też lubię czytać – powiedziała Zofia.

Jedyną książką, za którą nie przepadała, była Biblia, ponieważ jej dawny nauczyciel, luterański pastor, kazał jej uczyć się wersetów na pamięć. Jeśli popełniła najmniejszy błąd podczas recytacji, policzkował ją i powtarzał: „Radości tego świata nie są warte zadawanych przez niego cierpień".

Kiedy mówiła, przyglądałam się jej twarzy, podkrążonym oczom, czarnym nieupudrowanym, zbyt mocno ściągniętym włosom. Na chwilę wróciłam pamięcią do kociego koncertu i dziecinnego rozbawienia Bairty.

– Pomożesz mi? – usłyszałam znienacka. Cofnęłam się o krok. Obcasy moich nowych butów zagłębiły się w grubym tureckim dywanie zaścielającym podłogę.

– W rosyjskim – dodała pośpiesznie Zofia i wręczyła mi kartkę papieru. Był to list. A raczej szkic listu. Przepisała całe zdania z ćwiczeń, które zadał jej nauczyciel rosyjskiego, ale była pewna, że nadal wymagają poprawek.

Jest cudzoziemką i dlatego nie może sobie pozwolić na popełnianie błędów, powiedziała mi. Nie w rosyjskim.

Cudzoziemcy, którym się w Rosji powiodło, musieli być ludźmi wyjątkowej miary. Rosjanie nigdy nie wybaczają najdrobniejszych odstępstw tym, którzy są innej krwi. Już ją przed tym ostrzeżono.

Jej głos zawahał się, a potem stwardniał.

Nie zapytałam, kto ją ostrzegł. Nie chciałam wiedzieć.

– Obie jesteśmy tu cudzoziemkami, prawda, Warwaro Nikołajewna?

– Tak, Wasza Wysokość.

List był krótki, zawierał podziękowanie dla kogoś jeszcze niewymienionego z nazwiska, kto podarował jej francuskie wino, całą skrzynkę burgunda z ostatniej dostawy przed zamarznięciem Bałtyku. „Dar życzliwości, z którego z wdzięcznością skorzystam, kiedy tylko skończy się wielki post" – napisała Zofia.

Błędy, które zrobiła, były nieznaczne – kilka literówek, tu i ówdzie opuszczony miękki znak. Wręczyła mi pióro, którym wprowadziłam niezbędne poprawki na marginesach.

Przy każdej mojej poprawce Zofia wydawała komiczny jęk.

– Jak mogłam tego nie zauważyć! – wykrzykiwała. – Co za głupota!

Skończyłam i dygnęłam, szykując się do wyjścia. Zatrzymała mnie.

– Przepraszam za kłopot – powiedziała.

Spojrzałam na jej twarz, na jej ściągnięte usta.

– To nic wielkiego, Wasza Wysokość – wymamrotałam.

Zobaczyłam, jak się odwraca w stronę półki nad kominkiem i zdejmuje z niej małą paczuszkę owiniętą w żółty materiał.

– Mam nadzieję, że przyjmiesz ten podarunek – to naprawdę drobiazg.

– Ależ nie trzeba – zaprotestowałam natychmiast, lecz Zofia pokręciła głową. Poczułam dotyk jej palców na ramieniu; patrzyła mi prosto w oczy.

– Warwaro Nikołajewna, proszę! – powiedziała, wręczając mi zawiniątko. – Ale nie otwieraj tego teraz – powstrzymała mnie przed zsunięciem fioletowej wstążki, którą była przewiązana paczuszka.

Później, w moim pustym pokoju, rozwiązałam wstążkę. Pod żółtym kawałkiem jedwabiu kryła się bryłka bursztynu.

Podniosłam ją do światła. Bursztyn był niezwykle piękny i musiał kosztować Zofię znacznie więcej, niż mogła sobie pozwolić. W żywicy o barwie miodu tkwiły złączone w uścisku dwie pszczoły.

Podziwiałam ich podkurczone, patyczkowate nóżki, złożone skrzydła, podwinięte pod siebie odwłoki z niewidocznymi żądłami.

Zastanawiałam się, czy do lepkiego grobu zwabił je obowiązek, czy głód. Czy może potrzeba odkrycia czegoś, co nie było dla nich przeznaczone. Odwaga, by chcieć czegoś więcej? Pragnienie, by pozostać razem, nawet jeśli oznaczało to wspólną śmierć?

„Obie jesteśmy tu cudzoziemkami".

Czy te myśli sprawiły, że pozwoliłam sobie na mój pierwszy nierozważny krok? Na zatrzymanie na dłużej tego ciepła w sercu, o którego istnieniu już prawie zapomniałam? By zostało ze mną jeszcze przez chwilę, zanim powrócą ostrożność i lęk? A może to była litość, inna nazwa grzechu pychy? Albo lekcja przetrwania, mój prezent dla niej?

Bo Zofia popełniła straszliwe głupstwo.

Nie mam na myśli spisywanych przez nią maksym ani ambitnych planów samodoskonalenia, a nawet autoportretu, w którym nazwała się „piętnastoletnią filozofką", chociaż jej piętnaste urodziny wypadały dopiero w maju. Myślę o kartce z przepisanym skądś fragmentem, którą wydobyłam z samego dna jej szuflady.

Pamiętnik słonia

Przychodzicie do mnie wystrojeni, przyglądacie mi się i wołacie: „Jaki wielki i silny, a przy tym jaki uległy!". Sądzicie, że pogodziłem się z moją niewolą; macie o sobie wysokie mniemanie, bo zniewoliliście olbrzyma.

Mówicie o sprowadzeniu dla mnie żony, planujecie przyszłość moich nienarodzonych dzieci – na próżno, bo schwytany słoń nigdy nie będzie miał potomstwa po to tylko, by zadowolić tyrana, który odebrał mu wolność.

Obserwujecie mnie, lecz ja także was obserwuję, i uważając was za gatunek mierny i strachliwy, a ponadto pożałowania godny, mam dla was taką radę:

Przyjmijcie cnoty prostego życia, obyczaje skromne i naturalne. Chylcie czoła przed rozumem, a nie przed terrorem. Kolana zginajcie przed królami, nie przed tyranami.

Taka jest mądrość słoni.

Przez dłuższą chwilę trzymałam tę kartkę, przyglądając się eleganckim, równym ogonkom liter pisanych ręką Zofii, wydłużonym „f" i „l". Wyobrażałam sobie radość kanclerza i jego pochwały dla moich umiejętności.

Wyobrażałam sobie gniew Elżbiety.

Na srebrnej tacy, na której Zofia trzymała buteleczki z pachnidłami, zapaliłam świecę.

Zaczekałam, aż kartka spłonie, patrząc, jak ogień połyka słowa, których nie powinna była napisać. Potem zgasiłam świecę, a strzępy poczerniałego papieru pozostawiłam na tacy.

Miałam nadzieję, że będzie wiedziała, co to znaczy.

I że nikt mnie nie widział.

– *Ta* mała *Hausfrau* musi przecież robić coś nie tak, Warwaro! – warknął kanclerz, kiedy mu powiedziałam, że Zofia nie śpi po nocach, ucząc się rosyjskich słówek i prawosławnych modlitw. – Księżniczka Anhalt-Zerbst na pewno nie jest święta.

Starałam się nie myśleć o tym, jak krucho i blado wyglądała tego dnia, kiedy jej matka przyszła ją obsztorcować, jak błagalne było jej spojrzenie, gdy poprosiła mnie o pomoc. Wkrótce popełni kolejny błąd, napisze coś lekkomyślnego, ujawni swoje rozczarowanie wielkim księciem albo nawet samą carycę. A potem, zgnębiona i zraniona, zniknie z dworu.

Już raz przyszłam jej z pomocą, nie mogłam jednak dłużej działać wbrew woli kanclerza. Zniszczyłby mnie jednym słowem i co zrobiłaby Zofia, aby go powstrzymać?

Nie miałam złudzeń. Byłam jak morski polip przyczepiony kurczowo do przybrzeżnego głazu. Nade mną szalały burze, a ja się trzymałam, w nadziei że nie zmyją mnie morskie prądy i fale. Gdybym zginęła, kto odczułby tę stratę?

Jak już będzie po wszystkim – myślałam – ona będzie mogła wrócić do ojca. A ja nie mam nikogo. Głos szpiegowskiego mentora w mojej głowie nakazywał obojętność i ostrożność.

*K*siężna Joanna pozwoliła, by jej córka wychudła i stała się koścista, oświadczyła Elżbieta. Zofia potrzebuje rosyjskiej strawy, prostej, lecz pożywnej, tych samych dań, które Elżbiecie podawała w dzieciństwie jej matka: ciemnego razowego chleba, *szczi* – kapuśniaku zaciągniętego mąką owsianą, kaszy z duszonymi grzybami. Podczas posiłków Elżbieta zapraszała Zofię, żeby usiadła przy niej, i nie kryła zadowolenia, kiedy jej młoda podopieczna, opróżniając talerz za talerzem, nazywała kolejne danie swoim ulubionym, dopóki nie wmuszono w nią następnego przysmaku.

To dobry znak – pomyślałam.

*P*od koniec lutego caryca rozpoczęła przygotowania do swojej dorocznej pielgrzymki do Ławry Troicko-Siergijewskiej. Nie było wtedy miejsca i czasu na cudze sekrety. Elżbieta wolała słuchać o młodzieńcach szlachetnego rodu, którzy żyli w ubóstwie, dążąc do świętości.

W monastyrze caryca z głową nakrytą czarną koronką i żołądkiem boleśnie ściśniętym z głodu będzie błagać Hodegetrię ze Smoleńska o wybaczenie. Za każdą noc pijaństwa, za każdego oficera zabranego do łóżka ucałuje malowaną dłoń Dziewicy i odmówi przebłagalną modlitwę. Wiele było takich nocy w ciągu roku. Wiele będzie trzeba takich modlitw. Wszelkie doczesne sprawy będą musiały zaczekać do jej powrotu.

Wszyscy z radością czekaliśmy na ten okres, nie tylko ze względu na nieobecność naszej pani.

Post i modlitwy zawsze skłaniały Elżbietę do myślenia o wieczności. Przez pierwsze dwa dni po powrocie caryca Rosji będzie mówiła wyłącznie o miłosierdziu i przebaczeniu. Najlepszy to moment na wnioski i petycje, wyznania i prośby o łaskę. Dzięki łapówkom dworzanin odpowiedzialny za porządek audiencji będzie miał szanse podwoić swoje dochody.

W tym roku kanclerz Rosji nie zastanawiał się nad korzyściami płynącymi z cesarskiej skruchy.

W dniu, w którym Elżbieta opuściła Moskwę, udając się w kierunku monastyru Świętego Sergiusza, księżniczce Zofii zezwolono podjąć naukę wiary prawosławnej.

Wielki książę nadal codziennie odwiedzał swoją narzeczoną, ale pod nieobecność Elżbiety między młodymi pojawił się rozdźwięk. Może i subtelny, łatwy do przeoczenia, ale nie dla mnie.

Zaczęło się od tego, że Zofia poprosiła, by w rogu jej komnaty zawieszono cudowną ikonę Matki Boskiej Włodzimierskiej. Oddawała jej cześć przez pochylenie głowy po każdym wejściu do pokoju.

– Nie musisz tego robić – Piotr obrzucił ją drwiącym spojrzeniem. – Jeszcze przecież nie zmieniłaś wiary.

Nie podobało mu się więcej rzeczy. Skoro caryca wyjechała, Zofia nie musi prosić o razowiec i bliny na śniadanie. Nie musi też pić kwasu chlebowego. Ani ciągle silić się na mówienie po rosyjsku.

– Jak jakaś prostaczka – skwitował.

Niejednokrotnie widziałam w jej oczach łzy, ale szybko się nauczyła zachowywać milczenie. Nie skarżyła się, kiedy Piotr uczył ją maszerować i prezentować broń. Nigdy nie powtórzyła prośby o zielony mundur Pułku Preobrażeńskiego zamiast niebieskiego holsztyńskiego, który Piotr kazał jej wkładać, kiedy musztrował ją z zapałem na pałacowych korytarzach.

– Wyżej! – słyszałam komendy księcia. – Wyżej podnoś nogi! Lewa! Lewa!

Naprawdę się starała. Kładła się dopiero przed świtem, żeby mieć więcej czasu na naukę rosyjskich słówek i przepisywanie całych stron z rosyjskich książek. Jeśli po odrobieniu codziennych lekcji zostawało jej trochę czasu, ćwiczyła głośne czytanie prawosławnego wyznania wiary. Noc w noc słyszałam jej głos, zacinający się na trudniejszych zwrotach.

Na kartce welinowego papieru, którą schowała w swoim sekretarzyku, napisała: „Konieczne są trzy rzeczy: zadowolić carycę, zadowolić wielkiego księcia i zadowolić rosyjski lud".

Elżbiety nie było od tygodnia, kiedy usłyszałam, jak księżna Joanna łaje córkę, nazywając jej napady mdłości i zawroty głowy „robieniem z siebie widowiska".

– Przestań się zachowywać jak rozpaskudzona smarkula! – zbeształa ją, gdy księżniczka poprosiła, by ją zwolnić z dworskich obowiązków.

Tego ranka Zofia po wstaniu z łóżka zwymiotowała ciemną maź do miski; pokojówki zakryły miskę białą ściereczką i szybko wyniosły. Oczy miała szklane z gorączki.

Zobaczyłam, jak księżna Joanna potrząsa drobnym ciałem córki, i zmusza ją, żeby usiadła na łóżku i przestała się ze sobą pieścić.

– Niech wielki książę zobaczy, że córka pruskiego oficera nie jest jakimś chuchrem – burknęła.

Wymioty ustąpiły po podaniu środka na przeczyszczenie i całodziennym poście, ale gorączka się nasiliła. Nadworny medyk, który zbadał Zofię, z początku nie był zaniepokojony. Czysta skóra wykluczała ospę. On także był przekonany, że Zofia potrzebuje po prostu kilku dni odpoczynku.

„Moja córka przyjmie Waszą Wysokość jutro" – napisała księżna Joanna w odpowiedzi na pytanie wielkiego księcia. „Troska Waszej Miłości o jej zdrowie ujęła ją za serce, ale Zofia prosi, żeby się niepotrzebnie nie niepokoić".

Przypływy gorączki trwały nadal, mimo lodowych kompresów, które pokojówki nieustannie zmieniały. Trzeciego dnia księżniczka nie rozpoznała własnej matki.

– Chcę stąd wyjść! – upierała się. A potem straciła przytomność. Najlepsi moskiewscy lekarze wezwani na konsultację uznali, że pomóc może tylko puszczanie krwi.

Księżna Joanna nazwała ich barbarzyńcami, ignoranckimi kołtunami, którzy potrafią leczyć tylko gruboskórnych wieśniaków. Rosyjscy lekarze zabili już jej brata, krzyczała, wypychając medyków z pokoju Zofii. Nie pozwoli im tknąć swojej córki.

Nic nie było w stanie zmienić jej decyzji. Żadne błagania, argumenty, że otwarcie żyły oczyści krew. Organizm jej córki doznał wstrząsu wskutek zbyt wielu silnych wrażeń, twierdziła, może też zaszkodziło jej jedzenie, do którego nie nawykła. Kilka dni postu rozwiąże problem. Zofia już czuje się lepiej.

*P*rzez otwór w ścianie izby dla służby widziałam niewiele poza zaciągniętymi zasłonami łoża chorej i zgarbioną sylwetką niemieckiej pokojówki, obgryzającej paznokcie.

Rano Zofia odzyskiwała przytomność, ale po południu gorączka powracała. Pokojówki szeptały, że księżniczka jest zbyt słaba, żeby ustać o własnych siłach. Słyszałam, jak chirurg mówił, że wkrótce nawet puszczanie krwi na nic się nie zda. Na wyłożonej marmurem posadzce wielkiego holu Bairta godzinami przeskakiwała z płyty na płytę, uważając, żeby nie nadepnąć na łączenie, bo to sprowadziłoby nieszczęście.

Dni nadal były bardzo zimne, powietrze ostre od mrozu. Wszystkim zaproszeniom na kuligi adresowanym do książęcej pary trzeba było grzecznie odmówić. Z pudełeczka wyjęłam moją bryłkę bursztynu z uwięzionymi w niej pszczołami. Długo obracałam ją w palcach, zanim odłożyłam na miejsce.

– A ty tu czego?! – wrzasnęła na mnie księżna Joanna, kiedy poprosiłam o możliwość odwiedzenia księżniczki. – Dosyć już jej nazawracałaś głowy!

– *C*óż możemy zrobić my, zwykli śmiertelnicy, wobec woli Najwyższego? – westchnął kanclerz Bestużew, gdy mu doniosłam o uporze księżnej Joanny. – Bóg mi świadkiem, że nie chciałem się jej pozbywać w taki sposób.

– Wielkiemu księciu będzie brakowało jej towarzystwa – powiedziałam, starając się wierzyć w to, co mówię.

– Wielki książę zapomni o niej natychmiast, jak tylko nasza *Hausfrau* zniknie z pola widzenia – odparł kanclerz. Widocznie się skrzywiłam, bo rzucił mi surowe spojrzenie. – Chyba jej nie żałujesz?

– Nie – zaprzeczyłam. Być może zbyt pośpiesznie.

Widziałam już wystarczająco dużo, by wiedzieć, że nic nie się zmienia tak szybko jak pozycja na dworze. Tyle innych dziewcząt gotowych jest na wszystko, by tylko zająć moje miejsce. Uśmiechały się jak koty w spiżarce, ociągały się, kiedy kazano im się pośpieszyć, i coraz bardziej niedbale i nieuważnie robiły to, co do nich należało.

Widziałam, jak wchodzą do komnat kanclerza; jak wychodzą, wygładzając fałdy spódnic. Słyszałam ich stłumiony śmiech. Widziałam ich pośpieszne śluby, by caryca – w haftowanej chłopskiej koszuli – mogła zatańczyć na ich weselu.

Minął kolejny dzień, a księżna Joanna nadal ignorowała błagania medyków i odrzucała nawet najdelikatniejszą sugestię, by o chorobie Zofii donieść carycy. Jej córka jest silna i młoda. Nie takie przeszkody pokona.

W komnacie sąsiadującej z pokojem chorej matka Zofii z twarzą umazaną różem gziła się z pewnym dworzaninem. Przez otwór w ścianie widziałam, jak jego usta muskają jej szyję. Słyszałam jej chichot.

Czekałam, aż skończą. Czekałam na słowa, które padły potem:

– Chłopska córka, najszczęśliwsza w towarzystwie prostaków... tłusta, próżna, zazdrosna... pewnie teraz na klęczkach zanosi modły... pytając Maryję Dziewicę, z którego pułku wybrać sobie nowego kochanka: kałmuckiego czy kozackiego?... najlepiej z obu... żeby nadrobić stracony czas!

Zaskrzypiała podłoga; drzwi otworzyły się i zamknęły.

Otulona pylistą ciemnością mojej kryjówki obserwowałam, jak po wyjściu kochanka księżna Joanna siada przy sekretarzyku i zaczyna pisać, gorączkowo, bez chwili przerwy, zapełniając jedną stronę po drugiej. Patrzyłam, jak odkłada gęsie pióro, ociera czoło i ziewa, a potem z uśmiechem satysfakcji składa list i wsuwa pod podwójne dno szuflady.

Wreszcie wstała i wyszła z pokoju. Po chwili usłyszałam, jak w sąsiedniej komnacie wymyśla pokojówkom. Duszno tu nie do

wytrzymania! Poduszki Zofii są wyleżane i poplamione. Dlaczego jeszcze nie wyniesiono nocnika?

*D*elikatny sekretarzyk bez większych oporów zdradził swój sekret. „To barbarzyński kraj – zapewniała księżna Joanna króla
Prus – nie zaś imperium, za które się podaje".

Przypomniałam sobie, z jaką przesadną rewerencją pan Mar-
defeld, pruski ambasador, całował rękę księżnej, aż trzęsło mu
się sadło na brzuchu. Czyżby przekazywał te rewelacje swojemu
królowi? „Już niedługo – obiecywała księżna – bardzo niedługo
będę mogła poinformować Waszą Wysokość o wielu obiecują-
cych decyzjach podjętych w wyniku mojej bezpośredniej interwencji".

Za kogo ta głupia Joanna się uważa?

„Wszędzie wokół widzę gnuśność i chaos, naród rosyjski jest
słaby i kapryśny, domaga się ciągłych pochwał" – pisała.

Wsunęłam list na swoje miejsce. Z korytarza dobiegł mnie
czyjś płacz. Zofia mogła umrzeć lada chwila, a jej matka żałowa-
łaby tylko swoich mrzonek.

– *N*asza prześwietna księżna wyobraża sobie, że jest pruskim
szpiegiem?! – kanclerz, wysłuchawszy mojej opowieści,
wybuchnął śmiechem.

Ostatnio zaczął nosić krótsze peruki, które odsłaniały jego kark.
Oczy miał podkrążone, a policzki obwisłe.

– Dobrze się sprawiłaś, Warwaro – zatarł dłonie i zagłębił się
w swoim fotelu.

Pomyślałam o Zofii, jej złamanym bólem ciele, woskowej twarzy, spieczonych ustach z trudem chwytających powietrze. Pomyślałam o diagnozie chirurga: „Tylko puszczenie krwi może ob-
niżyć gorączkę".

*U*dałam się do wielkiego księcia.

Był zajęty budową drewnianej twierdzy według modelu z jego zbiorów z gabinetu fortyfikacji, prezentu od ciotki.

Rozłożył sobie instrukcje montażu i kleił właśnie jakieś dwa drewienka, starając się je jak najdokładniej dopasować. Rozważając następny ruch, wystawił czubek języka.

– Wasza Wysokość, czy mogę mówić otwarcie, po żołniersku? – spytałam.

– Mów.

– Jeśli księżniczka Zofia umrze, caryca nigdy nie wybaczy Waszej Wysokości, że nie została powiadomiona o jej chorobie.

– Nie umrze – powiedział ze wzruszeniem ramion. – Jest silniejsza, niż myślisz. Jeszcze przeżyje nas oboje.

– A jeśli Najjaśniejsza Imperatorowa zapyta, dlaczego Wasza Wysokość nie zrobił nic, by przyczynić się do jej wyzdrowienia?

Zawahał się. On także żył w strachu przed gniewem Elżbiety.

Miałam ze sobą papier, pióro i kałamarz.

Zabrałam nawet piaseczniczkę, żeby osuszyć atrament.

Usiadł z głośnym westchnieniem przy biurku i napisał list do carycy. Zapieczętował go czerwonym lakiem, starannie, pośrodku.

Pomyślałam o Elżbiecie w prostej czarnej sukni, z chustą na głowie, wpatrzonej w pozłocistą twarz Dziewicy. Policzyłam wiorsty traktu jarosławskiego, które posłaniec będzie musiał przebyć, zanim zobaczy złotoniebieskie kopuły klasztoru.

„Jestem przekonany, że upór księżnej Joanny uniemożliwia księżniczce powrót do zdrowia – zgodził się napisać wielki książę. – I że Zofia potrzebuje teraz prawdziwej matki".

Cesarską stajnię opuścił jeden koń, na którym posłaniec miał dotrzeć do ławry przed świtem. Elżbieta mogłaby wrócić do Moskwy nazajutrz wieczorem.

– Pośpiesz się! – wymruczałam w ciemność nocy.

Nie ma chwili do stracenia.

Jeśli ktoś może ją jeszcze uratować, to tylko ona.

Elżbieta przybyła w środku nocy. Sunęła prosto do pokoju Zofii, trzęsąc się z wściekłości. Ciągnął się za nią ostry, lisi zapach.

– Precz mi z oczu, dziwko! – wycedziła na widok księżnej Joanny, która roztropnie wycofała się do swoich pokoi. Służące, które przynosiły jej posiłki i wynosiły nocnik, śmiały się później, że aż podskakiwała za każdym razem, kiedy pukały do drzwi.

Nic tylko egoizm i chciwość, krzyczała Elżbieta. Strach i ignorancja. Gdyby nie przytomność umysłu wielkiego księcia, wróciłaby na pogrzeb.

Nadworny chirurg bronił się, że księżna Joanna nie pozwoliła mu badać pacjentki i zabroniła puszczać krew.

– I to wystarczyło, żeby powstrzymać wielkiego doktora? – sarknęła caryca i zwolniła go ze służby.

To hrabia Lestocq zdjął kapę z łóżka i odsłonił nogę Zofii. Dawny kochanek mojej pani, niegdyś medyk na dworze jej poprzedniczki, należał do spiskowców, którzy pomogli Elżbiecie przejąć władzę. W przeddzień zamachu Lestocq pokazał jej dwie kartki: na jednej narysowana była korona, na drugiej szubienica.

– Możesz, pani, wybrać tylko jedną z nich – powiedział jej wtedy.

Hrabia Lestocq wyciągnął lancet w oprawie z kości słoniowej, który najpierw naostrzył osełką, a potem wygładził na skórzanym pasku, zupełnie jak brzytwę. Spod ostrza popłynęła strużka krwi. Księżniczka poruszyła się i otwarła oczy.

Przez następną godzinę Elżbieta siedziała przy łożu Zofii. Wycierała jej wilgotne czoło.

– Jestem przy tobie – mruczała. – Teraz ja się tobą zajmę.

Kiedy lokaj poinformował o przybyciu luterańskiego pastora, Zofia uniosła się na łokciach i wymamrotała coś cicho i błagalnie.

Wszyscy patrzyliśmy, jak caryca pochyla się, aby dosłyszeć jej słowa.

Gdy się do nas odwróciła, łzy płynęły jej po policzkach.

– To dziecko… to błogosławione dziecko… – powiedziała łamiącym się głosem – poprosiło mnie właśnie, żebym posłała po prawosławnego duchownego.

28 czerwca 1744 roku w Moskwie na oczach całego dworu księżniczka Anhalt-Zerbst weszła do kaplicy Pałacu Gołowina, żeby przyjąć wiarę prawosławną. W szkarłatnym płaszczu haftowanym srebrną nicią, z prostą białą wstążką w nieupudrowanych włosach, wyglądała olśniewająco i zarazem bardzo dziewczęco. Elżbieta osobiście nałożyła jej grubą warstwę różu na policzki i cynobru na usta.

Zofia była wciąż jeszcze osłabiona po chorobie, ale kroki stawiała pewnie, idąc za carycą, swoją matką i wielkim księciem.

Simwoł wiery – wyznanie wiary – wygłosiła z pamięci bez jednego zająknienia. Słowa modlitwy wypowiedziała niemal bez akcentu.

Gdy arcybiskup położył szczyptę soli na jej języku i namaścił jej czoło, powieki, szyję, pierś i ręce świętym olejkiem, z tłumu dobiegły mnie szlochy wzruszenia. Księżniczka ucałowała rękę patriarchy. Czekała na odśpiewanie Boskiej Liturgii, aby przyjąć ciało Chrystusa w sakramencie Eucharystii.

Kiedy się do nas odwróciła, nie była już Zofią, trzeciorzędną pruską księżniczką w cerowanych pończochach i przetartych koszulach. Stała się Katarzyną Aleksiejewną, wyznawczynią prawosławia. Następnego dnia w soborze Uspienskim miały odbyć się jej zaręczyny z wielkim księciem.

Patrzyłam, jak caryca przygarnia Katarzynę do piersi, jak ją nazywa swoim kochaniem, swoją jedyną pociechą, skarbeńkiem, swoją laleczką.

Katarzyna Aleksiejewna. Jekaterina. Katia. Katinka.

Elżbieta nadała jej imię na cześć własnej matki. Nawet odległe echo ojcowskiego imienia nie mogło osłabić roszczeń mojej pani do tej dziewczyny, którą przyjęła jak córkę, której ocaliła życie.

Zauważyłam skwaszoną minę księżnej Joanny.

Dzwoniły cerkiewne dzwony, płonęły pochodnie. W dniu książęcych zrękowin tańczono na ulicach. Na rozkaz carycy na olbrzymich rożnach pieczono całe woły, a piwo lało się strumieniami. Z nastaniem nocy, odpalono fajerwerki, które utworzyły ogromne kręgi i kaskady spadających gwiazd. Rosja oddała się zabawie.

Na ulicach Moskwy połykacze ognia o zabarwionych na żółto językach i poparzonych palcach popisywali się swoim kunsztem. Widziałam tańczącego niedźwiedzia z krwawiącą, wyliniałą skórą na nosie. Widziałam papugę szarpiącą własne pióra, która świergotała i skrzeczała, kiedy jej pan grał na katarynce. Widziałam gibką dziewczynkę, najwyżej dziesięciolatkę, która balansowała na linie rozciągniętej między dwoma domami. Gawiedź zgromadzona na dole wstrzymywała oddech za każdym razem, kiedy mała akrobatka traciła równowagę. Wznoszono radosne okrzyki: „Niech żyje Piotr, wielki książę Wszechrusi!", „Niech żyje Katarzyna, nasza wielka księżna!".

Kupiłam drewnianego ptaszka, który machał skrzydłami, kiedy się go popchnęło. Zostawię go przy łóżku Bairty – pomyślałam – tak aby nawet nie wiedziała od kogo. Mój pożegnalny prezent, bo Katarzyna wyprosiła u carycy, żeby odesłać małą do domu, do matki.

Kanclerz Bestużew był jednym z pierwszych całujących dłoń wielkiej księżnej i składających gratulacje następcy tronu.

– Wasza Cesarska Wysokość miała rację – powiedział Elżbiecie. – Ona jest *charmante*. Nie było lepszej kandydatki.

W pewnej chwili, podczas uczty, zobaczyłam, jak Katarzyna wymyka się na korytarz, którego ściany zdobił rząd luster. Na moment oparła się o ramę i przymknęła oczy. Zanim zdążyłam do niej podejść, na zaparowanej od oddechu tafli lustra narysowała palcem literę S. Starła ją, chuchnęła na lustro jeszcze raz i na jej miejscu napisała inicjał nowego imienia.

Żyje – pomyślałam. I jest bezpieczna. Elżbieta już tego dopilnuje.

To było wszystko, co mogłam dla niej zrobić. Miałam nadzieję, że wystarczy.

—Nie do wiary, jak niektórzy własnymi rękami kopią sobie grób – powiedział mi kanclerz, podnosząc wzrok znad pliku kartek. „Caryca mnie słucha – pisała księżna Joanna w swoim kolejnym liściku. – Zgadza się z moją oceną najważniejszych interesów państwa".

Wiedziałam już, że posłaniec ambasadora Prus został przechwycony w drodze do Berlina i że oferta kilkuset rubli za jego milczenie była mu bardziej miła niż mroźny bezkres Syberii.

– Niech pisze dalej – złocone krzesło zaskrzypiało pod stale się zwiększającym ciężarem kanclerza. – Niech sądzi, że nikt jej nie obserwuje. Chcę wiedzieć, dokąd chodzi i kto ją odwiedza.

Poczułam jego rękę na mojej szyi. Zatrzymała się na chwilę, zanim zsunęła się niżej, ku piersiom.

Moje oczy nadal są najbystrzejsze, pomyślałam. Moje uszy wciąż potrafią usłyszeć to, co umyka innym. Czyż nie jestem na dworze od prawie dwóch lat, trwając, gdy inni przepadli bez śladu?

Rozdział drugi

1744–1745

Wielka księżna Katarzyna Aleksiejewna kupowała w Moskwie prezenty.

Sztukę muślinu dla hrabiny Rumiancewej, marmurowe jajko na złotej podstawce dla matki.

Chińską wazę, porcelanową figurkę tancerki. Naszyjnik z pawich piór. Komplet pudełeczek z kory brzozowej, jedno ukryte w drugim, i pachnących grzybami, kiedy unieść wieczko i je powąchać. Strój do konnej jazdy z fraczkiem o zwężających się z tyłu połach i długich rękawach z mankietami.

Muszkiet dla księcia, model armatniego działa, zestaw gipsowych drzewek do ustawienia wokół fortyfikacji, które budował w swoim pokoju.

Stojak na hełm.

Pod drzwiami jej sypialni kupcy z Moskwy wraz z czeladnikami dzierżącymi paczki i skrzynie ustawiali się w kolejce. Pokazywali jej drewniane manekiny ubrane w najmodniejsze suknie prosto z Paryża, kusili strusimi piórami, koronkowymi riuszkami, gazami, strojnymi nakryciami głowy. Podkreślali, że caryca Elżbieta bardzo sobie ceni paryskie modystki. Namawiali Katarzynę, by dotknęła próbek materiałów, mówili o barwach i kształtach pereł, dostojnym majestacie rubinów, o tym, że połysk szafirów wokół szyi jest tak delikatny jak migotanie motylich skrzydeł.

Czy ulubionym kolorem wielkiego księcia nie jest błękit pruski? – pytali, rozpościerając połyskliwe materie na podłodze. Wspominali o drobnej pomocy potrzebnej każdej kobiecie, by oczarować mężczyznę – o subtelnej grze odsłon i zasłon. Oferowali jej pomady i perfumy, wody do nawilżania cery, esencje róży, narcyza i kwiatu pomarańczy.

– Rosyjski lud na was patrzy, Wasza Wysokość. Nie wolno mu zobaczyć was dwa razy w tej samej sukni. Wąskie proste rękawy wyszły już z mody.

Nie mogła sobie pozwolić na to, by ktoś ją przyćmił lub uznał za skąpą. Jej nowi przyjaciele oczekiwali dowodów sympatii. Lojalność służby też trzeba kupić. Jeśli sama tego nie zrobi, na pewno ktoś ją w tym wyręczy.

Kupowała woreczki na przybory do szycia, puszki do pudru, muszki, tabakierki, perfumowane saszetki i całe tuziny białych rękawiczek. To żadna ekstrawagancja, argumentowali kupcy. To konieczność. Czy prawdą jest, że po każdej uczcie na pruskim dworze król Fryderyk sprawdza, ile zostało sera, i zapisuje dane w specjalnym notatniku? Czy że z ogarków wytapia nowe świece na sprzedaż?

Kosztowny nabytek może skłonić kupca, by zechciał poczekać na zapłatę jeszcze kilka tygodni. Wierzyciela można spłacić pieniędzmi pożyczonymi od innego – ale to nie może trwać w nieskończoność.

– Bankierzy mają się ostatnio jak pączki w maśle – stwierdził wesoło kanclerz. – A już myślałem, że nasza mała *Hausfrau* będzie trudniejszym przeciwnikiem.

Długi można łatwo zmienić w zarzuty, oskarżenie, że caryca szczędzi na jej apanażach. Katarzyna jest już wprawdzie narzeczoną następcy tronu, ale jeszcze nie żoną.

Patrzyłam na wielką księżnę i myślałam: Nic więcej nie mogę dla ciebie zrobić.

Ale wtedy wszystko się zmieniło.

W połowie grudnia, kiedy cesarski dwór zatrzymał się w Chotiłowie, na postoju w drodze z Moskwy do Sankt Petersburga, wielki książę zemdlał przy kolacji. Przeniesiony do swojej komnaty i ocucony solami trzeźwiącymi, skarżył się na bóle rąk i nóg. Z początku podejrzewano odrę, ale kiedy przyszły gorączka i wymioty, lekarze nie mieli wątpliwości. To była ospa.

Caryca Elżbieta, która pojechała przodem i dotarła już do Sankt Petersburga, pośpiesznie wróciła do siostrzeńca.

Wszyscy wstrzymaliśmy oddech.

Chotyłowskie biuletyny na temat stanu chorego donosiły o długich nocach trawionych gorączką i o silnej woli życia następcy tronu. Jak Rosja długa i szeroka w cerkwiach zanoszono modły o wyzdrowienie Piotra Fiodorowicza i bezpieczeństwo carycy. Elżbieta niczym rodzona matka sama pielęgnowała syna swej ukochanej siostry, dniem i nocą nie odstępując jego łoża. Przemywała mu rany na twarzy i ciele. Karmiła go rosołem i wzmacniającymi wywarami. Uspokajała, kiedy płakał z bólu.

Przyciszone głosy w antyszambrze rozważały różne możliwości. Śmierć mogłaby przetasować karty. Może nie warto zapominać o innym dziedzicu, Iwanie VI, więzionym od dnia, w którym córka Piotra Wielkiego przejęła rosyjski tron?

Wielokrotnie słyszałam wtedy, jak przywoływano wspomnienie listopadowej nocy sprzed trzech lat, kiedy to oficerowie gwardii pałacowej przywieźli saniami do Pałacu Zimowego carewnę Elżbietę, piękną jak Madonna z ikony, z prawosławnym krzyżem w dłoniach, w skórzanym kirysie – zwycięską, lecz potrzebującą ochrony, silną, lecz potrzebującą miłości. Żołnierze klękali przed nią jeden po drugim, całowali rąbek jej sukni i przysięgali oddać życie w jej obronie.

Elżbieta mogła zgładzić Iwana, ale tego nie zrobiła. Może nie bez powodu?

Wielki książę walczył o życie, a szepty przybierały na sile. Caryca miała dopiero trzydzieści pięć lat, na dziedzica ciągle był jeszcze czas. A gdyby poślubiła Iwana? Może i był słaby na umyśle, ale niewykluczone, że za kilkanaście lat będzie w stanie spłodzić syna. Prawdziwego spadkobiercę Piotra Wielkiego!

Gdy caryca i wielki książę przebywali poza Pałacem Zimowym, oficjalne obowiązki zawieszono, a realizację powziętych planów odłożono na później. Drzwi zwykle otwarte na oścież dla gości teraz były zamknięte; muzyka nie kusiła. W sali audiencyjnej bywały tylko koty. Wylegiwały się na otomanach albo goniły po posadzkach.

Lokaje i pokojówki godzinami przesiadywali bezczynnie na schodach korytarzy dla służby, gawędząc i chichocąc, i niechętnie ruszali się z miejsca, żeby zrobić przejście. Przy stajniach oficerowie zbierali się na grę w karty. Pokrzepieni niuchem tabaki i kieliszkiem wódki próbowali uszczypnąć lub obmacać każdą przechodzącą obok pałacową dziewczynę

Wszyscy czekali.

Katarzynie i jej matce nie przydzielono apartamentów w Pałacu Zimowym, musiały się zadowolić domem przy ulicy Milionowej. Szybko traciły na znaczeniu, wspominano o nich już tylko mimochodem. Jeśli wielki książę umrze, caryca nie będzie z nich miała żadnego pożytku.

Dom był dwupiętrowy. Okna miał zawsze zamknięte, a zasłony zaciągnięte. Wierzyciele dobijający się dzień w dzień do drzwi doprowadzali do irytacji nie tylko *Herr* Leibniza, niemieckiego kupca bławatnego, ale i mieszkające w sąsiedztwie rodziny oficerskie. Przeklinali własną głupotę, naiwność, której dowiedli, okazując zaufanie cudzoziemkom. Głośno skarżyli się, że możni tego świata ani myślą spłacać swoich długów.

Przypomniałam sobie dwie pszczoły uwięzione w bryłce bursztynu, którą dostałam od Katarzyny. „Obie jesteśmy tu cudzoziemkami" – powiedziała wtedy.

Wkrótce już jej tu nie będzie.

*P*odeszłam pod ich dom na Milionowej i zadzwoniłam do drzwi. Dzień był zimny i wietrzny, zwiastował nowe opady śniegu. Ulicą przejechały sanie, brzęcząc dzwoneczkami. Wąską ścieżkę oczyszczoną z lodu posypano piaskiem i popiołem.

Służąca, która poprosiła, żebym poszła za nią, nie potrafiła powściągnąć ciekawości. Czy nie słyszałam czegoś o powrocie wielkiej księżnej do pałacu?

Pokręciłam głową. Przedpokój wypełniał zapach dymu i pleśni.

– Tędy – powiedziała, wskazując mi niewielki salon na pierwszym piętrze.

Wyłożony boazerią pokój wydawał się dość mroczny; w oknach od frontu wisiały aksamitne zasłony. Z taniego bawełnianego, a nie jedwabnego aksamitu, zauważyłam. Światło wpadało do środka tylko przez wąskie okienko wychodzące na ogród, w którym stały ośnieżone drzewa. Piec kaflowy zajmował cały róg pokoju, promieniując przyjemnym ciepłem. Na stoliczku przy klawikordzie dostrzegłam stos książek w skromnych oprawach. Kiedy je otworzyłam, okazały się opowieściami o piratach, katastrofach morskich i porwaniach.

Rozejrzałam się wokół. Fotel z wystrzępionym obiciem, zmatowiałe lustro, pudełko na przybory do szycia z lakierowanym wieczkiem, na którym mienił się piękny feniks, wełniany szal przewieszony przez poręcz krzesła przy oknie, dwie skrzyżowane szable zawieszone na ścianie nad niedźwiedzią skórą. Z korytarza dobiegał szczęk naczyń, tupot kroków, zapach mydlin z gotowanego prania.

W mojej pamięci odżył dom na Wyspie Wasiljewskiej, miarowe kroki taty, radosny, ożywiony głos mamy. Wspomnienie było tak żywe, że omal nie schowałam się w jej ramionach.

Drzwi otworzyły się dość gwałtownie. W tym domu rzadko widywano gości.

– Ach, to ty – powiedziała księżna Joanna, gdy weszła do pokoju. Nawet nie próbowała ukryć rozczarowania.

– Mam nadzieję, że nie przeszkadzam Waszej Wysokości – odparłam.

Katarzyna stała tuż za nią, z pośpiesznie utrefionymi włosami, wymykającymi się spod koronkowego czepka. Uśmiechnęła się i zrobiła krok w moją stronę, ale matka zatrzymała ją ręką. Uważa, że jestem zbyt nisko urodzona? – przemknęło mi przez głowę. Czy tylko nieprzydatna?

– Masz jakieś nowe wieści o stanie zdrowia Jego Wysokości? – zapytała księżna.

Powtórzyłam jej informacje z najnowszego biuletynu: księciu po raz kolejny puszczono krew, ale gorączka nie ustąpiła.

– Wszystko w rękach Boga – powiedziałam.

Katarzyna spuściła głowę.

– Wszystko w rękach Boga – powtórzyła księżna Joanna.

Weszła służąca z poczęstunkiem – pokrojonym na kawałki keksem i gorącą herbatą z konfiturami ze śliwek, ale bez cukru. Księżna Anhalt-Zerbst nie uważała mnie za aż tak ważnego gościa.

To była niezręczna wizyta. Księżna snuła długą opowieść o swoich koneksjach z książętami Brunszwiku, a Katarzyna gestami wciąż nakłaniała mnie, żebym wypiła jeszcze herbaty i zjadła więcej ciasta. Zauważyłam, że paznokcie ma obgryzione aż do krwi.

– Czy Wasza Wysokość nadal szlifuje rosyjski? – zapytałam ją.

– Nie bardzo – odpowiedziała. – Tak mało jest osób, z którymi mogę porozmawiać.

– Nonsens! – warknęła księżna. – Moja córka zrobiła znakomite postępy.

– Ojciec Symeon co dzień modli się za Waszą Wysokość – powiedziałam, patrząc na Katarzynę. Ze względu na nią starałam się sprawiać wrażenie pogodnej i wymieniłam wszystkich, którzy pytali o jej zdrowie. Ich lista nie była zbyt długa, lecz mimo to Katarzyna pokraśniała z radości.

Księżna Joanna podniosła się. Straciła już cierpliwość.

Ja także wstałam, szykując się do wyjścia.

– Czy Warwara Nikołajewna może przyjść także jutro? – zapytała Katarzyna, patrząc błagalnie na matkę.

– Jak chcesz – odparła księżna. Jej oczy prześlizgnęły się po mnie, jakbym była powietrzem. – Teraz to już w niczym nie zaszkodzi.

Byłam już na dole, kiedy usłyszałam za sobą pośpieszne kroki i poczułam, jak ręce Katarzyny obejmują mnie w talii.

– Wasza Wysokość! – wydusiłam.

– Proszę, nie zwracaj uwagi na mamę – powiedziała, wpatrując się we mnie jak przerażony ptak. – Proszę!

Poczułam, że jej szczupłe ciało drży. Usłyszałam szloch.

– Przyjdziesz jeszcze, prawda?

– Wasza Wysokość… – zaczęłam, ale mi przerwała.

– Po prostu „Katarzyno" – powiedziała.

– Tak – obiecałam. – Przyjdę.

W ciągu następnych tygodni co rano przygotowywałam szczegółowe streszczenia artykułów z gazet, które poprzedniego dnia zaznaczył dla mnie profesor Stehlin, tak aby przeczytać je Piotrowi, kiedy wróci do Pałacu Zimowego. W połowie stycznia wciąż nieodczytane streszczenia spiętrzyły się do tego stopnia, że zaczęłam je gromadzić w teczkach, posegregowane tematycznie. Gabinet wielkiego księcia zawsze będzie przygotowany do lekcji, obiecałam sobie. Dbałam o to, by pióra były zaostrzone, a kałamarze pełne. Starannie odkurzałam ołowiane żołnierzyki, uważając, żeby nie zmienić ich pozycji na gipsowym polu bitwy.

I przez cały czas myślałam o radości, z jaką Katarzyna witała moje wizyty.

– Sprawdźmy, czy ci do twarzy w niebieskim – powiedziała, kiedy znów do niej przyszłam, i nakłoniła mnie do włożenia jednej ze swoich sukni, podczas gdy sama krzątała się po pokoju w poszukiwaniu wstążek i szali, żeby ją ozdobić.

Pogodziwszy się z moją obecnością, księżna Joanna przestała się nami zajmować. Tak wiele mam wspomnień nas obu w tym ciemnym, wyłożonym drewnem salonie; tak bardzo starałyśmy się nie myśleć o rzeczach, których nie mogłyśmy zmienić. Skakałyśmy po korytarzu, chichocąc, aż pokojówka ofuknęła nas za głupie figle. W zimowe popołudnia, o zapadającym zmierzchu, leżałyśmy skulone na otomanie z rękoma pod głową i szeptałyśmy między sobą.

„Opowiedz mi o najzabawniejszej rzeczy, jaką kiedykolwiek zrobiłaś".

„I najgłupszej".

„I takiej, którą chciałabyś powtarzać bez końca".

„I najlepszej".

„I najgorszej".

Ale czasem Katarzyna poważniała.

– Warieńko, powiedz mi, że on przeżyje – prosiła. – Powiedz, szybko!

– Przeżyje.

W te zapewnienia wkładałam całą moc nadziei, żeby tylko odsunąć jej strach.

Cudownie było tak rozmawiać, siedząc razem na skrzypiącej otomanie, popijać gorącą herbatę i jeść ogórki z miodem, wielki przysmak Katarzyny.

Zupełnie jak siostry.

– Nigdy nie miałam domu, Warieńko, takiego prawdziwego, w którym mogłabym być sobą. Zawsze musiałam myśleć o tym, jak mnie widzą inni. Wszędzie jestem gościem, Warieńko. Luteranką wśród luteranów, wyznawczynią prawosławia wśród prawosławnych. Prusaczką w Prusach, Rosjanką wśród Rosjan. Ale kim jestem, kiedy zostaję sama? Teraz już nie wiem.

Odwróciłam twarz, żeby ukryć łzy.

– Warieńka? – Schwyciła mnie za rękę.

– I ja miałam kiedyś dom – zaczęłam.

Odkąd doniesienia z Chotiłowa stawały się coraz krótsze i bardziej posępne, imię Katarzyny zaczęto wymawiać coraz bardziej lekceważącym tonem. Na korytarzach Pałacu Zimowego dworzanie wspominali panowanie carowej Anny, znienawidzone germańskie rządy. Czas, kiedy dostojny arystokrata otrzymywał rozkaz, by gdakał jak kura. Albo jak książę Golicyn został zmuszony do małżeństwa z kałmucką służącą i spędził noc poślubną w pałacu z lodu.

Czemuż ta pruska księżniczka miałaby być inna?

Katarzyna wiedziała o tych nastrojach.

– Nie chcą mnie tutaj, prawda? – zapytała.

– Nie tak łatwo zdobyć zaufanie Rosjan – odparłam. – Muszą cię najpierw obserwować przez dłuższy czas. Muszą być pewni.

– Tak często o nim myślę – powiedziała. – Lubił się ze mną ścigać aż na drugi koniec łąki. Nie przeszkadzało mu, kiedy wygrywałam. Ale teraz, nawet jeśli nie umrze…

Wzięła głęboki wdech i wybuchnęła płaczem. Przytuliłam ją mocno, ale łkanie nie ucichło.

Czy Piotr chciał tak po prostu zamknąć oczy i opuścić nas podczas ciemnych chotiłowskich dni? Czy Elżbieta, czuwająca nieustannie przy jego łóżku, jakimś cudem zdołała go podstępem namówić na powrót do żywych? Czy rozpraszała jego lęk, kiedy budził się z koszmarów, w których jego ojciec odpychał go od siebie, a nauczyciel z Eutin smagał rózgą i zmuszał do klęczenia na grochu? Czy przekonała Piotra, że jeszcze może być kochany?

– Musisz jeść – nakłaniała Elżbieta, wmuszając w niego łyżeczkę za łyżeczką, głucha na argumenty hrabiego Razumowskiego, że powinna się oszczędzać, głucha nawet na napomknienia o tym, jak blizny po ospie potrafią zeszpecić kobiecą skórę.

– Jeszcze łyczek, kochanie.

– Jeszcze tylko kęs.

– Mój ukochany syneczku.

– Sokoliku jasny.

Gdyby umarł wtedy w Chotiłowie, w ramionach ciotki, mielibyśmy wspaniały cesarski pogrzeb i powszechną żałobę. Cała Rosja wyobrażałaby sobie, co dobry Piotr mógł był uczynić dla jej mieszkańców i chwały imperium. Przez lata jego imię wypowiadano by z miłością i żalem.

Powóz wyładowany prezentami i pamiątkami niedoszłej świetności poniósłby Katarzynę i jej matkę przez rosyjskie równiny z powrotem do Zerbst. Co by się z nią stało, gdyby Piotr umarł? Wyszłaby za jakieś książątko i została panią sypiącego się zamku i stada krów? I co bez niej stałoby się ze mną?

Ale Piotr nie umarł.

Pod koniec stycznia, sześć tygodni po swoim pamiętnym omdleniu, wielki książę zrobił o własnych siłach pierwsze chwiejne kroki, a każdy z nich – jak oświadczyła caryca – to dowód boskiego miłosierdzia. Trzymała Piotra za rękę, kiedy medyk zdjął opatrunki z jego twarzy. Elżbieta przyrzekła mu, że szpetne czerwone plamy wkrótce znikną.

Na początku lutego wielkiemu księciu pozwolono wrócić do Sankt Petersburga i stopniowo podjąć niektóre obowiązki. „Wielki Książę Rosji zmagał się z chorobą" – donosił ostatni biuletyn – „niczym najodważniejszy żołnierz, z męstwem i zaciekłością, a Bóg dał mu zwycięstwo".

Lecz zwycięstwo to jeszcze nie wszystko. Równie istotna jest jego cena.

Kiedy wielki książę powrócił do Pałacu Zimowego, caryca rozkazała profesorowi Stehlinowi rzucić w kąt zagraniczne gazety i książki o historii wojskowości.

– Niech Warwara poczyta mu coś lżejszego – poleciła. – Coś, co odwróci jego myśli od śmierci.

W pałacowej bibliotece odłożyłam na bok francuskie powieści i historyczne traktaty. Żadnych perypetii rozdzielonych kochanków, żadnego Tacyta czy opowieści o starożytnym Rzymie. Piotr nie powinien teraz myśleć o spiskach i morderstwach. Wybrałam książki podróżnicze. Relacje *sir* Johna Mandeville'a z wyprawy na Andamany. Żartobliwe historie o bezgłowych ludziach, z jednym okiem na każdym ramieniu, o mieszkańcach odległych wysp, którym górna warga rozrosła się tak, że kiedy śpią na słońcu, mogą sobie nią zakryć twarz.

Przez wiele wieczorów siadałam w kącie sypialni Piotra i czytałam mu przy jednej zapalonej świecy. Zasłony zawsze były zaciągnięte, tak że do środka nie wpadało nawet światło księżyca. Za każdym razem kiedy podnosiłam wzrok znad książki, w gęstych ciemnościach z trudem mogłam dojrzeć jego chude wyciągnięte na łóżku ciało, z twarzą zasłoniętą batystową chusteczką. Jeśli przerwałam lekturę, Piotr walił pięścią w ramę łóżka i domagał się dalszego czytania.

Czasem widziałam, jak szarpał się za ucho tak mocno, że zaczynało krwawić. Czasem słyszałam jego przeciągłe, zwierzęce wycie, płacz przechodzący w łkanie, aż wreszcie wszystko dławiła cisza.

Nigdy o nic mnie nie poprosił, ale nie pozwalał też odejść.

Wyzdrowieje – myślałam. Wyzdrowieje dla Katarzyny. Tak żeby caryca jej nie odesłała.

Któregoś razu, kiedy myślałam, że zasnął, pochyliłam się nad nim, żeby poprawić mu poduszkę. Pod cienką warstwą batystu zaczerwienienie i opuchlizna na jego twarzy były niemal niezauważalne.

Otworzył oczy i spojrzał na mnie. Nie przestałam wygładzać koronek poduszki. Nie powstrzymał mnie, także wtedy, kiedy pogładziłam go po włosach.

– Narzeczona bardzo się o was martwi, Wasza Wysokość – powiedziałam łagodnie. – Bardzo chciałaby was zobaczyć.

– Nie chcę jej tu widzieć.

Uderzył mnie jad sączący się z jego słów.

– Dlaczego?

– Bo ona słucha diabła.

– Kto powiedział Waszej Wysokości takie bzdury? – zapytałam. – Kto waży się rozsiewać takie podłe plotki?

Zanim zdążyłam zacząć kolejne zdanie, poczułam, jak długie, szczupłe ręce Piotra oplatają moją szyję. Jego wychudzonym ciałem wstrząsało łkanie; nie mogłam go uspokoić. Nie chciał mi powiedzieć, kto z nim rozmawiał o Katarzynie. Kręcił głową, kiedy mu opowiadałam, jak była przygnębiona, gdy przez tyle tygodni leżał z gorączką, jak bardzo się martwiła, kiedy nie chciał jeść.

Starałam się go uspokoić. Przywarł do mojego ramienia; jego palce wpijały mi się w ciało. Rano odkryłam, że całe ramię mam posiniaczone.

– Jest jeszcze bardzo słaby – powiedziałam wtedy Katarzynie. – Ale na pewno najgorsze już minęło.

Któregoś późnego popołudnia, kiedy czytałam wielkiemu księciu, straże oznajmiły przybycie carycy.

Gdy tylko wkroczyła do komnaty, zamknęłam książkę, wstałam i dygnęłam. Nie patrzyła na mnie. Słyszałam szelest jedwabnej sukni, kiedy zwinnym, lekkim krokiem tancerki podeszła do swojego siostrzeńca. Piotr leżał na łóżku, szczupłe ciało miał szczelnie owinięte w aksamitny szlafrok, a twarz nadal zakrytą.

Klasnęła w dłonie. Przyniosła dobrą wiadomość.

– Medycy mówią, że już wyzdrowiałeś.

– Słabo mi – wymamrotał.

– Jest ci słabo, ponieważ potrzebujesz świeżego powietrza – powiedziała pogodnie. – Dość już tych ciemności, dość leżenia w łóżku całymi dniami.

– Boli mnie gardło.

Caryca nie zamierzała tego słuchać. Nic sobie nie robiąc z jego protestów i błagań, zmusiła Piotra, by wstał. Pokojówkom rozkazała rozsunąć zasłony i wpuścić ostatnie promienie słońca.

Nawet popołudniowe światło było wystarczająco ostre, żeby nas oślepić.

Z miejsca, w którym stałam, widziałam tył zwierciadła w srebrnej ramie, które przyniósł lokaj. Służące trzymały je teraz przed Piotrem.

– No już – powiedziała caryca i zdjęła mu chusteczkę z twarzy. – Popatrz.

– Nie chcę! – wymamrotał i zakrył twarz dłońmi.

Lecz caryca ani myślała ulec. Oderwała Piotrowe dłonie od jego twarzy i zmusiła, by przyjrzał się swemu odbiciu w lustrze.

– To nie ja! – wrzasnął.

Ukradkiem zerknęłam na jego rozdziawione usta, na wargi tłuste i różowe jak dżdżownice. Policzki miał spuchnięte i pokryte czerwonymi krostami. Oczy przysłonięte obrzmiałymi powiekami wydawały się mniejsze i puste.

Widziałam już takie oczy.

Wielki książę rozpoznał je także – martwe oczy monstrów swego dziadka. Usłyszałam szloch, długi, przeszywający krzyk przerażenia.

– To nie jestem ja!

Elżbieta tuliła płaczącego Piotra w ramionach. To wszystko minie, powtarzała łagodnie. I zaczerwienienie, i opuchlizna. Wkrótce jej dzielny żołnierzyk zacznie przybierać na wadze. Oczywiście nie wszystkie krosty zejdą bez śladu, ale przecież nie jest dziewczyną. Chyba nie będzie płakać nad byle blizną? Mężczyzna nie musi mieć nieskazitelnej cery. Musi być silny. Niepokonany.

Wymknęłam się niepostrzeżenie tak szybko, jak tylko mogłam. Usiadłam na krześle w antyszambrze wielkiego księcia i z trudem złapałam oddech. Zza drzwi dobiegła mnie seria żałosnych jęków, później słychać było już tylko kołysankę.

Spi, młladieniec moj priekrasnyj
Śpij, syneczku, mój prześliczny

Jak tylko lekarze oświadczyli, że wielki książę wyzdrowiał, caryca rozkazała Katarzynie i księżnej Joannie, by znów zamieszkały w Pałacu Zimowym.

Powolutku życie na dworze wróciło na dawne tory. W cesarskich komnatach drzwi znów były otwarte dla gości, a wieczorami rozbrzmiewała muzyka. Zaczęto mówić o balu, o maskaradzie i pokazie sztucznych ogni dla uczczenia tak radosnej okazji.

Katarzyna większość czasu spędzała samotnie u siebie, często też modliła się w pałacowej kaplicy, natomiast księżna Joanna, rada świętować swój powrót z wygnania, rzuciła się w wir strategicznych wizyt. Kawaler Becki, którego zapały znacznie ochłodły podczas tygodni niepewności, znowu był przy jej boku. Mijałam ją na pałacowych korytarzach, a ona zawsze odwracała wzrok, tak jakby nawet skinienie w moją stronę mogło jej przynieść ujmę.

Widywałam się z Katarzyną niemal co dzień, choć nasze rozmowy były krótkie. Caryca nie zezwoliła wielkiej księżnej odwiedzać narzeczonego. Za każdym razem, kiedy się widziałyśmy, Katarzyna pytała mnie, czy Piotr ma apetyt, co sobie zażyczył do przeczytania, czy może ustać bez wspierania się o krzesło.

Z każdym dniem jest coraz silniejszy, zapewniałam ją.

Ostatnio jego ulubioną lekturą jest opowieść o rozbitkach, którzy olbrzymiego wieloryba wzięli za bezludną wyspę.

Po obiedzie chętnie słucha muzyki.

Nigdy nie zapytała mnie, jak Piotr teraz wygląda. I byłam jej za to wdzięczna.

Minęły jeszcze dwa tygodnie, zanim caryca pozwoliła Katarzynie odwiedzić narzeczonego.

Właśnie skończyłam moją codzienną porcję lektury, kiedy lokaj oznajmił przybycie wielkiej księżnej. Piotr skrzywił się i przygryzł paznokieć. Widziałam, jak walczy sam ze sobą, by nie zasłonić twarzy. Tego dnia założył ogromną pudrowaną perukę, w której jego głowa wyglądała na znacznie większą niż w rzeczywistości. Bardzo niefortunne połączenie z jego nadal wychudłą szyją.

Katarzyna weszła zbyt szybkim krokiem. Pomyślałam, że jej gorliwość jest wymuszona.

– Przyniosłam ci prezent, Piotrze – powiedziała i zatrzymała się w pół kroku. Pobladła i odwróciła oczy ze wstrętem, którego nie umiała ukryć. Ze ślepego, obezwładniającego strachu zabrakło jej tchu.

– Co to takiego? – zapytał surowo Piotr.

– Skrzypce.

Podała mu futerał. Kiedy dotknął jej palców, odruchowo cofnęła rękę.

– Podobają ci się? – spytała.

Nie odpowiedział.

– Tak się o ciebie martwiłam – zapewniła go nerwowym głosem. – Ta niepewność była straszna. Modliłam się za ciebie. Tak się bałam. Nie pozwalano mi się z tobą widzieć.

– Kto ci nie pozwalał?

Otworzył futerał, ale nie wyjął z niego skrzypiec.

– Caryca. Moja matka. Wszyscy. Próbowałam się uczyć gry na klawikordzie, ale nie jestem taka muzykalna jak ty.

Mówiła zbyt dużo i zbyt szybko, chciała pokryć słowami swoje zmieszanie, ale jak Piotr mógłby nie dostrzec drżenia warg i wymuszonego uśmiechu?

– Nie możesz tu siedzieć za długo – powiedział. – Jestem jeszcze słaby.

– Modliłam się za ciebie, Piotrze.

– Już mówiłaś.

Wielki książę odłożył na bok futerał. Wziął do ręki jednego ze swoich żołnierzyków.

– Jeszcze mogę umrzeć. Muszę na siebie uważać.

– Będziesz więc na siebie uważał – powiedziała. – Oboje będziemy. Nie umrzesz.

Właściwe słowa, pomyślałam, tyle że przyszły za późno.

Z pola, które rozciągało się za oknami Pałacu Zimowego, dobiegało głośne ujadanie. Psy goniły się na nim jak zwykle. Od czasu do czasu skowyt znaczył moment, w którym pogoń przestawała być zabawą.

W komnacie zapadła cisza. W oczach Piotra błysnęła szelmowska iskra.

– Nie podchodź! – warknął, kiedy Katarzyna zbliżyła się do jego łóżka. Zatrzymała się.

Ze stolika przy łóżku strącił figurkę żołnierza.

– Podnieś go.

Schyliła się posłusznie. Próbowała podać mu figurkę, ale jej nie przyjął.

– Ustaw go tam, gdzie był.

Postawiła żołnierzyka na stole. Widziałam, jak się zmusza, żeby patrzeć na dziobatą twarz Piotra.

– Idź już sobie. Nie chcę cię więcej widzieć.

Nie poruszyła się.

– Idź stąd – powiedział z naciskiem, głośniej, ostrzej.

Złożyła mu ukłon.

– Idź stąd!

Odwróciła się wolno i wyszła.

Późnym wieczorem wślizgnęłam się do pokoju Katarzyny. Leżała nieruchomo w łóżku, z szeroko otwartymi oczyma. Jej lewa stopa, owinięta bandażem, spoczywała na dwóch poduszkach.

Znowu puszczano jej krew.

Nie musiałam pytać, co się stało. Doszły już moich uszu szepty pokojówek, że z chwilą, gdy zamknęły się za nią drzwi sypialni Piotra, wielka księżna chwyciła się za brzuch. Ledwie zdążyła do ustępu, by zwrócić omlet, który zjadła na śniadanie. W swojej komnacie także wymiotowała. Dostała wypieków i dreszczy, ale ręce miała zimne jak lód.

Służące plotkowały, że matka kazała jej przestać płakać. Gdy to nie pomogło, księżna Joanna wymierzyła jej policzek.

– Jeśli cię teraz odeśle, idiotko, w domu czeka cię tylko wstyd! – krzyczała.

Wielka księżna, szeptały pokojówki, nie mogła się uspokoić, dopóki chirurg nie otworzył żyły i nie utoczył czterech uncji krwi.

Ujęłam rękę Katarzyny. Poczułam lekki uścisk jej palców; dłoń nadal miała zimną.

Delikatnie otarłam jej łzy.

Odwróciła się do mnie i swoim dźwięcznym, łagodnym głosem powiedziała:

– Nie wiem, co bym bez ciebie zrobiła, moja Warieńko.

Tej nocy wyjęłam bryłkę bursztynu z zatopionymi pszczołami. Przez szpary w ścianach wsączał się zapach kadzidełek, które pokojówki zapaliły w pokoju wielkiego księcia, żeby odświeżyć powietrze. Świeca skwierczała. Na pałacowym dachu pohukiwała sowa.

Czy życie będzie jeszcze kiedyś proste? Czy kiedykolwiek obudzę się z lekkim sercem?

Pomyślałam o dłoniach kanclerza, pieszczocie jego palców. O czyśćcu, w którym prowadzony jest rejestr naszych grzechów i dobrych uczynków. Co przeważy: współczucie czy żądza? Miłosierdzie czy zdrada?

Pomyślałam o żywych, którzy modlą się za umarłych.

Czy i za mnie ktoś się kiedyś pomodli?

Nie pamiętam, kiedy zasnęłam, ale gdy się zbudziłam, w ręce nadal trzymałam bryłkę bursztynu.

W pierwszą niedzielę marca 1745 roku z uroczystym biciem cerkiewnych dzwonów o północy rozpoczął się wielki post. Biblia, przypominali wiernym duchowni, mówi, że przed potopem ludzie spożywali wyłącznie płody ziemi, uzyskane ciężką pracą. To dlatego w wielkim poście, pokutując za grzechy, należy sobie odmawiać pokarmów, które nie są absolutnie niezbędne dla podtrzymania życia.

Caryca, wciąż jeszcze wyczerpana po chorobie wielkiego księcia, zrezygnowała ze swojej dorocznej pielgrzymki i uzyskała dyspensę na jedzenie ryb dwa razy w tygodniu. Wracający do zdrowia wielki książę był z postu zupełnie zwolniony, a komunię przyjmował w swoim pokoju.

Jedynie Katarzyna jadła wyłącznie chleb i gotowane warzywa. Zamiast wina piła wodę, a na kawę pozwalała sobie tylko bez śmietanki. Podczas nabożeństw stała u boku carycy i przyjmowała Eucharystię, a potem wzywała damy dworu na codzienne modły w swoich komnatach.

Wciąż wysyłała Piotrowi prezenty. Nowy zestaw żołnierzyków, żeby mógł odtwarzać przebieg słynnych bitew. Polską gitarę ze strunami z katgutu, a nie metalu.

Wielki książę nie chciał widzieć narzeczonej. Jeśli już o niej mówił, nigdy nie nazywał jej Katarzyną, nie używał też zakazanego imienia Zofia. Zawsze mówił „ona".

– Ona znowu tu jest? Czy ona nie ma nic innego do roboty? Powiedz jej, że jestem zajęty muzykowaniem. Powiedz jej, że mam do napisania ważny list.

Miałam ochotę go zbesztać, ale wielkiego księcia zbesztać nie można. Można tylko zignorować jego szyderczy grymas i powtórzyć:

– Wielka księżna pyta, czy może wrócić później. Wielka księżna powiedziała, że chętnie zaczeka.

Katarzyna całymi godzinami czekała cierpliwie w antyszambrze, aż Piotr się ugiął i pozwolił mi ją wpuścić. Otworzyłam drzwi i zobaczyłam jej wybladłą i ściągniętą twarz.

Miałam nadzieję, że nikt poza mną nie widział jej łez.

Czasem Piotr odwracał się do niej plecami i nie chciał z nią rozmawiać. Czasem kazał udowodnić, że może się na coś przydać. Sprowadzało się to do ustawiania wojsk na makiecie pola bitwy, która go właśnie interesowała, albo przytrzymywania elementów fortyfikacji, które akurat sklejał.

– Aleś ty niezdarna! – wrzeszczał, kiedy ustawiła żołnierzyki w niewłaściwym szyku.

Gdy jej mówił, że wizyta skończona, Katarzyna wychodziła, poważna i spokojna, z nieprzeniknionym wyrazem twarzy.

– Zaczerwienienie się zmniejszy – odpowiadała, kiedy ją pytano o narzeczonego. – A włosy odrosną. Książę żyje. Tylko to się liczy.

Carycy powiedziała, jak często Piotr wspomina jej poświęcenie.

– Wasza Wysokość ocaliła mu życie. Żadna matka nie mogłaby zrobić więcej dla rodzonego syna. – Ucałowała cesarskie dłonie. – Teraz moja kolej, żeby go uszczęśliwić – powiedziała Elżbiecie.

Zauważyłam jej rumieniec, skromny ukłon, błysk oczu rozszerzonych z podziwu i wdzięczności. Opanowała kolejną lekcję: nikt już nigdy nie zobaczy jej wstrętu i strachu.

Jeśli ktoś udaje wystarczająco długo, udawanie staje się częścią jego natury.

Nie tylko ja dostrzegłam zmiany, które zaszły w wielkiej księżnej. Nawet kanclerz przestał ją nazywać małą *Hausfrau* i nie uśmiechał się już złośliwie, wypowiadając jej imię.

Ale właśnie wtedy, kiedy już zaczęłam myśleć, że Katarzyna ma jakieś szanse, kanclerz zagrał atutem, o którym tak bardzo chciałabym zapomnieć.

*B*yłam przy carycy w niskim, mansardowym pokoju w zachodnim skrzydle pałacu, kiedy kanclerz przyniósł listy Joanny.

– Zostań – powiedział, kiedy wstałam, żeby opuścić komnatę. Zamarłam.

– Wasza Cesarska Wysokość powinna się temu przyjrzeć – oświadczył, wręczając Elżbiecie kartki zapisane koślawym pismem księżnej.

– Co to takiego? – zapytała.

– Pruska wdzięczność – odparł.

Rzuciła mu niecierpliwe spojrzenie, ale wzięła listy i gestem przykazała mu przysunąć bliżej świecę.

Czytała, a on stał przy niej w rozpiętym czerwonym fraku, co raz poprawiając monokl, który połyskiwał przy każdym poruszeniu. Elżbieta wydawała jeden gniewny pomruk za drugim.

– „Daje nam swoje przepocone suknie, jakbyśmy były jakimiś żebraczkami. Każe nam wysławiać pod niebiosa ten obskurny pałac… ta chłopska córka… która udaje carycę, chociaż szczęśliwsza byłaby w stajni…"

– Posłaniec został zatrzymany – zapewnił kanclerz. – Żadne z tych plugastw nie wydostało się z Rosji. Ale to jeszcze nie wszystko. Warwaro, opowiedz Jej Wysokości, co widziałaś.

Modliłam się, by ziemia się otwarła i pochłonęła mnie. Wolałabym umrzeć, zanim moje słowa przekreślą przyszłość Katarzyny. Ale nie miałam wyboru.

– Mów!

Caryca zmarszczyła brwi, zniesmaczona i zaciekawiona zarazem. Pomimo luźnego dezabilu z każdym ruchem jej obfite, pulchne ciało wylewało się poza fałdy ubrania.

– Księżna Joanna, Wasza Cesarska Wysokość… – zaczęłam.

– Co znów zrobiła?

– Przyjęła akuszerkę. Widziałam, jak wychodziła z komnaty księżnej, niosąc zakrwawione szmaty i miskę przykrytą ścierką.

– Skąd wiesz, że nie puszczała jej krwi?

– Bo akuszerka, Wasza Wysokość... Widziałam, jak to, co było w misce, zakopała we własnym ogródku. Księżna zapłaciła jej sto rubli i obiecała kolejne sto, jak tylko wyda córkę za mąż.

– Gdzie mieszka ta akuszerka?

– Przy ulicy Monetowej, Wasza Wysokość. Jej dom jest pomalowany na niebiesko. Szczątki pochowała na jego tyłach, przy płocie.

Caryca, pąsowa z wściekłości, wstała z łóżka i zaczęła chodzić po pokoju. Zobaczyłam jej zaciśniętą pięść.

– Matka, która zabija własne dziecko! – odezwał się kanclerz. – Pozwala przeciąć nić życia, które powierzył jej Bóg!

Zmierzał prosto do celu, nie bawiąc się w subtelności. Jaka matka, taka córka. Okrucieństwo przechodzi z pokolenia na pokolenie.

– Czyż grzech nie ma już granic, Wasza Wysokość? Czy nie ma już żadnych świętości na tym świecie?

Caryca oddychała ciężko; oczy miała zaczerwienione i zapuchnięte po nieprzespanych nocach. Myślała o piekle, wiecznym potępieniu w oparach siarki, diabłach odzianych w kuse pruskie fraczki, wydłubujących oczy grzesznikom i wyrywających im języki.

Sięgnęła po najnowszy wachlarz z łabędziej skórki z czarnymi piórami, prezent od hrabiego Razumowskiego. Wtuliła głowę w ramiona jak olbrzymi żółw niepewny napotkanej przeszkody.

Bestużew uznał jej milczenie za dobry znak. Błysk zadowolenia w jego oczach świadczył o tym, że już wyobraża sobie Katarzynę i jej matkę we łzach, pakujące manatki.

Niełaska żywi hołotę – powtarzał mi tyle razy. – Gdy padają wielcy, z mroku wypełzają wrogowie.

Patrzyłam, jak Elżbieta łamie wachlarz wpół i ciska go na podłogę jak przetrącone ptasie skrzydło.

Już wkrótce Rosja zwróci się do Anglii lub Austrii z propozycją zawarcia sojuszu, tak jak życzył sobie tego kanclerz. W potężnym Imperium Wschodu wszystko ułoży się dobrze.

Nadejdzie wiosna. Nocami odgłosy lodu pękającego na Newie będą rozbrzmiewać jak wystrzały z muszkietu, a wielkie kry spłyną do morza.

Ale ja nie będę już miała przyjaciółki.

Rankiem Katarzyna w towarzystwie jednej tylko służącej wybrała się na spacer nad brzegiem Newy, z dala od pustych w środku ścian, fenickich luster, ukrytych wizjerów i podstępnych uszu. Śnieżyczki, jej ulubione kwiaty, zaczynały się już przebijać przez warstwę śniegu na łąkach, i Katarzyna chciała ich poszukać.

Zaczekałam, aż służąca, zaczepiwszy spódnicą o krzaki ostu, została w tyle. Podeszłam do wielkiej księżnej.

– Przepraszam, nie mam zbyt wiele czasu. Lepiej, żeby nikt nas nie widział.

Spojrzała na mnie figlarnie.

– Ale dlaczego, Warieńko?

– Stało się coś strasznego. Przyszłam cię ostrzec.

Uśmiech na jej wargach zgasł.

Położyłam palec na ustach. Służąca szła w naszą stronę, niosąc w ręku rozgniecioną kulkę ostu.

Katarzyna spytała, czy nie widziała jej chusteczki.

– Chyba ją upuściłam – poskarżyła się. – Tę czerwoną, którą dostałam od mamy.

Kiepski pretekst, żeby się jej pozbyć, ale służąca nie miała wyboru i zawróciła.

Mówiłam pośpiesznie i bez ogródek:

– Twoja matka pisała listy do króla Prus. Listy, których caryca nigdy jej nie wybaczy.

Oczy Katarzyny napełniły się strachem.

– Skąd wiesz? – zapytała.

– Słyszałam rozmowę kanclerza i carycy. Posłaniec został zatrzymany na granicy.

Katarzyna przygryzła mocno wargę.

– Caryca jest wściekła. Wezwie was do siebie dziś wieczorem. Razem. Kanclerz jest przekonany, że odeśle was do domu.

Katarzyna obejrzała się ukradkiem. Służąca była wystarczająco daleko, żebyśmy mogły rozmawiać.

– Warieńka, ja nie chcę wracać! – Poczułam uścisk jej dłoni na ramieniu. Gorączkowy, lecz mocny zarazem. – Nie w niełasce!

– Caryca nie chce cię odsyłać. Ale musisz ją przekonać, że jesteś inna niż twoja matka.

Nie mogłam jej wyznać całej prawdy, przyznać się do szpiegowania. Mogłam jedynie radzić, by postawiła wszystko na jedną kartę. Wskazać wąską ścieżkę nad przepaścią i modlić się, żeby się udało.

– Rzuć się przed nią na kolana, Katarzyno. Całuj jej stopy. Płacz. Powiedz, że nie masz innej matki poza nią samą. To właśnie chciałaby usłyszeć. Jeśli tego nie zrobisz…

Wzdrygnęła się.

– Fortuna nie jest tak ślepa, jak sądzą niektórzy, ale trzeba nią pokierować – powiedziałam z naciskiem. Mój głos był spokojny i pewny, tak jakbym nie radziła, by wyparła się kobiety, która dała jej życie.

Służąca zmęczyła się poszukiwaniem rzekomo zagubionej chusteczki i zbliżała się szybko w naszą stronę. Skłoniłam głowę.

– Muszę już iść – powiedziałam Katarzynie.

– Dziękuję, Warieńko. Nigdy nie zapomnę twojej dobroci. Wynagrodzę ci to, obiecuję. – Zwróciła się do służącej: – Dajmy już spokój tej chustce! Jestem taka zapominalska. Może jej w ogóle nie zabrałam?

Tej nocy siedziałam w cesarskim antyszambrze, czekając na wezwanie, ale Elżbieta nie była w nastroju do plotek. Z pokoju, w którym miała spędzić noc, dobiegał głos kanclerza, któremu wtórował czyjś nerwowy śmiech, lecz nie potrafiłam rozpoznać czyj.

Rozległ się dzwonek wzywający służbę. Patrzyłam, jak młody gibki lokaj, którego wcześniej nie widziałam, wchodzi do środka.

– Sprowadź mi je tu obie! – usłyszałam gniewny rozkaz carycy. – Natychmiast!

Nie zabrało mu to dużo czasu. Rozległ się odgłos coraz głośniejszych kroków, tupot obcasów na schodach z gołych desek. Okrzyk przestrachu, potknięcie się. Jeszcze jeden okrzyk, teraz bliżej.

Wślizgnęłam się za zasłonę. Joanna i Katarzyna, matka i córka, nadbiegały w eskorcie dwóch wartowników, wyciągnięte z łóżek, ubrane w pośpiechu, z niepodopinanymi guzikami i sprzączkami, rozczochrane i przerażone, dokładnie takie, jak tego chciała Elżbieta.

Księżna Joanna miotała się jak strącony z nieba ptak, ale tylko omiotłam ją spojrzeniem. Z bijącym mocno sercem obserwowałam Katarzynę. Twarz miała zarumienioną od biegu, oczy – w czerwonych obwódkach. Cała jej przyszłość zależała od tego, co się teraz wydarzy.

Drzwi otworzyły się i wartownicy wprowadzili je do środka.

Pod drzwiami antyszambru, w którym się schowałam, gęstniały odgłosy ostrożnych kroków. Upokorzenie możnych zawsze jest znakomitym widowiskiem. Byłam pewna, że rano wszyscy usłyszą o kompletach desu poplamionych ze strachu, o paznokciach obgryzionych do krwi, o drżących rękach niezdolnych utrzymać filiżanki z kawą.

Caryca nie mówiła, lecz grzmiała.

– „Barbarzyński kraj”?! „Próżna, naiwna kobieta, która łudzi się, że jest godna, by nim rządzić”?!

Nikczemnie ją oszukano. Wyhodowała żmiję na własnej piersi. Rosja została znieważona, opluta, poniżona. I przez kogo? Przez takie zero, pruską dziwkę!

To tak Prusy odpłacają za gościnność?

To tak traktują swoich dobroczyńców?

To w taki sposób rozumieją lojalność i wdzięczność?

Niewdzięczna suka!

Zdrajczyni!

Wtedy usłyszałam głos Katarzyny.

– Wasza Cesarska Wysokość ocaliła mi życie. Traktowała mnie jak własne ukochane dziecko. Jak własną córkę. Tak wiele uczyniłaś, pani, dla mojej rodziny. Starałam się zasłużyć na zaufanie Waszej Wysokości, a teraz zostaję z niczym! Nie mam już matki, bo nie mogę nazwać matką kobiety, która zdradziła moją dobrodziejkę. Odejdę wraz z nią, jeśli Wasza Wysokość tak rozkaże, ale błagam, pani, nie każ mi odchodzić, nie dawszy mi wpierw swojego błogosławieństwa.

– Słyszysz, niewdzięczna suko?! Słyszysz, co mówi twoja córka, na którą nie zasługujesz?! Precz z moich oczu! Won!

Coś gruchnęło na podłogę, a potem usłyszałam słowa, na które czekałam:

– Wynoś się! Sama!

Drzwi się otworzyły i księżna Joanna, słaniając się, wyszła z komnaty. Upokorzenie utkwiło jej w gardle jak połknięty w całości orzech.

Wyślizgnęłam się z mojej kryjówki. Minęłam lokajów i straże, ignorując ich zaciekawione spojrzenia. „Spraw, niech to będzie nowy początek, znak na przyszłość" – modliłam się. – Dobrze zapamiętana, cenna nauczka. Lekcja, o której pamięć powróci, gdy znów nadejdzie czas próby".

Szłam przed siebie po skrzypiącej podłodze. W suchym i mroźnym powietrzu drewno traciło wilgotność. Zanim nastanie wiosna, drewniane ściany korytarzy w Pałacu Zimowym jeszcze bardziej rozeschną się i spękają.

„Spraw, byśmy się miały na baczności – modliłam się. – Dozwól, byśmy potrafiły ukryć nasze prawdziwe myśli przed tymi, którzy sądzą, że nas poznali. Którzy wierzą, że posiedli nasze dusze i ciała".

Nie musiałam widzieć twarzy kanclerza, by wiedzieć, jak dobrze ukrył rozczarowanie. Zabrał głupie listy Joanny, skłonił się i wyszedł. Siedzi teraz w swojej komnacie i patrzy w ogień, a obok niego na tacy stoi butelka wódki.

Nie wezwie mnie przez jakiś czas. Potrzebuje teraz bardziej uległych ust, rąk bardziej chętnych, by go ugłaskać, myśli, w których będzie mógł czytać jak w książce i tłumić je w zarodku. Potrzebuje przejrzeć się w oczach wolnych od wątpliwości, w sercu zmiękczonym strachem.

– Lepiej nie wchodź mi w drogę – ostrzegł mnie kiedyś. – Nie przesadzaj z przebiegłością, Warwaro.

Nie dbałam o to. Katarzyna nie zostanie odesłana. Jest bezpieczna.

A ja nie jestem już sama.

Tej nocy czekałam pod jej komnatą przez kilka godzin. Wreszcie przyszła, ze łzami błyszczącymi na policzkach. Utuliłam ją w ramionach jak małe dziecko, koiłam jej łkania, gładziłam po jedwabistych włosach.

– Już po wszystkim – mruczałam. – Jesteś bezpieczna. Wszystko będzie dobrze, zobaczysz. Czy Bestużew mówił coś, zanim odszedł?

– Powiedział, że ufa osądowi carycy. Że jego pani kieruje się wyłącznie myślą o bezcennej przyszłości Rosji. Ale wciąż pokazywał jej te listy.

Szczwany stary lis – pomyślałam. Wiń tych, co stoją obok. Wiń tych, których łączą więzy krwi. Nie mógł się przeciwstawić łasce Elżbiety, ale mógł podsycić jej gniew.

– Kazała mu się zabierać z tymi plugawymi listami – opowiadała Katarzyna. – Rzuciła je na podłogę. Musiał się schylić, by je pozbierać. Jeden po drugim, Warieńko.

Podniosła głowę i w końcu się uśmiechnęła. Ku memu zdumieniu był to uśmiech psotnego dziecka.

$\mathcal{P}$rzez trzy kwietniowe dni 1745 roku na ulicach Sankt Petersburga heroldzi ogłaszali przy wtórze werbli, że 21 sierpnia odbędzie się ceremonia cesarskich zaślubin. Wkrótce potem z rozkazu Elżbiety notable otrzymali środki, by się należycie przygotować na ten wielki dzień. Kiedy tylko Bałtyk rozmarzł, statki zaczęły dostarczać ładunki sukna, karoc, francuskich przyborów toaletowych i win. W stolicy Rosji tylko angielskie jedwabie przewyższały popularnością te z Zerbst, zwłaszcza białe i w jasnych kolorach, ozdobione wielkimi złotymi i srebrnymi kwiatami. Ojciec Katarzyny przysłał ładunek lokalnego piwa, ale twierdzono, że jest cienkie i zwietrzałe.

Caryca nadzorowała każdy szczegół przygotowań i najbłahszy drobiazg potrafił ją skłonić do zmiany zdania. Przez pewien czas nosiła się z zamiarem pobłogosławienia młodych w Bursztynowej Komnacie, zanim wyruszą do cerkwi. Potem doszła do wniosku, że komnata będzie jednak za mała. We Francji zamówiono berlinkę o przeszklonym pudle, dzięki któremu karoca miała wyglądać jak wielki klejnot, a lud rosyjski mógłby podziwiać przejazd książęcej pary. Czy ozdobić berlinkę kwiatami, zastanawiała się, czy eleganckie złote ornamenty wystarczą? A potem, kiedy już miała podpisać oficjalne zamówienie dla rzemieślnika, na szybie w jej sypialni rozbił się ptak i o przeszkleniach nie było więcej mowy.

Kanclerz nie posyłał po mnie od czasu sprawy z księżną Joanną, lecz caryca obarczyła mnie tyloma obowiązkami, że nie miałam czasu, żeby się nad tym zastanawiać. Kanclerz zawsze podnosił się po porażkach, więc i tym razem szybko odzyskał równowagę. Przy każdej wizycie w sali audiencyjnej wychwalał cesarską narzeczoną, tak jakby nigdy nie życzył sobie jej oddalenia.

– Nie masz przyjaciół, Warwaro – powtarzał mi niegdyś. – Masz tylko cele do osiągnięcia. Czas potrafi wszystko zmienić. Ucz się od lisów i od lwów zarazem. Lis nie potrafi bowiem obronić się przed zgrają wilków, a lew nie wie, jak uniknąć sideł.

Caryca zdecydowała, że księżna Joanna nie wyjedzie do Zerbst przed ślubem.

– Nie chcę tu żadnych obrzydliwych plotek – powiedziała.

Nie każda córka jest podobna do matki, mówił jej wzrok za każdym razem, kiedy nim taksowała swoją pokonaną rywalkę. Zdrada nie jest zaraźliwa.

Księżna Joanna ze swej strony robiła, co jej przykazano. Znosiła słodkie jak miód komplementy pod adresem córki i kwaśne spojrzenia Elżbiety. Nie przyjmowała żadnych wizyt. Przechodząc obok jej komnat, zawsze słyszałam odgłosy pakowania. Służące biegały wte i wewte z koszami, lokaje wnosili kufry i słomiane powrósła.

W przeddzień ślubu rozmawiałam z nią tylko raz. Odważyła się wyjść z pokoju, żeby załatwić jakąś sprawę; była podejrzliwa i niespokojna, a źrenice miała rozszerzone od belladonny. Widząc mnie, zatrzymała się raptownie i – może dlatego, że w zasięgu słuchu znajdowało się dwóch oficerów gwardii pałacowej – zmusiła się, żeby mnie pozdrowić.

– Jesteś w dobrym zdrowiu? – zapytała ściśniętym głosem.

– Tak – odpowiedziałam. – Dziękuję, że Wasza Książęca Mość o to pyta. Ufam, że i wam zdrowie dopisuje?

– Owszem. Cieszę się, że wracam do domu. Mam inne dzieci, które potrzebują mnie bardziej niż Zofia.

Zignorowałam sarkazm w jej głosie i utkwiłam oczy w muszce o kształcie półksiężyca, przyklejonej do jej górnej wargi. Nie dbałam o to, czy podejrzewała, że na nią doniosłam. Omal nie zniszczyła życia swojej córce. Po to tylko, by zaspokoić własną próżność, własną pychę.

Księżna Joanna zerknęła w stronę gwardzistów. Podążyłam wzrokiem za jej spojrzeniem i dostrzegłam, że bacznie nas obserwują. Wyższy mrugnął do mnie i położył otwartą dłoń na sercu.

Zaczerwienienie na twarzy wielkiego księcia stopniowo ustępowało. Ale kiedy zeszła mu także opuchlizna, wydawało się, że prawe oko znajduje się teraz niżej niż lewe, co nadawało jego twarzy wyraz nieustannego zdumienia. Starałam się nie myśleć o tym, że przypomina mi klauna.

Katarzyna nie odwracała oczu. Kiedy Piotr narzekał, że jest zbyt chuda i ma zbyt spiczasty podbródek, nie drgnęła jej nawet powieka; nie skrzywiła się nawet wtedy, gdy powiedział jej, że księżniczka kurlandzka jest najpiękniejszą kobietą, jaką widział w życiu.

Rozśmieszała go swoim kocim koncertem. Narysowała dla niego plan berlińskiego pałacu Fryderyka II: Salę Białą, Złotą Galerię i Salę Tronową. Przytakiwała, kiedy mówił, że pruskie mundury są lepiej skrojone i wykonane z materiału mocniejszego niż rosyjskie.

Wizyty Katarzyny u wielkiego księcia trwały coraz dłużej.

Pozwalał, by mu odczytywała jego holsztyńskie dokumenty: spisy dzierżaw wymagających odnowienia, ryczałtowe opłaty za wywóz zwierzęcych szczątków, petycje w sprawie zmniejszenia opłat celnych i wybudowania kolejnego browaru. Pismo gotyckie męczyło mu wzrok, utrzymywał.

Zaofiarowała się, że będzie pisać za niego listy. On miał je tylko podpisywać i pieczętować. Ot, kobieca zmyślność – powiedział. Kobiety zawsze miały więcej cierpliwości do spraw trywialnych.

Raz, gdy Katarzyna zasugerowała, że powinien się częściej żegnać podczas nabożeństw – „Tak aby ludzie widzieli, jak to robisz, Piotrze. Będziesz przecież ich carem" – zgodził się.

Słysząc takie rozmowy, stawałam się coraz śmielsza. Katarzyna była moją przyjaciółką. Elżbieta nie będzie żyła wiecznie. Wielka księżna któregoś dnia zostanie carycą.

Przy niej i ja miałam przyszłość.

W początkach czerwca, w miarę jak nasilały się przygotowania do ślubu, zwykłe sprawy pałacowe utknęły w martwym punkcie. Dokumenty bezskutecznie czekały na cesarski podpis, negocjacje zawieszono, zagraniczni dyplomaci tygodniami czekali na audiencję. Nie mam teraz do tego głowy – Elżbieta zbywała prośby Bestużewa. Trzeba ustalić listę gości, zatwierdzić układ miejsc, przedyskutować skład orszaku, nadać przywileje albo ich odmówić.

– Splendor to ciężka praca – powtarzała.

Jeszcze nigdy nie widziałam jej w tak doskonałym nastroju. Bania, rosyjska łaźnia parowa, zastąpiła przenośną wannę. Rankiem caryca chodziła boso, twierdząc, że to jej poprawia krążenie. Upierała się, żeby otwierać okna na oścież, nawet w największe upały, więc w jej komnatach ciągle cuchnęło krowim łajnem z Cesarskiej Łąki. W wazonach musiały stać polne kwiaty – stokrotki, nawłoć, rumianek – którymi, jak mówiła, pachniało jej dzieciństwo.

Przed gorączką przedślubnych przygotowań nie było ucieczki. Wkrótce na wszystkich krzewach i żywopłotach wokół pałacu bieliło się i suszyło pranie. Z pałacowych kuchni niosły się wiązanki przekleństw i pobrzękiwanie garnków i rondli. Służba uwijała się jak w ukropie. Z oranżerii w Oranienbaumie ogrodnicy przysyłali kwitnące drzewka cytrynowe w masywnych srebrnych donicach, które miały nasycić powietrze w pałacu słodkim aromatem.

Koty Elżbiety wygnano do antyszambru, ponieważ każdy skrawek cesarskiej sypialni zaścielały drogocenne materie, koronki, wstążki i motki wełny. Pięciu lokai, których caryca często wzywała, by jej śpiewali, musiało sobie przynieść długą ławkę, na której mogli stanąć.

Pandory z projektami strojów ślubnych po krótkiej inspekcji lądowały w kącie, a nowa nadworna garderobiana stała obok skulona ze strachu. Czy nie wiedziała, że pieniste falbany są już *passé*, a zbyt wiele klejnotów na materiale przetykanym srebrną nicią nadmiernie usztywni suknię? I czy nie ma jakichś cieplejszych odcieni bieli? Patrząc, jak garderobiana kłania się w pas i wycofuje, obiecując, że następnym razem bardziej się postara, sama zaczęłam wątpić, czy znajdzie się strój, który Elżbietę zadowoli.

Z nadejściem lata, kiedy noce zaczęły robić się coraz krótsze, caryca zadecydowała, że zmitrężyła już dość czasu. Wezwała Katarzynę i Piotra, by im obwieścić swój wybór.

Na stole ustawiono dwie pandory. Pandora Katarzyny miała na sobie suknię gęsto przetykaną srebrem i bogato haftowaną wzdłuż wszystkich szwów i brzegów. Na suknię narzucono warstwę cienkiej jak pajęczyna koronki. Pandora Piotra była ubrana w strój z tego samego materiału, ale jej wykończenie i przypasana do boku szabla połyskiwały od diamentów. Caryca nachyliła manekiny ku sobie, łącząc je w uścisku, i uśmiechnęła się promiennie do książęcej pary.

Katarzyna dotknęła materiału swojej sukni i wyraziła zachwyt nad kunsztownością srebrnej koronki. Wielki książę szturchnął swoją pandorę palcem.

– I co myślisz, Piotrze? – zapytała caryca.

Elżbieta kazała mu nacierać policzki i czoło kamuflującą maścią. Dzięki temu z daleka jego twarz wyglądała na gładką, ale z bliska była pokryta łuszczącą się skorupą, która brudziła kołnierze jego koszul.

– Ją zapytaj – odparł, wskazując na Katarzynę.

Katarzyna złożyła carycy ukłon.

– Suknia jest piękna, Wasza Wysokość. Nigdy nie miałam piękniejszej.

– Dzieci księżycowej poświaty – rozczuliła się Elżbieta. – Będziecie wyglądali jak z baśni.

Ukłonili się jej oboje i wyszli razem z komnaty, trzymając się za ręce.

Caryca klasnęła w dłonie z zadowolenia, ale ja nie spuszczałam oczu z nadwornej garderobianej. Ocierała łzę. W jej świeżej, schludnej postaci nie było nic, co by przypominało jej poprzedniczkę, lecz w mojej pamięci odżyło wspomnienie przerażonej twarzy *Frau* Kluge, wleczonej po dziedzińcu przez strażników. Żeby je przegnać, pomyślałam o czerwonych pręgach na moich łydkach i o smagnięciach jej szyderstw, lecz te myśli były bez wagi, jak kłębki kurzu zbierające się pod łóżkami.

Jej upadek był dla mnie zarazem zwycięstwem i przestrogą. Kiedy tylko plecy *Frau* Kluge wygoiły się na tyle, by mogła usiąść, odesłano ją z powrotem do Prus.

– To i tak lepiej niż na Syberię – powiedział mi wtedy kanclerz.

*P*óźniej tego samego dnia usłyszałam, jak wielki książę narzekał, że jego ciotka obstaje przy dźwięku rosyjskich rogów weselnych, podczas gdy skrzypce są bez porównania lepsze. Chciałby też, żeby Katarzyna przyjemniej pachniała. Powinna przepłukiwać usta wódką tak jak on.

To nic nie znaczy – pomyślałam.

Będzie weselisko.

Będzie weselisko, mruczałam, śpiesząc, by spełnić kolejny rozkaz. Teraz Elżbieta wzywała mnie głównie po to, bym odnalazła jakieś zagubione próbki albo zapisała dyktowany w biegu liścik do jej złotnika lub perfumiarza. Szafarz został przyłapany na kradzieży kuropatw. Połowa transportu wina gdzieś zniknęła.

Wszystko wymagało jej interwencji. Kazała sobie pokazywać wypolerowane blaty stołów, wskazywała rysy i odpryski w politurze, wymagające uzupełnienia. Decydowała, który portret należy wyczyścić mlekiem, która pęknięta szyba musi zostać wymieniona. Przepytywała kucharki, sprzedawców wina i ogrodników; upewniała się, że nie zabraknie winogron, ananasów, pomarańczy ani kandyzowanych owoców. Martwiła się, że wędzarnie zwlekają z dostawami wędzonego jesiotra i bałyku. Żadnemu z zagranicznych weselników nie wolno dać najmniejszego powodu do kpin z rosyjskiej gościnności.

Nie na weselu przyszłego cara Rosji.

*B*iegnąc korytarzem, usłyszałam za sobą głos kanclerza.

– Młode dziewczyny i śluby mają w sobie coś wzruszającego, nie sądzisz, Warwaro?

Zatrzymałam się w pół kroku.

– Wielka księżna wygląda ostatnio olśniewająco – ciągnął. W jego głosie słyszałam sarkazm i nutkę ostrzeżenia.

– To prawda.

– I ślubne podniecenie wyraźnie ci się udzieliło – mówił dalej, zagradzając mi drogę. – No, no, któżby pomyślał?

Nie wezwał mnie od dnia, w którym Joanna popadła w niełaskę. Odpędzając od siebie niepokój, zacisnęłam usta i obracałam w myślach jego słowa, choć wiedziałam dobrze, co znaczą. Szef pałacowych szpiegów obserwował mnie – i nie był zadowolony.

Zrobiłam krok naprzód.

Z szyderczym ukłonem odsunął się na bok i zrobił mi przejście.

Z nadejściem lipca caryca co dzień rano posyłała po przyszłą pannę młodą, sadzała ją przy sobie i obsypywała deszczem pochwał. Wplatała kolorowe wstążki w jej ciemne włosy, wkładała na głowę czerwony kokosznik wysadzany olbrzymimi perłami, który niegdyś należał do jej matki. Kazała Katarzynie uczyć się rosyjskich tańców i próbować potraw, które kucharze przynosili do cesarskiej akceptacji. Wybrała już świątynię, w której miała się odbyć ceremonia zaślubin – padło na cerkiew pod wezwaniem Naszej Pani z Kazania, konsekrowanej na cześć najdroższej dla niej ikony. Matka Boska Kazańska uzdrawiała chorych i zmieniała groźby klęski w zwycięstwa, rozносząc w proch wrogów Rosji. Elżbieta łaknęła cudów tak mocno jak oficerskich pieszczot.

W noce, kiedy Elżbieta odprawiła mnie wcześniej, Katarzyna i ja snułyśmy plany. Wielka księżna potrzebowała kogoś, komu mogłaby zaufać.

Potrzebowała mnie.

– Jak tylko wyjdę za mąż, poproszę o ciebie – obiecywała. – Powiem, że od czytania przy świecy bolą mnie oczy i potrzebuję lektorki, która będzie mi czytać po francusku i rosyjsku.

Kiwnęłam głową.

– Zrobię cię moją dworką, kiedy tylko będę mogła, Warieńko. Jeszcze nie wiem jak, ale to zrobię. Odtąd już zawsze będziemy razem. Będziesz mi zawsze pomagać, prawda?

Przycisnęłam jej rękę do ust.

W komnacie obok księżna Joanna sztorcowała swoje pokojówki.

– Nie tak, ty idiotko, uważaj trochę! – słyszałyśmy przez cienką ścianę.

Spojrzałam na Katarzynę.

– Nie rozmawiajmy o niej – powiedziała i odwróciła wzrok.

Miała rację, uznałam. Jej matka była już tylko przeszłością. A przeszłość liczyła się coraz mniej.

Czyżbym w te dni zawiesiła ostrożność na kołku? Czy uderzyła mi do głowy myśl, że po cesarskim ślubie ja – córka introligatora – będę mogła kroczyć w orszaku wielkiej księżnej jako jedna z jej dworek?

Czy nie za bardzo zaabsorbowały mnie radosne uśmiechy i dziewczęce lęki Katarzyny?

– Co się wydarzy, kiedy zostaniemy sami, Warieńko?

– Pocałuje cię.

– W usta?

– Tak.

– A potem?

– W piersi.

– A co ja mam wtedy zrobić? Też go pocałować?

– Tak.

– Czy to boli?

– Pocałunek?

– Nie! Wiesz przecież, o czym mówię. Mama twierdzi, że będzie bolało, ale moim obowiązkiem jest wytrzymać.

– Może zaboleć.

– Bardzo?

– Nie, nie bardzo.

Zaraz będzie po wszystkim, jego jęk rozkoszy, jego spełnienie – pomyślałam.

– Już wkrótce będziesz tu nosić dzieciątko – powiedziałam, wskazując na jej brzuch. – A wtedy nic innego nie będzie miało znaczenia.

W tych dniach Katarzyna wybuchała płaczem z najbłahszych powodów – nad podartą wstążką czy złamanym szylkretowym grzebieniem, który przywiozła jeszcze z Zerbst. Któregoś razu ugryzła się w rękę aż do krwi.

Chwytałam się różnych sposobów, by pokierować jej uwagę w inne strony – spacerów w ogrodzie, szybkich, aż do utraty tchu; miotu kociąt, które znalazłam na strychu i przyniosłam na dół, a ich podejrzliwa matka szła za mną krok w krok, nie odstępując mnie także wtedy, kiedy ich ciepłe wiercące się ciałka położyłam na kolanach Katarzyny.

Starałam się nie myśleć o rozbawionym uśmiechu kanclerza.

W dzień ślubu, w piątek 21 sierpnia, caryca osobiście asystowała przy malowaniu i ubieraniu panny młodej. W jej policzki wtarła odrobinę różu, na jej świeżo utrefione włosy włożyła książęcą koronę i uściskała Katarzynę, zanim garderobianej szwaczce pozwolono dokonać ostatnich poprawek.

– Co za radosny dzień! – oświadczyła Elżbieta. – Nowy początek.

Był to dzień fanfar i bicia w bębny. Z Pałacu Zimowego do cerkwi wyjechało sto dwadzieścia karoc. Na dziedzińcu oficerowie gwardii w wymuskanych paradnych mundurach prezentowali broń. Tłum wiwatował. Katarzyna i Piotr wraz z carycą jechali berlinką wyglądającą jak malowany pałacyk ozdobiony złoconym frezem i kolumnami. Ciągnęło ją osiem białych koni w pozłacanej uprzęży; w ich grzywach tańczyły długie pióra.

Ślub był wspaniały. Pop zaśpiewał: „Panie nasz, Boże, chwałą i czcią ukoronuj ich", kiedy nad głowami państwa młodych umieszczono dwie skrzące się korony. Nowożeńcy wymienili się pobłogosławionymi pierścieniami ślubnymi ze szczerego złota.

Państwo młodzi padli na kolana i poprosili carycę o błogosławieństwo. Zagrzmiały działa i rozdzwoniły się dzwony we wszystkich petersburskich kościołach. Ojciec Todorski mówił o zrządzeniu opatrzności, która złączyła potomków Anhalt i Holsztynu i która będzie ich chronić podczas ich przyszłego panowania nad rosyjskim ludem. Kanclerz Rosji w kwiecistym przemówieniu wyraził swoje gratulacje, wychwalając kobiecą intuicję Elżbiety i przywołując pamięć o innej Katarzynie Aleksiejewnie, ukochanej żonie Piotra Wielkiego, carycy Rosji. Wspomniał o nieugiętym duchu wielkiego księcia, wyraźnym znaku, że w jego żyłach płynie krew Romanowów. To niezapomniany dzień, powiedział kanclerz, dzień, który napełnił go dumą i nadzieją, a także bezbrzeżną wdzięcznością dla jego monarchini.

– Stary lizus – mruknęła pod nosem Elżbieta.

Promieniała.

Nie było żadnych niepomyślnych znaków. Pan młody jako pierwszy postawił stopę na białym płótnie, na którym miała stanąć młoda para. Obrączki nie spadły na podłogę; świece paliły się równym płomieniem i nie zgasły.

Z całego mnóstwa balów i rozrywek, których nie brakowało tej magicznej nocy, zapamiętałam kilka dziwnych incydentów – pijanego Francuza, który upierał się, że podczas jednej ze swoich podróży widział wiedźmę, której nie imały się płomienie stosu; Austriaka o posępnym wyrazie twarzy, który krztusił się kawałkami tłuszczu z kiełbasy; smród moczu buchający z kominka w głównej sali; czyjeś ręce zbyt chętnie łapiące mnie za piersi; kota ściganego przez kwiczącego prosiaka po pałacowym dziedzińcu.

Zapamiętałam twarz Katarzyny, jej źrenice rozszerzone belladonną, jej połyskliwą srebrzystą suknię o rąbku uwalanym sadzą. Dostała uporczywej czkawki, która nie chciała ustąpić. Przypominam też sobie naburmuszone protesty Piotra, kiedy wmawiano mu jego zrozumiałe zniecierpliwienie, by udać się do łożnicy.

Księżna Joanna dała popis pochlebstw. Suknia ślubna wprost zapiera dech w piersiach. Caryca jest niezwykle łaskawa i miłosierna. Jej córka jest w znakomitych rękach. Rosja to kraj o wspaniałej przyszłości, potężne imperium, które nie ma sobie równych.

Przy każdej okazji głośno powtarzała, jak bardzo wdzięczna jest za czas spędzony w Rosji, mimo to wygląda już powrotu do domu.

Nocą, nad Newą, tuż za Twierdzą Pietropawłowską zawisła olbrzymia srebrna tarcza księżyca. Wyczuwalny w powietrzu chłód był nieśmiałą zapowiedzią północnych wiatrów, które miały się zerwać lada dzień. Na ulicach żonglerzy już dawno zamienili piłki i obręcze na płonące pochodnie. Fajerwerki eksplodowały fontanną iskier.

Dwie ślubne korony umieszczono w solidnej skrzyneczce, którą przybito do ściany nad małżeńskim łożem.

Caryca sama zaprowadziła Katarzynę i Piotra do alkowy i zamknęła za nimi drzwi.

Rankiem wyrwałam pokojówce miskę z lodem i delikatnie zapukałam do drzwi komnaty nowożeńców.

– Proszę wejść – usłyszałam.

Katarzyna siedziała na podłodze przy łóżku. Przez rozcięcie w batystowej nocnej koszuli dostrzegłam biel jej skóry i różową obwódkę sutka. Piotra nie było.

– Co się stało? – zapytałam.

– Zobaczyłam szczura – odparła, wskazując kąt koło kominka. – Wybiegł stamtąd.

– Już go nie ma – uspokoiłam ją. Wzięłam kawałek lodu i potarłam nim skórę pod jej zapuchniętymi oczyma. Lód zaczął się topić i lodowata strużka spłynęła mi po ręce w głąb rękawa.

– Wiem – powiedziała Katarzyna i westchnęła. Nie ruszyła się z miejsca.

Postawiłam na dziarską paplaninę, która przychodziła mi wtedy z taką łatwością. Zaczęłam trajkotać o hrabinie Gołowinie, która potknęła się na sali balowej, i o rozanielonym wyrazie twarzy starego Szuwałowa, nieomylnym znaku, że znów mignęła mu przed oczami zgrabna damska kostka.

Szczebiotałam jak mogłam.

Śmiałam się z własnych żartów.

W ogóle mnie nie słuchała.

– Jakbym tu miała kamień – powiedziała, wskazując na swoją pierś. Powąchała swoje ramię, rękawy, dekolt swojej koszuli. Potem podniosła oczy na mnie; na jej twarzy malowała się nieskrywana rozpacz.

Uklękłam przy Katarzynie i chwyciłam jej silną, białą dłoń, teraz ozdobioną ślubnym pierścieniem.

– W fałdach koszuli miał schowaną butelkę wódki. Kazał mi się napić. Powiedział, że żona musi słuchać swojego męża, że jeśli w biały dzień mąż powie do żony: „Zobacz, jak ciemno!", ona powinna odpowiedzieć: „Ciemno, choć oko wykol!". A jeśli chwilę później on powie: „Ale przecież jest biały dzień!", ona powinna odrzec: „Rzeczywiście, jak mogłam tego nie zauważyć!". Potem pił dalej, aż w końcu zasnął.

– Nie dotknął cię?

– Nie.

– Nie pocałował?

– Nie.

– Nawet wtedy, kiedy się obudził?

– Nie. Nie wiem nawet, kiedy wyszedł.

– Był tu już ktoś dzisiaj?

– Hrabina Rumiancewa i księżna Golicyna. Zabrały prześcieradło.

Podniosłam kołdrę. Materac był goły.

Zaczęła płakać.

– To nic takiego – powiedziałam, pomagając jej podnieść się z podłogi i usiąść na łóżku. – To się często zdarza.

– Skąd wiesz? – wyłkała.

– Mężczyzn oblatuje strach. Miękną, stają się niespokojni i wstydzą się własnej słabości. To tylko jedna noc. Nie ma się czym martwić – powiedziałam. – To nic nie znaczy.

Wtedy sama jeszcze w to wierzyłam.

*K*siężna Joanna wyjechała trzy dni później, o świcie. Przechodząc obok jej komnaty, zobaczyłam, że drzwi są szeroko otwarte. Pokój był pusty, jeśli nie liczyć powrósła ze słomy, kilku potłuczonych talerzy i kawałka porwanej koronki, której nie chciały nawet pokojówki.

Później dowiedziałam się, że caryca dała Joannie list do króla Prus, w którym domagała się natychmiastowego odwołania pruskiego ambasadora. Krążyły plotki, że w Berlinie miano ściąć rosyjskiego szpiega. W Sankt Petersburgu pruski szpieg został zesłany na Syberię. Tak jak chciał tego kanclerz Bestużew, żadne zbliżenie między Rosją a Prusami nie będzie już możliwe.

Księżna Joanna nie pożegnała się z córką. W liście, który zostawiła, napisała, że nie chciała napełniać szczęśliwej panny młodej smutkiem z powodu rozstania.

Katarzyna przeczytała ten list i rzuciła w ogień.

– Goń mnie, Warieńka! – zawołała i puściła się korytarzem.

Pobiegłam za nią.

Rozdział trzeci

1745–1748

$\mathcal{P}$odekscytowanie książęcym ślubem minęło. Caryca na powrót popadła w rozdrażnienie. Znów byle drobiazg był nadprzyrodzonym znakiem, a każdy z nich dotyczył tylko jej. Stukające okno, martwy ptak, który wpadł przez komin, zagubiony płaszcz do konnej jazdy wystarczały, aby odwołać polowania, odesłać zamówione suknie, a pytania zbyć wzruszeniem ramion. Rozpromieniała się tylko na widok kotów. Nosiła je na rękach, nazywała swoimi dziećmi, bawiła się z nimi kłębkami wełny.

– Tylko ty kochasz mnie naprawdę – usłyszałam, jak mruczy, ocierając policzek o jedwabiste futerko Puszoka.

W pałacu aż huczało od plotek. Piotr nazwał swoją ciotkę kobyłą w rui. A potem tłustą suką. Znów wykazał się brakiem opanowania i politycznej wyobraźni, ale czego się można spodziewać po niesfornym następcy tronu, który ma zwyczaj wylewać wino na głowy służących?

– Czy ona uważa mnie za małpę w klatce?! – ryknął któregoś razu.

Pudło z żołnierzykami zabrał ze sobą do sypialni. Opowiadał Katarzynie o zawiłościach jakiejś bitwy przez trzy godziny z rzędu. Zasnął pijany.

Miesiąc po ślubie wielka księżna wciąż była dziewicą.

Caryca wpadła w furię.

– Czarna niewdzięczność po tym wszystkim, co zrobiłam! – krzyczała. – Byłam zbyt dobra, zbyt pobłażliwa!

Podejrzewałam, że były to słowa kanclerza, lepkie i jadowite, którymi w ramach odwetu z rozkoszą podsycał cesarski gniew. W sypialni imperatorowej dostrzegałam ślady jego codziennych odwiedzin: rękawiczki z Montpellier perfumowane gałką muszkatołową, monokl w mosiężnej oprawie, zapomniany na stosie doniesień, które caryca kazała mi odczytywać. Ilekroć kanclerz wkraczał do cesarskich komnat, jego oczy prześlizgiwały się po mnie, jakby moja postać tak zlała się z mglistą czernią nocy, że nie był w stanie mnie dostrzec.

Nadal po mnie nie posłał. Nie chciał już, żebym go dotykała. Nie dbał o moje opowieści ani nowiny, które przynosiłam.

No i co z tego? – myślałam.

Jeśli w moim lekceważeniu czaił się strach, odsuwałam go od siebie.

Caryca wciąż mnie wzywała. Nadal byłam jedyną przyjaciółką Katarzyny.

Opowiadałam Elżbiecie o sumienności, z jaką para książęca wypełnia swoje oficjalne obowiązki. Chwaliłam cierpliwość Piotra i wdzięk Katarzyny. W ciągu minionych tygodni wielokrotnie proszono ich, by zostali rodzicami chrzestnymi, świadkami na ślubach, gośćmi uświetniającymi swoją obecnością obrzędy oczyszczenia i konsekracji.

Caryca wzruszyła ramionami i skrzywiła się.

– Czy on był u niej wczorajszej nocy, Warwaro?

– Tak, Wasza Wysokość.

– Położył się do jej łóżka?

– Tak.

– Dlaczego więc jej nie pokrył? Co zrobiła, żeby go zniechęcić?

– Jest nieśmiała – powiedziałam.

– Nieśmiała? – powtórzyła, po czym odprawiła mnie gestem.
W jej ustach to słowo było zabarwione drwiną.

Na korytarzu pod jej drzwiami właśnie zmieniały się straże.
Gwardziści z Pułku Preobrażeńskiego, w ciemnozielonych mundurach z czerwonymi wypustkami, prezentowali broń. W powietrzu unosiły się zapachy tabaki, wódki i potu. Obcasy stukały, podzwaniały szable. Błyszczały srebrne bandoliery.

Przemknęłam obok, nie patrząc.

– *H*rabina Rumiancewa dopytuje się, dlaczego on mnie nie chce. Co mam jej odpowiedzieć, Warieńko?

Katarzyna trzymała w ustach źdźbło trawy. Siedziałyśmy w pałacowym ogrodzie, gdzie, jak miałam nadzieję, nikt nas nie podsłuchiwał.

Poprzedniej nocy wielki książę przyszedł do sypialni bardzo późno. Odepchnął ją, kiedy próbowała go dotknąć. Potem odwrócił się plecami i zasnął.

– Znowu był pijany? – zapytałam.

– Trochę – odparła Katarzyna, rzucając źdźbło na ziemię. Zauważyłam czerwone obwódki wokół jej oczu.

Nie szczędzono jej dobrych rad. Hrabina Rumiancewa nalegała, by Katarzyna nosiła koszule nocne z większym dekoltem, bardziej odsłaniające piersi. Nadworny perfumiarz ręczył za skuteczność esencji cynamonu i drzewa sandałowego. Tylko zapach, dowodził, może wzbudzić gwałtowne porywy duszy. Nawet pokojówki ośmielały się doradzać, żeby piła herbatkę ze słomy owsianej.

Najwyższy czas położyć kres temu gadaniu.

Wzięłam Katarzynę za rękę. Wsunęłam w jej dłoń flakonik z gołębią krwią, którą za kilka kopiejek można kupić w bocznych uliczkach Sankt Petersburga. Prosty wybieg, sądziłam, podstęp, który da jej więcej czasu, odsyłając cesarskich informatorów do innych zadań.

– Napij się z nim wina, wpraw go w dobry humor – doradziłam. – A kiedy zaśnie, rozsmaruj tę krew na prześcieradle.

– Przecież się zorientuje…! – zaprotestowała Katarzyna.

– Nie będzie do końca pewien. I nic nikomu nie powie. On też chce, żeby go zostawiono w spokoju.

Wtedy wierzyłam, że to dla nich obojga najlepsze rozwiązanie. Chwila wytchnienia od oczekiwań, od wiecznie śledzących oczu. Carycy zawsze zależało tylko na spełnianiu jej własnych życzeń, a teraz życzyła sobie cesarskiego potomka. Nie było ważne, jakim sposobem osiągnie to, czego chce.

– *R*osja nie zapomina o tych, którzy jej zaufali, Warwaro – powiedziała Elżbieta, kiedy tego wieczoru weszłam do jej sypialni i dygnęłam. – Pamiętam o prośbie twego ojca.

Nie była sama. W złoconym fotelu przy oknie siedział kanclerz, uderzając w otwartą dłoń rulonem dokumentów. Zwrócił się ku mnie i posłał mi pobłażliwy uśmiech, jakby właśnie rozbawił go psiak, próbujący pogryźć mu pantofel. Zacisnęłam zęby.

Caryca wsunęła dłoń we włosy, przeciągnęła po nich palcami. Wciąż wypadały, mimo płukanek naparem z kory brzozowej i aplikowania im rano i wieczorem po sto pociągnięć szczotką. Sypialnię wypełniała woń wiśniówki. Świeca przy łożu migotała.

Moje serce zaczęło bić szybciej. Czy to możliwe, że zostanę dworką Katarzyny?

– Kobieta nie powinna być sama, Warwaro.

Kiedy tylko wypowiedziała te słowa, kanclerz klasnął w ręce.

Wciąż jeszcze nie rozumiałam, nawet wtedy, gdy drzwi się otworzyły i do komnaty wszedł młody mężczyzna w ciemnozielonym mundurze ze szkarłatnymi wyłogami. Oficer pałacowej gwardii.

– Dobrana z was para – głos carycy dobiegł mnie z oddali, jakby w sąsiednim pokoju ktoś mówił do siebie.

To właśnie muszą czuć osaczone zwierzęta: bezlitosną surowość głazu zamykającego wylot tunelu. Nerwowy moment niedowierzania, że to naprawdę koniec, że to sytuacja bez wyjścia.

W ich żyłach wciąż jednak płynie gorąca krew. Wciąż wierzą, że zdarzy się cud – ściana się nagle rozstąpi, prześladowca padnie bez życia na ziemię.

Igor Dmitrijewicz Malikin, podporucznik Pułku Preobrażeńskiego, miał zostać moim mężem.

– To wielki zaszczyt – ciągnęła caryca, przekonana o mojej wdzięczności.

Miałam poślubić jednego z dumnych gwardzistów Piotra Wielkiego, z pułku wybrańców, przewyższających innych rangą. Tych, którzy chwalili się, że stwarzali carów, i wynieśli Elżbietę na szczyt władzy.

Szlachcica, tak jak tego pragnęła moja matka.

– Jest sierotą jak ty. Spójrz na niego, Warwaro.

Spojrzałam. Gęste brwi pod czarną czupryną, rząd równych zębów odsłoniętych w uśmiechu. Dłoń w rękawiczce podtrzymywała czako z pióropuszem, druga, odkryta, opadała swobodnie. Ogarnął mnie gniew na myśl, że ta ręka będzie miała prawo mnie dotykać. Zaczęłam roić o ucieczce. O tym, jak w męskim przebraniu wymykam się z pałacu i uciekam przed małżeństwem, o które nie zabiegałam i którego nie pragnęłam. Lecz samotnego uciekiniera, czy to mężczyznę, czy kobietę, czekała jedynie śmierć lub niewola.

– Przystojny kawaler, prawda, Warwaro? – zapytała Elżbieta.

– Tak, Wasza Wysokość – szepnęłam.

W półmroku pod oknem usłyszałam miarowe stukanie. Kanclerz wybijał na kolanie figlarny rytm zwiniętymi w rulon papierami. Niektórych wspomnień nie da się zatrzeć: „Ja cię ochraniam i prowadzę. Ty słuchasz i jesteś posłuszna. Okłamuj wszystkich wokół, ale mnie – nigdy".

Spuściłam wzrok. Starałam się, żeby moja twarz pozostała bez wyrazu.

– Nie pamiętasz mnie? – usłyszałam głos Igora. Zbyt ochoczy, zbyt zadowolony z siebie.

– Nie… nie pamiętam – odparłam, chociaż widywałam go w pałacu. Zaczepiał mnie, kiedy przechodziłam obok, i próbował zatrzymywać, tak jak i inni gwardziści. Dlaczego wtedy nie dostrzegłam niebezpieczeństwa?

– Nie uciekniesz mi tak łatwo! – zawołał za mną kiedyś.

W korytarzach Pałacu Zimowego byłam tak zaabsorbowana życiem innych, że zapomniałam o dławiącym uścisku zemsty.

Cesarska wielkoduszność chwytająca za gardło. To była moja kara. Kara godna szefa cesarskich szpiegów, kara, za którą musiałam dziękować carycy na kolanach. Wysławiać szczodrość mej pani, nazywać ją moją dobrodziejką, matuszką Rosji, która wie najlepiej, co jest dobre dla jej podopiecznych.

Kobieta jest naczyniem, które nie powinno stać puste. A jeśli ma czelność uważać się za niezastąpioną, tym bardziej potrzebuje mężowskiej ręki.

Gotowałam się z wściekłości. Na siebie samą, na własną ślepotę. Z jaką łatwością kanclerz musiał pokierować cesarską wolą! Kilka słów wątpliwości rzuconych mimochodem, żeby wzbudzić podejrzenia imperatorowej, ostrzegawcze westchnienie, podsycające niepokój. Czyż ten świat nie jest pełen niewdzięczności, Wasza Cesarska Wysokość? Czy lojalność nie bywa kapryśna, przeżarta zdradą?

O tym, że caryca lubi wydawać za mąż swoje służące, chociażby po to, by w prostej chłopskiej sukni zatańczyć na ich ślubie, wiedzieli wszyscy. Elżbieta, tak jak jej matka, zwykła wieśniaczka, która niegdyś oczarowała potężnego cara, najszczęśliwsza była w koszarach lub wśród dojarek i chłopców od krów.

Gdybym była ostrożniejsza, mogłabym się przynajmniej bronić.

Teraz było już za późno. Miałam być nagrodą dla podporucznika Malikina za jego zasługi.

– Wyjątkowe zasługi – podkreśliła Elżbieta. W jej słowach nie wyczułam żadnej szczeliny, żadnego sekretnego korytarza, którym mogłabym się wymknąć i uciec.

– Daj mu syna, Warwaro – caryca podała mi świętą ikonę do pocałunku. – Wróć z nim tutaj za dziewięć miesięcy od dnia waszego ślubu.

Dopiero wówczas uświadomiłam sobie, że muszę opuścić pałac. Opuścić Katarzynę.

Zdrętwiałymi wargami wyszeptałam słowa podziękowania za cesarską łaskę i uklękłam obok Igora Malikina u stóp Elżbiety, by otrzymać jej błogosławieństwo.

W jednej z ksiąg w cesarskiej bibliotece znalazłam relację podróżnika o indyjskim królu, niezwykle biegłym w sztuce zwodzenia. Spośród poddanych wybierał tych, którzy wyglądali jak prostacy lub potrafili udawać głuchych czy ślepych. Oko częściowo okryte bielmem było skarbem, okaleczone ucho – atutem. Usypiały podejrzenia tych, którzy byli zbyt głupi, by nie oceniać innych po pozorach. Nauczywszy swych szpiegów starożytnych mnemotechnik, król rozkazał im odwiedzać składy kupieckie, jaskinie hazardu, parki i ogrody uciech. Mieli żyć wśród żebraków i wagabundów, obserwować i zapamiętywać wszystkie słabości ludzkiego serca.

Indyjski władca wysyłał też w świat fałszywych świętych, wyćwiczonych w panowaniu nad głodem i pragnieniem. Osiedliwszy się na obrzeżach miasta, pościli i zanosili modły, czytali psalmy i udzielali błogosławieństw. Żeby ich sława rozprzestrzeniała się jeszcze szybciej, inni szpiedzy przebrani za bogatych kupców przychodzili błagać ich o radę, a odchodząc, wysławiali ich przenikliwość i nadludzką moc. Wkrótce całe tłumy ciągnęły, by poznać swoją przyszłość i wyznać królewskim szpiegom najpilniej strzeżone sekrety. Czy istniał lepszy sposób, żeby się dowiedzieć, kto spośród poddanych szerzy niezadowolenie? – chełpił się barbarzyński monarcha.

Lecz autora tej opowieści o królestwie Dalekiego Wschodu najbardziej przerażały pochodzące stamtąd kobiety. Nie te, które, udając handlarki, sprzedawały wrogom zatrute pożywienie, ani te, które śpiących mężczyzn obsypywały śmiercionośnym proszkiem. Chodziło mu o *vish kanya*, dziewice śmierci, piękne dziewczęta, którym od dzieciństwa podawano niewielkie dawki trujących ziół, jadu węży i skorpionów. Ich ciała nie poddawały się toksynie, lecz sam dotyk dłoni dziewicy sprawiał, że słabła wola życia, ich pocałunek stawiał mężczyznę nad grobem, a dla tego, kto wziął ją w ramiona, nie było już ratunku. Trucizna przenikająca przez jego skórę spowolniała tętno, zagęszczała żółć, ścinała krew.

Vish kanya były jak demony – jedna miłosna noc z nimi przynosiła śmierć.

Caryca nie lubiła marnować czasu. Mój ślub z Igorem odbył się tydzień później w pałacowej kaplicy.

– To wielki zaszczyt – zapewniła mnie nowa nadworna pokojówka, gratulując mi chłodno „wywyższenia". Nie nazwała go nieoczekiwanym i aż się zachłystywała od udawanego zachwytu, kiedy wymieniała dostojnych gości, którzy mieli przybyć na tę uroczystość:

– Caryca. Wielki książę. Wielka księżna. I kanclerz we własnej osobie.

Nowa nadworna pokojówka wychwalała życzliwość Elżbiety, bogactwo mego wiana, hojne cesarskie dary, które otrzymałam. Jeśli wiedziała – tak jak ja – że mój przyszły małżonek zdążył się już zapożyczyć na okoliczność ślubu z „ulubienicą carycy", a swój dług podwoił przegranymi w faraona, powstrzymała się od komentarza.

Biała suknia z atłasu, w której miałam stanąć przed ołtarzem, była jednym z cesarskich prezentów. Należała do mojej pani w czasach, kiedy była jeszcze szczupła. Kiedyś była zapewne obszyta drogimi kamieniami, które niedbale wycięte pozostawiły po sobie dziury.

– Widać je tylko wtedy, kiedy się dobrze przyjrzeć – zapewniła mnie szwaczka, która dokonała pośpiesznej przeróbki.

Gdy mnie ubierano do ślubu, przyszła wielka księżna; pod oczyma miała fioletowe cienie. Nowa dworka chodziła za nią krok w krok, spłoszona i niepewna, co należy do jej obowiązków.

– Mój podarunek to naprawdę drobiazg, Warieńko – powiedziała Katarzyna, podając mi rulon przewiązany wstążką. – Ale mam nadzieję, że ci się spodoba.

Poprosiła, żebym otworzyła go dopiero, kiedy znajdę się w moim nowym domu.

Cieszyła się moim szczęściem. Małżeństwo jest błogosławieństwem, powiedziała. Najważniejszym obowiązkiem kobiety i jej największą radością.

Obie wiedziałyśmy, że nie mogła powiedzieć niczego innego.

Zastanawiałam się, czy Igor był kochankiem Elżbiety. Mój rosły, dorodny mąż, który szczerzył się w uśmiechu do swojego odbicia w lustrze, zadowolony z siebie jak szczur pływający w misce świeżej śmietany? Upojony swoimi możliwościami, gotowy na każdą chwilkę przyjemności. Miał wszystko, co ceniła w mężczyznach Elżbieta.

Czy wygrał mnie na loterii, w jaką zamieniała się sypialnia carycy w te noce, kiedy pijana Elżbieta nie znała smaku nasycenia? Czy też byłam tylko nagrodą pocieszenia?

O takiej szansie marzyli wszyscy młodzi gwardziści, szczotkując mundury i polerując srebrne guziki, przepłukując usta wódką i żując nać pietruszki, aby mieć słodszy oddech. Nocna warta należała do najbardziej pożądanych, była inwestycją wartą sowitej łapówki, którą z nadzieją hazardzisty jeden po drugim wręczali swojemu dowódcy.

Nieraz widziałam, jak drzwi do sypialni Elżbiety uchylają się chwilę po północy. „Twoja kolej!" – zachęcali się nawzajem gwardziści, wiedząc, że tego, który ją zawiedzie, czeka upokorzenie. Słyszeli historie o odprawionych kochankach, z mundurami w garści, z uszami czerwonymi ze wstydu, którzy ubierali się pośpiesznie w zatęchłych, mrocznych korytarzach pałacu. Ale w oberży po kilku kieliszkach wódki żaden oficer nie przyznawał się do porażki.

– Im starsza kura, tym lepszy rosół – zarzekali się. – Od pasa w dół kobiety się nie starzeją.

W dniu mojego ślubu, gładząc palcami fałdy białej atłasowej sukni, poprzysięgłam szacunek i posłuszeństwo mężczyźnie, którego nie ja wybrałam. W chorobie i zdrowiu. Dwukrotnie, raz przed duchownym prawosławnym, i ponownie – przed katolickim, bo, jak z niezadowoleniem uświadomiła sobie caryca tuż po tym, kiedy pobłogosławiła mnie ikoną świętego Mikołaja, nigdy nie porzuciłam wiary mego ojca.

Poczułam, jak ręka mojego męża ściąga mnie w dół, bym z nim uklękła. Usłyszałam jego głos, sławiący szczodrość imperatorowej.

Katarzyna i wielki książę przyszli na uroczystość. Ona w szafirowoniebieskiej sukni bogato zdobionej srebrnym haftem, on, jak tego wymagała okazja, w zielonym mundurze Pułku Preobrażeńskiego, świeżo ufryzowanej i upudrowanej peruce i z laską ze złotym okuciem w dłoni. Piotr powiedział coś do Katarzyny. Kiwnęła głową i rzuciła mi pośpieszne spojrzenie, a potem spuściła oczy.

Swoją obecnością zaszczycił nas także kanclerz Rosji. Po zakończeniu ceremonii zobaczyłam, jak stuka w wieczko tabakierki, otwiera ją i podsuwa Igorowi.

– Queen's Scotch, aromatyzowana bergamotką – powiedział, sam też racząc się sporą szczyptą. – Prezent od jednego z moich nowych angielskich przyjaciół.

Przez głowę przemknęło mi wspomnienie pieszczot Bestużewa. Poczułam, że brakuje mi tchu. Kiedy do mnie podszedł, utkwiłam wzrok w srebrnych sprzączkach u jego butów, lśniących na tle wytartej skóry.

– Szczęścia, pomyślności, zaszczytów – wygłosił swoją listę życzeń takim tonem, jakby mówił do siebie. Odwróciłam się, lecz niewystarczająco szybko.

– Możesz mi teraz podziękować – wymamrotał mi do ucha kanclerz – że nie zabrałem ci więcej, niż mogłem.

Poczułam, że się czerwienię aż po cebulki włosów.

– Szkoda tylko, że obstawiłaś złego konia – wycedził i odszedł.

W pałacu nie wydano dla nas uczty weselnej, nie byliśmy na tyle ważni, ale caryca sprowadziła skrzypka, tak żeby móc zatańczyć z panem młodym.

– Masz dobrego rosyjskiego męża, Warwaro – oświadczyła, sapiąc z wysiłku, gdy muzyk przestał grać i mogła już opaść na fotel. – W sam raz, żeby rozcieńczyć tę twoją polską krew.

Patrząc, jak caryca przeczesuje palcami włosy Igora, który się przed nią skłonił, zrozumiałam bezdeń moich złudzeń.

Zaledwie kilka tygodni wcześniej sądziłam, że jestem nie do zastąpienia. Ale w oczach mojej pani zasługiwałam jedynie na porzuconego kochanka i starą suknię, której nie chciała już nosić.

$\mathcal{P}$ułk mojego męża urządził dla nas fetę. Nie zabrakło półmisków z dziczyzną, pieczonego prosięcia z jabłkiem w zrumienionym ryju, olbrzymich misek pełnych blinów, kaszy gryczanej, gęstej śmietany i kawioru, a wszystko suto zakrapiane wódką i szampanem. Coraz bardziej pijani goście, uderzając widelcami o ścianki kieliszków, pokrzykiwali „Gorzko, gorzko!". Igor ochoczo spełniał ich prośby, coraz bardziej upojony swoim zwycięstwem; jego natrętny język torował sobie drogę przez moje zaciśnięte zęby, a ręce rozgarniały fałdy mej sukni. Zastanawiałam się, czy nie dać się upoić wódką, by nie czuć już nic, ale coś w środku mówiło mi, by zachować trzeźwość, obserwować i słuchać, czekać i nigdy nie zapomnieć.

Jakże zuchwały był tego dnia Igor Dmitrijewicz Malikin, jak pewny swej pomyślnej gwiazdy. Ten bezgraniczny optymista, przeświadczony, że nie ma przeszkody, której nie mógłby pokonać. Czyż los mu nie sprzyjał? Czy nie został sowicie wynagrodzony za swoją służbę?

Jego towarzysze broni, tworząc wesoły pochód, odprowadzili nas do naszego domu przy ulicy Aptecznej, tuż przy Milionowej, gdzie napełnili pokoje gwarem i przepychankami. Po drodze minęliśmy dom, w którym Katarzyna i jej matka mieszkały podczas choroby wielkiego księcia; rozpaczliwie wracałam myślami do chwil, które spędziłam tam z Katarzyną, do najszczęśliwszego okresu, jaki przeżyłam od śmierci moich rodziców. W naszym nowym mieszkaniu służący Igora, ustawiwszy się w szeregu w przedpokoju, przyglądali mi się z obawą, zastanawiając się, jaką też panią będzie ta panna młoda. Starsza kobieta z zezem w jednym oku, którą wzięłam za kucharkę, przywitała nas chlebem i solą. Brązowy ogar zawarczał na mnie spod stołu.

W sypialni uklękłam, żeby zdjąć Igorowi buty. Jak tego wymagał zwyczaj, w jednym z nich była ukryta rózga, by mi przypomnieć o cenie nieposłuszeństwa. Zostałam gorliwie pouczona o moich nowych małżeńskich obowiązkach. Mój mąż jest moim panem. Bez jego zgody nie mogę zrobić nic.

Nie byłam dziewicą śmierci. Moje ciało nie potrafiło zabijać. Moje myśli zatruwały wyłącznie moje serce.

– Czyim pomysłem było to małżeństwo? – nie zdołałam się powstrzymać od zadania Igorowi tego pytania.

Kiedy wraz z innymi pełnił wartę pod drzwiami cesarskiej sypialni, Jej Wysokość Imperatorowa otworzyła drzwi, powiedział. Zapytała, który z nich chciałby poślubić jej pokojówkę. Wymieniła nawet moje imię: Warwara Nikołajewna.

Wykorzystał swoją szansę.

Jak niewolnica sprzedana przez właścicielkę na licytacji, żeby spłodzić nowych niewolników, pomyślałam.

– Ale dlaczego ty? – usłyszałam swój głos.

– Umiem wypatrzeć dobrego konia wyścigowego – odparł mój świeżo poślubiony małżonek głosem, który w jego mniemaniu zapewne był czuły. Urzekł go sposób, w jaki chodziłam po pałacowych korytarzach. Z wysoko podniesioną głową. Wypiętą piersią. Śmiałym spojrzeniem. Pewnie stawiając kroki.

*T*ej nocy ze zdumieniem odkrył, jaka potrafię być harda i jak gorzka może być nagroda wyegzekwowana niczym prawo. A ja? Czekałam, aż przyjdzie ranek. Gdy tylko zostałam sama, wrzuciłam poplamione prześcieradła w ogień i siedziałam bez ruchu, wpatrując się w płomienie i gęsty, gryzący dym.

*S*iedmiopokojowe mieszkanie o wysokim suficie, z oknami wychodzącymi na ulicę Apteczną, próbowałam nazywać domem. Mój mąż wynajął je od pewnego niemieckiego kupca, który zapewnił go, że dociera tu woń kwiecia z pobliskiego Ogrodu Letniego, a w ciche poranki słychać nawet, jak koczkodany trajkoczą w swoich klatkach. Ja czułam tylko sadzę i gotowaną kapustę. Słyszałam wyłącznie łomoty z warsztatu szewca, który wynajmował ciasne izdebki na tyłach domu.

Dom, powtarzałam sobie, bo czyż nie pragnęłam zawsze miejsca, które mogłabym nazwać tym słowem? Ale miało ono głuchy wydźwięk, jakbym je wymawiała w głębi studni. Mój mąż kupił do salonu komplet bogato zdobionych mahoniowych mebli, otomanę i fotele. Jedyną rzeczą, którą mogłam uznać za własną, była stara skrzynia, którą zabrałam ze sobą z pałacu.

Wieko skrzypnęło, kiedy je podniosłam.

Wyciągnęłam muślinową suknię mojej matki i przycisnęłam ją do policzka. Nie potrafiłam sobie przypomnieć ani głosu mamy, ani dotyku jej ręki. Powstrzymałam łzy. Spojrzałam na ciemnoróżowe ściany, ciężkie zasłony w kolorze czerwonego wina, złote frędzle, w których migotało światło świec. Nie moje, pomyślałam.

„Wróć tutaj z synem za dziewięć miesięcy od dnia waszego ślubu", przykazała mi caryca.

O jej rozkazie myślałam każdego ranka po obudzeniu i każdego wieczoru przed zaśnięciem. Czy mogła to być obietnica, że powrócę na dwór?

– Ile razy musiałeś ją pokryć, żeby dostać to wszystko?! – wy- krzyczałam kiedyś do Igora. Moja ręka zatoczyła krąg, by objąć mieszkanie, służących, jego awans do stopnia porucznika. Wy- krzywił wargi. Jego ciało – muskularne ciało, z którego był taki dumny – zastygło.

Myślałam, że mnie uderzy.

Tylko się zaśmiał. Urywanym, gorzkim śmiechem. W jego oczach zauważyłam jednak cień wątpliwości, zwiastujący moje zwycięstwo.

Było jednak niewiele warte. Pamiętam uczucie pustki, z jakim co rano budziłam się u boku męża. Chrapał i mamrotał coś pod nosem, a ja otrząsałam się ze wspomnień jego dotyku. Śladów po- żądania odciśniętych na skórze piersi, na brzuchu i między udami.

Wtapiałam się w kształt małżeńskiego łoża o ciężkiej, rzeźbio- nej ramie, z kotarami, które nie były w stanie zatrzymać przecią- gów. Modne wtedy lustrzane żaluzje sprawiały, że każdego wie- czoru nasza sypialnia zmieniała się w klatkę, w której widziałam tylko moje własne odbicia.

W ciągu pierwszych tygodni małżeństwa pocieszałam się wizja- mi zemsty. Igor zasztyletowany w ciemnej uliczce podczas jednej z pijackich eskapad, albo, w przypływie wspaniałomyślno- ści, zabity w jakiejś odległej bitwie. Kanclerz w niełasce – popeł- nił jakiś nieokreślony błąd w swoich dyplomatycznych planach lub przyjął łapówkę zbyt kuszącą, by się jej oprzeć. Caryca wzy- wająca mnie na dwór. Wyobrażałam sobie nawet, jak wracam, już nie szpieg i polska przybłęda, ale wdowa po rosyjskim szlachcicu, nowa dama dworu Katarzyny.

Prezent ślubny od wielkiej księżnej leżał na moim sekretarzyku. Był to rysunek wykonany brązowym atramentem przedstawiający kompas, czaszkę, zwój papieru i gęsie pióra, rozmieszczone bez ładu i składu i rozdzielone plątaniną wijących się linii.

„To naprawdę drobiazg, ale mam nadzieję, że ci się spodoba” – powiedziała.

Studiowałam rysunek przez dłuższy czas, zaintrygowana jego oryginalnością, ale nie potrafiłam zrozumieć, co oznacza. Aż któregoś razu, schylając się, żeby coś podnieść z podłogi, spojrzałam na niego pod innym kątem. Był sprytną łamigłówką, jedną z wielu, jakie miałam jeszcze zobaczyć. Dziwna kolekcja przedmiotów, której przyglądałam się tak długo, składała się na postać kobiety – owiniętej płaszczem, ze zwojem papieru w lewej ręce i gęsim piórem w prawej. Stała triumfująca, niepokonana, opierając stopę na czaszce leżącej u jej nóg.

Jak nam się żyło? Mój mąż odpowiedziałby, że szczęśliwie.
Igorowi nigdy nie przyszło do głowy, że mogę nie podzielać jego entuzjazmu. Był młody i silny. Rosja była jego ojczyzną-matką. Rozpuściła go jak dziadowski bicz.

– Mógłbym zjeść konia z kopytami! – wołał już od progu, wróciwszy wieczorem do domu.

Rozsiadał się na otomanie i pławił w odgłosach radosnego zamieszania dobiegającego z kuchni. Po jedzeniu ku uciesze kucharki i pokojówek klepał się po brzuchu. Każdy kac był powodem do dumy. Leczył je, pijąc całe litry kwasu chlebowego prosto z piwnicy – kwas musiał być chłodny i spieniony – lub surowym jajkiem, które z głośnym cmokaniem wysysał przez dziurkę w skorupce. Nie sądzę, by kiedykolwiek doświadczył bólu innego niż ten zadany przez ostrze noża lub kulę muszkietu, bólu choroby czy zwiastunów rozkładu. Blizny po ranach odniesionych w bójkach i potyczkach były dla niego oznakami honoru, dowodem na to, jak szybko regenerowało się jego ciało.

– Dotknij! – nalegał i zmuszał mnie, żebym przesunęła palcami po zygzaku blizny na jego ramieniu, pamiątce – jak się zarzekał – po cięciu sztyletu.

Moje nieliczne próby otwarcia mu oczu na to, co działo się pod powierzchnią naszego życia, zbywał pełnym niedowierzania śmiechem.

– Śledzą nas? Kto? Po co? Nasi służący mieliby donosić, o czym ze sobą mówimy? Chyba wyczytałaś to z książek, w których siedzisz całymi dniami, *kisońka*?

Byłam tylko koteczkiem? A moja wściekłość – zaledwie kocim prychnięciem?

To Igor, pan tego domu, troszczył się o wszystko, co naprawdę ważne.

– Babskie zwyczaje, *kisońka*. – Drażnił się ze mną. – Rozprawiać o czymś, czego się nie rozumie.

Dbałam o to, żeby mundury Igora były należycie wyszczotkowane, rozdarte szwy zaszyte, jego buty lśniące, a stos wykrochmalonych białych chustek zawsze w pogotowiu. Żądałam pokazania mi talerzy, rzekomo potłuczonych przez kucharkę i wymagających zastąpienia nowymi. Ganiłam pokojówkę za pozostawienie rozsypanego popiołu wokół kominka. Odsyłałam do kuchni przesolone zupy i zbytnio wysuszoną pieczeń. Moi nowi służący obserwowali mnie z niepokojem, wzdychając za beztroskim żywotem, który wiedli przed moim przybyciem, kiedy pan zjadał to, co mu podano, i nigdy nie kwestionował ich pracowitości.

– Pani idzie! – słyszałam, jak szepczą w kuchni i z przesadną gorliwością rzucają się do swoich obowiązków.

Służąca z leniwym okiem, która w dniu mojego ślubu powitała mnie chlebem i solą, nie była kucharką. Miała na imię Masza i była naszą gospodynią, jedyną z czworga służby, która stawała przede mną bez lęku. Sądząc po jej pomarszczonej twarzy, dawno już przekroczyła pięćdziesiątkę, ale nikt nie wiedział, ile dokładnie ma lat.

– Maszeńka – *duszeńka* – przekomarzał się z nią Igor, cmokając głośno w jej policzek za każdym razem, kiedy go strofowała, że za dużo pije, za mało sypia i rujnuje sobie zdrowie.

– Nie posłuchasz mnie, to posłuchasz psiej skóry! – gderała Masza, jakby Igor nadal był lekkomyślnym chłopcem, który łazi po płotach, przewraca skrzynki z ogórkami i gania po polach kuropatwy.

Ojciec Igora znalazł ją przed laty na północy, samą na pustej drodze; młodziutką dziewczynę, zagłodzoną, ubraną w brudne szmaty.

– Nie dożyłabym następnego dnia – opowiadała mi Masza, wciąż pełna podziwu dla cudu miłosierdzia, które okazał jej obcy człowiek.

Pan okrył ją własnym płaszczem i zabrał do domu. Pani z wielkim brzuchem, w którym rósł mój przyszły mąż, nakarmiła ją ciepłym kleikiem i rosołem z kury. Gęstym i żółtym od jedwabistego tłuszczu.

Długo trwa, zanim zimno wyjdzie z kości.

– Zostaw mnie samą, Maszo – mówiłam, kiedy nękała mnie swoimi opowieściami.

Nie zwracała na te słowa uwagi.

– Nie jest dobrze tyle spać, Warwaro Nikołajewna.

– Proszę nie patrzeć ciągle w lustra. Łatwo się w nich zatracić.

W moim dawnym pałacowym życiu, pełnym przynęt i pułapek, witałam się przez próg i nie schodziłam z drogi czarnym kotom. Nie przywiązywałam wagi do ostatniej myśli, jaka przychodziła przed snem. Byłam uparta? Głupia? Czy zgubnie niefrasobliwa?

Próbowałam się przed Maszą chować. W sypialni zatykałam chusteczką dziurkę od klucza. Na dźwięk szurania jej butów zatykałam uszy. Ale nic nie mogło uciszyć strofujących słów Maszy.

Cesarscy gwardziści słynęli w całej Rosji z najdzikszych swawoli i gier o zawrotne stawki. Ulubioną był faraon. Kiedy wysadzana szmaragdami tabakierka Igora szła w zastaw, wiedziałam, że przegrał w karty. Gdy wracała, wiedziałam, że wygrał. Nie brakło też pojedynków i zawieranych po pijanemu brawurowych zakładów, wyścigów, w których Igor raz o mało nie stracił ulubionej klaczy. Nie dociekałam, gdzie mój mąż spędza dnie czy noce. Nie przeszkadzało mi, kiedy na jego skórze wyczuwałam zapach innych kobiet. Ten, kto nie kocha, nie może zostać zdradzony.

– Nic ci na mnie nie zależy, *kisońka*? – zapytał mnie kiedyś.

– A byłoby inaczej, gdyby mi zależało? – odparowałam.

*P*rześladuje mnie wspomnienie i za nic nie chce odejść. Widzę Igora siedzącego na kuchennym stołku, z grubym kocem narzuconym na ramiona. Widzę krople wody kapiące z jego włosów i nosa, mętną kałużę zbierającą się u jego bosych nóg. Słyszę głos Maszy instruującej służbę: Pośpiesz się. Dołóż do pieca. Przynieś miednicę z gorącą wodą.

– Jak mały chłopiec… całkiem jak świętej pamięci starszy pan… najpierw robi, a dopiero potem myśli! – gderała Masza, wycierając Igorowi głowę ręcznikiem i lamentując nad dobrą koszulą, która teraz była w strzępach, nad poplamionym wyjściowym mundurem, zgubionym srebrnym guzikiem.

– Nie jestem chory, Maszeńko – upierał się mój mąż. – Tylko trochę mokry.

– Co ci się stało? – aż się zachłysnęłam. – Jaka znów błazenada…?!

Nie dokończyłam. Zdrowe oko Maszy rzuciło mi ostrzegawcze spojrzenie. „Nie czas na przesłuchania. Teraz trzeba, żeby pan się jak najszybciej rozgrzał".

Nie dałam za wygraną.

Pomiędzy jednym pośpiesznym łykiem parzącego barszczu a drugim Igor opisywał spacer nad rzeką, zakład, który rósł w oczach. Zaczęło się od towarzysza broni, który powiedział, że nikt w taki ziąb nie dopłynie na Wyspę Wasiljewską… „No to patrzcie!" – powiedział mój mąż.

– To dla ciebie, *kisońka* – Igor, zbywając machnięciem ręki protesty Maszy, zażądał, by mu podać jego czako. Wewnątrz była skórzana sakiewka. Gruba i ciężka od jego wygranej.

Potrzebuje jeszcze tylko kilku miesięcy, zapewniał. Zostawimy to wynajęte mieszkanie, zadymione powietrze miasta. Kupimy posiadłość na wsi. Na początku pewnie niezbyt dużą, ale ze stawem i łąką, na której będą się pasły konie. Ma już na oku jednego ogiera. Jego właściciel jest spłukany. Sprzeda mu go po dobrej cenie.

We wspomnieniu, które mnie prześladuje, kuchnia pachnie mokrą wełną i smołą. Koszula Igora suszy się przy piecu. Igor patrzy na mnie błyszczącymi oczyma.

– Będziemy mogli zbierać własne grzyby, *kisońka*. Polować na własne kuropatwy. Masza będzie miała swój warzywnik.

– I skąd weźmiesz na to wszystko pieniądze? – odparłam ostro, odwracając się na pięcie. – Tylko z kart i zakładów? A może ciągle jeszcze liczysz, że caryca nocą otworzy ci drzwi?

W Rosji można zyskać szlachectwo, zdobywając odpowiednio wysoki stopień w tabeli wojskowych lub cywilnych rang. Taką nobilitację z rąk cara otrzymał ojciec Igora i umarł z nadzieją, że jego jedynak zajdzie dalej. Tyle że syn prowincjonalnego urzędnika był jednym z nowych szlachciców. Niezależnie od tego, o jak wysokie stawki grał, lub jak łatwo pokonywał dziedziców dawno uznanych rodów i topniejących fortun, stara szlachta zawsze pokazywała mu, gdzie jest jego miejsce.

Czy o tym właśnie myślał Igor, kiedy mnie po raz pierwszy zobaczył u boku carycy? Że będę żoną, która zna pałacowe ścieżki? Żoną, która pomoże mu, by jego syn – jeśli Bóg da mu syna – nie będzie musiał bronić swojego honoru w pojedynkach?

Mogłam go była o to zapytać, ale takie myśli nie postały mi w głowie.

Wtedy wszędzie widziałam szarzyznę rutyny. Wizyty, które trzeba było składać i przyjmować. Imieniny, o których nie wypadało zapomnieć. Wieczorki artystyczne i koncerty, na których należało bywać. Nieskończenie nudne rozmowy o rangach i awansach, dzięki którym dwukonny powóz można było wreszcie zamienić na czterokonny. Dni mierzone liczbą porcelanowych filiżanek z parującą herbatą albo arbuzowych sorbetów topniejących w gorącym letnim słońcu. Co oni o mnie wiedzieli? Co mogli mi ciekawego powiedzieć ci „nowi" przyjaciele, którzy komplementowali krój moich sukien i dopytywali się, jaka jest naprawdę caryca, kiedy znajdzie się w swoich prywatnych komnatach, daleko poza zasięgiem wzroku dworu?

Odpowiadałam wymijająco na ich pytania. Jak tylko mogłam, wymykałam się z tych posiedzeń, skarżąc się na zawroty głowy albo migrenę. Gdy nie mogłam się wymówić, przysłuchiwałam się w milczeniu, aż szepty wokół mnie zaczynały rzednąć i w końcu zamierały.

To nie jest życie, jakiego pragnęłam, myślałam. Ale nic nie zdoła tego zmienić.

Nie zapomniałam o Katarzynie.

Kiedy Masza wracała z targu tatarskiego, szłam za nią do kuchni, wychwalając urodę sztuki mięsa przeznaczonej na pieczeń, klarowność rosołu, który gotował się na blasze. Gdy pytałam o najświeższe plotki, Masza zwracała się w moją stronę, a jej źrenica prawie znikała w kącie leniwego oka. Patrzyła na mnie podejrzliwie, ale nigdy mnie nie zawiodła.

W pałacu same kłopoty, powiedziała mi raz. Zbyt wiele osób węszy wokół łoża wielkiej księżnej. Nie wiedzą, że w pilnowanym garnku nigdy nic się nie zagotuje? Dlaczego nie dadzą młodym trochę spokoju?

Katarzyna i Piotr są nieustannie pilnowani, słyszałam innego dnia. Jakby byli w więzieniu. Strażnikami książęcej pary są Czogłokowowie. Pan i pani Czogłokow, teraz ważne persony. Do swoich podopiecznych nie dopuszczą nikogo niepowołanego. Zachowują się, jakby im korona z głowy spadła, a wszyscy wiedzą, ile dali łapówki za swoją pozycję. Przechwalają się ósemką dzieci. Tak jakby wielka księżna mogła zajść w ciążę, przypatrując się chmarze zasmarkanych bachorów.

Na targu tatarskim z Czogłokowów dworowano sobie bez wytchnienia. Pan podszczypuje każdą służącą, a pani zapewnia wszystkich wokół, że jej mąż nie widzi poza nią świata, opowiadała Masza.

Codziennie wieczorem Czogłokowowie odprowadzają Katarzynę i Piotra do ich sypialni i zamykają drzwi na klucz. Aż do rana.

– Ludzie mówią, że to sprawka kanclerza – powtarzała Masza.

Nie wątpiłam w to. Mogłam sobie wyobrazić jego argumenty: „Nieustanna bliskość, Wasza Cesarska Wysokość. Żadnych dystrakcji. Codzienne przypomnienie o najważniejszym obowiązku książęcej pary względem ich monarchini. Wasza Wysokość zrobiła już dla nich wystarczająco dużo".

Wiedziałam, że caryca, narzuciwszy swoją wolę, zwróci się ku innym sprawom. Znów pochłoną ją przyjemności – nowe taneczne figury, dostawa francuskich jedwabi, kolejny faworyt. „Dzieci księżycowej poświaty" otrzymają przywilej odwiedzania jej od czasu do czasu, aby, wysztafirowane, mogły przed całym dworem zapewnić ją o swojej wdzięczności, nim je odprawi.

Wyobrażałam sobie Katarzynę sam na sam z mężem, przyglądającą się, jak Piotr ustawia w szyku swoje żołnierzyki, albo, tak jak ja kiedyś, czytającą mu książkę o rosyjskich twierdzach. Zastanawiałam się, czy Czogłokowowie rzeczywiście tak sumiennie wykonują polecenia kanclerza. Może przekazaliby Katarzynie list ode mnie, gdybym im zapłaciła? Dwa razy zaczęłam nawet pisać do niej, tylko kilka słów otuchy, ale oba liściki skończyły w ogniu. Wiedziałam aż za dobrze, ile par oczu przeczytałoby je przed nią.

W niedzielę 3 listopada obudziłam się z uczuciem, że wycieka ze mnie coś ciepłego. Wsunęłam rękę między nogi. Była czerwona od krwi. Poczułam ostry skurcz bólu. Zawołałam Maszę. Przybiegła natychmiast, ale jedyne, co mogła zrobić, to wyciągnąć spode mnie zakrwawione prześcieradła i wynieść je czym prędzej. Gdzieś w nich kryło się ciałko mojego syna, który nie chciał się urodzić.

– Pozwól mi go zobaczyć! – błagałam Maszę, ale odmówiła. To widok nie dla matki.

– Wszystko z nim było w porządku – zapewniła mnie, widząc moje przerażone spojrzenie. – Tylko nie był jeszcze gotowy na ten świat.

Nie uspokoiły mnie jej słowa. Kiedy leżałam w gorączce, targana bólem, wróciło do mnie wspomnienie monstrów z Kunstkamery. „Po co tu przyszłaś?" – szydziły ze mnie ich głosy. „Szpiegować nas? Zobaczyć coś, czego nie powinny widzieć ludzkie oczy?"

Laudanum nie pomagało. Traciłam na wadze i mizerniałam coraz bardziej. Nie chciałam jeść. Służący chodzili wokół mnie na palcach, z posępnymi minami, i żegnali się znakiem krzyża, jakbym już była martwa. Masza próbowała mnie poić jakimiś gorzkimi herbatkami, mrucząc, że trzeba mi oczyścić krew, ale wszystko wypluwałam.

Z kilku następnych tygodni pamiętam niewiele. Szepty i dalekie krzyki, smak piołunu w ustach. Raz wydawało mi się, że pod oknem siedzi moja matka, pochylona nad tamborkiem. Odwróciła się w moją stronę, ale kiedy poderwałam się ku niej z poduszek, zobaczyłam, że ma oczy *Frau* Kluge.

Na korytarzu słyszałam głos Igora, wydającego polecenia służącym. Słyszałam jego pośpieszne kroki i odgłos zamykanych drzwi. Raz obudziłam się, czując go przy sobie. Siedział na brzegu łóżka i głaskał mnie po ręce, ale nie otwierałam oczu tak długo, aż westchnął i poszedł.

To Masza włożyła mi do rąk pudełko z brzozowej kory.

– Pan prosił, żeby to pani oddać – powiedziała. – Od samej wielkiej księżnej.

Od Katarzyny? – wyszeptałam spieczonymi wargami.

Masza pokiwała głową.

W dniu urodzin carycy, kiedy uroczysta dworska uczta dobiegła końca, wielka księżna podeszła do pana i zapytała o mnie, opowiadała. Gdy powiedział jej, że choruję, przekazała mu dla mnie ten prezent.

Łzy stanęły mi w oczach.

– Pan mówi, że się pani spodoba – ciągnęła Masza. Najwyraźniej zauważyła, że na wzmiankę o Igorze zmarszczyłam brwi, bo poprawiła mi na głowie nocny czepek i cmoknęła, a jej leniwe oko powędrowało w głąb czaszki.

Usiłowałam zebrać myśli, przebić się przez spowijającą je mgłę. Urodziny carycy oznaczały, że jest już grudzień, że przeleżałam w łóżku cały miesiąc. W nadziei, że mnie to rozerwie, Masza powtórzyła mi, co usłyszała o urodzinowym bankiecie. Caryca, wielka księżna i wielki książę zajęli miejsca u szczytu stołu, niczym trzy klejnoty w koronie, z której cztery długie wstęgi spływały ku czterem pułkom cesarskich gwardzistów. Stół udekorowano smakołykami. Były całe z cukru – bramy otwierające się na szerokie cukrowe aleje, bajeczne miniaturowe pałace z tarasami i ogrodami.

– Ciekawe, kto to potem zjada? – zastanawiała się, oblizując usta. – Sama caryca?

Trzymałam w rękach podarunek od Katarzyny. Z lubością wodziłam palcami po gładkiej brzozowej korze, po wytłoczonym na niej kwiatowym motywie. Z pomocą Maszy usiadłam na łóżku. Nigdy nie przypuszczałam, że siedzenie może wymagać tyle siły. Poczułam kolejny bolesny skurcz w brzuchu i nagle przypomniałam sobie o moim zmarłym braciszku, pochowanym na którymś z warszawskich cmentarzy. W dniu Wszystkich Świętych może i nikt nie zapali za niego świeczki, pomyślałam, ale moje niedonoszone dziecko nie będzie miało nawet grobu.

– Proszę otworzyć – ponagliła mnie Masza.

Otworzyłam pudełko i wciągnęłam w nozdrza zapach leśnych grzybów, zapach jesieni, którą tego roku z powodu choroby nie dane mi było się cieszyć. Za oknami na ulicach potworzyły się zaspy, a powozy już dawno zastąpiono saniami. Pomyślałam tęsknie o przejażdżce przez ciche, pokryte śniegiem pola.

Wewnątrz pudełka leżały naostrzone gęsie pióra i kryształowy kałamarz ze srebrną nakrętką. Niema prośba Katarzyny, bym do niej napisała.

– Chce mi się pić – powiedziałam do Maszy. – Przynieś mi gorącej herbaty.

Masza zwróciła rozradowaną twarz w kierunku świętej ikony wiszącej w rogu pokoju i przeżegnała się, kłaniając się aż do podłogi.

– Niech będzie pochwalone miłosierdzie Pańskie – wyszeptała.

*P*rzez następne miesiące bez szemrania wypijałam mikstury przyrządzane przez Maszę; zaczęłam też jeść i moje zapadnięte policzki znów się wypełniły. W pierwszych dniach nowego, 1746 roku udało mi się wstać z łóżka i przejść przez pokój. W kwietniu w cerkwi Matki Boskiej Kazańskiej imperatorowa miała obchodzić piątą rocznicę swojej koronacji. Katarzyna i wielki książę z pewnością tam będą. Byłam żoną cesarskiego gwardzisty i miałam prawo wziąć udział w tym doniosłym wydarzeniu.

Pod warunkiem że będę wystarczająco silna, żeby przetrwać na stojąco prawosławne nabożeństwo.

W marcu umarła Anna Leopoldowna, matka uwięzionego małoletniego cara. Nowinę tę przekazywano sobie ściszonymi głosami, bo jakakolwiek wzmianka o Iwanie VI była zakazana. Słyszałam, jak go nazywano „więźniem numer jeden" albo po prostu „Iwanuszką", ale nawet takie aluzje były niebezpieczne. Zaledwie kilka miesięcy temu kupiec handlujący winem znalazł się w areszcie po tym, jak jego byli służący doniósł, że przechowuje stare monety z wizerunkiem Iwana.

To tylko nowe kłopoty dla Katarzyny, myślałam. Zaczęłam wyczekiwać powrotu Igora do domu ze służby. Czy widział carycę? – dopytywałam się. Czy była niezadowolona? Czy znów wzywała do siebie wielką księżnę po nocy? Czy Katarzyna płakała?

Jego odpowiedzi były nonszalanckie i pełne lekceważenia. Co mnie może obchodzić, że wielka księżna nadal nie zaszła w ciążę? Czy nie mam własnego domu, mówił, o który powinnam się troszczyć?

– Chodzi o przyszłość Rosji – odparłam butnie któregoś razu.

Igor klepnął się po ramieniu, jakby rozgniatał komara.

– Rosja jest zbyt potężna, *kisońka*, by jej zagroziło jedno bezpłodne łono – odpowiedział.

25 kwietnia z zatłoczonej nawy przeznaczonej dla publiczności patrzyłam, jak rodzina cesarska wkracza do cerkwi Matki Boskiej Kazańskiej. Caryca w sukni o barwie kości słoniowej i gronostajowym płaszczu cała połyskiwała od klejnotów. Piotr i Katarzyna szli tuż za nią. Wyciągnęłam szyję, żeby dostrzec ich twarze. Piotr o ziemistej cerze sprawiał wrażenie jeszcze bardziej słabowitego, niż go zapamiętałam. Katarzyna była poważna i opanowana. Odziana w perłowy błękit, ze srebrną wstążką wplecioną we włosy, nie odrywała wzroku od carycy. Przy nich stał lekko przygarbiony kanclerz Rosji i przyglądał się zebranym gościom. Jego oczy nie zatrzymały się na dłużej w miejscu, w którym stałam.

Poczułam, że kręci mi się w głowie. Na czoło wystąpiły mi grube krople potu. Czyżbym się naiwnie łudziła, że jestem już zdrowa?

Zacisnęłam zęby. Utkwiłam wzrok w promieniu światła, który wpadał przez umieszczony wysoko witraż. Tęcza kolorów wirowała i tańczyła. Uczucie słabości minęło.

Wokół mnie żony oficerów, zaszczycone zaproszeniami na dworską ucztę, która miała się zacząć tuż po nabożeństwie, z podnieceniem szeptały o stołach otoczonych wonnymi drzewkami pomarańczy i granatu, o fontannach ustawionych w pałacowym westybulu, o piramidzie ognia, którą miał utworzyć płonący wosk spływający po szklanych kopułach.

Nie było mi dane tego wszystkiego zobaczyć. Wielkiej księżnej zezwolono przebywać tylko w najstaranniej dobranym towarzystwie. Wyłącznie matki zdrowych dzieci mogły zostać wpuszczone do pomieszczenia, w którym właśnie przebywała.

Wkrótce, eskortowana przez Maszę, zaczęłam spacerować po mieście. Nie dbałam o to, czy w tłumie stykam się z żołdakami, czy złodziejami. Szybkim krokiem mijałam pałace i budynki z wypaczonych desek, które nie zdołają ocaleć z kolejnego pożaru, ceglane ściany spękane od mrozu, świątynie, którym nie wolno było przyćmić cesarskich budowli.

Chociaż nie przyznałabym się do tego nikomu, miałam nadzieję, że zobaczę cesarską karocę. Katarzyna także mnie zauważy, marzyłam, każe stangretowi zatrzymać się, choćby tylko na kilka chwil. Mimo iż wie, jak niewiele mogę dla niej zrobić. Mogę tylko poradzić, by nie traciła nadziei.

Masza, z nogami opuchniętymi od zbyt długiego marszu, pomstowała na moją lekkomyślność. Jestem jak północny wiatr, wyrzekała, miotam się to tu, to tam, jakby ścigały mnie duchy.

– A z ciebie co za wietrzysko? – odcinałam się jej ze złością, ale Masza tylko zerkała na mnie spokojnie swoim zdrowym okiem. Odkąd „się poprawiłam", jak mawiała, nakłaniała mnie do płukania włosów w kwasie chlebowym, by nadać im rudawy odcień.

– Panu się to podoba – powtarzała z chytrym uśmieszkiem, kiedy protestowałam.

Pozwalałam jej robić, co chciała.

We wrześniu, gdy na dworze świętowano imieniny carycy, udało mi się po raz pierwszy od dnia mego ślubu porozmawiać z Katarzyną.

W ramach uroczystych obchodów Teatr Rosyjski wystawił nową sztukę. *Zemsta Susanina* była dramatem historycznym z gatunku tych, które Elżbieta uwielbiała. Akcja miała miejsce w czasie wielkiej smuty, kiedy to Rosja znajdowała się na krawędzi upadku, zanim w ostatniej chwili uratował ją Michał Fiodorowicz, pradziad Elżbiety. Pierwszy Romanow, który został carem.

Oficerów z żonami zaproszono na trzecie z rzędu przedstawienie.

W pierwszym akcie oddział wojsk polskich postanowił zamordować prawdziwego cara i osadzić na tronie uzurpatora. Polski hetman wyniośle obwieścił koniec Rosji, niechybne wykorzenienie wiary prawosławnej i swój triumf. Wtedy to Iwan Susanin, przystojny młody wieśniak, zaoferował, że przeprowadzi Polaków przez mokradła. Zanim kurtyna opadła przed przerwą, Susanin w długim monologu na stronie przedstawił swoją strategię. Wrogów Rosji pochłonie bagno.

Widownia nagrodziła plan Susanina rzęsistymi oklaskami. Igor też klaskał z zapałem. Ja uznałam, że dramat jest wyjątkowo prymitywny, ale wiedząc, że caryca była nim zachwycona, powstrzymałam się od komentarza. Nawet mój unikający plotek mąż słyszał, że autor po premierze został uszlachcony i obdarowany pokaźnym majątkiem.

Katarzyna przybyła najpewniej już po rozpoczęciu przedstawienia, bo dopiero podczas antraktu usłyszałam jej głos dobiegający z cesarskiej loży.

– Muszę zaczerpnąć świeżego powietrza – powiedziałam Igorowi.

Drzwi do loży były otwarte na oścież, a pod nimi zebrała się już gromadka zwolenników wielkiej księżnej. Wśród nich dostrzegłam księcia Naryszkina, hrabinę Rumiancewą i inne damy, głoszące peany na cześć aktorów, obchodów cesarskich imienin i samej Katarzyny. Wielki książę był nieobecny i, ku mojej uldze, miejsce imperatorowej także było puste.

Ustawiłam się w przejściu i czekałam, ale minęła dobra chwila, zanim Katarzyna mnie zauważyła.

– Witaj, Warwaro Nikołajewna – usłyszałam jej radosny głos. – Jaka to miła niespodzianka zobaczyć cię w tak dobrym zdrowiu.

– Ja także cieszę się, że mogę się pokłonić Waszej Wysokości – odpowiedziałam ostrożnie. Patrząc na jej ożywioną twarz, pomyślałam, iż być może plotki o gniewie Elżbiety były przesadzone. Że może Katarzyna spodziewa się wreszcie dziecka.

Nie mogłam jej o to spytać. Mogłam tylko słuchać i obserwować.

Książę Naryszkin rozpoczął zawiłą opowieść o grzybobraniu, które skończyło się na tym, że wraz z siostrą zgubił się w lesie.

– Lew, wieczny tułacz – zażartowała z niego hrabina Rumiancewa. – Zawsze jesteś takim lekkoduchem?

Katarzyna podeszła do mnie bliżej. Pachniała wiosennymi kwiatami – hiacyntami i fiołkami.

– Jak się Wasza Wysokość czuje? – zapytałam, niezdolna opanować drżenia głosu.

– Dobrze – odpowiedziała, poprawiając szal, który zsunął się jej z ramion. Książę Naryszkin, wciąż zajęty swoją opowieścią, wybuchnął gromkim śmiechem.

– A wielki książę?

– Mój mąż także czuje się dobrze.

To było wszystko, co miałyśmy dla siebie: parę minut, kilka słów, które zostaną podsłuchane i przekazane dalej.

– Ostatnio dużo czytam, Warwaro Nikołajewna. Ale już nie francuskie powieści. Wolę Tacyta – uśmiech Katarzyny sprawił, że jej oczy zmrużyły się szelmowsko i wydały się zupełnie niebieskie. – Podsunął mi go hrabia von Gyllenburg. Wspomniał też o Monteskiuszu. Ale niełatwo znaleźć te książki.

– Znajdę je dla ciebie, pani – obiecałam.

– Będę ogromnie zobowiązana – powiedziała Katarzyna, wyciągając rękę, jakby chciała mnie dotknąć. Cofnęła ją, zanim ktokolwiek zdołał to zauważyć.

Zobaczyłam, jak się odwraca, aby przywitać innego gościa, i zaraz potem odeszłam.

Dalszej części sztuki poświęciłam niewiele uwagi. Na scenie Iwan Susanin wyprowadzał najeźdźców na bagna. Polacy, którzy zbyt późno odkryli jego podstęp, postanowili Iwana zabić. Susanin powitał swą bohaterską śmierć długą listą oskarżeń przeciwko wrogom Rosji. Polacy, grzmiał, usiłują nawrócić Rosjan na swoją łacińską wiarę, zawładnąć ich duszami i zrobić z nich swoich niewolników.

– Żeby dopiąć swego, obiecają nam wszystko. Dla polskich intrygantów liczymy się tyle, co nic! – deklamował Susanin z rękoma uniesionymi ku niebu, a gwałtowny podmuch wiatru zakołysał drzewami na scenie, by dodać wagi jego słowom.

Publiczność przywitała te słowa pomrukami aprobaty i burzą oklasków. Obok mnie Igor krzyczał „Brawo!".

Myślałam o pogodnym tonie słów Katarzyny, o jej dłoni, która omal nie dotknęła mojej. Po przedstawieniu szłam w stronę naszego powozu jak pogrążona we śnie. Ucieszyłam się, kiedy Igor, dostrzegłszy w tłumie znajomego oficera, oznajmił, że nie wróci ze mną do domu.

$\mathscr{P}$rzez resztę tygodnia szukałam dzieł Tacyta w księgarniach przy bulwarze Wielkim. Kiedy nic nie znalazłam, poprosiłam o pomoc księgarzy, którzy niegdyś korzystali z usług mojego ojca. Najpierw znaleźli *Germanię*, a po niej *Roczniki* i *Dzieje*. Jeśli miałam wybór, kupowałam księgi w solidnych skórzanych oprawach, mocno zszyte, tomy, których, jak miałam nadzieję, mógł kiedyś dotykać mój ojciec. Nigdy jednak nie natrafiłam na ten, na którego grzbiecie litery tytułu wykraczały poza ograniczające linie oklejki.

Nie miałam wątpliwości, że Czogłokowowie uważnie przeglądają każdą moją przesyłkę do Pałacu Zimowego. Wiedziałam też, że podziękowania Katarzyny, starannie wykaligrafowane na welinowym papierze ze złoconym brzegiem, podlegają tej samej procedurze.

Pewnego ciemnego listopadowego dnia Igor wrócił z pałacu z nowiną, że wielki książę wraz z małżonką wyjechali do Oranienbaumu.

– Dlaczego? – nie mogłam powstrzymać ciekawości.

– Rozkaz Bestużewa – odpowiedział. – Kanclerz uważa, że cesarski dwór za bardzo ich rozprasza. – Przewrócił oczyma, udając, że wzbudza to w nim zgrozę. – Zastanówmy się, jakież to dystrakcje powstrzymują wielkiego księcia przed zapłodnieniem żony? Maskarada? Musztra? Nic więcej nie przychodzi mi do głowy, a tobie, *kisońka*?

Zignorowałam wesołość w głosie mojego męża.

Katarzynę i mnie będą teraz dzielić czterdzieści trzy wiorsty polnych dróg, pomyślałam. Cały dzień jazdy powozem. Żadnych wyjść do teatru, żadnych wizyt. Kanclerz już o to zadba. Cóż oprócz książek może powstrzymać ją przed rozpaczą?

*P*ierwszy list z Oranienbaumu był krótki.

Przekaziciel tego listu jest też dostawcą niezwykle kunsztownych cacek – w wielu z nich byłoby ci do twarzy. Na efekt jego starań będę czekać z wielką niecierpliwością. Pamiętaj proszę, że jestem równie pewny twojego oddania dla mnie jak przyjaźni, którą darzę ciebie.

Nie był podpisany, ale rękę Katarzyny rozpoznałam natychmiast.

Złotnik, *monsieur* Bernardi, dostarczył mi ten list pod pretekstem zaoferowania swoich usług. Byłam przecież żoną oficera, wymownym świadectwem jego rangi. Czyż Igor nie został mianowany porucznikiem? Mój mąż nie chciałby chyba, by przyćmiły mnie inne damy. Czy pozwolę, by *monsieur* Bernardi obejrzał moje klejnoty?

Monsieur Bernardiego nie zdziwiło odkrycie, że moja biżuteria wymaga czyszczenia i naprawy; zameczki przy naszyjnikach należało wymienić, perły nawlec na nowy sznurek.

Nigdy ani słowem nie wspomniał o Katarzynie ani o swoich wizytach w Oranienbaumie. Lecz za każdym razem, kiedy przychodził, wsuwał mi do ręki list od wielkiej księżnej i zabierał mój.

„*J*esteś przeznaczona do rzeczy wielkich" – napisałam w pierwszym liście.

„Nie ufaj nikomu" – chciałam dodać. „Nic się nie zmieniło. Jesteś w domu gry, w którym wszyscy oszukują".

Ale o tym wiedziała już dawno.

Wiedziała też, która pokojówka ogląda jej bieliznę, sprawdzając, czy nie ma na niej krwi miesięcznej, a która przekartkowuje czytane przez nią książki z nadzieją, że znajdzie zapomniany liścik. Wiedziała, kto donosi na nią carycy, a kto przekazuje jej sekrety kanclerzowi Rosji. Odkryła w swoich pokojach wszystkie szczeliny, przez które mogły ją dojrzeć oczy szpiega, i nigdy nie odchodziła od kominka, dopóki kartka, którą paliła, nie zmieniła się w popiół.

Nawet w sekretnych listach do mnie Katarzyna zachowywała szczególną ostrożność. Pisała je tak, jakby była mężczyzną korespondującym z przyjacielem, którego nazwiska nigdy nie wymieniła. Carycę nazywała Wielką Damą. Piotr był Żołnierzem. Czogłokowów ochrzciła Pawiem i Kurą. Kanclerz był Starym Lisem. Jej wyczekiwana ciąża stała się „wielkim wydarzeniem" lub „oczekiwanymi wieściami".

Jakże mi przykro, *Monsieur*, że już od tak dawna nie było nam dane się zobaczyć. Choćby przelotny widok pańskiej sylwetki byłby dla mnie pocieszeniem. Tęsknię do chwili, kiedy znów będę mógł do Pana podejść i wyrazić moją radość ze spotkania.

Te ciemne dni nie mogą przecież trwać w nieskończoność, prawda?

Wielka Dama mówi o czytaniu tak, jakby to była jakaś nieuleczalna choroba.

Mojego lokaja oddalono, ponieważ lekkomyślnie podziękowałem mu za życzliwość w obecności Kury.

Murzyn Żołnierza został odesłany do Sankt Petersburga, dwóch jego lokajów także wymieniono. Nie wolno nam nikogo polubić, *Monsieur*. Nie wolno nam mieć przyjaciół. Modlę się, by nikt się nie dowiedział, że do Pana piszę. Nalegam, abyś Pan spalił każdy z moich listów natychmiast po przeczytaniu.

Paliłam je, tak jak chciała. Zachowałam jednak jej słowa w pamięci tak wyraźnie, jakbym je wciąż miała przed oczyma. Każde z nich uwalniało kolejne dawki smutku.

Potomstwo Pawia i Kury nie dawało Żołnierzowi spokoju, domagając się, by pozwolił im pobawić się swoim modelem twierdzy. Wielka Dama przybyła do Oranienbaumu w asyście kolejnego faworyta, ustrzeliła dwadzieścia dwie kuropatwy i zezwoliła wielkiej księżnej brać lekcje jazdy konnej. Uczyłam się tych listów na pamięć, zanim zmieniły się w popiół.

Cieszyłam się, że Katarzyna jest daleko od dworskich intryg, że ogrody w Oranienbaumie dają jej niespodziewaną radość i narastające poczucie spokoju. „Oczekiwanych wieści" wciąż nie było, lecz długie dni spędzane na wsi pozwalały jej dużo czytać i rozmyślać. Zapewniała mnie, że nie marnuje czasu, przeznaczając go na rozważania o swoim życiowym powołaniu, swoich obowiązkach i powinnościach. Była coraz bardziej przekonana o tym, że przyjaźń i lojalność są najcenniejszym, co posiada.

Przez pewien czas znajdowałam w tych słowach pociechę.

Minął kolejny rok, a kanclerz Rosji wciąż nadzorował życie młodego dworu. Caryca nie kryła już gniewu, że ta para przeklętych nicponi, jak zaczęła nazywać wielkiego księcia i wielką księżnę także publicznie, ośmieliła się zignorować jej najgorętsze życzenie.

W salonach Sankt Petersburga żony oficerów rozmawiały praktycznie tylko na ten temat. Plotkowały, że caryca winą obarcza Katarzynę.

– Sprowadziłam ją tu, żeby rodziła, a nie czytała! – wykrzykiwała w obecności całego dworu, kiedy docierał do niej comiesięczny raport o zakrwawionej bieliźnie. – Za kogo ona się uważa?!

Wielka księżna stała się tematem rozlicznych złośliwych plotek. Każdy miał swoją teorię jej bezpłodności. „To dlatego, że Jej Wysokość jeździ konno po męsku – słyszałam. „To dlatego, że Jej Wysokość każe sobie zbyt mocno sznurować gorset". „Jaki jest pożytek z bezpłodnego łona?" – pytano. „Z drzewa, które nie rodzi owoców?"

Krążyły też inne plotki. Na ostatnim pałacowym balu Piotr zatańczył z żoną tylko raz. Czy Katarzyna nie widzi, że jej wyniosły sposób bycia drażni jej męża? Że wielki książę zaczął publicznie wychwalać zalety jej dworek, głośno, tak aby go słyszała? Księżniczka Kurakina, powiedział, ma najbardziej filigranową figurkę, a hrabianka Woroncowa najdoskonalszy słuch ze wszystkich znanych mu osób. Który mężczyzna lubi żyć w cieniu żony?

Dlaczego księżna częściej się nie uśmiecha? Nie żartuje? Czemu nie napije się wina i nie przestanie mówić tylko o książkach?

Mój ojciec mawiał, że na pochyłe drzewo wszystkie kozy skaczą.

W listach do mnie Katarzyna skarżyła się, że dworzanie nazywają ją zimną i nieprzystępną. Jej ręka, szeptali, jest jak tygrysia łapa, a jej uśmiech wymuszony i okrutny.

Bardzo rzadko pozwalano jej opuszczać Oranienbaum. A kiedy już wyjeżdżała, to wyłącznie po to, by towarzyszyć carycy i wielkiemu księciu podczas pełnienia najważniejszych dworskich obowiązków. Musiała stale mieć się na baczności. „Nie próbuj się do mnie zbliżyć, *Monsieur*" – pisała, żeby mnie ostrzec. „To mogłoby zagrozić jednej z nielicznych radości, jakie mi pozostały". Widywałam ją więc wyłącznie z daleka.

Pisała o spędzanych w samotności godzinach, kiedy wpatrywała się w leżącą na jej kolanach, często nierozciętą nawet książkę. Caryca zwracała się do niej rzadko, a kiedy to czyniła, jej głos był szorstki i niecierpliwy. „Jestem przeświadczony, że to Stary Lis oczernia mnie przed Wielką Damą. Ale co mogę zrobić? Nigdy nie dałem mu żadnego powodu, żeby był moim wrogiem" – pisała. Moje nieliczne aluzje do prawdopodobieństwa, że „oczekiwane wieści" w końcu nadejdą, spotykały się z milczeniem albo napomnieniami: „Proszę, *Monsieur*, nie pytaj o to, na co nie mam wpływu. Szczęście przyjaciół jest jedyną pociechą dla tych, którzy innych pociech nie mają".

Walki psów, faraon, bilard. Walka na pięści, niedźwiedzie poskramiane gołymi rękami. Długie godziny spędzane w bani na dyskusjach o zrządzeniach losu.

Oficerowie gwardii cesarskiej tworzyli zwarty krąg.

Fortuna jest kobietą, powtarzali, ulega tylko zuchwałym.

Szczęście się udziela.

Nikt nie zna się na koniach tak jak mój mąż, słyszałam. Wielu potrafiło dostrzec umięśniony kark i mocne zadnie nogi, głowę o rozdętych chrapach i dobrze ustawionych uszach. Wielu umiało wskazać za krótkie nadpęcie, kąt nachylenia pęciny, który zaburzał proporcje. Ale tylko mistrzowskie oko Igora potrafiło oszacować, która z zalet sprawdzi się podczas wyścigu, a która wada spowoduje porażkę na torze.

– Chodź z nami, Igorze Dmitrijewiczu – nawoływali go z ulicy, śmiejąc się i gwiżdżąc ze zniecierpliwienia. – Pospiesz się!

Mężczyzna nie musi gorzknieć z wiekiem, myślałam. Wieczorami siadywałam samotnie w salonie, tasowałam karty przed ułożeniem pasjansa i wpatrywałam się w pozbawione uśmiechu twarze dam, królów i waletów.

Gdy zegar wybijał północ, odkładałam karty. Z korytarza dobiegał mnie pośpieszny tupot. W kuchni znów szeptano, że pan ucieka z domu. Nie miałam wątpliwości, kogo nasi służący obarczają za to winą.

Tego wieczoru podeszłam do okna i otworzyłam okiennice. Ulica Apteczna, wysrebrzona jasnym światłem księżyca, była zupełnie pusta. Okrywał ją gęsty, mokry śnieg.

*R*ankiem pojechałam saniami na bulwar Wielki. We francuskiej perfumerii kupiłam *eau de fraîcheur*, pachnącą słodko cynamonem i goździkami. W sklepie bławatnym wybrałam kupon muślinu i parę czerwonych jedwabnych pończoch haftowanych w kwiaty wiśni.

Tylko nierozważny gracz nie ma niczego w zanadrzu.

Po południu, kiedy Igor wrócił do domu po służbie w pałacu, kazałam Maszy przynieść nam gorącej herbaty i kminkowej wódki.

Mówiłam o styczniowym mrozie, który wymalował lodowe ogrody na naszych szybach, o tropach lisów nad Newą, które chciałabym zobaczyć.

Mój głos złagodniał, ocieplony wódką.

Położyłam rękę na dłoni Igora. Ktoś, kto by nas obserwował, mógłby uznać, że mąż i jego kochająca żona cieszą się chwilą intymności u schyłku dnia.

Śmiech nie musi czekać na szczęście.

Ty masz swój świat, ja będę miała swój, myślałam.

Tej nocy, w turkusowym negliżu, który podkreślał kolor moich oczu, skropiona perfumami, zamknęłam okna i okiennice.

Pozwoliłam, żeby pukle włosów wymknęły mi się spod grzebieni.

Chciałam mieć dziecko. „Tylko matki zdrowych dzieci mogą być dopuszczone do towarzystwa wielkiej księżnej" – brzmiał rozkaz carycy.

Rozdział czwarty

1749–1750

W styczniu 1749 roku petersburskie salony trzęsły się od plotek. Który z cesarskich faworytów wygra walkę o miejsce w łożu Elżbiety? Przez jakiś czas pokazywała się w towarzystwie aktora, odtwórcy roli Susanina w Teatrze Rosyjskim. Potem pewien Kozak z Kijowa, pośpiesznie awansowany do stopnia porucznika, oczarował ją swoimi „szatańskimi" hołubcami. Był jeszcze Nikita Bekietow, chórmistrz, o którym mówiono, że jest protegowanym kanclerza. Przewaga Bekietowa wydawała się pewna do momentu, kiedy nieopatrznie przyjął w podarunku od hrabiny Szuwałowej słoiczek wybielającego kremu. Gdy jego twarz pokryła się czerwonymi krostami, hrabina zadbała o to, by caryca przestraszyła się podejrzenia o francuską chorobę. Bekietow w niełasce opuścił pałac.

W cesarskiej sypialni hrabina Szuwałowa drapie imperatorową po piętach i opowiada jej historie, słyszałam raz po raz.

– Czyżby miało to coś wspólnego z rzymskim nosem jej przystojnego synalka? – pytał z lodowatą satysfakcją mój mąż. Miał na myśli najmłodszego syna hrabiny, Iwana Iwanowicza, którego ojciec, marszałek Szuwałow, był niegdyś kochankiem Elżbiety. Na cesarskim dworze Szuwałowów było więcej: jeden z wujów Iwana był prokuratorem generalnym, a dwóch innych służyło w Tajnej Kancelarii.

– Otwórz cesarski kufer, a wyskoczy zeń Szuwałow, węsząc za swoim udziałem w łupach – powiedział mi Igor.

Plotkowano o młodzieńczym uroku Iwana Szuwałowa, miękkich, ciemnych lokach okalających wysokie czoło, o roztargnionym uśmiechu na jego zmysłowych wargach. „Osiemnaście lat młodszy od carycy. Zawsze z książką w ręku. Napisał sztukę. Chce, żeby przebudowała pałac. Koresponduje z Wolterem! Podarował wielkiemu księciu śnieżnobiałego sokoła". Petersburskie salony rozbrzmiewały okrzykami zdumienia, którym towarzyszył niepewny śmiech.

„Żołnierz zachowuje się jak dziecko" – pisała Katarzyna. „Chciałby się bawić w życie, a ja chcę żyć. Wierzy wszystkim pochlebstwom i złości się na mnie, kiedy go przestrzegam. Czasami mam ochotę rzucić się Wielkiej Damie do stóp i błagać ją, żeby mnie odesłała do domu".

W Oranienbaumie zbyt wiele libacji przerywało spokój, zbyt wiele było parad wojskowych i ataków złości, roztrzaskanych krzeseł, butelek wyrzuconych przez okno. „Wierzę, że Żołnierz ma dobre serce" – pisała Katarzyna, „ale jego umysł zaczyna szwankować wskutek picia bez umiaru, a wtedy staje się nieprzewidywalny".

Czytałam jej listy zachłannie i utrwalałam w pamięci każde słowo, zanim pochłonął je ogień.

Gdybyśmy tylko mogły porozmawiać, myślałam.

Kiedy warstwa lodu na Newie pożółkła i zrobiła się cieńsza, gospodynie petersburskich salonów obwieściły, że młody Iwan Szuwałow czyta carycy swoją nową sztukę, którą chciałby zobaczyć na scenie. Iwan Iwanowicz, mówiły, chodzi po pałacu z rozmarzonym wzrokiem i ręką przyciśniętą do serca, jakby składał przysięgę, a caryca zmienia suknie pięć razy dziennie.

Hrabia Razumowski zaczął spędzać coraz więcej czasu w Pałacu Aniczkowa.

Samotnie.

„Wyobraź sobie coś podobnego!" – słyszałam.

W Pałacu Zimowym nie ma już zmieniania sypialni w środku nocy, wybuchów gniewu, lęku przed ciemnością. Za kotarami cesarskiej alkowy grają skrzypkowie, a chóry śpiewają stare rosyjskie ballady. Mechaniczny stolik zastąpił służących podczas późnych cesarskich kolacji.

Próbowałam sobie wyobrazić moją panią w miłosnym zaślepieniu, ale nie mogłam zebrać myśli.

Ku radości Maszy wszędzie czułam zgniliznę. Zbierało mi się na wymioty od zapachu mokrego baraniego kożucha naszego stangreta i stęchlizny bijącej z butów do konnej jazdy Igora. Rano budziłam się z uczuciem mdłości. Przez szereg dni jadłam wyłącznie czarny razowy chleb i piłam tylko kwas. Położna kazała mi myśleć o przyjemnych rzeczach.

Znowu byłam w ciąży.

– Nasz syn! – powtarzał Igor, kładąc rękę na moim wciąż jeszcze zasznurowanym brzuchu. – Nasz mały żołnierzyk!

Jego głos miękł, jego ręka gładziła moją, a ja myślałam o rzeźniku, który domagał się zapłaty. O łojowych świecach, które kopciły, bo nie było nas już stać na świece z wosku nawet do salonu. O sznurku pereł, który zniknął z mojej kasetki z biżuterią.

W kościele Świętej Katarzyny przy bulwarze Wielkim, w którym niegdyś co niedziela słuchałam mszy razem z rodzicami, uklękłam przy ołtarzu i przeżegnałam się, tak jak uczyła mnie mama. Modliłam się o córkę, córkę, która nie przestraszy się życia. Córkę, którą będę mogła nazywać moją.

Ciąża mi służyła. W miarę jak dziecko we mnie rosło, moje włosy gęstniały, a cera promieniała. Posłusznie, do dna, piłam napary, które dostałam od położnej. Nigdy nie podnosiłam rąk powyżej linii ramion, nigdy nie włożyłam naszyjnika. Masza karmiła mnie porami i gotowanymi śliwkami. Pozwalałam jej wmasowywać niedźwiedzie sadło w skórę na moim brzuchu, zawiązywać mi w talii czerwoną wstążeczkę i mamrotać swoje zaklęcia.

Tym razem wszystko będzie dobrze, mówiła, a ja jej wierzyłam.

Kanclerz Rosji czekał na mnie przy ulicy Milionowej; jego powóz zatrzymał się nieopodal. Gadanina o miłości carycy była mu najwyraźniej nie w smak, pomyślałam, nie bez zadowolenia, patrząc na krzaczaste siwe brwi, sieć zmarszczek żłobiących jego policzki, zarys podwójnego podbródka. Szuwałowowie otwarcie lekceważyli antyfrancuską politykę Bestużewa, oskarżając go o przyjmowanie łapówek od króla Anglii.

Masza, zmieszana i niepewna, widziała tylko czerwony aksamitny frak i złote pierścienie wielkiego pana, który chciał rozmawiać z jej panią. Usłyszałam, jak pośpiesznie mruczy modlitwę.

– Dzień dobry, *madame* Malikina – odezwał się kanclerz. Jego frak z rdzawego aksamitu trzeszczał w szwach i wyobraziłam sobie, jak pęka, odsłaniając białą batystową koszulę i ukryte pod nią blizny. – Dzień dobry, Warwaro Nikołajewna – powtórzył. Brak przednich zębów sprawiał, że wargi miał pomarszczone i zapadnięte.

Przeszłam tuż obok niego.

Masza popędziła za mną wzdłuż mostu na Mojce. Sapiąc, pociągnęła mnie za rękaw. Nie zamierzałam się zatrzymać. Nawet się nie odwróciłam, upajając się odgłosem moich kroków na kamiennym chodniku.

Usłyszałam, jak drzwi powozu otworzyły się i zamknęły, końskie kopyta zastukały na bruku, zawarczał odpędzony bezpański pies. Zanim doszłyśmy do drzwi naszego domu, kanclerz już tam był. Masza zawahała się przez moment, ale kazałam jej wejść do środka.

Zapytał o zdrowie moje i mojego męża.

– Chwalić Boga oboje czujemy się dobrze – odparłam chłodno.

Letni skwar wydobywał z Mojki zapach ryb i gnijących korzeni. Myślałam o moim pierwszym roku na cesarskim dworze: o samotnym dziecku, jakim wówczas byłam. „Nie zrobiłem ci krzywdy, prawda?" – powiedział wtedy. Opanowałam falę mdłości.

Bystre oczy tego, który kiedyś był moim nauczycielem, zauważyły moje obrzydzenie. Pokiwał głową, jakbym nadal była uczennicą, która zasługuje na reprymendę.

„Nie możesz sobie pozwolić na to, żeby mnie nienawidzić" – ostrzegło mnie jego spojrzenie.

– Chciałbym, byś zapewniła wielką księżnę o moim szacunku dla niej – powiedział.

Jego słowa nie powinny mnie były zaskoczyć, a jednak zaskoczyły. Stara gra pałacowa znów wymagała zmiany sojuszników, kolejnej cynicznej wolty. Szuwałowowie nadskakiwali Piotrowi, więc Bestużew musiał się zwrócić do wielkiej księżnej.

– Tę małą *Hausfrau* ze spiczastym podbródkiem? – nie potrafiłam się oprzeć ironii.

– Myliłem się. Szczerze przyznaję się do błędu.

– Jak szczerze? – zadrwiłam.

Kanclerz uśmiechnął się z pobłażaniem. „Ciesz się swoją chwilą satysfakcji" – zdawał się mówić. „Zasłużyłaś na nią".

– Najszczerzej.

– Jak mogłabym zapewnić wielką księżnę o czymkolwiek? – zapytałam. – Nigdy jej nie widuję.

– Nie do twarzy ci w tej masce ignorancji, Warwaro Nikołajewna. Daleko bardziej zdobią cię klejnoty.

Zesztywniałam, słysząc te słowa. Wiedziałam, że tej nocy tak łatwo nie zasnę. Podejrzewałam wcześniej, że kanclerz mógł wiedzieć o listach, które *monsieur* Bernardi szmuglował z Oranienbaumu. Że mógł na nie przyzwalać, traktując je jako mądrą inwestycję na niepewną przyszłość. A jednak za każdym razem, kiedy sprawdzałam pieczęcie Katarzyny, wydawały się nietknięte. Cóż więcej mogłam przeoczyć?

– Przekażę pańskie zapewnienia wielkiej księżnej, kiedy tylko nadarzy się sposobność – wymamrotałam. Obok przetoczył się wóz po brzegi wyładowany brzozowym drewnem. Chłop z długimi warkoczami cebul wokół szyi rozkładał brudny koc na drewnianej skrzynce. Żołądek znów podszedł mi do gardła.

– Znakomicie – powiedział kanclerz, kiedy otworzyłam drzwi domu. – To właśnie chciałem usłyszeć, Warwaro Nikołajewna. Jak na razie.

25 listopada 1749 roku, w ósmą rocznicę objęcia władzy przez Elżbietę Piotrownę, Iwan Iwanowicz Szuwałow został mianowany kawalerem od cesarskiego alkierza.

Pierwsze oficjalne zaproszenie, jakie nowy faworyt otrzymał od carycy, było zaproszeniem na pielgrzymkę. W petersburskich salonach zwrot „pomodlić się razem" nabrał nowego znaczenia.

Szuwałowowie może i wygrali, słyszałam, ale ich triumf jest tymczasowy. Iwan Pobożny nie przetrwa długo. Nawet najbardziej żarliwe modły mają swój kres.

Każdego ranka po przebudzeniu kładłam rękę na brzuchu, czekając na energiczne kopnięcia malutkich nóżek. Z kuchni rozchodziły się zapachy zapiekanej kaszy, gorącego chleba i topionej słoniny. Masza smażyła dla mnie omlety z kawiorem. Dowódca Igora, pułkownik Zinowiew, przysłał nam cały kosz smakołyków. Miód, którym słodziłam herbatę, pochodził z jego wiejskiej posiadłości, podobnie jak peklowane szynki i wędzony jesiotr. Teraz, kiedy żona jego pierwszego rangą oficera musi jeść za dwoje, powinna jeść to, co najlepsze, głosił dołączony do podarunku liścik.

Usiadłam w fotelu na biegunach i rozkołysałam go lekko. „Fotel szwedzki", mawiał o nim Igor ze względu na jego lśniącą czarną politurę z czerwono-złotymi inkrustacjami.

Naszego syna nazwiemy Dymitr, zapowiedział. Po jego ojcu. A drugi syn może być Mikołajem, po moim.

Ciemne listopadowe dni były zimne, powietrze pachniało cierpko dymem. Czereśnia za oknem mojej sypialni kołysała się na wietrze. Na jej nagich gałęziach przysiadały stadka wróbli, aby po chwili odfrunąć chmarą spłoszonych skrzydeł.

– Otwórz okno! – błagałam Maszę, ale odmawiała, mrucząc coś o przeciągach, morowym powietrzu i złym oku.

Diewuszka – powiedziała położna. – Córka. Wypchnięta z głębin mego bólu, umazana moją krwią i płacząca na całe gardło. Żywa i zdrowa.

Moja, pomyślałam, przygotowując się na rozczarowanie Igora.

Usłyszałam, jak na ulicy zatrzymują się sanie. Zarżały konie. Wśród wrzawy, która wybuchła zaraz potem, dobiegły mnie gwizdy i gromki śmiech.

Jak wymagał tego stary obyczaj, przyjaciele Igora zabiorą go do bani i wysmagają mu plecy brzozową rózgą. Będą z niego drwić i okładać witkami, aż skóra się zaczerwieni i maleńkie kropelki krwi zmieszają się z potem. Demony z bani muszą wziąć odwet na mężczyźnie, którego pierworodne dziecko nie jest chłopcem.

*R*ankiem po narodzinach mojej córki zapadłam w ciężki sen bez snów. Obudziło mnie czyjeś mruczenie. Pod oknem zobaczyłam Igora z maleńką na ręku. Wciąż jeszcze byłam bardzo słaba, ale uniosłam się na łokciach.

– Nie będziesz miał żołnierza – powiedziałam.

Odwrócił się do mnie i zapytał:

– Ale ona przeżyje, prawda?

Z niepokoju łamał mu się głos.

Wyciągnęłam ręce, a Igor podał mi moją córeczkę tak ostrożnie, jakby była figurką z najdelikatniejszej miśnieńskiej porcelany.

– Tak – obiecałam mu. – Przeżyje.

Za zamkniętymi drzwiami usłyszałam brzęk filiżanek na tacy. Poczułam zapach słodkiego pieczywa i zaburczało mi w brzuchu. Na ulicy pod domem psy szczekały jak oszalałe.

Igor nadał jej imię Daria. Darieńka.

Nie miałam mu za złe tego wyboru. Po polsku imię mojej córki przywodzi na myśl wspaniały dar, cudowny podarunek godny królowej.

Daria zmarszczyła maleńki nosek i kichnęła.

– Moja królewna! – zagruchał do niej Igor, a ja pomyślałam, że chyba jednak nie wiem o nim jeszcze wszystkiego.

W wolno płynące dni i długie zimowe wieczory pieściłam moją córeczkę, tuliłam ją w ramionach, wsłuchiwałam się w jej oddech. Jest doskonała, myślałam, czysta i niewinna. Dotykałam fałdek skóry, w których ginęły jej oczy, kiedy płakała. Wodziłam językiem po jej malutkich rączkach o zagadkowej sieci linii, wzdłuż każdego zwężającego się ku końcowi paluszka. Całowałam podeszwy jej stópek, tak gładkie jak jej różowe policzki.

Nie mogłam się nadziwić, jak idealnie jej małe ciepłe ciałko wpasowuje się w moje, kiedy leżymy razem w naszym okazałym łożu z baldachimem, w białej świeżo wyprasowanej pościeli, pachnącej jeszcze wiatrem. Jak szeroko otwiera usteczka, ochoczo poszukując mojej piersi. Przyglądałam się, jak drży z zadowolenia, kiedy wkładam mokry od mleka sutek do jej ust, jak zaciska na nim dziąsła i zaczyna ssać, przywarłszy do mnie mocno, aż do bólu. Nie byłam już sama. Nie byłam już szpiegiem własnego życia.

Daria. Darieńka.

Kiedy odmówiłam zatrudnienia mamki, Masza osłupiała ze zdumienia. Słyszałam, jak ostrzega Igora, że się wyniszczę, że powinien przemówić mi do rozsądku.

– Dobra, silna wiejska dziewczyna – chwaliła kolejną kandydatkę. – Idź do swojej żony – słyszałam, jak namawia Igora – i jej powiedz!

Leżąc z Darią wtuloną w moje objęcia, zamykałam oczy i czekałam, aż otworzą się drzwi i usłyszę kroki Igora, niezdecydowane, zapadające się w miękki dywan. Czekałam na złagodzony wonią tabaki nikły zapach stajni, którym zawsze były przesiąknięte jego ubrania.

Próbował mnie przekonać.

– Potrzebujesz odpoczynku, *kisońka*. Musisz wyzdrowieć. To dla twojego dobra.

Pozwalałam mu mówić, a on się pochylał, by zerknąć na buzię Darieńki, która właśnie zapadała w sen. Słuchałam, jak jego głos zniża się do szeptu i cichnie, pewna, że i tak pozwoli mi postąpić, jak zechcę.

Sam na sam z Darieńką, ssącą mój sutek, próbowałam sobie przypomnieć twarze moich rodziców. Nie te trumienne, woskowe, ale te z bezcennych chwil, kiedy jeszcze żyli. Przypomniałam sobie małą izdebkę w Warszawie, w której siedziałam przytulona do boku mamy i przyglądałam się, jak podszywa brzeg moich sukienek. Jej pełną nadziei twarz w dniu, kiedy przybyliśmy do Sankt Petersburga, i moment, w którym powiesiła mi na szyi medalik z Najświętszą Panienką. Wspominałam, jak ojciec obierał jabłko tak ostrożnie, by nie przerwać długiej ostrużyny, a potem dzielił je na kawałki, które nawet w środku zimy pachniały jesiennym słońcem. Jakże kochaliby Darieńkę, myślałam, obiecując sobie, że zabiorę małą na ich groby i pomodlimy się za ich dusze.

Czas był wtedy dla nas łaskawy. Do maleńkiego ucha mojej córeczki, już wówczas tak wrażliwego na łaskotki, że nawet najlżejszy dotyk wywoływał cień uśmiechu, mruczałam słowa mojej pierwszej opowieści, tej o jej narodzinach:

– Leżałam w bólach przez dwa dni, a ciebie trzeba było odwrócić w moim brzuchu, zanim cię wypchnęłam na zewnątrz. Śmierć już czyhała, żeby zabrać nas obie, ale jej uciekłyśmy. Jestem twoją mamą, kochanie, a ty jesteś moją córką. Przy mnie jesteś bezpieczna. Nigdy nikomu nie pozwolę cię skrzywdzić. Nie dam ci umrzeć i nigdy nie zostawię cię samej, dopóki nie będziesz na to gotowa.

– Żona nie urodzi już więcej dzieci – powiedziała Igorowi położna.

Słyszałam te słowa, ale ich sens wtedy jeszcze do mnie nie dotarł.

Na wieść o narodzinach Darii pułk Igora podarował nam prześlicznie rzeźbioną kołyskę. Na chrzcie, na którym zgodnie z prawosławnym zwyczajem nie byłam, pułkownik Zinowiew, jej ojciec chrzestny, towarzyszył najstarszej córce pani Czogłokowej. Zaszczyt ten zawdzięczaliśmy prośbie Katarzyny, której caryca nie pozwoliła przyjąć mojego zaproszenia, by sama została matką chrzestną.

Po zakończeniu uroczystości na ustawionym w naszym salonie stole, przykrytym białym adamaszkiem, z pomocą Maszy ułożyłam wszystkie prezenty, które otrzymała nasza córeczka. Złoty krzyż od ojca chrzestnego. Kielich i zestaw srebrnych łyżeczek w szkatułce z kości słoniowej od matki chrzestnej. Podarunek od Katarzyny, różaniec na rękę z czarnych pereł roboty *monsieur* Bernardiego, nosił inskrypcję: „Dla Darii Igoriewny, której przyszłość zawsze będzie droga memu sercu".

Z Igorem u boku przyjmowałam całe mnóstwo uświęconych zwyczajem wizyt, życzeń przeplatanych słowami zachwytu. „Jaka ona śliczna!", „Jaka maleńka!", „Jaka różowiutka!" Uśmiechałam się, kiedy nasi goście pochylali się nad kołyską, doszukując się podobieństw. Ma mój nos, ale ciemne oczy Igora. Jego silny głos, ale mój uśmiech.

Daria Igoriewna.

Niech zawsze będzie pośród tych, którzy ją kochają.

Niechaj pięknie rozkwita z dala od wszelkich niebezpieczeństw.

– Daj Boże – szeptałam, ocierając łzy.

W naszym mieszkaniu przy ulicy Aptecznej naoliwiono wszystkie zamki i zawiasy; służący mieli nakaz chodzenia w miękkich pantoflach i niepodnoszenia głosu. Kołyska stała przy moim łóżku, ale jeden z pokoi został już zamieniony na pokój dziecinny – ściany pomalowano na kanarkowy kolor i wstawiono do niego cedrową skrzynię. Pachniał pokostem i farbą. Moja córeczka miała tyle batystowych koszulek, że starczyłoby dla pięciorga niemowląt, a ponadto pół tuzina szali, kapę z futra srebrnego lisa, żeby ją chroniła przed zimowym chłodem, i kosztowną porcelanową lalkę w aksamitnym kapelusiku.

Prezent od ojca.

Pewnego razu przy blasku świecy zobaczyłam, jak Igor pochyla się nad kołyską popłakującej Darii i modulując głos, uspokaja ją. Zakwiliła do niego w odpowiedzi. Wziął małą na ręce i ostrożnie przybliżył do twarzy. Uśmiechnął się do niej szczęśliwy, choć ciągle niepewny swych rąk.

Na ulicy jakiś mały żebrak, fałszując, śpiewał dumkę o życiu sieroty. Zaraz zapuka do drzwi naszej kuchni po miskę gorącej zupy, grubą pajdę chleba z masłem i kilka chwil przy piecu, by odegnać listopadowy chłód.

Daria ucichła, tocząc z ust bąbelek śliny.

Patrzyłam, jak Igor układa ją z powrotem w kołysce i dotyka serca prawą ręką, jakby składał przysięgę.

Wycofałam się na palcach.

„Czas płynie tu tak powoli. Wydaje się nie mieć końca, jak te zimowe petersburskie noce, których ziąb przenika do szpiku kości. Czasem tylko szalony galop przez pola potrafi mnie uchronić przed łzami” – pisała Katarzyna.

Na święta Bożego Narodzenia kanclerz Rosji posłał wielkiej księżnej skrzynkę węgrzyna i kilka rzadkich książek, które specjalnie dla niej zamówił w Paryżu.

Wszystkie podarunki zostały mu zwrócone.

– Czy wśród tych książek był Machiavelli? Czy może byłaby to zbyt oczywista sugestia? – zapytałam kanclerza przy najbliższej okazji.

Nie po raz pierwszy odszukał mnie w teatrze, gdzie zdaniem Igora winniśmy byli pokazywać się raz w tygodniu, odkąd tylko poczułam się na tyle dobrze, żeby wychodzić z domu. Bestużew zawsze czekał, aż mój mąż się oddali, i zawsze mówił o Katarzynie. Wielka księżna, twierdził, posiada rzadkie przymioty ducha. Jej charakter to wyjątkowe połączenie opanowania, odwagi i błyskotliwości. Wielki książę dobrze by zrobił, gdyby brał jej rady pod rozwagę.

Gładkie słówka, pomyślałam. Dworskie gadanie.

– Dajmy już spokój z tym obwinianiem, Warwaro Nikołajewna. Spróbujmy być dla siebie bardziej życzliwi. A może nawet pomyślmy o chrześcijańskim przebaczeniu?

Zauważyłam, że zęby, które jeszcze mu zostały, są poczerniałe, a długie mankiety wykończone koronką z trudem zasłaniają plamy wątrobowe na jego rękach. Dochodziły mnie plotki o kuracjach rtęcią i niewylewaniu wódki za kołnierz, plotki, których prawdziwość potwierdzał jego zaczerwieniony nos i nabiegłe krwią oczy.

W tym odwróceniu ról między nami czułam rozkoszną słodycz. Dałam się w nią wciągnąć. Nie potrafiłam się oprzeć.

– Zaczął się już pan pakować? – spytałam.

Mówiono, że Iwan Szuwałow nazwał Pałac Zimowy „pełną przeciągów norą". Cesarska rezydencja, jak oprawa klejnotu, powinna dorównywać wspaniałością właścicielce. Co było dobre dla Piotra Wielkiego, gdy ten dopiero budował potęgę Rosji, nie nadawało się już dla jego córki, która rządziła imperium. Dlaczego miałaby dłużej znosić czarne od sadzy ściany? Niskie drewniane sufity? Toporne meble, które mógł był wykonać byle cieśla? Czas, by w petersburskim pałacu zapanowały lekkość i światło. Czas na nowe horyzonty, wizję godną nowej i dumnej władczyni.

Caryca przyznała rację kochankowi. Jej włoski architekt *monsieur* Rastrelli patrzył, jak cesarskie stopy depczą jego plany przebudowy pałacu.

– Wróć, jak wymyślisz coś lepszego – rozkazała mu Elżbieta. – Godnego mojej Rosji.

Moje drwiące pytanie tylko rozbawiło Bestużewa.

– Mam się już pakować? Jak dotąd widziałem tylko katalogi paryskich aukcji porozrzucane po cesarskiej sypialni. I biurko zarzucone planami. O ile wiem, żadne decyzje jeszcze nie zapadły.

– Petersburscy cieśle podwoili stawki – powiedziałam. – A kamieniarze potroili swoje. Czy to nie oznacza decyzji? – Zmrużył oczy. Usłyszałam, jak jego stopa stuka o podłogę. – Może w tym właśnie tkwi sekret sukcesu Iwana Iwanowicza – ciągnęłam. – Ma odwagę chcieć więcej. Wierzy w to, z czego inni się śmieją. Potrafi zagrać na strunach, które inni uważają za dawno pęknięte.

Poczułam ucisk piersi, wilgoć sączącego się mleka. Pomyślałam o wargach Darii na moim sutku, o jej rączce ściskającej mój palec.

– Ach, ta matczyna odwaga, Warwaro Nikołajewna! – odparł kanclerz, zniżając głos. – Niepohamowana. I zawsze jakże wzruszająca. Ale warto jednak zauważyć, że twój mąż pożycza ostatnio sporo pieniędzy. Roztropniejszy dobór przyjaciół mógłby zmniejszyć…

Nie pozwoliłam mu dokończyć.

– Nie jestem taka jak pan – powiedziałam, odchodząc. – Nie oceniam moich przyjaciół tylko według tego, co mogą dla mnie uczynić.

Wróciłam na swoje miejsce i czekając na podniesienie kurtyny, bawiłam się moim papierowym wachlarzem. Przedstawiał panoramę falującej rzeki, na której unosiły się kolorowe łódki. Obok mnie Igor rozmawiał z sąsiadem i raz po raz wybuchał beztroskim śmiechem.

Dotknęłam jego ramienia. Odwrócił się w moją stronę.

– Jesteśmy zadłużeni? – zapytałam.

– To tylko mój problem – odpowiedział. Jego palce pogładziły wierzch mojej dłoni. Były zimne; cofnęłam rękę.

*P*ierwszego dnia nowego, 1750 roku sala tronowa lśniła od blasku świec i pozłacanych gwiazd. Finezyjne kompozycje z cieplarnianych lilii, dumy oranienbaumskich ogrodników, przyciągały wzrok.

Igor i ja w otoczeniu dworzan czekaliśmy na swoją kolej, by złożyć carycy noworoczne życzenia.

Rozmowy, które słyszałam wokół, przeznaczone były dla uszu wszystkich, a więc były bezużyteczne – życzenia zdrowia w nowym roku, zachwyty nad najnowszymi projektami cesarskiego architekta. Igor stał w milczeniu przy moim boku.

– Jeszcze jedna parada! – skwitował niechętnie godziny oczekiwania. Czas, wszędzie indziej bezcenny, tutaj ciągnął się jak nitki gorącej smoły.

Nie oponowałam. Nie przypomniałam mu, że warto patrzeć i zapamiętywać to, co widzimy.

Elżbieta, w dopasowanej, skrzącej się od diamentów atłasowej sukni, której porcelanową biel przełamywała tylko karmazynowo-srebrna szarfa przewieszona przez pierś, siedziała rozparta na tronie. Jej ramiona okrywała złota pelerynka obszyta gronostajami i haftowana w dwugłowe orły.

– Córka, Warwaro? – zapytała, kiedy ucałowałam jej dłoń, wyrecytowawszy życzenia szczęścia i wdzięczności na kolejny rok jej panowania. Z bliska podwójna warstwa różu uwydatniała zmarszczki na jej twarzy i szyi. W jej oddechu wyczułam nikłą woń próchnicy, zagłuszaną zapachem wiśniówki i goździków. Na miejscu, które powinni zajmować Katarzyna i wielki książę, rozsiadł się Iwan Szuwałow, nowy kawaler od alkierza. „Para książęca właśnie wyszła" – usłyszałam, tak jakby salę tronową można było opuścić z własnej woli.

– Tak, Wasza Wysokość – odparłam. – Córka.

Caryca obrzuciła mnie posępnym spojrzeniem, a potem uśmiechnęła się pogardliwie.

– Twój mąż to ma cierpliwość.

Nie podniosłam głowy, gdy Igor wymamrotał coś w odpowiedzi, złożył jakąś obietnicę niemożliwą do spełnienia. Iwan Szuwałow, odziany w szkarłatny aksamit, rzucił mi ciekawskie spojrzenie, jakby próbując przypomnieć sobie, skąd mnie zna. Mina stojącego za nim kanclerza wyrażała głęboką satysfakcję, jak gdyby wszystko przebiegało zgodnie z jego kalkulacjami.

Ukryłam rozczarowanie z powodu nieobecności wielkiej księżnej. Katarzyna otrzymała niedawno wiadomość o śmierci ojca. Elżbieta rozkazała jej przestać rozpaczać i zabroniła nosić żałobę. Osiem dni prywatnego opłakiwania kogoś, kto nie był królem, to dość, oświadczyła. „Żałobę nosi się w sercu” – napisałam do Katarzyny. „Przyjdą lepsze lata, musisz tylko mieć odwagę, by je sobie wyobrazić”.

Rozkaz, abyśmy dołączyli do gości carycy na przeznaczonym dla garstki wybrańców widowisku, dosięgnął nas tuż przed wyjściem z pałacu.

– Na pewno o nas chodzi? Dobrze zrozumiałeś? – zapytał Igor pazia, który przybiegł za nami.

Chłopak zbył to pytanie wzruszeniem ramion.

Rozpoznałam komnatę, do której nas wprowadzono. Jej wyłożone cedrem ściany można było z łatwością zmyć wodą; umieszczone na podwyższeniu siedzenia ustawione w półokrąg, na tle tylnej ściany, tworzyły scenę. „Komnata szaleńców”, jak nazywała ją Elżbieta, była jej prywatnym teatrem – przyprowadzano tam obłąkanych, aby mogła się im przyglądać. Wszystkie obrazy i ozdoby zawieszono na tyle wysoko, by pomyleńcy owładnięci pasją niszczenia nie mogli ich dosięgnąć. Elżbieta często zaglądała tu w pierwszych miesiącach swego panowania. Zwykła mawiać, że podszepty złej krwi bywają bardzo pouczające. Bóg mówi do nas przez najdziwniejszych pośredników, powinniśmy więc wysłuchać nawet najbardziej zagadkowych słów.

Zebrała się nas niewielka grupka, twarze były niewidoczne w ciemności, stłumione szepty co chwilę przerywało nerwowe chichotanie. Na zewnątrz, na obrzeżonych zwałami śniegu ulicach tłum wiwatował na cześć chwalebnego panowania Elżbiety Piotrowny, życząc jej długiego życia i boskiej opieki. W oberżach Sankt Petersburga serwowano darmową wódkę i bliny.

Lokaje opuścili na scenę olbrzymie drewniane żyrandole podwieszone do sufitu i zapalili stojące na nich świece. Po chwili zrobiło się na tyle jasno, żeby zobaczyć scenę i pierwszy rząd widzów. Siedzieli tam Katarzyna i Piotr – których nieobecność w tłumnej i odświętnej sali tronowej tak bardzo mnie zabolała – tuż obok carycy i jej kawalera od alkierza.

Z mojego miejsca twarz Katarzyny wydawała się bardzo drobna i wąska, tak jak i jej talia. Przypomniałam sobie list, w którym wspominała o tajemniczych bólach stawów. Klimat Oranienbaumu nie jest najzdrowszy, napisała.

Caryca klasnęła w dłonie. Otworzyły się drzwi przemyślnie ukryte w wyłożonej boazerią ścianie. Wprowadzono pierwszych szaleńców: mnicha, który odciął sobie brzytwą przyrodzenie, by uwolnić się od pożądania, i który oświadczył, że wyłącznie wykastrowana ludzkość może zbudować prawdziwe królestwo niebieskie. Pokojowca, który toczył pianę z ust i zarzekał się, że widział, jak kobieta demon rozbierała się przed nim i wabiła go ku sobie.

– Miała czarne zęby i wielkie piersi. W jej potarganych włosach wiły się węże – oznajmił. Caryca zapytała go, skąd wiedział, że był to demon, a on tylko pstryknął palcami i oblizał wargi, po czym wytarł je wierzchem dłoni. – Węże się ruszały, a włosy nie.

Drzwi otworzyły się jeszcze raz. Dwóch strażników wprowadziło wysokiego, masywnie zbudowanego chłopaka. Trzymali go mocno pod ręce. Miał ziemistą twarz. Zaszczutym wzrokiem toczył po komnacie, tak jakby lada chwila coś miało wyskoczyć z półmroku i się na niego rzucić.

Ubrany był w brudny strój marynarski z podartymi rękawami. Stopy miał bose, oblepione błotem. Kiedy strażnicy go puścili, obiegł komnatę dookoła, krzycząc:

– Zróbcie miejsce dla Iwanuszki! Zróbcie miejsce dla Iwanuszki!

Zatrzymał się, uniósł zaciśnięte pięści i zawył. Strażnicy się cofnęli.

Zobaczyłam, jak siedzący obok mnie Igor zasłania usta ręką.

Czy to był naprawdę on? Książę Iwan, małoletni car, który zniknął tej samej pamiętnej listopadowej nocy przed ponad dziewięciu laty, kiedy Elżbieta przyjechała do koszar grenadierów Pułku Preobrażeńskiego, błagając ich o pomoc? Czy może caryca Rosji wierzyła w siłę iluzji?

– Jak ci na imię? – zapytała chłopaka.

– Iwan.

– Kim jesteś, Iwanie?

– Księciem.

– Wiesz, gdzie jesteś?

– Nie.

– Jesteś w cesarskim pałacu.

– Tak. Książę mieszka w pałacu.

– Ale ty tu nie mieszkasz. Zostałeś tu przywieziony.

– Mieszkam tu. To mój pokój.

– Skoro jesteś księciem, gdzie twój dwór?

– Tutaj. Ci ludzie są moim dworem. I jest ich dużo więcej. Nie widzisz ich, ale jest ich więcej. Dużo więcej. Słyszę ich. Ty też możesz ich usłyszeć. Nazywają mnie Iwanuszką. Oni wiedzą.

– Co takiego wiedzą?

– Że Bóg mnie kocha.

– Co chciałbyś teraz zrobić?

Chłopak zamilkł na moment, zdezorientowany tym pytaniem. Podniósł palce do ust i zaczął je głośno ssać. Jeden ze strażników zrobił gest, jakby chciał go popchnąć, ale chłopak uchylił się i tupnął nogą. Strażnik rzucił się naprzód. Caryca powstrzymała go gestem dłoni.

– Co chciałbyś zrobić, Iwanuszka? – powtórzyła.

– Jeść.

– Jesteś głodny?

Kiwnął głową.

– A co chciałbyś zjeść?

– Mięso. Jajka. Dużo jajek. Daj mi dużo jajek!

– Dostaniesz jajka.

Na jej kolejny znak drzwi w tylnej ścianie otworzyły się z cichym skrzypnięciem. Trzej lokaje wnieśli niewielki stolik, krzesło i półmisek z jedzeniem. Jaja na twardo, upieczony w całości bażant i bochenek czarnego chleba.

Iwanuszka nawet nie usiadł. Rzucił się na jedzenie. Wpychał je sobie do ust i oblizywał palce; z bochenka odrywał kawały chleba i maczał je w sosie. Tłuszcz z bażanta poplamił jego marynarski strój i zatłuścił włosy. Służący zbliżył się do Iwanuszki z ręcznikiem, a ten odepchnął go ze zdumiewającą siłą. Sługa zatoczył się na ścianę; misa z wodą runęła na podłogę.

– Idziemy już, Iwanuszka. Chciałbyś nam powiedzieć coś jeszcze? – zapytała Elżbieta.

Nie słyszał jej. Przegryzł na pół jajko na twardo i palcami wydłubywał z niego żółtko.

Czy ten publiczny pokaz szaleństwa był pomysłem Szuwałowów? – zastanawiałam się. Ostrzeżeniem, by nie wiązać nadziei z odsuniętym od władzy carem? Jaki był tego cel? Udowodnić, że przy nich caryca nie boi się przewrotu? Czy tylko zademonstrować swoje wpływy?

Elżbieta wstała i zwróciła się w stronę wielkiej księżnej. Cmokała przy każdym słowie, jakby wysysała szpik z kości.

– Jego matka nie żyje, ale po nim miała jeszcze dwoje dzieci. Jest w kim wybierać, jeśli nie urodzisz następcy.

Katarzyna podniosła się z miejsca. Nie mogłam dostrzec jej twarzy, kiedy wychodziła. Jak łatwo byłoby się jej pozbyć, pomyślałam. Nie trzeba nawet uciekać się do tak prymitywnych metod jak przyciśnięta do twarzy śpiącej poduszka. Wystarczyłoby zaaranżować niewinną wizytę w domu, w którym ktoś właśnie umarł na ospę. Zaproponować miejsce na otomanie, podarować jej wachlarz, którym chłodzono gorączkę, albo filiżankę, której dotknęły chore wargi.

Kto by dociekał, co się stało z bezpłodną księżną pozbawioną przyjaciół? Czy pierwsza żona Piotra Wielkiego także nie musiała porzucić tego świata? Czyż nie dokonała żywota w klasztorze, pilnowana dniem i nocą, a jej strażnicy nie otrzymali rozkazu, by poderżnąć więzionej gardło, jeśliby tylko ktoś próbował ją uwolnić?

W następnym liście, który przyszedł z Oranienbaumu, nie znalazłam najmniejszej wzmianki o wieczorze w komnacie szaleńców. Zamiast tego Katarzyna pisała o marionetkach, które wielki książę odkupił od wędrownej trupy – całym zestawie drewnianych lalek, które porozbierał z łachmanów i przyodział w kostiumy własnego projektu. Sztuka, którą napisał dla swojego teatru, opowiadała o szarlatanie i zapijaczonym włóczędze imieniem Faust, który podawał się za uczonego i wielkiego czarodzieja.

„Żołnierz zamówił sobie nowy zestaw narzędzi stolarskich i prowadzi długie rozmowy z lalkarzami. Dzięki jego zmaganiom z krzyżakiem, stawami i linkami lalka Fausta już dosyć sprawnie marszczy nos, szczerzy zęby i drapie się po głowie.

Powiedziałem mu, że uważam tę rozrywkę za znacznie lepszą od innych".

Usiadłam przy moim sekretarzyku i wyjęłam świeżo zaostrzone pióro. Teraz, gdy wpływy Szuwałowów rosną, a wielki książę, słuchając ich pochlebstw, wyzbywa się resztek zdrowego rozsądku, Katarzyna będzie potrzebowała sojuszników. Oficerowie gwardii? Owszem, nie są zachwyceni wywyższeniem Szuwałowów. Słyszałam, jak sarkają, że Iwan Iwanowicz przechadza się po pałacowych korytarzach niczym paw. Że jego drobne, wydelikacone dłonie nie utrzymałyby długo końskiej uzdy. Ale cesarscy gwardziści służą w Pałacu Zimowym, a nie w Oranienbaumie.

Tylko Bestużew mógł jej teraz pomóc. Pod warunkiem że będzie się miała na baczności.

„Nie oceniam moich przyjaciół tylko według tego, co mogą dla mnie uczynić" – powiedziałam mu tamtego wieczoru. Ale też nie odwracam się od nich, kiedy mnie potrzebują, pomyślałam teraz.

„Ten nieodzowny nowy sojusz pozwoli ci zyskać na czasie" – napisałam do Katarzyny.

Tej nocy przyśniła mi się *Frau* Kluge, nadworna garderobiana, której imienia nadal nie wolno było wypowiadać.

Dostrzegłam ją na końcu długiej, wijącej się drogi; szła sama, w czarnym szalu narzuconym na ramiona.

Kazałam zatrzymać powóz i zaprosiłam ją do środka.

– Zawiozę panią, gdziekolwiek pani zechce – zaofiarowałam się.

Spojrzała na mnie z wielkim smutkiem i pokręciła głową.

– Nie chcę jechać tam, dokąd się udajesz – odpowiedziała.

Zamknęłam drzwi powozu i ruszyłam w ciemność, dręczona pytaniami. Czy naprawdę byłam niewinnym dzieckiem, sprowadzonym niegdyś na manowce? Czy nie słuchałam zbyt chętnie głosu swego pana? Czyż nie pieściłam go, i to nieraz?

Obudziłam się zalana łzami. Igor przewracał się z boku na bok, mamrocząc coś przez sen. Pościel była wymięta i mokra od potu.

To strach przed karą przyniósł myśl, że Daria umrze, a jej śmierć będzie zapłatą za moje grzechy. Przeszył mnie z taką siłą, że zerwałam się z łóżka. Pochyliłam się nad śpiącą córeczką. Miała ciepłe policzki, oddychała równo.

Uklękłam przy jej kołysce. Modliłam się tak długo, aż w pokoju zamigotały pierwsze promienie świtu.

Rozdział piąty

1752

Od pierwszych dni nowego roku Igor i jego przyjaciele z pułku schodzili się wieczorami w naszym salonie na grę w faraona. Wycofywałam się do sypialni.

Rząd i armia to kręgosłup każdego imperium, słyszałam ich głosy. A kogo ma Rosja? Bestużewa i jego poplecznika Apraksina. Kanclerz i feldmarszałek. Dwa stare pryki, które nie potrafią nawet ustrzelić przepiórki na polowaniu. Za grubi, by samodzielnie dosiąść konia. W bani mdleją z gorąca. A za ich plecami już czyha zgraja Szuwałowów. Patrzcie, jak rosną w siłę! Dopiero co wepchnęli Iwana do cesarskiego łoża, a teraz wzięli na cel przyszłego cara i płaszczą się u jego stóp.

Buńczuczne młode charty, nazywałam ich wtedy w duchu. Jeżą sierść, obnażają kły. Same mięśnie i pęd, aż rwą się do walki.

Słyszałam, jak głos mojego męża przebija się przez wrzawę, przedrzeźniając ociekające słodyczą pochlebstwa hrabiny Szuwałowej:

– Nikt nie jest bardziej szczodry i łaskawy od Waszej Cesarskiej Wysokości! Wasza pamięć, książę, jest zdumiewająca. Zainteresowania militarne Waszej Wysokości są widomym znakiem, że płynie w was krew Romanowów. Gdyby nie wasza bezpłodna niemiecka żona, wszystko byłoby jak najlepiej.

Wstałam z łóżka i zajrzałam do przyległego pokoju, w którym spała Daria, odkąd wyrosła już z kołyski. Weszłam tam na palcach, żeby jej nie obudzić.

Tego popołudnia Igor przyniósł jej garść ubiegłorocznych kasztanów, które gdzieś dla niej znalazł, nadal lśniących i jędrnych. Leżały teraz przy jej łóżeczku, przemienione w ogniste rumaki i żołnierzyki maszerujące do walki, w której rozgromią wrogów Rosji.

– W co oni pogrywają za naszymi plecami? – dobiegł mnie lekko podpity głos mojego męża. – Czy w tym pałacu ktokolwiek troszczy się o przyszłość kraju?

Daria poruszyła się we śnie. Rozsunęłam zasłony i przyłożyłam czoło do chłodnej szyby. Mój oddech zaparował taflę szkła. Na zewnątrz, na ulicy Aptecznej, sypał śnieg.

Wspominam tę chwilę z żalem, że w głosie Igora nie usłyszałam zbierającej się już wtedy goryczy.

Jeszcze niedawno Daria, trzymając się kurczowo mojej ręki, uczyła się stawiać pierwsze chwiejne kroki i łapała równowagę, przywierając do fałdów mojej sukni. A teraz przybiegała do mnie na każde zawołanie, śmiejąc się radośnie.

Taka ufna, myślałam, patrząc na nią, tak przychylna wszystkim. Nie odróżnia jeszcze przyjaciół od obcych. Świat, który na nią czeka, jest pełen okrucieństw. Jak mam ją chronić, jak nauczyć, by wiedziała, komu może zaufać?

Igor miękł na samą wzmiankę o Darieńce. Zachwycał się zarówno niewymuszonym wdziękiem jej kroków, jak i nieposkromioną zawziętością, z jaką domagała się, by ją wziął na ręce.

– Ptaszka! Ptaszka! – piszczała, dopóki jej nie podniósł.

Dla niej Igor przeistaczał się w niedźwiedzia, który na ciężkich łapach wynurzał się z lasu, żeby pożreć obiad, którego nie chciała jeść, a z cieni na ścianach wyczarowywał anioły.

– Skradłaś tatusiowi serce – powiedziała jej kiedyś Masza.

– Jak?

– Jak złodziej. Zanim zdążył się odwrócić i cię złapać.

*D*zieci dobrze wiedzą, że aby zbliżyć ludzi do siebie, trzeba ich najpierw uwieść jak kochanka, powoli, cierpliwie omotać przędzą opowieści i sekretów. Umościwszy się na moich kolanach, Daria wołała Igora, by usiadł obok nas. Noszona przez niego w ramionach, wyciągała rączki, żeby przytulić się do mnie. Wieczorem czekała na historie o dziewczynce, która z rodzicami przyjechała do Sankt Petersburga z dalekiej Warszawy, oraz o małym chłopcu, który budował fortece ze śniegu i raz zjadł tyle matczynych blinów z kwaśną śmietaną, że aż się pochorował. Chciała słuchać polskich piosenek śpiewanych jej przez babkę, której nie poznała, i rosyjskich dum Igora o wietrze na stepie i kozaku opuszczającym dom.

Pamiętam, jak Masza zapytała ją kiedyś:

– Kogo kochasz bardziej, Darieńko, mamusię czy tatusia?

Pamiętam zaczerwienioną buzię i długi, długi płacz.

Dzieci nie wiedzą, że są sekrety zbyt bolesne, by się nimi dzielić, i marzenia zbyt silne, by dobrowolnie je porzucić.

– Jaką przyszłość chcesz jej zapewnić? – pytałam Igora, zastępując mu drogę i podsuwając pod nos kolejny niezapłacony rachunek. Miłość do dziecka to nie rozpieszczanie prezentami, których nie potrzebuje: strojną sukienką, gitarą, miniaturowym zestawem porcelanowych filiżanek do domku dla lalek, lunetą.

Najdalej za rok trzeba będzie zatrudnić guwernantkę, nauczyciela muzyki, tancmistrza. Czym ich opłacić? Obietnicami bez pokrycia? Ciągłym gadaniem o kolejnej wiejskiej posiadłości, na którą nadal nas nie stać?

Ton mojego głosu zdradzał gniew. Zimny, podstępny, jak ten z naszej pierwszej nocy, kiedy zazdrościłam dziewicom śmierci ich przesiąkniętych trucizną ciał.

– Zastanawiałeś się kiedyś, co by się z nią stało, gdybyś umarł? Na co wtedy mogłybyśmy liczyć? Na miłosierdzie twoich kompanów? Ich dobroczynność?

Patrzył na mnie czarnymi oczami Darii, odwracał się na pięcie i odchodził.

*P*roszę, nie pytaj mnie o »oczekiwane wieści«". A więc nie pytałam. Musiało mi wystarczyć, że w styczniu 1752 roku kanclerz złagodził dworskie restrykcje i Katarzyna zaczęła pisać o kuligach i nowych sukniach balowych. Wielki książę zapamiętale trenował myśliwskie charty, robiąc przy tym straszliwy hałas, lecz – jak mi donosiła Katarzyna – przy okazji podarował jej miniaturowego angielskiego pudla wystrojonego w spódniczkę. Wybrali się też na wesele, na którym tańczyli może dość niezgrabnie, ale razem. Caryca zaprosiła ich na bal maskowy i na tę okoliczność Katarzyna kazała sobie uszyć zielony mundur Pułku Preobrażeńskiego z czerwonymi wyłogami. Jeden z pałacowych błaznów wręczył carycy jeża, którego ona wzięła za mysz i omal nie zemdlała z przerażenia. Drewniany dom w posiadłości hrabiego Razumowskiego zawalił się kilka chwil po tym, jak Katarzyna zdążyła z niego wybiec. Później powiedziano jej, że jakiś niekompetentny rządca usunął z niego belkę nośną. Skarżyła się na ból zęba, a potem, kiedy ząb usunięto wraz z kawałkiem kości dolnej szczęki, opisywała, jak ślady pięciu palców cyrulika pozostawiły niebiesko-żółte siniaki na jej policzkach.

W dni naszych urodzin i imienin, na święta Bożego Narodzenia i Nowy Rok *monsieur* Bernardi przynosił nam prezenty od wielkiej księżnej – ikonę na srebrnym łańcuszku dla Darii, naszyjnik i kolczyki dla mnie, bursztynową broszę oprawioną w złoto. Jakby tego było mało, za każdym razem, kiedy oddawałam mu biżuterię do czyszczenia lub naprawy, moje prośby o rachunek ucinał szorstkim „Już uregulowano".

„Drogi Przyjacielu, wstrzymaj się, proszę, od tych wybuchów wdzięczności, tylko mnie nimi zawstydzasz" – pisała Katarzyna w odpowiedzi na moje podziękowania. „Pozwól, że to ja osądzę, ile jestem Ci dłużny".

Ani pogodne opisy dworskich rozrywek, ani jej wzruszająca szczodrość nie były w stanie ukryć smutku Katarzyny. Siedem lat po książęcym ślubie wciąż nic nie zapowiadało narodzin następcy tronu.

Sprawy pułku absorbowały Igora coraz bardziej – łagodzenie sporów, rozwiązywanie konfliktów, które groziły wybuchem i splamieniem wojskowego honoru. Kolejny jego towarzysz leczył rany odniesione w pojedynku, wyniku pijackiej sprzeczki. Wedle słów Igora nie tylko niepotrzebnej, ale wręcz hańbiącej.

Igor spodziewał się kolejnego awansu, wyższego stopnia w tabeli rang, ale ten nie nadchodził. Wciąż był porucznikiem, wyprzedzali go młodsi od niego, wykorzystując rodzinne koneksje – stara szlachta znów wypierała nową.

Przypatrywałam mu się wtedy uważnie. Zataczał kolejne kręgi po pokoju, stukając obcasami o podłogę. Kiedy w końcu siadał, wyplatane krzesło skrzypiało ostrzegawczo.

– Tatuś zły? – pytała Daria, wiedząc, że Igor kategorycznie zaprzeczy i zaraz zacznie jej śpiewać jedną z zabawnych piosenek, które ostatnio zaczął dla niej układać.

> Małe me serduszko ukrywa jabłuszko,
> W mojej małej rączce kryje się zajączek,
> W moim łóżeczku chowa się słoneczko,
> A w mojej głowie bryka stado owiec.

„Otrzymałem niespodziewany podarunek. Tak bym chciał o nim Panu opowiedzieć, *Monsieur*. Zanim plotki dotrą do Pańskich uszu".

W petersburskich salonach każda wzmianka o Siergieju Sałtykowie wywoływała znaczące spojrzenia. Słyszałam, że jest nie-
zrównanym mistrzem sztuki iluzji, szczególnie karcianych trików.
Pod magicznymi palcami Sałtykowa przetasowana i przełożona
talia rozpościerała się wachlarzem na stole. Tylko jedna z kart, ta
wcześniej wybrana przez widza, odwrócona była zawsze figurą
do góry.

Gospodynie petersburskich salonów były mu zawsze bardzo
rade. Zaledwie przed kilkoma miesiącami Boski Siergiej zadziwił
wszystkich swym małżeństwem z jedną z dworek carycy. Zobaczył ją ponoć na huśtawce i zawładnęło nim pożądanie. Gdy po
raz kolejny odrzuciła jego awanse, oświadczył jej się w akcie desperacji. Miesiąc po ślubie i kilku rozdzierających scenach młoda żona została odesłana do rodzinnej posiadłości Sałtykowów.

– Czyżbym aż tak się zmieniła? – miała zapytać wedle słów
plotkarzy. – Czego brak mnie, a co mają inne?

Pozwoliłaś mu się zdobyć, pomyślałam. A to najgłupszy błąd.

W tamtym czasie widywałam go wielokrotnie. Sierioża o głęboko osadzonych oczach, kruczoczarnych włosach, których nigdy
nie chował pod peruką, i niskim głębokim głosie, był najbardziej
upragnionym gościem na salonach. Kiedy przychodził, pokojówki
zaczynały się szybciej krzątać, herbata stawała się słodsza, a konfitury z wiśni, którym nie mógł się oprzeć, jak za dotknięciem
czarodziejskiej różdżki pojawiały się na stole.

Ze mną witał się jak obyty ze sceną aktor i zapytywał o zdrowie.

– Cóż za wdzięk, jaka wytworność! – mruczał, składając pocałunek na mojej dłoni. Nie nabierałam się na jego komplementy.
Siergiej Sałtykow chciał pozostać w dobrych stosunkach z moim
mężem. Każdy bywalec wyścigów potrzebował fachowej porady
Igora.

Z początku Siergiej deklarował się jako przyjaciel wielkiego
księcia. Ponoć caryca uznała go za wyborowe towarzystwo dla

swojego siostrzeńca, gdyż rosyjski arystokrata „bije na głowę tę holsztyńską hałastrę". Z tego właśnie powodu, przechwalał się Siergiej, Bestużewowi przykazano zawiesić reguły na kołku i zezwolić, żeby „młody dwór" przyjmował go bez ograniczeń.

Sałtykow nie śmierdział groszem, a jednak na wiosnę 1752 roku nigdy nie pojawiał się w Oranienbaumie bez prezentów – haftowanej chusteczki z najcieńszego batystu dla pani Czogłokowej, pudełka migdałów w cukrze dla jej dzieci, skrzynki francuskiego wina dla wielkiego księcia i kolejnej książki dla jego żony.

„Pochlebstwo goni pochlebstwo, a ja nie wierzę ani jednemu słowu" – pisała Katarzyna – „ale każda rozmowa wnosi w moje dni życie".

Triumfy Sieroży były z początku niewielkie, lecz znaczące, a jego ślad w listach od Katarzyny coraz wyraźniejszy. Czogłokowie znów zaprosili go na wieczór do swego pawilonu myśliwskiego. Zaczęło padać, więc poprosili, by został do rana. Nalegali, aby Katarzyna dotrzymała ich gościowi towarzystwa, porzuciwszy wreszcie te swoje niekończące się lektury.

Odrzuciła jego propozycję wspólnej przechadzki po ogrodzie – chciał wiedzieć dlaczego. Czy to z powodu pani Sałtykowej? Której nie widział od miesięcy? Może Katarzyna jest o nią zazdrosna, ale właściwie czemuż miałaby być? Nie jest? W takim razie dlaczego oblała się rumieńcem?

Potem była brawurowa konna przejażdżka przez błonia. Przejażdżka, podczas której Katarzyna zostawiła go daleko w tyle, tak że musiał smagać konia pejczem, by ją dogonić, aż boki jego klaczy spłynęły krwią.

Do tego czasu zdążyłam się już domyślić. Zbyt wiele znaków na to wskazywało.

– Albo odmrażasz sobie tyłek w wojskowym namiocie, albo pocieszasz samotną *Hausfrau* – słyszałam, jak Siergiej zwierza się Igorowi pewnego wieczoru. – Chyba że ty znasz jakieś inne sposoby?

Widocznie ktoś podszepnął carycy, że wielki książę miał już wystarczająco dużo czasu, że może to on jest bezpłodny, a nie Katarzyna. Uznałam, że zrobił to kanclerz, bo Szuwałowowie nie chcieliby przecież takiego obrotu sprawy. Czy Sałtykow był jedynym, którego Elżbieta uznała za godnego zaszczytu zostania ojcem następcy tronu? Czy zleciła mu tę misję osobiście?

Tak czy inaczej, jedynym ratunkiem dla Katarzyny był syn.

Wkrótce wielka księżna zaczęła pisywać do mnie rzadziej, a jej listy, kiedy już przychodziły, były krótkie i ogólnikowe. „Tak bardzo chcę żyć!" – napisała pewnego razu. „Biec, aż będę zbyt wyczerpany, by zrobić następny krok".

Mój mąż przysposobił do swoich potrzeb niewielką alkowę przylegającą do naszej sypialni. Widywałam go w niej co rano, jak podnosił nad głowę gruby metalowy pręt albo pięściami owiniętymi w kilka warstw watowanego materiału okładał pękaty skórzany worek, przygotowując się do meczu bokserskiego, jednego z tych, które zdobyły wtedy niezwykłą popularność.

Kolejna zmarnowana szansa! – pomrukiwał.

Zapach rozczarowania, myślałam, jest tak ostry jak smród palonych włosów.

Tłumiony gniew wyostrzał Igorowi rysy, ochładzał spojrzenie.

– Pochlebstwo doprowadzi cię wszędzie! – słyszałam jego grzmiący głos podczas nocnych partyjek faraona. – Nie zalety, nie ciężka praca. Rosja po raz kolejny uległa oszustom. Poddała się żądzy i nieposkromionej chciwości. W Rosji można być pieczeniarzem, ale nie sposób zrobić nic ważnego.

– Senna gnuśność zabija duszę.

– Rosja potrzebuje dziś wojny.

Słowa, które wciąż jeszcze słyszę, mieszały się z dźwiękiem pobrzękujących kieliszków i rzucanych kart, zastygając w powietrzu jak woń tanich łojowych świec i kwaśnych oddechów.

– Narody pławiące się w próżniaczym zbytku są jak potulne bydło prowadzone na rzeź… Narody potrzebują wysiłku, żelaznej woli… Wojna jest jak upuszczanie krwi… nieodzowna… to nasze jedyne lekarstwo.

Z tamtej wiosny zachowałam jeszcze jedno wspomnienie – Darii próbującej wzuć buty Igora na swoje małe stópki.

– Czyżbyś chciała zostać żołnierzem, jak dorośniesz? – zażartowałam, ale wcale się nie zaśmiała.

– Chcę – odparła. – Tak jak tatuś.

– Ale ty nie możesz zostać żołnierzem, Darieńko – zaprotestowałam. – Musisz wyrosnąć na damę.

Zmarszczyła czoło, jakbym zadała jej trudną zagadkę do rozwiązania.

– A kiedy? – domagała się odpowiedzi, ciągnąc za falbanę swojej sukienki. – Jutro?

– Nie, jutro nie. Jutro nadal będziesz jeszcze małą dziewczynką.

– Pojutrze? – w jej głosie dźwięczało wyczekiwanie, tak silne jak bicie cerkiewnych dzwonów.

Pogładziłam Darieńkę po włosach, zaplecionych w warkocze i przewiązanych kolorowymi wstążkami. Kędzierzawych jak moje, ale czarnych jak czupryna Igora. Jej ciałko wydawało mi się tak pięknie nieskończone, tak pełne możliwości. Niezależnie od tego, jak bardzo chciałam wrócić do pałacu, wiedziałam, z jakim żalem przyszłoby mi ją ubierać w sztywną dworską sukienkę i patrzeć, jak składa ceremonialny dyg.

N a początku kwietnia 1752 roku na progu naszego domu pojawiła się skrzynka bordoskiego wina, owinięta w grube płótno przemoczone ostatnim topniejącym śniegiem. Podarunek od kanclerza Rosji, wyjaśnił posłaniec, kiedy służące wniosły ją do kuchni.

Następnego dnia lokaj kanclerza przyniósł list.

– To pilne – powiedział Maszy.

Rozerwałam pieczęć.

Bestużew wyrażał nadzieję, że nie narzucił się nam ze swoim skromnym upominkiem. Chciałby ze mną przedyskutować pewne sprawy niezmiernej wagi, dotyczące kogoś, na kim mi zależy. Jeśli się zgodzę, lokaj, który dostarczył ten list, zawiezie mnie do niego natychmiast. Powóz czeka przed wejściem.

Poczułam gniew. Nie byłam już pałacową służącą ani jego informatorką. Jakim prawem sądził, że rzucę wszystko i przybiegnę, by usłyszeć, co ma mi do powiedzenia?

Trzymałam list w ręce, grubą kartę welinowego papieru ze znakami wodnymi i złoconym brzegiem. Poprzedniej nocy słyszałam, jak Igor potępiał rosnący pruski apetyt na cudze ziemie. Król Prus pochłonął już Śląsk. W co uderzy teraz, jeśli nie zostanie powstrzymany? W Wiedeń? Warszawę? W sam Sankt Petersburg?

„Sprawy dotyczące kogoś, na kim pani zależy".

Dzień za oknem był mglisty, a niebo zasnuwały ciężkie ciemne chmury. Przez zimę czereśnia straciła połowę gałęzi. Zastanawiałam się, czy w tym roku w ogóle zakwitnie.

Poleciłam Maszy, żeby przyniosła mój płaszcz z kapturem i rękawiczki.

*B*estużew czekał na mnie w ustronnym, wyłożonym drewnem pokoju austerii nad brzegiem Fontanki. Starzejący się kanclerz Rosji nie potrafił ukryć uśmiechu zadowolenia.

– Jakie to niezmiernej wagi sprawy? – zapytałam, kiedy wstał, żeby mnie powitać.

Poczułam na łokciu uchwyt jego ręki. Silny, ale dało się w nim wyczuć charakterystyczne drżenie. Za zamkniętymi drzwiami skrzypek przeciągnął smyczkiem po strunach. Dziewczęcy głos zanucił dumkę o matce żołnierza opłakującej syna.

– Sprawa przepowiedni, *madame* Malikina – odparł, nakłaniając mnie gestem, abym usiadła. – Mojej, oczywiście. Wkrótce nasz los się odmieni.

Zajęłam miejsce w fotelu.

– Szuwałowowie już świętują swoje zwycięstwo nade mną – ciągnął kanclerz. – Zapominają, że mądre rosyjskie przysłowie przestrzega przez dzieleniem skóry na niedźwiedziu, który hasa jeszcze w kniei.

Poruszyłam się niecierpliwie, myśląc: Dlaczego cały świat miałby się kręcić akurat wokół ciebie?

– Posłuchaj, Warwaro Nikołajewna. Szykują się wielkie zmiany. Wielkie, radykalne zmiany konstelacji, których nie można zignorować, jeśli jeszcze obchodzi cię, dokąd zmierza gwiazda Katarzyny. A obchodzi cię to żywo, prawda?

Nie czekał na moją odpowiedź. Wiedział, że tak.

– Caryca podupadła ostatnio na zdrowiu – powiedział mi. – To jeszcze poufna wiadomość, ale już niedługo. Wielki książę wciąż jest naiwnym chłopcem, który zbyt łatwo daje sobą manipulować. Tańczy tak, jak mu zagrają Szuwałowowie. Ich plan jest cudownie prosty: Piotr będzie rządził Rosją, a oni – Piotrem. A Katarzyna? Głupcy myślą, że ona się nie liczy.

Drzwi się otworzyły i do pokoju wszedł szczupły chłopiec z tacą. Położył ją na stole; filiżanki z herbatą zastukotały o spodeczki. Próbowałam złowić jego spojrzenie, kiedy nas obsługiwał, ale nie odrywał wzroku od swoich rąk. W głównej sali dziewczęcy głos zamilkł, a do skrzypka dołączyło dwóch innych muzykantów.

Kanclerz odprawił chłopca gestem. Zamieszałam parującą herbatę, patrząc, jak rozpuszczają się w niej grudki cukru. Upiłam pierwszy łyk.

– Sałtykow zrobił, co mu kazano – podjął kanclerz. – Katarzyna spodziewa się dziecka. Caryca jest skłonna zadowolić się bękartem Sieroży. „Nie pierwszym w naszej rodzinie" – jak powiedziała. „Sałtykow to przynajmniej Rosjanin pełnej krwi".

Najwyraźniej spochmurniałam, bo kanclerz urwał, zadowolony z efektu, jaki wywarły na mnie jego słowa. Myśli kłębiły mi się w głowie. A więc przeczucie mnie nie myliło: Katarzyna była przy nadziei. Ale dlaczego mi o tym nie napisała? Nie ufa mi? Od jak dawna wie o swoim odmiennym stanie?

Przez te myśli przedarł się głos kanclerza. Chciał, abym wróciła na dwór. Nie między żony oficerów, ale z powrotem do boku carycy, abym znów szeptała jej do ucha, siejąc ziarno cesarskiej wątpliwości, podważając pozycję Szuwałowów. Potrzebuje mnie też w komnatach Katarzyny, by przekonać wielką księżnę, iż kanclerz Bestużew może oddać znaczne usługi matce przyszłego cara.

– Życie w zapomnieniu nie jest dla ciebie, Warwaro Nikołajewna. Nowa gra już się rozpoczęła, tym razem o jeszcze wyższe stawki. Czy twojemu mężowi nie zależy czasem na awansie? Nie chciałby kupić posiadłości? Na pewno myśli o przyszłości waszej ślicznej córeczki.

Usiłowałam zignorować sarkazm w jego głosie.

– Słuchasz mnie, Warwaro?

Zegar na kominku cicho wybił drugą.

– Dlaczego caryca miałaby chcieć mojego powrotu do pałacu? – zapytałam.

– Bo powiesz jej coś, o czym nie wie. Coś, co żona gwardzisty mogła z łatwością podsłuchać.

– Co takiego?

Przyglądałam się bacznie jego twarzy, rozjaśnionej ożywieniem, które ujmowało mu lat.

– Sałtykow zaklinał się, że wielka księżna była dziewicą.

Chyba zachłysnęłam się ze zdumienia, bo położył palec na ustach.

– Wielki książę niczego przez te lata nie dokonał. Nie tylko z żoną, jak słyszałem. Jego męski organ jest zakrzywiony jak zgięty gwóźdź. Chirurg przysięga, że wystarczy niewielkie nacięcie napletka, ale musimy się pośpieszyć, zanim następca cesarskiego tronu zostanie okrzyknięty bękartem.

Czy Katarzyna nie wiedziała? – zastanawiałam się. Przez te wszystkie lata? Nie było przy niej nikogo, kto miałby dość rozumu, by jej pomóc? Czyżby nasz dawny podstęp z zakrwawionym prześcieradłem zadziałał aż nazbyt dobrze?

Za oknem austerii ptaki podskubywały kawałek słoniny, który wywiesił dla nich oberżysta. Moja twarz zdradzała widocznie dezorientację, ponieważ kanclerz nachylił się ku mnie i powiedział:

– Poproś Jej Wysokość o audiencję, Warwaro, a ja dopilnuję, żeby cię przyjęła.

Wstał, by odprowadzić mnie do drzwi. Jego powóz był do mojej dyspozycji. On znajdzie inny sposób, żeby wrócić do pałacu.

Wiosna w Sankt Petersburgu oślepiała oczy jaskrawym światłem. W powietrzu wirował sypki kwietniowy śnieg, mieniąc się jak diamentowy pył. Powóz kanclerza, jeszcze na płozach, sunął ulicami miasta pomiędzy pokrytymi sadzą zaspami starego śniegu. Już wkrótce zaczną topnieć wiszące z okapów sople, choć w cieniu oddechy przechodniów wciąż jeszcze zmieniają się w białą mgiełkę.

Pomyślałam o oczach Darii, okrągłych i wilgotnych jak czarne kamyki.

Co by się z nią stało, gdybym umarła? Czy nadzieje Igora wystarczą, by zapewnić jej przyszłość?

Pomyślałam o Sieroży Sałtykowie, o kartach do gry, które pojawiały się tam, gdzie sobie tego życzył. Miałam nadzieję, że Katarzyna go nie kocha, że zależało jej tylko na dziecku, które zaspokoi roszczenia Elżbiety.

Na dziecku i kilku chwilach przyjemności.

Kanclerz dotrzymał słowa. Następnego dnia przyszedł list z pałacu, nakazujący mi stawić się u ochmistrza dworu.

– W jakiej sprawie? – zapytał Igor, rozciągnięty jak długi na podłodze. Pomagał właśnie Darii w budowie chybotliwej wieży z klocków.

Kilka tygodni wcześniej mój mąż i ja zawarliśmy rozejm, bardziej z wyczerpania niż z rozsądku. W miarę jak o zbliżającej się wojnie mówiono coraz głośniej, Igor nabierał przekonania, iż armia ma do zaoferowania znacznie lepsze możliwości awansu niż gwardia pałacowa. Nie wystąpił jeszcze o przeniesienie, ale o swoim zamiarze opowiadał wystarczająco szeroko, by sklepikarze przedłużyli nam kredyt. Rzeźnik nie piorunował mnie już wzrokiem przy każdej okazji, a nawet na mój widok uchylał kapelusza i pytał o zdrowie.

– Zobacz, *maman*, zobacz!

Wieża z klocków chwiała się w posadach, a Daria aż piszczała z uciechy. Budowla runęła, a pytanie Igora pozostało bez odpowiedzi. Naszła mnie pokusa, żeby mu opowiedzieć o moich nadziejach, ale szybko minęła.

– Nie wiem – skłamałam, schylając się, żeby pomóc Darii w zbieraniu porozrzucanych klocków. – To rozkaz carycy.

Moje ręce drżały.

Igor utkwił we mnie uważne spojrzenie, ale nic nie powiedział.

W sypialni upudrowałam włosy i zawiesiłam na szyi medalik z Najświętszą Panienką. Suknia, którą wybrałam, była bawełniana, brązowa, bez żadnych ozdób, ze świeżo podszytym rąbkiem.

– Jeszcze raz, tatusiu! – usłyszałam okrzyk Darieńki. – Jeszcze raz!

„Nie ma nic trudniejszego niż odmówienie sobie tego, co sprawia nam głęboką radość" – napisała do mnie Katarzyna w ostatnim liście.

Serce biło mi jak oszalałe, ściskało mnie w dołku, ale moja twarz w lustrze wyglądała tak spokojnie, jakby do pokoju wpadł przebłysk letniego słońca i rozświetlił moje myśli nadzieją.

Czekałam w antyszambrze z lustrzanymi panelami. Przez szpary w drewnianych ścianach wsączał się chłód; karciłam siebie w duchu, że nie wzięłam ciepłego szala. Dworzanie mijali mnie szybkim krokiem, żaden się nie zatrzymał. Jeden z kotów carycy wracał do mnie kilka razy, by się otrzeć o moje kostki.

Światła zaczęły przygasać, pałac – przygotowywać się do nocy, a ja nadal czekałam. Za pełną szpar ścianą na korytarzu dla służby słyszałam jakieś łomoty i szurania. Przesuwano coś bardzo ciężkiego. Palce zgrabiały mi z zimna; próbowałam je rozgrzać oddechem.

Było już dobrze po zachodzie słońca, gdy wreszcie paź wprowadził mnie do cesarskiej sypialni, w krąg kojącego ciepła promieniującego od trzaskającego w kominku ognia. Caryca leżała na łożu w wełnianym szalu narzuconym na różowy dezabil, wsparta na łokciu. Była sama. Spasiony biały kot usiłował dotknąć łapą jej podbródka. Czyżby to był stary Puszok? – przemknęło mi przez głowę.

– Masz ponoć zadziwiające wieści o moim siostrzeńcu? – zapytała, jak tylko podniosłam się z ceremonialnego ukłonu. – Doprawdy zadziwiające?

W jej głosie było słychać drwinę.

Mówiłam bez ogródek.

– Nigdy nie doszło do stosunku, Wasza Wysokość, i nigdy do niego nie dojdzie, jeśli Jego Cesarska Wysokość nadal będzie się wypierał swojej niemożności. Mówią o tym wszyscy oficerowie. A skoro gwardziści o tym wiedzą, w przyszłości każdy będzie mógł zakwestionować prawa dziecka do tronu. Wasza Cesarska Wysokość rozumie to lepiej niż ja.

– Niemożności? – zmrużyła oczy.

– Chirurg wyjaśniłby to lepiej, Wasza Wysokość. Powodem jest blizna, która przytrzymuje napletek. To ponoć dość częsty problem, niewielkie nacięcie powinno go rozwiązać. Tyle że wielki książę nie pozwoli się dotknąć chirurgowi.

W kandelabrze płonęła tylko jedna świeca, ale i tak zauważyłam, że mimo młodego kochanka czas nie obszedł się z Elżbietą łaskawie. Jej twarz była opuchnięta. Zobaczyłam, że kiedy schwyciła się rzeźbionej kolumienki, żeby wstać z łóżka, jej ręką zadrżała z wysiłku. Biały kot schował się w cień.

– Dlaczego nie powiedziano mi o tym wcześniej?! – zażądała odpowiedzi. – Dlaczego kazano mi czekać na próżno przez te wszystkie lata?!

Pomstowała na Czogłokowów. Nazwała ich parą idiotów, którzy zasługują na wychłostanie knutem.

Pomstowała na wielkiego księcia.

Pomstowała na Katarzynę. Nazwała ją tępą suką, która już dawno powinna była jej powiedzieć prawdę. Czemu ta głupia dziewucha tak długo grała komedię? Co zamierzała ukryć?

Zaczęła kaszleć i wycierając usta chusteczką, odprawiła mnie, wymachując ręką jak szalona.

Skłoniłam się i pośpiesznie wyszłam, wiedząc, że nawałnica musi przejść sama.

Rano kanclerz przysłał mi liścik, że dwie spośród dam dworu Katarzyny właśnie się pakują. Jeden z lokajów wielkiego księcia także został odesłany. Bestużew ze szczególną przyjemnością zawiadamiał mnie, że zgodnie z wolą carycy mam powrócić do pałacu, by dołączyć do jej świty.

„Madame Malikina, dama asystująca przy toalecie wieczornej" – zapisał ochmistrz w biuletynie dworskim. Co wieczór miałam się zgłaszać do antyszambru cesarskiej sypialni. Dla mnie i mojej rodziny przydzielono pałacowe pokoje.

W miarę jak zbliżał się dzień przeprowadzki, Daria była coraz bardziej podekscytowana. Uwielbiała przebiegać pędem przez pustoszejące pokoje, chować się w otwartych skrzyniach i wskakiwać na stosy sortowanej przed spakowaniem bielizny. Masza nauczyła ją dygać, a moja córka stosowała się do jej nauk ze zdumiewającym wdziękiem, zwłaszcza w nowej sukience ze słonecznożółtego jedwabiu haftowanego w ukwiecone gałązki, stanowczo zbyt drogim prezencie od Igora.

Nie zapytałam męża, co sądzi o tej nagłej odmianie naszego losu. Był oficerem gwardii wystarczająco długo, by wiedzieć, że cesarskiego rozkazu trzeba bezwzględnie usłuchać. Powódź za nic ma nasze plany. Jedyne, co można, to mieć nadzieję, że napór wody zmyje przeszkody i utoruje drogę na przyszłość.

W dniu wyprowadzki z ulicy Aptecznej, tuż przed wyjściem, po raz ostatni spojrzałam na zastawione kuframi, koszami i skrzyniami mieszkanie. Pokoje pozbawione mebli robiły ponure wrażenie. Tragarze wyszczerbili futryny i zostawili rysy na drewnianej podłodze.

Spodziewałam się fali smutku, ale nie przyszła.

Czułam się tak, jakbym tam nigdy nie mieszkała.

Maszy nie przeszkadzało, że nasze nowe pokoje znajdują się w odległej części Pałacu Zimowego, tuż obok stajni. Nie irytowały jej hałas, smród końskiego łajna i uryny, towarzyszące każdemu uchyleniu okna. Cieszyło ją, że nie musimy już płacić czynszu, że przysługuje nam miesięczny zapas woskowych świec, że mamy prawo jadać przy jednym z cesarskich stołów i otrzymywać ubrania, w tym także niechciane już suknie z cesarskiej garderoby.

Uwolniona od swych gospodarskich obowiązków, Masza odkryła w sobie pasję do katalogowania pałacowych przydziałów. Jak tylko nasze meble stanęły na swoich miejscach, kufry i skrzynie zostały rozpakowane, Masza zaczęła za mną chodzić z kartką papieru w ręce i domagać się, bym zrobiła listę naszych nowych nabytków:

Dwa szlafroki, jeden z perkalu, drugi z prążkowanego jedwabiu, sześć rubli.

Para pantalonów z białej popeliny, pięć rubli.

Dwanaście koszul z kryzą z holenderskiego płótna, dziesięć rubli.

Futro z lisa na wełnianej podszewce, czterdzieści rubli.

Pokazywała Darii bogato złocone meble, grube dywany, wysokie lustra, maszynkę na kółkach, która rozsiewała zapach róż, kiedy ją przetaczano przez komnaty. Nagabywała pokojówki w nadziei, że zdradzą jej sekret nadawania blasku mosiężnym przedmiotom i kryształom. Nie uwierzyła, kiedy mówiły, że używają wody z octem, tak samo jak ona.

Operacja odbyła się bez zgody, a nawet wiedzy wielkiego księcia. Gdy caryca brała sprawy w swoje ręce, nie zawracała sobie głowy drobiazgami.

Dwóch holsztyńskich oficerów Piotra zaproponowało zawody w sikaniu na odległość, wygodną wymówkę, na wypadek gdyby wielki książę pytał, dlaczego jego członek jest obolały. Do wina dodano mu opium, choć Piotr upił się i bez niego, szybko tracąc przytomność. Hrabia Lestocq już czekał w pokoju obok. Zabieg trwał raptem kilka minut. Nacięcie świeżo naostrzonym skalpelem poluźniło ściągniętą skórę. Wielki książę otrząsnął się i wymamrotał coś, co pobudziło wszystkich do śmiechu. „Wasza Wysokość widocznie za mocno ciągnął" – powiedzieli mu rano holsztyńczycy, kiedy Piotr poskarżył się na ból przyrodzenia.

Lecz Elżbieta bynajmniej nie pozostawiła sprawy swojemu losowi. Czogłokowowie, by się zrehabilitować, dostali zadanie wyszukania odpowiedniej kandydatki, z którą wielki książę przejdzie inicjację. Zgodzono pewną młodą wdówkę, panią Grooth, hożą, o obfitych kształtach i różowym ciele. Medyk dworski orzekł, że jest czysta, i upewnił się, że zrozumiała istotę swojej misji. Miała nie pozwolić, żeby książę wycofał się zbyt szybko.

Poprzysięgła, że do tego nie dopuści.

Nic nie rozchodzi się szybciej niż cichcem podsycana plotka.

Do aktu doszło w Pałacu Zimowym.

Nie był to czas na wstydliwość czy dyskrecję. Czterem oficerom Pułku Preobrażeńskiego i czterem holsztyńczykom przykazano, by dali świadectwo książęcej sprawności. Podglądali kochanków przez szparę w boazerii. Przysięgali, że nie spuścili ich z oczu ani na chwilę.

Pani Grooth, ubrana w dodającą powabu suknię, śmiała się ochoczo z żartów wielkiego księcia, pozwoliła mu przyssać się do piersi i mocno przyciskała go do siebie, dopóki w nią nie wszedł. Nikt już nie będzie mógł twierdzić, że wielki książę jest niezdolny do spłodzenia potomka.

Wielki książę zjawił się w cesarskiej sypialni podczas wieczornej toalety, kiedy Elżbieta podejmowała ostatnich tego dnia gości. Wydawał się wyższy, niż go zapamiętałam, i jeszcze chudszy, ale też bardziej niezgrabny.

Caryca odepchnęła kałmuckiego fryzjera, który się nad nią pochylił, by poprawić jej haftowany czepeczek chroniący upudrowane loki.

– Piotrze – zwróciła się do siostrzeńca. Zobaczyłam, jak ambasador Francji wyciąga szyję, aby lepiej widzieć. I jak hrabina Szuwałowa usuwa się, by zrobić mu miejsce. – Na przyszłość, mój drogi, bądźżeż bardziej dyskretny – ciągnęła Elżbieta, nadając swym słowom ton nagany. Wielki książę ściągnął brwi. Jego pokryta dziobami po ospie twarz zaczerwieniła się z zakłopotania. – Nie wszyscy muszą wiedzieć, że masz kochankę.

Cóż to było za widowisko! Elżbieta przy swojej toaletce, z ciałem wciąż uwięzionym w gorsecie usztywnionym fiszbinami i oczyma błyszczącymi radością.

– Nie żądam, żebyś żył w ascezie, ale żebyś starał się przynajmniej zachowywać pozory przyzwoitości, drogie dziecko. Pomyśl o uczuciach swojej żony. Pomyśl o jej upokorzeniu, kiedy twoje sprawki wyjdą na jaw.

Cesarskie diamenty migotały w świetle świec, uperfumowana suknia szeleściła.

– Chyba tyle możesz mi obiecać, Piotrze?

Patrzyłam, jak następca tronu Rosji oblizuje wargi i kiwa głową. Patrzyłam, jak promienieje ulgą, gdy posłuszna wyobraźnia łechta jego dumę, podsuwając mu jego własną wersję tamtego wieczoru. Zając, który wyobraża sobie, że przechytrzył lisa.

Oto rosyjski dramat, misterna intryga, myślałam. Występują: Elżbieta Groźna, Piotr Durny i Katarzyna Mądra. Teraz czas na moment, w którym widzowie zdecydują, kogo należy się bać, a kim można bezkarnie pogardzać.

Przypomniałam sobie słowa kanclerza: „Sałtykow zrobił, co mu kazano. Katarzyna spodziewa się dziecka, ale musimy się pośpieszyć, zanim następca tronu zostanie okrzyknięty cesarskim bękartem".

Służąca zaczęła wyciągać szpilki z cesarskich pukli, znak dla gości, by opuścili komnatę.

– Idź za nimi, Warwaro – powiedziała Elżbieta, kiedy ostatni z nich wyszedł z sypialni. – Chcę wiedzieć, o czym rozmawiają.

Zaszyfrowane doniesienia o seksualnym wyczynie księcia rozesłano na wszystkie ważniejsze dwory w Europie. Zawierały szczegółowe opisy pewnych siebie uśmiechów Piotra i ożywionych spojrzeń, którymi teraz obrzucał wszystkie zbliżające się do niego kobiety. Informowały też o rozczarowaniu pani Grooth, która za swoją usługę otrzymała zaledwie połowę obiecanej jej sumy.

Obcięcie stawki młodej wdówce było pomysłem samej carycy.

– Gorycz zawsze krzyczy głośniej niż satysfakcja z nagrody – powiedziała, kiedy masowałam jej zmęczone stopy.

W obitym czerwonym suknem gabinecie kanclerza Rosji pachniało kamforą i pleśnią. Bestużew podniósł wzrok znad dokumentów, które przeglądał, i przyjrzał mi się przez monokl. Odłożył papiery na bok.

– Jak widzisz, sporo się tu zmieniło, Warwaro Nikołajewna. Jesteśmy bardziej bojaźliwi. Mamy mniej cierpliwości. Znowu wiele się spodziewamy po wstawiennictwie świętych.

Wróciłam do pałacu zaledwie kilka dni wcześniej, ale zdążyłam już zauważyć, że pewność siebie, z jaką Bestużew zwracał się dawniej do Elżbiety, zniknęła. W jego głosie pojawił się nowy, służalczy ton. Kanclerz nieustannie obsypywał carycę pochwałami za jej mądrość i przenikliwość, a ona zbywała je niecierpliwym machnięciem ręki.

Dzień był ciepły, słoneczny. Przez okno pałacu widziałam spływające Newą kry, upstrzone zimowymi brudami: zeschnięte jodły, którymi znaczono zimową drogę na wyspy, połamane deski szalunku, oś powozu z wciąż przymocowanym do niej kołem.

Ja też się zmieniłam. Nie byłam już sama.

– Zerknij na to – powiedział kanclerz, wyciągając kartkę papieru z pliku dokumentów.

Był to rysunek przedstawiający obnażonego Iwana Szuwałowa z obwisłym członkiem. Cesarski faworyt, otoczony przez aktorki ze strusimi piórami we włosach i biustami wylewającymi się z głęboko wyciętych dekoltów, skarżył się: „Mój interes stanął przed problemem, któremu nie mógł podołać".

Kanclerz zaśmiał się cicho.

– Nigdy nie lekceważę trosk rosyjskich poddanych, Warwaro Nikołajewna. Nie sądzisz, że caryca powinna możliwie szybko natknąć się na to „dzieło"?

Złożyłam rysunek i wsunęłam go do rękawa.

Słowa nie były potrzebne. Reguły pałacowej gry nie uległy zmianie. Niebezpieczeństwo nie zostało zażegnane tylko dlatego, że wielka księżna spodziewa się następcy tronu.

Podniosłam się do wyjścia.

– Nie obstawiłaś jednak złego konia, Warwaro Nikołajewna – zawołał za mną kanclerz, kiedy się odwróciłam. – Ale i ja ostatecznie nie zrobiłem ci krzywdy.

Otworzyłam drzwi tak gwałtownie, iż omal nie przewróciłam pokojówki, która tam stała. Obrzuciła mnie przerażonym spojrzeniem i zaczerwieniła się aż po cebulki włosów.

Sierioża Sałtykow wrócił do Sankt Petersburga. Widywałam go w antyszambrze Elżbiety. Czarne włosy miał zaczesane do tyłu, i z nieukrywanym zadowoleniem taksował wzrokiem przechodzące obok kobiety. Życie na wsi jest nudne, twierdził. Oranienbaum to zaścianek. Wielki książę jest mu drogim przyjacielem, a gustu przyjaciół się nie krytykuje, ale jak on może tam wytrzymywać całymi miesiącami? W towarzystwie ogrodników i srok! Prawdziwe życie toczy się tutaj, w Pałacu Zimowym. Albo i dalej, na innych europejskich dworach. Król Szwecji, jak słyszał, trzyma znakomite konie w swoich stajniach.

Z Oranienbaumu nadchodziły listy od Katarzyny: „Proszę, powiedz mi, gdzie on jest. Dowiedz się, dlaczego już tu nie przyjeżdża. Czy z powodu żony? Czy Wielka Dama się o nas dowiedziała? A może to Żołnierz sprzeciwia się jego wizytom?".

Sierioża Sałtykow nigdy nie wspominał o Katarzynie.

Żona ma się dobrze, odpowiedział, kiedy go o nią spytałam. Zdrowie jej dopisuje.

– Jest szczęśliwa?

– A czymże jest szczęście? – odparł. – Sam jeszcze tego nie odkryłem. A pani, *madame* Malikina?

„Jest tutaj" – odpisałam Katarzynie – „nie daje nikomu powodów, aby cię zniesławić. Nie zdradza jeszcze swoich dalszych planów, ale będę nastawiać uszu".

Tak łatwo jest stracić dziecko, myślałam. Niech tylko Katarzyna urodzi następcę tronu, a wtedy znajdę sposób, by pomóc jej zapomnieć.

–Wielka księżna ma nową pasję. Zakochała się w swoim nowym oranienbaumskim ogrodzie – odpowiadała na oficjalne pytania caryca. – Nie mam serca wzywać jej z powrotem do miasta, zwłaszcza teraz, gdy kwitną jej ulubione tulipany.

Podłogę cesarskiej sypialni nadal zaścielały pokreślone i podarte projekty. *Monsieur* Rastrelli znowu został zganiony za skromność swojej wizji. Nowe okna powinny być znacznie większe, a fasada okazalsza. Tylko jedna rzecz nie podlegała dyskusji. Zanim ruszy przebudowa Pałacu Zimowego, dwór musi się przeprowadzić do innego lokum.

Najwyższy czas, pomyślałam. W naszych pokojach wypaczone okna powodowały wieczne przeciągi, a ściany były oślizgłe od pleśni. Po tygodniu spędzonym w pałacu Daria zaczęła kaszleć, chociaż nie miała gorączki; kaszel ustąpił, gdy Masza podała jej jedną ze swoich mikstur.

– Nic dziwnego, że Szuwałow chce zrównać z ziemią tę budę – gderał Igor, kiedy drzazga z podłogi wbiła mu się w stopę.

Spędzałam długie, bezczynne godziny w antyszambrze cesarskiej sypialni, czekając na wezwanie. Inni dworzanie wchodzili i wychodzili, prześlizgując się po mnie niewidzącymi oczami, zupełnie jakbym nie zasługiwała nawet na przelotne spojrzenie, bo i tak wkrótce zniknę. Słyszałam, jak dopuszczeni przed pańskie oblicze wygłaszają swoje zdawkowe pochwały, donoszą na przyjaciół, proszą o łaski. Uciekają z tym, co udało im się wydrzeć. Słyszałam, jak po zakończeniu audiencji caryca nazywa ich nic niewartymi obibokami albo zastanawia się, jak zabawnie byłoby przyjąć ich kiedyś wszystkich naraz i zmusić, by wysłuchali nawzajem swoich donosów. Wiedziałam, kiedy Iwan Szuwałow czyta carycy kolejny wiersz albo sztukę, wiedziałam też, jak często zniża głos, aby wyszeptać coś, co było przeznaczone tylko dla jej uszu. Zwracała się do swego młodego faworyta „mój wróbelku". Przy każdej wzmiance o wiosennym polowaniu zarzekała się, że najwspanialsza gonitwa odbędzie się na jego cześć.

Kiedy mnie wreszcie wzywała, bywałam świadkiem pikantnych szczegółów ich intymności. Caryca i jej ukochany, przytuleni, on z ręką pod głową, nagim torsem, włosami przewiązanymi zieloną wstążką. Ona w rozchełstanym negliżu, ukazującym ciemne zagłębienia pod pachami, z leniwym uśmiechem na ustach, słodko mrucząca pieszczotliwe słowa.

Moja milcząca obecność musiała ich bawić.

Nie odwracałam oczu. Spośród wszystkich grzechów Elżbiety cielesne przewinienia znaczyły najmniej.

$\mathcal{P}$od koniec trzeciego tygodnia spędzonego w Pałacu Zimowym, przechodząc korytarzem, zauważyłam, że drzwi do komnat wielkiego księcia są szeroko otwarte. Czyżby wrócił z Oranienbaumu? – zastanawiałam się. Sam? Zajrzałam do środka.

Piotr siedział okrakiem na krześle, z nogami wyciągniętymi przed siebie. Skarżył się właśnie, że przegniłe dźwigary w oranienbaumskim pałacu zmusiły go do przeprowadzki na parter i spożywania posiłków w namiocie.

Dwa jego ogary spały zwinięte w kłębek na dywanie, ich łapy podrygiwały, rwąc się do śnionego pościgu. Świta wielkiego księcia, głównie jego dworki, chociaż dostrzegłam też niebieskie mundury holsztyńskich oficerów, rozsiadła się po pokoju. Dwie damy zajęły miejsca na otomanie, trzecia półleżała na podłodze. Zauważyłam, że dywan ma wystrzępione rogi, najwyraźniej pogryzione przez psy. Pomimo ładnej pogody nikt nie otworzył okien i zaduch był nie do wytrzymania.

– Warwara Nikołajewna! – wielki książę skinął mi dłonią. – Wejdź, dołącz do moich pięknych pań.

Weszłam do pokoju i złożyłam ukłon.

– A gdzie twój mąż? – uśmiech, który niegdyś tak ocieplał twarz Piotra, teraz zmienił się w nerwowy grymas.

– Nie wiem, Wasza Wysokość – odparłam. – Nie spowiada mi się, dokąd chodzi.

Moja odpowiedź wywołała gwizd aprobaty.

Igor Malikin jest mężczyzną ambitnym i szczęśliwym, oznajmił Piotr, znakomitym żołnierzem, który daleko zajdzie, jeśli tylko przestanie marnować czas w zniewieściałej gwardii. Mógłby na przykład wstąpić do kawalerii.

– Tam czeka go przyszłość – oświadczył wielki książę. – I żadne żonine sprzeciwy tego nie zmienią.

– Nie sprzeciwiam się decyzjom mojego męża – powiedziałam. Kolejne gwizdnięcie.

– Zajmij najlepsze miejsce, Warwaro Nikołajewna – wielki książę wskazał mi niskie krzesło okryte niedźwiedzią skórą. Zawahałam się. Głowa nieszczęsnego zwierzęcia z szeroko rozwartą paszczą leżała na podłodze. Wiedziałam, że mogę się spodziewać niewybrednych żartów, jeśli zakryję ją spódnicą.

– Miszka cię nie ugryzie – powiedziała jedna z dam i zachichotała.

– Chyba że sama będziesz tego chciała – dodał inny kobiecy głos. Jego właścicielka stała w cieniu i obracała w ręce rakietę do gry w wolanta. Czerwono-biała lotka leżała na podłodze, zbyt daleko, by mogła jej dosięgnąć stopą, chociaż próbowała.

– Jakżeby śmiał! – zripostował ktoś, zanosząc się od śmiechu. – Są kobiety, których nawet Miszka nie ważyłby się tknąć.

U czubka mego pantofla wylądowała karta do gry. As karo.

– Wścibska Warwara poszła węszyć w barach – usłyszałam szept za moimi plecami. – Wścibskiej Warwarze starli nos na tarze.

Kobieta z rakietą do wolanta zaczęła głośno czytać jakiś fragment, który z początku wzięłam za opis szturmu. Odległą północną fortecę oblegano po wielokroć, żołnierze wspinali się na jej wały.

– „Lecz obrona stawiała bardzo skuteczny opór” – przeczytała i zachichotała. – „Bardzo skuteczny” – powtórzyła. Wielki książę roześmiał się na cały głos.

Przypomniałam ją sobie. Była to hrabianka Woroncowa, nieładna, chroma bratanica wicekanclerza Woroncowa. *Das Fräulein,* jak ją nazywano, należała do dworek Katarzyny. Jakie bezwstydne kłamstwa pozwoliły jej zostawić wielką księżnę w Oranienbaumie i przyjechać do Sankt Petersburga?

Po pokoju krążyli służący. Widząc opróżniony kieliszek, natychmiast dolewali wina. Przy kominku piętrzył się stos butelek niczym przygotowane do palenia kłody.

– „Fortecę tę uważano za zimną i niedostępną" – czytała dalej hrabianka. – „Szpiedzy wysłani na zwiady opisywali jej wyszczerbione mury i wąską bramę".

Nie miałam najmniejszych wątpliwości, co ich tak wszystkich bawi. Katarzyna, „forteca" w końcu zdobyta przez męża. Po siedmiu latach od ślubu, jeśli ktokolwiek z tego wyśmienitego towarzystwa ośmieliłby się policzyć. Zawrzał we mnie gniew i musiałam ze sobą walczyć, aby zachować obojętny wyraz twarzy.

Das Fräulein rzuciła księciu kolejne szelmowskie spojrzenie, młócąc powietrze pięścią. Niezbyt subtelna obietnica, którą Piotr przyjął z nerwowym chichotem. To już nie była jakaś pani Grooth, którą można było opłacić i odesłać. To cesarska dworka gotowa na wszystko. *Das Fräulein*, chociaż brzydka i kulawa, słynęła z osaczania dzików.

– „W końcu forteca się poddała, krew trysnęła strumieniem, a triumfalny wystrzał z tylnego bastionu obwieścił świadkom szturmu uwieńczenie zwycięskiego i chwalebnego dzieła".

Słowom tym towarzyszyły dalsze wybuchy śmiechu i kilka głośnych pierdnięć. Kieliszek Piotra znów był pełen. Przechylił go, rozlewając połowę na dywan. *Das Fräulein* klasnęła w dłonie.

– Proszę o wybaczenie, Wasza Wysokość – powiedziałam. – Muszę się oddalić. Jej Cesarska Wysokość mnie oczekuje.

Odesłał mnie gestem.

Jeszcze zanim zdążyłam zamknąć drzwi, usłyszałam, jak *das Fräulein* ostrym głosem przedrzeźnia moją prośbę.

Cesarskie zwyczaje nie zmieniły się aż tak bardzo. Imperatorowa nadal wstawała późno. Dni wciąż były zabijaniem nużącego czasu, który pozostał do wieczora, godzinami nieustannej paplaniny. Plotkarskiemu kółku przewodziła teraz hrabina Szuwałowa, matka cesarskiego faworyta. Damy dworu przesiadywały aż do zmierzchu w prywatnych apartamentach Elżbiety i, trzymając robótki na kolanach, snuły opowieści o złamanych sercach i płonnych nadziejach. W komnatach Pałacu Zimowego unosiły się miazmaty złośliwej satysfakcji i trującej zawiści. Zupełnie jakby siedem lat, które spędziłam z dala od dworu, były tylko mgnieniem oka.

Widok cesarskiego faworyta był dla dam sygnałem, by pośpiesznie spakować swoje robótki i opuścić prywatne komnaty carycy. Podczas wizyt Iwana Szuwałowa drzwi do cesarskiej sypialni były zamknięte. Nikomu nie wolno było wejść do środka. Kolację podawano na mechanicznym stoliku, wciąganym z kuchni umieszczonej piętro niżej. Na korytarzu dla służby na rozkaż carycy przesiadywali muzycy. Jeśli sobie tego zażyczyła, grali lub śpiewali na tyle głośno, by słychać ich było przez ścianę.

Mój czas przychodził wtedy, kiedy Iwan Szuwałow oddalał się do swoich komnat, a koty, które spały w cesarskim łożu, wracały ze swoich wędrówek. W sypialni często pachniało spalenizną, bo większość świec zdążyła się już dopalić.

Czas cesarskiej niepewności, jak nazywałam w myślach te godziny. Czas złagodzony przez stare lęki, oświetlony płomykami dwóch wotywnych lampek, zawsze płonących pod świętą ikoną Matki Boskiej Kazańskiej. Czas, który wkrótce pod moimi palcami da się kształtować jak wosk. Pod warunkiem że nie zapomnę, jak cienkie są tu ściany, jak wiele uszu wytęża się, by usłyszeć moje słowa.

Czas rozwagi, szukania drogi. Z trudem, po omacku. Domysłów, co zostało ukryte. Ujawniania tego, co powinno ujrzeć światło dnia.

Caryca nadal najbardziej lubiła opowieści o samej sobie. Chciała wiedzieć, kto uznał, że jest zachwycająca i pełna wdzięku, bardziej dystyngowana niż Austriaczka Maria Teresa. Ale łaknęła też innych historii. O ślepcu na tatarskim targu, który opiewał chwałę Romanowów. O żebrakach na bulwarze Wielkim, którzy błogosławili dobre serce carycy za każdym razem, gdy z pałacu przysłano jałmużnę.

– Masz córkę, Warwaro. Ile ma już lat – zagadnęła mnie niespodzianie Elżbieta którejś nocy. Wstrzymałam oddech.

– Rano chcę ją zobaczyć – powiedziała.

–*Mais, elle est charmante!* – wykrzyknęła Elżbieta, kiedy weszłam do jej sypialni, prowadząc za rączkę Darię w nowej żółtej sukience. – Musisz ją częściej do mnie przyprowadzać, skoro już tu mieszkacie.

– Żeby się bawić? – zapytała Daria tak ochoczo, że nawet Iwan Szuwałow się uśmiechnął.

Elżbieta podniosła mruczącego kota.

– Niedobra Murka – wymamrotała mu prosto w pyszczek. – Gdzieś ty się podziewała przez całą noc? Gdzie się przede mną chowasz, szelmo jedna?

Zanim zdążyłam ją zatrzymać, Daria podreptała do carycy i zaczęła głaskać kocie futerko, deliberując głośno nad możliwymi kryjówkami:

– Może na piecu... albo pod łóżkiem... albo w powozie... Albo tam? – powiedziała w końcu, pokazując paluszkiem olbrzymią wazę stojącą przy drzwiach.

Moja niespełna trzyletnia córka, samozwańcza doradczyni carycy.

Nadzieja podsuwała mi wizje dostatniej przyszłości. Oto Daria, szczęśliwa młoda dama dworu, z dwojgiem lub trojgiem maleństw u stóp. Za nią stoi powszechnie szanowany oficer gwardii lub jeden z cesarskich ministrów, na razie jeszcze bez twarzy.

Moja córka, otoczona miłością. Bezpieczna, nawet jeśli mnie zabraknie.

Do sypialni weszła pokojówka z porcelanową misą wypełnioną lodem, by wymasować twarz Elżbiety. Za nią nadworna garderobiana w asyście lokaja, który niósł kosz z pandorami.

Chwyciłam Darię za rączkę i skłoniłam do złożenia ceremonialnego dygu. Z niewyspania piekły mnie oczy. Marzyłam o tym, żeby znaleźć się w łóżku, kazać pokojówce zaciągnąć zasłony i trochę wypocząć przed wieczornym wezwaniem.

– Będę ją przyprowadzała tak często, jak Wasza Cesarska Wysokość sobie zażyczy – obiecałam.

*T*rzy dni później w porze kolacji posłaniec przywiózł wieści z Oranienbaumu. Wielką księżnę obudził ostry ból. Pokojówka, która podniosła kołdrę, zemdlała. Katarzynie przykazano leżeć bez ruchu na prześcieradłach przesiąkniętych krwią, dopóki nie przybył medyk i nie odebrał resztek nadziei. Dziecko było martwe.

Winili ją wszyscy. Za zbyt częste wizyty w cuchnącej stajni, za wdychanie dymu z gaszonych świec. Pokojówki szeptały, że kiedy czarny kot przebiegł wielkiej księżnej drogę, nie chciała zawrócić. Że śmiała się, gdy położna przyniosła jej ciężarny kamień – w środku którego przy potrząśnięciu grzechotały małe kamyki – i kazała jej go nosić na ramieniu. Że wielka księżna siadywała, nie dotykając stopami ziemi, i bawiła się świeżo wyklutymi kurczętami.

Nikt nie mówił o niczym innym. Nawet Daria chciała wiedzieć, dlaczego caryca jest smutna.

– Boli ją brzuszek, *maman*? – pytała.

Ukrywałam przed nią przygryzione wargi i łamiący się głos.

W prywatnych komnatach carycy damy z plotkarskiego kółka cmokały z dezaprobatą i powtarzały swoje zjadliwe słowa:

– Bezmyślna… Czy nie wiedziała… Jak mogła?!

Elżbieta siedziała bez ruchu ze ściągniętą twarzą. Obok niej Iwan Szuwałow kręcił głową w udawanym zdumieniu, a jego srebrna kamizelka połyskiwała w blasku świec. Pokojówkę, która przyniosła półmisek przekąsek, odesłano.

Cesarski medyk, przestępując z nogi na nogę, oznajmił im, że mokradła i nadrzeczne łąki wydzielają szkodliwe wyziewy. Nazwał je dziedzictwem terenów nieprzystosowanych do zamieszkania przez ludzi. Stwierdził, że chłód i niedobór światła przez tak wiele miesięcy prowadzą do poronień i uszkodzeń płodów.

– Nie mogę dłużej milczeć, Wasza Cesarska Wysokość – powiedział. – Zbyt często przychodzi mi patrzeć na podobne nieszczęścia.

Caryca rzuciła mu pogardliwe spojrzenie. Wachlarz uderzył w otwartą dłoń.

– Miasto mojego ojca nie zabija dzieci w łonach matek – wycedziła z wściekłością. – Zabijają je lęki i złe myśli.

Medyk usiłował powiedzieć coś jeszcze, ale Elżbieta już go nie słuchała.

– Równie dobrze może się zacząć pakować – usłyszałam czyjś szept.

Ciszę, która zapadła, przerwał głos Iwana Szuwałowa.

– Mokradła? Niedobór światła? – powtórzył lekceważąco.

Żałowałam, że nie mogę go uciszyć, unicestwić słów, które szykował, zmyć z niego tej aroganckiej złośliwości. Terpentyną i solą, tak jak służące szorują ramy łóżek, w których gnieżdżą się pluskwy.

– Czy to czasem nie jej własne słowa? Jej wykręty? – ciągnął Iwan Szuwałow, jakby nagle zapomniał imienia Katarzyny. – Wcale nie byłbym zaskoczony.

Pośpiesznie wyszłam z komnaty, targana wściekłością. Minęła dopiero, gdy wślizgnęłam się do cesarskiej sypialni. Gdy między prześcieradła wsunęłam rysunek z karykaturą Iwana, którą dostałam od kanclerza.

Niech caryca znajdzie ją dzisiejszej nocy, pomyślałam, wyobrażając sobie, jak cesarski faworyt zaciska wargi, jak dowodzi swojej niewinności. Jak przysięga, że nigdy nawet nie spojrzał na żadną aktorkę.

Wyobraziłam sobie jego niespokojne dłonie, żyłę pulsującą na skroni.

Niech skosztuje własnego lekarstwa, pomyślałam.

Niech poczuje niszczącą siłę plotek. Niech i jego dotknie ostrze cesarskiego gniewu.

*K*ilka godzin później w antyszambrze cesarskiej sypialni pokojówki od alkierza biegały tam i z powrotem z dzbankami gorącej wody, naręczami ręczników i buteleczkami soli trzeźwiących.

– Hrabia Lestocq został wezwany, aby puścić krew Jej Wysokości – poinformowała mnie jedna z nich głosem, z którego biło przekonanie o jej doniosłej roli.

Cztery uncje krwi.

Ciemnej. Gęstej.

Jej Cesarska Wysokość jest już spokojniejsza, Bogu niech będą dzięki.

Burza minęła.

„Kłopoty z mężczyznami" – słyszałam szepty. „Nie ma dymu bez ognia. Uderz w stół, a nożyce się odezwą. Kot zawsze rozpozna, z której miski pił mleko".

Z sypialni doszły mnie błagania, przerwane szlochem.

– Nikt nie ma wstępu do Jej Wysokości – powiedziano mi. – Iwan Iwanowicz dopiero przed chwilą został wezwany z powrotem.

*M*onsieur Bernardi nie miał dla mnie listu. Wielka księżna jest bardzo słaba, zakazano jej jakiegokolwiek wysiłku, oznajmił. Jej papiery, książki, pióra, wszystko zabrano. Możemy się jedynie modlić o szybki powrót do zdrowia. Jej Wysokość jest młoda; zawsze była zdrowa. Może ostatnia niedyspozycja nie jest aż tak poważna, jak ją przedstawiają niektórzy.

„Twoi przyjaciele dostrzegają wiele możliwości tam, gdzie wcześniej ich zbywało" – napisałam w liście do Katarzyny, przeklinając wymogi tajnej korespondencji, która kazała mi używać tak mętnych sformułowań. „Przewidują rozwiązania lepsze niż te stracone".

Miałam nadzieję, że zrozumie.

To była jej szansa na kolejne dziecko, mniej zagrożone mianem bękarta. Dziecko, którego narodziny przyniosą radość. Wynagrodzą stratę, która teraz wydaje jej się końcem świata.

Dobrze zrobiłam, nie wspominając Katarzynie o obojętności kochanka. Wkrótce Sierioża Sałtykow znów otrzyma rozkaz, by do niej pojechać i dokończyć, co zaczął. Będzie dla niej lepiej, jeśli powita go z otwartym sercem.

Od wiadomości o poronieniu Katarzyny minął cały miesiąc, a Siergiej Sałtykow nadal bawił w Sankt Petersburgu. Całymi dniami grał w karty i pożyczał pieniądze od wszystkich wokół. Czyżby caryca chciała dać Piotrowi szansę, żeby został ojcem? – zastanawiałam się. Jak długo zamierzała zwlekać? Wiedziałam, że Katarzyna wyczekuje wieści o Sałtykowie, a nie miałam dla niej żadnych.

W nadziei że Elżbieta wyśle mnie do Oranienbaumu na przeszpiegi, zaczęłam napomykać o raportach, które mogłabym przedstawić, gdybym tylko miała szansę zobaczyć wielką księżnę osobiście. Przez szereg dni imperatorowa zbywała moje sugestie ponurym milczeniem, aż w końcu, kiedy najmniej się tego spodziewałam, kazała mi tam pojechać.

Podróż do Oranienbaumu, całodniowa nużąca jazda wzdłuż wybrzeża Zatoki Fińskiej, wypełniona była nieustannym wrzaskiem mew i zgnilizną bagnistych wyziewów.

W Dolnym Ogrodzie przy kanale uchodzącym do morza ogrodnicy w słomkowych kapeluszach przekopywali ziemię, wyrównując kopczyki pozostawione przez krety. Skaczący po trawie ptak trzymał w dziobie długie źdźbło. Na mój widok zamarł. Źdźbło upadło na ziemię. Podniosłam je i roztarłam w dłoniach, uwalniając nasiona, które rozrzuciłam na wietrze.

Wtedy ją zobaczyłam. Siedziała w wiklinowym fotelu pod sosną syberyjską w asyście pani Czogłokowej. Łzy napłynęły mi do oczu; cieszyłam się, że nikt ich nie widzi.

Patrzyłam, jak Katarzyna podnosi książkę i rozcina kartki małym nożykiem. Fałdy jej porannej sukni w kolorze gołębim były luźno udrapowane na brzuchu; czarne włosy miała spięte na karku w ciasny węzeł. Obok stał stolik z okruchami ciasta jagodowego i brudnymi filiżankami po popołudniowej czekoladzie.

Pani Czogłokowa, niegdysiejsza strażniczka, obecnie stręczycielka, zajęta była haftem. Nic nie zdradzało obecności jej dzieci. W Pałacu Zimowym hrabina Szuwałowa z upodobaniem powtarzała skargi pana Czogłokowa na *passage intime* swojej żony. „Szeroki jak droga do Moskwy" – pożalił się kiedyś chórzystce.

Zauważywszy mnie, pani Czogłokowa znacząco odchrząknęła.

Katarzyna podniosła wzrok znad książki. Wciąż jeszcze była bardzo blada, ale też ładniejsza i bardziej delikatna, niż ją pamiętałam. Nie podobał mi się jednak wyraz smutku w jej oczach, smutku samotności porzuconej kochanki, znak, że Boski Sergiusz nadal zaprząta jej myśli daleko bardziej, niż na to zasługuje.

– Warwaro Nikołajewna! – wyszeptała. – A więc wróciłaś. Po tylu latach. I słyszałam, że zostałaś matką.

Na gałęzi ponad jej głową usiadła sroka i zaskrzeczała. Jej zielononiebieskie pióra zalśniły w słońcu. Złodziejka, pomyślałam, tylko czeka na swoją szansę.

Pani Czogłokowa porzuciła tamborek z haftem i złożyła dłonie w wieżyczkę.

– Tak, Wasza Wysokość – spuściłam oczy. – Mam córkę – dodałam na użytek pani Czogłokowej, tak jakby Katarzyna nic nie wiedziała o moim życiu. – Ma już prawie trzy lata i uważa, że jest wytworną damą. Tak mi przykro – ciągnęłam, szukając słów, by wyrazić moje współczucie, że straciła dziecko, ale Katarzyna mi przerwała.

– Wolałabym nie przywoływać przeszłości – powiedziała.

Rozmawiałyśmy więc o szczegółach mojego powrotu na dwór. Caryca obiecała, że Igor i ja dostaniemy okazalsze mieszkanie w Pałacu Zimowym po zakończeniu jego przebudowy. Kiedy wielka księżna znów zapytała mnie o Darię, zawahałam się, myśląc, że rozmowa o dziecku sprawi jej zbyt wiele bólu, ale Katarzyna nalegała. Pytała o wszystko. O radość Darii, kiedy caryca podarowała jej lalkę o długich czarnych włosach, którą moja córka czesała i ubierała bez końca. O każdą chwilę naszych wspólnych dni. Pamiętam, jak opowiadałam jej wtedy o policzkach Darieńki, na których przy każdym radosnym uśmiechu robią się dołeczki. O żywiołowych podskokach, jakimi moja córka wita każdy nowy dzień.

– Jest taka ufna, taka kochana – opowiadałam. – Może aż za bardzo.

– Ale ma przecież matkę, która nad nią czuwa – przerwała mi Katarzyna. Czyż to nie najważniejsze?

– Tak – potwierdziłam.

Po chwili nasza rozmowa przekształciła się w dworską konwersację, grę niedomówień i subtelnych aluzji. Nie każde poświęcenie idzie na marne. Nasze obowiązki są najważniejsze.

Wyraziłam moją radość z powrotu na dwór. Mogę znów służyć carycy i dawnym przyjaciołom, którzy o mnie nie zapomnieli, mówiłam. Roztaczałam olśniewające wizje nowego pałacu, który powstanie już niedługo, zwiastun czekających nas zmian. Chwaliłam cesarski gust tak wspaniale widoczny w planach architektonicznych, które miałam zaszczyt oglądać. A w myśli przeklinałam uporczywą obecność pani Czogłokowej, jej splecione dłonie i zmarszczone brwi. Dlaczego nie zostawi nas samych?

Katarzyna mi nie przerywała, chociaż od czasu do czasu pocierała palcami powieki, jakby coś drażniło jej oczy.

W oranienbaumskim pałacu ogrodnicy podlewali drzewka pomarańczowe, które w olbrzymich donicach stały wokół tarasu.

Pani Czogłokowa wbiła się głębiej w wiklinowy fotel i zacisnęła szczęki. Wyglądała jak angielski mastif. Obfite piersi groziły wylaniem się z głębokiego dekoltu wykończonego pienistą koronką. Nie zostawi nas samych – myślałam. Po czyjej jest stronie? Kanclerz napomknął o jej udziale w stręczeniu Sałtykowa. Podejrzewałam, że przyjmuje łapówki także od Szuwałowów.

– Może napiłybyśmy się czekolady? – zaproponowałam. – Słyszałam, że oczyszcza krew lepiej niż herbatka z pokrzyw.

Pani Czogłokowa schyliła się i wyciągnęła dzwonek spod stolika. Zadzwoniła na służbę i zadowolona z siebie powróciła do haftowania. Jej tłuste palce przeciągały igłę tam i z powrotem z zadziwiającą precyzją. Wyszywała kwiat, zieloną łodyżkę o długich liściach, zwieńczoną różowym kielichem.

Służący przynieśli dzbanek gorącej czekolady i ciastka. Zamieszanie stworzyło pożądaną przerwę w rozmowie. Wykorzystałam ją. Dotknęłam palców Katarzyny w niemym zapewnieniu, że nie jest na dworze sama, że wróciłam do Pałacu Zimowego, by się o nią zatroszczyć.

Posłała mi niepewny, wymuszony uśmiech, zupełnie jak Daria, kiedy walczy ze łzami napływającymi jej do oczu.

– Caryca wróciła właśnie z polowania na bażanty; zamierza wydać bal maskowy w Peterhofie, Wasza Wysokość – paplałam dalej. – Pokaz sztucznych ogni zaćmi wszystkie, jakie dotychczas widziano. Cały dwór liczy na to, że Wasza Wysokość będzie się czuła na tyle dobrze, by się na nim pojawić. Kanclerz Bestużew powiedział, że wielkie święto to najlepsza okazja, by przypomnieć sobie, iż dobro Rosji jest naszym wspólnym, najważniejszym celem. Hrabia Szuwałow w pełni się z nim zgadza.

Mimo ciągłej obecności Iwana u boku Elżbiety Szuwałowowie nie osiągnęli wszystkiego, na co liczyli. Przekonali się i oni, że Elżbieta lubi, by ją adorowano, ale nie myśli się poddać. Iwan miał swoją Akademię i teatr, miał uwielbienie poetów i uczonych, lecz sprawy państwowe Elżbieta nadal powierzała Bestużewowi.

Było tak, jak pragnęła: chwiejna równowaga przeciwieństw, dwie frakcje ścierające się z równą siłą. Obie u jej stóp, niepewne swego, dopóki jej starczy tchu.

Na wzmiankę o kanclerzu i Iwanie Szuwałowie Czogłokowa poruszyła się niespokojnie w fotelu. Polityka była zakazanym tematem. Usiłując skierować naszą rozmowę na inny tor, oznajmiła, że Oranienbaum bynajmniej nie jest takim zaściankiem, jak twierdzą niektórzy. Po tym stwierdzeniu nastąpił długi i nudny monolog, z których słynęła. Popijając słodką, gęstą czekoladę, rzuciłam Katarzynie wymowne spojrzenie. W odpowiedzi na jej wargach pojawił się nikły uśmiech, którym chciała mi dodać otuchy.

– Dużo teraz czytam, Warwaro Nikołajewna – Katarzyna przerwała tyradę Czogłokowej. W jej oczach dostrzegłam ten sam zuchwały błysk, który później tylekroć widywałam. Tego popołudnia wzięłam go za dobry znak. – Same prawdziwe historie. Pouczające. Postanowiłam bowiem nie marnować czasu.

Najchętniej czytywała książki o historii Rosji.

– Zawdzięczamy im tak wiele. Bo czyż nie przyczyniły się do zbudowania potęgi naszego imperium? – pytała.

Pani Czogłokowa potrzasnęła gwałtownie głową, czując, że została wciągnięta na zbyt głębokie dla niej wody. To zasłużony odwet na dozorczyni, pomyślałam, gotowa z ochotą odegrać moją rolę.

– Mocarstwo, które potrafi okiełznać siłę tylu narodów, nigdy nie zostanie pokonane – ciągnęła Katarzyna. – Zgodzisz się ze mną, Warwaro Nikołajewna?

– Z pełnym przekonaniem, Wasza Wysokość. Także nasza caryca i kanclerz przyznaliby Waszej Wysokości rację.

Wciąż jeszcze mam przed oczyma Katarzynę z tamtego późnego popołudnia w Oranienbaumie, rozbawioną rosnącym zaniepokojeniem Czogłokowej, z nutą złośliwości dźwięczącą w jej głosie. Używającą zwrotów takich jak „mocowanie się z ziemią" czy „wplatanie wątku wiary do cesarskiego arrasu". Pytającej:

– Czyż nie stalibyśmy się samolubni i gnuśni, gdyby nie wymagano od nas ofiar?

Może i życie zadało jej kolejny bolesny cios. Cierpiała, ale nie została pokonana, myślałam z dumą.

Wiklinowy fotel zatrzeszczał. Czogłokowa wierciła się ze zdenerwowania jak olbrzymia tłusta dżdżownica na haczyku rybaka. Obarczona obowiązkiem powtórzenia carycy wszystkiego, co usłyszała, rozpaczliwie próbowała zapamiętać każde słowo Katarzyny.

Nadejście wielkiego księcia ocaliło Czogłokową od dalszych upokorzeń. Piotr, który właśnie przyjechał z Sankt Petersburga, chciał zasięgnąć rady żony w kwestii holsztyńskiego podatku od piwa. Powinien go podnieść czy pozostawić bez zmian? I przyszła jeszcze petycja od kata… Na holsztyńskim mundurze wielkiego księcia lśniły mosiężne guziki. Czarne wysokie buty wypucowane na glanc błyszczały tak, że można było się w nich przejrzeć.

– Dzień dobry, Piotrze – przerwała mu Katarzyna i wskazała na wolny fotel obok siebie. – Chciałbyś może, bym nalała ci czekolady?

Piotr usiadł, a trójgraniasty kapelusz rzucił cień na jego twarz. Murzyn, niegdyś oddalony ze świty wielkiego księcia przez carycę, stanął za nim, trzymając kosz z dokumentami. Jeszcze jedno świadectwo cesarskiej łaski? Czy jego powrót był dowodem cesarskiego zadowolenia? – zastanawiałam się.

Wielki książę zaszczycił mnie skinieniem głowy i szerokim uśmiechem, jakby nigdy nie był świadkiem mojej odmowy w zabawie kosztem Katarzyny. Czy nie widzi, że dwór podzielił się na dwie koterie? Że można popierać albo jego, albo Katarzynę? Że terytorium niezdecydowania kurczy się nader szybko?

Holsztyński kat, wyjaśnił Piotr, protestuje, bo okoliczni chłopi podrzucają padłe zwierzęta na ulice miasta. A zgodnie ze swymi obowiązkami musi je usuwać na własny koszt.

– Ile osób podpisało się pod tą petycją? – spytała Katarzyna.

Przyglądałam się swobodzie, z jaką zwracała się do męża, skupionej uwadze, z jaką słuchała jego wyjaśnień. *Das Fräulein* nigdy jej nie dorówna, pomyślałam.

Czogłokowa pociągnęła mnie za rękaw, gestem dając do zrozumienia, że mam się z nią oddalić. To także był cesarski rozkaz: para książęca nadal winna spędzać jak najwięcej czasu sam na sam.

– Mam ci to wszystko przeczytać? – usłyszałam piskliwy głos wielkiego księcia, kiedy szłam już w stronę mojego powozu. – Myślisz, że ma rację?

– 𝒫rusacy aż się proszą, żeby wysmarować im nosy własnym gównem – oświadczył Igor podczas jednego z pierwszych ciemnych wieczorów tej jesieni.

Właśnie wrócił ze służby i rozsiadł się na otomanie w naszym ciasnym saloniku. Jego pałacowy mundur znów domaga się szczotki, uznałam. Na czerwonych wyłogach widniały ślady gipsu.

– To nie tylko moje zdanie – ciągnął Igor. – To powszechna opinia.

Fryderyk II – albo Fryc, jak w koszarach i baniach nazywali go oficerowie – mógł omamić Francuzów, ale Rosjan nie zdoła oszukać. Fryc mówi o pokoju, bo po zajęciu Śląska potrzebuje chwili wytchnienia. Przecież każdy wie, że pruska pazerność nie ma granic. A Prusy zawsze patrzyły łakomie na wschód.

– Tylko patrzeć, jak będzie wojna – powiedział Igor, klepiąc się po kolanie.

Pokojówka postawiła nasz srebrny samowar na stoliku i poszła po konfitury. W sąsiednim pokoju Masza karmiła Darię, odpierając głośne protesty mojej córki opowiastkami o dzieciach, które nie chciały jeść i porwał je wiatr. A potem zostały gdzieś tam w powietrzu, wysoko, bo były za lekkie, aby opaść na ziemię. Zauważyłam, że filiżanki stojące na tacy miały wyszczerbione spodeczki. Obiecałam sobie, że przed zbliżającą się wielkimi krokami przeprowadzką dworu do tymczasowego pałacu naszą dobrą porcelanę spakuję sama.

Usiadłam naprzeciw męża i wygładziłam fałdy sukni. Byłam zmęczona i śpiąca. Ile jeszcze miesięcy, myślałam, dam radę znosić nieprzespane noce?

– Powinnaś się położyć, zanim wyjdziesz dziś wieczorem – powiedział Igor, marszcząc brwi na widok mojego stłumionego ziewnięcia. – Która godzina?

– Nie ma jeszcze piątej – odparłam.

W pokoju obok Daria ucichła, chyba przekonana opowieścią Maszy.

Igor nachylił się w moją stronę. Wojna oznacza możliwości, powiedział. W jego głosie usłyszałam ton triumfu, jakby w końcu rozwiązał łamigłówkę, która od dawna nie dawała mu spokoju. „Realne możliwości!" – a nie tylko czcze obietnice cesarskich łask, których tyle w tym pałacu składano i o których tak łatwo zapominano. Możliwości awansu, odznaczeń. Nagród za męstwo. Bitew, o których będzie mógł opowiadać naszym wnukom. Część pułków gwardii pójdzie na wojnę, inne zostaną. Mówił o historycznej doniosłości zbliżających się miesięcy. O tym, że w takich czasach każdy powinien wiedzieć, z kim mu po drodze.

– Przyszłość przed nami, *kisońka* – usłyszałam.

A więc stało się. Koniec mglistych aluzji i obietnic bez pokrycia. Mój mąż opuszcza gwardię pałacową i przechodzi do armii. Poczułam ulgę. Mnie też wydawało się, że ma rację. Że skończyły się lata dryfowania. Wróci jako major, marzyłam, a może nawet pułkownik. Daria będzie miała odpowiedni posag. Kupimy tę wiejską posiadłość, o której mój mąż tak marzy.

– Kiedy? – spytałam.

– Już niedługo – odpowiedział ściszonym głosem. – Ale nie mów o tym nikomu.

Kiwnęłam głową. Nie mnie podważać zasady przezorności, ujawniać innym nasze plany.

– Dostaniemy wreszcie tej herbaty? – Igor wpatrywał się w samowar.

Pokojówka rzeczywiście się nie śpieszyła. Słyszałam, jak na korytarzu kłóci się z lokajem.

– Sierioża Sałtykow znowu próbował pożyczyć pieniądze, tym razem od nowego oficera z Pułku Izmaiłowskiego. Chłopak nazywa się Orłow; tylko co przyjechał z Tweru – głos Igora znowu poweselał. – Jest gotowy postawić pięćdziesiąt rubli na upatrzoną klacz. Niezwykle wytrzymała, jak twierdzi. I o wielkim potencjale. Ale chce, żebym ją wpierw obejrzał.

– Tylko próbował pożyczyć?

– Bo Orłow jest bez grosza, jak wszyscy zresztą. Więc Sałtykow z wielką pompą wybiera się do Oranienbaumu, żeby o pożyczkę poprosić wielkiego księcia.

Obiecując sobie, że pokojówkę zbesztam później, otworzyłam kranik i oblałam sobie rękę gorącą wodą.

– Kiedy? – zapytałam, wycierając dłoń fałdami sukni.

– Mówi, że jutro, ale Siergiej mówi różne rzeczy.

– Wypijmy, bo ostygnie – powiedziałam, napełniając dwie filiżanki. Mimo wycierania na polanej ręce pozostała brzydka czerwona pręga.

Wróciliśmy do tematu wojny, ale nie słuchałam już zbyt uważnie tego, co mówi Igor. Sałtykow wraca do Katarzyny, myślałam. W końcu. Będzie miała drugą szansę. Lepszą, bo tym razem, jeśli się uda, nikt nie będzie mógł tak łatwo zakwestionować ojcostwa jej dziecka.

Rozdział szósty

1754–1755

Minął kolejny rok. Katarzynie przyszło jeszcze przeżyć kolejne poronienie, ale w styczniu 1754 roku znowu zaszła w ciążę. Tym razem, ku mojej radości, caryca sprowadziła ją z powrotem do Sankt Petersburga.

Rozkazy były bezwzględne. Żadnego wysiłku fizycznego, żadnej jazdy konnej, żadnych tańców. Wielkiej księżnie zabroniono unosić wysoko ręce i wykonywać gwałtownych obrotów. Chodzić mogła tylko bardzo wolno, małymi kroczkami. Aby zapobiegać upadkom, pokojówki rano i wieczorem nacierały jej łydki i uda miksturą oleju z dziurawca i brandy.

Nie było mowy o noszeniu gorsetu i balach maskowych. Żadnych naszyjników, by dziecko nie urodziło się z pępowiną okręconą wokół szyi. Żadnych słonych potraw, bo sól mogła spowodować, że noworodek przyjdzie na świat bez paznokci lub z oczyma bez łez. Miano zabiegać o jej dobry nastrój, bo płaczliwa matka urodzi melancholika.

Elżbieta przykazała wielkiemu księciu, by obcował z żoną co najmniej raz w miesiącu, tak aby bezkształtna masa dojrzewająca w łonie Katarzyny nosiła jego pieczęć.

A Sierioża Sałtykow?

– Nie ma powodu, by wielka księżna obnosiła się dłużej ze swoją żądzą – oświadczyła Elżbieta, nakazując Siergiejowi trzymać się od niej z daleka. Prawdę mówiąc, była bardziej dosadna. W tym czasie już na samą myśl o Katarzynie Elżbieta sięgała po język karczemny. Nagle wszystko zaczynało się kręcić wokół szpar i pyt, chędożenia i męskich soków. Niemieckiej klaczy i rosyjskiego ogiera. Mechanizmów rozpłodu.

Podówczas widywałam Katarzynę często, ale prawie nigdy bez świadków. Zdarzały się jednak chwile, kiedy – w poszukiwaniu jakiegoś zagubionego drobiazgu z mienia carycy – miałam okazję zakraść się do jej sypialni. Chciała rozmawiać tylko o swoim utraconym kochanku.

– Czy Sierioża za mną nie tęskni? Dlaczego nie pisze?

Głos się jej załamywał, była bliska płaczu. Nie mogła uwierzyć, że Sałtykow nadal nie znalazł sposobu, by ją odwiedzić.

A on paradował po bulwarze Wielkim i puszył się przy każdej wzmiance o wielkiej księżnej.

Mówiłam Katarzynie o przyszłości następcy tronu, o poświęceniu.

– Sierioża nie może się teraz z tobą widywać – szeptałam. – Musi zachowywać pozory.

Aż w końcu zażądała ode mnie prawdy.

– Rozkazała mu trzymać się ode mnie z dala, czy nie tak, Warieńko?

– Tak.

– Dlaczego?

– Ponieważ dziecko… – zaczęłam, ale nie dała mi dokończyć.

– Dlaczego wszyscy bez przerwy mówią o tym dziecku, Warieńko? Czy ja się zupełnie nie liczę?

Dobrze wiedziała dlaczego. Pod sercem nosiła następcę tronu, władcę imperium, syna, z którym Elżbieta chciała związać losy swojej Rosji.

Czasami zastanawiam się, co by się stało, gdybym nie okłamała wtedy Katarzyny. Gdybym nie usprawiedliwiała jej wiarołomnego kochanka. Lecz ja także wierzyłam przestrodze z Kunstkamery: myśli i lęki matki kształtują dziecko w jej łonie. Nie chciałam, by Katarzyna zadręczała się zazdrością. Pragnęłam, żeby dziecko pławiło się w nadziei płynącej z serca matki.

Jak Rosja długa i szeroka w klasztorach i cerkwiach tłumy zanosiły modły o szczęśliwe narodziny książęcego potomka. Z każdym kolejnym miesiącem w carycy umacniała się nadzieja. Ataki wściekłości ograniczyły się do zwykłych wybuchów złości, krótkich i gwałtownych, zaniechanych tak nagle, jak się pojawiały. Wystarczyło wspomnieć o spodziewanym Bożym błogosławieństwie, by wymierzane przez Elżbietę policzki i miotane przekleństwa zamieniały się w znaki krzyża.

Chłopiec czy dziewczynka? Wszyscy chcieli przeniknąć sekret łona przyszłej matki. Czy wielka księżna najpierw stawała na prawą, czy na lewą nogę? Sięgała po przedmioty prawą czy lewą ręką? Kiedy usiadła bokiem, którą stopą dotykała podłogi?

Wyróżniała prawą stronę ciała, szlachetną i silniejszą, twierdzili wszyscy. Spodziewała się chłopca.

Caryca prowadziła pertraktacje z Bogiem i przeznaczeniem. Iwan Szuwałow nadal odwiedzał cesarskie łoże, ale coraz częściej po jego wyjściu Elżbieta wzywała swojego spowiednika. O każdej porze dnia i nocy służący mogli się spodziewać rozkazu, by zanieść jałmużnę ubogim. Noc pijaństwa zostawała odkupiona dniem ścisłego postu i leżenia krzyżem w kaplicy. Na kolanach przed świętą ikoną imperatorowa Wszechrusi błagała Najświętszą Panienkę o szczęśliwy poród swego dziecka.

Odwiedzała Katarzynę codziennie. Dopytywała się, czy wielka księżna dobrze spała. Upewniała się, czy podawano jej rabarbar i gotowane śliwki – nic nie powinno zalegać w jej kiszkach, bo to może wywołać przedwczesny poród. Posyłała Katarzynie gęsi smalec do smarowania brzucha, jej zdaniem znacznie lepszy niż olej z migdałów czy nasion lnu. Rozkazała, by pas ciążowy z psiej skóry został wymyty w wodzie różanej i zmiękczony świeżym masłem.

Osobnego pokoju dziecinnego nie planowano. Caryca nie dopuszczała myśli, że jej upragnione maleństwo mogłoby zostać samo z mamkami, poza zasięgiem jej czujnego wzroku. Dziecko Katarzyny miało spać w cesarskiej sypialni. Przeprowadzka do tymczasowej siedziby została odłożona do czasu, aż noworodek będzie na tyle silny, by ją znieść. Nadworny różdżkarz orzekł, że cesarska sypialnia jest wolna od ukrytych żył wodnych, a starą szeptuchę sprowadzano co piątek, żeby okadzała komnatę dzikimi ziołami dla „oddalenia Księcia Ciemności".

Znalazłam się w samym centrum tych burzliwych przygotowań. Do Pałacu Zimowego co dzień zwożono młode chłopki, które niedawno rodziły; każda z nich miała nadzieję zostać nadworną mamką. Caryca oglądała je osobiście. Musiały być młode, zdrowe i ładne, cierpliwe i łagodne, mieć świeży oddech i duże piersi. Patrzyłam, jak po kolei całują krucyfiks i przysięgają, że będą karmić cesarskie niemowlę z miłością i czułością, i nigdy nie sięgną po diabelskie zioła i korzenie.

Zamówiono kapy, pierzyny i poduchy, lecz aby nie kusić złego, jeszcze ich nie odebrano. Futro ze srebrnego lisa miało wymościć kunsztownie rzeźbioną kołyskę, delikatna koronka – obrzeżyć maleńkie czapeczki i jedwabne sukienki; nowe zasłony z watowanego aksamitu – ochronić przed przeciągami.

„Kiedy rodzi się dziecko, strzeż się podmuchu zimnego wiatru" – mówi stare przysłowie.

Katarzyna stała się niczym więcej niż naczyniem, łonem dla potomka. Powinno mnie to boleć, ale gdy Daria przytulała się do mego boku, kiedy czułam wokół szyi jej ciepłe, pulchne ramionka, naprawdę wierzyłam, że chwila, w której Katarzyna weźmie na ręce swoje dziecko, wynagrodzi jej wszystkie zdrady tamtych dni.

$\mathcal{L}$atem, kiedy Katarzyna była w szóstym miesiącu ciąży, caryca nie spuszczała jej z oczu nawet na chwilę. Rozkazała książęcej parze przeprowadzić się wraz z nią do Peterhofu. Położna nie odstępowała wielkiej księżnej na krok.

Większość lata spędziłam w Sankt Petersburgu. *Monsieur* Rastrelli, któremu rozkazano odłożyć wielką przebudowę na kolejny sezon, pośpiesznie zarządzał najbardziej pilnymi remontami w Pałacu Zimowym. Obarczona zadaniem przygotowania komnaty porodowej w cesarskich apartamentach, z rosnącym niepokojem obserwowałam postęp tych prac. Po tygodniach wypełnionych hałasem i pyłem w cesarskiej sypialni z przeżartego pleśnią sufitu nadal odpadał tynk, a świeżo położone tapety odklejały się od wilgoci. Pod koniec sierpnia, kiedy stało się jasne, że czas nagli, caryca raptownie zmieniła plany. Katarzyna będzie rodzić w niewielkim Pałacu Letnim, na skraju Ogrodu Letniego.

Igor nadal oczekiwał na przeniesienie do armii. Jego podanie zalegało na kolejnym biurku. Pułkownik Zinowiew niespodziewanie zmarł po nieszczęśliwym upadku z konia, a nowy dowódca Igora stwarzał problemy. Rekomendacja gdzieś przepadła. Trzeba było dostarczyć kolejną kopię sprawozdania z przebiegu służby. Mój mąż wydał majątek na łapówki.

Całe to zamieszanie wokół oczekiwanych narodzin następcy tronu sprawiło, że Daria stała się zazdrosna. Zaczęła się dopytywać, dlaczego nie ma braciszka ani siostrzyczki. Odkąd Masza powiedziała jej, że to bociany przynoszą dzieci i wrzucają je przez komin, zaglądała do naszego kominka codziennie. Któregoś razu zobaczyłam, jak zostawia w nim jabłko – dla bociana. Wpadła w zachwyt, kiedy nazajutrz odkryła, że owoc zniknął.

$\mathcal{T}$o będzie bolesny poród, słyszałam podczas każdej wizyty w Peterhofie, dokąd jeździłam, by donieść carycy o stanie przygotowań. Ciału matki będzie się trudno przystosować. To pierwsze dziecko przeciera szlak dla braci i sióstr. Kiedyś usłyszałam, jak caryca mówi położnej, by w razie nieprzewidzianych komplikacji za wszelką cenę ratować życie noworodka.

To także zachowałam dla siebie.

Suknie Katarzyny opinały się na niej coraz ciaśniej, ich fałdy gęstniały. Twarz miała ściągniętą z niepokoju. W towarzystwie carycy niemal w ogóle nie wstawała z szezlongu. Z obawy, żeby jej nie przestraszyć, zakazano jakichkolwiek hałasów. Dworzanie chodzili na palcach i mówili szeptem.

Siergiej Sałtykow nadal przebywał na dworze, w świcie wielkiego księcia, chociaż caryca zagroziła już, że go odeśle. „Widuję go – pisała do mnie Katarzyna – ale nigdy sam na sam".

To wcale nie dlatego, że Sierioża o to nie zabiega, zapewniała mnie. To wina położnej, wedle słów Katarzyny, „najbardziej tępej i bezdusznej osoby, jaką można sobie wyobrazić". Donosiła na nią carycy i nigdy nie zostawiała wielkiej księżnej samej na tyle długo, żeby ktoś mógł ją niepostrzeżenie odwiedzić.

Tego roku jesień nadeszła wcześnie. W ostatnim dniu sierpnia podmuchy wiatru, szczególnie te od Newy, były tak ostre i przenikliwe, że zrywały liście z drzew. Stałam na dziedzińcu Pałacu Letniego, kiedy zobaczyłam zatrzymujący się powóz i usłyszałam głos Katarzyny, wołający moje imię.

– Nie miałam cię jak uprzedzić, Warieńko – wyjaśniła, widząc moje zaskoczenie, kiedy książę Naryszkin pomógł jej wysiąść z powozu. Jej mały biały piesek, Bijou, skakał wokół kostek swej pani, szczęśliwy, że go wypuszczono.

– Musisz wiedzieć, że to było porwanie – Katarzyna wskazała na księcia Naryszkina. W jej spojrzeniu były figlarne błyski, które odwracały uwagę od ciemnych sińców pod oczami. Idąc w moją stronę, odchylała się lekko do tyłu, odsłaniając brzoskwiniową jedwabną podszewkę wełnianej podróżnej peleryny. Obszernej i luźnej – dziecko miało się urodzić już za miesiąc.

– To był od początku do końca mój pomysł – powiedział książę Naryszkin i ze śmiechem opisał swój fortel. Najpierw przekonał carycę, by zezwoliła na wycieczkę do miasta, by Katarzyna sama mogła się przekonać o postępie przygotowań. Potem zaprosił wielką księżnę na krótki spacer z psem. Schowali się za krzakiem jałowca, a gdy położna straciła ich z oczu, razem pośpieszyli do jego powozu.

Był to dzień wielkiego prania. Na podwórzu Pałacu Letniego płonęły ogniska, w olbrzymich kadziach gotowała się pościel. Pachniało mydlinami. Wokół roiło się od służby znoszącej kosze posortowanej i nieposortowanej bielizny, tary do prania i beczki na zużytą wodę z mydlinami, którą później oddawano biednym.

Zaprowadziłam Katarzynę do komnaty przygotowywanej na jej rozwiązanie. Pokój z niewielkim antyszambrem przylegał do apartamentów carycy; ściany miał obite pąsowym adamaszkiem, przy ścianie stał spory stół. Jak wymagał tego cesarski zwyczaj, na podłodze leżał goły jeszcze materac wypchany końskim włosiem. Bijou wąchał go raz po raz, co wzbudziło we mnie niepokój, czy przypadkiem nie zdążyły się tam już zagnieździć myszy.

– Płócienna pościel będzie mięciutka, Wasza Wysokość – powiedziałam, siląc się na pogodny ton. – Dobrze sprana. Będzie też łóżko, na czas po…

Katarzyna rozejrzała się po pokoju, marszcząc brwi. Po wspaniałościach Peterhofu musiał się jej wydawać bardzo skromny. Na korytarzu sztorcowano kogoś za deptanie w butach stosu obrusów. Bijou zaczął szczekać.

– Jeśli umrę, Warieńko… – zaczęła Katarzyna. Zbladła, a ja poczułam ukłucie strachu.

– Nie umrzesz, pani. Jesteś silna.

Wtedy książę Naryszkin ujął ją pod ramię i zaprowadził do okna.

– Proszę spojrzeć – powiedział.

W Ogrodzie Letnim Siergiej Sałtykow, odziany w fioletowy aksamit, zginał się w kornym ukłonie. Jego paradny kapelusz zamiatał piórem ziemię. Katarzyna wydała cichy okrzyk i klasnęła w ręce.

– Oto moja druga niespodzianka – oznajmił książę Naryszkin,
otwierając okno, tak by Sierioża mógł się wspiąć do środka. – Zapamiętaj ją, księżno, i wynagrodź mnie choć uśmiechem.

Wystarczył jeden podskok i szybki przerzut gibkiego ciała,
aby Sałtykow znalazł się z nami w pokoju. Jego uśmiech był pełen triumfu.

– Sierioża!

Zobaczyłam, jak Katarzyna zarzuca ręce na szyję kochanka.
Usłyszałam jej błagania:

– Czekam każdej nocy… Nie mogę… proszę… to tak boli…

– Ale przecież jestem.

Palce Katarzyny wygładziły haftowany brzeg jego kołnierza
i tam się zatrzymały. Obok pary kochanków zapomniany Bijou
stanął na tylnych łapach, domagając się pieszczoty.

Rzuciłam księciu Naryszkinowi porozumiewawcze spojrzenie
i wycofałam się. Kiedy wychodziliśmy, kątem oka dostrzegłam
przystojną twarz Sierioży Sałtykowa, pełną troski. Delikatnie ujął
dłonie Katarzyny i zamknął je w swoich.

– Ciii… – usłyszałam jego stłumiony szept. – Przecież znala-
złem sposób, prawda? Dokładnie tak, jak obiecałem.

– Zaczęło się.
Położna przysłała wiadomość o zmierzchu, prosząc
o świeże masło, popiół, kompot z rabarbaru, wino i ocet.

Caryca pośpieszyła do pokoju położnicy.

– Dobry znak, Wasza Wysokość. Będzie chłopiec – obwieściła z dumą akuszerka. Wody, w których dziecko pływało w łonie
matki, miały wyraźny odcień czerwieni.

W apartamentach carycy zgromadziły się damy dworu, żeby
czuwać na modlitwie. Nie umknęło mej uwadze, że wszystkie

należały do świty Elżbiety. Z orszaku Katarzyny dopuszczono jedynie dworki. Było ich zaledwie pięć, z opuszczonymi głowami przesuwały w palcach paciorki czotek. W zatłoczonej komnacie pachniało jaśminem i kandyzowaną skórką pomarańczową, najnowszym przysmakiem carycy.

Zajęłam moje miejsce w kącie, oczekując wezwania.

Ściany Pałacu Letniego są cienkie, słyszałyśmy więc jęki wielkiej księżnej. Od czasu do czasu wydawała bolesny skowyt, jak pies ugodzony ostrym kamieniem. Kilka razy dobiegł nas głos Elżbiety. Przekonywała Katarzynę, aby była dzielna, ale głównie słyszałyśmy głos położnej, która kazała Katarzynie głęboko oddychać, przełknąć to, co jej podała, i przeć, przeć.

Była chłodna wrześniowa noc. Nie mogąc opanować rosnącego niepokoju, wstałam i rozsunęłam zasłony. Przez szparę zobaczyłam oświetlone blaskiem księżyca konary dębu kołyszące się na wietrze.

Daj Boże, by dziecko przyszło na świat jak najszybciej, modliłam się. By przyniosło jej spokój.

Przybył wielki książę. Słyszałam jego głośne kroki, kiedy wszedł do pokoju Katarzyny, mrucząc coś, co, miałam nadzieję, było słowami otuchy. Caryca spytała, gdzie się podziewał i dlaczego nie ma na sobie rosyjskiego munduru.

Prowadził musztrę swoich holsztyńskich żołnierzy, odpowiedział. Muszą być gotowi na paradę.

– Bo jakaś parada przecież będzie? – zapytał zniecierpliwiony.

Parę minut później usłyszałyśmy, jak wychodzi.

Po godzinie caryca, ostrzeżona, że zapowiada się długie czekanie, wróciła do nas. Hrabina Szuwałowa pośpieszyła ku niej z pudełeczkiem słodyczy.

– Chcę teraz odpocząć – obwieściła Elżbieta, wsuwając sobie do ust kawałek skórki pomarańczowej w cukrze i zniknęła w drzwiach swojej sypialni.

O północy nadal czekałyśmy. Caryca nie mogła zasnąć, wezwała więc swoje damy dworu do wspólnej modlitwy; dworki Katarzyny zostały odesłane. W Pałacu Letnim nie ma miejsca dla gawiedzi, oświadczyła Elżbieta. Tylko będą zabierać dziecku powietrze.

O drugiej w nocy odważyłam się zajrzeć do Katarzyny z zapytaniem, czy czegoś nie potrzeba. Nikt poza położną i jej pomocnicą, młodą kobietą w chuście na głowie, nie miał do niej dostępu. Noc była jasna, księżycowa. Leżący na podłodze materac otaczało dziesięć grubych, woskowych świec; przeżegnałam się, nie mogąc odpędzić myśli, że przypomina katafalk.

Świeże prześcieradła, tak starannie prane, prasowane i perfumowane z myślą o cesarskim porodzie, były już wymięte i poplamione. Katarzyna w podwiniętej sukni, z rozpuszczonymi włosami zlepionymi potem, rozdygotana, leżała na materacu. Skórę miała ziemistą, a piersi spuchnięte.

Na mój widok z trudem złapała powietrze i spróbowała podnieść się na łokciach.

– Trzeba było mnie uprzedzić… że będzie… aż tak bolało! – jęknęła, wskazując na pagór swego brzucha. – Myślisz, że mnie rozerwie?

– Za kilka godzin nawet nie będziesz tego pamiętała, pani.

– Kiedy przyjdzie Jej Wysokość?

– Już niedługo.

– Warieńko, proszę. Nie okłamuj mnie chociaż ty.

Nie odpowiedziałam, bo położna zacmokała ze złością. Jej ręce delikatnie naprowadzały dziecko do wyjścia.

– Nie ma obawy, że poród będzie pośladkowy – powiedziała położna. – Powtórz to Jej Wysokości.

Podłoga zaskrzypiała, kiedy uklękłam przy materacu. Na stole, obok porcelanowej misy, leżały białe powijaki.

– To nie czas na składanie wizyt! – burknęła położna.

Wstałam i wyszłam.

Na korytarzu dwie pokojówki Katarzyny udawały, że odkurzają poręcz czy ścierają z podłogi jakąś niewidoczną plamę. Ciekawe, która z nich szpieguje, przemknęło mi przez głowę.

– Co wy tu właściwie robicie? – warknęłam. Rozpierzchły się jak króliki pogonione przez ogara.

Nikomu z wyjątkiem carycy, wielkiego księcia i pięciu dam dworu Elżbiety nie pozwolono być świadkami rozwiązania.

Czekałam w pokoju obok. Wokół mnie szepty rosły i cichły, aż wreszcie go usłyszałam: pierwszy niepewny krzyk noworodka, natychmiast zagłuszony wybuchami radości.

Przeżegnałam się. Podziękowałam Bogu za doznaną łaskę. Katarzyna urodziła syna.

Za tą ścianą, myślałam, moja przyjaciółka odpoczywa. Synek, jeszcze opleciony pępowiną, leży między jej nogami. Położna czeka na znak, by go uwolnić.

Na pępowinie były trzy węzły, szeptano, zapowiadające trzy kolejne ciąże. Łożysko odeszło szybko, bez większego bólu. Noworodkowi podano łyżkę ciepłego czerwonego wina osłodzonego miodem, żeby odkrztusił flegmę. Został wykąpany i owinięty w powijaki.

Przez ścianę słyszałam, jak Katarzyna szlocha z radości.

W cesarskiej sypialni odsłonięto okna. Świt był mleczny, spowity mgłą. Pod pałacem okrzyki radości mieszały się z wiwatami i wystrzałami z muszkietów. A potem jeden po drugim rozdzwoniły się kościelne dzwony, ogłaszając dobrą nowinę.

Jest tyle czułych określeń miłości: „moja ptaszynko", „moje oczko w głowie", „mój najsłodszy", „mój pieszczoszku", „mój sokoliku". Caryca wymruczała je wszystkie, kiedy wróciła do swej sypialni, tuląc w ramionach noworodka szczelnie zawiniętego w powijaki. Damy dworu nie odstępowały jej na krok. Jeszcze nigdy nie widziałam jej tak szczęśliwej.

Drobna czerwona twarzyczka z mocno zaciśniętymi powiekami. Popłakiwanie uspokajane pocałunkiem.

Mimo zmęczenia całonocnym czuwaniem ociągałam się z odejściem. Przybyli tłumnie goście wyrażali swój zachwyt. Mały carewicz, prawnuk Piotra Wielkiego, to cud piękności i nieziemskiej wprost siły. Świetlana przyszłość Rosji jest zapewniona. „Jaki przystojny... i jaki spokojny... widać, że mały mężczyzna".

Gromadzili się wokół carycy, upewniając się, że zauważyła ich obecność. Książęta, hrabiowie, dworzanie. Kanclerz Rosji zdjął rękawiczki, zsuwając je palec po palcu, by uczynić znak krzyża na główce następcy tronu. Iwan Szuwałow, świeżo mianowany rektor Uniwersytetu Moskiewskiego, głosem pełnym wzruszenia wyrecytował odę *Do najdroższego dziecięcia, które przyniosło radość Minerwie*.

Nasycona pochwałami Elżbieta rozkazała im wszystkim odejść. Nawet Iwan Iwanowicz został odesłany. W szarym świetle świtu kołyska z baldachimem, w której ostrożnie ułożyła noworodka, wydawała się zajmować pół pokoju. Elżbieta usiadła na fotelu obok i zaczęła ją delikatnie kołysać.

Odwróciłam się, by wraz z pozostałymi opuścić komnatę, ale caryca mnie zatrzymała.

– Możesz pójść teraz do niej, Warwaro – powiedziała cichym, lecz nieswoim głosem.

Nawet w takiej chwili nie może się zdobyć na to, żeby wymówić imię Katarzyny, pomyślałam.

– Czy mam coś przekazać wielkiej księżnej, Wasza Cesarska Wysokość?

– Powiedz jej, że jestem z niej zadowolona.

Skinęłam głową.

– Powiedz jej też, że mnie zmęczyła. Że kazała mi czekać całą noc.

Niemowlę spało spokojnie. Caryca wstała i zsunęła z ramion aksamitną pelerynę. W białej koszuli z watowanej weby wyglądała jak niezgrabna ćma. Z ciemnego kąta sypialni dobiegł szmer myszy przemykającej pod ścianą. Gdzie się podziewają koty, gdy ich potrzeba? – pomyślałam.

Wtedy usłyszałam słowa, których się obawiałam.

– To dziecko należy do mnie. Zadbaj o to, by ona nie sprawiała mi żadnych kłopotów.

Takie są przywileje carycy. Bierz to, co chcesz; odrzuć to, co cię znuży. Żyj jak zechcesz, bez obaw, gdyż w tym świecie tak wiele zależy od twoich kaprysów.

Rozumiałam to dobrze. Mimo to zwlekałam z wyjściem, mając nadzieję, że caryca powie coś, co mogłabym powtórzyć Katarzynie dla otuchy. Może wyznaczy jej wizytę, obieca, że wkrótce pozwoli jej zobaczyć własne dziecko.

Przez chwilę Elżbieta wyglądała tak, jakby miała rzucić Katarzynie jakiś okruch swojej szczodrobliwości, lecz wtedy carewicz zakwilił w kołysce. A ona odwróciła się ode mnie, by się nad nim pochylić.

Z ciężkim sercem weszłam do pokoju porodowego. Nie spodziewałam się, że zastanę Katarzynę samą, ale ku mojemu zdumieniu nie było przy niej nawet pokojówki. Leżała, trzęsąc się z zimna. Pościel była mokra od potu. Nawet świece zniknęły.

Skrzyżowała ręce na piersiach. Wtuliła w nie twarz.

Pogładziłam jej wilgotne włosy i starałam się ukoić jej szloch.

– On umrze! – wyłkała. – Umrze beze mnie!

– Jej Wysokość nie pozwoli, by carewiczowi stała się najmniejsza krzywda – zapewniłam Katarzynę. – Jest bezpieczny. Nie zmarznie. Kołyskę wymoszczono srebrnym lisem.

Opisałam jak umiałam drobną buzię jej synka, różowe usteczka, duże szare oczy.

– Powiedziała, kiedy będę mogła go zobaczyć?

Pokręciłam głową.

– Dlaczego, Warieńko?

– Wiesz dlaczego.

Palce Katarzyny wpiły się mocno w moje ramię. Oddychała ciężko. Usłyszałam jej zawodzenie.

Została okradziona. Pochowana za życia. Krwawiła, ale nie krwią kobiety, która musi płynąć, lecz krwią mężczyzny, wyjącą o pomstę. W zimnym świetle poranka zobaczyłam, jak w oczach wielkiej księżnej błyszczy nienawiść.

– Pragnę jej śmierci, Warieńko.

Puściła moje ramię. Zakryłam jej usta ręką, żeby stłumić te niebezpieczne słowa, ale ją odepchnęła.

– Chcę zobaczyć, jak walczy o ostatni oddech. Będę jej wtedy patrzeć prosto w oczy. Chcę widzieć, jak rozpaczliwie łapie powietrze – na próżno.

Zrobiłam kolejny ostrzegawczy gest – ściany są zbyt cienkie, cienie nie dość gęste – ale nie zdołałam uciszyć Katarzyny.

– Nie obchodzi mnie, czy ktoś to słyszy. Chcę, żeby umarła. Nie mogę tak dłużej żyć!

Pozwoliłam jej płakać w moich ramionach tak długo, aż usłyszałyśmy kroki pani Władysławlewej, nadwornej garderobianej, która oznajmiła, że przysyła ją caryca. Ma sprawdzić, jak się czuje wielka księżna.

Widząc mnie, skrzywiła usta.

– Jej Wysokość życzy sobie zobaczyć panią z powrotem u swego boku, Warwaro Nikołajewna – powiedziała ostro.

Już? – pomyślałam. Jakiś nowy kaprys? Czy podejrzenie, że mogłabym jej nie posłuchać?

Nie.

Zbyt dobrze znałam moją panią. Caryca Rosji chciała tylko usłyszeć, iż wypełniłam jej okrutne polecenie.

– Natychmiast – usłyszałam.

Czas cesarski płynie szybkim nurtem. Cierpliwość nie jest monarszą cnotą.

Moja ręka nadal gładziła włosy Katarzyny; pod palcami czułam aksamitną miękkość jej ucha. Wiedziałam, że kiedy odejdę, nie będzie miała kogo zapytać o swoje dziecko. A nawet gdyby to zrobiła, jej pytania zwrócą się przeciwko niej.

– Proszę przekazać Jej Wysokości, że zaraz do niej powrócę – odpowiedziałam pani Władysławlewej, wiedząc, że zyskuję raptem kilka chwil. – Wielka księżna jeszcze mnie potrzebuje.

*G*odzinę później, kiedy caryca wreszcie pozwoliła mi odejść, wróciłam do Katarzyny. Władysławlewa, odkryłam, nie przydała się na nic. „Położna wkrótce się tu zjawi" – to wszystko, na co było stać tę jędzę. Nie zleciła zmiany prześcieradeł, nie pomogła Katarzynie przenieść się na łóżko, z dala od przeciągów. Później dowiedziałam się, że nawet nie podała jej szklanki wody. Katarzyna nadal leżała na zakrwawionym materacu, dygocząc z wyczerpania i bólu.

Zadzwoniłam na służbę i zarządziłam natychmiast świeżą pościel, wodę i ciepłą narzutę. Gdzie podziali się ci wszyscy szlachetnie urodzeni przyjaciele? – zastanawiałam się. Ci, którzy paśli się na jej hojności? Gdzie byli Naryszkin albo jego siostra? Gdzie był Sałtykow?

Czyżby wszyscy życzyli sobie jej śmierci?

Zachowałam te pytania dla siebie. Pomogłam Katarzynie zwlec się z materaca i umyć. Jej pusty już brzuch nadal był spuchnięty, przecinała go wzdłuż ciemna pręga. Wsparta na moim ramieniu, weszła do świeżo zasłanego łóżka.

– Warieńko? – zapytała.

– Nadała mu imię Paweł Piotrowicz – odpowiedziałam, domyślając się, co ją dręczy.

– Paweł – powtórzyła.

– Jest zdrowy. Nie płacze. Ale nie chce ssać. Usnął, gdy tylko mamka podała mu pierś.

Katarzyna nie spuszczała ze mnie wzroku, chłonąc każde moje słowo.

– Mamka jest czysta – zapewniłam ją. – Żadnej skazy na ciele. Mleka ma pod dostatkiem. Mówi się, że wczorajsza pełnia księżyca zapewni carewiczowi siłę. Twój synek ma maleńkie kształtne paluszki z różowymi paznokciami.

– Kształtne – powtórzyła drżącymi wargami.

– Boli cię? – zapytałam.

Pokręciła głową, ale bladość jej skóry dowodziła, że nie mówi prawdy.

Pomyślałam o chwili, w której położna podała mi Darię i po raz pierwszy usłyszałam cichutki szmer oddechu mojej córki. Czyż był sens ostrzec Katarzynę, że te wzruszenia nie będą jej dane?

– Jestem silna, Warieńko – powiedziała ochryple. – Bo mam ciebie. Nie proszę o nic więcej – ujęła mnie oburącz za dłoń i ucałowała ją. – Pomożesz mi. I mojemu synowi także.

– Tak – potwierdziłam. – Pomogę.

Biuletyn Ochmistrza Cesarskiego Dworu doniósł, że 20 września 1754 roku nad ranem Jej Cesarska Wysokość wielka księżna Jekaterina Aleksiejewna szczęśliwie urodziła syna. Bóg zesłał nam Jego Cesarską Wysokość wielkiego księcia Pawła Piotrowicza.

Kanonada z Twierdzy Pietropawłowskiej ogłosiła narodziny następcy tronu. W mieście wywieszono flagi. Rozentuzjazmowane tłumy wiwatowały.

„Po jedenastu godzinach" – jak utrzymywał biuletyn, w obecności Jej Cesarskiej Wysokości imperatorowej Wszechrusi carewicz został przeniesiony z książęcych komnat do prywatnych cesarskich apartamentów.

Kłamstwo.

Nie „po jedenastu godzinach", ale natychmiast po przecięciu pępowiny łączącej dziecko z matką.

– Opowiedz mi wszystko, Warieńko – błagała Katarzyna. – Nie musisz oszczędzać moich uczuć.

„Wielka księżna robi z siebie widowisko… Biedny Sałtykow stara się, jak może, by się od niej uwolnić; święty by stracił cierpliwość…"

Na początku listopada dwór przeniósł się z powrotem do Pałacu Zimowego, prowizorycznie podreperowanego na ostatnie miesiące przed zbliżającą się przebudową. Połowę cesarskiej sypialni zamieniono w pokój dziecięcy. Elżbieta spędzała tam z niemowlęciem całe dnie, zazdrosna nawet o mamki. Nie interesowało jej niemal nic innego. Widziałam nawet, jak strąca z siebie rękę Iwana Szuwałowa.

Kiedy z wizytą przychodził wielki książę, Elżbieta pozwalała mu przez chwilę potrzymać syna, dopóki mały nie zaczął płakać, i zaraz potem odsyłała siostrzeńca. Piotr powiedział Katarzynie, że mu to nie przeszkadza. Niemowlęta należą do kobiet. Jego czas jeszcze nadejdzie. Kiedy jego syn zostanie żołnierzem.

– Jego syn! – powiedziała mi gorzko Katarzyna. – Jakbym ja zupełnie się nie liczyła.

*D*umą Ich Cesarskich Wysokości, największym osiągnięciem i ogromną nadzieją Rosji" nazwał wielkiego księcia Pawła Piotrowicza kanclerz Bestużew w mowie wygłoszonej na uczcie z okazji jego chrztu.

W antyszambrze carycy moje rozmowy z kanclerzem ograniczały się do zwykłej dwornej wymiany niejasnych aluzji: niektórym łatwo oderwać się od tego, co naprawdę ważne. W końcu zawsze przychodzi otrzeźwienie. W Rosji często wybiera się drogę, która wygląda na najgorszą, ale okazuje się najlepszą.

– Chciałbym, żebyś przekazała coś ode mnie wielkiej księżnej, Warwaro Nikołajewna – powiedział kanclerz, kiedy znaleźliśmy się sam na sam w jego gabinecie. – Mój osobisty złoty eliksir, tynkturę *toniconervina Bestucheffi*.

Jak tylko wyszedł z gabinetu po swój prezent, zerknęłam na jego biurko. Leżała na nim duża karta formatu folio, z nagłówkiem zapisanym kapitalikami:

„Siergiej Wasiliewicz Sałtykow... wiek: 26... ujmująca powierzchowność... rozpustnik, który uwiódł panią..., hrabinę..., księżnę... pogodne usposobienie... skłonność do pedanterii... za swoją misję otrzymał od carycy 6000 rubli i obietnicę wysłania na dwór szwedzki".

– Lekarstwo na zawiedzioną miłość i stargane nerwy. Niezastąpione w tych trudnych czasach – powiedział kanclerz, wręczając mi buteleczkę napełnioną żółtym płynem.

*O*dwiedzałam Katarzynę codziennie. Nadal gorączkowała. Godzinami wyglądała przez okno, z Bijou przy boku. Moje zapewnienia, że carewicz rośnie w zdrowiu, nie uspokajały jej obaw.

– Wróć do niego, Warieńko – prosiła. – Mnie nie powiedziano by nic, nawet gdyby umierał.

W Pałacu Zimowym sypialnię Katarzyny dzieliły od cesarskich apartamentów tylko trzy komnaty, była więc na tyle blisko, aby cesarscy szpiedzy nie spuszczali z niej oka. Prawie stamtąd nie wychodziła, spędzając czas w towarzystwie swoich dworek. Czasem zakradałam się do niej o świcie, czasem w środku nocy, starannie wyczekawszy na sposobność, żeby zastać ją samą, choćby na chwilę, i szepnąć jej słowo pociechy.

Raz czy dwa razy wyczułam u niej zapach tabaki, wilgotnej skóry siodła i jeździeckich butów.

– Był u mnie Sierioża. Nikt go nie widział.

To wszystko, czego udało mi się od niej dowiedzieć.

Za murami Pałacu Zimowego na miasto spadł pierwszy śnieg, okrywając zamarznięte drogi, dachy i Newę. Słońce zachodziło wcześnie. Po południu tylko pochodnie płonące w uchwytach u ścian pałacu oraz ogniska wartowników sprawiały, że na dziedzińcu było cokolwiek widać. Daria właśnie skończyła cztery lata i lubiła kartkować stare książki w poszukiwaniu obrazków.

– Czy to ja, *maman*? – pytała, kiedy zobaczyła na nich jakieś dziecko. Z ulgą przyjmowała zapewnienie, że nie jest jednym z niewiniątek zamordowanych przez żołnierzy Heroda. Że matka z rozpaczą wyciągająca ręce ku niebu to nie ja.

Pod koniec listopada podczas obrzędu oczyszczenia, który pozwalał Katarzynie po raz pierwszy od dnia porodu przystąpić do komunii, wielka księżna mogła już stać bez bólu. Wraca do zdrowia, powiedziałam sobie. Na każdą truciznę jest odtrutka. Wkrótce zapomni i o Sałtykowie.

Z początkiem grudnia Sierioża Sałtykow wyjechał z Sankt Petersburga do swojego majątku na wsi. Zrobił to z własnej woli, bez cesarskiego rozkazu.

– Ściga go tu zbyt wiele porzuconych kochanek – powiedział mi kanclerz. W jego oczach tliły się złośliwe iskierki.

Cóż mam powiedzieć Katarzynie w tych ostatnich tygodniach roku? – zastanawiałam się.

Że fortuna nie jest tak ślepa, jak sądzą niektórzy; że wymaga wielu starannie zaplanowanych kroków.

Że Szuwałowowie jeszcze nie wygrali. Teraz, kiedy Elżbieta ma swojego dziedzica, może się odwrócić plecami do Piotra.

– Może rozważać ruchy, których nie mogła zrobić wcześniej – przypomniałam Katarzynie. – Jeśli uczyni następcą tronu Pawła Piotrowicza, pomijając jego ojca, zostaniesz regentką.

– To słowa Elżbiety? – zapytała Katarzyna. W jej oczach zamigotała nadzieja.

– Nie – odparłam. – Ale to projekt wart rozważenia.

– Nie potrzebuję takich pociech, Warieńko – powiedziała Katarzyna, marszcząc brwi. – Powtarzaj mi tylko to, co mówi caryca.

Ostatnie dni starego roku to czas spłacania długów. W cerkwi Matki Boskiej Kazańskiej caryca dziękowała za błogosławiony rok, który przyniósł narodziny droższego nad wszystko następcy tronu.

Jej dary były godne dziedziczki rodu Romanowów: nowy okład dla cudownej ikony, wysadzany perłami, diamentami, rubinami i szafirami; kunsztownie zdobiony złoty krzyż ołtarzowy, grawerowana kadzielnica. W ostatnich dniach 1754 roku wezwano nas wszystkich, by podziwiać te dziękczynne ofiary, zachwycać się przejrzystością olbrzymich kamieni, precyzją jedwabnych haftów, misternymi wzorami zatopionymi w niebieskiej emalii.

Katarzyna rzadko pokazywała się publicznie. Twierdząc, że jeszcze nie doszła do siebie po porodzie i że męczą ją nawracające migreny, uzyskała zgodę Elżbiety, by nie brać udziału w dworskich balach i maskaradach.

Pokojówki szeptały, że wielka księżna szlocha, gdy sądzi, że nikt jej nie słyszy. Carycy to nie obchodziło. Ode mnie wymagała tylko jednego:

– Jeśli ktokolwiek odważy się nazwać wielkiego księcia Pawła bękartem Sałtykowa, chcę o tym wiedzieć natychmiast.

Katarzynę zastałam w łóżku, tuliła do siebie Bijou.

– To ty, Warieńko? – zapytała głosem przytłumionym przez laudanum. – Przyniosłaś coś dla Bijou? Czekał na ciebie, mój pieszczoszek.

Bijou trącił wilgotnym nosem wnętrze mojej dłoni, poszukując przysmaku. Odepchnęłam go.

– Warieńka jest niedobra dla mojego małego Bijou – wymamrotała Katarzyna. Schwyciła psa i podniosła go wysoko. – Wstrętna Warieńka!

Patrzyłam, jak się uśmiecha na widok łap Bijou, dyndających bezradnie w powietrzu. Pies patrzył na nią w dół wielkimi, zdziwionymi oczami, cierpliwie czekając, aż zostanie przywrócony do godnego stanu.

– Nie chodź więcej do niej – zagruchała do niego. – Zostań ze mną.

Łóżko pachniało kamforą. Obok leżała niechlujna sterta halek Katarzyny. Najwyraźniej za szybko odprawiła służące.

– Twój syn przespał prawie cały dzień i nie płakał – powiedziałam, zbierając z podłogi jej jedwabną bieliznę. Halka była pożółkła i rozdarta w kilku miejscach. Postanowiłam porozmawiać ostro z pokojówką.

Katarzyna postawiła Bijou na łóżku. Pies zaczął lizać jej dezabil poplamiony mlekiem. Piersi wciąż miała nabrzmiałe. Nie odpędziła go.

– Mamki zmieniają się co dwie godziny – opowiadałam. – Biorą dziecko na ręce, gdy tylko zacznie płakać. Caryca przesiaduje przy kołysce. W komnacie jest bardzo ciepło; palaczom przykazano, by nie pozwolili piecom ostygnąć nawet odrobinę. Mały Paweł jest przykryty atłasową kołderką z bawełnianym wsadem. Na niej leży jeszcze jedna, z różowego aksamitu, wykończona gronostajem.

Poskładane halki położyłam na fotelu. Przeciągnęłam palcem po nocnym stoliku, sprawdzając, czy nie jest zakurzony.

– Za dużo go noszą – wymruczała Katarzyna. – Dziecko nie powinno być ciągle kołysane do snu.

Nie wiem, kiedy Sierioża Sałtykow wrócił do Sankt Petersburga. Zobaczyłam go niespodziewanie w antyszambrze Elżbiety, gdzie oczekiwał na wezwanie. Nie odwiedził Katarzyny.

– Warieńko, proszę – błagała Katarzyna. – On wie, że jestem obserwowana. Nie chce mnie stawiać w niebezpiecznej sytuacji. Przekaż mu, że możemy się spotkać poza pałacem. Muszę się z nim zobaczyć, Warieńko. Zanieś mu list ode mnie.

Ścisnęło mi się serce.

– List jest niepotrzebny. Sama z nim porozmawiam – powiedziałam.

Siergieja Sałtykowa znalazłam w sali gwardzistów; był w wyśmienitym humorze. Demonstrował właśnie sztuczkę karcianą jakiemuś młodemu oficerowi. Pachnący wódką, śniegiem i jałowcowym dymem, Sierioża sprawiał wrażenie, jakby tylko co odszedł od ogniska podczas zimowego polowania. Kiedy weszłam, polecał oficerowi nonszalanckim gestem podnieść pierwszą kartę z góry talii. Odsłonięciu asa towarzyszył lekki okrzyk zdumienia.

– Chciałabym zamienić z panem słowo, *monsieur* Sałtykow – powiedziałam. Skrzyżowaliśmy spojrzenia. Poczułam, że ocenia moją głęboko wyciętą suknię.

– Przepraszam na chwilę, Grigoriju Grigorijewiczu – zwrócił się do towarzysza i wstał.

– Ona na pana czeka – wycedziłam przez zaciśnięte zęby, kiedy wyszedł za mną na korytarz.

– Niemożliwe!

Jego ręka znalazła się na moim ramieniu; czułam, jak jego palce muskają mój kark. Sierioża Sałtykow wierzył, że żadna kobieta mu się nie oprze.

– Skoro tak, to czemuż ukrywa się w swojej komnacie? A miałem taką nadzieję, że spotkam ją na ostatnim balu.

Katarzyna poprosiła mnie, bym zapamiętała każde jego słowo, każde usprawiedliwienie. Chciała wyznań i obaw o nią. Strachu przed zazdrością wielkiego księcia i niebezpieczeństwem, jakie Siergiej mógłby na nią sprowadzić.

– Czy Paweł jest do mnie podobny, Warieńko? – pytała ciągle. – Czy kiedykolwiek słyszałaś, by wątpiono w ojcostwo Piotra? Czy to dlatego Sierioża nie chce się ze mną zobaczyć?

Dobrze wiedziała, co się może zdarzyć, gdy ludzkie języki zaczną podważać prawa jej synka. Nietrudno o samozwańca, który ogłosi się zapomnianym carem, prawdziwym potomkiem Piotra Wielkiego. Byle uzurpator może zebrać armię i obwołać wielkiego księcia Pawła Piotrowicza bękartem Sałtykowa. A mimo to Katarzyna nadal wyczekiwała wizyty kochanka. Namiętność zagłuszyła rozsądek.

– Jest teraz sama – powiedziałam Sałtykowowi. W sąsiednim pomieszczeniu słyszałam głos Igora, rozkazujący komuś, by się ogarnął. – Zaprowadzę pana do niej. Nikt nas nie zobaczy. Proszę.

Sierioża Sałtykow uścisnął mnie lekko za ramię. Jego nadgarstek pokrywały gęste czarne włoski.

– Nie jestem panem ani mojego czasu, ani moich uczuć – powiedział. – Proszę jej te słowa przekazać, Warwaro Nikołajewna. Tak będzie lepiej dla nas wszystkich.

Na ulicach Sankt Petersburga wróżbiarze zwracali szczególną uwagę na powtarzającą się piątkę w nadchodzącym 1755 roku. Piątka to cyfra nadziei, mówili, otwarcia na przyszłość. Piątka czerpie z życia całymi garściami. Piątka to wszystkie pięć zmysłów. Piątka to zwiastun wolności i chwały.

Zanim zaczęły się uroczyste obchody, caryca w sukni balowej aż sztywnej od diamentów i złotego haftu pobłogosławiła carewicza Pawła i podarowała mu niezwykłej przejrzystości kryształ. Zawieszony w oknie, miał cieszyć jego oczy, rzucając tęczę blasków.

Elżbieta postanowiła powitać Nowy Rok w Bursztynowej Komnacie. Aby raz jeszcze poczuć jej uzdrawiającą moc – oświadczyła – zanim rozkazem *monsieur* Rastrelliego zostanie przeniesiona do Carskiego Sioła.

Oświetlone blaskiem pięciuset świec panele Bursztynowej Komnaty, daru pruskiego króla dla Piotra Wielkiego, mieniły się mozaiką barw złota i miodu. Powietrze było ciężkie od zapachu perfum, tabaki i alkoholu. Przy drzwiach jak wrony nad padliną wyczekiwał zastęp lokajów, podrywając się na najmniejszy ślad trocin przyniesionych na butach z wydzielonych na ustępy pokoi. Daria, przyglądając się moim przygotowaniom do balu, wymogła na mnie obietnicę, że pozwolę jej zasuszyć kwiaty, które ozdabiały mój gors. Myślałam o tym, kiedy w ciasno zasznurowanej dworskiej sukni stałam u boku Igora, snując moje plany. Przeniesienie do armii wreszcie zatwierdzono, czekaliśmy jedynie na powołanie do nowego pułku. Igor stanie się rzadkim gościem w domu. Daria jeszcze nie wiedziała, że nie będzie go widywać całymi tygodniami.

Katarzyna znów poprosiła carycę o zwolnienie z obowiązku pokazywania się publicznie. Jej prośba spotkała się z kąśliwymi komentarzami na temat wyniosłości niektórych księżniczek, którym wydaje się, że są ulepione z lepszej gliny.

– Co ona się tak ciągle ze sobą cacka, Warwaro? – zapytała mnie Elżbieta. – Chyba nie czuje się skrzywdzona?

Drwina w jej głosie wzbudziła we mnie obrzydzenie.

W Bursztynowej Komnacie, w swojej olśniewającej kreacji, caryca uważnie przypatrywała się zebranym. Stojący obok niej Iwan Iwanowicz Szuwałow co chwila coś do niej szeptał. Wszyscy widzieliśmy jak całuje cesarską dłoń i z triumfującym uśmiechem przyciska ją do serca. W ciągu ostatnich tygodni nie zadawał się z nikim i wygłaszał głośne peany na cześć następcy tronu. Wykpiwał tych, którzy byli na tyle ograniczeni, by uwierzyć, iż gwiazda Szuwałowów zaczyna blednąć. Ku irytacji kanclerza odprawił ciemnooką piękność nasłaną, żeby go uwiodła.

– Nie waż się mnie tknąć – powiedział jej cesarski faworyt. – Ani ty, ani ten, kto cię tu przysłał.

O północy odpalono fajerwerki, które utworzyły migoczące kręgi, spadające gwiazdy i obracające się koła. Na zimną wodę zaczęto lać gorący wosk, aby poznać przyszłość. Oglądaliśmy jego stwardniałe kawałki na wszystkie strony, szukając wskazówek to w jego kształcie, to w rzucanym przez niego cieniu. Miecz dla carycy, podkowa dla wielkiego księcia. Dla mnie list.

Wojna? Podróż? Dobre wieści? Czy złe?

Zaraz po północy Elżbieta poprosiła Piotra, żeby otworzył bal. Nie kryła zadowolenia, gdy zatańczył z hrabianką Woroncową. *Das Fräulein* wdzięczyła się i chichotała za każdym razem, kiedy Piotr na nią spojrzał.

Ja też tańczyłam, pośród brzęku epoletów i wybuchów śmiechu, a potem odpoczywałam w antyszambrach, zbierając plotki, o które caryca niechybnie zapyta mnie nazajutrz. Kto musiał użyć soli trzeźwiących? Czyją suknię trzeba było poszerzać na ostatnią chwilę? Kto wciąż wyglądał jak plebejusz mimo najmodniejszych ubrań?

Katarzyna czekała w swojej komnacie, ale Sierioża Sałtykow wcale się do niej nie wybierał. Patrzyłam, jak tańczy z księżną Leńską, dwa razy z rzędu. Potem zobaczyłam, jak wymyka się gdzieś z Naryszkinem.

– Panowie mają już chyba humorek – szepnęła do mnie z przebiegłym uśmiechem jedna z pokojówek.

Myśl o Katarzynie, samej, wciąż łudzącej się nadzieją, że Siergiej się z nią zobaczy, była nie do zniesienia. Wymknęłam się z sali balowej i zapukałam do jej drzwi. Otworzyła mi szybko, zbyt szybko, ubrana w swój francuski szlafrok z bladoniebieskiego jedwabiu z dużym dekoltem podkreślającym krągłość jej piersi. W komnacie unosił się nikły zapach brzozowych witek z bani.

– Ach, to ty, Warieńko – powiedziała beznamiętnym głosem. Postanowiłam sprawdzić, ile laudanum zostało jeszcze w ostatniej butelce.

Na zewnątrz zawodził wiatr. Pałac Zimowy najbardziej zasługiwał na swoją nazwę o tej porze roku, kiedy mróz malował na oknach lodowe ogrody. Słychać było wystrzały armat.

Pierwszy gość, który przyjdzie po północy w nowym roku, to najpewniejsza zapowiedź przyszłości, mawiała moja matka. Ciemnowłosy mężczyzna przynosi szczęście. Kobieta zawsze zwiastuje kłopoty.

Zapomnij o Siergieju, nie jest ciebie wart, pomyślałam.

– Mogę chwilę zostać? – zapytałam.

– Jeśli chcesz – powiedziała, odwracając wzrok.

Pociągnęłam Katarzynę na dywanik przed kominkiem. Bijou obdarzył nas zmęczonym spojrzeniem i zwinął się w kłębek, gotowy do snu.

– Nigdy nie zapomnę, kiedy go pierwszy raz zobaczyłam, Warieńko – Katarzyna mówiła cicho, nieśpiesznie. – W stajniach.

Wróciłam właśnie z przejażdżki. Mój koń zarżał. Wiesz który? Ten kary z jedwabistą sierścią. Sierioża schylał się po coś. Wyprostował się i spojrzał na mnie. Już wtedy wiedziałam. I on też wiedział.

Miłość była jak choroba wyniszczająca jej ciało. Gdyby w tej chwili Siergiej przyszedł do niej, nie zdołałaby mu się oprzeć. Krążyło w niej jeszcze dość trucizny, by była gotowa wysłuchać kolejnej bajeczki, dlaczego nie zjawił się wcześniej. Przypadkowe spotkanie, rozkaz wielkiego księcia, którego nie mógł przecież nie usłuchać.

Katarzyna podniosła głowę. Jej gęste ciemne włosy, wymknąwszy się spod grzebieni, opadały na kark i ramiona. Cienie tańczyły na ścianach. Z kominka płynęły do nas fale ciepła.

Obie usłyszałyśmy dźwięk zbliżających się kroków. Czyżby Siergiej jednak zmienił zdanie?

Katarzyna zamarła.

Ktoś minął jej drzwi i skierował się w stronę komnat wielkiego księcia. Pukaniu do drzwi towarzyszył wybuch śmiechu. Rozpoznałam chichot *das Fräulein*.

– Wiedziałaś o tym, Warieńko? – zapytała Katarzyna.

– O tym, że dziś nie przyjdzie? – spytałam. Położyłam rękę na jej czole. Było rozpalone.

– Wiesz, o co pytam. Czy to ona kazała mu mnie uwieść? Wszystko, co się stało, to był jej plan?

Po policzkach Katarzyny potoczyły się łzy, ale nawet nie próbowała ich otrzeć.

Nie mogłam dobyć z siebie głosu. Na nocnym stoliku dymiła do połowy wypalona świeca, ponieważ pokojówka nie skróciła knota. Czy to takie ważne, by wiedzieć o wszystkim? Czy kłamstwo nie jest czasem najłaskawsze?

– Spójrz na mnie, Warieńko. Jestem jej cielną krową. Gorzej niż krową, bo nawet krowie nie odbiera się cielaka jeszcze w połogu!

Położyła dłoń na mojej ręce; skórę miała gorącą i suchą.

– Wiedziałaś?

Kiwnęłam głową.

– Dlaczego mi nie powiedziałaś?

Są pytania, na które nie można odpowiedzieć.

– Na przyszłość bądź tak dobra i pozostaw mi osąd, co będzie dla mnie najlepsze, dobrze? Od teraz. Na zawsze.

Czy to jej ton zranił mnie najbardziej? Taki lodowaty i ostry, jakby nie jej. Czy raczej błysk gniewu w jej oczach?

Katarzyna wstała i podeszła do okna. Kiedy je otworzyła, do pokoju wtargnęły głośne gwizdy i wiwaty, salwy z muszkietów i wybuchy fajerwerków witające świt pierwszego dnia roku.

– Chciałam cię ochronić – wymamrotałam. – Zawsze zależało mi tylko na tym.

Musiałam się rozpłakać, bo kolejna rzecz, którą pamiętam, to zamykane okno. A potem palce Katarzyny delikatnie muskające mój policzek.

Nie miałam wyboru. Opowiedziałam wielkiej księżnie jej własną historię, widzianą z ukrycia, od momentu, w którym przybyła do pałacu. Mówiłam o ludzkim gadaniu, planach, jak się jej pozbyć, zimnych przechwałkach jej uwodziciela. O rozkazie carycy, by odesłać kochanka wielkiej księżnej do Szwecji tuż po zakończeniu noworocznych uciech.

Katarzyna siedziała bez ruchu. Jedynie jej palce gładziły długą sierść Bijou, rozczesując pozlepiane kępki.

– Czy to już wszystko? – zapytała, gdy skończyłam.

– Tak – odpowiedziałam.

W blasku ognia zobaczyłam, że zagryzła mocno wargę, aż do krwi.

Chciałam jej jeszcze przypomnieć, jak wiele się zmieniło od tych ponurych dni przed dziesięciu laty, gdy groziło jej odesłanie do Zerbst, ale mnie powstrzymała.

– Idź już, Warieńko – rozkazała. – Chcę zostać sama.

Posłuchałam.

Nie wróciłam na salę balową. Wokół mnie na zimnych, pełnych przeciągów korytarzach Pałacu Zimowego rozbrzmiewały wesołe głosy, stopy tupotały po drewnianych schodach. Pospieszyłam do siebie, głucha na ostrzeżenia Maszy, jej gadanie o woli nieba, nieprzeniknionego w swych zamiarach. Spałam głęboko i nie zapamiętałam swoich snów.

Rozdział siódmy

1755–1756

W pierwszych tygodniach 1755 roku, zaraz po *krieszczenskich morozach*, tych najgorszych, styczniowych, coraz głośniej było o zbliżającej się wojnie.

W Nowym Świecie Francuzi i Anglicy brali się za bary, sprawdzając, na ile da się osłabić granice kolonialnych wpływów, a te odległe potyczki rzucały długi cień na Europę. Francuzi sprzymierzyli się z Prusakami, Anglia zaś z Austrią, choć sojusze nieustannie się zmieniały. Na rosyjskim dworze Anglicy uchodzili za podstępnych, Francuzi za kłamliwych. Jeśli Rosja skłaniała się ku Anglii, to wyłącznie dlatego, że Elżbieta nienawidziła Fryderyka II jeszcze bardziej niż cesarzowej Austrii.

Bezczelny zbir, mówiła, bije na głowę intrygantkę i hipokrytkę.

Każdy, kto chciał wówczas przyciągnąć uwagę Elżbiety, nazywał Wiedeń obskurnym kurnikiem pełnym gnoju i błota. Lub rozwodził się nad faktem, że w berlińskich pałacach pozłacana miedź udaje szczere złoto. W komnatach kanclerza nad raportami szpiegów ślęczała cała armia urzędników, tropiąc ślady królewskich wyzwisk. Istotne było, kiedy i w czyjej obecności Fryderyk nazwał carycę Rosji kurwą, szparą lub suką płaską jak deska. Albo jak często Maria Teresa oznajmiała, że Elżbieta jest bezwstydną grzesznicą, którą niechybnie pochłonie ogień piekielny.

W pałacowych intrygach mogło się przydać wszystko, co było zdolne podsycić cesarski gniew.

Ostatniego dnia stycznia Igor otrzymał wiadomość, że papiery z rozkazem przeniesienia do armii są już w drodze. Nie do artylerii, jak mu obiecywano, ale do grenadierów. Wtedy nie sprawiało mu to już różnicy. Liczyło się tylko, że nie spędzi swoich najlepszych lat uwikłany w „buduarowe potyczki". Śmiał się z Sałtykowa, który nudził się jak mops na szwedzkim dworze; ledwie tam przyjechał, a już prosił o pozwolenie, by wrócić. Cesarski ogier przekonał się na własnej skórze, co uchodzi za wdzięczność w pałacowych grach.

Nie tędy droga twojego męża, powiedział mi wtedy Igor.

Igor Malikin pragnie splendorów zdobytych w ogniu walki, zwycięstw, które przyniosą Rosji chwałę. Nie spocznie, nim nie awansuje co najmniej do stopnia podpułkownika. Gdy na mapach Europy granice zmieniają się nieustannie, taki awans jest jak najbardziej możliwy.

W oczekiwaniu na papiery Igor ćwiczył fechtunek i walkę na pięści. Z treningów wracał posiniaczony i spocony. Żartował, że zesztywniał przez lata służby, prężąc się na baczność pod drzwiami cesarskiej sypialni. Wzięto z niego miarę na nowe bryczesy, nowe buty. Kupił podróżny zestaw przyborów toaletowych i piśmiennych, który tak zafascynował Darię, że Igor pozwolił jej zatrzymać jeden z kryształowych kałamarzy.

Zamówił także swój portret, w pełnym umundurowaniu, z szablą przy boku, z prawą nogą wysuniętą naprzód, ręką obejmującą czako. Moim zdaniem artysta, najęty chłopski rzemieślnik, malarz samouk uchwycił podobieństwo już na pierwszym seansie, ale Igor nie był zadowolony.

– Dodaj mi kilka zmarszczek – polecił malarzowi. – I wyprostuj te usta. Nie chcę, by kiedyś moje wnuki mówiły, że szczerzę zęby jak jakiś głupiec.

W Pałacu Zimowym „młody dwór" podzielił się na dwór Piotra i dwór Katarzyny. Dwór Piotra był domeną Szuwałowów, a królowała mu *das Fräulein*. Katarzyna nie miała wpływowych popleczników, a jej zauszniczką byłam tylko ja.

– Caryca wyraźnie ci ufa, Warieńko – instruowała mnie. – Pozwala ci ze sobą przebywać, kiedy inni zostają odesłani. Nie zważaj na mnie. Mów jej to, co chce usłyszeć.

W cesarskiej sypialni, kiedy Elżbietę znużyły już doniesienia o pruskich kłamstwach, opowiadałam o karcianych długach wielkiej księżnej, długach, które nie powstrzymywały jej bynajmniej przed zakupem rubinowych naszyjników czy kolejnej pary jedwabnych pantofelków ze srebrnymi sprzączkami. Nazywałam Katarzynę zimną i wyrachowaną, poświęcającą swój czas tylko tym, którzy mogli się jej jakoś przysłużyć. Nie było większej potrzeby wdawać się w szczegóły, bo przy każdej wzmiance o Katarzynie twarz Elżbiety kamieniała. Wieczór spędzony na grze w karty czy nieobecność wielkiej księżnej na dworskim balu łatwo było przedstawić jako dowód, że Katarzyna jest lekkomyślna i zarozumiała. Jej codzienne zapewnienia o dozgonnej wdzięczności, natarczywe pochwały wszystkiego, co widziała podczas nielicznych wizyt u synka, nie zmiękczały serca Elżbiety. Uśmiech Katarzyny był równie podejrzany jak jej łzy.

– Raczej nie przepadamy za tymi, których skrzywdziliśmy, prawda, Warwaro Nikołajewna? – zauważył kanclerz.

„Chcę wiedzieć o wszystkim. Nawet o drobiazgach, które mogą ci się wydawać zupełnie bez znaczenia" – mówiła mi Katarzyna.

Donosiłam jej więc o płytkim oddechu Elżbiety i spuchniętych dłoniach, o nocnym koszmarze przerwanym krzykiem i świętej ikonie kurczowo przyciskanej do piersi. O marsowej minie chirurga na widok ciemnej, gęstej cesarskiej krwi sączącej się z naciętej żyły. O częstych bólach brzucha i wybieraniu coraz luźniejszych sukien.

Zemdlała.

Miała konwulsje.

Opowiadałam Katarzynie o niekończących się modłach w pałacowej kaplicy, mamrotanych wyznaniach winy i targowaniu się z Bogiem. Sowę pohukującą w środku nocy odpędzono wystrzałami z muszkietów. Ptaki płoszono, gdy tylko zbliżały się do cesarskiego parapetu. Chory pokojowiec został odesłany do domu i nigdy już o nim nie wspomniano.

W Pałacu Zimowym słowo „śmierć" znalazło się na indeksie.

— *Jego* własne zdania, Warieńko – dopominała się Katarzyna, kiedy wymieniłam nazwisko Bestużewa. – Powtórz mi dokładnie tylko to, co powiedział.

„Wojna jest nieunikniona".

„Czas wojny to czas pazerny, oszukańczy i okrutny, wymagający zastosowania nadzwyczajnych środków".

„Gwałtowne natarcie zawsze jest lepsze niż długa wojna pozycyjna".

„Wytrawny władca nie może poprzestać na reakcji, ale do tego potrzebne są jasne plany i cele".

„Wszyscy wiedzą, że wielki książę podziwia Fryderyka. Ale czy jego żona także opowiada się po stronie Prus?"

„Powiedz wielkiej księżnej, że chciałbym jej doradzać. Powiedz jej, by mi zaufała, by zaczęła o mnie myśleć jak o swoim przyjacielu".

— *Powinnam* mu zaufać, Warieńko?

Niektóre myśli są podobne do cieni. Roztańczone i spotęgowane ciemnością, nachodzą nas w najmniej spodziewanych miejscach. Nie składają się jeszcze na postanowienia, choć ostatecznie do nich prowadzą.

Nie postanowiłam, że odwrócę się od Bestużewa i spróbuję pokonać kanclerza Rosji jego własną bronią. Wybrałam okrężną drogę.

A tak mu zależało, żeby się jej pozbyć z Rosji, myślałam. „Caryca kapuścianego zagonu"! Czy naprawdę sądzi, że o tym zapomniałam?

Powiedziałam Katarzynie o kartotece kanclerza, o tym, kogo uważa za „paskudę o wyglądzie ropuchy", kto, jego zdaniem, „ma maniery chama", kto jest „podstępny i wyjątkowo szczwany". Kto szuka protektora, synekury, a kto tylko bogatej żony. Kto czerpie wpływy ze swych posiadłości, a kto musi się wymykać kuchennym wyjściem ze strachu przed wierzycielami. Kto żywi urazę do wielkiego księcia, a kto skrycie ma nadzieję na upadek Szuwałowów.

„Mapa pragnień – nazywał te swoje zapiski – wykreślona na ludzkiej skórze".

– Będzie cię popierał tak długo, jak długo będzie mu to na rękę – powiedziałam Katarzynie. – Zdradzi cię natychmiast przy pierwszej korzystniejszej dla niego okazji.

Siedziała przy biurku, które przywiozła z pałacu w Oranienbaumie. Podniosła czystą kartę papieru i wygładziła ją rękawem. „Nie wiem, co myślę, Warieńko, dopóki sobie tego nie spiszę" – powiedziała mi kiedyś.

Zauważyłam, że jej palec wskazujący jest ubrudzony atramentem. Ona też zauważyła, bo pośliniła plamę i zaczęła ją ścierać kciukiem.

– Powiedz kanclerzowi, że rozważam jego propozycję, Warieńko. Dopilnuj, by uznał, że potrzebuję więcej dowodów jego lojalności. Niech się najpierw wykaże.

Na Ładodze pękał już lód, olbrzymie kry z łoskotem płynęły Newą, kiedy przebudowa Pałacu Zimowego w końcu się rozpoczęła. Z początku wyłączono z użycia tylko niektóre skrzydła, oddalone od cesarskich apartamentów, choć z każdym dniem trudniej było o utrzymanie porządku. Podłogi wymagały ciągłego odkurzania. Świeżo dostarczone kolumny i posągi stały już prawie wszędzie, owinięte grubym płótnem i słomą.

Przez pewien czas caryca udzielała audiencji w sali tronowej, lecz wkrótce odgłosy kucia i piłowania nawet i to uniemożliwiły. Na pałacowym dziedzińcu brytyjski ambasador poślizgnął się na rozlanej zaprawie murarskiej i skręcił sobie kostkę. Hrabina Rumiancewa zniszczyła sobie pantofle, wdepnąwszy w kałużę smoły. Kiedy Iwan Szuwałow poskarżył się, że od rosnącego z dnia na dzień hałasu dostaje migreny, dwór zaczął się szykować do wielkich przenosin.

Zanim czeremchę obsypało białe kwiecie, a polne kwiaty okryły kobiercem brzegi Newy, tymczasowa siedziba dworu u zbiegu bulwaru Wielkiego i kanału Mojki była gotowa. Pałac miał tylko parter i mansardę. Ściany były cienkie. Gdy ktoś przechodził przez westybul, trzęsła się cała podłoga. Nietrudno było przewidzieć problemy: drewniane ściany będą przemarzać w zimie; okna i drzwi się wypaczą. Z braku miejsca wielu dworzan będzie musiało znaleźć kwatery w pobliskich domach.

– To tylko na rok – oświadczyła ze zniecierpliwieniem caryca.

Ucinała wszelkie przetargi. Koniec z petycjami. Żadnych skarg. Obwieściwszy swoją wolę, wyjechała do Peterhofu w towarzystwie dam dworu. Katarzyna i Piotr przenieśli się na lato do Oranienbaumu. Kto został w mieście, pomagał przy przeprowadzce.

Dwór w rozjazdach, ważący swe opcje.

Ucieszyło mnie, że nowe komnaty Katarzyny będą daleko od apartamentów wielkiego księcia i carycy, ale za to blisko moich. Może to znak cesarskiego zadośćuczynienia, pomyślałam nawet. Akt łaski Elżbiety po tym, jak ją zapewniłam, że Katarzyna pogodziła się ze swoim losem.

Sanktpetersburskie ogrody pachniały bzem, a ja, obarczona obowiązkiem nadzorowania przenosin cesarskiej sypialni, spędzałam całe dnie na niekończących się deliberacjach, co oddać do lamusa, a co przenieść do tymczasowych apartamentów carycy. Był to dla mnie trudny czas, pełen zrzędzenia i skarg; czas pilnowania pokojówek i lokajów; płaczliwych dochodzeń, co mogło się stać z wachlarzem z łabędziej skórki, buteleczkami z weneckiego szkła na sole trzeźwiące czy z ulubionym szylkretowym grzebieniem carycy. Co jeszcze zginie – zastanawiałam się. Jej buty?

Koty Elżbiety, przywiezione do tymczasowego pałacu, natychmiast zniknęły. Dopiero kilka dni później zobaczyłam, jak jeden po drugim wracają, ocierając pyszczki o meble i futryny, by wylegiwać się na butach carycy albo na jej poduszkach.

Moja nowa sypialnia była zbyt mała, żeby wstawić do niej cokolwiek poza łóżkiem, toaletką i komodą. Większość mojej garderoby pozostała w kufrach na strychu, znoszonych na dół w miarę potrzeby.

Wyczerpała mnie ta przeprowadzka. W nocy, nawet gdy zamknęłam powieki, migały mi przed oczyma ręce przeszukujące kosze i skrzynki oraz topniejące stosy słomianych powróseł.

Daria natomiast promieniała radością. W wyobraźni mojej córki puste pałacowe sale zmieniały się w oceany, a otomany pod pokrowcami – w bezludne wyspy. Na strychu, gdzie praczki rozwieszały bieliznę, uwielbiała przyglądać się kotom, figlującym w koszach ze świeżo poskładanym praniem.

– Zobacz, *maman*! – wykrzykiwała, ale ja zwracałam uwagę na obluzowane deski i szpary w podłodze.

Jak łatwo stąd podejrzeć kogoś, kto jest piętro niżej, myślałam.

Jeśli w tych dniach czaiła się pustka, nie zamierzałam jej rozpamiętywać. Tuż przed przeprowadzką przyszły dokumenty Igora. Jego wyjazd nastąpił szybko. Pamiętam, jak stał w naszym salonie, ubrany w nowy mundur – wypolerowane guziki połyskiwały na tle zielonej kurtki – skarżąc się na zbyt ciasny kołnierzyk. Daria przymierzała jego czako, a Igor pochylał się nad nią, wyjaśniając, że wieńczące je litery EPI to skrót od „Elizawieta Pietrowna Imperatrica". Masza z czerwonymi oczyma, pociągając nosem, wieszała mu na szyi świętą ikonę. Były obietnice. Były żarty. Pamiętam jego twarz, zarumienioną i szczęśliwą, gdy skracał czerwony skórzany rapeć. I triumfalny uśmiech, tak wyraźnie przeznaczony dla mnie.

Po chwili mojego męża już nie było.

$\mathcal{K}$ażdego roku 29 czerwca, w uroczystość świętych apostołów Piotra i Pawła, dwór obchodził imieniny wielkiego księcia. Zawsze był to dzień hucznie celebrowany, z muzyką, tańcami i paradami wojskowymi, dzień nieprzerwany nocą, bo czerwcowe słońce chowa się za horyzont na mgnienie oka, by niemal natychmiast znowu się pojawić, w błękitnofioletowej mgle. W roku 1755 obchody imienin Piotra miały zaćmić wszystkie inne. Tego roku wielki książę po raz pierwszy dzielił dzień imienin ze swoim synem i dziedzicem.

– Jedź do Oranienbaumu, Warwaro – rozkazała mi caryca.

Informatorce wystarczą trzy słowa.

Kiedy przyjechałam, na dziedzińcu oranienbaumskiego pałacu stała już fontanna z wódką i beczki niemieckiego piwa. W ogrodzie grała orkiestra, a na tarasie kwartet smyczkowy. Lokaje torowali sobie drogę przez tłum, balansując z półmiskami raków i pieczonych mięs, aby uzupełnić dania, które znikały w mgnieniu oka. Na jednym z niskich kredensów wznosiła się twierdza z wieżyczkami wykonana w całości z ciasta i owoców. Wielki książę w eleganckim szmaragdowozielonym fraku szamerowanym złotem zamiast swego zwykłego niebieskiego holsztyńskiego munduru właśnie dał znak do kolejnej salwy z muszkietów. *Das Fräulein*, jak zauważyłam, była zachwycona, że pozwolono jej stanąć u boku Piotra i witać przybywających gości.

Katarzyny nie było.

Ruszyłam przez zatłoczony dziedziniec w stronę pałacu, aby ją odszukać. Dochodzące mnie głosy ożywiały się jedynie, gdy rozmówcy wygłaszali jakiś kompromitujący komentarz. Taka a taka ośmieszyła się, przesadziwszy z ilością walansjeńskich koronek. Taki a taki wydał pięć tysięcy rubli na przyjęcie, a mimo to jedzenie było okropne. Ten a ten pożądał cudzej żony.

Po kilku krokach zebrałam wystarczająco dużo plotek, żeby zaspokoić cesarską ciekawość.

W pałacowym westybulu przy otwartym oknie stał kanclerz, obserwując dziedziniec.

– Wspaniałe widowisko, nieprawdaż? – powiedział z przekąsem na mój widok. – Kwiat dworu. Gracze starzy i nowi.

Nic nie umknęło jego czujnym oczom. Ani jazgotliwy śmiech *das Fräulein*, ani moje nerwowe spojrzenia na drzwi, w których Katarzyna powinna się lada moment pojawić.

– Spójrz na brytyjskiego ambasadora. Ostatnimi czasy niestrudzenie zabiega o cesarskie względy – kanclerz przechylił się przez parapet. – A teraz, jak widzę, mój stary druh przywiódł ze sobą posiłki.

Sir Charles Hanbury Williams, brytyjski ambasador w Rosji, z jeszcze nie w pełni sprawną po zwichnięciu kostką, kuśtykał u boku młodego szczupłego mężczyzny w wiśniowym aksamitnym fraku. Zauważyłam brak peruki. Włosy nosił ufryzowane i upudrowane, splecione w warkocz związany atłasową wstążką.

– Hrabia Stanisław Poniatowski – powiedział mi kanclerz. – Prosto z wojaży po Europie. Osobisty sekretarz *sir* Charlesa. I jego protegowany.

Hrabia Poniatowski, według kanclerza, stawiał swoje pierwsze kroki w polityce. To wujowie Czartoryscy wysłali go do Sankt Petersburga, by wzmocnić polskie wpływy na rosyjskim dworze. Przyjęto go już w najlepszych domach. Po audiencji w Peterhofie caryca rozwodziła się nad jego kształtnymi łydkami na tyle długo, by zepsuć humor Iwanowi Iwanowiczowi.

Na dziedzińcu hrabia Poniatowski z gracją odwzajemnił czyjś ukłon i przyjął kieliszek szampana od lokaja przechodzącego obok z tacą. *Sir* Charles przedstawiał go feldmarszałkowi Apraksinowi.

Obok mnie Bestużew zachichotał.

– Szuwałowowie uważają, że jest bardzo niebezpieczny, Warwaro Nikołajewna. Szarmancki hrabia powinien to uznać za komplement.

Medale na piersi generała Apraksina zamigotały. Hrabia Poniatowski wyciągnął rękę na powitanie.

– Powinienem cię ostrzec, że stara Szuwałowa już robi aluzje do nienaturalnych skłonności między mistrzem i uczniem – zaśmiał się Bestużew. – Nie bądź więc zaskoczona, jeśli caryca okaże zainteresowanie naszym przystojnym przybyszem z Polski.

Kolejna bitwa w pałacowej wojnie, pomyślałam, słuchając dalszej części relacji kanclerza o pierwszych dniach hrabiego Stanisława na rosyjskim dworze. Frakcja francuska gotowa była skompromitować brytyjską wszelkimi dostępnymi sposobami.

Zignorowałam pytające spojrzenie Bestużewa. „Powiedz mu, że za każdym razem, kiedy ze mną rozmawiasz, zmieniam zdanie – poleciła mi Katarzyna. – Niech wpadnie w desperację".

Czas wojny, powiedziałam sobie, pazerny, oszukańczy i okrutny.

Weszłam do komnat Katarzyny. Stała w powodzi światła, otoczona przez dworki i szmer ich nieustannych rozmów. Jeszcze ją ubierano. Pokojówki właśnie ją sznurowały, dopasowywały panier, przywiązywały w talii kieszenie. Jedna pudrowała włosy księżnej, na ten dzień ułożone w wymyślne loki; inna przyklejała jej muszkę nad wargą. Suknia z jedwabiu w kolorze kości słoniowej, o spódnicy okrytej misterną srebrną koronką, już czekała.

– Warieńko! – wykrzyknęła Katarzyna, kiedy złożyłam jej ukłon. Gestem kazała mi się podnieść. – Czy przeprowadzka już skończona? Nowy pałac gotowy, tak jak słyszałam?

Zastanawiałam się, czy to belladonna, czy laudanum sprawia, że jej szeroko otwarte oczy wydają się zupełnie niebieskie.

To były pierwsze imieniny jej syna. Czy pozwolono jej chociaż przytulić go i ucałować? Czy też, połykając łzy, musiała zapewniać o swojej wdzięczności za jego wychowanie? Czy udało jej się powstrzymać przed wzięciem go na ręce, nawet wtedy, kiedy wyciągał do niej rączki? „Sokolikowi jasnemu" trzeba oszczędzać nadmiernie silnych wrażeń, wywołanych obecnością matki, brzmiał rozkaz carycy. Słyszałam, jak Elżbieta dowodzi, że tęsknota za synem sprawi, iż łono Katarzyny będzie bardziej podatne, by przyjąć kolejną ciążę.

– Pałac jest gotowy na przybycie Waszej Wysokości – odparłam.

Katarzyna podniosła ręce, by pokojówki mogły jej nałożyć spodnie i wierzchnie halki oraz bawet. Zanim skończyły, zdążyłam odpowiedzieć na wszystkie jej pytania. Pałac jest niewielki, ale czysty. Bulwar Wielki rano jest hałaśliwy, ale okna jej pokoi wychodzą na kanał. Poza tym *monsieur* Rastrelli zaklina się, że wrócimy do Pałacu Zimowego najdalej za rok.

Ubrana w strojną suknię Katarzyna wykonała powolny obrót. Zalśniła srebrna koronka, zaszeleścił jedwab. Pokojówki zaczęły szukać najdrobniejszych niedociągnięć, zapomnianych nitek, zbyt sutych lub zbyt skromnych fałd, smug ryżowego pudru na jej szyi.

Wielka księżna dawno już nie wyglądała tak ujmująco.

Za oknami, na pałacowym dziedzińcu ktoś zawołał: „Niech żyje wielki książę Piotr Fiodorowicz!". Wiwaty trwały przez dłuższą chwilę. Jak skwapliwie *das Fräulein* zajęła miejsce Katarzyny, pomyślałam.

Kolejna salwa z muszkietów rozdarła powietrze.

Poczułam ulgę, gdy po chwili niezręcznej, pełnej napięcia ciszy Katarzyna uśmiechnęła się i oświadczyła, że jest gotowa dotrzymać towarzystwa mężowi.

– Kto to taki, Warieńko? – usłyszałam głos wielkiej księżnej. Z porcelanowej misy z owocami hrabia Poniatowski wybrał wydrylowaną śliwkę i wsunął ją do ust. Sięgnął po następną.

Powtórzyłam prezentację kanclerza. Hrabia Poniatowski, Polak, protegowany ambasadora Wielkiej Brytanii, jego osobisty sekretarz, ale bardziej przyjaciel i uczeń.

– Widać, że lubi śliwki – zauważyła Katarzyna. – Czy ten twój przepadający za śliwkami polski hrabia ma jakieś imię?

– Stanisław.

– Ona już go widziała?

Odparłam, że hrabia Poniatowski został oficjalnie przedstawiony carycy przed paroma dniami.

– Spodobał się jej?

– Tak.

– Bardziej niż Szuwałow?

– Raczej nie. Popełnił poważny błąd.

– Wyjadł jej wszystkie śliwki? – W oczach Katarzyny zamigotało rozbawienie.

– Nie – powściągnęłam uśmiech. – Słyszałam, że zacytował Woltera, zanim zdążył to zrobić Szuwałow.

Kątem oka ujrzałam, jak hrabia Poniatowski składa ukłon najstarszej córce księcia Kurakina i prowadzi ją na środek sali balowej. Pełne gracji taneczne kroki i obroty świadczyły o dyscyplinie wieloletnich ćwiczeń. Za każdym razem, kiedy pochylał się ku swej partnerce, jego przystojną twarz rozświetlał ciepły uśmiech. Ani śladu aroganckiej męskości Siergieja Sałtykowa, uznałam, mając nadzieję, że Katarzyna też to zauważy. Tylko wytworna swoboda kogoś, kto wszędzie czuje się u siebie.

W tym momencie wielki książę przywołał mnie gestem.

– Nie podoba jej się mój strój, Warwaro – poskarżył się, wskazując na nadąsaną *das Fräulein*, uczepioną jego ramienia. – Powiedz jej, co słyszałaś.

Zachowywał się zupełnie jak Daria, gdy potrzebuje mojej aprobaty.

– Wszyscy twierdzą, że Wasza Wysokość wygląda dziś szczególnie dostojnie – powiedziałam. – Wielka księżna i kanclerz Bestużew chwalili zwłaszcza wybór fraka.

Hrabianka Woroncowa spiorunowała mnie wzrokiem.

– No i co teraz powiesz? – zapytał ją uradowany Piotr.

Kiedy wróciłam do Katarzyny, stała przy stole z zakąskami w towarzystwie hrabiego Poniatowskiego, a tuż obok nich ustawił się *sir* Charles. Hrabia zaśmiewał się z czegoś, co właśnie powiedziała. Usta Katarzyny były rozchylone. Była nie tylko ujmująca, uznałam wtedy, lecz naprawdę piękna. Tylko radość potrafi w tak niezwykły sposób odmienić nawet niezbyt urodziwą twarz.

– Miał pan znacznie więcej szczęścia niż ja – usłyszałam słowa Katarzyny. – Przyjechałam tu w samym środku rosyjskiej zimy, która nie jest dla słabych duchem.

Nie zwróciła uwagi na moją obecność. Nie miałam jej tego za złe.

Sir Charles Hanbury Williams zostawił Katarzynę i Stanisława i pokuśtykał na stronę, zachęcając mnie gestem, bym mu towarzyszyła. „Grubasek z niego. Wargi jak u Murzyna" – przypomniałam sobie kpiący głos Elżbiety.

– To wyłącznie moja wina – powiedział, gdy spytałam o jego nadwyrężoną stopę. Jego francuski, choć biegły, zdradzał niepewność cudzoziemca, który zbyt późno rozpoczął naukę. – Przestrzegano mnie przed niebezpieczeństwami remontu, *madame* Malikina. Powinienem był baczniej patrzeć pod nogi.

Sprawiło mi przyjemność, że zapamiętał moje nazwisko. Spotykałam go czasami w antyszambrze Elżbiety. Wymienialiśmy wtedy kilka uprzejmych słów. Teraz dopiero miałam okazję porozmawiać z nim na osobności.

Sir Charles nie ukrywał szczegółów prezentacji, która nastąpiła pod moją nieobecność.

– Nazwałem hrabiego Poniatowskiego moim politycznym synem, mym przybranym dziedzicem – powiedział. – A wielka księżna bardzo łaskawie pogratulowała mi wyboru.

Gwar rozmów wokół nas przeszedł w śmiech. Na drugim końcu sali kanclerz Bestużew tłumaczył coś ambasadorowi Austrii, położywszy rękę na jego ramieniu – przyjacielski gest, który miał zostać dostrzeżony. *Sir* Charles nie ukrywał swojego oczarowania Katarzyną.

– Cóż za inteligencja, jaki wdzięk! – rozpływał się. – Na tej sali nie ma nikogo, kto mógłby dorównać temu uśmiechowi.

Pozwoliłam mu mówić, ale moje myśli dryfowały w stronę Katarzyny i jej towarzysza. Nie tyle tego, o czym rozmawiali – bo docierały do mnie tylko strzępki słów – ale subtelnej wymowy ich gestów. Wachlarza Katarzyny, który dotykał jej ust, błysku w oczach hrabiego.

– Byłem w Warszawie wystarczająco długo, by wyrobić sobie własne zdanie – ciągnął *sir* Charles. – Kraj wielkości połowy Francji, przeznaczony przez naturę, by być spichlerzem Europy, pogrąża się w mroku. Takie marnotrawstwo nie leży w interesie Europy, *madame* Malikina. Rozmawiamy o tym z hrabią Poniatowskim codziennie.

Patrząc na swojego protegowanego, który skłaniał głowę ku Katarzynie, *sir* Charles mówił mi o równowadze sił, potrzebnej do utrzymania wszystkich graczy w szachu. Francja sięga po znacznie więcej, niż jej się należy. Z upodobaniem zakłada frakcje we wszystkich krajach, a potem niefrasobliwie je porzuca. Polacy na swoje nieszczęście już się o tym przekonali i teraz szukają pewniejszych sojuszników.

– Proszę rozważyć, *madame*: Polska i Rosja połączone wspólnym interesem, w trosce o wspólne dobro.

Słowa godne ambasadora, pomyślałam. *Sir* Charles wypełniał zadania swojej misji, wykorzystywał każdą sposobność. Chciał, bym powtórzyła jego słowa Elżbiecie? Czy kanclerzowi? A może Katarzynie?

W świetle białej czerwcowej nocy słyszałam głos Katarzyny, wesoły, żartobliwy, splątany z cichym śmiechem hrabiego Poniatowskiego.

Kiedy uczta dobiegła końca, poszłam do sypialni wielkiej księżnej. W Peterhofie caryca czekała na mój raport z uroczystości. Musiałam się dowiedzieć, którą z wersji tego dnia preferuje Katarzyna.

Nie raczyła nawet wspomnieć o carycy.

Pokojówki zostawiły otwarte okna i rozsunięte zasłony z grubego karmazynowego aksamitu wpuszczały do środka powiew wiatru z oświetlonych słońcem ogrodów. Czułam zapach bzu i odurzającą woń jaśminu.

– Zapytałam hrabiego Poniatowskiego o Paryż, Warieńko. I wiesz, co mi odpowiedział? Że zachwycił go jego blask. Że miasta są jak ludzie: emanują swoimi pragnieniami. Powiedział, że Paryż żyje dla przyjemności.

Mój powóz czekał. Wstałam, żeby się pożegnać, ale Katarzyna mnie zatrzymała.

– Myślisz, że kiedykolwiek tam pojadę?

– Do Paryża? – zapytałam bezmyślnie.

– Tak.

– Jeśli naprawdę będziesz tego chciała.

Jej oczy się zwęziły, a potem złagodniały, dwa lśniące kręgi światła.

– Nie mogę już żyć bez miłości, Warieńko. Ani godziny dłużej.

Uśmiechnęłam się.

– Mam przeczucie, że wcale nie będziesz musiała.

Zanim dwór powrócił do Sankt Petersburga na zimę, caryca raz jeszcze wysłała mnie do Oranienbaumu.

Tym razem chciała, bym zobaczyła się z wielkim księciem. Nowy pułk, który jej siostrzeniec sprowadził z Holsztynu, wzbudzał bezustanne kontrowersje. Było to niepożądane i irytujące w sytuacji, kiedy Rosja stała u progu wojny z Prusami.

– Powiedz temu półgłówkowi, Warwaro, że moja cierpliwość wkrótce się wyczerpie – złościła się.

Holsztyńczycy obozowali na skraju cesarskich posiadłości w Oranienbaumie. Jedzenie dla nich trzeba było nosić z pałacowych kuchni. Obarczeni tym obowiązkiem lokaje narzekali, że muszą obsługiwać „tych zadufanych Prusaków w niebieskich mundurach". Carycę już kilkakrotnie błagano o interwencję.

Patrzyłam na poznaczoną plamami twarz Elżbiety, zaczerwienioną z wściekłości. Moja pani krążyła po pokoju, stukając obcasami w takt wyzwisk. Dupek. Bezmyślny kretyn. Holsztyński błazen i jego paradne żołnierzyki.

– Dopilnuj, bym więcej nie słyszała na ten temat, Warwaro.

Skłoniłam się i wyszłam.

W Oranienbaumie poprosiłam o wizytę u wielkiej księżnej. W ważnej sprawie i natychmiast, powiedziałam wyniosłej pokojówce, która kazała mi zaczekać.

Katarzyna siedziała w swoim gabinecie, zajęta pisaniem; towarzyszył jej tylko mały Bijou. Na biurku w kryształowym wazonie stał bukiet czerwonych róż, plamiąc drewniany blat rozlaną niedbale wodą. Czujność pokojówki nie rozciągała się na czynności tak przyziemne jak przyniesienie serwetki.

Na mój widok wielka księżna odłożyła pióro. Zbyt pośpiesznie.

– Warieńko! – zawołała, posypując stronę piaskiem, by powstrzymać wielki kleks przed rozlaniem się dalej. – Właśnie o tobie myślałam!

Zaczęłam jej opowiadać o niezadowoleniu Elżbiety i mojej misji, ale nie słuchała mnie zbyt uważnie. Jej cera promieniała, a nieupudrowane, przewiązane zwykłą żółtą wstążką włosy lśniły jak pióra kruka.

– Wyobraź sobie, że tu jest – powiedziała. – Znów przyjechał!

– Hrabia Poniatowski? – odgadłam.

Kiwnęła głową. Hrabia Poniatowski był w Oranienbaumie częstym gościem, ponieważ wielki książę lubił słuchać o wojennych wyczynach swojego ojca. Czterdzieści sześć lat temu, w bitwie pod Połtawą, stary generał Poniatowski walczył po stronie Karola XII przeciwko Piotrowi Wielkiemu.

– Nie mówią o niczym innym, Warieńko, tylko o tej bitwie! – powiedziała Katarzyna i przewróciła oczami.

Piotra, jak się zorientowałam ze słów Katarzyny, nie interesowało ani słynne rosyjskie zwycięstwo nad Szwedami, ani też strategia jego dziadka czy jego polityczne poglądy. Od swojego polskiego gościa chciał się dowiedzieć tylko, w jaki sposób pokonany król Szwecji zdołał oszukać Rosjan i z pomocą generała Poniatowskiego uciec z pola bitwy.

Jeszcze jeden powód do gniewu Elżbiety?

Donoszenie o gafach wielkiego księcia robi się zbyt łatwe, pomyślałam.

– Caryca raczej nie powinna się teraz o tym dowiadywać – ostrzegłam Katarzynę.

– Ależ dlaczego, Warieńko? – spojrzała na mnie figlarnie. Pochyliła się nad Bijou i podniosła go. – Może właśnie teraz powinna to usłyszeć?

Huśtany w górę i w dół Bijou zaczął szczekać jak szalony.

Ta wesołość przybierała zbyt głośną formę. Położyłam palec na wargach.

Katarzyna, nadal roześmiana, postawiła psa na ziemi i objęła mnie.

– Tylko się z tobą droczę, Warieńko. Proszę, nie bądź taka śmiertelnie poważna. Chodźmy do nich. Pozwólmy sobie na odrobinę przyjemności.

– Czy możemy do panów dołączyć? – zapytała Katarzyna, kiedy weszłyśmy do gabinetu wielkiego księcia.

Siedząca w kącie *das Fräulein* aż podskoczyła, jakby zobaczyła ducha.

Wielki książę wodził właśnie palcem po jakiejś granicy na wojskowej mapie. Znów miał na sobie niebieski pruski mundur. Widziałam kiedyś, jak jego kamerdyner wypala w nim rozżarzonym węglem dziury, tak by wyglądały jak ślady po muszkietowych kulach. Hrabia Poniatowski stał przy Piotrze, przytakując. Tego dnia miał na sobie elegancki dopasowany frak w stonowanych kolorach ziemi: ciepłych odcieniach gliny i rdzy, skrzących się drobinkami złota. Na dźwięk głosu wielkiej księżnej obaj odwrócili się w jej stronę. Dwie twarze, jedna dziobata i zaczerwieniona z emocji, druga przystojna, emanująca spokojem.

Hrabia Poniatowski skłonił się. Wielki książę machnął ręką, zapraszając nas do środka. *Das Fräulein* wbiła wzrok w podłogę.

Byłam ciekawa, co sprawiło Piotrowi większą przyjemność: nasza niespodziewana wizyta, którą – sądząc po jego triumfującym spojrzeniu – wziął za przejaw małżeńskiego zainteresowania, czy wywołana nią irytacja kochanki.

Katarzyna zwróciła się do hrabiego.

– Od mego męża słyszę, że opowiada pan niezwykle ciekawe historie.

– Dokładam starań, pani – hrabia Poniatowski złożył jej kolejny ukłon.

– Opowiedz mojej żonie tę o merze Paryża – zażądał z chichotem wielki książę.

– Służę natychmiast.

W głosie hrabiego usłyszałam nutę rozbawionego pobłażania, wysiłek, by zadowolić gospodarza nawet kosztem powtarzania tych samych oklepanych dykteryjek.

Dłoń wynurzająca się z obszytego koronką mankietu podkreślała co zabawniejsze szczegóły. Mer Paryża przyjął go ubrany w różowy czepek. Wprowadził go do komnaty, w której rzędem stały nocniki, każdy do połowy wypełniony piaskiem. Co kilka minut mer prosił o wybaczenie i usiłował sobie ulżyć. Za każdym razem wybierał inny nocnik.

Wdzięk podróżnika, pomyślałam, słuchając salw śmiechu, które wzbudzały te opowieści. Miały się podobać. Hrabia Poniatowski okraszał je pochwałami rosyjskiej serdeczności i gościnności, uroków Sankt Petersburga, urody rosyjskich kobiet.

Godzina minęła w mgnieniu oka. Ciemne drewno, którym wyłożony był gabinet księcia, pojaśniało w blasku wczesnosierpniowego słońca. Z oranienbaumskich ogrodów dochodził zapach palonych gałęzi.

Katarzyna zdecydowanym ruchem ujęła *das Fräulein* pod ramię i zaproponowała przechadzkę po pałacowym parku. Chciała pokazać hrabiemu Poniatowskiemu swoją nową ptaszarnię. Trzymała w niej parę bażantów złocistych, kilka przepiórek, a także ptaki, które miejscowy ptasznik łowił dla niej przez całe lato: drozdy, sroki i wilgi.

– Idźcie sami – powiedział wielki książę, ignorując błagalne spojrzenie *das Fräulein*. – Ja to już widziałem.

Ja również nie przyłączyłam się do towarzystwa, skwapliwie wykorzystując szansę rozmówienia się z wielkim księciem sam na sam.

Następnego dnia w Peterhofie zapewniłam carycę, że świta wielkiego księcia nie będzie już więcej powodem do skarg. Mój sukces był wynikiem prostego odkrycia. Służący wielkiego księcia nie otrzymywali dodatkowego wynagrodzenia za dostarczanie jedzenia holsztyńskim żołnierzom. Gdy tylko wielki książę zgodził się naprawić to niedopatrzenie, patriotyczny zapał lokajów wygasł i „obsługiwanie zadufanych Niemców" stało się obowiązkiem jak wszystkie inne.

Caryca klasnęła w ręce z zadowolenia.

Nie zapytała mnie o Katarzynę, a ja nie wspomniałam ani o wielkiej księżnej, ani o nowym gościu w Oranienbaumie. Nie martwiło mnie też odesłanie do Sankt Petersburga. Tymczasowy pałac nadal świecił pustkami; meble w cesarskich apartamentach spowijały płócienne pokrowce. Niepokoiła mnie myśl, że Daria jest tam sama, mając za całe towarzystwo służące i Maszę.

W połowie sierpnia do Sankt Petersburga wrócił Igor – była to jego pierwsza przepustka, odkąd przeniósł się do armii. Wyszczuplał i przycichł. Kiedy oglądał nasze nowe mieszkanie, zachowywał się bardziej jak gość niż jak pan domu.

Przez okna pałacu na bulwarze Wielkim słychać było tętent końskich kopyt, stukot kół powozu, nawoływania przekupek. Podłogi nadal były gołe. Pachniały sosnową żywicą i skrzypiały przy każdym kroku.

Patrzyłam, jak Igor przesuwa dłonią po drewnianej ścianie naszego maleńkiego salonu, jak pociera ją palcem. Zastukał w nią, żeby ocenić jej grubość.

– To tylko na rok – powiedziałam mu. – To nie jest dom.

– I tak lepsze to niż koszary.

Zobaczyłam, jak po tych słowach zaciska szczęki.

W ciągu dnia Daria nie odstępowała ojca ani na chwilę, domagając się opowieści o wojskowym życiu lub demonstrując, czego się nauczyła podczas jego nieobecności: to haft krzyżykowy, to francuski wierszyk, to dworny ukłon. Igor zabierał ją na spacery po bulwarze Wielkim, z których wracali objuczeni pakunkami.

– Pozwól mi, tato! – nalegała Daria, wydobywając z nich skarby, które chciała mi pokazać: porcelanową lalkę z błyszczącymi czarnymi oczyma, pudełeczka z brzozowej kory wypełnione suszonymi owocami i konfektami, kupon perłoworóżowego atłasu na suknię, sznur czerwonych korali.

– Dla mnie. Dla ciebie, *maman*. Dla Maszy.

Popołudnia były jeszcze zbyt ciepłe, by rozpalić w kominku, zbyt jasne, by palić świece. Masza zastawiała stół w saloniku

swoimi specjałami: miskami blinów, pielmieni, parującego barszczu, plastrami wędzonego jesiotra. Dla Igora, dla gości, którzy
schodzili się do nas, ciekawi nowin.

Wojna, słyszałam, wymaga starannych przygotowań. Zebra-
nia sił. Lojalności. Hartu ducha. Strategia jest najważniejsza. Nie
walczy się ot, tak, dla kaprysu; wroga trzeba trzymać w ciągłej
niepewności.

Odwiedzali nas głównie dawni znajomi Igora, z których większość znałam z czasów jego służby w pałacowej gwardii. Wśród
nowo przybyłych wyróżniali się dwaj bracia Orłowowie z Pułku
Izmaiłowskiego, Grigorij i Aleksiej. Ledwie przekroczyli dwu-
dziestkę, obaj byli wysocy i świetnie zbudowani. Grigorij był
przystojniejszy, ale tylko dlatego, że twarz Aleksieja szpeciła prze-
cinająca policzek blizna. Po śmierci rodziców Orłowowie wprowadzili się do domu przy Milionowej i ściągnęli do siebie trzech
pozostałych braci. Igor chwalił ich za to, że trzymają się razem,
„jak koniokrady”.

Tłocząc się w naszym saloniku, wyciągnięci na otomanach albo
przysiadłszy na parapetach jak jakieś zielone ptaszyska, nasi goście słuchali słów mojego męża.

Najbardziej irytowała Igora polityka. Wiecznie zmieniające
się rozkazy. Konieczność ogłaszania żołnierzom, że wczorajszy
wróg w ciągu jednej nocy został sojusznikiem. Żołnierze potrzebują prostszego świata, wyraźnych różnic, mówił, jasno sprecyzo-
wanych celów. Klarownych instrukcji.

– Racja… święta racja – słyszałam, kiedy skończył mówić.

Dawni znajomi Igora nie ściszali głosu. Nie ukrywali grymasów
na swoich twarzach, niezadowolenia bijącego im z oczu.

Niedźwiedzie w mateczniku, myślałam. Gardzą fortelami lisów,
które chcą je przechytrzyć. Czy mają tyle siły, by sobie na to pozwolić?

Ostatniego wieczoru przed wyjazdem Igora, kiedy Masza położyła już Darię spać, wreszcie usiedliśmy razem, sami.

Z początku rozmawialiśmy o naszej córce. O jej postępach we francuskim, pochwałach nauczyciela rysunku, który zachwycał się jej talentem do uchwytywania podobieństwa ludzi i zwierząt. O tym, że żołd Igora i moje obowiązki na dworze pozwolą nam odłożyć pieniądze na posag Darieńki.

Słowa płynęły między nami gładko, bez wysiłku. Przyszłość rysowała się pełna nadziei. Potem nastąpiło milczenie, choć jeszcze nie cisza, która przyszła później, wtapiając się w zmierzch zbyt mocno, by ją można było przerwać.

Jedna ze świec zaczęła dymić. Wstałam, żeby przyciąć knot, lecz Igor mnie powstrzymał. Ręka, którą położył na mojej, była chłodna i sucha.

– Daj temu spokój – wymamrotał, tak jakbym zamierzała zostawić go samego.

Usiadłam przy nim.

Przez twarz mojego męża przemknął cień znużenia, jakby tylko zatrzymał się na chwilę podczas marszu, wiedząc, że przed nim daleka droga.

Boli nie tylko bezsens polityki, powiedział mi wtedy, zmieniających się z miesiąca na miesiąc sojuszów, jakby Rosja nie miała nikogo, kto by nią kierował.

Wojskowe płócienne pasy do szabli rozłażą się po pierwszym praniu. Rekruci z ostatniego poboru ćwiczą z drewnianymi muszkietami, bo prawdziwych brakuje. Poświęcenie też ma swoje granice. Czyżby w pałacu nikt nie miał pojęcia, co się dzieje w tym kraju? Czyżby Matuszka Rosja zapomniała o swoich synach?

Poruszyłam się i spojrzałam w stronę drzwi.

– Igor, ciszej. Nawet tu nie jest bezpiecznie – szepnęłam. – Nikt nigdy nie jest sam.

Przez dłuższą chwilę patrzył na mnie ze zdumieniem i urazą. Jakby moje słowa były oznaką zwątpienia. Jakbym go wcale nie znała.

– Nie poślubiłaś tchórza – powiedział.

Poczułam uścisk jego dłoni. Mocniejszy niż ten w przeszłości.

Później, kiedy Igor wyjechał, przypominałam sobie ten moment. Gdy wślizgiwałam się w nocy do łóżka, moszcząc się tuż obok ciepłego ciałka śpiącej Darieńki, obracałam w myślach słowa Igora, szacowałam ich wagę.

Przechwałka czy obietnica? – zastanawiałam się.

Pamiętam jeszcze jeden moment z tego lata – obraz Darieńki w oranienbaumskiej ptaszarni, pośród papug i kanarków, które pomaga karmić Katarzynie. Wyciąga rączkę w nadziei, że przylecą zjeść z niej nasionka. Wspomnienie mojej córki, która prosi Katarzynę, by pozwoliła jej wypuścić ptaki. Niech sobie polatają po ogrodzie.

Pamiętam też przestrogę Katarzyny.

Kiedy była mała, próbowała raz uwolnić ptaki z ptaszarni swojej ciotki. Zostawiła drzwi klatki otwarte.

– I co się stało? – spytała Daria.

Zamarłam, wiedząc aż nazbyt dobrze, że w swoich opowieściach Katarzyna nie dba o baśniowe obietnice szczęśliwego końca.

– Ze mną czy z ptakami? – zapytała. – Mnie odesłano do łóżka bez kolacji. Ptaki miały mniej szczęścia.

Obserwowałam twarz zasłuchanej Darii. W opowieści Katarzyny papugi zostały zadziobane na śmierć przez wrony. Wróble i drozdy, kiedyś tak miłosiernie odratowane przez jej ciotkę, padły ofiarą kotów i chłopaków z sąsiedztwa.

Wielka księżna nie szczędziła Darii szczegółów: zakrwawione ptasie szczątki, fruwające pióra. Kot stąpający niepewnie ze zmartwiałym kanarkiem w pyszczku, jakby zdziwiony brakiem oporu.

– Nie zrobisz czegoś takiego moim ptaszkom, prawda? – zapytała.

Pamiętam, jak moja córka w powadze i zamyśleniu kręci głową.

We wrześniu dwór powrócił do Sankt Petersburga i rozlokował się w tymczasowym pałacu przy bulwarze Wielkim. Całe wschodnie skrzydło zajęła Elżbieta. Mieściły się tam cesarskie apartamenty, pokój dziecinny i komnaty najbardziej szacownych dam dworu. A także pokoje wielkiego księcia i jego świty.

Piotr był wściekły. Holsztyńscy oficerowie kwaterowali w domu naprzeciw. *Das Fräulein* i jego dworki musiały dzielić jeden pokój. On sam nie miał miejsca na swoje militaria i mapy.

Ściany były cienkie. Elżbieta słyszała każde jego kichnięcie.

W tymczasowym pałacu nie było też miejsca na rządowe biura. Kanclerz i jego urzędnicy zajęli dom przy ulicy Milionowej. „Hałaśliwa", narzekał Bestużew, kiedy go pytałam o nową siedzibę. Odgłosy piłowania i kucia w starym Pałacu Zimowym nie ustawały dniem i nocą. *Monsieur* Rastrelli zarzekał się, że roboty przeniosą się do środka przed nastaniem mrozów.

W pałacu przy bulwarze Wielkim apartamenty Katarzyny – cztery obszerne antyszambry, dwa pokoje prywatne i alkowa – znajdowały się w zachodnim skrzydle, w pobliżu moich. Caryca nadal chciała trzymać ją jak najdalej od syna, pomyślałam.

Wraz z przybyciem dworu zniknął spokój letnich miesięcy. Znów byłam na każde zawołanie carycy. Konfidentka i szpieg.

Tuż przed powrotem dworu na pałacowym dziedzińcu złapano złodzieja z kieszeniami wypchanymi stołowym srebrem. Kominki dymiły, podłogi skrzypiały. Ambasadorzy, posłowie i zagraniczni goście mijali się z portrecistami, cieślami i tłumem kupców, liczących na lukratywne zamówienie. *Monsieur* Rastrelli przezornie unikał pokazywania się publicznie.

– Odpraw ich wszystkich – rozkazała caryca, gdy tylko weszła do nowej sypialni.

Tak zrobiłam.

Kiedy wróciłam, Elżbieta leżała na łóżku, wsparta na dwóch opasłych poduszkach. Ręce i stopy miała opuchnięte, a twarz błyszczącą od potu. Jedna z pokojówek zmiatała z dywanu stłuczone szkło. Druga próbowała zaciągnąć ciaśniej zasłony.

– Gdzie moja toaletka z palisandru, Warwaro? – warknęła Elżbieta. – Chcę ją tu mieć natychmiast!

Nie zamierzała słuchać żadnych wyjaśnień.

Wysłałam lokajów na strych po toaletkę. Przerażone pokojówki odesłałam.

– Tyle już było pomyślnych znaków, Wasza Wysokość – powiedziałam.

Nawet na mnie nie spojrzała.

Nie milkłam. Cichym, kojącym głosem mówiłam i o miocie kociąt, i o księżycu w nowiu, i o czterolistnej koniczynie. W końcu przypomniałam o kukułce, która wykukała Jej Cesarskiej Wysokości jeszcze dwadzieścia lat życia.

Wtedy wreszcie się uśmiechnęła.

Za ścianą, w pokoju dziecinnym, popłakiwał carewicz Paweł, protestując przeciwko jakimś zabiegom, którym musiał się poddać. Szeptano, że dziecko jest bojaźliwe i budzi się po nocach z głośnym krzykiem.

W pałacu przy bulwarze Wielkim *sir* Charles Hanbury Williams był gościem równie częstym jak dawniej w Pałacu Zimowym. Zgodnie z przewidywaniami wojna między Anglią a Francją przeniosła się z Nowego Świata do Europy. Zaogniła dawne konflikty i wymuszała nowe sojusze. Od kilku miesięcy brytyjski ambasador usiłował doprowadzić do zawarcia traktatu pomiędzy Anglią i Rosją. Kanclerz Bestużew jak zwykle deklarował swoje poparcie. Profrancuscy Szuwałowowie jak zwykle protestowali.

Kolejna bitwa w wojnie o cesarskie względy, myślałam. W wojnie, w której wszystkie chwyty były dozwolone. Suplikanci ustawiali się w kolejce, uzbrojeni w pochlebstwa i prezenty, w nadziei że uda im się przeciągnąć Elżbietę na swoją stronę. Ku zachwytowi Maszy nawet moja skromna pozycja w cesarskiej sypialni owocowała koszami smakołyków i przyborów toaletowych. Wśród podarunków nie brakło też rękawiczek z koźlęcej skórki, strusich piór, koronek i fantazyjnych wstążek. Wszystko to za najmniejszą szansę ujrzenia carycy, za byle wskazówkę, kiedy wejść, a kiedy zaczekać.

Sir Charles bezwstydnie schlebiał Elżbiecie. Oświadczał, że jest oczarowany jej urodą, że łaknie jej obecności; cytował jej własne słowa, twierdząc, że są „niezapomniane".

Patrzyłam, jak caryca daje się na to nabrać, spija te słodkie słówka jak miód.

Specjalnością *sir* Charlesa były plotki ze wszystkich europejskich dworów, na których bywał. Eksploatował je po mistrzowsku. Słyszałam, jak zapewnia Elżbietę, że Berlin w porównaniu ze wspaniałością Sankt Petersburga wydaje się wioską. Bez garnizonu liczącego czternaście tysięcy żołnierzy niemiecka stolica byłaby praktycznie pusta. A kościste Prusaczki nie umywają się do rosyjskich krasawic.

Królewskie polowania w Polsce też nie mogą się równać z tymi w Rosji. „Polowania z kanapy", jak je nazywał *sir* Charles, polegały na tym, że w białowieskich puszczach trzymano w klatkach odyńce, wilki i niedźwiedzie. Wypuszczano je dopiero wtedy, gdy król polski był gotowy do strzału.

– Żadnej pogoni, żadnego dreszczu emocji. Wasza Cesarska Wysokość nudziłaby się bezgranicznie.

Elżbieta prychała z zadowolenia.

Kiedyś weszłam akurat w momencie, gdy rozmawiali o Anglii. Caryca była przeświadczona, że rosyjska armia mogłaby przemaszerować z Sankt Petersburga do Londynu w dwa tygodnie.

– Wypada mi się z tym zgodzić, pani – powiedział *sir* Charles, składając jej niski ukłon. Nie zamierzał wspomnieć o istnieniu morza, które poważnie przeszkodziłoby planom Elżbiety.

Po jednej z wizyt *sir* Charlesa pozwoliłam sobie zauważyć, jak znakomicie potrafi zabawić moją panią.

– Moim celem jest zadowolić Jej Cesarską Wysokość, *madame* Malikina – odpowiedział, odruchowo poprawiając monokl. – Chociaż wolałbym, aby caryca nie indagowała mnie zbyt natarczywie, na czyim zadowoleniu zależy mi najbardziej.

Zawahałam się.

– Proszę mi wybaczyć moją bezpośredniość, *madame* – powiedział. – Ale nie umknęło mi pani oddanie dla wielkiej księżnej.

– Ja także dokładam starań, żeby zadowolić moją panią – odparłam z niezmąconym spokojem.

Jego okrągła twarz rozjaśniła się, wygładzając zawiłą sieć zmarszczek uśmiechu. Nadawały mu wygląd niesfornego chłopca obmyślającego jakiś psikus.

– W takim razie mamy więcej wspólnego, niż mi się wcześniej zdawało.

Nie byłam zaskoczona, kiedy tego wieczoru posłaniec z brytyjskiej ambasady dostarczył do moich pokoi skrzynkę bordoskiego wina i kosz przetworów.

W połowie października znów zapanowała dworska rutyna. Rytm przyjęć, wieczorków artystycznych i spektakli w Teatrze Rosyjskim zakłócany był jedynie wyjazdami carycy do Peterhofu, gdy tylko zatęskniła do większych wygód.

Dla Elżbiety był to czas znaków i karcianych przepowiedni. Siódemka kier – niedotrzymane obietnice. As pik – złe wieści. Szóstka pik – stopniowa poprawa. Dziesiątka trefl – niespodziewany dar. Dosyć uporczywie w tych wróżbach powracał podszyty wątpliwością walet pik. Kiedy caryca zastąpiła zwykłą talię talią tarota, zaczęła pojawiać się trafiona piorunem wieża, znak narastających napięć i zapowiedź ich gwałtownego rozładowania.

Wróżbiarze, brodate dziady, bezzębne baby-szeptuchy mamrotały swoje przestrogi. Strzeż się, pani, podstępnej kobiety. Miecz czyha na życie dziecka. Miej baczenie na ostry krzyk spłoszonych mew. Decyzje rosyjskiego dworu zależały od czarciego pazura i cieni rzucanych przez anielskie skrzydła. Audiencje odwoływano w ostatniej chwili, pilne dokumenty leżały tygodniami bez podpisu. Wyjazd przyśpieszano lub opóźniano, trasę zmieniano, a planowany powrót odkładano na kiedy indziej.

Bezustanne opóźnienia irytowały kanclerza. Niezależnie od tego, jakie dokumenty przedstawiał do zatwierdzenia, caryca kazała mu czekać. Rządzenie imperium sprowadziło się do gry na zwłokę. Do wyczekiwania na chwilę lepszego nastroju Elżbiety, poprawionego pomyślną kartą lub dobrym snem.

Nieraz widziałam, jak kanclerz odchodzi z niczym, obcesowo wyproszony z komnat carycy, z przygarbionymi ramionami i zwojami papierów pod pachą. Gdy tylko nadarzyła się okazja porozmawiać na osobności, Bestużew nie mógł się pohamować.

– Czy zdołałaś przypomnieć wielkiej księżnej o moim głębokim szacunku dla niej? – zapytał.

Powiedziałam, że tak.

– I co ona na to? – dociekał.

– Nic.

Czekał, aż powiem coś jeszcze, ale ja milczałam. Spodziewałam się oznak rozczarowania, lecz w jego oczach zobaczyłam tylko nikłą iskrę pogardy.

*P*od koniec października wieczory były wietrzne i zimne. Konie z grzbietami okrytymi derkami przy każdym oddechu toczyły kłęby pary. Na bulwarze Wielkim stangreci w długich baranicach tupali nogami i tarli z zimna ręce. Rzucali czujne spojrzenia na drzwi pałacu, gdzie w każdej chwili mogli pojawić się ich państwo, sięgali za pazuchę, by wydobyć piersiówkę i szybko z niej pociągnąć.

– Co oni robią? – zapytała Katarzyna, kiedy potajemnie opuściłyśmy pałac.

– Piją wódkę, żeby się rozgrzać.

– Wielkiej księżnej też należą się jakieś przyjemności – powiedział książę Lew Naryszkin. Wieczornice w domu jego siostry przy nadbrzeżnym bulwarze, zwoływane natychmiast, gdy tylko cesarski powóz odjechał w stronę Peterhofu, były jego pomysłem. – I nikt nie musi o nich wiedzieć.

Zobaczyłam błysk dziecięcej radości w oczach Katarzyny. Opuszczenie pałacu bez zezwolenia carycy? W przebraniu?

– Pomożesz mi, Warieńko? – spytała.

Przysięgłam, że nie pozwolę, by stało się jej coś złego.

I dotrzymałam słowa.

Wciąż cieszy mnie to wspomnienie: nasze ręce pośpiesznie rozpinające guziki sukni, pozwalające opaść halkom. Wzajemne sznurowanie się, jak najściślej. Piersi Katarzyny nie dawały się zamaskować, dopóki nie przypomniałam sobie o szerokiej lnianej taśmie, którą akuszerka zaleciła nosić do podtrzymywania biustu. Już wcześniej do pokoju Katarzyny przemyciłam mundury gwardzistów Pułku Preobrażeńskiego i teraz obie wdziewałyśmy nasze przebrania: białe bryczesy, czarne buty z cholewami, dopasowane tuniki z ciemnozielonej wełny.

Oficer i jego adiutant, gotowi na to, co przyniesie wieczór.

Pamiętam, jak Katarzyna strzeliła obcasami i stanęła na baczność.

– I pomyśleć, że wszystko może się kiedyś do czegoś przydać – powiedziała.

Miała na myśli godziny, które spędziła musztrowana przez Piotra, udając, że prezentuje muszkiet, ucząc się chodzić zamaszystym męskim krokiem.

Pamiętam pukanie do drzwi, moment paniki, przerwany niepewnym głosem pani Władysławlewej. Pytała przez drzwi, czy Jej Wysokość ma dla niej jeszcze jakieś rozkazy.

– Nie, nie. Proszę iść spać. Mam wszystko, czego mi trzeba – zapewniła ją Katarzyna.

Drzwi dla służby, już popękane i wypaczone, otworzyły się z przenikliwym skrzypnięciem. Osłaniając ręką płomień świecy, poprowadziłam Katarzynę korytarzem, przez westybul, gdzie śpiący stajenny przebudził się, otworzył oczy, spojrzał na nas tępo

i zasnął z powrotem. Pośpiesznie wyszłyśmy na ulicę; od lodowatego powietrza aż kłuło w płucach. Blask księżyca rozświetlał
warstewkę pierwszego śniegu.

Bulwarem Wielkim przejechał ze stukotem powóz. Jeden
z czekających przed pałacem stangretów, dobrze już podchmie-
lony, zanucił:

> Skosztuj, moja miła, jabłka z mego drzewa,
> Pan Bóg miłosierny nie będzie się gniewał.

Sumiasty wąs śpiewaka był biały od szronu.

– Nocna wycieczka, jaśni panowie? – wymamrotał. Spojrzał ze
swojego kozła na nasze buty z cholewami, nie mogąc zdecydować,
czy zwiastujemy kłopoty, czy uśmiech losu.

– Ile chcesz za kilka głębszych łyków z tej twojej flaszki? – zawołałam do niego.

Zanim zdążyłam ją powstrzymać, Katarzyna wydobyła z kieszeni monetę.

Butelka szybko przeszła z rąk do rąk. Zawierała jakąś ohydną
miksturę, która paliła gardła jak piołun i uderzała wprost do głowy.

Pamiętam radość Katarzyny. I uścisk jej dłoni. Mocny i pewny zarazem.

Na Katarzynę czekano w pałacu Naryszkinów.

– Moja siostra sprowadziła twojego *bijou* – przywitał nas
książę Naryszkin. Miał na myśli hrabiego Poniatowskiego. – Anna
i ja spodziewamy się hojnej nagrody za naszą siłę perswazji.

Księżniczka Naryszkina klasnęła w dłonie.

W pokoju obok ktoś śpiewał *Powstań, powstań*. Ktoś inny domagał się więcej szampana.

Odwróciłam się, aby wyjść. Obiecałam, że zaczekam na wielką księżnę w antyszambrze. Dopilnuję, by nikt nie zauważył jej
powrotu.

– Nie, Warieńko – zaprotestowała Katarzyna. – Chcę, abyś została tutaj, przy mnie.

Księżniczka Naryszkina spojrzała na mnie, jakbym dopiero co weszła. W jej oczach błysnęło ostrzeżenie: córka introligatora powinna znać swoje miejsce.

Przestroga zniknęła tak szybko, jak się pojawiła.

– *Madame* Malikina będzie nam miłym gościem.

Poszłam za Katarzyną do salonu Naryszkinów, zwracając uwagę na aksamitne zasłony w kolorze czerwonego wina zawieszone w oknach, bogactwo miękkich dywanów i złoconych krzeseł. Na marmurowym kominku pozłacany zegar wybił dziewiątą; przycupnięty na nim wdzięczący się cherubinek migotał w świetle świec.

Wszyscy goście zgromadzili się wokół Katarzyny: damy dworu, książęta i hrabiowie wznosili kieliszki z szampanem i śmiali się z dowcipów księcia Naryszkina, który naśladował właśnie Piotra grającego na skrzypcach i usiłującego się przy tym nie przewrócić.

Hrabia Poniatowski był gościem honorowym. Nienagannie elegancki, w białym fraku wykończonym srebrną nicią, powstał na widok Katarzyny. Jego przystojną twarz rozjaśnił uśmiech.

– Wasza Wysokość – powiedział.

Katarzyno – poprawiła go. – Choć tutaj zrzućmy te dworskie kajdany.

Żadnych tytułów, zażądała. Żadnych ceregieli. Żadnych ceremonii. Wystarczą nam same imiona: Stanisław, Anna, Lew, Warwara.

Zrobiłam krok w tył, ku ścianie.

– W takim razie: Zofio – powiedział hrabia Poniatowski. – Bo takie jest twoje prawdziwe imię.

Skłonił się, by pocałować ją w rękę.

Nie wiem, co ją podkusiło. Mundur? Brawura przebrania? Wyzwolenie od sukien z rogówką i halek? Szumiąca w głowie wódka?

Katarzyna była szybsza. Zanim Stanisław się zorientował, to ona podniosła jego rękę do ust i pocałowała.

Zawahał się na sekundę, zaskoczony.

W salonie pobrzękiwały kieliszki i talerze. Goście rzucali im ciekawskie spojrzenia, wymieniali porozumiewawcze uśmiechy.

Zaskoczenie Stanisława rozpłynęło się w szczerym zachwycie.

N a rozkaz gospodyni służący wnosili kolejne dania. Botwinka z łososiem i natką pietruszki, ogórki z miodem, bliny w kwaśnej śmietanie. Barszcz i zupa rybna. Przepiórki. Duszone grzyby. Astrachańskie winogrona.

Katarzyna w preobrażeńskim mundurze, usadowiona swobodnie w obitym perkalem fotelu, wydawała mi się jednocześnie i bliska, i obca. Najczęściej zwracała się do Stanisława.

– Czego jeszcze nauczyłeś się w trakcie swoich podróży?

– Że ludzie mają ze sobą daleko więcej wspólnego, niż podejrzewają. Że wszystkie społeczeństwa, niezależnie od tego, jak różne, skłonne są nazywać dobrym to, co uważają za przydatne dla swojego przetrwania.

Jej pytania były coraz bardziej dociekliwe. Jej śmiech coraz głośniejszy.

Oboje czytali te same książki, podziwiali tych samych filozofów. Zgadzali się, że wojny często i w nieprzewidziany sposób pobudzają postęp. Fascynowali się paradoksami logiki: „Ja teraz kłamię" – twierdzi pewien człowiek. Czy jego stwierdzenie jest prawdziwe, czy fałszywe?

Prawdziwe.

W takim razie nie kłamie.

Fałszywe.

Wobec tego kłamie.

Ani prawdziwe, ani fałszywe? Ale jakim sposobem? Jak coś może być zarazem prawdą i fałszem?

Dwie głowy, jego ciemna i upudrowana, jej czarna i lśniąca, ciążyły ku sobie. Przysłuchiwałam się ich głosom i ciszy, jaka zapadała między nimi. Patrzyłam, jak wycofują się z grona przyjaciół i wtapiają w cień. Słyszałam, jak nad gablotką z osobliwościami, przy oknie z widokiem na Newę wymieniają zdania, zwiastuny niebezpieczeństwa.

– Czy obowiązek musi przekreślać nasze szczęście?

– Czy małżeństwo musi być więzieniem?

*B*yło już dobrze po trzeciej nad ranem, kiedy wraz z Katarzyną, opieszałe od nadmiaru jedzenia i wina, wyszłyśmy na bulwar Wielki. Stanisław i Lew Naryszkin nalegali, by nas odprowadzić. Newa już zamarzła przy nadbrzeżu, a rosyjską noc rozjaśniały tylko ogniska grzejących się wartowników.

Katarzyna i Stanisław szli wolno przodem, przedłużając ostatki nocy. Lew Naryszkin, zmuszony dotrzymywać mi towarzystwa, szeptał mi swoje przesiąknięte wódką pochlebstwa i próbował poufałych objęć, dopóki go stanowczo nie odepchnęłam.

Pomyślałam o Igorze, marznącym gdzieś daleko. „Jak na razie nie imają się mnie świerzb ani inne żołnierskie plagi, co zawdzięczam naszej gorącej rosyjskiej bani” – napisał w jednym ze swoich krótkich listów. Do drugiego dołączył rysunek dla Darieńki: tatuś podkuwający konia. „Staram się nauczyć wszystkiego” – głosił podpis. „Żeby dać sobie radę w każdej potrzebie”.

Nad ranem bulwar Wielki był opustoszały. Zniknęły już wszystkie sanie. Zostały po nich ubity śnieg i stwardniałe grudki końskiego łajna. Mimo to uparłam się, że Stanisław i Lew muszą się pożegnać i pozwolić nam wrócić samotnie.

– Ileż on rzeczy widział, Warieńko! – opowiadała Katarzyna, kiedy śpieszyłyśmy do pałacu. – Ileż osób zachwycił!

Widział różaną jutrzenkę nad Île de la Cité, obsadzone kwiatami ścieżki ogrodu Tuileries, oswojone żurawie w wersalskiej menażerii. Ptaki chodzą tam za gośćmi, żeby zostać zauważone, wspominał.

– Wiesz, co mi jeszcze powiedział, Warieńko? „Wystarczy jedno twoje słowo, Zofio, i zabiorę cię z sobą”.

Katarzyna i Stanisław. Kiedy on się uśmiechał, ona śmiała się także; kiedy ona marszczyła czoło, on popadał w zadumę. Byli razem, szczęśliwi.

Czemuż więc pamiętam tyle smutku?

Doniesienia o trzęsieniu ziemi w Lizbonie napływają każdego dnia, szeptano ze zgrozą. Sto tysięcy ludzi pogrzebanych pod gruzami. Walące się domy, miażdżące swoich mieszkańców. Góry martwych ciał, stosy potrzaskanych kończyn, odjętych przez chirurgów, którzy usiłowali powstrzymać gangrenę.

– Jak to możliwe, *maman*? – pytała mnie Daria. – Jak ziemia może się trząść?

Bała się zasnąć wieczorami, więc tuliłam ją w ramionach. Prosiłam Boga, by nigdy nie było jej dane doświadczyć takiego nieszczęścia, przekonać się, jak w jednej chwili życie może się przewrócić do góry nogami.

– Jestem przy tobie – zapewniałam moją córeczkę. – I nigdzie się stąd nie ruszę. Szeptałam obietnice, że trzęsienia ziemi nie dotrą do Sankt Petersburga, że takie tragedie zdarzają się tylko bardzo, bardzo daleko stąd.

Uspokoiło ją to na kilka dni, aż jednej nocy obudziła się z krzykiem:

– Tatuś jest bardzo, bardzo daleko stąd!

Nic, co wtedy robiłam i mówiłam, nie było w stanie pocieszyć mojego dziecka. W końcu uśpił ją głos Maszy, nucący kołysankę, tę samą, którą śpiewała Igorowi, kiedy był mały:

Nocą, gdy morskie fale toczą się z łoskotem,
Nocą, kiedy na niebie świecą gwiazdy złote…

Tej zimy wszystkie eskapady Katarzyny zaczynały się od sekretnych znaków wymienianych w małym gronie jej przyjaciół, któremu przewodził książę Naryszkin. Klepnięcie w prawe ramię w operze, muszka naklejona na podbródku. Żadne słowa nie były potrzebne. Sztukę udawania zmęczenia, zamykania drzwi sypialni na klucz, nalegania, by zostawiono ją samą, tak aby mogła wymknąć się w przebraniu, wielka księżna opanowała do perfekcji.

Pomagałam jej, kiedy tylko mogłam. Ale tego grudnia tylko raz miałam okazję potowarzyszyć Katarzynie do bawialni Naryszkinów.

Kiedy przybyłyśmy, Stanisław już tam był, w eleganckim ubraniu koloru dojrzałej oberżyny, bardziej twarzowym niż jasne, srebrzyste fraki, które dotychczas preferował. Poczułam zapach wody fiołkowej zmieszany z wonią tabaki. Za plecami Stanisława stał *sir* Charles.

– Proszę na nich spojrzeć, Warwaro Nikołajewna – powiedział do mnie ambasador Wielkiej Brytanii, odciągając mnie na bok.

Katarzyna i Stanisław przeszli na drugą stronę pokoju, w cień poza kręgiem światła świec. Tego wieczoru Katarzyna miała włosy upięte w ciasny kok, a jej przebraniem była prosta suknia służącej, która wyglądała tak niepozornie przy dworskim fraku Stanisława. Stali tuż obok siebie, może nazbyt blisko.

Przynajmniej są z dala od pałacu, pomyślałam.

„Nasze dzieci" – nazwał ich *sir* Charles.

Nie mogłam oderwać od nich oczu.

Za oknami salonu – zamarznięta Newa, zaspy wzdłuż ulic. W środku – ciepło kaflowych pieców, zapach rozgrzanego wosku, ożywione głosy. Nie zdziwiło mnie, jak szybko rozmowa zwróciła się ku wieściom z Lizbony.

– Przeznaczenie – pamiętam słowa Stanisława, wygłoszone tego wieczoru w salonie Naryszkinów. – Boski plan, przed którym nie ma ucieczki.

– Z pewnością jednak Bóg udziela nam w ten sposób ważnej lekcji – usłyszałam czyjś głos.

Stanisław pokręcił głową.

– Lekcji, na którą nie jesteśmy gotowi i której nie potrafimy zrozumieć. Mimo wszystkich znaków, przeczuć, ruchów gwiazd i planet.

– W takim razie wypijmy za ignorancję – zażartował książę Naryszkin, unosząc kieliszek. – Moją ulubioną cnotę.

Na drugim końcu pokoju ktoś zachichotał.

Katarzyna tupnęła nogą.

– Nie! – powiedziała.

Zbyt głośno, pomyślałam. Zbyt niecierpliwie.

Zapadła cisza.

– Katastrofa nie jest wyłącznie wyrokiem ślepego losu – ciągnęła. – Możemy z niej wynieść nauki.

Oczy jej błyszczały, mówiła coraz głośniej. Jej rozumowanie było proste: mieszkańcy Lizbony w dniu trzęsienia ziemi byli skazani na zagładę, ale nie przez los. Gatunek ludzki jest w stanie przewidywać, przygotowywać się na różne ewentualności. Gdyby lizbońscy planiści byli zwolennikami mniejszych skupisk ludzkich, życia bliższego naturze, budowaliby mniejsze i lżejsze domy. O ileż łatwiej byłoby ludziom się uratować.

– Ograniczanie cierpienia leży w mocy człowieka!

– Brawo! – przyklasnął jej *sir* Charles. Ambasador Wielkiej Brytanii także wierzył w potęgę ludzkiej woli. – Mamy dar rozumu – powiedział. – I cechy charakteru, które potrafimy zmieniać.

Zobaczyłam, jak policzki Stanisława pokrywa rumieniec.

– Przeznaczenie nie zwalnia nas z takich prób – zripostował. – Ale należy pamiętać, że nie jesteśmy wszechmocni. Weźmy zbłąkaną kulę, która pozbawia życia żołnierza. Jak mógłby zatrzymać ją siłą woli?

Podniosły się głosy, niektóre powątpiewające, inne stanowcze.

– A jeśli żołnierz da szczupaka? – usłyszałam czyjś głos. W odpowiedzi ktoś wydał głośny plusk. Ktoś inny zaapelował o więcej kultury.

Nie słuchałam dłużej.

Czy to siła woli wyniosła mnie z ojcowskiego warsztatu na Wyspie Wasiljewskiej do tego modnego salonu wypełnionego ludźmi, dla których mój ojciec byłby tylko prostym rzemieślnikiem? Czy może przeznaczenie? Czy to dzięki woli, czy przeznaczeniu ja, córka introligatora, znalazłam się pośród tych uperfumowanych arystokratów? Co usłyszałabym na swój temat, gdybym ich podsłuchiwała przez ściany ich eleganckich bawialni? Czy byłam dla nich nikim, plebejką wiecznie usiłującą wkraść się w łaski wielkiej księżnej? Żoną oficera, desperacko pragnącą społecznego awansu? Szpiegiem?

Salon kurczył się i rozszerzał, ściemniał i rozjaśniał. Za tamtymi pośpieszyły inne nieproszone myśli. Czy byłam jedyną informatorką Elżbiety w tym pokoju? Czy obserwował nas ktoś jeszcze? I donosił o tylu nieostrożnych słowach, wypowiedzianych tak lekkomyślnie? Komu? Carycy? Kanclerzowi?

W rogu pomieszczenia Lew Naryszkin zabawiał swoich gości prostacką parodią chodu Elżbiety. Unosił podbródek wysoko, by ukryć „indycze podgardle". Kto odnotowywał sobie w pamięci imiona tych, którzy się śmiali?

– Pobladłaś, Barbaro – z zamyślenia wytrącił mnie głos Stanisława. – Dobrze się czujesz?

Nazwał mnie „Barbarą". Moim polskim imieniem.

– Bądź ostrożny – szepnęłam, wciąż zaaferowana swoimi myślami.

– Jestem ostrożny – odpowiedział.

Wiedział, co może spotkać cudzoziemca, który pozwala sobie na zbyt dużo z wielką księżną. Wiedział o wybuchach złości Elżbiety. O knucie łamiącym kręgosłup. O lodowych polach Syberii.

Pogłaskał mnie po ręce. Uśmiechnął się.

Nikt się nie dowie, obiecałam Katarzynie. Ani caryca, ani Bestużew. Katarzyna i Stanisław stali się moim sekretem.

Znalazłszy się sam na sam z carycą, przyglądając się, jak tuli w ramionach synka Katarzyny, zaczęłam napomykać o Lwie Naryszkinie.

– Miauczy, zanim zapuka do drzwi wielkiej księżnej – opowiadałam. – To ich sekretny sygnał. Wtedy ona wpuszcza go do środka.

Miałam nadzieję, że caryca uwierzy, że to Naryszkin jest kochankiem Katarzyny. Że Stanisław jest tylko gościem, cudzoziemcem pełnym podziwu dla wspaniałości Rosji. Olśnionym i przytłoczonym przez wszystko, co widzi.

– Czy mam przekazać wielkiej księżnej, że Wasza Cesarska Wysokość nie jest z niej zadowolona?

– Nie, Warwaro. Niech się pobawi.

To jeszcze nie wszystko, mówiłam. Lew Naryszkin to znany bałamut. Katarzynę czeka kolejne gorzkie rozczarowanie; wielka księżna marnuje swój czas na buduarowe intrygi. Czas, którego zabraknie jej na politykę.

Elżbieta słuchała, rozważając, jaki płynie dla niej pożytek z tego nowego romansu, o jakie pikantne szczegóły mogłaby mnie jeszcze wypytać. Widziałam to w jej błyszczących badawczo bladoniebieskich oczach.

Pomyślałam o gniewie gwardzistów, kiedy usłyszeli w bani, że *das Fräulein* zaczęła nazywać Katarzynę „tą intrygancką suką".

– Nocami wielka księżna wymyka się z pałacu w przebraniu – powiedziałam carycy. – W mundurze gwardzisty… albo sukni służącej. On czeka na nią na ulicy. Udają się do pałacu jego siostry. Wielka księżna nawet nie pyta mnie już teraz o carewicza… Wielkiemu księciu powiedziała, że bolała ją głowa i dlatego nie mogła odwiedzić synka. Bardzo mało sypia.

Elżbieta mierzyła mnie wzrokiem z góry na dół, wciąż kalkulując. Kobiet należy pilnować. Wystarczy moment nieuwagi, a ta zlekceważona może zdradzić boleśniej niż inne.

– A co o najnowszym podboju Naryszkina sądzi mój siostrzeniec? – Usłyszałam jej złośliwy, podszyty zazdrością chichot.

– Wielki książę nic o tym nie wie.

– A więc powinien się dowiedzieć.

– Oczywiście, Wasza Wysokość – zgodziłam się bez wahania. – Dopilnuję, żeby został poinformowany.

Kolejna chwila ciszy, kolejna szansa, by wtrącić kilka starannie wybranych słów. Znów zaczęłam mówić o pomyślnych znakach. O śnie mojej Darii, w którym widziała niemowlę w złotej koronie. Uderzająco podobne do wielkiego księcia Pawła. Zapowiedź przyszłości?

– Jak wiele mogą dojrzeć oczy niewinnego dziecka – powiedziała Elżbieta i westchnęła.

Wystarczyło, bym wspomniała o maleńkim wielkim księciu, a głos carycy stawał się łagodny, niemalże niepewny. Carewicz uśmiechnął się przez sen. Kiedy go podniosła, zaczął płakać.

W objęciach swej ciotecznej babki mały Paweł puszczał banieczki śliny i ciągnął Elżbietę za włosy. Uznano, że jest muzykalny tak jak jego ojciec, ponieważ raczkując, poruszał bioderkami do wtóru skrzypiec i lubił bębnić w drzwi szafek. Był dzielny, bo nie piszczał już ze strachu, kiedy piastunki sadzały go na wielkim koniu na biegunach stojącym na środku jego pokoju.

Katarzynie nie było dane zobaczyć pierwszego uśmiechu synka, momentu, w którym podniósł główkę, ani kiedy sam usiadł. Do tego czasu widziała go zaledwie dziewięć razy, nigdy bez świadków. Jego buzia nie rozjaśniała się na jej widok. Jej głos nie kołysał go do snu.

– Nic nie możesz na to poradzić – tłumaczyłam jej. – Ale możesz zapamiętać.

Podpisała cyrograf, ale nie z własnej woli. Dopóki nie będzie próbowała odzyskać syna, Elżbieta pozwoli jej na drobne grzeszki.

Zimą 1755 roku ta myśl nie wywoływała już jej łez.

Któregoś ranka w pierwszym tygodniu grudnia weszłam do sypialni Katarzyny i poczułam słodki zapach wody fiołkowej. Dopiero wtedy dotarło do mnie, że nie przewidziałam wszystkiego.

– Czy Stanisław tu był?

On mnie kocha, Warieńko – powiedziała Katarzyna z rozmarzonymi oczyma. – A ja jego.

Poczułam ściśnięcie w gardle.

– Jak się tu dostał? – zapytałam.

– Lew go przyprowadził. Wepchnął go do środka. – Zachichotała, zasłaniając dłonią usta. – To wszystko jego wina.

Wyciągnęła się na łóżku w kremowym negliżu ozdobionym różową wstążką. Jej rozpuszczone włosy były potargane.

– Czy ktoś go widział?

– Nie, Warieńko – odparła. – Wyszedł tędy.

Wskazała na okno.

Miałam nadzieję, że Stanisław miał na sobie płaszcz z kapturem zasłaniającym twarz.

Nie powiedziałam Katarzynie o mansardzie nad jej pokojem, o obluzowanych deskach w suficie, przez które łatwo można było podglądać, co się dzieje na dole. Uważnie obejrzałam sypialnię, szukając śladów miłosnej nocy. Poplamiona pościel pachniała słodko jego wodą kolońską.

Najwyraźniej na twarzy miałam wypisany strach, bo Katarzyna dodała:

– Było już późno. Nikt go nie widział, Warieńko. Nie przejmuj się tak!

Pościel spryskałam perfumami wielkiej księżnej. Kazałam jej usiąść przy sekretarzyku i napisać liścik do Lwa Naryszkina. „Najmilszy przyjacielu… Twoja jakże miła wizyta… Nie przestaję o Tobie myśleć". Nie pozwoliłam jej go złożyć. Niech go zobaczą pokojówki.

Obserwowała mnie, rozbawiona, kręcąc głową.

– Jeśli będziemy miały szczęście, uda się nam zwieść szpiegów – powiedziałam ostro. – Ale nie na długo.

Nic nie dzieli dworu bardziej niż gorączka zbliżającej się wojny. Prusy, wyposzczone i zachłanne, łakomym wzrokiem spoglądały na swoich sąsiadów. Wszyscy zgadzali się, że pruskie ambicje są niebezpieczne dla Rosji, ponieważ grożą równowadze sił. Ale na tym zgoda się kończyła. W zależności od opinii, przywrócenie równowagi wymagało podjęcia odmiennych kroków.

Sporom nie było końca.

W Nowym Świecie Brytyjczycy stopniowo, lecz nieustępliwie wypierali Francuzów z kolonii. Czy Rosja powinna związać swój los z Francją – za czym opowiadała się frakcja Szuwałowów – czy podpisać traktat z Anglią, jak doradzał kanclerz? Który z tych dwóch obozów chętniej pomoże podciąć Prusom gwałtownie rosnące skrzydła, kiedy przyjdzie na to czas?

Prywatne pokoje w apartamentach carycy zmieniły się w ministerstwo wojny, w którym obie frakcje walczyły o wpływy. Moim zadaniem było odprawianie gości i pilnowanie, czy przypadkiem ktoś nieproszony nie kręcił się zbyt blisko. Często przez zamknięte drzwi słyszałam stłumione głosy Bestużewa, Woroncowa, Szuwałowów. Słowa gniewne, groźne, błagalne, grzęznące w zrezygnowanej ciszy: umowa… traktat… ocalenie… zdrada.

W tej wojnie o cesarski posłuch wygrywał Bestużew. Wynegocjowany z pomocą *sir* Charlesa traktat z Anglią został spisany i przygotowany do przedłożenia do monarszych podpisów. Lecz gdy dokumenty krążyły między Londynem a Sankt Petersburgiem, mroczny gąszcz dyplomatycznych możliwości rozdarło kolejne tąpnięcie. Król Anglii bez ostrzeżenia wycofał się z sojuszu z Rosją i zaofiarował swoje wsparcie Prusom i Fryderykowi Wielkiemu.

W Pałacu Zimowym zawrzało od zranionej dumy. Elżbieta oświadczyła porywczo, że ambasador Wielkiej Brytanii nie ma prawa wstępu do jej pałacu.

Szuwałowowie triumfowali.

Niepokój carycy rósł. Czy to jedynie z powodu zdrady Brytyjczyków? – zastanawiałam się. Obaw przed przegraną? Raz śniła, że człowiek z ukrytą w cieniu twarzą wręczył jej list. „Wzięłaś, co nie należało do ciebie. Twoje dni są policzone. Rosja zapłaci za twoje grzechy".

– To był on. Iwanuszka – wymamrotała imię zdetronizowanego cara. – Strażnicy mówią, że przychodzą do niego światła i cienie, a on widzi przyszłość.

Po północy, odprawiwszy swego faworyta, caryca posyłała po seliodki, tłuste śledzie z Morza Białego, korowaja posmarowanego ałtajskim miodem, kandyzowane śliwki marynowane w brandy, orzechy w polewie czekoladowej.

Kiedy sen nie przychodził, domagała się opowieści o Kseni, młodej wdowie o złamanym sercu, która rozdała cały swój majątek i przywdziawszy mundur zmarłego męża, wędrowała po ulicach Sankt Petersburga, pokutując za jego grzechy. Masując spuchnięte stopy Elżbiety, opowiadałam jej o cudach Kseni: piekarzowi z ulicy Mieszczańskiej, który dał jej chleba, zaczęło się powodzić jak nigdy dotąd. Fiakier, który zaoferował, że ją podwiezie, w jeden dzień zarobił więcej niż wcześniej przez miesiąc. Matka, która przyprowadziła Kseni swojego małego synka z prośbą o błogosławieństwo, zobaczyła, jak jej dziecko prostuje zniekształcone krzywicą nóżki.

Moją zwykłą nagrodą było cesarskie westchnienie, kilka słów wymruczanych pod nosem. Lub wyciągnięta w moją stronę ręka, pomarszczona i opuchnięta, którą mogłam przed odesłaniem ucałować.

Niespodziewana klęska dyplomatyczna kanclerza była źródłem ogromnej wesołości wśród popleczników Szuwałowów. Stary lis tracił swój spryt. Zajadła nieufność wobec Francji zaćmiła polityczny osąd kanclerza. Gdzie byli jego szpiedzy, kiedy Rosja ich potrzebowała? Ciekawe, ile Brytyjczycy mu zapłacili?

Krążyły opowieści o służących Bestużewa, wysyłanych po pijanego pana do oberży. Raz fiakier odwiózł go do domu o świcie, półnagiego i ociekającego wodą; kanclerz miał wyklinać pod nosem na sztuczki jakiejś Cyganki. Wuj Iwana Szuwałowa nazwał kanclerza „skończonym" w obecności carycy, która jednak udała, że tego nie słyszy.

Stary lis był słaby i wyczerpany, słyszałam.

Bestużew, pachnący kamforą i kosztownym piżmem, zatrzymał mnie raz na korytarzu i zapytał, czy wielka księżna nadal jest zadurzona w Naryszkinie.

Ucieszyło mnie to pytanie, rozzuchwaliło. Szefa siatki szpiegowskiej także można zwieść.

– O tak – zapewniłam kanclerza. Opowiedziałam mu, jak wielka księżna i książę Naryszkin siadywali razem w operowej loży i zaśmiewali się ze sposobu, w jaki *das Fräulein* kołysze swoim *derrière* przy każdym kroku.

– „Zupełnie jak dorodna kobyła – marzenie paryskich browarników!" – powiedziałam, starając się jak najlepiej naśladować kpiarski ton Lwa. – Tyle że Naryszkin nigdy nie był w Paryżu.

Kanclerz zdobył się na blady, skwaszony uśmiech. Puder niewiele pomagał jego nalanej, czerwonej twarzy.

– Kiedy mają się spotkać w operze, on wkłada niebieską kamizelkę. Kiedy w Teatrze Rosyjskim – zieloną. To nie miłość, chociaż wielka księżna lubi powtarzać, że go kocha. Jest jeszcze młoda. Chce tańczyć. Chce, żeby jej mówiono, że jest urodziwa.

Popatrzyłam mu w oczy.

Uśmiechnęłam się.

Sam udzielił mi tej lekcji: dobrzy kłamcy z uśmiechem patrzą ci w oczy.

Był znakomitym nauczycielem.

– Rozmawiaj z nią o miłości, jeśli jest to jej miłe, Warwaro Nikołajewna, ale przypominaj także, że jej mąż nie ma pojęcia o rządzeniu. Caryca nie będzie żyła wiecznie. Polityka jest żywiołem wielkiej księżnej, ona sama doskonale o tym wie.

Powiedz jej, że jestem po jej stronie.

Powiedz jej, że wystarczy mi najmniejszy znak.

Powiedz jej, że mnie potrzebuje.

Zakryłam usta wachlarzem i w warstwę tiulu, koronki i wstążek wyszeptałam, że tak zrobię, po czym odwróciłam się i odeszłam.

Niełaska *sir* Charlesa na rosyjskim dworze przyniosła mi wiele sekretnych zaproszeń do brytyjskiej ambasady.

Sir Charles potrzebował pośrednika, który przekaże jego słowa kanclerzowi i Katarzynie. Ja potrzebowałam historyjek o nim, które mogłabym opowiedzieć carycy. Elżbieta, wzbroniwszy mu dostępu do siebie, łaknęła teraz plotek, które usprawiedliwiałyby jej gniew.

Nasz mały, prywatny traktat, nazwaliśmy to porozumienie. Nasz osobisty sojusz.

Godziny, które spędzaliśmy razem, były nielicznymi oazami spokoju w tym nerwowym okresie. Ambasador tak jak i ja dbał o zachowanie sekretów Katarzyny i Stanisława. W pałacu Skawrońskich przy bulwarze Wielkim, który wynajmował, odziani w liberię lokaje cały czas donosili nowe przekąski, a my oddawaliśmy się rozmowie.

Odkryłam, że *sir* Charles zbierał informacje na mój temat, ponieważ często odwoływał się do wojskowych dokonań Igora i jego perspektyw.

– Przyszły feldmarszałek? Kto wie? – powiedział raz, wykonując przy tym nonszalancki gest.

Słuchanie *sir* Charlesa przypominało słuchanie proroka, który wymagał, bym wspięła się za nim na szczyt góry. Chciał, bym zobaczyła więcej niż to, co byłam w stanie dostrzec do tej pory, przyjrzała się wszystkim drogom, które mogę wybrać.

– Wielka księżna nie na zawsze pozostanie wielką księżną, pani Barbaro – powiedział. Podobnie jak Stanisław zaczął używać mojego polskiego imienia. – Ale zawsze będzie potrzebowała przyjaciół.

Dwór w Sankt Petersburgu to tylko jedna z figur na szachownicy Europy. Rosja przypomina Lizbonę sprzed trzęsienia ziemi – na powierzchni ludzie krzątają się wokół swoich spraw, a w głębi ścierają się ogromne siły, gotowe wywołać wstrząs lub eksplozję. Rezultaty zaskoczą nas wszystkich.

– Kraj pani ojca, pani Barbaro, potrzebuje mądrego władcy, tak by już nikt więcej nie musiał opuszczać Polski w poszukiwaniu dobrobytu.

Wiedział, jak znaleźć słowa, które trafią mi prosto do serca.

Katarzyna, caryca Rosji. Stanisław, król Polski.

Niektóre marzenia uwodzą skuteczniej niż miłość.

Prawie nigdy nie rozmawialiśmy o naszym życiu osobistym, lecz mimo to *sir* Charles wydobył ze mnie wyznanie o przymusowych okolicznościach mojego zamążpójścia, a sam przyznał się do istnienia lady Frances, z którą utrzymywał oficjalną korespondencję, jak gdyby była jego partnerem handlowym, a nie żoną. W rżniętych kryształowych kielichach węgrzyn połyskiwał rubinową czerwienią, a my piliśmy za nasze ambicje.

Za przyszłą carycę!

Za przyszłego króla!

Za naszą przyjaźń!

Za ich miłość!

℘*ir* Charles nazywał Stanisława „swoim politycznym synem". Saturn był w ascendencie przy jego narodzinach, znak powrotu złotego wieku, przezwyciężenia przeciwności. Niektórzy widzieli nad głową hrabiego koronę. Podwójną koronę.

– Stanisław nie jest marzycielem. Zdaje sobie sprawę ze słabych stron Polski, pani Barbaro. Chce oświeconych rządów, kresu korupcji. Nie jest sam. Ma poparcie swoich wujów, familii Czartoryskich. Właśnie po to znalazł się w Sankt Petersburgu – żeby rozpoznać możliwości.

Aby mieć pewność, iż służący nas nie rozumieją, nazywaliśmy carycę „Główną Przeszkodą" albo „Dniem Wczorajszym".

Katarzyna została „Colette", Stanisław – „Le Cordon Bleu", wielki książę – „Żołnierzem". Kanclerz był „Starym Lisem" albo po prostu „Diabłem". „Marzenie" oznaczało silną Polskę i oświeconą Rosję, idące ramię w ramię.

Podczas tych tête-à-tête wszystko wydawało się możliwe: Colette zostawała carycą Rosji i używała swoich wpływów, aby Le Cordon Bleu został obrany królem Polski. Oboje, zjednoczeni miłością, związani zaufaniem, rządzili dwoma wielkimi narodami w zgodzie i pokoju. Niemal nie wspominaliśmy o Piotrze, tak jakby jego usunięcie się w cień było oczywiste. Oczyma duszy widziałam go już w Oranienbaumie wraz z *das Fräulein* i jego skrzypcami, przy budowie modelu twierdzy albo bezlitośnie musztrującego swoich holsztyńskich żołnierzy, maszerujących jak jeden mąż. Chłopca pozostawionego swoim niewinnym rozrywkom.

Ileż to razy piliśmy za „Marzenie", pokrzepieni znakami, które w te mroźne zimowe dni zsyłała nam sama Opatrzność! Caryca Elżbieta słabła. Duszności dawały jej się coraz bardziej we znaki. Któregoś razu widziałam, jak pomocnik chirurga wyszedł z jej sypialni z miednicą wypełnioną żółtawą wydzieliną. Wzdęty brzuch Elżbiety groził pęknięciem i musiał zostać nakłuty.

Katarzyna powiedziała mi, że Iwan Szuwałow przyszedł do niej i zapytał, dlaczego go unika.

– Pozwól, Wasza Wysokość, że wykorzystam tę właśnie chwilę, żeby wyrazić mój wielki podziw dla was, pani – oznajmił kochanek Elżbiety.

Stanisław powiedział *sir* Charlesowi, że polski król jest bliski śmierci, co oznaczało kolejną elekcję. Jego wujowie pisali z Warszawy, że powinien rozważyć powrót do kraju, „bo taka sposobność może się już nie powtórzyć".

W marcu znad Zatoki Fińskiej nadciągnęły ołowiane chmury. Na ulice i zamarznięte ogrody Sankt Petersburga posypał się świeży śnieg. *Sir* Charles i ja nadal prowadziliśmy nasze rozgorączkowane rozmowy, debaty pary demiurgów pochylonych nad planem nowego świata.

Niebezpieczne złudzenia, myślę o nich teraz, bo robiąc plany dla drogich nam ludzi, zdołaliśmy jedynie ukryć naszą własną niemoc.

W pierwszym tygodniu marca *monsieur* Rastrelli oświadczył, że stary Pałac Zimowy – który ledwie kilka miesięcy wcześniej miał być częścią nowego kompleksu – jest przeszkodą w zrealizowaniu jego wielkiej wizji. Sufity są za niskie, fundamenty zbyt liche. Jeśli on, Rastrelli, ma wykonać to, czego od niego oczekiwano, pałac musi zostać zrównany z ziemią.

– Potrzebuję jeszcze roku – powiedział, wskazując na model, który dwaj asystenci wnieśli do cesarskich apartamentów. Zwrócił uwagę Elżbiety na olbrzymie okna, których zażądała. – Niektórzy mogą nazwać rok „znacznym opóźnieniem", Wasza Wysokość – powiedział, nie odrywając bacznego spojrzenia od twarzy Elżbiety. – Ja nazwę go „opóźnieniem nie do uniknięcia".

Caryca gniewnie przemierzała komnatę tam i z powrotem.

Monsieur Rastrelli nie prosił o czas. Prosił o szansę uczynienia petersburskiego pałacu wspanialszym niźli Wersal. Wszystko w nim miało przyciągać uwagę gości. Technika kwadratury „otworzy" ściany i sufity, zmieniając płaskie powierzchnie w kopuły i krużganki wypełnione złocistym światłem. Rzeźby utrwalą ruch w kamieniu. Malowidła i arrasy będą nęcić scenami tak wielkich namiętności, że żadne oko nie prześlizgnie się po nich obojętnie.

Będzie bogato, obiecał. Złociście. Jasno.

Prace poprowadzi także zimą, kontynuował. Jak tylko zewnętrzne mury będą gotowe, zainstaluje się piece, tak by z nadejściem mrozów sztukatorzy i cieśle mogli przenieść się do środka.

– To będzie perła wśród pałaców Waszej Wysokości – kusił. – Hołd dla potęgi Rosji. Oprawa godna zwycięstw, które wkrótce nadejdą.

Zapadła długa, niespokojna cisza. Na twarzy carycy nadzieja przyszłej świetności walczyła ze zniecierpliwieniem. Zakrzywiła palce jak kocie pazury.

Kiedy się uśmiechnęła, zrozumiałam, że tymczasowy pałac posłuży nam jeszcze długo.

Na imieniny Darii Igor przysłał jej kokosznik wyszywany drobnymi perłami. „Niech ozdobi mój ciemnooki kwiatuszek" – napisał.

Twardy jak hełm, pomyślałam, przyglądając się, jak moja córka przymierza stroik, nakładając go na włosy, czarne i lśniące jak włosy jej ojca.

– Zabierzesz mnie do carycy? – zapytała, przytrzymując kokosznik ręką. – Mogę go jej pokazać?

Wyginała się przed lustrem, próbując się zobaczyć z boku. Katarzyna powiedziała jej kiedyś, że ma klasyczny grecki profil.

– Dlaczego Jej Wysokość dbałaby o twój kokosznik?

– Bo jest moją przyjaciółką.

– Kto ci to powiedział?

– Ona sama.

– Kiedy?

– Kiedy bawiłam się na dziedzińcu. Zawołała mnie. Dała mi jabłko. Powiedziała, że mogę ją odwiedzać, kiedy będę chciała.

– Sama to powiedziała, czy ją zapytałaś?

Oznaki zniecierpliwienia: oczy uniesione do sufitu, palce zaciśnięte na rąbku sukienki.

– Nie pytałam. Ale chciałam, żeby to powiedziała.

– Nigdy nie narzucaj się Jej Wysokości, Dario. Caryca nie ma czasu na błahostki.

Chwila namysłu, wątpliwość, która znikła z czoła mojej córki równie szybko, jak się pojawiła.

– Ale prezent od taty nie jest błahostką.

– Rzeczywiście, nie jest. Za to ty jesteś jeszcze dzieckiem.

– Jestem starsza niż carewicz Paweł. I nie płaczę jak on.

– Też płakałaś, kiedy byłaś w jego wieku.

– Nie pamiętam.

– A ja tak – powiedziałam, żałując, że nie ma przy mnie Igora, którego słowa dodałyby wagi moim.

Kokosznik, starannie owinięty w diagonal, powędrował z powrotem do pudełka. Kiedy Daria będzie miała okazję go założyć? – zastanawiałam się. Może w niedzielę? Do kościoła?

Ukryłam uśmiech na widok surowej miny mojej córki.

– „Jesteś jeszcze dzieckiem" – wymamrotała z uniesionym palcem, przedrzeźniając mnie. – Kiedy wróci tata?

– Już niedługo.

– Jutro?

– Nie, jeszcze nie jutro.

Odwróciła się szybko, żeby ukryć dziecinne łzy; jej dłoń wciąż uczepiona mojej, i niespodziewanie przypomniałam sobie dotyk kształtnych palców mojej matki, splecionych z moimi.

*A*by pałac tymczasowy nadawał się do zamieszkania przez co najmniej kolejny rok, cieśle wzmocnili najcieńsze ściany, dodali kilka przepierzeń i wymienili wypaczone deski.

Ogłoszone opóźnienia w budowie wzbudziły liczne narzekania, ale ja cieszyłam się ze wszystkiego, co sprzyjało ukrywaniu miłości Katarzyny. Błogosławiłam nieustanne zmiany planów, porzucanych i przywracanych bez ładu i składu, bo caryca zapominała o rozkazach niemal natychmiast po ich wydaniu. W kątach gromadziły się kłębki włosów i kurzu, na wpół rozpakowane kufry stały porzucone na mansardzie, komnaty zmieniano z godzinnym wyprzedzeniem, w ucieczce przed cieknącym sufitem.

Elżbieta wyraziła wprawdzie zgodę na opóźnienia w przebudowie, ale nie znaczyło to wcale, że przyjęła je bez irytacji. Od wizyty *monsieur* Rastrellego minęło kilka dni, a nadal byle drobiazg potrafił wzbudzić w niej gwałtowny atak złości. Odprawiła pokojówkę, która ociągała się z przyniesieniem filiżanek. Spoliczkowała fryzjera, który zbyt długo układał jej loki.

Ja także odczuwałam skutki gniewu carycy, kiedy nie potrafiłam udzielić natychmiastowej odpowiedzi na jej niekończące się pytania. Uszczypnięcie w ramię. Szturchaniec.

– Czy ona wciąż się prowadza z Naryszkinem?

– Tak, Wasza Cesarska Wysokość.

– Odwiedza go w jego pałacu?

– Tak.

– Czy ten fircyk myśli, że zrobię ją regentką? Że będzie z nią współrządził?

– Tego nie wiem, Wasza Wysokość.

– To się dowiedz, idiotko! Czy oni spiskują przeciwko mnie? Czy ten brytyjski zdrajca jej pomaga? Chcę wiedzieć, co ona sobie wyobraża.

Uchyliłam się przed ciśniętą we mnie tabakierką.

– I pośpiesz się! Nie myśl, że jesteś jedyna!

Niektóre opowieści studzą gniew lepiej niż pozostałe: chłopcy stajenni opuszczający o świcie brytyjską ambasadę z bezczelnymi uśmiechami na twarzach i złotymi naczyniami za pazuchą. *Sir* Charles wyklinający na własnego króla. Stwierdzenie, że Wielka Brytania popełnia gruby błąd, całując pruską dupę Fryderyka.

Cokolwiek, aby ukryć te omalże wpadki, o których Katarzyna opowiadała mi tak niefrasobliwie. Stanisław zabrał ją na przejażdżkę saniami. W Peterhofie zatrzymał ich wartownik. Stanisław powiedział, że jest muzykiem zatrudnionym przez wielkiego księcia, a ona, w męskim przebraniu, ledwie zdołała stłumić śmiech. Ich sanie najechały na kamień i Katarzyna wypadła na śnieg. Straciła przytomność, a on jął rozpaczać nad jej pozbawionym czucia ciałem.

Po tym wypadku Katarzyna pokazała mi ciemnofioletowe siniaki na żebrach. Dotknęłam ich opuszkami palców, sprawdzając, czy któregoś nie złamała.

To nic takiego, powiedziała.

Jest silna.

Silniejsza, niż mi się wydaje.

– Widziałam, jak Stanisław płacze, Warieńko – powiedziała mi tego dnia. – Przysiągł, że gdybym umarła, odebrałby sobie życie. Zarzekał się, że beze mnie nie mógłby żyć. Że jeśli kiedykolwiek będzie musiał wybierać między swoim a moim szczęściem, zrobi wszystko, bym to ja była szczęśliwa.

*P*od koniec kwietnia Bijou, pies Katarzyny, pokazał, że prawda jest trudniejsza do ukrycia, niż myślałam. Stanisław i hrabia Horn, poseł króla Szwecji, przybyli do pałacu, aby złożyć uszanowanie wielkiemu księciu. Nie trwało długo, zanim znaleźli wiarygodną wymówkę do odwiedzin Katarzyny.

– Mam nadzieję, że Wasza Wysokość wybaczy nam to najście – powiedział z dwornym ukłonem Stanisław.

– Mile widziane najście, drogi hrabio – odparła słodko Katarzyna. – Rzadko się tu zajmujemy naprawdę istotnymi sprawami.

Przez chwilę rozmawiali o ostatnim balu, o zdumiewającym postępie prac budowlanych – przedmiocie zazdrości króla Szwecji, jak kilkakrotnie podkreślił hrabia Horn.

Konwersacja Katarzyny z jej gośćmi toczyła się utartym dworskim torem, a moje myśli odpłynęły ku Darii, która w sąsiednim pokoju bawiła się z Bijou. Pytania mojej córki zaczynały mnie niepokoić. „Co to znaczy »impertynencka«?" – zapytała z wyrazem zatroskania na gładkiej twarzyczce, manipulując przy swoich czarnych lokach. „Dlaczego hrabina Szuwałowa nazwała cię córką introligatora?" Moja córka ma niespełna siedem lat, myślałam, jest jeszcze dzieckiem, które tak łatwo zranić.

Drzwi do przyległego pokoju otworzyły się i Bijou porzucił towarzystwo Darieńki, by z żywiołową radością przywitać się ze Stanisławem. Obszczekał tylko jedynego nieznajomego w naszym towarzystwie.

Hrabia Horn nic nie powiedział, ale jego blady uśmiech sugerował, że wymowa tej chwili nie uszła jego uwadze.

Porwałam Bijou na ręce i wyniosłam go z pokoju, zabierając ze sobą Darię.

Hrabia Horn nie dał się zwieść. Katarzyna powiedziała mi później, że wygłosił Stanisławowi kazanie o przydatności bonończyków przy szpiegowaniu ich pań. On sam miał zwyczaj obdarowywać takim pieskiem każdą kobietę, w której się zakochał. Kiedy zjawiał się potencjalny rywal, wystarczyło tylko obserwować zachowanie psa.

Horn zapewnił Stanisława, że jest człowiekiem dyskretnym i nie zamierza zaszkodzić ani jemu, ani wielkiej księżnej, lecz *sir* Charlesa i mnie bynajmniej to nie uspokoiło. Zbyt wiele osób poznało sekret Katarzyny i Stanisława. Elżbieta niebawem dowie się prawdy.

– Jeśli Stanisławowi coś się stanie, nigdy sobie tego nie wybaczysz – ostrzegłam Katarzynę.

Uzbroiłam się w argumenty. Jeśli Stanisław zostanie oskarżony o to, że uwiódł wielką księżnę, nic nie uchroni go przed zesłaniem na Syberię. Dyplomatę wydalono by z kraju, ale hrabia jest tylko sekretarzem ambasadora, cudzoziemcem na rosyjskim dworze. Musi wyjechać z powrotem do Polski i powrócić do Rosji jako dyplomata, chroniony przez majestat polskiego króla.

– Nie może zostać jeszcze tydzień? – błagała Katarzyna. – Choćby kilka dni?

Wiedziała jednak, że nie ma innego sposobu.

*P*o wyjeździe Stanisława do Warszawy *sir* Charles wykorzystywał każdą sposobność, żeby dodać otuchy wielkiej księżnej. Powierzał mi listy do niej, a Katarzyna pokazywała mi niektóre z nich: „Twoja przyszłość, Pani, jest świetlana, podobnie jak jego przyszłość. Kochaj go całym sercem, a znajdziesz sposób, aby powrócił do Twego boku".

W maju 1756 roku wojska francuskie zaatakowały brytyjskie koszary na Minorce. Wojna zawitała w końcu do Europy.

Anglia była sojusznikiem Prus.

Król Prus był wrogiem Rosji.

Nawet zauszniczka carycy nie mogła już ryzykować wizyt w brytyjskiej ambasadzie.

Złotnik *monsieur* Bernardi znów zaczął przemycać listy.

Rozdział ósmy

1756–1757

Czekaliśmy z zapartym tchem na przystąpienie Rosji do wojny, na listy od ukochanego, na śmierć, która zmieni chwiejną równowagę sił.

Latem 1756 roku wraz z dworem carycy przeniosłam się do Carskiego Sioła, ciesząc się, że zabieram Darię z dala od skwaru i zgiełku miasta. Mimo zapewnień *monsieur* Rastrellego przebudowa Pałacu Zimowego nie przebiegała gładko. Chodziły słuchy o kradzieżach i chaosie. Cieślom kończyło się drewno, sztukatorom piasek i wapno. Wydatki przekroczyły szacowane koszty już chyba ponad dwukrotnie.

– Kolejna osobliwa niezgodność w rachunkach, Wasza Wysokość – słyszałam, jak kanclerz zwraca uwagę carycy. Mówił o dostawach przyjętych bez sprawdzenia ilości i jakości towaru, o robotnikach siedzących bezczynnie z powodu braku materiałów, o zagubionych arkuszach płatkowego złota.

Błąd, pomyślałam.

Brak umiaru nigdy nie gorszył Elżbiety. Skrzętność jest dobra dla króla Prus, dla jego świata cienkich zupek, świec wytapianych z ogarków, gomółek sera rachowanych co wieczór. Kontrolowanie ksiąg? Przeszukiwanie robotników opuszczających plac budowy?

– Małostkowość godna monarchy bez wizji – skwitował z szyderczym uśmiechem Iwan Szuwałow.

Aby przekonać carycę Rosji, kanclerz powinien był wspomnieć o perspektywie kolejnej zimy spędzonej w ciasnym pałacu przy bulwarze Wielkim.

O czelności, by kazać imperatorowej Wszechrusi czekać.

O braku poświęcenia.

*D*aria biegała za motylami po ogrodzie pałacu w Carskim Siole, na niekoszonym skrawku łąki ogrodzonym żywotnikiem.

Za plecami usłyszałam nierówne kroki i chrzęst żwiru.

Odwróciłam się.

W moją stronę, utykając, szedł kanclerz Rosji; prawe kolano miał sztywne, a spuchniętą prawą dłonią ściskał rączkę laski. W oddali słyszałam radosny głos mojej córki. Powstrzymałam się przed ostrzeżeniem, by do nas nie podchodziła.

– Dumna jesteś z siebie, pałacowa panno? – wymamrotał Bestużew, a jego stalowoniebieskie oczy pociemniały.

Katarzyna mu powiedziała, pomyślałam, kiedy ruszyliśmy razem wzdłuż żywopłotu.

– Są błędy, na które nie możesz sobie pozwolić, Warwaro. Niedocenianie mnie jest jednym z nich.

Delektowałam się goryczą w jego głosie; Katarzyna najwyraźniej nie bawiła się w konwenanse. Żądza zemsty podsuwała mi prawdopodobny scenariusz: „Naryszkin? Ależ skądże! Widać, że nawet kanclerskich szpiegów można wyprowadzić w pole. Jeśli chce mi pan być przyjacielem, proszę to udowodnić".

Głos Bestużewa przerwał te myśli.

– Mogę się jej przydać znacznie bardziej niż ten brytyjski fircyk, który sądzi, że nauczy ją, jak zostać carycą.

Przyśpieszyłam kroku.

– *Sir* Charles pragnie jedynie, by wielka księżna była szczęśliwa. To także i mój cel – powiedziałam.

– Tu nie idzie o szczęście, Warwaro – stwierdził z przekąsem. – Tu idzie o władzę. Ambasador Wielkiej Brytanii ma swoje powody, by życzyć sobie miejsca u boku wpływowej wielkiej księżnej. Naprawdę muszę ci je wymieniać?

Bestużew oddychał z coraz większym trudem, twarz mu poczerwieniała, a jednak nie poprosił, byśmy szli wolniej. Nie przestał też mówić.

– Powiedziałem ci kiedyś, Warwaro Nikołajewna, że nie jestem człowiekiem bez serca. Pamiętaj, że obstawiamy tego samego konia. Przyszedłem, żeby cię ostrzec. Zapominasz, czego cię nauczyłem. Zaczęłaś ufać ludziom.

– Proszę mnie zostawić w spokoju! – zażądałam.

Wściekłość w moim głosie zdziwiła nawet jego.

– Nie tak głośno, jeśli można – powiedział. – To miła przechadzka po ogrodzie, a nie awantura, o której ktoś po drugiej stronie żywopłotu mógłby donieść carycy. I bądź uprzejma trochę zwolnić.

Daria machała do mnie z łąki, podnosząc siatkę na motyle w geście triumfu. Zatrzymałam się, by jej odmachać.

– Przypomnij wielkiej księżnej, że bardzo się staram wypełnić jej wolę – wysapał kanclerz. – Powiedz jej, żeby była cierpliwa. Powiedz, że nie tak łatwo osiągnąć to, na czym jej zależy.

Minęło nas stadko pałacowych pawi, majestatycznych, obojętnych, ciągnących za sobą po żwirze złożone ogony. Miałam ochotę je przestraszyć, by poderwały się do lotu.

– Katarzyna chce, żebym nakłonił króla Polski do przysłania tutaj jej polskiego amanta jako posła. Nie takie to znów trudne. Ale matka Stanisława także wymaga perswazji. On sam nie wspomina o tym wprawdzie w swoich listach, ale moi warszawscy szpiedzy nie są tak dyskretni. Hrabina Poniatowska, delikatnie mówiąc, nie darzy wielkiej księżnej Rosji specjalnym zaufaniem.

Bestużew zapiszczał w nieudolnym naśladowaniu kobiecej prośby: „Nie wracaj tam, synu, zaklinam cię na wszelkie świętości!

To manipulatorka, dba tylko o własną przyjemność... Rozdepcze cię, kiedy tylko dostanie to, czego zechce...".

Wróciłam myślami do wspomnienia o Katarzynie i Stanisławie, wytyczających trasę jakiejś wymarzonej podróży na pięknej starej mapie Rosji, rozłożonej na stole obok beztrosko zepchniętych na bok resztek kolacji. „Imperii Moscovitici" – przeczytałam napis na ręcznie kolorowanym miedziorycie. „Dlaczego nie możemy stąd po prostu uciec?" – szepnęła Katarzyna do ukochanego.

– Hrabina Poniatowska się myli – powiedziałam kanclerzowi.

– Warwaro, w jednej z tych czarownych chwil, w których tak nieopatrznie bierzesz wielką księżnę za własną siostrę, zechciej jednak wyszeptać jej do kształtnego uszka, że ja, jej uniżony sługa, zrobię wszystko, żeby sprowadzić jej wybranka z powrotem, ale że powinna trzymać ze mną, nawet jeśli mi się to nie uda. Powiedz jej, że w ostatecznym rozrachunku miłość bynajmniej nie jest najważniejsza. Ona już o tym wie, chociaż jeszcze się wzdraga, by się do tego przyznać.

– Dlaczego miałabym panu pomóc?

– Teraz?

– Teraz czy kiedykolwiek.

– Teraz, ponieważ ona mnie potrzebuje, by nie dać się zniszczyć. Później, ponieważ wiem coś, o czym ty jeszcze nie wiesz.

Nie wiedziałam, za co go bardziej nienawidzę. Za kierunek, jaki obrało moje życie w dniu, w którym jako sierota wierząca w moc cesarskiego miłosierdzia przybyłam do butwiejącego pałacu Elżbiety? Czy za wątpliwość, którą jego zatrute słowa posiały w moim sercu?

Spojrzałam na jego podstarzałą twarz, obojętną i nieprzeniknioną.

– *Maman*! – zawołała Daria zza żywopłotu. – Zobacz, co złapałam!

Pospieszyłam do niej, a kanclerz Rosji pokuśtykał z powrotem do pałacu, drążąc laską głębokie dziury w żwirze.

*A*ch, to zamiłowanie Elżbiety do teatralnych efektów! To pragnienie, by widzieć zachwyt na twarzach składających jej hołd gości, którzy przeszli przez amfiladę komnat połączonych kunsztownie rzeźbionymi i złoconymi przejściami. By usłyszeć okrzyki podziwu na widok bogactwa jantarowych barw Bursztynowej Komnaty, od żółci do ciemnego miodu, pośród których ona, królowa pszczół, płynie w swoich olśniewających sukniach, a wysokie obcasy jej pantofelków ślizgają się po wypolerowanych mozaikowych posadzkach.

– Co za brak gustu, Warieńko – mruknęła Katarzyna. – Ma upodobania rosyjskiej wieśniaczki, którą na zawsze pozostanie.

Kiedy wielka księżna przyjeżdżała do Carskiego Sioła, caryca zasypywała ją czułymi pytaniami: czy dobrze spała? Czy jej migrena minęła? Katarzyna odpowiadała komplementami. Subtelny wdzięk kroków Elżbiety w tańcu wprost zapierał dech w piersiach. W najnowszej sukni balowej Jej Cesarska Wysokość wyglądała tak pięknie jak owego zimowego dnia w Moskwie, kiedy Katarzyna zobaczyła ją po raz pierwszy.

Elżbieta znów nazywała książęcą parę swymi najmilszymi dziećmi. Sprawiły jej taką radość, dając dziedzica. Teraz czekała na kolejny prezent.

Paweł miał już prawie dwa lata. Nadal stawiał ostrożne, chwiejne kroczki. Mamki ubierały go w luźne sukienki i przewiązywały jego złote kędziory niebieską wstążką. Dwie z nich zawsze szły za nim, gotowe pochwycić chłopczyka, gdyby się tylko zachwiał. Każdego ranka Elżbieta przeprowadzała inspekcję ich piersi; najmniejsza skaza oznaczała natychmiastowe oddalenie ze służby.

Teraz, gdy wielka księżna przyjeżdżała do Carskiego Sioła, imperatorowa pozwalała jej zobaczyć syna.

Dziwne to były wizyty. Okrutne i tak pod każdym względem inne niż te, których życzyłabym matce i dziecku, że aż się we mnie gotowało. Caryca przedstawiła swoje warunki: „Po południu – nie dłużej niż pół godziny – nigdy beze mnie".

Pokój dziecinny zmienił się w pole bitwy.

Scena triumfu została starannie przemyślana, role – rozdane. Elżbieta wkraczająca do pokoju dziecinnego; niańki rzucające jej niespokojne spojrzenia, pełne nadziei, że caryca zauważy ich gorliwość. Za nią, ze spuszczonymi oczyma, Katarzyna, zważająca na każdy swój krok, każde wypowiadane przez siebie słowo.

–Ciocia! – zapiszczał Paweł na widok carycy i z radości zaczął wymachiwać rączkami jak niezdarne pisklę uczące się latać.

Wyrwał się z ramion piastunki i podreptał w stronę carycy. Elżbieta wzięła go na ręce, łaskotała w brzuszek, śmiała się, kiedy zaczął bawić się perłami wplecionymi w jej włosy.

Każdy jej pocałunek, każde słowo były obliczone na to, by zranić Katarzynę prosto w serce.

– Moja ptaszynka... moje książątko... Pokaż mi, gdzie masz oczko?... A nosek?... A stópkę?

Katarzyna, w jasnożółtej sukni haftowanej w kwiaty, stała bez ruchu, z dłońmi splecionymi za plecami i bladym uśmiechem na ustach. Widziałam, jak obraca na palcach pierścienie, tak jakby któryś z nich był zaczarowany i mógł pozwolić jej wzbić się w powietrze albo zamienić w mysz, kota, jastrzębia.

Odebrać jad truciźnie.

– A wiesz, kto do ciebie przyszedł?... Poznajesz swoją *maman*?... Gdzie ona jest?... Gdzie jest twoja *maman*?

– *Maman* – powtórzył Paweł, ale to słowo było dla niego pustą łupiną. Nakłoniony, żeby spojrzał na Katarzynę, ukrył buzię na piersi swojej ciotki.

– Chcesz, żeby sobie poszła, prawda?... Chcesz, żeby zostawiła cię w spokoju.

Zapamiętałam wszystko skrzętnie: i afektowane szczebiotanie carycy, i jej znaczący triumfalny uśmiech. Może się zdarzyć, że jeszcze tego pożałujesz, myślałam. Może się zdarzyć, że ci, których zraniłaś, odpłacą ci z nawiązką.

Tego lata Elżbieta zamówiła portret wielkiego księcia Pawła w mundurze Pułku Preobrażeńskiego. Miał siedzieć na swoim koniu na biegunach z drewnianym mieczem w dłoni. Malarz poprosił jedynie o dwa seanse.

– Dziecko o tak nadzwyczajnych rysach mogę malować z pamięci – zaręczył.

Na obrazie twarzyczka Pawła miała wyraz śmiały i stanowczy, mocno odcinała się od ciemnej zieleni munduru. Carycę szczególnie zachwyciła barwa rumieńca na jego policzkach i srebrna farba, dzięki której drewniany miecz wyglądał jak prawdziwy.

Z przyjemnością słuchała zapewnień dworzan, że Paweł wdał się w pradziadka. Że od razu widać, że w jego żyłach płynie krew Romanowów.

Portret w złoconej ramie wysadzanej diamentami zawisł w sypialni carycy, tuż obok jej własnej podobizny, na której jako mała pucołowata dziewczynka leży na błamie z gronostajów, trzymając w prawej ręce miniaturowy konterfekt ojca niczym trofeum; jej nagie białe ciałko lekko się wygina, różowe kwiaty zdobią jej włosy.

Dwoje dzieci, jedno obok drugiego.

Czy Elżbieta wyznaczy Pawła na swego następcę? – zastanawiałam się. Czy pominie Piotra?

Nocą, gdy caryca nie mogła spać, posyłała po mnie.

Niepewna, kiedy przyjdzie mi się przed nią stawić, zaczęłam sypiać w ubraniu, poluzowawszy trochę sznurówkę i rozpiąwszy połowę haftek u stanika sukni.

– Gdzieś ty się podziewała?! – fukała, niezależnie od tego, jak szybko się zjawiałam. Często dostrzegałam w jej oczach zimne błyski, pierwszy znak, że piła. Iwana Szuwałowa nigdy wówczas nie widywałam. Zakładałam, że już go odprawiła.

– Kto u niej bywa, Warwaro?

Elżbieta, otulona ciemnością, wyciągnięta na łóżku, chciała słuchać o Katarzynie zagubionej w labiryncie zazdrości i pożądania, blasku klejnotów i duchocie letnich nocy. Wciąż domagała się opowieści, które mogłyby usprawiedliwić odebranie syna matce.

– Księżna Golicyna, obecnie jej najlepsza przyjaciółka, Wasza Wysokość. Słyszę, że widują się codziennie. Także księżna Daszkowa. Zawsze kiedy ją odwiedzają, wielka księżna odsyła wszystkich pozostałych. Potem przychodzi złotnik i damy razem oglądają naszyjniki i kolczyki.

– Kupuje coś?

– O tak. Gustuje w dużych kamieniach. Chce, żeby rzucały się w oczy.

– Nadal pożycza pieniądze?

– *Monsieur* Bernardi przyznał jej większy kredyt.

– Co poza tym robi całymi dniami?

– Zaczęła pisać sztukę po rosyjsku, ale to jeszcze tajemnica. Niespodzianka dla Waszej Wysokości. Akcja dzieje się w czasie wielkiej smuty. Moim zdaniem nic specjalnego, nieznośna dłużyzna, za dużo monologów. Poza tym tego lata planuje wystawne przyjęcie w Oranienbaumie. Na cześć wielkiego księcia. Chce, by wszystkie damy włożyły suknie z białej tafty przybrane tiulem, a panowie – stroje z niebieskiego aksamitu z białymi dodatkami.

– Książę z nią sypia?

– Tak.

– I wciąż nie zaszła w ciążę?

– Nie. Ale przytyła. Służące się skarżą, że coraz trudniej zasznurować ją jak należy. I odstaje jej prawa łopatka. Znów zaczęły ją boleć zęby, ale nie chce przyjąć cyrulika. Twierdzi, że lekarze tylko przysparzają bólu, zamiast go uśmierzać, i radzi sobie, żując goździki.

– Kto jeszcze do niej przychodzi? Bestużew?

– Tak.

– Czego ten stary łajdak od niej chce?

– Rozmawiają za zamkniętymi drzwiami, ale wiem, że ona chce, by jej znalazł nowego kochanka.

Spośród wszystkich wizyt, które wielka księżna złożyła tego lata w Carskim Siole, w pamięć zapadła mi szczególnie jedna.

W pawilonie ogrodowym dalie i nasturcje wylewają się z kamiennych donic, a kwitnąca winorośl pnie się po kutych, żelaznych kratach. W klatkach zawieszonych u sufitu skaczą i świergocą papużki i kanarki. Stoliki i etażerki zaścielają haftowane szale, na których piętrzą się lakierowane puzderka, koszyki z brzozowej kory i miseczki z konfektami. W rogach, w wielkich miedzianych konwiach pysznią się czerwone i żółte begonie. Kute meble ogrodowe zostały zastąpione przez złocone fotele i poduszki haftowane w feniksy.

Na tacach roznoszonych przez lokajów w kryształowych karafkach połyskują kolorowe nalewki – buraczana, żurawinowa, cytrynowa, chrzanowa, śliwkowa, wiśniowa. Goście częstowani są suszkami, pierożkami z kapustą i grzybami, plastrami boczku zwiniętymi w kształt rogu obfitości i ozdobionymi winogronem.

Wszystko zgodnie z życzeniem carycy.

– Ma być jak w skazce – zażądała.

Elżbieta zawsze łaknęła prostoty baśni – aby dobro zwyciężyło, mądry kot przechytrzył przebiegłego czarownika, usunięta w cień księżniczka zasiadła na tronie.

– Kolejne wielkie złudzenie – zażartował kanclerz.

Uwolniłam się z jego uchwytu. Roztarłam ramię tam, gdzie wpiły się jego palce. Stanisław nadal oczekiwał w Warszawie na rozkazy króla. Stary lis za mało się wysila, powiedziała Katarzyna. Ostatnim razem, kiedy Bestużew błagał ją o cierpliwość, oświadczyła, że skoro on nie potrafi sprowadzić hrabiego Poniatowskiego z powrotem do Petersburga, to może lepiej sprawią się Szuwałowowie.

Caryca, wyciągnięta na złoconym fotelu, skubiąc plaster bocz-ku, lustrowała wzrokiem scenerię stworzoną wedle jej pomysłu. Stopy opierała na haftowanym podnóżku; fałdy purpurowej sukni miękko opływały jej postać.

– Trzymaj ich wszystkich z dala ode mnie, Warwaro – rozka-zała. Jej zaczerwienione, podkrążone oczy nie powinny nikogo obchodzić.

Teraz już nawet bezsenna noc stała się tajemnicą państwową, pomyślałam.

Ustawiłam się z tyłu, za carycą, jej pies obronny i szpieg. Wie-działam, jakiej baśni się spodziewa: o złej matce i dobrej ciotce, głupim, niegodnym korony następcy tronu i błogosławionym dziecięciu, które ocali imperium.

Wielki książę, zajawszy fotel po prawicy carycy, tuż pod klatką z ptakami, ciasno splótł ręce, próbując usiedzieć na miejscu. Ka-tarzyna przekonała go do włożenia zielonego munduru Pułku Preobrażeńskiego. Raz jeden odwiedził w jej towarzystwie pokój dziecinny – niechętnie, bo, jak powiedział Katarzynie, co ma ro-bić ojciec z dzieckiem, które jest jeszcze za małe, aby maszerować?

Wielka księżna chwaliła wszystko wokół. Kwiaty, ptaki, wie-trzyk od ogrodu, który przynosił zapach miodu i róż. Miała na sobie skromną, letnią suknię z białego muślinu, ozdobioną atła-sowymi wstążkami, lecz i tak przyciągała wzrok wszystkich ze-branych. Nawet Iwan Szuwałow pochylił się, żeby coś jej szepnąć; Katarzyna przyjęła jego słowa z pełnym wdzięku uśmiechem i za-trzepotała wachlarzem. Przechodząc od jednej grupy gości do na-stępnej, rozdawała wkoło skinienia głowy, uściski dłoni i uprzejme słowa.

Jedynie kanclerza wyraźnie ignorowała. Kiedy złożył jej ukłon, oczy Katarzyny tylko się po nim prześlizgnęły; gdy spróbował się do niej zbliżyć, pośpiesznie odeszła w przeciwnym kierunku.

Zmarszczył brwi. Pokręcił głową.

Spróbował jeszcze raz i ponownie spotkał go afront.

Sytuacja, ku uciesze dworu, zmieniła się w grę: półuśmiechy Katarzyny i jej szybkie odwroty, upór kanclerza, stłumiony chichot Iwana Szuwałowa.

Caryca poruszyła się niespokojnie na fotelu. Nie lubiła, gdy w centrum uwagi znalazł się ktoś inny. Poprawiłam jej poduszki. Ta pod jej plecami była mokra od potu.

Poczułam ulgę, kiedy cesarski faworyt powstał i złożywszy rękę na piersi, zaczął deklamować odę do Prześwietnej Minerwy Północy:

> Niech aż po koniec naszych dni
> Pomnaża Pan łaski lat panowania twych
> Światu na radość i obronę!

Burzliwe oklaski wywołały wyraźne zadowolenie Elżbiety. Gdy aplauz ucichł, hrabia Razumowski dźwięcznym, głębokim głosem zaśpiewał ukraińską dumkę o kochankach, których czeka bolesne rozstanie.

Caryca rzuciła mu chusteczkę, którą hrabia ucałował i przyłożył do serca.

Kanclerz wstał jako następny.

– Przemówienie godne osiągnięć Waszej Cesarskiej Wysokości zajęłoby zbyt dużo czasu – powiedział. – Zmuszony więc jestem się streszczać.

Rosja jest gotowa dać Fryderykowi II nauczkę, którą władca Prus popamięta na długo – powiedział. Armia zadeklarowała pełną gotowość; chłopi zgłaszają się do punktów poborowych, śpiewając pieśni ku chwale carycy. Feldmarszałek Apraksin czeka tylko na szansę, by dowieść swego oddania dla umiłowanej monarchini i ojczyzny.

Stłumiłam pokusę, by się roześmiać. Owszem, powiedział raptem kilka słów, ale żadne nie chybiło celu.

Na wzmiankę o swym ulubieńcu, królu Prus, wielki książę zwiesił głowę. Siedzący obok niego Iwan Szuwałow skrzywił się na dźwięk nazwiska Apraksina. Wciąż miał nadzieję, że caryca nie wyznaczy protegowanego kanclerza na feldmarszałka rosyjskich wojsk.

– Cały naród jest gotów do walki, Wasza Wysokość – ciągnął kanclerz. – Czekamy już tylko na twój rozkaz, pani.

Caryca pacnęła dłonią w oparcie fotela. Zobaczyłam w jej oczach błysk podniecenia.

– Jeśli Rosja ma przystąpić do wojny, wojska powiodę sama – oświadczyła; diamenty na purpurowym rękawie jej sukni zalśniły.

Nastąpił moment niepewnej ciszy, ale zakończyła się ona równie szybko, jak się zaczęła. Zaraz wezbraną falą popłynęły rozentuzjazmowane pochwały, dokładnie tak, jak sobie tego życzyła. Jej Cesarska Wysokość będzie wspaniała. Wprawi w zdumienie cały świat.

Nasza matuszka.

Umiłowana.

Litościwa.

Pełna cnót.

Nie zauważyłam, kiedy wielki książę podniósł się z miejsca. Spojrzałam na niego dopiero wówczas, gdy się odezwał. Jego wysoki, świdrujący głos przenikał do szpiku kości. Czystą głupotą jest ignorować wyraz nieskrywanego zdziwienia na twarzach wystawionych na pokaz.

– Jak Wasza Wysokość mogła coś takiego w ogóle pomyśleć?

Caryca w zdumieniu przechyliła głowę na bok, tak jakby jej siostrzeniec powiedział coś w obcym języku i treść zdania trzeba było dopiero poskładać ze znaczeń poszczególnych słów. Na jej szyi pojawiły się czerwone plamy.

– Mój ojciec stanął na czele swoich wojsk – wycedziła. – Sądzisz, że w czymkolwiek mu ustępuję?

Zobaczyłam, jak dziobata twarz Piotra skurczyła się, a brwi podniosły, jakby nie dowierzał własnym uszom. Zamachał rękami. Oto gorycz niemądrego księcia, rozczarowanie nieudolnego następcy, pomyślałam. Jest jak bagno, głębokie i zdradliwe, cuchnące rozkładem.

– On był mężczyzną, a Wasza Wysokość jest kobietą – zapiszczał Piotr.

Zanim zdążył powiedzieć cokolwiek więcej, Iwan Szuwałow pociągnął go za rękaw tak mocno, aż puścił szew.

Za późno.

Zobaczyłam przewracający się podnóżek, jednym kopnięciem posłany w przestrzeń. Zobaczyłam, jak kanclerz podrywa się z miejsca i rzuca w stronę Elżbiety, tak jakby jego dotknięcie mogło powstrzymać wybuch.

Na dźwięk głosu Katarzyny zamarli wszyscy.

– Wasza Wysokość, błagam! Obiecaj nam, pani, że nie wystawisz się na takie niebezpieczeństwo. W tych trudnych dla nas czasach prosimy cię, pani, miej wzgląd na nasze dzieci.

Jej głos był cichy i błagalny, ale nie sposób go było zignorować.

Wielki książę znów otworzył usta, lecz Katarzyna nie dała mu szansy się odezwać.

– Nie jesteśmy wprawdzie twymi żołnierzami, pani – powiedziała, rzuciwszy się przed carycą na kolana – ale potrzebujemy twego przewodnictwa. Rządź generałami, którzy powiodą wojska, lecz nie opuszczaj dworu, pani, usilnie cię błagamy.

Caryca opadła na poduszki. Z jej oczu spłynęły dwie łzy; pozwoliła im się stoczyć po uróżowanych policzkach.

Głupi książę z rosyjskich skazek zawsze zostaje uratowany przez roztropną księżniczkę, pomyślałam.

– Wystarczy, moje dziecko – powiedziała caryca. – Powstań.

Pośpieszyłam, by pomóc wielkiej księżnej podnieść się z kolan. Ścisnęła porozumiewawczo moją rękę. Jeśli spodziewała się mężowskiej wdzięczności, czekała na nią na próżno.

– Nie jestem taki jak *Madame* Dobra Rada – powiedział mi Piotr, zanim odszedł, wskrzeszając stare przezwisko, które wymyślił dla Katarzyny. W jego głosie usłyszałam złowróżbną nutę nienawiści.

W tych rzadkich chwilach, kiedy tego lata zostawałyśmy same, Katarzyna wypytywała mnie o dolegliwości Elżbiety, kołatanie serca, opuchnięte nogi i zgniłą woń jej ciała. Czy pogłoski o jej omdleniach są prawdziwe? Czy naprawdę zaczęła unikać schodów?

– To się zdarzało już wcześniej – odpowiadałam. – Nie wierz wszystkiemu, co słyszysz.

Jej twarz ściągała się w rozczarowaniu.

– Wszystko przez te ciągłe rozmowy o wojnie – mówiłam. – Ona się boi.

Był to lęk przed osądzeniem. Karta Sądu Ostatecznego w cesarskiej talii tarota. To dlatego na czoło Elżbiety występowały krople potu, to dlatego pod jej zapuchniętymi oczyma pojawiały się coraz ciemniejsze cienie. Jej zdaniem, Bóg zdecyduje o losie narodu, osądzając grzechy jego władcy. Co przeważy: francuska gnuśność, pruska zachłanność czy rosyjska duma? „Czyż nie byłam litościwa?" – słyszałam mamrotane przez nią słowa modlitwy.

W jednym z listów, które pokazała mi Katarzyna, *sir* Charles doradzał jej porzucić rolę pokornej przyjaciółki i sięgnąć po tę następczynię rosyjskiego tronu. „Twoja siła jest większa, niż sądzisz" – napisał. „Możesz mieć wszystko, czego zapragniesz". W nocy, leżąc obok wiercącej się przez sen Darii, która nadal zgrzytała zębami mimo naparów z piołunu podawanych przez Maszę, rozkoszowałam się jego przepowiednią.

W skromnie umeblowanym apartamencie gościnnym w Carskim Siole – markującym pozycję wielkiej księżnej na dworze – Katarzyna kontynuowała swoje dochodzenie.

– Czy ona w ogóle sypia, Warieńko? Jak często cierpi bóle? Czy wspomina o mnie?

Rozejrzałam się po pokoju: dwa złocone krzesła, stolik, łóżko, komoda. Okno wychodzące na warzywnik, z którego napływał dość zaskakujący zapach – cynamonu i goździków, zupełnie jakby było Boże Narodzenie.

Katarzyna, ubrana w lekką letnią suknię, stała w otwartym oknie, bawiąc się złotymi chwostami u zasłon.

– Tęsknisz za nim? – zapytałam łagodnie. – Nie dostałaś ostatnio listu?

Odwróciła ku mnie głowę i zobaczyłam w jej oczach błyszczące łzy.

– Nie chcę rozmawiać o Stanisławie. Proszę, Warieńko. Nie mogę.

Mówiłam więc o cesarskiej sypialni. O pieśniarzach z ludu, wirtuozach bandury i dzieciach obdarzonych głosami, które caryca określała jako „anielskie". O zwartym szeregu dam dworu, ochoczo zabawiających ją plotkami aż do kolacji, kiedy zjawiał się cesarski faworyt. Wypoczęty i przymilny jak jej koty.

– Caryca nie lubi zostawać sama – ciągnęłam, zadowolona, że moje słowa cieszą Katarzynę. – Toteż dbam o to, żeby zawsze miała towarzystwo.

Jednej nocy, kiedy pałac pogrążył się we śnie, zastałam carycę pochyloną nad „Wiadomościami Sankt-petersburskimi". Oglądała karykatury pruskiego króla przez szkło powiększające. Fryderyk II na stołku, z sakwą między kolanami, pakujący do niej jedną ręką Śląsk, Czechy i Saksonię, a drugą podnoszący okruchy, które spadły na ziemię. Fryderyk w przyciasnym surducie, oblizujący usta na widok nagiej, półleżącej Austrii, którą podgląda przez dziurkę od klucza.

– Co o nim teraz piszą? – zapytała caryca, wciskając mi gazetę do rąk.

– „Bandyta i złodziej – przeczytałam – „zdradziecki... przebiegły... nienasycony... twierdzi, że jego dwustutysięczna armia może rzucić się wrogom do gardeł już za trzy tygodnie".

Podczas gdy ja czytałam, Elżbieta obgryzała paznokcie, a potem zaczęła je rozmasowywać, jakby to miało je wydłużyć. Pod jej dezabilem pośród piany belgijskich koronek, pod cienką jak papier skórą rysowała się sieć niebieskozielonych żył.

– „By Fryderyk mógł złupić sąsiada, którego niegdyś przysięgał bronić, czarni jak heban wojownicy walczą na Wybrzeżu Koronmandelskim, a czerwoni skalpują się wzajemnie w krainie Wielkich Jezior Północnej Ameryki".

Informacje zasadnicze doprawiłam szczyptą banału.

– „W pruskiej armii oficerowie jedzą z blaszanych menażek. Srebrne łyżki są zakazane".

– Sknera – wymruczała Elżbieta. – Bezczelny zdzierca bez sumienia.

Caryca pałała nienawiścią, której płomień należało umiejętnie podsycać. Nigdy nie zapomniała, że król Prus nazwał ją kiedyś „niepiśmiennym kpem, którym rządzi pyta".

Mimo niezadowolenia Szuwałowów caryca przekazała feldmarszałkowi Apraksinowi pełną kontrolę nad rosyjską armią. Kolejne rozkazy przyniosły wiele zmian. Mojemu mężowi powierzono obowiązek przyjmowania rekrutów. Będzie mu się jeszcze trudniej wyrwać z koszar, powiedział mi, kiedy przyjechał na tydzień do Carskiego Sioła. Wyszarpany tydzień pełen gonitwy.

My także rozmawialiśmy o wojnie.

Ceny soli poszybowały z dwudziestu do pięćdziesięciu kopiejek za pud. Ceny alkoholu wzrosły dwukrotnie. Rosyjski skarbiec nie gardził nawet drobniakami.

– Rychło w czas – stwierdził Igor. – Teraz, kiedy Fryderyk II ma poparcie Brytyjczyków, pruska armia przejdzie do ofensywy. – Rosji nie zostało już zbyt dużo czasu – powiedział.

Masza sporządziła listę rzeczy do zrobienia. Galowy mundur pana jest rozdarty na rękawie i musi zostać naprawiony. Kieszenie są poplamione, bo nosił w nich marchewkę i grudki cukru dla swojego konia. Pan potrzebuje czystych chusteczek. Trzeba mu też kilku słoików pasty do butów, którą własnym przemysłem sporządzała z wosku, łoju i sadzy, a która była znacznie lepsza od pasty z wojskowego przydziału.

W naszej sypialni pachniało tabaką i mydłem do czyszczenia skór. Wracając ze służby w cesarskiej sypialni, słyszałam triumfalne pomruki Igora, odliczającego ostatnie ze stu pompek, od których zrobienia zaczynał swój dzień. W pokoju obok, gdzie spał jego ordynans, kufry Igora powoli się wypełniały, ale najbardziej osobiste przedmioty nadal równym rządkiem leżały na stoliku. Zestaw przyborów toaletowych, jego szabla i pistolety, w płóciennych pokrowcach, upranych i uprasowanych przez Maszę, przewiązanych sznurkiem.

W ciągu dnia Daria nie odstępowała ojca ani na krok. Wszędzie nosiła ze sobą kolejną lalkę, którą dla niej kupił, i nie chciała jej odłożyć nawet na czas wieczornego mycia.

– Kwiaty mają korzenie, przez które piją wodę spod ziemi. A ptaki jedzą nasiona, wiesz, tatusiu? – słyszałam jej głosik, przejęty, natarczywy. Nie milkła ani na chwilę, tak jakby każda myśl musiała zostać ubrana w słowa, a każda tajemnica zgłębiona.

– Masza mówi, że łabędzie gubią pióra na wiosnę i wtedy nie mogą latać. Czy to prawda?

– Tak.

– A nie mogą ich sobie znaleźć?

– Muszą im wyrosnąć nowe. Muszą poczekać.

– Ale dlaczego?

– Bo to trochę trwa.

– A ile dokładnie?

W towarzystwie Igora nie okazywała cienia nieśmiałości, żadnego zawahania, myślałam. Albo coś wiedziała i chciała się tym podzielić, albo czegoś nie wiedziała i chciała się dowiedzieć. Jeśli jakaś odpowiedź jej nie zadowalała, nie zamierzała odpuścić. Cieszyła ją precyzja, pewność faktów, które dobrze do siebie pasowały.

– Czasami zachowuje się tak, jakby nie była już dzieckiem – powiedział Igor.

– Ale tylko czasami – odparłam ze śmiechem.

Tego roku sierpniowe wieczory były chłodne. Ostatniego wieczoru przed wyjazdem Igora siedzieliśmy na ławce w ogrodzie i patrzyliśmy na wydłużające się cienie. Daria, z lalką przyciśniętą do boku, rysowała coś w szkicowniku, prezencie od ojca, w pełnym skupieniu wysuwając z ust koniuszek języka. Próbowała już wykreślić granice jego zbliżającej się nieobecności, pytając, kiedy wróci.

– Za ile tygodni? – pytała, prostując palce prawej ręki i chowając lewą za plecami.

Liście brzóz zaczynały już żółknąć. Tylko patrzeć, jak ziemia okryje się bursztynowozłotym kobiercem.

Opowiedziałam Igorowi o nauczycielu tańca i wdzięku, którego zamierzałam niebawem zatrudnić, aby uczył naszą córkę. Nie byłam pewna, czy godzina dziennie, którą Daria na moje polecenie spędza, chodząc na wysokich obcasach i z książką na głowie, wystarczy, żeby utrzymała prosty kręgosłup.

Późnym popołudniem ogrodnicy palili gałęzie i zeschłe liście; w powietrzu nadal było czuć ostrą woń dymu.

– To niesprawiedliwe – powiedział Igor, jakby mnie wcale nie słuchał.

Umilkłam.

Ściszył głos i wbił wzrok w czubek swojego wypolerowanego buta. Zacisnął zęby.

– Cała ta sprzedajność, to kupowanie ludzi – wymamrotał.

Ręka, którą położył na kolanie, zwinęła się w pięść. Pokryty ciemnym zarostem podbródek zadrgał.

Najbardziej mierził go widok dezerterów, powiedział mi. Było ich znacznie więcej, niż się spodziewał. Wyłupiali sobie oczy, miażdżyli stopy, odcinali palce, wybijali zęby – byle tylko uniknąć służby.

Mieszkańców Jarosławia przyłapano na kupowaniu w sąsiedniej wiosce chłopów, by odbywali służbę za nich.

– Trzysta sześćdziesiąt rubli – ciągnął Igor. – Tyle płacą za dobrego rekruta.

Wioski, które wystawiały własnych rekrutów, nie zaopatrywały ich należycie w prowiant. Obcinały nawet przydziały mąki, z której żołnierze piekli sobie na kamieniach podpłomyki. Na jak długo wystarczy jeden worek? Na miesiąc? Dwa? W jaki sposób miał dbać o tężyznę fizyczną swoich żołnierzy, żyjących o chlebie i wodzie? Żołnierze potrzebują warzyw, mięsa, ryb. Rosyjska armia zacznie przymierać głodem, zanim jeszcze nadejdzie rozkaz do wymarszu.

Dlaczego na nowy pałac są zawsze pieniądze, a brakuje ich na chleb dla żołnierzy? Dlaczego feldmarszałkiem został Apraksin, ten stary pryk, który zabronił swojemu adiutantowi budzić go przed dziesiątą?

Starał się to zrozumieć.

Nie mógł.

Wierzył, że armię tworzy męstwo, a nie kaprysy fortuny.

– Pamiętasz braci Orłowów, *kisońka*? – zapytał, przesuwając palcami po brodzie.

Pamiętałam dwóch młodych oficerów, którzy z taką uwagą słuchali Igora podczas zebrań w naszym saloniku. Grigorija, tego przystojniejszego, i Aleksieja z blizną na policzku. Orłowowie nie służyli już w Sankt Petersburgu, powiedział mi. Poszli w jego ślady i podjęli czynną służbę w armii.

– Obaj to urodzeni żołnierze, ale tylko Aleksiej podziela moje obawy – ciągnął Igor. Młodszy Orłow nie dzieli z bratem lekkomyślnego przekonania, że jakoś to będzie, że zwycięstwo należy do zuchwałych.

– My się pieklimy, a Grigorij ugania się za kolejną kochanką – wyznał mi Igor. – Czas pokaże, kto miał rację.

Przerwał na chwilę i spojrzał mi w oczy. Patrzyłam na jego ogorzałą twarz, mocno zaciśnięte wąskie wargi, szykując się na kolejną porcję goryczy.

– Nic się nie zmienia. Zawsze ta prawdziwa szlachta – i szlachta służebna – ciągnął Igor. Dawni bojarzy i dworianie. Po jednej stronie Szuwałowowie, Woroncowowie i im podobni, po drugiej – Malikinowie, Orłowowie. Oni – szlachcice z dziada pradziada wychowywani na opowieściach o wielkich czynach swoich przodków, którym zawdzięczali nazwisko i krew. My – dworianie możemy tylko piąć się po szczeblach dworskiej kariery, za zasługi lub co łaska, oskarżani o uleganie kaprysom carycy i chwytanie się nikczemnych sposobów zjednywania sobie jej życzliwości.

Wolno nam naśladować lepszych od siebie, ale wara od ich zamkniętego kręgu.

– Dopóki nie utorujemy sobie drogi sami – powiedział Igor, stanowczo zbyt głośno, aż Daria obrzuciła nas bacznym spojrzeniem znad swojego niedokończonego rysunku.

Położyłam palec na ustach, ale Igor pokręcił głową.

– Wiesz o tym dobrze, *kisońka* – powiedział. – I to nie od dziś, prawda?

Kiedy dotknął mojej ręki, poczułam, jak opuszcza mnie fala niepokoju.

Rankiem, gdy powóz Igora odjechał, Daria była cicha i zamyślona.

– Musisz być dzielna – powiedział jej przed wyjazdem Igor. – Jesteś przecież córką żołnierza.

Gdy ją zapewniłam, że tata niedługo wróci, pokiwała niepewnie głową, ale nie spytała, kiedy to będzie.

A ja?

Ja pamiętam przede wszystkim pustkę po jego kufrach, opustoszały stolik w sypialni, niknący zapach tabaki i mydła do skór. I pamiętam, jak pomyślałam, że Rosja nie przystąpiła jeszcze do wojny, a punkt poborowy to miejsce bezpieczniejsze od innych.

*P*ięć dni po wyjeździe Igora nadeszła wiadomość, że armia Fryderyka II przekroczyła granicę saską, zajęła Lipsk i kieruje się w stronę Drezna. We wrześniu, zanim dwór wrócił na zimę do Sankt Petersburga, armia pruska zdobyła Drezno.

W październiku po klęsce pod Pirną wojska saskie zmuszone były się poddać.

Caryca chciała słuchać tylko o tym. Saksonia była sojuszniczką Austrii, której władczyni, Maria Teresa Habsburg, była wprawdzie kłamczynią i hipokrytką, ale została skrzywdzona i upokorzona. Pruski zbir posunął się za daleko. Rosja nie mogła przyglądać się temu bezczynnie.

Kanclerz nie musiał już oczekiwać na wezwanie w cesarskim antyszambrze. Jego głos, chwalący przenikliwość decyzji Elżbiety, dobiegał z jej prywatnych komnat. Feldmarszałek Apraksin donosił, że rosyjska armia jest gotowa do walki. Jak tylko skończy się zima, będzie mogła podjąć marsz na zachód. „Cały świat oczekuje rozkazu Waszej Cesarskiej Wysokości”.

Katarzyna niecierpliwiła się coraz bardziej. Kanclerz wciąż nie miał dla niej wieści o nominacji poselskiej dla Stanisława, a inwazja Prus na Saksonię oznaczała kolejną zwłokę.

– Proszę o tak niewiele – powiedziała mu Katarzyna. – Skoro nie może pan wyświadczyć mi tak drobnej przysługi, jaką wartość ma pańska pomoc? Może powinnam jednak posłuchać Iwana Szuwałowa? Rozważyć jego przyjacielską propozycję?

Żadnej propozycji nie było, pojawiły się tylko sugestie, ale listy *sir* Charlesa dodawały Katarzynie śmiałości. Listy, w których podkreślała całe zdania: „Sięgnij po tron Rosji i ofiaruj Stanisławowi polską koronę. Oto cel godny twego talentu”.

Przewracałam kolejne kartki, mając nadzieję, że *sir* Charles nie zachował kopii, a *monsieur* Bernardi nie stracił czujności. Moich obaw nie uspokajało nawet użycie dawnego wybiegu – *sir* Charles zwracał się do wielkiej księżnej *per „monsieur”*. Obiecałam sobie, że przy pierwszej sposobności zobowiążę go do większej dyskrecji.

– Spal te listy, proszę – błagałam Katarzynę. Zamek w jej sekretarzyku można było otworzyć szpilką do włosów. Ukryta szuflada otwierała się po naciśnięciu drewnianej kolumienki.

– *Sir* Charles jest przeświadczony, że caryca nie pożyje już długo – stwierdziła Katarzyna, ignorując moją prośbę. – Myślisz, że ma rację, Warieńko?

Wzruszyłam ramionami.

– Nie umiem przepowiadać przyszłości, ale wiem, że Jej Wysokość myśli o świętach Bożego Narodzenia. Właśnie wzięto z niej miarę na suknię z kremowego atłasu wykończoną gronostajem.

W listopadzie kanclerz przekazał wreszcie Katarzynie długo oczekiwaną nowinę.

Król Saksonii i Polski mianował hrabiego Poniatowskiego swym posłem nadzwyczajnym na rosyjskim dworze. Stanisław wyruszył do Sankt Petersburga na początku grudnia, obiecując w liście do Katarzyny, że przyjedzie przed Bożym Narodzeniem. Ale święta minęły, a Stanisława nie było.

Katarzyna starała się nie martwić. Zima była sroga, opóźnień nie dało się uniknąć.

Co dzień wysyłałam posłańca do saskiego poselstwa i co dzień powtarzano mi, że hrabia Poniatowski wciąż jeszcze jest w drodze. W końcu, w samo południe 28 grudnia, dotarł na miejsce.

Huk po wystrzale z działa obwieszczającym południe jeszcze się niósł, kiedy pośpieszyłam do komnat Katarzyny. Dzień był bardzo mroźny, ale jak rzadko słoneczny, zwały śniegu piętrzyły się wzdłuż bulwaru Wielkiego. Siedzibę saskiego poselstwa dzieliło od tymczasowego pałacu tylko kilka minut jazdy powozem.

– Przekaż mu to, Warieńko – poprosiła Katarzyna, wsuwając mi w dłoń zapieczętowany list. – Powiedz, że przybędę tak szybko, jak będę mogła.

Lokaj wprowadził mnie do pokoju przyjęć, ogrzewanego przez wyłożone niebieskimi kafelkami piec i kominek. W oknach wisiały strojne zasłony, na ścianie – portret Augusta III, „z Bożej łaski króla Polski i księcia elektora saskiego". Potężnego mężczyzny o aroganckim wejrzeniu i wydatnych rumianych policzkach, z trudem mieszczącego się w niebieskim kaftanie szamerowanym złotem. Przypomniały mi się opowieści *sir* Charlesa o „polowaniach z kanapy" w polskich lasach, o wilkach i niedźwiedziach wypuszczanych z klatek, tak aby król mógł je ustrzelić, nie podnosząc się z miejsca. „Saksonia jest skazana na jego potomków – powiedział mi któregoś razu *sir* Charles – ale Polska niekoniecznie. Monarchia elekcyjna ma swoje dobre strony".

Do pokoju wszedł Stanisław, wciąż jeszcze owinięty w futra, tak jakby nie mógł uwierzyć, że jego długa podróż naprawdę dobiegła końca. W upudrowanej peruce jego przystojna twarz wydawała się szczuplejsza, niż ją zapamiętałam, a także starsza i bardziej zamyślona. Ciepłymi rękoma chwycił moje dłonie i podniósł je do ust.

– Droga przyjaciółko! – powiedział. – Jak ona się miewa?

– Lepiej, odkąd wie, że pan tu jest.

Podałam mu list od Katarzyny i przyglądałam się, jak drżącymi rękoma łamie pieczęć. Ucałował go po przeczytaniu.

– Kazał nam pan na siebie długo czekać – wytknęłam mu żartobliwie.

– Musiałem jechać dłuższą drogą. – Zwrócił twarz w stronę kominka, ku tańczącym płomieniom. – Zostałem ostrzeżony przed zasadzką… tuż po przekroczeniu rosyjskiej granicy.

– Ostrzeżony? – spytałam zaniepokojona. – Przez kogo?

Posłał mi speszony uśmiech.

– Pozwól, pani, że sam jej o tym powiem.

Poczułam ukłucie bólu, słysząc te słowa, przypomnienie, bym nie czuła się ważniejsza, niż jestem.

Za drzwiami pokoju przyjęć przesuwano coś ciężkiego po podłodze. Usłyszeliśmy zbliżające się kroki. Drzwi się otworzyły i do środka wszedł służący z zapytaniem, czy podać poczęstunek. Stanisław spojrzał na mnie; pokręciłam głową. Musiałam jak najszybciej wracać do pałacu.

Stanisław odesłał służącego i zaproponował, że mnie odprowadzi.

Zimowe słońce zakryła już ciemna chmura i na nasze twarze spadały teraz duże płatki śniegu. Szliśmy bulwarem Wielkim, a on zadawał mi wiele pytań, na które cierpliwie odpowiadałam.

Katarzyna była w dobrym zdrowiu. Miała teraz krótsze włosy, ale nadal ich nie pudrowała, tak jak lubił. Nie, nie może się z nią zobaczyć natychmiast. To zbyt niebezpieczne. Przyjdzie do pałacu Naryszkinów, gdy tylko będzie mogła. Ale zapewne nie wcześniej niż o jedenastej wieczorem.

Stanisław powinien wymyślić dla siebie jakieś przebranie i skorzystać z wejścia dla służby. Najlepszy będzie strój muzyka.

Oczywiście, przekażę jej, że on także ma się dobrze. Powtórzę, że będzie odliczał każdą sekundę dzielącą go od spotkania.

Pozwoliłam Stanisławowi towarzyszyć mi tylko kilka minut. Nawet na ulicy śledziło nas zbyt wiele ciekawskich oczu.

Pożegnał się i odwrócił. Patrzyłam, jak odchodzi nieśpiesznym krokiem. Zatrzymał go zawodzący żebrak i Stanisław wyciągnął z kieszeni monetę. Zawodzenie zmieniło się w głośną litanię błogosławieństw.

Myślom o szczęściu Katarzyny towarzyszyło poczucie niepokoju. Igor przysłał mi wiadomość, że otrzymał rozkaz poprowadzenia swoich rekrutów na zachód, w kierunku Prus Wschodnich. Zapewnił mnie, że bracia Orłowowie poprzysięgli zaopiekować się mną i Darią na wypadek, gdyby coś mu się stało.

Tego wieczoru, kiedy odprowadzałam Katarzynę do pałacu Naryszkinów przy bulwarze, w oknie na parterze mignęła mi rozpromieniona twarz Stanisława. Pomachał ręką na nasz widok.

Twarz Katarzyny mieniła się w świetle latarni. Niecierpliwość dodawała jej urody. Jej policzki, zaczerwienione od mrozu, nie wymagały różu; jej błyszczące oczy nie potrzebowały belladonny.

Nie będzie już samotna, pomyślałam. Nie będzie już dłużej czekać.

Zanim pośpieszyła do środka, spojrzała na mnie tylko raz.

– Dziękuję, Warieńko – szepnęła z uśmiechem. – Nigdy nie zapomnę tego, co dla nas zrobiłaś.

Coś w jej zachowaniu nie dawało mi spokoju, ale nie mogłam dojść co. Dopiero później zdałam sobie sprawę, że jej usta układały się w sposób uderzająco podobny do samolubnego uśmieszku jej matki.

Jakie to zabawne, pomyślałam. I niewiarygodne.

Na cesarskim dworze witano Nowy Rok pokazem sztucznych ogni i salwami z dział. Caryca wydała bal noworoczny w Peterhofie. Zanim wyjechała z Sankt Petersburga, padła na twarz przed ikoną Matki Boskiej Kazańskiej. Modliła się o wybaczenie. „Proszę, nie karz Rosji za moje własne grzechy" – usłyszałam jej szept.

Rok 1757 miał być rokiem zwycięstwa.

Myślałam o Igorze w wojskowych koszarach, o jego listach, prostych i krótkich. „Zima jest sroga, ale jestem dobrej myśli. Powiedz Darieńce, że najbardziej podobał mi się jej rysunek konia".

Po zakończeniu uroczystości noworocznych często widywałam Stanisława w antyszambrze Elżbiety, oczekującego na audiencję w gronie innych posłów i ambasadorów.

Elżbieta nigdy nie kazała mu czekać długo. Spodobała jej się jego pierwsza oficjalna mowa, którą wygłosił z okazji podejmowania swoich nowych poselskich obowiązków. Inwazja na Saksonię nie była jednorazowym wybrykiem, ale ostrzeżeniem na przyszłość, powiedział. Fryderyk II jest hydrą o wielu głowach. Kiedy odrąbać jedną, na jej miejscu wyrosną dwie nowe. Dlatego z Prusami należy rozprawić się bez litości.

Caryca mruczała z zadowolenia.

I nie ona jedna. Słyszałam, jak przemowę Stanisława chwalono jako zręczną i pełną pasji. Na tyle głośną, by ją dosłyszano gdzie trzeba, a zarazem na tyle spokojną, by nie została zlekceważona jako gardłowanie niedoświadczonego młodzika.

Przy pierwszej okazji pogratulowałam Stanisławowi jego wystąpienia. – Jej Cesarska Wysokość ciągle o nim wspomina.

– Jest bardzo łaskawa – odpowiedział. – Obserwuję życie na rosyjskim dworze i wyciągam wnioski. Co dzień uczę się czegoś nowego.

Lekcje dobrze dostosowane do inteligencji tak błyskotliwego ucznia, pomyślałam. *Sir* Charles ubłagał Stanisława, by nie próbował się z nim spotykać. Nawet w sekrecie. Odkąd Prusy napadły na Saksonię, ambasada Wielkiej Brytanii była pod nieustanną obserwacją. Każdy służący był rosyjskim szpiegiem. „Z ciężkim sercem trzymam się z dala od Was Obojga, *monsieur*, mając nadzieję, że to nie potrwa długo" – pisał *sir* Charles do wielkiej księżnej. „Pewnego dnia Katarzyna – caryca Rosji, i Stanisław – król Polski, będą rządzić razem, a ja będę mógł służyć radą i przyjaźnią im obojgu. Lecz aby to było możliwe, nie mogę mieć nad sobą innych panów. Z tego powodu złożyłem rezygnację i oczekuję teraz listu z Londynu, zwalniającego mnie od moich dyplomatycznych obowiązków".

Stanisław nazywał *sir* Charlesa *La Sagesse* – Mądrością – i prawdziwym przyjacielem. Katarzyna powiedziała mi, że zawsze będzie zasięgała jego rady niczym u wyroczni delfickiej.

A ja?

Ja myślałam o sile słów, wciąż powtarzanych, rozważanych. Myślałam o tym, jak rosną w potęgę, zmieniając możliwości w pragnienia. Caryca filozofka. Król filozof. Próżność zastąpiona mądrością, gnuśność – ciężką pracą.

Lepszy świat. Bardziej sprawiedliwy.

Cóż innego mogło być bardziej godne moich wysiłków?

*P*od koniec lutego Katarzyna znowu spodziewała się dziecka. Jej wystąpienia publiczne na dworze stały się radosnymi okazjami do manifestowania czułej troski. Służące posyłano po poduszki do podłożenia pod nogi. Caryca przypominała wielkiej księżnej, by unikała przeciągów i poddawała się masażom stóp. Jej krew powinna teraz płynąć wolniej. Ciało musi gromadzić siły. Z pałacowej kuchni codziennie przynoszono dla niej kosze smakołyków, torty budyniowe z ananasem, filety z przepiórek, srebrne wazy z pożywnymi, zagęszczanymi śmietaną zupami. Skargi na nowe długi i pijaństwo Piotra zastąpiono głośnymi pochwałami rosyjskiej dynastii.

Szlachetna krew zawsze upomni się o swoje, słyszałam.

Patrzyłam, jak caryca kładzie dłoń na brzuchu wielkiej księżnej z takim uśmiechem, jakby czuła już kopiące dziecko. Jej lęki i zły humor zniknęły bez śladu. Narodziny pokonały śmierć i usunęły ją w cień. Elżbieta nigdy nie spytała, kto jest odpowiedzialny za „delikatny stan" Katarzyny. Należało zachowywać pozory. „Dzieci księżycowej poświaty" dzieliły przecież łoże. Piotr nie mógł się wyprzeć tego dziecka, a na cesarskim dworze to wystarczało.

Stanisław, poseł nadzwyczajny saskiego elektora, uczestniczył we wszystkich wymaganych audiencjach i przyjęciach. Wykorzystywał każdą sposobność, żeby zwrócić uwagę Elżbiety na niedolę Saksonii – na Drezno zniszczone przez ogień armatni, na zwolnionych z więzień przestępców, którzy palili domy i pola, na fałszowane przez Fryderyka polskie monety, za które kupowano prowiant dla pruskiej armii.

Caryca chwaliła maniery hrabiego Poniatowskiego, jego młodzieńczy wdzięk i nienaganną elegancję. Gdy któryś z Szuwałowów robił aluzję do jego miłości do Katarzyny, caryca zmieniała temat. Miała ważniejsze sprawy na głowie.

W czerwcu Fryderyk poniósł pierwszą klęskę pod Kolinem. Okazało się, że wcale nie jest takim znów genialnym strategiem. Austriacy zmusili go do ataku. Jego taktyka uderzenia na skrzydło zawiodła. Doskonały moment, by do akcji wkroczyła Rosja.

Kanclerz spędzał u carycy coraz więcej czasu. Widziałam, jak wchodzi do jej prywatnych apartamentów z rulonami map pod pachą i plikiem dokumentów do podpisu. Feldmarszałek Apraksin prowadził rosyjską armię w stronę Prus Wschodnich. Igor nie przyjedzie do Sankt Petersburga tego lata. Jego listy stały się jeszcze krótsze – zabawne wzmianki o stopach, na których nie ma już miejsca na nowe pęcherze, i o dawno zapomnianej radości nocowania w stogu siana. Zawsze załączał rysunek dla Darieńki: „Tata suszący swoje bryczesy przy ogniu", „Tata zbierający jagody na deser".

Słyszałam, jak kanclerz rozprasza wątpliwości Elżbiety: jej oficerowie są najlepsi w Europie; jej żołnierze pójdą na śmierć z imieniem Imperatorowej Wszechrusi na ustach.

Podczas bezsennych nocy Elżbieta, upojona wiśniówką, domagała się ode mnie opowieści o Stanisławie w stroju muzyka i jego powozie zatrzymanym przez wartowników w Oranienbaumie. Poseł nadzwyczajny saksońskiego króla oświadczył, że jest członkiem orkiestry w służbie wielkiej księżnej.

– Na czym pan gra? – zapytały go straże.

– Na flecie – odpowiedział.

– Proszę nam pokazać swój instrument.

Cesarski śmiech był znakiem przyzwolenia, myślałam, zwiastunem rozejmu.

W lipcu *sir* Charles otrzymał oficjalne potwierdzenie przyjęcia rezygnacji ze stanowiska ambasadora Wielkiej Brytanii. Jego następca, pan Keith, przybędzie za kilka miesięcy. Do tego czasu obowiązki *sir* Charlesa miał wykonywać jego niegdysiejszy sekretarz, George Rineking.

Sir Charles oficjalnie pożegnał się z dworem. Był teraz wolnym człowiekiem.

– Nie zamierzam wyjeżdżać, pani Barbaro – powiedział mi. – Proszę zapewnić wielką księżnę, że zrobię wszystko, aby być pod ręką, kiedykolwiek będzie potrzebowała mojej rady.

To on wybrał obskurną oberżę na tyłach pałacu Aniczkowa, w której się spotkaliśmy. Szyby w oknach były spotniałe, a podłogi lepiły się od plwocin i rozlanego piwa. W drodze na spotkanie widziałam psy walczące o resztki wyrzucone z kuchni i okolicznych łobuziaków rzucających w nie kamieniami.

Entuzjazm *sir* Charlesa był zaraźliwy. W jego ustach nawet obrzydliwe relacje z pijackich awantur Piotra miały w sobie coś z obietnicy. Hulanki skracają życie wielkiego księcia. A kiedy on umrze, Katarzyna i Stanisław będą się mogli pobrać.

– Doradzam wielkiej księżnej, aby bacznie obserwowała sytuację i czekała, rozważała wszystkie możliwości, ale nie odsłaniała swoich kart – powiedział. – Aby naprawiła stosunki z Szuwałowami. By pielęgnowała wszystkie znajomości i nie ujawniała zawczasu swoich zamiarów.

W ciemnym rogu oberży, pod oknem wysmarowanym zatłuszczonymi paluchami skinęłam głową na znak zgody. Na blacie masywnego drewnianego stołu ktoś wyrył koślawe serce przebite dwiema strzałami. W ostatnim liście Igor wspomniał, że jego pułk przekroczył granicę Prus Wschodnich bez jednej potyczki. Spóźnił się kilka dni na oblężenie Memla i przybył akurat na świętowanie zwycięstwa. „Wkrótce wyruszymy na zachód – napisał – chociaż nie wiem jeszcze, kiedy i dokąd".

– Wielka księżna może na mnie liczyć – ciągnął *sir* Charles. – Teraz, kiedy jestem wolny, zamierzam odkładać wyjazd tak długo, jak długo będę potrzebny. – Pochylił się ku mnie; oczy mu błyszczały. – Nie jesteśmy wprawdzie żołnierzami, pani Barbaro – powiedział z naciskiem – nie walczymy na wojnie. Ale możemy sprawić, że świat, który pewnego dnia odziedziczą po nas nasze dzieci, będzie lepszy.

Tego lata ja także sądziłam, że wiele mogę dokonać.

Nie potrafiłam spojrzeć na nas z dystansu. Zobaczyć, że w istocie jesteśmy dwuosobową koterią, złożoną z byłego ambasadora i córki rzemieślnika, która została zausznicką carycy. Parą marzycieli pragnących nagiąć przyszłość do swych ambitnych planów, podczas gdy naprawdę doniosłe wydarzenia naszych czasów dokonywały się nieubłaganie poza nami.

W cesarskiej sypialni nigdy nie gasły grube woskowe świece. W niektóre noce zastawałam Elżbietę przed lustrem, w negliżu, badającą zmarszczki na twarzy albo poprawiającą koronki wokół dekoltu. Przeczesywała palcami włosy, obcięte na krótko, odkąd zaczęły wypadać. Bez peruki jej łysiejąca głowa wydawała się mniejsza, niemal dziecięca. Cesarskie koty czaiły się w ciemnych kątach, wylegiwały na podłodze, polowały na kłębki kurzu, przewracały się na grzbiet, żeby odsłonić brzuchy i lizać sobie tylne łapy sterczące w powietrzu.

Wchodząc do sypialni Elżbiety, nigdy nie wiedziałam, czego tego dnia będzie ode mnie oczekiwać. Będzie chciała rozmawiać czy słuchać? Osądzać czy usprawiedliwiać? Czasem żądała, żebym przeszukała kufry jej pokojówek w poszukiwaniu zaginionego grzebienia, buteleczki driakwi, szpilki do włosów czy pierścienia. Czasem ogłaszała swój najnowszy rozkaz, na przykład zabraniający wszystkim kobietom na dworze ozdabiać suknie różowymi koronkami i wstążkami, bo chciała być jedyną, która nosi dodatki w tym kolorze. Którejś nocy zapytała mnie, czy śni mi się kiedykolwiek mój ojciec, ale zanim zdążyłam odpowiedzieć, ukryła twarz w dłoniach i wybuchnęła płaczem. Innym razem przyłapałam ją na wąchaniu wnętrza swojego pantofelka; marszczyła nos ze wstrętem.

– Coś się stało, Wasza Wysokość? – zapytałam, lecz omiotła mnie tylko nieobecnym spojrzeniem.

– Nie jest łatwo oddzielić przeszłość od teraźniejszości – wymamrotała.

Pomyślałam o piasku przesypującym się nieubłaganie w klepsydrze. Może *sir* Charles ma rację, pomyślałam. Może śmierć i zmiana są już blisko.

Z końcem sierpnia dwór powrócił z Peterhofu do Sankt Petersburga. W prywatnych apartamentach carycy z jej otwartych kufrów czuć było zapach olejku cedrowego i rozmarynu. Elżbieta nie mogła sobie znaleźć miejsca; chodziła niespokojnie po pokojach, zabijając czas w oczekiwaniu na wieści z Prus Wschodnich. Rzadko udawało mi się zainteresować ją czymś przyziemnym, jak choćby należyte wietrzenie gobelinów.

Właśnie wypakowałam różowy dezabil z adamaszku, jeden z jej ulubionych, kiedy do komnaty wszedł kanclerz z meldunkiem w ręce. Caryca zamknęła oczy i splotła dłonie do modlitwy.

– Starci na proch, Wasza Wysokość! – wykrzyknął, promieniejąc z radości. – Prusacy zdziesiątkowani! A to dopiero początek. Całkowite zwycięstwo Waszej Wysokości teraz jest już pewne!

Armia rosyjska pokonała wojsko Fryderyka II pod wsią Groß-Jägersdorf.

– Feldmarszałek Apraksin obiecuje właściwy raport w następnym liście, teraz przesyła tylko krótką relację.

– Czytaj – rozkazała caryca.

Kanclerz czytał powoli; każde zdanie było obrazem triumfu. Prusacy uderzyli jako pierwsi. Kałmuccy kawalerzyści i dońscy Kozacy wciągnęli ich w pułapkę, pod obstrzał ciężkiej artylerii. Walki trwały przez cały dzień. Okoliczne wioski spalono, by zwiększyć dezorientację pruskich wojsk. W kłębach dymu unoszącego się nad polem bitwy rosyjskie bagnety okazały się znacznie skuteczniejsze od muszkietów wroga. Elżbieta Piotrowna, córka Piotra Wielkiego, dała Fryderykowi II pierwszą nauczkę. Teraz Prusy stały nagie i bezbronne przed potężną Wszechrusią.

Kiedy kanclerz skończył czytać, Elżbieta nakazała wszystkim zgromadzonym pomodlić się do Matki Boskiej Kazańskiej.

W podzięce za zwycięstwo Rosji.

Byłam sama w moim niewielkim salonie w tymczasowym pałacu, kiedy przybył posłaniec z wiadomością, że pośród czterech i pół tysiąca rosyjskich żołnierzy poległych pod Groß-Jägersdorfem znalazł się także Igor.

Wysłuchałam posłańca w milczeniu, z dziwnym poczuciem, że to jakaś absurdalna pomyłka. Opanował do perfekcji poważny wyraz twarzy, pełne szacunku spojrzenie, ceremonialne ukłony i dyskretny odwrót. Gdy wyszedł, usiadłam na otomanie, czując się zbyt ciężka, by się poruszyć.

Z sąsiedniego pokoju dobiegały mnie odgłosy kroków i głos guwernantki. Polecenie, aby spróbować jeszcze raz i tym razem bardziej się przyłożyć. Daria odbywała lekcję wdzięku.

Wstałam i otworzyłam drzwi. Drżała mi ręka.

– Zobacz, *maman*! – zawołała na mój widok Daria. Przechodziła właśnie przez pokój na wysokich obcasach, bez jednego potknięcia, z idealnie prostymi plecami i lokami starannie upiętymi pod koronkowym czepeczkiem.

Gestem poleciłam *mademoiselle* Dupont, żeby zostawiła nas same.

– Tatuś nie żyje – powiedziałam.

Daria przez chwilę stała bez ruchu, marszcząc czoło, jakby próbowała zrozumieć znaczenie moich słów. Wiedziała o bitwach i wojnach. Widziała obrazy przedstawiające poległych żołnierzy, wciąż trzymających w martwych rękach muszkiety, i ich towarzyszy broni dzielnie prących do przodu.

Ostrożnie wysunęła stopy z pantofli.

– Muszę odłożyć buty – powiedziała tylko. Podniosła je i przetarła rękawem.

Mocno ją przytuliłam. Czekałam na jej łzy, ale nie popłynęły. Przez ścianę słyszałam, jak Masza ruga służącą.

– Płacz, kochanie – wyszeptałam. – Płacz.

Ale nie płakała. Aż do chwili, kiedy usłyszała głośny, przeraźliwy krzyk Maszy.

Dopiero wówczas polały się łzy. Jej i moje. Ciche i gorące.

Tej nocy siedziałam przy niej tak długo, aż nie usnęła; jedną ręką tuliła do siebie lalkę, a drugą chowała w mojej dłoni. W naszym mieszkanku pachniało ładanem, rosyjskim kadzidłem palonym w żałobie, słodkim i gryzącym, które miało uśmierzać ból.

Na ulicach Sankt Petersburga było nas tak wiele – pogrążonych w żałobie wdów, matek, sióstr, córek. Rozpoznawałyśmy się wzajemnie po nowych czarnych sukniach i po tym, jak odwracamy wzrok, słysząc triumfalne obwieszczenia o wielkim zwycięstwie.

– Pola bitwy cuchną jak gnojowisko – powiedział mi kiedyś Igor. – Ciała szybko się psują. I ludzi, i koni.

Wśród przedmiotów, które mi zwrócono, była szabla mojego męża, jego pieczęć, pistolety i drewniana skrzyneczka z dwoma słoikami pasty do butów wyrobu Maszy.

Jego ciało odnaleziono trzy dni po zakończeniu bitwy. Chirurg wojskowy poinformował mnie, że cios bagnetem rozpłatał Igorowi prawe udo. W lewym ramieniu utkwiła kula; kość została zmiażdżona. Gdyby mój mąż przeżył, odjęto by mu zarówno rękę, jak i nogę. Powinnam to gruntownie rozważyć i wyobrazić sobie, jak wyglądałoby wtedy jego życie.

– Warieńko – powiedziała Katarzyna. – Moja najmilsza.

Przyniosła dla mnie czarne koronki i atłasowe wstążki do mojej żałobnej sukni. Darii powiesiła na szyi złoty prawosławny krzyżyk.

– Nie wolno mi nawet przyjść na pogrzeb – powiedziała, trzymając się za brzuch. – Ona twierdzi, że nie powinnam teraz odwiedzać cmentarzy. Ale jak mogłoby mnie to dziwić, Warieńko? Czyż nie zabroniła mi noszenia żałoby po moim własnym ojcu tylko dlatego, że nie był królem?

Jej objęcia były takie ciepłe. Zaniosłam się łkaniem.

Zabalsamowane, woskowe i blade ciało Igora przywieziono do Sankt Petersburga na pogrzeb. Ranę na czole miał starannie zaszytą. Łuk brwiowy wyglądał na pęknięty. Szyja wydawała się krótka, tak jakby kulił ramiona nawet po śmierci.

W biuletynie dworskim nazwisko mojego męża znalazło się daleko za nazwiskiem najmłodszego syna księcia Trubeckiego, który również zginął pod Groß-Jägersdorfem. Szlachcic służebny nigdy nie dorówna prawdziwemu szlachcicowi – pomyślałam gorzko. Na dwa miesiące zwolniono mnie z obowiązków na dworze – caryca nie chciała towarzystwa świeżej wdowy. W cesarskim pałacu uważano, że śmierć jest zaraźliwa.

Z pomocą Maszy odwróciłam do ściany wszystkie lustra, aby dusza Igora mogła spokojnie odejść. Na róg jego portretu nałożyłyśmy opaskę z czarnej krepy. Jak tego wymagał zwyczaj, rozesłałam karty żałobne ozdobione ramką z trupich czaszek i skrzyżowanych piszczeli z zawiadomieniem o śmierci Igora i zaproszeniem na ostatnie pożegnanie.

Podczas uroczystości żałobnych Daria ani na chwilę nie puściła mojej ręki. Mocny uścisk drobnej dziecięcej dłoni, którego nigdy nie zapomnę. Nie miałam serca ganić jej za spękaną skórę na knykciach i obgryzione paznokcie. Zanim zamknięto trumnę, ucałowałam policzek Igora. Był twardy i zimny. Podniosłam Darię, by także mogła pocałować ojca.

– Jesteś córką bohatera, Darieńko – powiedziała jej wcześniej Katarzyna. – Musisz być dzielna.

Na cmentarzu Świętego Łazarza, na którym tak wiele było świeżych grobów, modliłyśmy się przy prostym nagrobku z mosiężnymi literami układającymi się w napis: „Igor Dmitrijewicz Malikin, 15 V 1725–30 VIII 1757. Wieczny odpoczynek racz mu dać, Panie".

Wracałyśmy do domu. Miasto pachniało odpadkami i sosnową żywicą, mokrym suknem i dymem. Na nabrzeżu Newy rusztowania wokół nowego Pałacu Zimowego prawie już usunięto, ale robotnicy nadal nosili pale do środka, a na dziedzińcu leżały cegły i połamane marmurowe płyty.

Po powrocie zamknęłam drobne ciałko mojej córki w uścisku, a ona uczepiła się mnie tak mocno, jakby miała utonąć. Później odkryłam, że jej palce zostawiły mi siniaki na ramionach.

—Wdowa po towarzyszu broni nigdy nie będzie sama, War-waro Nikołajewna – zapewnił mnie Aleksiej Orłow.

Na wieść o nieszczęściu przyjechał do Sankt Petersburga tak szybko, jak tylko mógł. Także Grigorij był już w drodze. Nie byli pod Groß-Jägersdorfem, a przepustki dostali na krótko. Iwan Grigorijewicz, najstarszy z braci Orłowów, już zaoferował swoją pomoc. Dom przy Milionowej w każdej chwili był do mojej dyspozycji – posłaniec z tymczasowego pałacu mógł tam dotrzeć w kilka minut.

Pozwoliłam Aleksiejowi mówić. Kiedy ostatnim razem widział Igora, we trzech wybrali się do bani. Mój mąż właśnie otrzymał rozkaz do wymarszu. Był w doskonałym nastroju. Mówił o mnie i o naszej córce. Wypytywał Grigorija, jaki prezent mi kupić z okazji swojego powrotu. Żartował, że musiał stracić pomyślunek do cna, bo zasięga rady mężczyzny dziewięć lat młodszego od siebie.

– Ale mój brat, Warwaro Nikołajewna, jest w tej kwestii prawdziwym znawcą – uśmiechnął się blado Aleksiej.

Przyrzekł Igorowi, że nie dopuści, by ani mnie, ani Darieńkę spotkała jakakolwiek krzywda. Muszę o tym pamiętać. Zawsze.

Mówił, a ja nie spuszczałam wzroku z jego blizny. Każda rana się goi, myślałam.

Tego dnia przed odejściem Aleksiej Orłow powiedział jeszcze, że ma do mnie pewną prośbę. Dowiadywał się w tej sprawie i wie, że pułkownik Zinowiew, ojciec chrzestny Darii, nie żyje już od trzech lat.

– Byłoby dla mnie wielkim zaszczytem, gdybyś myślała o mnie jako o ojcu chrzestnym Darii Igoriewny, Warwaro.

Skinęłam głową.

Ujął moją lodowatą dłoń i przycisnął ją do piersi.

Zanim zdążyłam pomyśleć o tym, jakiej pomocy mogłabym oczekiwać, Aleksiej Orłow postawił pod naszymi drzwiami dwóch gwardzistów.

– To wielka strata – słyszałam jego głos, witający gości na korytarzu wiodącym do naszych pokoi. – Najsmuklejsze źdźbło trawy ściele się pod kosą jako pierwsze.

Dwóch młodszych braci Orłowów, Fiodor i Władimir, nadzorowało lokajów usiłujących opanować strumień napływających kapeluszy, lasek, rękawiczek i kart wizytowych. Służący Orłowów roznosili przekąski i herbatę, wstawiali do wazonów wciąż przynoszone kwiaty, których zapach dało się wyczuć wszędzie.

Miód, którym Masza słodziła naszą herbatę, pochodził z posiadłości Orłowów, podobnie jak kręgi twarogu i peklowane szynki.

– Dzień w dzień, bez przestanku – kręciła głową Masza, kiedy kosze z Milionowej trafiały na nasz próg. – I zawsze z dobrym słowem.

Pod listami dołączonymi do smakołyków podpisywali się całą piątką: Iwan, Grigorij, Aleksiej, Fiodor, Władimir.

Ubrana w czerń siedziałam na otomanie w moim saloniku, z głową otumanioną laudanum. Czasem goście przypominali mi marionetki, ich upudrowane głowy podrygiwały groteskowo, a usta powtarzały przygotowane wcześniej zdania: „Dziękuj Panu za wszystko, czym cię doświadcza. Widać Bóg tak chciał. Co nas nie zabije, to nas wzmocni. Szukaj pocieszenia w sile przyjaźni i łasce macierzyństwa".

Sądziłam, że to pod wpływem laudanum chcę, żeby oni wszyscy poszli do diabła. Że to laudanum budzi we mnie pragnienie, by przesypiać całe dnie i noce, przytulona do Darii, wpasowując kolana w zgięcia pod jej kolankami.

A jednak kiedy wizyty kondolencyjne dobiegły końca, pustka wydała mi się nie do zniesienia. Masza zabrała Darię na targ, a ja nie miałam żadnych obowiązków. Próbowałam czytać, ale słowa tańczyły mi przed oczyma.

Na ulicy ktoś się roześmiał na cały głos. Jakiś koń parsknął i zarżał. Zamknęłam okno i zaciągnęłam zasłony. Grigorij i Aleksiej Orłowowie wyjechali już z miasta, zapewniając mnie, że pamięć o moim mężu nie zaginie.

Siedziałam w żałobnych szatach w pustym salonie i wpatrywałam się w portret Igora, głęboką zieleń jego munduru. Namalowana twarz słabo przypominała swój pierwowzór. Czy to przez zmarszczki na czole, których dodania domagał się Igor? Zbyt prosty nos? Nadmiernie zaokrąglony podbródek?

Myślałam o pałacowej służącej, którą byłam niegdyś, zagubionej sierocie, kulącej się w ciemności, rozpaczliwie łaknącej czyjejś uwagi. Myślałam o zauszniczce carycy, uwiedzionej obietnicami świetlanej przyszłości, zapatrzonej w życie, które nie należało do niej. Myślałam o młodej mężatce, zaślepionej wzniosłymi myślami o swym przeznaczeniu, niezdolnej dostrzec, że szczęście ma na wyciągnięcie ręki.

Myślałam o tym, co mogło się stać moim udziałem, i nigdy już nie stanie.

Boleść, która zalała mnie po stracie, była jak fale oceanu spiętrzone po trzęsieniu ziemi.

℘ewnego wrześniowego popołudnia na cmentarzu Świętego Łazarza zaskoczył mnie widok mężczyzny siedzącego przy grobie Igora. W nieznajomym z trudem rozpoznałam *sir* Charlesa. Dni były jeszcze ciepłe, chociaż widziałam już pierwsze piruety opadających liści, podrywanych przez północny wiatr.

Siedzący na drewnianej ławeczce *sir* Charles sprawiał smutne wrażenie. Miał oczy nabiegłe krwią, zacięcia od brzytwy na brodzie, a jego szara peleryna podróżna była wygnieciona i niezbyt czysta. Podeszłam bliżej, a on wstał i otworzył ramiona, jakby chciał mnie objąć, ale zaraz gwałtownie je opuścił.

Daria mocniej ścisnęła mnie za rękę.

– To stary przyjaciel – szepnęłam do mojej córki. – Nie musisz się bać.

– Przyjaciel taty? – zapytała niepewnie.

– Tak – odparłam, podnosząc czarną muślinową woalkę. – I nasz.

Sir Charles złożył mi kondolencje i przeprosił, że nie odwiedził mnie wcześniej.

– Nie czułem się najlepiej. Mam nadzieję, że teraz zdołam zrekompensować to zaniedbanie.

Mówił ochryple, gorączkowo.

Nie dlatego tu przyszedł, pomyślałam.

Ale dopiero kiedy wolnym krokiem ruszyliśmy z powrotem w stronę powozu, puściwszy Darię przodem, *sir* Charles poprosił mnie, abym ostrzegła wielką księżnę.

– Proszę jej przekazać, żeby do mnie nie pisała, pani Barbaro. Moje listy są otwierane. Wszystkich moich służących przekupiono.

Szuwałowowie nastawiają carycę przeciwko feldmarszałkowi Apraksinowi. Zwycięstwo pod Groß-Jägersdorfem bladło wobec pogłosek o rażącej niekompetencji rosyjskiego naczelnego dowódcy. O zaginionych dostawach, oddziałach wysyłanych do niewłaściwych miast, rozkazach wydawanych za późno, ponieważ feldmarszałek odmawiał wstawania z łóżka przed dziesiątą.

Wzdrygnęłam się na wzmiankę o Groß-Jägersdorfie, ale *sir* Charles na mnie nie patrzył. Mówił krótkimi urywanymi zdaniami.

– Mam tylko nadzieję, że wielka księżna nie zrobi niczego pochopnie – mówił. Stanowczo zbyt często pokazywała się ostatnio w towarzystwie Bestużewa. Do czego nakłania ją kanclerz? Chyba nie będzie na tyle nierozsądna, aby obdarzyć Apraksina swym poparciem?

Poczułam przypływ zniecierpliwienia. Tylko to się liczyło? Pogłoski? Dworskie intrygi? Nie ma nic ważniejszego?

Idąca przed nami Daria podskoczyła, ale zaraz się zatrzymała i rzuciła mi niespokojne spojrzenie. „Czy dusza tatusia mnie widzi?" – zapytała mnie tego ranka.

– Proszę przypomnieć wielkiej księżnej, że Apraksin jest uważany za protegowanego Bestużewa – ciągnął nerwowo *sir* Charles. Jego palce bawiły się srebrnymi guzikami u peleryny. Czułam woń wilgotnej, zatęchłej wełny.

– Tak – potwierdziłam, nie ukrywając urazy w moim głosie. –
Przypomnę.

Sir Charles raptownie się zatrzymał i schwycił mnie za ramię.
Nie miał rękawiczek; zobaczyłam, jak bieleją mu knykcie.

– Nie bywa pani teraz w cesarskich antyszambrach, pani Barbaro, więc niewiele do pani dociera – powiedział. Na twarzy poczułam drobinki jego śliny. – Caryca umiera, a nikt poza Katarzyną nie nadaje się na tron Rosji.

Położyłam palec na ustach, ostrzegając go, by mówił ciszej.
Cieszyłam się, że od kutej żelaznej bramy cmentarza dzieli nas
już tylko kilka kroków.

– Proszę powiedzieć wielkiej księżnej, że nigdy jej nie opusz-
czę – kontynuował *sir* Charles, ignorując moje ostrzeżenie. – Pomogę jej, kiedy przyjdzie decydujący moment. A będzie to już
niedługo, droga pani Barbaro. Już niedługo.

– *Sir* Charles kazał cię przestrzec, byś była ostrożna – prze-
kazałam Katarzynie tego wieczoru. Odesłała już służącą;
leżała teraz na otomanie w swoim alkierzu z książką opartą na
sterczącym brzuchu i stopami okrytymi niedźwiedzią skórą. Piece w tymczasowym pałacu dawały mało ciepła.

Zamknęła książkę.

– Nie potrzebuję jego przestróg, Warieńko. Mam swój rozum.
Przykro mi, że cię nękał z mojego powodu.

Spojrzałam na jej wypukły brzuch. Dziecko miało się urodzić
za dwa miesiące.

Przez głowę przemknął mi obraz: ogrodnik z Oranienbaumu
z wiadrem słonej wody, w której topił ślimaki zebrane z klom-
bu dalii. Katarzyna, prostująca plecy ze skargą, że tego lata dolne
ogrody nawiedziła istna plaga.

– „Caryca umiera"? „Kiedy przyjdzie decydujący moment"? –
powtórzyłam słowa *sir* Charlesa. – Co on miał na myśli?

Katarzyna wskazała mi miejsce obok siebie.

– *Sir* Charles w ostatnich tygodniach zrobił się dosyć dziwny. Nic ci nie mówiłam, dość miałaś własnych zmartwień.

– Dziwny?

– Zapominalski. Rozkazał spakować swoją porcelanę, a potem oskarżył służbę o kradzież. Stanisław też się o niego martwi.

Liczyłam, że powie mi coś więcej, ale wzięła mnie tylko za rękę i położyła ją na swoim brzuchu, znacznie większym niż wtedy, kiedy spodziewała się narodzin Pawła.

– Położna każe mi przebywać w cieple, Warieńko. Myślisz, że noszę bliźniaki? – zapytała z uśmiechem.

W listopadzie na dworze świętowano kolejną rocznicę objęcia władzy przez Elżbietę i trzynasty rok jej panowania. Miała czterdzieści osiem lat.

Ja przekroczyłam trzydziestkę, miałam ośmioletnią córkę i żadnej rodziny. Od trzech miesięcy byłam wdową. Gdybym umarła, Darią musiałaby się zaopiekować stara Masza i ktoś z garstki moich przyjaciół.

Wróciłam do służby w pałacu. Pokojówki Elżbiety przekazały mi, że pod moją nieobecność w cesarskiej sypialni nie działo się najlepiej. Dyżurne damy dworu nie zjawiały się wtedy, kiedy powinny, a jedna wyszła za wcześnie, zaraz potem jak caryca się zdrzemnęła, i nie było jej na miejscu, gdy się przebudziła. Koty, których zapomniano wpuścić do środka, miauczały na zimnie. Świece dymiły. W garderobie przyłapano kolejnego złodzieja z kieszeniami wypchanymi jedwabiami carycy.

– Co za straszna strata, *madame* Malikina – nie dawały mi spokoju przyciszone głosy pokojówek napomykających o śmierci Igora, podczas gdy na ich twarzach malowało się pragnienie, bym zapamiętała ich współczujące słowa i oceniła je należycie, kiedy przyjdzie do przydzielania obowiązków i rozdawania nagród.

Wzrok carycy prześlizgnął się po mojej czarnej sukni.

– Przyprowadź Darię do pokoju dziecinnego – powiedziała. – Carewicz wie, że już wkrótce będzie miał braciszka. Jest zazdrosny. Niech Daria się z nim pobawi.

– Moja córka nie doszła jeszcze do siebie, Wasza Wysokość. Nie chce jeść – powiedziałam, myśląc o chudych ramionkach Darii widocznych pod jej sukienkami.

Sprzeciwiasz mi się, mówiła twarz carycy. Spodziewałam się, że zaraz usłyszę rozkaz wydany ostrym głosem, ale ku mojemu zdziwieniu tak się nie stało.

– Przyprowadź ją jutro, Warwaro – powiedziała łagodnie. – Dzieci muszą się czasem pobawić.

Po zakończeniu uroczystości rocznicowych pałac zaczął się przygotowywać do narodzin kolejnego cesarskiego potomka. Nikt nie wspominał, z jakiej okazji planowano uczty – przed rozwiązaniem mogło to przynieść nieszczęście – obserwowałam jednak, jak do domu naprzeciwko tymczasowego pałacu, wynajętego ze względu na obszerne piwnice, wnoszono luzem tusze jagnięce, cielęce i wieprzowe. Zające, bażanty i kapłony dostarczano w olbrzymich koszach. Beczki z winem i piwem wtaczano. W samym pałacu do komnat nad kuchniami zapachy pieczenia wdzierały się przy każdym otwarciu okien.

Salę jadalną wyszorowano do połysku. Żaden odprysk na złoconym krześle nie uszedł uwadze ebenistów, żadnej szpary w drewnianej ścianie nie zostawiono bez wypełnienia. Pokojówki paliły słodkie kadzidełka, aby przesycić powietrze wonią róż. Lokaje w filcowych kapciach chodzili po blacie olbrzymiego, natartego woskiem stołu, polerując go miejsce przy miejscu.

W cerkwiach w całej Rosji wierni modlili się o szczęśliwe rozwiązanie dla wielkiej księżnej i o kolejnego wnuka Piotra Wielkiego.

– Chcę, żeby Stanisław był przy mnie, kiedy przyjdzie czas – powiedziała mi Katarzyna. – Wymyśl coś, Warieńko – poleciła, kiedy uniosłam brwi. – Robisz przecież wszystko, o co ona cię poprosi, prawda?

– Będzie się musiał ukryć.

– A więc się ukryje. Nie chcę być znowu sama!

Alkierz w tymczasowym pałacu, gdzie miała tym razem rodzić, był ogromny i pełen przeciągów. Bez trudu przekonałam carycę, że potrzebny będzie parawan, dzięki czemu zrobi się tam przytulniej. Wystarczy kilka drobnych przeróbek, aby przylegająca do alkierza komórka zmieniła się w antyszambr z wąskim łóżkiem, z którego mógłby skorzystać Stanisław. Komórka za parawanem mogłaby być jego kryjówką. Wyszedłby stamtąd, gdy tylko cesarska położnica zostanie sama.

_Z_aczęło się! – powiedziałam Stanisławowi, przybywszy w nocy 29 listopada do saskiego poselstwa z wieścią o bólach porodowych Katarzyny.

W pokoju przyjęć, pod portretem Augusta III, elektora saskiego i króla Polski, prezentującego dumnie swój podwójny podbródek, Stanisław nabożnie się przeżegnał.

– Niech dobry Bóg ma ją w swojej opiece – wymamrotał.

Utkwił we mnie poważne spojrzenie piwnych oczu, tak jakbym wiedziała, co przyniosą następne godziny. Na szyi miał zawieszony złoty łańcuszek, którego medalik ginął w fałdach batystowej koszuli.

– Musimy się pośpieszyć – ponagliłam go.

Kiedy szykował się do wyjścia, podeszłam do okna i ostrożnie rozchyliłam zasłony. Ulicą pędziły otwarte sanie, podzwaniając cicho dzwoneczkami przy uprzęży. Na cienkiej warstwie świeżego śniegu srebrzyło się światło księżyca. Każdej zimy Igor uwielbiał przynosić Darii kulkę z pierwszego śniegu, którą ona trzymała w rączkach tak długo aż się roztopiła.

Nie czekałam długo. Od kilku dni Stanisław trzymał w pogotowiu zarówno ubrania na zmianę, jak i powóz. Musiał tylko zabrać kilka przedmiotów: książki, które chciał czytać Katarzynie. Papier i pióra. Sole trzeźwiące.

– Jest silna – zapewniłam go. – Za drugim razem zawsze jest łatwiej.

Spojrzał na mnie z wdzięcznością, chociaż wiedziałam, że moje słowa wcale go nie uspokoiły.

Podczas krótkiej jazdy bulwarem Wielkim podniesione zasłony powozu pozwalały nam oglądać ulotne scenki rodzajowe z petersburskich ulic: kwiczącą świnię, która uciekła właścicielowi, mużyków w długich do kolan baranicach, znoszących bele wełny ze statku.

– Tak bym chciał, żeby nadal tu był – powiedział Stanisław, kiedy mijaliśmy brązową fasadę brytyjskiej ambasady oświetloną kopcącymi latarniami.

Mimo swoich zapewnień *sir* Charles przed miesiącem wyczerpał wszelkie możliwości pozwalające mu odwlec wyjazd z Rosji. Nie pomogło nawet pozorowanie choroby. Teraz był w drodze powrotnej do Londynu. Nie dawał znaku życia.

– Widział go pan przed wyjazdem? – zapytałam Stanisława.

– W pośpiechu, tylko przez moment.

– Czy jego zachowanie nie wydało się panu dziwne?

– Dziwne? – roześmiał się. – Nie. Był raczej smutny. Zrezygnowany. Dlaczego? Krążą nowe złośliwe plotki?

Powóz się zachybotał. Jeśli śnieg się utrzyma, wkrótce i ja będę musiała przesiąść się do sań, pomyślałam. Szczelniej okryłam futrem kolana, czując na stopach miękkie ciepło soboli.

– Zawsze są jakieś plotki – powiedziałam.

Pokojówka, która otworzyła mi drzwi do alkierza Katarzyny, odetchnęła z ulgą.

– Wielka księżna na panią czeka. Nie chce widzieć nikogo innego.

W kandelabrze płonęła tylko jedna świeca, rzucając na ścianę niespokojne cienie. Katarzyna leżała na łóżku, z nogami zgiętymi w kolanach.

– Jest tutaj? – zapytała niecierpliwie, uniósłszy się na łokciu. Wzdrygnęła się z bólu. Skurcze stawały się coraz silniejsze.

– Na zewnątrz – odpowiedziałam. – W powozie. Wyślę pokojówki po położną i wprowadzę go do środka.

Rozpromieniła się, ale uścisk jej ręki był twardy i wilgotny niczym osełka.

Położna podała Katarzynie kompot z rabarbaru. Wody odeszły i wkrótce o cesarskim połogu wiedział już cały pałac. Do alkierza wielkiej księżnej przybyła caryca w otoczeniu dam dworu i zamieniwszy kilka słów z Katarzyną, zażądała, żeby jej pokazano poplamione prześcieradło.

– Czy plamy są różowe? – zapytała, podnosząc je do światła, tak żeby wszyscy mogli zobaczyć. – Urodzi się następny chłopiec?

– Różowe! – potwierdziły jedna po drugiej damy dworu, mówiąc to, co caryca chciała usłyszeć.

Elżbieta kiwnęła głową i zapytała, ile czasu trzeba będzie czekać do narodzin nowego carewicza.

– To potrwa jeszcze kilka godzin, Wasza Cesarska Wysokość – powiedziała położna. – Wasza Wysokość powinna się położyć.

Caryca miała jeszcze trzy pytania. Czy wielki książę już wie? Dlaczego go tu nie ma? Kiedy się pojawi?

Śpiesząc z wyjaśnieniami, usłyszałam stłumiony dźwięk dobiegający zza parawanu. Stanisław chyba się potknął. Bezgłośnie westchnęłam do Najwyższego, w nadziei, że w komnacie panowało wystarczająco duże zamieszanie, by nikt nie usłyszał hałasu.

Caryca spojrzała prosto na parawan, ale w tej samej chwili Katarzyna wydała głośny jęk i podniosła się z materaca.

– Proszę – wystękała, szczękając zębami. – Proszę. Tak mnie boli.

Elżbieta odwróciła się ku niej i powiedziała coś uspokajająco. Chwilę później wyszła, a położona wyprosiła z alkierza pozostałych. Zabieramy wielkiej księżnej zbyt dużo powietrza, nie ma czym oddychać. Wielka księżna musi się teraz skupić.

W komnacie obok, pośród tłumu zniecierpliwionych dworzan, myślałam o Stanisławie. Szalony kaprys Katarzyny, aby go mieć przy sobie, nagle mnie przeraził. A jeśli wszystko się wyda?

Ale się nie wydało.

Stanisław musiał słyszeć zza parawanu, kiedy wielki książę przyszedł opowiedzieć Katarzynie o wspaniałej paradzie, jaką planuje z okazji narodzin kolejnego syna. Chciał, aby dano ognia ze stu armat jednocześnie.

Ukryty kochanek Katarzyny musiał też usłyszeć słowa położnej: „poród pośladkowy" i głośne łkania, które po nich nastąpiły.

Zastanawiałam się, czy jego obecność jej pomaga. Czy targana bólem spoglądała w stronę parawanu.

Godziny mijały. Długie, skąpane w pocie godziny porodu. Godziny bólu, strachu i niepewności. O dziesiątej rano położna otworzyła drzwi i zawołała, żeby przyprowadzić carycę.

Pobiegłam na drugi koniec pałacu, do prywatnych apartamentów carycy. Zastałam ją w łożu, wspartą na poduszkach i okrytą gronostajowym płaszczem. Miała świeżo opatrzone ramię. Na bandażach były plamy krwi.

Pokojówki udzieliły mi wymijających odpowiedzi. Medyk powiedział, że to nic poważnego, zwykłe zasłabnięcie. Od razu puścił jej krew i Jej Cesarska Wysokość od tamtego czasu odpoczywa. Miały o tym nikomu nie mówić.

Zbliżyłam się do łoża carycy.

– Wasza Wysokość – odezwałam się.

Elżbieta się poruszyła.

– Położna mówi, że to już – powiedziałam. – Czy Wasza Cesarska Wysokość może iść o własnych siłach?

Caryca otworzyła oczy. Na obwisłym policzku miała czerwony ślad, odgniecenie od poduszki.

– Dlaczegóż miałabym nie móc? – zapytała.

Kiedy usiadła, zobaczyłam, że pokojówki nie zdjęły jej wczorajszej sukni, rozpięły ją tylko z tyłu. Pozapinałam haftki najszybciej, jak mogłam. Gdy wyciągnęłam rękę, żeby pomóc jej wstać, Elżbieta zdzieliła mnie po niej i powiedziała, że mam natychmiast zaprzestać głupich ceregieli.

Zanim caryca dotarła do komnaty Katarzyny, dziecko zdążyło się urodzić.

– Wasza Cesarska Wysokość, Paweł Piotrowicz ma siostrę! – wykrzyknęła z radością położna, obmywszy ciałko noworodka z krwi i wydzielin.

– Siostrę? – powtórzyła caryca.

Malutka zakwiliła.

Położna nie była w stanie utrzymać gapiów z dala. Damy dworu Elżbiety wtargnęły do alkierza w ślad za carycę. Zbiły się w gromadkę, wyciągając szyje. Klucze, pieczęcie, szkła do czytania zawieszone na sprzączkach u ich pasków pobrzękiwały cicho.

Usłyszałam jęk Katarzyny.

Wstrzymałam oddech.

– Może to nawet lepiej – orzekła w końcu caryca. – Paweł będzie mniej zazdrosny o dziewczynkę.

Zawtórowały jej pomruki aprobaty i afirmujące szepty.

Spojrzałam szybko na wielką księżnę. Skórę miała białą jak papier, a wargi zaciśnięte, żeby powstrzymać szczękanie zębów. Wyglądała na wyczerpaną.

Wciąż jeszcze miałam nadzieję, że caryca pozwoli jej przytulić córkę. Myślałam o słodyczy tej chwili, w której po raz pierwszy wzięłam Darię na ręce, taką maleńką, tak bardzo moją. Ale kiedy tylko małą carewnę zawinięto w powijaki, imperatorowa wyniosła ją z komnaty, a po chwili gruchający cesarski głos ucichł w oddali. Nie poczekała nawet na łożysko, które nie urodziło się samo, położna musiała je usunąć ręką.

Dworzanie ruszyli śladem carycy.

Idź z nimi, Wareńko, błagały mnie oczy Katarzyny. Musisz mi opowiedzieć o wszystkim, co zobaczysz.

Wyszłam.

*I*mperatorowa nadała córce Katarzyny i Stanisława imię Anna Piotrowna, na cześć swojej ukochanej siostry, matki wielkiego księcia Piotra. Zgodnie z rozkazem Elżbiety malutka miała pozostać w cesarskiej sypialni przynajmniej przez pierwszy miesiąc życia.

Ten dzień zdawał się nie mieć końca. Lokaje musieli znieść ze strychu składane łóżka dla mamek. Trzeba było przestawić meble, znaleźć dobre miejsce na kołyskę – nie za blisko kominka, lecz z dala od przeciągów.

Szlachetni goście tłoczyli się, aby zobaczyć niemowlę i wygłosić przewidywalne pochwały. „Śliczna... pełna wdzięku... jak aniołek... bez reszty wdała się w ciotkę".

Elżbieta promieniała. Poza zabandażowanym ramieniem wczorajsze zasłabnięcie nie zostawiło żadnego śladu – pomyślałam.

Nikt nie wspomniał o wielkiej księżnej. Pocieszałam się myślą, że tym razem Katarzyna nie jest sama. Stanisław będzie ocierał jej rozgorączkowane czoło i utuli ją, kiedy będzie płakała z tęsknoty za ich dzieckiem.

*T*ego roku dworskie obchody świąt Bożego Narodzenia wydały mi się wyjątkowo huczne. Fajerwerki rozjaśniały grudniowe niebo; rzęsiście oświetlone komnaty wypełniły się śmiechem i okrzykami radości, kiedy caryca ogłosiła, że to ostatnia Gwiazdka w tymczasowym pałacu i pierwsza w życiu nowej wielkiej księżnej.

W naszym saloniku Masza powiesiła wyciętą z papieru gwiazdę, a oparcia krzeseł ozdobiła z tyłu gałązkami jedliny. W oprawionym w skórę notatniku, podarunku od wielkiej księżnej, Daria narysowała żłobek z Matką Boską i Dzieciątkiem w otoczeniu pasterzy i zwierząt, którzy przyszli oddać im pokłon.

To były nasze pierwsze święta po śmierci Igora. Myślałam o córeczce Katarzyny, która nigdy nie zazna bliskości rodziców, i o mojej córce, która będzie dorastała bez ojca.

Serce Elżbiety nie uznaje ludzkich praw, tylko jej własne kaprysy, powiedziałam sobie. Łaknie opowieści o sekretach i zdradach, bo to w nich właśnie tkwi jej siła. Jak długo będzie u władzy, ginąć będą kolejni żołnierze, tacy jak Igor, a kolejne dzieci, takie jak Daria i Anna, będą pozbawiane miłości rodziców.

Śmierć, pomyślałam. Śmierć musi odsunąć od władzy obecną carycę i dać szansę nowej władczyni. Zaledwie promień światła w ciemności, wąską wyrwę, którą jednak ona będzie umiała dobrze wykorzystać. Utoruje sobie drogę, a ja pójdę za nią. Jej pomocnica. Jej przyjaciółka.

Jeśli Katarzyna obejmie tron, Daria i ja już nigdy nie będziemy zdane same na siebie.

Przez mgnienie zobaczyłam świat wolny od złej woli i zdradzieckich knowań, wolny od lęku. Nowy świat, w którym określenia „córka introligatora" czy „służebny szlachcic" nie będą już kajdanami, pętającymi każdy nasz krok. Może i była to ulotna wizja, ale dla mnie lśniła niczym złote litery na grzbietach opraw tłoczonych przez mojego ojca.

Rozdział dziewiąty

1758

Każdego ranka damy dworu Elżbiety składały wizytę w komnatach Katarzyny.

Kołyskę Anny wyrzeźbiono z wiekowego dębu, mówiły, a jej ubranka uszyto z najcieńszego batystu. Kiedy Anna płacze, caryca nosi ją na ręku i uspokaja najczulszymi słowy. „Moja duszko, mój skarbie, radości moich oczu. Będziesz miała najstrojniejsze suknie, najwspanialsze klejnoty. Będziesz piękna i pełna wdzięku". Cesarski faworyt ich nie odstępuje i twierdzi, że obie, imperatorowa i jej cioteczna wnuczka, zawojowały go bez reszty.

– Prawdziwy aniołeczek, dar od Boga – zachwycały się.

– Ta jej klika – mówiła Katarzyna o damach ze świty carycy. – Nasłała je tu, żeby mnie szpiegowały, Warieńko.

Przed nadejściem stycznia widziała swoją córkę tylko trzykrotnie, i za każdym razem malutka była zlana potem.

Pytania, które mi zadawała, rodziły się z gniewu i bólu. Czy caryca kiedykolwiek zezwalała na wietrzenie pokoju dziecinnego? Czy wśród jej dworzan nie ma nikogo, kto by jej poddał jedną trzeźwą myśl? Czy to aż takie trudne?

Od dnia narodzin Anny Katarzyna nie opuszczała swojego alkierza, skarżąc się na słabe zdrowie. Stanisław spędzał z nią dużo czasu. Przyległy do jej sypialni pokoik nadal służył mu za wygodną kryjówkę, kiedy ktoś przyszedł. Poza nim częstymi gośćmi Katarzyny byli książę Naryszkin i jego siostra Anna oraz księżna Daszkowa. Czasami słyszałam tylko ich ściszone głosy i przytłumiony śmiech, oznaki dworskiej czujności.

– Wielka księżna je za całą czeredę – chichotały pokojówki, mrugając porozumiewawczo, kiedy wynosiły z komnat Katarzyny puste talerze. Ostrzegłam je, żeby nie ważyły się puścić pary z ust, jeśli chcą pozostać na jej służbie.

Przysięgały, że tego nie zrobią.

*M*onsieur Rastrelli – tylekroć strofowany za opóźnienia – oznajmił z dumą, że Pałac Zimowy jest już prawie gotów i wkrótce dwór będzie mógł się do niego wprowadzić. Zanim to jednak miało nastąpić, zaprosił carycę i jej faworyta, aby osobiście przekonali się o postępach prac.

Elżbiecie nie przeszkadzało, że podczas jej wizyt nie ustawały odgłosy stukania i kucia. Nie okazywała gniewu, kiedy grudki gipsu przywierały do podeszew jej pantofelków, ani gdy damy dworu potykały się o potłuczone płyty albo porzucone formy do stiuków. Wsparta na ramieniu Iwana Szuwałowa Elżbieta sunęła przez wykończone komnaty, cmokając z zadowolenia, a za nią ciągnął korowód dworzan.

„Więcej światła!" – zażądała od swego nadwornego architekta, kiedy przed dziesięciu laty przyniósł jej plany przebudowy pałacu. *Monsieur* Rastrelli zaprojektował dla niej ogromne okna, pozłacane obramienia, blask klejnotów. Dał jej złocone ornamenty na tle białych ścian, lustra odbijające światło świec, migotliwe mozaiki i ciepły połysk półprzeźroczystego bursztynu.

– Rosyjski barok – mówił, kiedy oglądała kolejną skrzącą się komnatę. – O czystości niewidzianej nigdzie indziej. Ten blask na wieki pozostanie darem Waszej Cesarskiej Wysokości dla Rosji. Ten błysk przyciągnie wzrok całej Europy.

Caryca nie kryła zadowolenia, słysząc te słowa.

Monsieur Rastrelli został po raz kolejny nazwany geniuszem, nawet gdy okazało się, że apartamenty i sale, które prezentował jako ukończone, bynajmniej takie nie były. Natychmiast po wyjściu carycy wbiegały do nich całe zastępy kamieniarzy, murarzy, cieśli i malarzy, by w miejsce fałszywych ścian stawiać prawdziwe, kończyć układanie posadzki, ukrytej pod dywanem, lub szybko demontować to, co się imperatorowej nie spodobało.

Na Katarzynie rosyjski barok nie zrobił wrażenia.

– Ostentacyjny i *passé* – powiedziała mi po powrocie z jednej z takich wizyt. Starałam się zignorować jad w jej głosie. – Poczekajmy do następnej zimy, Warieńko. Te wielkie okna zamarzną i popękają w drebiezgi.

Igor powiedział mi kiedyś, że na stepach Ukrainy jedna chmurka na zimowym niebie zapowiada śnieżycę. Podróżnik ma tylko kilka godzin, by znaleźć schronienie, nim wszystkie drogi znikną, a powóz zamieni się w nieforemny pagórek niczym kurhan na białym pustkowiu bez drogowskazów.

W pierwszych tygodniach 1758 roku wiadomości z frontu witano z rosnącym niedowierzaniem. Zeszłoroczne spektakularne zwycięstwa nie przyniosły spodziewanej ofensywy w głąb Prus Wschodnich. Kiedy tylko spadł śnieg, feldmarszałek Apraksin zawiesił działania wojenne do końca zimy.

– Twierdzi, że to z powodu problemów z zaopatrzeniem? – Iwan Szuwałow dla mocniejszego efektu podniósł głos. – Jak to możliwe, że zwycięska armia ma kłopoty z zaopatrzeniem?!

W rozmowach z Katarzyną opisywałam, jak podczas odczytywania raportów Apraksina carycy hrabina Szuwałowa marszczy brwi, a jej szwagier głośno wciąga powietrze przez poczerniałe zęby. „Dlaczego feldmarszałek Apraksin daje szansę królowi Prus? Niekompetencja to czy zdrada? – pytał. – I kto za tym wszystkim stoi? Bestużew czy któryś z jego nowych przyjaciół?"

To aluzje pod twoim adresem, ostrzegłam Katarzynę. Nie wyglądała na zmartwioną. Nie ma nic do ukrycia, zapewniła mnie. Bestużew wciąż próbuje wciągnąć ją do swoich intryg, ale ona zawsze odmawia zajęcia stanowiska.

– Niech Szuwałowowie mówią, co chcą, Warieńko – powiedziała. – Niewiele więcej mogą zrobić.

Ma rację, pomyślałam. Sankt Petersburg przygotowywał się właśnie do ślubu księcia Naryszkina. Narzeczoną wybrała matka, ponieważ książę zbyt długo zwlekał z wyborem przyszłej żony. W cesarskiej sypialni obok nieprzeczytanych raportów na podpis Elżbiety czekały państwowe dokumenty. Caryca odesłała dziesiątki pandor z propozycjami uroczystych strojów, zanim zadowoliła ją błękitna jedwabna suknia z olbrzymią rogówką, ozdobioną girlandami z muślinowych winorośli.

– Zawsze możesz liczyć na naszą pomoc – zapewniał mnie Aleksiej Orłow w tych pełnych bólu dniach po śmierci Igora. Powtarzał to za każdym razem, kiedy mnie odwiedzał podczas swoich pobytów w stolicy.

Przynosił prezenty dla Darieńki – porcelanowy serwis do domku dla lalek, szczotkę do włosów w srebrnej oprawie. Zostawał na skromnej kolacji. Daria zgodziła się go nazywać „wujkiem Aleksiejem”.

Były to wizyty przy zachowaniu wszelkich konwenansów, odbierane w towarzystwie Maszy, która występowała w roli przyzwoitki. Jej zdrowe oko łypało na mnie podejrzliwie, kiedy rozmowa zbaczała na tematy, których nie rozumiała, i ostrzegało mnie przed tym, co Masza uważała za nadmierną poufałość i zbyt swobodne zachowanie. Niezależnie od tego, jak bardzo lubiła Aleksieja Grigorijewicza Orłowa, ani jak często nazywała go prawdziwym przyjacielem pana Igora, nie zamierzała pozwolić, bym stała się obiektem złośliwych plotek.

– Ludzie już zaczynają gadać – gderała, ale nie chciała mi powtórzyć, co takiego słyszała. – Tacy już są. Wdowa to twierdza bez fortyfikacji.

Któregoś wieczoru Aleksiej Orłow ku uciesze Darii wymyślał jedną niestworzoną historię za drugą. Przekonywał moją córkę, że blizna na jego twarzy to pozostałość po ranie zadanej mu przez róg jednorożca. I że jest źródłem jego nadludzkiej mocy.

– Zamknij oczy i policz do pięciu – powiedział jej. – A ja w tym czasie polecę na Księżyc i wrócę.

Patrzyłam, jak Darieńka zmaga się z niedowierzaniem, kiedy nasz gość przedstawiał dowody swoich księżycowych wypraw: kamyk, piórko, wygładzony przez fale kawałek drewna.

– Czy to prawda, *maman*? – pytała. – Że ptaki mogą dolecieć aż tak wysoko? Że na Księżycu rosną drzewa?

– Skąd mogę wiedzieć, *kisońka*? – odpowiadałam pytaniem na pytanie, nie chcąc gasić iskierek, które zapaliły się w jej oczach. – Nigdy tam nie byłam.

Pośród ogólnej wesołości czekałam, aż rozmowa skieruje się w stronę Katarzyny. Nigdy nie zapominałam, że gwardzistów nazywa się „stwórcami carów".

Wielka księżna znakomicie jeździ konno. Jej biegła znajomość rosyjskiego nie przestaje zadziwiać, podobnie jak opanowanie i pogoda ducha, zwłaszcza w obecności *das Fräulein*.

Bardziej bezpośrednie słowa nie były potrzebne. Zimowe mrozy spowodowały zawieszenie broni, lecz Rosja nadal prowadziła wojnę. Niezbyt sprzyjający czas, lecz to nie powód, by go trwonić. Nie tylko Szuwałowowie mieli swoje plany. Do dworskich rozgrywek przystąpili już ci, którzy w godzinie próby staną u boku Katarzyny.

Rankiem 13 lutego wzburzony i zrozpaczony Stanisław przyszedł do moich pokoi w pałacu tymczasowym.

– Aresztowano Bestużewa – powiedział, kiedy tylko odesłałam Maszę. – Wczoraj. Zaraz po jego wyjściu z cesarskiej sypialni.

Głos mu się załamywał z przerażenia.

Nie mogłam w to uwierzyć. Cały poprzedni dzień spędziłam w pałacu. Nie widziałam żadnych gwałtownych ruchów, żadnych śladów zamieszania, które wskazywałyby na wydarzenie podobnej wagi.

– Keith mi powiedział – ciągnął Stanisław, próbując zapanować nad swoim głosem.

Nowy ambasador Wielkiej Brytanii okazywał lojalność przyjaciołom *sir* Charlesa, ale przekazał Stanisławowi niewiele więcej ponad suche fakty. Bestużew został złożony z urzędu, pozbawiony przywilejów i przesłuchany na okoliczność przyjaźni z feldmarszałkiem Apraksinem. Bernardi, złotnik, który przemycał listy Katarzyny do *sir* Charlesa i Stanisława, oraz Abadurow, jej nauczyciel rosyjskiego, także zostali aresztowani.

Stary mistrz szpiegów pokonany swoją własną bronią?

Na myśl o konsekwencjach poczułam, że serce zaczęło walić mi jak młotem. Szuwałowowie nie byli głupcami. Wiedzieli, że jestem przyjaciółką Katarzyny. Bernardi szmuglował także i moje listy.

Katarzyna nic jeszcze nie wie, mówił dalej Stanisław. Próbował ją ostrzec, ale pokojówki powiedziały mu, że jest u wielkiego księcia. W tymczasowym pałacu komnaty Piotra przylegały do apartamentów carycy. Stanisław nie chciał iść tam sam. Nie chciał przysparzać Katarzynie nowych kłopotów. Wsunął mi do ręki złożony liścik i zacisnął na nim moje palce. Dłonie miał spocone i zimne.

– Musisz ją ostrzec, Barbaro – nalegał. – Pośpiesz się, proszę.

Schowałam liścik do kieszeni. Daria wołała mnie z sąsiedniego pokoju. Wychodząc, poleciłam Maszy gestem, żeby do niej poszła.

Zanim się rozstaliśmy, Stanisław położył rękę na moim ramieniu.

– Powiedz Zofii, że na pewno wszystko się dobrze skończy.

Miarowym krokiem ruszyłam korytarzem, usiłując ukryć przerażenie. Przypomniałam sobie pogardę, z jaką Szuwałowowie przyjmowali raporty Apraksina. „Niech sobie mówią, co chcą" – powiedziała Katarzyna. Myliła się – teraz to wiedziałam. Szuwałowowie potrafili przekonać Elżbietę.

Idąc przez westybul, mijałam stare arrasy z konwencjonalnymi scenami polowań. Jeleń ugodzony strzałą. Zakrwawiony niedźwiedź na dwóch łapach, osaczony przez psy skaczące mu do gardła. Przez okno zobaczyłam woziwodę, który toczył olbrzymią beczkę po ścieżce oczyszczonej ze śniegu i głośno przy tym pogwizdywał. U wejścia do pałacowych kuchni żebraczka z bandażami na twarzy, spod których widać było tylko szparki oczu, cierpliwie czekała na swój przydział wczorajszych pierogów i czerstwego chleba.

Przypomniałam sobie udręczoną twarz *Frau* Kluge, jej głośne krzyki, jej bezwładne ciało wleczone na kaźń.

Kiedy straże przyjdą po mnie? O świcie, tak żeby nikt nie widział? Nikt – poza moją córką?

Przed drzwiami do apartamentów wielkiego księcia uszczypnęłam się kilka razy w policzki, by przydać rumieńców pobladłej twarzy, która mignęła mi w bogato oprawnym lustrze.

Wielka księżna i wielki książę jedli razem śniadanie. Dokumenty, nad którymi pracowali, wciąż zaścielały znaczną część stołu. Katarzyna rozjaśniła się na mój widok.

– Zobacz, Piotrze, kto do nas przyszedł! Warieńko, jaka miła niespodzianka!

– Mówiłem ci, że przyjdzie – wielki książę strzepnął okruchy chleba z jedwabnej kamizelki. – Rozmawialiśmy właśnie o uczcie weselnej Lwa Naryszkina. Słyszałaś, że matka panny młodej zamówiła dwadzieścia beczek ostryg?

– Dwadzieścia pięć – sprostowała ze śmiechem Katarzyna.

Podeszłam do niej. Piotr odwrócił się do lokaja, każąc mu przynieść więcej kawy, a ja wsunęłam jej do ręki liścik od Stanisława.

– Kolejna dziura w pończosze! – jęknęła Katarzyna i schyliła się tak, żeby stół ukrył ją przed wzrokiem męża. Zobaczyłam, jak otwiera list i przebiega go wzrokiem, po czym pospiesznie wsuwa za podwiązkę. Nie drgnęła jej nawet powieka.

– Co słychać u ślicznej Darieńki? – zapytała. – Pozwolisz jej zostać u mnie w Oranienbaumie na lato? Powiedz jej, że będzie mi mogła pomagać w karmieniu ptaków, to ją na pewno zachęci.

Służący przynieśli dla mnie talerz. Może skosztuję blinów z kawiorem? Ogóreczka z miodem? W głosie Katarzyny nie było pośpiechu, najmniejszej oznaki zdenerwowania.

Dopiero kiedy weszłyśmy do jej komnaty, zobaczyłam zbielałe knykcie jej zaciśniętych w pięści dłoni.

*P*rzez następną godzinę w milczeniu paliłyśmy jej dokumenty, wszystkie, nawet te najzupełniej niewinne. Listy, pokwitowania, stronice zapisane jej pismem. Notatki z lektur. Otwierała szuflady jedna po drugiej i wręczała mi ich zawartość.

Rozpoznawałam pismo Stanisława, ale listów od *sir* Charlesa było znacznie więcej, wiele z nich bardzo obszernych. Katarzyna nie zniszczyła ich mimo moich ostrzeżeń.

Że też papier tak wolno się pali, niecierpliwiłam się, kiedy płomienie lizały krawędzie stronic, kiedy osmalone słowa z brązowych zmieniały się w czarne jak sadza kwiaty, które dźgałam pogrzebaczem, dopóki nie obróciły się w popiół.

Nie będzie żadnych nagłych zmian planów, ustaliłyśmy. Katarzyna i Piotr pójdą na ślub Naryszkina. Żadnych listów do Stanisława. Tylko wiadomość, którą przekażę mu w największym sekrecie: Za wszelką cenę zachowaj milczenie. Wypieraj się wszystkiego, dopóki ona nie zdobędzie więcej informacji.

– Powiedz mu, że nie może mi w żaden sposób pomóc. Powiedz mu, żeby nie robił nic bez mojej wiedzy. Powiedz mu, że może mi zaufać, Warieńko.

$\mathcal{P}$ośpieszyłam do cesarskiej sypialni. Wydawało mi się, że wartownik przy drzwiach obrzucił mnie pustym, ale zirytowanym spojrzeniem, jakby nie mógł sobie przypomnieć, kim właściwie jestem.

Starałam się nie zwracać na niego uwagi.

Pokojówki powiedziały mi, że caryca wyjechała na cały dzień i zabrała ze sobą carewnę Annę. Iwan Iwanowicz Szuwałow dotrzymywał towarzystwa Jej Cesarskiej Wysokości. Nic więcej nie wiedziały.

W oczekiwaniu na powrót carycy nie mogłam usiedzieć na miejscu. Zdenerwowana, zarządziłam gruntowne czyszczenie kominka w cesarskiej sypialni. Lokajów wysłałam na dwór, żeby rozłożyli dywany na śniegu i wytrzepali z nich kurz.

Modliłam się, by caryca pozwoliła mi zostać u siebie tej nocy i dać się oczarować moimi opowieściami. Opowiedziałabym jej o kobiecie z ulicy Moskiewskiej, której wielki guz piersi rozpuścił się bez śladu po dotknięciu błogosławionej Kseni. To ta sama Ksenia, przypomniałabym Elżbiecie, która wszystko, co miała, rozdała ubogim, i teraz chodzi po Sankt Petersburgu boso i w łachmanach. Potem wspomniałabym coś o Bestużewie i czytałabym z wyrazu twarzy Elżbiety.

Ale caryca nie wróciła na noc do pałacu. Wieczorem jedna z jej dam dworu wpadła po szczotki do włosów i grzebienie. Ułożyłam je na srebrnej tacy, dodając słoiczek ulubionego tłustego kremu Elżbiety. Dama zabrała tacę i powiedziała, że caryca spędzi noc w gościnie u hrabiny Szuwałowej.

Kiedy wyszła, usiadłam przy cesarskiej toaletce. Czułam się, jakbym miała ciało z kamienia. Z lustra w złotej ramie patrzyła na mnie moja własna twarz, wymizerowana i nieswoja. Czarną żałobną suknię miałam oprószoną popiołem z kominka.

Myślałam o kanclerzu, zamkniętym nie wiadomo gdzie i odpowiadającym albo odmawiającym odpowiedzi na stawiane mu pytania. Myślałam o spokoju Katarzyny i jej zaciśniętych dłoniach.

Taborecik zaskrzypiał, kiedy wstałam.

Szybkim krokiem wróciłam do moich pokoi. Na długim korytarzu tymczasowego pałacu moją obleczoną w czerń sylwetkę zwielokrotniały mijane przeze mnie zwierciadła.

Krążyły najrozmaitsze pogłoski, od wiarygodnych aż po śmieszne. Zarzuty względem kanclerza były niejednoznaczne, ale poważne: przeinaczanie cesarskich rozkazów, układanie się z wrogiem, zdrada stanu. Najcięższym oskarżeniem było to, że rozkazał feldmarszałkowi Apraksinowi zatrzymać rosyjską ofensywę w Prusach Wschodnich. Podobno Bestużew mówił, że carycy zostało już tylko kilka tygodni życia i że przyszłość Rosji jest teraz w rękach „młodego dworu".

Plotkarze nie byli zgodni co do tego, czy Bestużew działał z własnej inicjatywy, czy za namową Katarzyny. Czy był torturowany, czy też nie był. Czy znaleziono u niego obciążające dokumenty, czy ich nie znaleziono. Czy się przyznał, czy też obstawał, że jest niewinny.

Na dworze huczało od plotek, ale kolejne aresztowania nie następowały.

To był dla nas czas próby – nie mieliśmy innego wyboru.

Obserwowano nas. Musieliśmy grać swoje role.

Stanisław nie opuszczał domu pod pozorem choroby. Katarzyna poszła z Piotrem na ślub Lwa Naryszkina i śmiała się serdecznie, kiedy hrabia Niebolsin podzielił się z nią swoją radością, że nie będzie musiał zapłacić za naszyjnik, który Bernardi dostarczył mu na dzień przed swoim aresztowaniem.

Caryca powróciła do swoich apartamentów dwa dni później. Żywe barwy świeżo wytrzepanych dywanów nie zatrzymały jej spojrzenia. Nie chciała, bym wymasowała jej stopy. Odprawiła mnie z nadejściem wieczoru.

Od teraz nocami towarzystwa będzie jej dotrzymywała hrabina Szuwałowa, powiedziała.

Sumiennie wykonywałam codzienne obowiązki, a nocą tuliłam się do mojej córki. Przy spotkaniach wymieniałyśmy z wielką księżną tylko zdawkowe uwagi. Tydzień później na korytarzu zobaczyłam ją w asyście jednej z dworek. Kiedy ją mijałam, Katarzyna wymamrotała:

– Nie jest tak źle, jak się obawiałam, Warieńko.

Przystanęłam.

Ponagliła dworkę gestem.

Wieści były ogólnikowe, ale i to mogło stanowić pewne pocieszenie.

Katarzyna zapytała księcia Trubeckiego, prokuratora generalnego odpowiedzialnego za dochodzenie, jakie zarzuty przedstawiono kanclerzowi. Stary książę miał do Katarzyny wyraźną słabość, odkąd się dowiedział, że wielka księżna rozpłakała się na wiadomość o śmierci jego najmłodszego syna pod Groß-Jägersdorfem.

– Bestużewa aresztowali Szuwałowowie – odpowiedział jej. – A moim zadaniem jest wymyślić przyczynę i znaleźć jakieś dowody.

Wiadomość od Bestużewa przyszła ukryta w tabakierce. Posłaniec nalegał, żeby ją oddać do rąk własnych wielkiej księżnej. Katarzyny nie było w jej komnatach, a on nie chciał pytać dworek, gdzie jej szukać. Osoba, która obdarzyła go zaufaniem, wymieniła też moje nazwisko – dlatego przyszedł do mnie.

Zabrałam go do pałacowej kaplicy, gdzie Katarzyna właśnie oddawała cześć ikonie Matki Boskiej Kazańskiej, na prawosławną modłę dotykając ziemi palcami prawej ręki.

Posłaniec przekazał jej tabakierkę. Kiedy odszedł, otworzyła ją, spod podwójnego wieczka wydobyła liścik i przeczytała go pośpiesznie.

Na jej twarzy odmalowała się ulga.

– Kanclerz zdążył spalić swoje papiery, zanim po niego przyszli, Warieńko – wyszeptała. – Szuwałowowie mają tylko plotki.

Zwinęła list w rulonik i odpaliła nim świecę w podziękowaniu za otrzymaną łaskę.

Kiwnęłam głową, ale nie potrafiłam zdobyć się na uśmiech. W sypialni Elżbiety plotki wciąż miały śmiercionośną moc.

– Rozchmurz się, Warieńko – Katarzyna ścisnęła mnie za rękę. – Już wiem, co robić.

Tego wieczoru każdy, kto przechodził obok komnat wielkiej księżnej, mógł dosłyszeć jej stłumione łkania. Dworki biegały tam i z powrotem, przynosząc laudanum i sole trzeźwiące. Wielka księżna straciła przytomność, powiedziano mi. Wielka księżna poprosiła o spowiednika.

Ktoś próbuje szargać moje dobre imię, wyszlochała, kiedy przybył do niej ojciec Symeon. Ktoś próbuje wbić klin pomiędzy mnie i Jej Cesarską Wysokość.

Jej głos drżał i załamywał się.

– Gdyby tylko Jej Wysokość zechciała mnie wysłuchać... Nie mogę już tak dłużej żyć... Wolałabym zasnąć gdzieś w zaspie... Słyszałam, że śmierć z wychłodzenia nie boli.

Zanim ojciec Symeon wyszedł, przeżegnał Katarzynę znakiem krzyża i polecił jej dworkom pomodlić się za dusze pogrążone w rozpaczy.

13 kwietnia o północy, miesiąc po aresztowaniu Bestużewa, caryca odesłała na spoczynek swoje damy dworu i pokojówki.

Pomyślałam o Katarzynie, gotowej na cesarskie wezwanie, i o potędze plotki. Spojrzałam na sufit. Nawet nad apartamentami Elżbiety cieśle nie wykonali swojej pracy jak należy. Po fali letnich upałów szpary między belkami były jeszcze większe. Przez okna na strychu wpadało dosyć księżycowego światła, bym widziała drogę nawet po ciemku.

Na korytarzu dla służby zmoczyłam chusteczkę w wiadrze z wodą. Zdjęłam buty i wąskimi schodami zakradłam się na strych.

Położyłam się na zakurzonej podłodze, zasłaniając nos mokrą chustką, by przypadkiem nie kichnąć. Leżałam bez ruchu. W dole widziałam marmurowy blat stołu, oświetlony dwoma kandelabrami, między którymi ścieliły się rozłożone dokumenty. Caryca siedziała na fotelu z wachlarzem w ręku. Nie była sama. Za parawanami, przyniesionymi na tę okazję, przykucnęły jakieś osoby. Szuwałowowie? – zgadywałam. Wielki książę?

Po krótkim czasie otworzyły się drzwi i wartownik oznajmił przybycie wielkiej księżnej.

Nim Katarzyna zdążyła wypowiedzieć słowa powitania, Elżbieta wskazała na papiery leżące na stole.

– Co masz mi do powiedzenia na ten temat? – zapytała.

Katarzyna przybliżyła się do stołu. Jej suknia zaszeleściła.

– To moje listy – odpowiedziała po chwili. W jej głosie nie było śladu wahania ani lęku.

– Do kogo?

– Do generała Apraksina.

– Nie masz prawa wysyłać listów do mojego generała. Kategorycznie zabroniłam ci zajmować się polityką.

– Ja tylko pogratulowałam generałowi zwycięstwa, Wasza Cesarska Wysokość. I życzyłam mu kolejnych podczas ofensywy.

– Bestużew mówi, że były też inne listy.

– Myli się. Nie napisałam nic więcej.

– Mam oddać go na tortury za to kłamstwo?

– Jeśli taka jest wola Waszej Wysokości.

Wstrzymałam oddech. W podziemiach Tajnej Kancelarii stosowano różne metody potwierdzania zeznań. Jej naczelnik, jeden z Szuwałowów, słynął z zadawania ciosów, które nie pozostawiały najmniejszego śladu na skórze. Elżbieta mogła poddać torturom także Katarzynę. Mogła też wyrwać knut z rąk oprawcy i pierwsze uderzenie wymierzyć sama, jak zrobił to kiedyś Piotr Wielki wobec własnego syna.

Za jednym z parawanów ktoś się poruszył.

– Niech Wasza Wysokość jej nie wierzy – usłyszałam głos Piotra. – Już ona wie, jak przekręcić fakty, tak żeby wszyscy dali jej wiarę.

A więc wielki książę także został wezwany. Co takiego obiecali mu Szuwałowowie? Triumf nad własną żoną? Triumf, którego był coraz mniej pewien?

Wielki książę wynurzył się z kryjówki.

– *Elle est méchante!* – wyjąkał nerwowym głosem i tupnął gwałtownie nogą.

Nazwał swoją żonę podstępną jędzą.

Katarzyna upadła na kolana.

– Nie potrafię sprostać wymaganiom Waszej Cesarskiej Miłości. Nie umiem zadowolić wielkiego księcia, mojego własnego męża. Wasza Wysokość widzi to przecież sama. Na dworze nie ma ze mnie żadnego pożytku. Nikt ze mną nie rozmawia. Nikt mi nie ufa. Cokolwiek zrobię, obraca się przeciwko mnie. Co dzień modlę się o zdrowie Waszej Wysokości i moich dzieci. Modlę się o zwycięstwo Rosji w tej wojnie. Sama już nie wiem, co jeszcze mogłabym zrobić, żeby zasłużyć sobie na pochwałę Waszą i mego małżonka. Proszę pozwolić mi wrócić do mojej rodziny. Proszę pozwolić mi zdziałać coś dobrego w życiu, które mi pozostało.

Czy to nieokrzesana bezceremonialność Piotra przeważyła szalę? Czy wiernopoddańczy hołd Katarzyny, a takim hołdom Elżbieta nigdy nie potrafiła się oprzeć?

Usłyszałam, że głos imperatorowej łagodnieje.

– Jak miałabym cię odesłać? Z czego będziesz żyła?

– Rodzina mnie przygarnie. Nie mam wielkich potrzeb. Nic tu po mnie.

– Masz dwoje dzieci.

– Są pod doskonałą opieką, Wasza Wysokość. Zresztą i tak nie mogę się z nimi widywać. Proszę pozwolić mi wyjechać. Tak będzie dla mnie najlepiej.

– Nigdzie nie pojedziesz. Tu jest twój dom.

Piotr stęknął z niedowierzania. Przestąpił z nogi na nogę, aż zaskrzypiały deski. Już po wszystkim, pomyślałam, patrząc, jak caryca gestem nakłania Katarzynę, żeby wstała, i podaje jej dłoń do ucałowania. Katarzyna zwyciężyła. Znów będzie mile widziana w cesarskiej sypialni, zapraszana na wieczorki towarzyskie i do gry w karty.

Za jednym z parawanów ktoś stłumił kaszel.

– Będziesz mogła widywać się ze swoimi dziećmi... – usłyszałam, jak Elżbieta zawiesza głos, rozważając skalę swej wielkoduszności – ... co drugi dzień.

Ulga przynosi zmianę perspektywy. Daje czas, żeby zauważyć smugi kurzu na rękawach, i poczuć, że ręce zgrabiały mi z zimna. Żeby usłyszeć, jak w ciemności coś się porusza i przemyka pod ścianą, za wiszącymi na sznurach prześcieradłami, przypominającymi rozwinięte żagle.

Wielkiego księcia odesłano. Pode mną Katarzyna wyjaśniała coś carycy, ale nie mogłam dosłyszeć jej słów. Raz czy dwa razy wydawało mi się, że wymieniła imię Stanisława.

Caryca tylko się roześmiała.

*T*o wcale nie był koniec nocnych wezwań do cesarskiej sypialni, nagłych, nieprzewidzianych. Elżbieta nie zwykła nikogo ostrzegać. Wierzyła łzom, wyznaniom przy świetle świec, przysięgom na święte ikony. Katarzyna zaczęła spać w ubraniu, z pantoflami ułożonymi przy łóżku, mając na podorędziu misę zimnej wody, by szybko zmyć z oczu sen.

Nie odważyłam się więcej wyprawić na strych. W ciągu następnych dni nie szukałam też towarzystwa Katarzyny, ale kiedy już ją widziałam, zawsze wyglądała na spokojną i opanowaną. Nie rozmawiałyśmy niemal o niczym innym niż o naszych dzieciach i książkach, chociaż ona raz wspomniała o *sir* Charlesie. Przestał do niej pisać. O tym, że dotarł do Londynu, dowiedziała się z krótkiego listu z podziękowaniami, który dostała od jego córki. Podarunki od wielkiej księżnej Wszechrusi, które lady Essex otrzymała za pośrednictwem swego ojca, były iście królewskie, i lady Essex była Jej Wysokości bardzo za nie wdzięczna. *Sir* Charles nie czuł się najlepiej, pisała, po długiej podróży był tak wyczerpany, że nie mógł utrzymać w dłoni pióra.

Żadna z nas słowem nie wspomniała o Stanisławie.

Nie wiedziałam, czy próbował się zobaczyć z Katarzyną, lub skontaktować choćby listownie. Raz, kiedy mijałam saskie poselstwo, zdawało mi się, że dostrzegłam go w oknie na piętrze. Kazałam stangretowi zatrzymać powóz i czekać, sądząc, że Stanisław przyśle po mnie służącego, ale na próżno.

W sypialni Elżbiety wrócono mi przywilej masowania cesarskich stóp. To dobry znak, mówiłam sobie. Po zrelacjonowaniu najpikantniejszych pałacowych plotek zabawiałam Elżbietę pogłoskami krążącymi po petersburskich ulicach. O losie kanclerza snuto najróżniejsze domysły. Czy Bestużew był pruskim szpiegiem opłacanym przez Fryderyka? Czy pachołkiem Anglików? Podstarzałym dworskim wyjadaczem, który usiłował decydować za swoją władczynię?

Caryca słuchała mnie nieuważnie, obracając pierścienie na palcach. Nie aż tak spuchniętych, jak on chciałby je widzieć, drwiły jej oczy. Ten ze szmaragdem zsunęła takim ruchem, jakby chciała nim rzucić niczym kostką do gry.

Pewnego razu rozkazała mi stanąć przy oknie i powiedzieć jej, co widzę.

Ulicą w zwartym szyku przemaszerował oddział gwardii pałacowej. Przemknął jakiś powóz.

– Nic więcej?

– Nic, Wasza Wysokość.

Czasami wydawało mi się, że nie jesteśmy same, że ktoś się chowa za jednym z parawanów, które teraz już na stałe weszły w skład umeblowania cesarskiej sypialni, i przysłuchuje się każdemu mojemu słowu. Ale nigdy nikogo nie zobaczyłam.

Wkrótce plotki o losie kanclerza zostały wyparte przez wieści z pruskiego frontu. Po aresztowaniu Apraksina rosyjska armia znowu gromiła Prusaków, udowadniając Europie, że Rosji nie wolno lekceważyć.

$\mathcal{K}$atarzyna wróciła do łask Elżbiety, co dwór natychmiast zauważył. Powitalne ukłony stały się głębsze, uśmiechy bardziej promienne, a zapytania o zdrowie wielkiej księżnej zaczęto zadawać tak głośno, aby usłyszeli je wszyscy wokół.

Zimnym, szarym rankiem, gdzieś w początkach maja, weszłam do jej komnaty. Takie chwilowe i nagłe ochłodzenie rok w rok zapowiadało pękanie lodów na Ładodze. Za kilka dni całe miasto wylegnie oglądać kry, które z łoskotem, trąc jedna o drugą, będą torować sobie drogę do morza.

Katarzyna trzymała w objęciach Bijou, pozwalając mu lizać się po rękach. Starego, wiernego Bijou, któremu cuchnęło z pyska, który chrapliwie oddychał i coraz mniej pewnie trzymał się na łapkach.

Miała złe wiadomości.

Pośród papierów kanclerza znaleziono dwa listy od Stanisława, powiedziała mi. Były to oficjalne listy o niewielkim znaczeniu, ale przypomniały carycy, że to Bestużew nalegał na sprowadzenie hrabiego Poniatowskiego z powrotem do Sankt Petersburga w charakterze saskiego posła.

Stanisław otrzymał rozkaz wyjazdu.

– Kiedy? – spytałam.

– Przed końcem sierpnia.

– Czy nie mógłby zrezygnować ze stanowiska i zostać? – zapytałam, ale wiedziałam, że tak się nie stanie. Już wtedy nazywałam go w myślach „biednym Stanisławem".

Katarzyna prześlizgnęła się po mnie niewidzącym spojrzeniem i położyła Bijou, żeby się umościł na swojej aksamitnej poduszce.

Wciąż słyszę jej głos, lakoniczną i sztuczną odpowiedź, która brzmiała tak, jakby ćwiczyła ją zbyt długo i do znużenia:

– Caryca nie może postąpić inaczej, Warieńko. Caryca musi myśleć o przyszłości.

Wiosną świeże stiuki na sufitach Pałacu Zimowego zaczęły odpadać i trzeba je było wymienić na nowe. Z dawna obiecywaną przeprowadzkę znowu odłożono. Elżbieta nie posiadała się z oburzenia. Rastrelli został zwymyślany od niekompetentnych kłamców, a jego pracownicy – od bandy szalbierzy i złodziei. Całymi tygodniami chodziliśmy wokół imperatorowej na palcach, zważając na każde słowo. Katarzyna i Piotr z ulgą przywitali moment, kiedy mogli wreszcie wyjechać na lato do swojego pałacu w Oranienbaumie. Ja nie miałam tyle szczęścia. Caryca, wyjeżdżając do Carskiego Sioła, rozkazała mi, żebym jej towarzyszyła.

O upadku Bestużewa nadal było głośno, mimo że dochodzenie nie przyniosło żadnych rozstrzygnięć. Nie był torturowany. Za dużo by wówczas powiedział, szeptano.

Kilka miesięcy po przesłuchaniu Apraksina dowodów zdrady stanu wciąż nie było, a jednak nie oczyszczono go z zarzutów i podejrzenia ciążyły mu coraz bardziej. Aż na początku sierpnia feldmarszałek dostał udaru i zmarł. Bestużew został zdjęty z urzędu i oddalony z dworu do swojej wiejskiej posiadłości. Otrzymał zakaz kontaktowania się z kimkolwiek ze stolicy.

Z Sankt Petersburga wyjechał w drugim tygodniu sierpnia. Nikt nie odważył się z nim pożegnać. Jego nazwiska nie wolno było odtąd wymieniać w obecności Elżbiety. Nie była to pierwsza taka banicja. Ani ostatnia.

Po kilku odroczeniach usprawiedliwianych chorobą, w trzecim tygodniu sierpnia saski poseł przedstawił Elżbiecie swój raport końcowy i dwornie podziękował jej za gościnność, z jaką go w Rosji przyjęto.

Imperatorowa podarowała hrabiemu Poniatowskiemu wysadzaną szafirami i rubinami tabakierkę ze swoim konterfektem na wieczku i życzyła mu bezpiecznej podróży do domu. Tego samego dnia Stanisław wyjechał do Peterhofu. Katarzyna wymknęła się z Oranienbaumu, żeby spędzić z nim kilka skradzionych dni. Zamieszkali w pawilonie Mon Plaisir tuż przy morzu. Sami.

Z hrabią Poniatowskim widziałam się w saskim poselstwie w Sankt Petersburgu rankiem w dniu jego wyjazdu.

Był ostatni dzień sierpnia. Zapowiadało się, że będzie pięknie, mimo chłodnego północnego wiatru. Na dziedzińcu dwóch służących Stanisława sprawdzało mocowania kufrów i skrzyń. Trzeci rozkładał pled na siedzeniu powozu.

Minęłam ich i weszłam do poselstwa.

Przywitał mnie w salonie. Portret Augusta III wisiał wprawdzie na swoim stałym miejscu, lecz ciemniejsze plamy na ścianach wskazywały, skąd zdjęto obrazy z prywatnej kolekcji Stanisława.

– Nie spodziewałem się, że wyjadę w taki sposób – powiedział.

– Nikt się tego nie spodziewał – odparłam, walcząc z pokusą położenia mu ręki na czole, gestem, jakim zwykle sprawdzałam, czy Daria nie ma gorączki. Był ubrany w batystową koszulę, którą podarowała mu Katarzyna, kiedy wrócił do Sankt Petersburga ponad półtora roku temu. Na kołnierzyku widniał wyhaftowany jej panieński monogram. Prawdziwym imieniem nie nazywał jej nikt prócz niego.

Przyniosłam mu pożegnalne prezenty: kosz z przetworami przygotowanymi przez Maszę i obrazek narysowany przez Darię specjalnie dla niego, przedstawiający kota w aksamitnym ubranku, który składa ukłon przed królową.

– Przekaż, proszę, Darii, że po przyjeździe do Warszawy oprawię go w złotą ramkę – powiedział nieswoim głosem.

– Oczywiście.

– Wrócę, Barbaro. Będę przy niej, kiedy będzie mnie potrzebowała. Nie pozwól jej o tym zapomnieć, dobrze?

Odprowadziłam Stanisława na dziedziniec. Konie zarżały na jego widok. Dla każdego z nich miał kawałek jabłka.

Drzwi powozu były już otwarte, stopień opuszczony.

W jaki sposób chciałbyś jej pomóc? – zastanawiałam się. Co możesz dla niej zrobić? Co ona ma uczynić z twoją miłością? Jedź. Bez ciebie będzie jej łatwiej.

Stanisław postawił nogę na stopniu; miał wypolerowane czarne buty z wysokimi cholewami, ozdobione srebrnymi klamrami. Wewnątrz powozu zauważyłam otwarty kufer wypełniony książkami na długą podróż do Warszawy.

A jednak nie zdołał się powstrzymać. Niektóre myśli są jak bolący ząb, który ostrożnie sprawdzamy językiem.

– Ona chce, żebym wrócił, prawda?

– Tak – skłamałam.

Ujawnianie zamiarów Katarzyny nie należało do moich zadań.

– Dasz mi znać, gdyby coś się zmieniło?

– Oczywiście.

Zaczekałam, aż powóz wytoczy się na gwarną ulicę, i dopiero wtedy wróciłam pieszo do pałacu. Sądziłam, że już nigdy więcej go nie zobaczę. Żadna inna możliwość – żadna inna wersja przyszłości – nie wydawała mi się prawdopodobna.

N a ulicach Sankt Petersburga żebracy śpiewający ballady o wojnie i krotochwilne przyśpiewki mogli liczyć na sowitą jałmużnę. „Stary Fryc postradał Witz. Psom ogony będzie strzyc". Na tatarskim targu przekupnie handlowali obrazami przedstawiającymi sceny bitewne, na których nie wyschła jeszcze farba, okolone miniaturowymi portretami nowych bohaterów wojennych, wśród których jesienią 1758 roku znalazł się Grigorij Orłow. Bohater spod Sarbinowa.

– Orłow? – zapytała caryca. – Przystojny?

– Tak, Wasza Wysokość.

– Rosły?

– Tak.

– I bohater?

Wojna wprawdzie jeszcze się nie skończyła, ale wojskowa kariera braci Orłowów okazała się rozczarowaniem.

– Grigorij wciąż jest porucznikiem, chociaż inni dosłużyli się już stopnia majora albo pułkownika – opowiadał z goryczą Aleksiej, złożywszy mi wizytę w pałacu. – Ukrywa się przed wierzycielami i liże rany.

Służba wojskowa Aleksieja dobiegła końca, wrócił więc do Sankt Petersburga, do swojego Pułku Izmaiłowskiego. Nie zabiegał o ponowne wysłanie na front. Zdecydował się na powrót do służby w pałacu.

– Porucznik Orłow wziął w niewolę królewskiego adiutanta – powiedziałam carycy. – Odmówił opuszczenia pola bitwy, mimo że odniósł siedemnaście ran szablą. Tyle że wkrótce potem wybuchł skandal.

– Cóż takiego wywinął nasz orzeł?

– Uwiódł kochankę swojego dowódcy. Księżniczkę Kurakinę. Uciekli razem, lecz niedługo później Orłow przegrał w karty wszystkie pieniądze i księżniczka wróciła do rodziców. Brat musiał spłacić jego długi.

– Opowiadaj dalej – zażądała ze śmiechem caryca.

To urodzony żołnierz, odważny i zuchwały. Tak silny, że sam mógłby okiełznać spłoszonego konia. Kiedy wchodzi do salonu, rozjaśniają się oczy wszystkich, a gasną, kiedy wychodzi.

Zawsze lubiła słuchać o takich śmiałkach.

– Daj mu to – caryca zdjęła z palca nieduży pierścionek i rzuciła mi go. Rubin nie był wart więcej niż dwieście rubli, oceniłam.

Atencja imperatorowej ma swoje granice.

„Awans w rosyjskiej armii nie zależy od zasług – powiedział mi kiedyś Aleksiej. – Zawsze stoi za nim albo łaska, albo łapówka".

Rozdział dziesiąty

1759–1761

R ankiem 8 marca wielka księżna Anna Piotrowna obudziła się z głośnym płaczem. Nie chciała ssać. Nie przestawała płakać, chociaż mamki nosiły ją na rękach, a kiedy tylko włożyły ją z powrotem do kołyski, zaczęła wymachiwać rączkami i nóżkami jak przewrócony na grzbiet chrabąszcz.

Miała piętnaście miesięcy.

Caryca pospieszyła do pokoju dziecinnego, ale nawet ulubiona kołysanka nie była w stanie uspokoić Anny na dłużej niż na pełną oszołomienia chwilę, przerwę w żałośliwym płaczu. Medyk zalecił napoić ją świeżo zaparzoną herbatą z rumianku, ale malutka wszystko zwróciła. Jej oczy błyszczały gorączką. Podrapała się do krwi; na twarzyczce miała zaognione plamy otartej skóry.

Kiedy śpiący zwykle przy kołysce kot zaczął piszczeć, caryca rozkazała przeszukać całą komnatę, czy nie kryje się w niej cokolwiek podejrzanego. Nic nie znaleziono, żadnych kości, żadnych kłębków włosów, ale jedna z mamek z płaczem przyznała, że śnił się jej wąż połykający żabę. Żaba próbowała przywrzeć małymi łapkami do czego się tylko dało, patyka, gałęzi, lecz wąż jej nie puścił.

Caryca utkwiła w mamce wzrok, skubiąc ręką obszycie mankietu; jej twarz zastygła z przerażenia.

Deszcz bębnił o szyby. Woda przedostawała się do środka przez rozeschniętą ramę okienną i wsiąkała w białą tapetę. Pomyślałam o Katarzynie, która planowała właśnie innowacje w swoim ogrodzie w Oranienbaumie, przygotowując się do corocznych przenosin „młodego dworu" na wieś. Po chwili bezruchu zobaczyłam, jak Anna kurczowo zgina i rozprostowuje paluszki.

– Poślij kogoś po wielką księżnę, Warwaro – usłyszałam ściśnięty głos Elżbiety. – Niech się pośpieszy.

Dalszy przebieg wypadków pamiętam jak przez mgłę. Najprawdopodobniej popędziłam do pokoju gwardzistów; przypominam sobie radość, jaką poczułam na widok znajomej, przeciętej blizną twarzy Aleksieja Orłowa. Odurzyło mnie nagłe poczucie ulgi, tak jakby jeden człowiek był w stanie powstrzymać śmierć, przywrócić porządek rzeczy. Chyba wykrztusiłam coś bez ładu i składu, bo poprosił, bym powtórzyła, o co mi chodzi.

– Posłańca! – rzuciłam, o ile dobrze pamiętam. – Szybko!

– Pojadę sam, natychmiast – zaoferował się Aleksiej. Dodał coś jeszcze, ale widziałam tylko jego poruszające się usta, nie słyszałam ani słowa. Opadłam na jego pierś i wybuchnęłam płaczem.

Wróciłam do pokoju dziecinnego. Caryca siedziała przy kołysce. Zanurzała w lodowatej wodzie kompresy, przykładała je do czółka małej Anny i podawała jej olejek różany do powąchania. Kołysała ją delikatnie. Obiecywała swojemu aniołkowi diament tak duży jak jego śliczne oczy, byleby tylko wyzdrowiał.

Malutka nie dawała żadnego znaku, że ją słyszy.

Mamki i damy dworu modliły się przed ikoną Matki Boskiej Kazańskiej. Włączyłam się do wspólnej modlitwy.

Anna umarła trzy godziny później, zanim Katarzyna w ociekającym wodą płaszczu przekroczyła próg pokoju dziecinnego. Słowa nie były potrzebne. Wielkiej księżnej wystarczyło jedno spojrzenie na ściągniętą twarz Elżbiety, by zaniosła się rozpaczliwym szlochem.

Kiedy znów mijałam pokój gwardzistów, zaczynało świtać. W środku Aleksiej Orłow miotał się od okna do drzwi i z powrotem. Z każdego ruchu jego potężnego ciała przebijał gniew. Trzech innych gwardzistów cisnęło się na drewnianej ławce, przyglądając się wściekłości Orłowa jak ulicznemu widowisku.

Oparłam się o futrynę. Oczy mnie piekły od płaczu i wielu bezsennych godzin spędzonych na modlitwie.

Aleksiej ruszył w moją stronę. Poczułam drżenie podłogi i ostrą, lisią woń jego potu. Przypomniałam sobie, jak opowiadano, że dziad Aleksieja, skazany na śmierć za udział w buncie, wstępując na szafot, kopnął na bok głowę skazańca straconego przed nim, by zrobić sobie przejście. Tym gestem zdobył ułaskawienie z rąk Piotra Wielkiego.

– Należało posłać po nią wcześniej! Jak można bronić matce dostępu do umierającego dziecka, Warwaro Nikołajewna?!

Mój wzrok prześlizgnął się po bliźnie na jego policzku, rozpiętym kołnierzu tuniki, dłoniach zaciśniętych w pięści. Przez chwilę ja także zapragnęłam żyć w prostszym świecie, w którym każde zło można pomścić. Oko za oko, szybko i bez skrupułów.

– Skłoniłem wielką księżnę, by zostawiła powóz w tyle i dosiadła konia. Pędziła jak szatan. Ale i tak przyjechaliśmy za późno.

Za moimi plecami na końcu korytarza coś się poruszyło. Pokojówka węsząca za sekretami poranka? Położyłam palec na ustach.

– Ja się szpiegów nie boję – powiedział podniesionym głosem Aleksiej.

Jeden z obecnych przy tym gwardzistów zagwizdał z aprobatą. Drugi zaklaskał.

– Muszę już iść – powiedziałam. Na wspomnienie woskowej twarzyczki Anny zrobiło mi się ciężko na sercu. Była taka śliczna. Chciałam jak najszybciej przytulić się do mojej córki. Ale zanim zdążyłam wyjść, Aleksiej złapał mnie za koronkowy angażant u rękawa.

– Wielka księżna ma licznych przyjaciół, Warwaro Nikołajewna. Przekaż jej te słowa, dobrze?

Córeczkę Katarzyny i Stanisława pochowano w monastyrze Aleksandra Newskiego, darze Piotra Wielkiego dla Rosji. Na czas uroczystości pogrzebowych caryca, ubrana w prostą suknię z czarnej tafty, bez żadnych klejnotów, rozkazała dwóm najsilniejszym lokajom, by ustawili się po obu jej stronach i podtrzymali ją, gdyby zasłabła.

Twarz Katarzyny zakrywał gęsty czarny welon. Podniosła go tylko raz, by ucałować zimną rączkę Anny, nim pop zamknął wieko małej trumny. Po pogrzebie była milcząca i zatopiona w myślach, pogrążona w bólu. Próbowałam ją pocieszyć, ale nic nie rozproszyło jej rozpaczy.

Śmierć Anny nie była ostatnią tragiczną wiadomością, jaka na nią spadła w ciągu następnych tygodni. Najpierw przyszedł list z Paryża z wiadomością o śmierci księżnej Joanny. Katarzyna już od pewnego czasu korespondowała z matką, wiedziała więc o jej chorobie i rosnących długach, lecz mimo to ta wiadomość była dla niej ciosem.

Kolejny list, tym razem z Londynu, doniósł o śmierci *sir* Charlesa Hanbury'ego Williamsa. „Mój najdroższy ojciec po powrocie z Rosji nie odnalazł już spokoju", napisała do Katarzyny jego córka. „Nic go tu nie cieszyło, nic nie mogło się równać z tym, co pozostawił na Wschodzie". Plotki krążące w antyszambrach nie były tak powściągliwe: „przerażający uwiąd wspaniałego umysłu" – słyszałam – „lues w ostatnim stadium", „aktorka zaatakowana nożem".

Koniec dawnych marzeń, myślałam. Bolesny, ale konieczny. Jak oczyszczenie organizmu, jak puszczenie ciemnej, gęstej krwi – jedyny sposób, by rozpocząć proces zdrowienia.

$\mathcal{P}$o pogrzebie Anny *monsieur* Rastrelli rozkazał zawiesić w Pałacu Zimowym zasłony z grubego płótna, które oddzieliły nieukończone części od tych niemal gotowych. Jego pracownicy dniem i nocą malowali ściany, rozkładali dywany, ustawiali meble. W pałacowych piecach ogień aż buzował, by przyspieszyć suszenie farby. Kiedy carycy pokazano jej nową sypialnię, już tylko nikły zapach pokostu świadczył o gorączce panującej tam zaledwie parę godzin wcześniej.

– Pałac Zimowy, Wasza Cesarska Wysokość. Klejnot wart Was, pani, a także nowej Rosji. Niech będzie dla Was źródłem nieustającej radości.

Rzeźby owinięte w jutowe płótno wciąż zajmowały mniejszą salę balową. W części pałacu przeznaczonej dla służby cieśle nadal przechowywali deski i tafle szkła. Lecz *monsieur* Rastrelli dołożył starań, by cesarskie oko dostrzegło kosztowne parkiety, złocone stiuki i pąsowe obicia.

Imperatorowa posłała swemu architektowi słaby uśmiech.

To już nie potrwa długo, pomyślałam.

Oddychała ciężko, a każdemu wydechowi towarzyszył bolesny świst. Dłonie miała zbyt spuchnięte, by nosić ulubione pierścienie. Jej stopy ledwo mieściły się nawet w najwygodniejszych pantoflach.

Elżbieta przeprowadziła się do swych nowych apartamentów, ale jej śladem poszło zaledwie pięć z dwunastu dam jej dworu. Pokojówki spały w alkowie na rozkładanych łóżkach. Wszyscy inni opuszczali Pałac Zimowy zaraz po zakończeniu dziennej służby.

We wspaniałej nowej sypialni stare cesarskie łoże wydawało się malutkie, jak stateczek dryfujący po bezmiarze morza.

$\mathcal{K}$iedy się zorientowałam, że imperatorowa Wszechrusi umiera?

Czy było to w 1761 roku, w kanun uroczystości Chrztu Pańskiego, w czas postu i modlitw przygotowujący wiernych do święta, przypadający po styczniowych *krieszczenskich morozach*? Dzień wcześniej posłusznicy usługujący mnichom z monastyru Aleksandra Newskiego uprzątnęli śnieg z odcinka rzeki i wyrąbali w lodzie „Jordan", przerębel w kształcie krzyża, w którym wierni mieli się zanurzyć nago, by oczyścić ciała z grzechu.

– Ani słowa więcej! – wykrzyknęła caryca, kiedy błagaliśmy ją, żeby w tym roku nie brała udziału w obrzędzie. Stała na trzaskającym mrozie, podczas gdy wśród bicia dzwonów mnisi prowadzili procesję do „Jordanu".

Z profilu wyglądała tak srogo jak jej podobizna wybita na monetach.

Jeden po drugim wierni wychodzili z lodowatych odmętów Newy z włosami zamarzniętymi w sople i, drżąc na całym ciele, włączali się do chóru modlitw. Otulona w futro, odziana w czerń Elżbieta Piotrowna, córka Piotra Wielkiego, szeptała: „Panie, odpuść mi moje długi, jako i ja odpuszczam moim dłużnikom".

Jeszcze przed rozpoczęciem *maslenicy*, ostatniego tygodnia przed wielkim postem, kiedy jedzenie mięsa jest już zakazane, ale można jeszcze spożywać śmietanę i masło, caryca cierpiała na chroniczną bezsenność.

Ulubione koty Elżbiety, przywiezione z tymczasowego pałacu, wylegiwały się w jej łożu, wtulone w cesarskie krągłości, mrucząc z zadowolenia pod pieszczotą jej ręki. Jak tylko Bronia miała się lada dzień okocić, Elżbieta rozkazała, by przy piecu stanęła dla kotki specjalna skrzyneczka.

Noc w noc dwadzieścia grubych świec płonęło w każdej z cesarskich komnat. Imperatorowa rzadko zostawała sama – odwiedzali ją goście, dworzanie, kochankowie. Starzy i nowi. Jeśli ich odesłała, jedna z dam dworu zawsze była w pogotowiu, by dotrzymać jej towarzystwa. Jeśli gwar głosów ją znużył, Elżbieta domagała się pieśni swego kozackiego chóru.

Przez pewien czas nadzieję budziły nowe medykamenty: korzenie galgantu, przypominające maleńkie ludziki; marcjalne wody z Karelii, które niegdyś uleczyły bezpłodne łono carowej Kseni; aksamitnie czarne bryłki szungitu. Elżbieta żuła korzenie, piła leczniczą wodę, trzymała szungit w rękach. Modliła się. W lepsze dni wzywała nawet garderobianą, żeby wzięła miarę na nowe suknie, albo kazała sobie przynosić klejnoty ze skarbca. Cieszyła palce dotykiem drogich kamieni; pieściła pierścienie i naszyjniki, wspominając bale i maskarady, na których je nosiła.

Kiedy przychodziły do niej Cyganki lub szeptuchy, caryca nie była już ciekawa swojej przyszłości. Chciała poznać los carewicza.

Wielki książę Paweł, liczący podówczas lat siedem, był jak na swój wiek bardzo drobny i wątły, ale nikt nie odważyłby się powiedzieć tego carycy. Jego wizyty przypadały na późne popołudnie, kiedy Elżbieta czuła się najlepiej. Szare oczy carewicza błądziły bez celu po jej komnacie. Czasami Paweł podnosił kciuk do ust, ale zawsze opuszczał go w porę. Nazywał carycę „ciocią" i rzucał się, żeby się schować w jej ramionach, kiedy tylko coś go przestraszyło: głośne trzaśnięcie drzwiami, wrona kracząca na dziedzińcu.

Wydobyte z czarnej jedwabnej chusteczki talie rozkładano na stole półkoliście lub w kształt krzyża.

– Niech Wasza Cesarska Wysokość plunie na dłoń i dotknie tej karty. Na tej położy monetę, w tę zapuka kłykciem. A tę postuka palcem wskazującym.

Karty udzielały wymijających odpowiedzi. Jedna Cyganka widziała Pawła w otoczeniu żony i dzieci, licznych dzieci; inna – wyprawiającego się w długą podróż, która wydobędzie na jaw to, co było przed nim ukryte. Najczęściej jednak karty mówiły tylko o rozwidlonych drogach, niepewnych obietnicach, okresach niebezpieczeństwa.

– Jakiego niebezpieczeństwa? – dopytywała się Elżbieta.

– Takiego, które przeminie – odpowiadały ostrożnie wróżbiarki. Ja także ostrożnie ważyłam słowa.

Nie powiedziałam carycy o tym, że cały miot kociąt Broni znalazłam martwy w jej skrzyneczce. Pokojówka przysięgała, że jeszcze kilka godzin wcześniej miały się dobrze. Tylko jednemu z nich chyba ciekło z nosa, wyłkała, przerażona.

Nie powiedziałam carycy o tym, że błogosławiona Ksenia zniknęła. Fiakrzy nie widywali już skulonej postaci w czerwono-zielonych łachmanach, która za każdym razem, kiedy ją podwieźli, przynosiła im szczęście. Ksenia nie siadywała już u wejścia do cerkwi Świętego Matwieja Apostoła, a piekarze na próżno zostawiali dla niej jej ulubione bułeczki z cynamonem. Nikt nie wiedział, co się z nią stało, dopóki pewien mnich akolita nie zobaczył jej poza granicami miasta, w szczerym polu, jak się żegna i zgina do ziemi w modlitwie.

Zamiast tego przynosiłam historie o cudach. Opowiadałam carycy o świętych mężach, których dotyk zmniejszał guzy, a błogosławieństwo oczyszczało krew. Mówiłam o świętych relikwiach, na których sam widok chromi odrzucali precz kule, podnosili się ze swoich łóż boleści i odchodzili w łasce. Powtarzałam sobie, że moim zadaniem jest wprawiać Elżbietę w dobry nastrój, tak jak to zawsze robiłam. Czyż nie tego właśnie chciała? Czyż nie z tego powodu nigdy nie zapytała mnie o kocięta Broni?

A potem, pewnej bezksiężycowej nocy, smaganej północnym wiatrem, caryca poleciła mi przynieść sobie do łóżka ubranka i zabawki Anny. Całowała zakładki maleńkich sukienek, gładziła koronki białej szatki do chrztu, po kolei podnosiła lalki i zaglądała w ich martwe oczy.

– Wola boska jest czasem tak trudna do przyjęcia, Warwaro – powiedziała.

Skłoniłam głowę w milczeniu.

Przez dłuższą chwilę siedziała bez ruchu, ze złożonymi rękoma, odmawiając modlitwę za zmarłych.

Modliłam się razem z nią. Modliłam się o odpuszczenie moich własnych grzechów i za spokój moich własnych zmarłych.

Modliłam się za moich rodziców. Za Igora. Modliłam się, dopóki caryca nie poprosiła mnie, bym pomogła jej się położyć.

Niedługo potem, otulona przepychem cesarskich jedwabi, Elżbieta wyglądała, jakby zapadła w sen. Wstałam, żeby wymknąć się z komnaty, i nagle usłyszałam cichy, przestraszony głos:

– Czy to, że go oszczędziłam, zupełnie się nie liczy? Czy miłosierdzie to mało?

Chwilę trwało, zanim uświadomiłam sobie, że Elżbieta mówi o Iwanuszce, carze niemowlęciu, którego pozbawiła tronu przed dwudziestu laty. Książę z komnaty szaleńców, pilnie strzeżony w swej więziennej celi, nadal spędzał sen z cesarskich powiek.

To podczas tych ciemnych dni wiosennych zaczęła się *révolution de palais* Katarzyny.

Zaczęło się od bacznie obserwowanych kroków, słów rzucanych jak przynęta, niespodziewanych wizyt, kończonych w zamyśleniu, z palcami dotykającymi warg.

W tymczasowym pałacu wielki książę zagarnął cesarskie apartamenty, teraz puste. Tam, gdzie wcześniej stało łoże Elżbiety, Piotr rozłożył makietę bitwy pod Zorndorfem, do której *das Fräulein* wykonała z *papier mâché* kunsztowne drzewka i chaty wieśniaków.

– Kontrowersyjne rosyjskie zwycięstwo – informował swoich gości wielki książę i zacierając ręce, prezentował im swoje wyliczenia. Prusacy stracili 12 800 żołnierzy, a Rosjanie ponad 18 000. Mimo iż armia rosyjska utrzymała się na polu bitwy do następnego dnia, wycofała się pierwsza.

Jak następca rosyjskiego tronu może mówić takie rzeczy? – zastanawiałam się. Po czyjej stoi stronie? Jest głupcem czy zdrajcą?

Nie tylko ja zadawałam sobie takie pytania.

– Pamiętasz, Warieńko, jak Piotr mnie musztrował, każąc mi maszerować, jakbym była jego żołnierzem? – wspominała Katarzyna. – Jak nie pozwalał mi nawet dotknąć tych swoich zabawek?

Pamiętasz, jak smagał pejczem swoje psy, aż wyły z bólu?

Pamiętasz, jak raz zgilotynował szczura, który poprzewracał mu żołnierzyki? Mam jeszcze jedno wspomnienie z tamtych dni: chichot, szyderczy i ostry jak brzytwa, którym Katarzyna kwitowała każdą wzmiankę o swoim mężu.

"Katarzyna ma wielu przyjaciół, Warwaro Nikołajewna" – powiedział Aleksiej Orłow. Ale to Grigorij któregoś majowego poranka zastąpił nam drogę podczas spaceru po ogrodach Pałacu Letniego, w którym siedem lat wcześniej wielka księżna urodziła Pawła.

Nie widziałam Grigorija już od tak dawna, że prawie zapomniałam, iż on i Aleksiej są uderzająco podobni. Ta sama rosła sylwetka, ta sama kruczoczarna, nieujarzmiona czupryna. Te same teatralne gesty, jedna ręka na piersi, druga podtrzymująca zakurzony płaszcz, narzucony na stalowobłękitną tunikę Pułku Izmaiłowskiego. Ale podczas gdy twarz jego brata szpeciła blizna, twarz Grigorija były gładka, oprószona zaledwie jednodniowym zarostem.

– Wysłuchaj mnie, Wasza Wysokość – poprosił Grigorij, głośno, zdecydowanie. – Nie jestem nieznajomym, Warwara Nikołajewna może o tym zaświadczyć.

Skinęłam głową.

– To przyjaciel – powiedziałam Katarzynie. – Porucznik Orłow i jego bracia otoczyli mnie troskliwą opieką po śmierci Igora.

– W takim razie zostaw nas samych, Warieńko – rozkazała Katarzyna. Zabarwiona rozbawieniem ciekawość wywołała u niej lekki rumieniec. Odrzuciła głowę do tyłu i uśmiechnęła się.

Odeszłam na stronę.

Z miejsca, w którym stanęłam, widziałam Grigorija Orłowa – olbrzyma na kolanach, ściskającego dłoń Katarzyny – jak podnosi się z klęczek, nachyla się, by jej wysłuchać, kręci głową, ponawia swoją prośbę.

Byłam w stanie dosłyszeć tylko oderwane słowa: „...Wasz mąż, pani... niegodzien... Jeśli ty, pani, tego nie zrobisz, my to zrobimy".

Rozejrzałam się wokół, ale zobaczyłam tylko ptaka, który krzątał się z wijącą się dżdżownicą w dziobie w drobnych podskokach przy żywopłocie. Zerwałam z krzaka jeden listek i podarłam go na kawałki. Zostawił na moich rękach lekki zapach piżma.

Kiedy Katarzyna przywołała mnie z powrotem do siebie, porucznika Grigorija Orłowa, cesarskiego gwardzisty z Pułku Izmaiłowskiego, już nie było. W miejscu, w którym klęczał, zostało tylko wgłębienie na wysypanej żwirem ścieżce.

– Gdyby ktokolwiek pytał, bohater bitwy pod Sarbinowem przyszedł mi złożyć wyrazy uszanowania – powiedziała Katarzyna.

W pałacu wrzało od plotek powtarzanych coraz mniej dyskretnie i coraz głośniej. Kto zostanie następcą Elżbiety – Piotr czy jego syn Paweł? Czy Katarzyna będzie współrządzić z Piotrem? Czy zostanie regentką przy swoim małoletnim synu?

Od czasu gdy caryca Rosji zaczęła podupadać na zdrowiu, Szuwałowowie i Woroncowowie zwarli szeregi i opowiedzieli się za Piotrem. Podczas uroczystości, na których wymagana była obecność wielkiej księżnej, miejsce u boku swego kochanka zajmowała *das Fräulein*. Katarzyna znosiła te afronty do momentu, w którym przed długo oczekiwaną premierą w Teatrze Rosyjskim Piotr oznajmił żonie, że zabrakło dla niej miejsca w jego powozie.

– Możesz przecież iść jutro – powiedział. Ugiął się dopiero wtedy, kiedy wielka księżna zagroziła, że pójdzie piechotą.

W cesarskiej sypialni, dokąd na prośbę Elżbiety zabierałam czasem Darię w odwiedziny, damy dworu patrzyły na mnie z nieskrywaną nienawiścią.

– Znowu ta cwana córka introligatora. I jej smarkula – słyszałam, jak mruczy hrabina Szuwałowa.

– Dlaczego ona mnie nie lubi, *maman*? – zapytała mnie szeptem Daria, kiedy hrabina z szelestem swych sutych sukien przeszła obok nas, odepchnąwszy moją córkę na bok upierścienioną ręką.

– Powiem ci, jak dorośniesz.

– Dlaczego nie teraz? – poczułam, jak palce Darii zaciskają się na moich.

Wiem, że nie przekonało jej tłumaczenie, iż dopiero wtedy będzie w stanie to zrozumieć.

Żaden szpieg nie może zignorować maski obojętności, sekundy zadumanego milczenia, tam gdzie wystarczyłaby prosta odpowiedź. Dostrzegałam i nikłe wahanie, kiedy Katarzyna wymieniała nazwisko Grigorija Orłowa, i chwile, gdy wyglądała przez okno, żeby do kogoś pomachać, a jej palce skrywały uśmiech.

– To dzielny żołnierz i szczery przyjaciel. Ale w gorącej wodzie kąpany, nie to co jego młodszy brat – ostrzegłam wielką księżnę. Wspomniałam o porzuconej kochance, o długach, które musiał spłacić Aleksiej.

– Wszyscy bywamy czasem lekkomyślni, Warieńko – odparła Katarzyna z pobłażliwym uśmiechem.

Plotki rosły w siłę. Grigorij wygrał w faraona tysiąc rubli i wydał je w ciągu jednego wieczora, stawiając wódkę wszystkim, którzy byli gotowi wypić za zdrowie wielkiej księżnej. Wyklinał, że Katarzynę otaczają łajdacy godni pogardy, fircyki i fajtłapy, słabeusze, którzy przewróciliby się za jednym pchnięciem jego małego palca, zadrżeliby na jego tupnięcie.

– Dlaczego wujek Grigorij tak się teraz ciągle śpieszy? – pytała Daria, kiedy porucznik Orłow podczas wizyty u nas spoglądał niecierpliwie na zegarek.

Niektórych twarzy nie trzeba nawet bacznie obserwować, pomyślałam. Mówią każdym porem skóry. Ich język jest nieskomplikowany, łatwy do odczytania: najpierw działaj, później myśl. Siła wymusza posłuszeństwo, gwarantuje władzę. Żądza domaga się słodyczy uległości.

– Jeden z Orłowów? – księżna Daszkowa z niezadowoleniem pokręciła głową. – Prymitywne gbury. Zapominają, gdzie ich miejsce, Wasza Wysokość.

Zobaczyłam, jak Katarzyna jej przytakuje.

Księżna Daszkowa otwarcie opowiedziała się po stronie Katarzyny.

– Już teraz jesteś, pani, moją carycą – powiedziała.

Ale władza nie bierze się z deklaracji. Trzeba ją wydrzeć z rąk ludzi o małych sercach i olbrzymich apetytach. Władza potrzebuje półmroku kuchennych korytarzy i ukrytych gestów oddanych dłoni.

Potrzebuje żołnierzy i szpiegów, a nie figurantów.

Gorączka politycznych spekulacji nie ominęła nawet bocznych uliczek Sankt Petersburga. Holsztyńczycy skakali gwardzistom do gardeł jak natarczywe ogary atakujące rozjuszonego niedźwiedzia. Coraz częściej ten czy inny oficer zadawał głośno pytanie, gdzie się podziewał następca tronu, kiedy rosyjscy bohaterowie ginęli na polu bitwy.

W tymczasowym pałacu komnaty Katarzyny znajdowały się daleko od pokoi wielkiego księcia, a teraz – w ciągłym chaosie roszad, jaki towarzyszył każdym przenosinom do nowej siedziby – jeszcze łatwiej było jej się ukryć przed niepożądanym wzrokiem. Całe ciągi korytarzy dla służby, jeszcze nie oddane do użytku, zabite deskami, wymagały tylko drobnych przystosowań, by zmienić się w sekretne przejścia. Śmierdzące stęchlizną pokoje, w których szczury przemykały pod ścianami i chowały się pod podłogą, goście Katarzyny mogli odwiedzać i opuszczać, kiedy im się żywnie podobało.

W sypialni Katarzyny wyczułam zapach przemoczonych skórzanych butów i żołnierskiego potu.

– Wareńko, proszę, dopilnuj, żeby nikt się o tym nie dowiedział – wymruczała błagalnie Katarzyna. Na jej twarzy zobaczyłam półuśmiech wyczekiwania, zniecierpliwienia wszystkim, cokolwiek stało jej na przeszkodzie.

Zrobiłam to, co zrobiłaby każda przyjaciółka. Zmieniłam poplamione prześcieradło, zanim zobaczyły je pokojówki. Otworzyłam okna, żeby świeże powietrze wyparło ostrą woń jej kochanka. Starłam ślady błota po jego butach. Pozbierałam przedmioty, które beztrosko pozostawił: pas, mosiężny guzik, ostrogę.

– Czy Grigorij mówi ci przynajmniej, że jest gotów dla ciebie umrzeć? – zapytałam żartobliwie Katarzynę. – A może nawet zrezygnować z hazardu?

Tak jak się spodziewałam, aż pokraśniała z zadowolenia.

– Czyżbyś zaczęła jednak pochwalać lekkomyślność? – odcięła się.

Stanisław przebywał w Warszawie. *Sir* Charles leżał w grobie gdzieś w Anglii. Dwadzieścia lat wcześniej Elżbieta została imperatorową Rosji dzięki cesarskim gwardzistom, którzy na ramionach wynieśli ją na tron.

Lekkomyślność służy gwardzistom. Czyż to nie oni są „stworzycielami carów"?

Dwóch braci Orłowów miało w swych rękach wszystkie cztery pałacowe pułki.

W cesarskiej sypialni w Pałacu Zimowym nigdy nie zasłaniano okien. Elżbieta chciała widzieć barki pływające po Newie, złote iglice Twierdzy Pietropawłowskiej, kwadratową wieżę Kunstkamery na Wyspie Wasiljewskiej.

– Co oni tam znowu wyprawiają? – pytała płaczliwym tonem za każdym razem, kiedy dobiegły ją odgłosy łomotania czy piłowania. Pokojówki wysłane na zwiady wracały pędem z informacją, że w wielkiej sali balowej robotnicy właśnie wieszają żyrandole, mocują marmurowe balustrady na podestach schodów albo przesuwają korytarzem rzeźby na ich miejsce przeznaczenia.

– Chcę to zobaczyć – żądała imperatorowa.

Jej krzesło nosiło czterech potężnie zbudowanych lokai w upudrowanych perukach, o twarzach, na których nigdy nie pojawiał się uśmiech ani grymas. Umieszczali drążki krzesła na ramionach i nieśli carycę przez nowe szerokie korytarze, wyłożone marmurem i kunsztownymi mozaikami, aby mogła zobaczyć kolejną komnatę połyskującą jak wnętrze szkatuły na biżuterię.

W cesarskiej sypialni goście gromadzili się wokół Elżbiety, na podnóżkach, otomanach i fotelach, przynosząc jej podarunki i ploteczki. Iwan Szuwałow siadał u boku imperatorowej, na brzegu jej łoża. Hrabia Razumowski obrał sobie miejsce u jej stóp. Obaj dbali o to, żeby nie urazić jej ramion ani nóg, poznaczonych śladami częstego puszczania krwi. Katarzyna przychodziła zdawać relację ze swoich wizyt w pokoju dziecinnym: Paweł znowu trochę urósł. Widywała go często, gdy leżał wyciągnięty jak długi na podłodze i wymachiwał drewnianym mieczem.

– Wyglądam na nieustraszonego? – domagał się odpowiedzi.

Tylko wielki książę Piotr stawał niezgrabnie z boku, w milczeniu, skubiąc nerwowo obszycie rękawa. W petersburskich tawernach jego holsztyńczycy nazywali armię rosyjską pośmiewiskiem. Żołnierze z gminu są w głębi serca tchórzami, mówili, i tylko lęk przed knutem zmusza ich do walki. W odpowiedzi gwardziści wykpiwali ich trójgraniaste kapelusze. Wielki książę przypomina Fryderyka II o tyle, o ile orangutan przypomina człowieka, sarkali.

– Cóż to za posępna mina, Piotrze? – pytała Elżbieta. – Nie mógłbyś chociaż udawać, że lubisz moje towarzystwo?

Nigdy nie wiedział, co odpowiedzieć. Jego zaprzeczenia były nieprzekonujące i nieudolne. Łatwy cel dla jej szyderstw.

– Mógłbym... To znaczy, ja nie udaję...

– W takim razie przestań się wiercić. Stań prosto. I przestań się na mnie gapić z tym bezmyślnym uśmiechem.

Kiedy hrabia Panin, oficjalny wychowawca wielkiego księcia Pawła, przyprowadzał swojego podopiecznego na codzienną wizytę, głos Elżbiety promieniał radością. Zawsze miała dla „swojego dziecka" jakąś niespodziankę: jabłko syberyjskie, zabawkę, ptaka na łańcuszku. Przepytywała małego księcia z lekcji, oglądała jego rysunki. Czasem kazała mu cichutko się pobawić, bo chce porozmawiać z hrabią Paninem.

Nie wiedziałam, o czym dyskutują. Nowa cesarska sypialnia była ogromna, a oni zawsze rozmawiali ściszonym głosem. Wedle plotek imperatorowa zmieniła ostatnią wolę i na swojego następcę wyznaczyła Pawła. Niektórzy utrzymywali, że regentem ma zostać Piotr, a inni, że regentką będzie Katarzyna.

Nikt nie odważył się zapytać jej wprost. Nikt nie odważył się mówić o śmierci.

Nie wierzyłam tym pogłoskom. W oczach Elżbiety dostrzegałam wahanie, a nie decyzję. Carewicz musi najpierw dorosnąć. Jeden małoletni car uwięziony w Szlisselburgu wystarczy; nie chciała kolejnego.

Jej kalkulacje były proste. Piotra uważała za głupca, z którego nie będzie żadnego pożytku. Pawła kochała całym sercem. Na Katarzynie jej nie zależało, ale Paweł potrzebował pomocy matki.

To on był jedynym powodem, dla którego Elżbieta nie chciała upadku Katarzyny.

— Warieńko, ratuj! – powiedziała Katarzyna jesienią 1761 roku, przyciskając rękę do brzucha. – Nigdy nie potrzebowałam cię bardziej niż teraz.

Krwawienie spóźniało się już o cały miesiąc. Obudziła się, czując mdłości, tak samo jak wtedy, kiedy oczekiwała narodzin Pawła, a potem Anny.

Nie było wątpliwości, że była przy nadziei.

Ale tym razem Piotr nie uwierzy, że to może być jego dziecko. Od wyjazdu Stanisława *das Fräulein* pilnowała, by wielki książę ani razu nie odwiedził sypialni małżonki. Hrabianka Woroncowa nie zamierzała być cesarską faworytą bez końca.

Katarzyna nie musiała mi wyliczać zagrożeń. Przyłapała już zresztą garderobianą na oględzinach swej pościeli. Żaden szpieg Szuwałowów nie może domyślić się jej sekretu i dać wielkiemu księciu powodu, aby ją zniesławił.

Nie przeklinałam beztroski Grigorija Orłowa, radosnego przeświadczenia, że jego Katarzyna, jego Katinka, na pewno znajdzie wyjście i z tej trudnej sytuacji. Było jednak jasne, że do przewrotu pałacowego nie dojdzie przed rozwiązaniem. Po raz kolejny przyszłość zależała od dochowania tajemnicy. Od powiększającego się brzucha i umiejętności położnej.

Pogładziłam czarne włosy Katarzyny. Otarłam łzy z jej policzków. Obiecałam, że będę ją chronić. Dotrzymałam słowa.

Co miesiąc z pomocą dwóch zaufanych służących zanurzałam jej przepaski w świeżej krwi, by zmylić szpiegów Szuwałowów. Zmywałam ślady porannych mdłości i pomagałam maskować ciążę pod fałdami batystowych koszul. Wieczorami przemycałam do sypialni Katarzyny pikle i czarny chleb, poprawiałam zakładki jej negliżu, żeby ukryć zaokrąglaną talię i perłową skórę na powiększonych piersiach.

Posyłałam do oranienbaumskich oranżerii po świeże kwiaty, które pokojówki ustawiały w wazonie przy jej łóżku. Kwiatowy zapach łagodził woń siarki, od której Katarzynie robiło się niedobrze. Od czasu ostatniej fumigacji zasłony przy jej łożu były jednak wreszcie wolne od pluskiew.

Przed nadejściem listopada Katarzyna rozpoczęła codzienne poranne spacery wzdłuż brzegów Newy, by uspokoić nerwy, poprawić kondycję i uciec od wścibskich spojrzeń. Zima już wkrótce miała przyjść jej w sukurs z luźno drapowanymi wełnianymi szalami i pelisami podbitymi futrem. Zanim na łąkach nad Newą pojawią się śnieżyczki, jej ulubione kwiaty, będzie już po wszystkim, myślałam.

Kiedy zostawałyśmy same, opowiadałam Katarzynie o kolejnych puszczaniach krwi, jakim poddawała się caryca, o jej zasłabnięciach i koszmarach, z których budziła się z krzykiem. O dniu, w którym Elżbieta zapytała mnie:

– Czy chłopi wypalili już rżyska po żniwach, Warwaro?

– Tak, Wasza Wysokość – potwierdziłam, ale moja odpowiedź jej nie zadowoliła.

– W takim razie co to za ognie? – drążyła.

Wychyliłam się przez okno, ale zobaczyłam tylko szare fale Newy.

– To ogrodnicy, Wasza Wysokość – skłamałam. – Palą opadłe liście.

Spojrzała na mnie tak, jakby nie rozumiała, co do niej mówię.

– Czym obraziłam Boga, Warwaro? – spytała.

Zawahałam się.

Jeśli zapyta jeszcze raz, to znaczy, że naprawdę chce wiedzieć, uznałam. Ale nie zapytała.

Księżna Daszkowa krążyła po Sankt Petersburgu, pytlując o konieczności odrodzenia Rosji, nie rządzonej już strachem przed carskim knutem i pruskim katem. Dziewiętnastoletnia księżna wierzyła, że jest zbawczynią Rosji, charyzmatyczką wiodącą wielką księżnę i jej lud ku świetlanej rewolucji.

– Wystarczy, że powiesz słowo, a osadzimy cię na tronie, pani – słyszałam, jak obiecuje wielkiej księżnej. Nie mogła pojąć, dlaczego Katarzyna, ta „prawdziwa przyjaciółka”, która „ufa jej we wszystkim”, prosi ją, by powierzyła sprawy tak wielkiej wagi boskiej decyzji.

Monarszy talent, myślałam z aprobatą. Nie ujawniając tajemnic, każ innym wierzyć, że im zaufałaś.

– Ten prostak – mówiła głośno Katarzyna, gdy w towarzystwie wymieniano przy niej nazwisko Grigorija Orłowa, i wygładzała dłońmi fałdy sukni. Jej brzuch jeszcze dawało się ukryć, ale czas płynął nieubłaganie.

Caryca z trudem robiła kilka kroków po swojej komnacie, ściskając kurczowo rączkę laski z kości słoniowej, niegdyś oznaki potęgi martwego już zwierzęcia. Coraz częściej zdarzały się noce, kiedy patrzyła na mnie niepewnym, skonsternowanym wzrokiem osoby, której myśli błąkają się już po innym świecie, ale wciąż wypytywała mnie o Katarzynę.

– Czy hrabia Poniatowski nadal do niej pisze, Warwaro? A ona mu odpisuje?

– Owszem, hrabia pisze. Wielka księżna mu odpisuje – ale nie od razu. Każe mu czekać na listy.

– Pisze coś o mnie?

– Nie, Wasza Wysokość. Tłumaczy mu za to, że musi być cierpliwy. Kiedy hrabia pisze, że chce do niej przyjechać, ona błaga go, by tego nie robił.

– Ponoć ma nowego kochanka. To prawda?

– Tak, Wasza Wysokość. Jest nim porucznik Orłow. Przed każdą schadzką je ananasy i korzeń pietruszki, żeby jego nasienie miało słodki zapach.

– Hrabia Poniatowski o tym wie?

– Nie, Wasza Wysokość. Wielka księżna obawia się, że jeśli hrabia się dowie, wróci do Sankt Petersburga. Ale zależy jej, żeby pisał do niej nadal. Nie chce, żeby Orłow poczuł się zbyt pewny siebie.

Codziennie rano Katarzyna wysyłała pokojówki do Pałacu Zimowego, by zapytać o zdrowie carycy i prosić o łaskę dopuszczenia przed jej oblicze. Co dzień rano dziękowano jej za troskę i kazano czekać.

W pierwszych dniach grudnia *monsieur* Rastrelli oznajmił, że apartamenty młodego dworu w Pałacu Zimowym są już gotowe. Wielki książę natychmiast wyznaczył datę swojej przeprowadzki, Katarzyna się wstrzymała. Przejmujące bóle kręgosłupa nie pozwolą jej się teraz wspinać po wspaniałych schodach *monsieur* Rastrellego, oświadczyła.

Na korytarzach *das Fräulein* zaczęła mijać Katarzynę, ledwie skłaniając przed nią głowę. Wielki książę zapytał księżnę Daszkową, z jakiegoż to powodu tak często odwiedza jego żonę.

– *Madame* Dobra Rada nie zmusza was, byście się modlili do jej ikon, pani? – spytał.

Były kanclerz Rosji Bestużew, zesłany do swej posiadłości w Goretowie, przysłał mi skrzynkę miodu razem z listem, który, jak miał nadzieję, pokażę wielkiej księżnej. Podpisał się pod nim:

„człowiek zdegradowany do rozsądzania sporów o stratowaną kapustę i padłe owce".

Caryca nadal kurczowo trzymała się życia – z taką samą determinacją, z jaką niegdyś go używała.

– Proszę się jej nie sprzeciwiać – ostrzegał doktor Halliday. – I chwytać się wszystkiego, co może ją uspokoić.

Pamiętam sztukmistrzów sprowadzanych do cesarskich komnat, żeby ją zabawić. Kuglarza, który żonglował kolorowymi wstęgami, młodą Czeczenkę, tak giętką, że, odchylając się w tył, potrafiła dotknąć łydek czubkiem głowy, i małpkę w różowej sukience, dzierżącą parasolkę i zegarek z dewizką.

W drugim tygodniu grudnia caryca nie była już w stanie utrzymać w żołądku wywaru z naparstnicy, niegdyś uśmierzającego jej bóle w klatce piersiowej. Wieści o kolejnych zwycięstwach na pruskim froncie, które jeszcze przed miesiącem byłyby ją uradowały, teraz wzbudzały w jej nieobecnych oczach jedynie nikłą iskierkę zainteresowania.

Odpychała jedzenie podawane jej przez służące, ale zimny, pienisty kwas piła szklankami.

Błogosławioną Ksenię znowu widziano w mieście. Nakłaniała wszystkich, żeby szykowali bliny i kisiel na wielki pogrzeb.

Którejś grudniowej nocy, kiedy wiatr szalał nad skutą lodem Newą, wzbijając chmury śnieżnego pyłu, zobaczyłam, jak imperatorowa Wszechrusi podnosi do oczu zaczerwienione dłonie. Przesunęła je na prawo, potem na lewo, ale jej wzrok nie podążył za tym ruchem.

Ślepnie, uświadomiłam sobie.

Jej dłonie opadły na pościel. Puszok, biały kocur, który umościł się u jej szyi i zasnął, zaczął chrapać. Trąciłam go delikatnie i chrapanie ucichło. Wydawało mi się, że w komnacie, mimo dobrze rozgrzanego pieca i grubych zasłon, jest przeraźliwie zimno. Nachyliłam się, żeby poprawić carycy poduszki.

– Nienawidzisz mnie, Warwaro? – zapytała chrapliwym szeptem.

– „Nienawidzę", Wasza Wysokość?

– Przestań po mnie powtarzać.

– Nie nienawidzę Waszej Cesarskiej Wysokości.

– Dlatego, że umieram?

– Wasza Wysokość nie umiera.

– Nie kłam, Warwaro. Wiem, co sobie myślisz. Że wydałam cię siłą za pierwszego lepszego gwardzistę. Że zasłużyłaś na lepsze traktowanie.

– To wszystko przeszłość – powiedziałam i wzięłam głęboki wdech, żeby uspokoić rozkołatane serce.

– Nie tak łatwo oddzielić przeszłość od teraźniejszości…

Wstrząsnął nią gwałtowny atak kaszlu i nie zdołała dokończyć. Przyniosłam szklankę wody, żeby mogła się napić. Podtrzymałam ją za ramiona, kiedy dygotała, przestraszona, krztusząc się i krzywiąc z bólu. Otarłam jej usta chusteczką.

Nienawiść bywa krucha jak zastygły wosk noworocznej wróżby.

Zanim skończyła kaszleć, nie potrafiłam już myśleć o jej gniewie, próżności, o piekącym bólu cesarskiej pogardy. Moja uraza stopniała. Stara kobieta na łożu śmierci, pomyślałam, kiedy opadła na poduszki. W końcu wszyscy zostajemy sami ze swoim strachem.

Wiedziała o tym. Kapitulację i litość wyczytała z mojej twarzy. Nie przerywając milczenia, wskazała na ścianę, na której wisiał jej najwcześniejszy portret, ten przedstawiający malutką, gołą carewnę na błamie gronostajów.

– Chciano mnie zgładzić, ale przeżyłam. Chcę, żeby on także przeżył. Musisz mi przysiąc, że zatroszczysz się o to, by Paweł był bezpieczny. Przysięgnij, że nie pozwolisz go nikomu skrzywdzić, kiedy umrę.

Poruszyłam się niespokojnie.

– A kimże ja jestem, żeby składać takie obietnice?

– Jesteś jej szpiegiem.

Zaczęłam protestować, ale caryca uciszyła mnie niecierpliwym gestem.

Wciąż się zastanawiam, ile wiedziała w tych ostatnich dniach życia. Czy doniesiono jej o spisku, żeby obalić Piotra? O ciąży Katarzyny?

– Podaj mi ikonę, Warwaro.

Wsunęłam jej do rąk świętą ikonę Matki Boskiej Kazańskiej.

– Przysięgniesz na życie swojej córki, że nie dasz mu zrobić krzywdy?

Jej wypłowiałe niebieskie oczy patrzyły na mnie błagalnie.

Pocałowałam świętą ikonę. Przysięgłam chronić wielkiego księcia Pawła Piotrowicza.

Wyczerpana Elżbieta zamknęła oczy. Potem wyciągnęła rękę jeszcze raz i poczułam, jak jej spocone, spuchnięte palce dotykają mego policzka i ześlizgują się ku podbródkowi. Widmo pieszczoty.

– Powiedz wielkiej księżnej, że chcę się z nią teraz zobaczyć – wymamrotała.

Kiedy Katarzyna przybyła do cesarskiej sypialni, wszyscy inni musieli wyjść. Zanim zamknęły się za mną szerokie złocone drzwi, zwieńczone dwugłowym rosyjskim orłem, zdążyłam jeszcze dostrzec zgiętą wpół sylwetkę Katarzyny i rękę Elżbiety uniesioną w geście błogosławieństwa.

Gdy wielka księżna otworzyła drzwi godzinę później, oczy miała zaczerwienione od płaczu.

Zastanawiałam się, czy ona także przysięgła, że zadba o bezpieczeństwo swojego syna.

Począwszy od tamtego dnia Katarzyna odmawiała opuszczenia cesarskiej sypialni choćby na chwilę.

– Moje miejsce jest u boku Jej Wysokości – mówiła, kiedy przekonywaliśmy ją, że powinna odpocząć. Czasem udawało mi się ją namówić, by zdrzemnęła się na szezlongu, ale nie zamierzała wrócić do swoich komnat w tymczasowym pałacu. Z chwilą gdy pop przybył na modlitwę, uklękła z nami wszystkimi na podłodze przy łożu carycy.

Wielki książę zjawiał się u swej ciotki co rano, przystawał na chwilę przy jej łożu, żeby wysłuchać raportu medyka, i pośpiesznie wychodził.

Z antyszambrów dobiegały podniesione głosy. Szuwałowowie rozgościli się tam na dobre i zaczęli przyjmować suplikantów ubiegających się o posady na nowym dworze. Poprzez szmer modlitw wypełniający sypialnię Elżbiety dało się słyszeć odgłosy prowadzonych pertraktacji. Ktoś zażądał więcej jedzenia, rozległ się brzęk tłuczonego szkła, potraktowany kopniakiem pies zaskowytał.

Jak cienka linia odgranicza cara od głupca, myślałam.

$\mathcal{K}$oniec, który wreszcie nadszedł, był skąpany we krwi. Najpierw z nosa carycy puściła się gęsta jasnoczerwona struga, której nie można było zatamować. Ojciec Todorski rozpoczął głośną modlitwę. Prosił Boga o miłosierdzie dla Jego córki, o wybawienie jej od ziemskiego bólu. Chwilę później caryca zaczęła się krztusić, pluć krwią, rozpaczliwie chwytać powietrze; jej twarz, dekolt i wszystko wokół, zbryzgane, okryło się czerwienią.

Katarzyna się nie cofnęła. Z plamami krwi na rękach i sukni, rozkazała przynieść więcej świec, wody, ręczników. Poprosiła chirurga, żeby podał carycy kolejny łyk laudanum. Obserwowałam ją czujnie, czy aby nie zasłabnie, ale pozostała nieugięta.

Minęła godzina, a Elżbieta wciąż walczyła. Zdarła opatrunek z nosa i potrąciła miednicę pełną krwi i żółci, rozlewając jej zawartość na dywan.

Śmierć nie wesele – przypominam sobie moją myśl. Potężna imperatorowa Wszechrusi rozdygotanymi dłońmi kurczowo chwytała się wszystkiego – ramienia doktora, ręcznika, prześcieradeł. Słabła coraz bardziej; opadła na poduszki i patrzyła na nas, jakby nikogo nie rozpoznawała. Bladosina, pokryta plamami twarz o udręczonych oczach.

Potem, po ostatnich gorączkowych wysiłkach, żeby jej jakoś ulżyć, w komnacie zapadła cisza. Ktoś pobiegł po wielkiego księcia. Pośpieszyłam do okna, żeby wpuścić trochę świeżego powietrza. Chciałam je tylko uchylić, ale całe skrzydło wyślizgnęło mi się z rąk. Lodowaty podmuch zgasił świece.

– Zamknij je natychmiast! – usłyszałam świdrujący głos Piotra. – Chyba nie chcesz, żeby mnie na śmierć zawiało?!

Zacierał ręce gestem kupca dobijającego z dawna oczekiwanego targu.

Zamknęłam okno i zaciągnęłam zasłony.

Piotr pochylił się nad łożem. Zniecierpliwienie na jego dziobatej twarzy zastąpił nerwowy tik.

– Naprawdę nie żyje? – zapytał i zachichotał, kiedy wszyscy obecni, włącznie z Katarzyną, upadli przed nim na kolana. Kątem oka zauważyłam, jak jeden z kotów pręży grzbiet i ociera się pyszczkiem o jego nogę.

Była czwarta rano w dniu Bożego Narodzenia 1761 roku, kiedy prokurator generalny książę Trubecki ze łzami na pomarszczonej i upudrowanej twarzy otworzył drzwi do antyszambru, żeby obwieścić:

– Jej Cesarska Wysokość zasnęła w Panu. Niech Bóg ma w swojej opiece najmiłościwiej nam panującego cara Piotra III.

Poczułam pragnienie, by wybiec z tej dusznej komnaty na siarczysty mróz petersburskich ulic. Kusił mnie nie bulwar Wielki, ale zaułki i boczne uliczki z rzędami lepianek, w których konie rżały po dniu ciężkiej pracy. Za których cienkimi ścianami gromadzili się domownicy i gdzie słychać było ich przytłumione zmęczeniem wieczorne głosy.

To jej trasa, uświadomiłam sobie, odwiedzając myślą obskurne oberże nad Fontanką, w których królowały skrzypce, a Kozacy wyrzucali w tańcu nogi jak najwyżej, popisując się swoją zwinnością. Tam starcy opowiadali historie o mongolskich koniach, którym rozcinano chrapy, by łatwiej było im oddychać podczas galopu. To była trasa, którą z pewnością przemierzyła dusza carycy, zanim odeszła z tego świata, a na śmiertelnym łożu pozostało jej stygnące ciało, z zamkniętymi oczyma i złożonymi dłońmi, nieobecne i pozbawione czucia.

W wielkiej sali tronowej Pałacu Zimowego Piotr w zielonym mundurze Pułku Preobrażeńskiego odebrał hołd patriarchy Nowogrodu, który ceremonialnie prosił go, by Piotr objął dziedziczny tron Romanowów. Nikogo nie posłano do pokoju dziecinnego po wielkiego księcia Pawła; nikt nie sprowadził Katarzyny, która czuwała przy marach Elżbiety.

Nowy car zamierzał rządzić w pojedynkę.

Wewnątrz pałacu dworzanie tłoczyli się i ustawiali w kolejce, by się pokłonić nowemu władcy. Na zewnątrz wszystkie pułki gwardii zgromadziły się na oświetlonym pochodniami dziedzińcu, czekając na swoją kolej, żeby złożyć Piotrowi III przysięgę wierności i oddać honory, pochyliwszy sztandar.

Z wybiciem szóstej rano w dniu 26 grudnia kanonada z dział Twierdzy Pietropawłowskiej obwieściła początek nowego rozdziału w dziejach Rosji.

Rozdział jedenasty

1762

Ci, co odeszli w zaświaty, powracają. Tłuką się w kominie, ocierają się o mnie, wkradają do moich snów, budzą przyśpieszonym biciem serca. Niepożądani – bo ci, których kocham, nie składają mi wizyt.

Wracajcie do wieczności, mówię tym cieniom.

Ale nie chcą odejść. Wiedzą, że nie potrafię oprzeć się ich prośbom. Zbyt jestem obolała, niepewna swoich racji. Męczą mnie wspomnienia zdrad, których my wszyscy, mieniący się przyjaciółmi Katarzyny, dopuściliśmy się w ciągu pierwszych sześciu miesięcy od śmierci Elżbiety.

W Pałacu Zimowym, w którym zabalsamowane ciało carycy, odziane w srebrne szaty i złoty diadem, wystawiono w otwartej trumnie, by pogrążeni w żałobie poddani mogli jej złożyć hołd, czułam się jak gracz, który postawił wszystko na jeden rzut kośćmi. Oby nie trwało to długo, oby nowe rządy nastały jak najszybciej, myślałam.

Ale przez dłuższy, niespokojny czas nic ich nie zapowiadało. Ci, którzy w świętym oburzeniu krytykowali wybryki Piotra, kiedy był wielkim księciem, teraz nadskakiwali mu na wyścigi. Oto po niemal czterech dekadach Rosją znów rządzi mężczyzna! Tak jakby wszystkie niepowodzenia ostatnich dziesięcioleci można było zrzucić na kobiety i ich kaprysy.

Nie było żadnej ceremonii, żadnej koronacji w moskiewskim soborze Uspienskim. Na posiedzeniu senatu Piotr III, nowy imperator Wszechrusi, w asyście Szuwałowów ogłosił swoje ukazy. Od tej pory żaden rosyjski szlachcic nie będzie musiał służyć carowi wbrew swojej woli. Żaden żołnierz nie zostanie wychłostany knutem. Krytykowanie władcy nie będzie już przestępstwem i nie będzie trzeba tego nikomu zgłaszać. Tajna Kancelaria zostanie zlikwidowana. Dobry i litościwy car, prawdziwy ojczulek Rosji, nie widzi potrzeby szpiegowana swoich dzieci.

Każdy dzień przynosił nowe obwieszczenia, oświadczenia i ukazy, a także nowe nominacje.

Iwan Szuwałow, któremu stanowisko rektora Uniwersytetu Moskiewskiego przestało już wystarczać, został mianowany dowódcą korpusów piechoty, marynarki i artylerii w Sankt Petersburgu. Dwaj jego wujowie otrzymali nominacje na feldmarszałków, chociaż żaden z nich nigdy ani nie powąchał prochu, ani nie dobył szabli. Większość dam dworu Elżbiety opuściła pałac i wyjechała do swoich majątków, ale te, które pozostały, przyjęto na dwór Piotra. Car pragnie zapewnić przyszłość wszystkim, którzy wiernie służyli jego nieodżałowanej ciotce, słyszałam.

Czekałam więc na wezwanie, ale nie nadchodziło.

– Poproś Piotra, by przydzielił cię do mojej świty, Warieńko – namawiała mnie Katarzyna. – Ubłagaj go, jeśli nie można inaczej.

Ubrana w żałobną suknię z czarnej tafty, z włosami pod czarną chustą, Katarzyna nigdy nie wspominała o tym, że sama czeka na zaproszenia, które nie przychodzą.

– Przyjaciele mnie nie opuścili – powiedziała mi któregoś razu, kiedy przyniosłam jej kolejny list od Stanisława. – Chociaż mimo najszczerszych zamierzeń nie wszystkim zdołałam dochować wierności.

Ochmistrzyni dworu spojrzała na mnie niepewnie, kiedy wyrecytowałam moje dawne stanowiska: lektorka wielkiego księcia, dama od cesarskiego alkierza. Starałam się, by mój głos brzmiał spokojnie, mało natarczywie. Na olbrzymim, rzeźbionym biurku, które stało pomiędzy nami, piętrzyły się dokumenty, przewiązane zielonymi wstążkami. Za plecami ochmistrzyni stała jej asystentka o ziemistej cerze i gorliwie sporządzała notatki.

– Byłam wierną służącą Jej Cesarskiej Wysokości – powiedziałam.

Nowy Pałac Zimowy nadal pachniał farbą, pokostem i mokrym gipsem. *Das Fräulein* zażądała dla siebie apartamentów Iwana Szuwałowa, znajdujących się nad cesarską sypialnią, skąd wewnętrzne, wyłożone dywanem schody prowadziły wprost do komnat Piotra. Jej świta była dwukrotnie większa niż świta Katarzyny, której nie poproszono jeszcze, by wybrała swoje damy dworu. Nazajutrz po cesarskim pogrzebie oficjalna faworyta nowego cara obwiesiła się klejnotami Elżbiety.

Ochmistrzyni dworu westchnęła i poleciła mi wrócić za tydzień. Ale po tygodniu nie znalazła dla mnie nawet chwilki. To jej asystentka przydzieliła mnie do pracy w cesarskiej garderobie. Nadworna szwaczka potrzebuje pomocnic, wyseplenła. Świętej pamięci imperatorowa samych balowych sukien pozostawiła po sobie piętnaście tysięcy. A także ogromne ilości pantofli i jedwabnych pończoch. Jak również pugilaresów, parasolek, rękawiczek, kokoszników i wachlarzy, których nie ma komu posortować.

– Oczywiście jeśli to pani odpowiada, *madame* Malikina – dodała oschle.

– Będę pani bardzo zobowiązana – odparłam.

Asystentka ochmistrzyni przebiegła wzrokiem po swoich notatkach, unikając mojego spojrzenia. Mogę pozostać z córką w tymczasowym pałacu jeszcze przez jakiś czas, powiedziała, ale wkrótce powinnam rozejrzeć się za nowym lokum. Kwatery w Pałacu Zimowym nie są dla wszystkich.

Wspomnienia kolejnych dni wracają do mnie spowite w brokaty, wytłaczane aksamity i haftowane jedwabie. Przyjmują kształt żakiecików karako, sarafanów, tiulowych *fichu*. Rogówek i peruk. Spódnic i inderaków. Całych komód wypełnionych rękawami, trenami i stanikami, z których można zestawić i w ciągu jednego dnia uszyć suknię balową na wieczór. Koszy, z których wylewają się jedwabne koszulki. Kwaśna woń potu miesza się z nikłymi zapachami wody różanej i mleczka z migdałów. Wszyscy mówią tylko o nowym carze.

Wieczorami przechodziłam na drugą stronę korytarza, do komnat Katarzyny, uzbrojona w słowa, którymi można oczerniać.

Jak orzekł nowy car, „niezapowiedziane i niespodziewane inspekcje" to podstawa rządów.

Nowy imperator niezmordowanie odwiedza koszary, by sprawdzić stan żołnierskich mundurów. Mennicę, by zważyć monety. Gabinety wysokich rangą urzędników, by się przekonać, który z nich nad swoje obowiązki przedkłada dłuższy poranny sen.

– Nigdy nie myślałem, że będą mnie tak kochali – powiedział, przechodząc koło salutujących mu pałacowych gwardzistów.

Robił głupie miny do wron krążących nad ośnieżonymi polami. Podczas mszy pokazał celebransowi język. Grał na skrzypcach przez cztery godziny bez przerwy. Nazwał Rosję „przeklętym krajem". Rzucił się na kolana przed portretem Fryderyka Wielkiego, króla Prus, ślubując: „Bracie, razem podbijemy cały wszechświat!". Swą najładniejszą damę dworu wepchnął do ustronnej komnaty wraz z pruskim posłem i zażądał od nich, żeby „poprawili kondycję barbarzyńskiej rosyjskiej rasy domieszką dobrej krwi".

Ćma, myślałam o nim wtedy, ćma zmierzająca prosto w ogień, ślepa na wszystko poza migoczącym płomieniem. Nasz car. Nasza przyszłość, jeśli nie zrobimy nic, by go powstrzymać.

Katarzyna słuchała mnie, podniósłszy wzrok znad książek i notatek. Luźne fałdy jej żałobnej sukni maskowały brzemienny brzuch. Jej niebezpieczny sekret był dobrze strzeżony, osłaniany wymówką silnych migren, które wymagały leżenia w zaciemnionym pokoju, mając za całe towarzystwo starego charczącego Bijou.

– Czy Piotr kiedykolwiek wspomina o mnie, Warieńko?

– Słyszałam, jak twoją żałobę po carycy określa „robieniem przedstawienia". Przed kim ta moja żona tak się zgrywa? – pyta wszystkich wokół. Kogo chce nabrać na te swoje kiry? Wygląda w nich jak wstrętna czarna wrona. Jak długo zamierza przesiadywać w kaplicy, żegnając się bez przerwy?

– Ktoś się zaśmiał?

– Parę osób.

Parędziesiąt osób. Ale tego jej nie powiedziałam.

Szuwałowowie szeroko zarzucili sieci. Przekaz był jednoznaczny: kto się do nas przyłączy, zostanie nagrodzony. Kiedy tylko stało się jasne, że Piotr nie zamierza niczego uzgadniać ze swoją żoną, szeregi zwolenników wielkiej kiężnej zaczęły się wykruszać.

W nowym Pałacu Zimowym imię Katarzyny wywoływało na twarzach wyraz udawanego skupienia, tak jakby trzeba było wydobyć je z głębin pamięci.

– Oddalona żona cara – słyszałam lekceważące szepty – która nie śmie się pokazać publicznie. Co ją czeka? Jakaś posiadłość na zapadłej wsi? Czy klasztorna cela?

Chora, szeptano, odepchnięta, odwiedzana tylko przez nielicznych.

Jej dolegliwości nie miały większego znaczenia. Podobnie jak jej przyjaciele. Bo też i jak mieliby jej bronić? Desperacko powtarzać plotki o cesarskich gafach?

Tylko tyle?

Po raz drugi w życiu dziękowałam Bogu za braci Orłowów. Grigorij i Aleksiej zapewnili mnie, że cesarscy gwardziści nie zapomnieli o swoich obiekcjach. Nie uszło ich uwadze, iż car pokazuje się publicznie nie w zielonym mundurze Pułku

Preobrażeńskiego, ale niebieskim pruskiego pułkownika. Że zastąpił rosyjski Order Świętego Andrzeja Powołańca Orderem Czarnego Orła, przechowywanym jak relikwia podarunkiem od króla Prus.

– Nasz czas nadchodzi, Warwaro Nikołajewna. Jak tylko dziecko się urodzi. Jak tylko Katinka wydobrzeje!

Czas Orłowów, zaczęłam nazywać w myślach ten okres, ekscytujący, wartki, niebezpieczny. Grigorij i Aleksiej w akcji, zajęci pozyskiwaniem sojuszników, składaniem obietnic, rozważaniem zagrożeń, prawieniem pochlebstw, targami o poparcie. Iwan, Fiodor i Władimir, czekający na rozkazy w dużym domu przy Milionowej.

Pięciu braci gotowych oddać życie jeden za drugiego. Stojących murem po stronie Katarzyny, która nosiła dziecko Orłowa.

Grigorij i Aleksiej nie dbali o to, czy ktoś ich obserwuje. W tymczasowym pałacu, z każdym tygodniem coraz bardziej opustoszałym, pod ich zamaszystymi krokami trzęsła się podłoga. Co wieczór przynosili wieści o kolejnym zawiedzionym oficerze, o następnym arystokracie, który przyrzekł im pomoc. Kiedy głos Katarzyny się załamywał, kiedy milkła bez powodu albo zbyt długo trzymała ręce na zaokrąglonym brzuchu, bracia wymieniali spojrzenia i burzyli powagę chwili swoimi parodiami z cyklu „Orangutan i jego pruski treser" albo „Ostatnia oranienbaumska wieczerza". Dosyć sztubackie żarty, moim zdaniem, potrafiły jednak rozśmieszyć Katarzynę.

– Rzucimy go na kolana… Damy mu taką szkołę, że popamięta raz na zawsze.

Sama nie potrafiłam powstrzymać się od śmiechu, kiedy Grigorij Orłow zaczynał mówić piskliwym głosem i wymachiwać rękami jak szalony, albo imitować pruski krok defiladowy, wysoko wyrzucając wyprostowane w kolanach nogi.

Odkąd Tajną Kancelarię zamknięto, osobnicy podający się za byłych szpiegów zaczęli kupczyć donosami i spieniężać pikantne plotki. Grzechy wyznane spowiednikom sprzedawano na tuziny.

– Jeśli nie wykupisz swoich, zrobi to ktoś inny – szeptali.

Były kanclerz Bestużew, przebywający na wygnaniu w Goretowie, nie skarżył się już, że jego jedyną rozrywką jest przyglądanie się wronom walczącym o padlinę. Napisał do nowego cara, błagając go o przyzwolenie na powrót na dwór, ale nie otrzymał odpowiedzi. Mnie natomiast powierzał mądrość ludowych przysłów, którą, o czym był przekonany, doceni także Katarzyna: „Myszy tańcują, gdy kota nie czują", „Czyja kosa pierwsza, tego miedza szersza".

Cisnęłam jego list do ognia. Czas przestał być dla mnie ciągiem dworskich intryg, przybrał kształt powiększającego się brzucha Katarzyny i pierwszych ruchów nienarodzonego dziecka.

Kobiecy czas przynosi własne rozwiązania, pełne nadziei, choć niepewne skutków.

$\mathcal{P}$od koniec lutego Katarzyna pojawiała się w Pałacu Zimowym już tylko po to, żeby zobaczyć syna.

We wrześniu Paweł miał skończyć osiem lat. Nadal moczył się w nocy i znowu zaczął ssać kciuk. Kiedy hrabia Panin powiedział mu, że jego ojciec został carem, Paweł zamrugał i zapytał, co się stało z Puszokiem, kocurem cioci.

Nowy pokój dziecinny Pawła, z widokiem na zimową przeprawę po skutej lodem Newie, oddzielały od apartamentów cesarskich trzy korytarze, toteż Katarzyna mogła odwiedzać syna niezauważona przez nikogo z wyjątkiem hrabiego Panina, wychowawcy carewicza.

Gdy byłyśmy same, opowiadała mi o tych wizytach głosem ściśniętym z bólu.

– Dobrze spałeś? – pytała syna. – Podobała ci się książka, którą ci ostatnio przyniosłam? Pokażesz mi swoje nowe rysunki?

Paweł chował rumianą buzię w fałdach fartucha niańki i kręcił głową. Na błagania Katarzyny, by na nią spojrzał, podnosił głowę, rzucał matce spłoszone spojrzenie i zaraz opuszczał ją z powrotem.

– To wszystko sprawka Piotra, Warieńko! – mówiła Katarzyna. – Chce mnie odsunąć nawet od mojego własnego syna!

Nie podobały mi się jej pełne gniewu oczy, mocno zaciśnięte pięści. W jej łonie dojrzewało dziecko. Jak łatwo myślom matek kształtować nienarodzone życie, jak łatwo je skrzywdzić.

Starania Katarzyny, by zjednać sobie syna, nie przynosiły żadnych rezultatów. Gdy tylko zjawiała się w pokoju dziecinnym, drobną twarz carewicza wykrzywiał zawzięty grymas. Co miała robić? Wychodziła we łzach.

– A może ty poszłabyś do Pawła, Warieńko? – zapytała mnie po kolejnej katastrofalnej wizycie. – I wzięłabyś ze sobą Darię? – Ta myśl nią zawładnęła. Rozpogodziła jej twarz. – Byłabym wtedy o wiele spokojniejsza – ciągnęła Katarzyna, schwyciwszy mnie oburącz za rękę i przycisnąwszy ją do serca. Wystarczyłaby jej świadomość, że nasze dzieci bawią się razem. I szansa, choćby niewielka, żebyśmy ja albo Daria mogły przypomnieć Pawłowi, iż ma matkę, która go kocha.

Prośba Katarzyny wciąż dźwięczy mi w uszach. Usilna i pełna nadziei.

– Przyjaźnimy się od tak dawna, Warieńko. Obie przekonałyśmy się o sile zawiści. Obie wiemy, jak wiele już zostało zaprzepaszczone. I co jeszcze mamy do stracenia.

Jak mogłam jej odmówić?

W marcu zaczęły się koszmary. Sny o rozpłatanych brzuchach i wodach zalewających komnatę.

– Jakby nasłane przez diabła, *madame* – bezmyślnie rzuciła zaufana służąca, która po mnie przybiegła.

Pośpieszyłam do sypialni Katarzyny. Szczękała zębami; wargi miała sine. Mamrotała coś o noworodkach oplątanych pajęczyną, niemowlętach z płetwami i skrzydłami, dzieciach bez ust, pozbawionych oczu.

Ona także była w Kunstkamerze. Ona również widziała monstra Piotra Wielkiego.

Wysłałam Maszę na Milionową po Orłowów, a Katarzynie podałam herbatę osłodzoną białym miodem i szklankę kwasu malinowego. Kiedy to nie pomogło, zaproponowałam szybki spacer po pustych korytarzach.

Gdy wróciłyśmy do jej komnat, Grigorij Orłow już tam czekał.

– Katinka, głuptasie! – wymruczał, porwawszy ją na ręce, jakby była lekka jak piórko.

Poczekałam, aż zamkną się za nimi drzwi jej sypialni, i wyszłam.

W pierwszym tygodniu kwietnia Piotr III, imperator Wszechrusi, przybył do cesarskiej garderoby na jedną ze swoich słynnych inspekcji. Był ubrany w niebieski pruski mundur. *Das Fräulein*, uczepiona jego ramienia, wodziła wzrokiem po sukniach ułożonych na stołach, usiłując oszacować ich wartość.

– I to wszystko należało do niej?! – wykrzyknęła. Na jej palcu zamigotał krwistoczerwony granat oprawiony w białe złoto. Ulubiony pierścień Elżbiety. Czarne oczy *das Fräulein* prześlizgnęły się po mnie, jakbym była powietrzem.

Car Rosji zdjął perukę. Skórę jego łysiejącej głowy pokrywały nabiegłe krwią pęcherze i strupy, efekt ciągłego drapania.

– A więc tu się znalazłaś, Warwaro – powiedział, zwracając się w moją stronę. – Zastanawiałem się, co się z tobą stało. Dobrze cię tu traktują?

Z powrotem nałożył perukę i zerknął w lustro, żeby sprawdzić, czy dobrze leży; od razu zauważył kosz z drewnianymi manekinami, pandorami Elżbiety. Wyjął jedną z nich, nagą, z wykręconymi do tyłu rękami, i uniósł nad głowę niczym trofeum.

– Tak, Wasza Cesarska Wysokość – odpowiedziałam. – Traktują mnie tu bardzo dobrze.

– To znakomicie – powiedział i wrzucił pandorę do kosza. – W takim razie pokaż mi księgi.

Nadworna szwaczka podała mi ciężki, oprawny tom i wycofała się; na jej twarzy malowała się uraza, że ją pominięto. Pozostałe szwaczki pochylały się nad swoim szyciem, rzucając ukradkowe spojrzenia na cara. Już sobie wyobrażałam te okrzyki zachwytu po jego wyjściu: Jaki przystojny! Jaki elegancki! Jaki łaskawy!

Otworzyłam księgę na chybił trafił i pokazałam mu listę sukien balowych, sukien porannych i kostiumów na maskarady.

Das Fräulein ziewnęła, ale Piotr nie zwrócił na to uwagi. Polizał palec wskazujący i zaczął przewracać strony; niektóre zatrzymywały go dłużej niż inne. Zastanawiało mnie, co przykuwa jego uwagę. Opis? Cena? Nazwiska nowych posiadaczek przy sukniach, które Elżbieta oddała w prezencie?

Z marsową miną zamknął księgę.

– Wszystko jest po rosyjsku – poskarżył się.

Zmilczałam. Rozkaże nam teraz prowadzić księgi po niemiecku? Czy po francusku?

Nic takiego się nie stało. Wręczył mi natomiast cały plik dokumentów. Były to, jak się przekonałam, listy i petycje. W jednym z listów pan Porter, kupiec bławatny z Sankt Petersburga, skarżył się, że nadal nie otrzymał zapłaty za ostatnią dostawę materiałów. W jednej z petycji służąca z cesarskiej gotowalni prosiła o jedwabną koszulę, którą caryca obiecała jej jeszcze przed śmiercią.

Przyrzekłam, że zajmę się tym natychmiast.

– Znakomicie – powiedział Piotr. Wyszczerzył zęby w szerokim uśmiechu. *Das Fräulein* pochyliła się ku niemu, by strzepnąć coś niewidocznego z jego ramienia. Włos? Nitkę?

Inspekcja była skończona.

Czekałam, aż car opuści komnatę, ale on zwrócił się do mnie jeszcze raz.

– Kiedyś byłaś moją przyjaciółką – odezwał się ściszonym, chłopięcym głosem, który pamiętałam z czasów, gdy czytałam mu gazety i depesze.

– Nadal jestem przyjaciółką Waszej Cesarskiej Wysokości. – Starałam się, żeby mój własny głos brzmiał pewnie i przekonująco.

Przyjrzał mi się badawczo, jakby rozważał prawdziwość moich słów, ale jego następne pytanie nie miało już ze mną nic wspólnego.

– Słyszałem, że wielka księżna nadal pisuje do hrabiego Poniatowskiego. Czy to prawda, Warwaro?

Wymamrotałam jakieś oględne zaprzeczenie, które zbył zniecierpliwionym pstryknięciem palców. Zmrużył oczy. Serce mi zamarło. Kiedy znów się odezwał, jego głos był już inny. Ostry i rozdrażniony.

– Niektórzy nazywają mnie głupcem, Warwaro. Ale bezpieczniej zadawać się z uczciwym głupcem niż ekscentrycznym geniuszem. Moja żona wyciśnie cię jak pomarańczę – a resztki wyrzuci!

To było już jej trzecie dziecko i urodziło się bez komplikacji.

– Chyba doszłam do wprawy, Warieńko – wymruczała Katarzyna, kiedy położna krzątała się przy powijakach.

W czwartek 11 kwietnia trzymałam na ręku nowo narodzonego syna Grigorija Orłowa. Miał czerwoną twarzyczkę i ssał mój kciuk, ale kiedy podałam go matce, zasnął. Był pierwszym dzieckiem, które Katarzyna mogła przytulić po porodzie.

W antyszambrze Grigorij Orłow chodził niespokojnie od ściany do ściany.

Otworzyłam drzwi. Grigorij rzucił się w moją stronę i chwycił moje dłonie.

– Jak Katinka? – zapytał bez tchu. – Wszystko w porządku?

Kiwnęłam głową. Próbowałam mu powiedzieć, że ma syna, ale uczucie ulgi odebrało mi głos. Odsunęłam się na bok i wpuściłam go do środka. Ustawiłam się przy drzwiach, czekając na znak Katarzyny.

Nie mieli dużo czasu. Zaledwie na uścisk, kilka czułych słów. Listy, które Katarzyna napisała na wypadek, gdyby umarła w połogu, z nienaruszonymi pieczęciami płonęły w kominku.

Aleksiej Orłow przyrzekł, że będzie nas chronił, i słowa dotrzymał. Z pomocą kilku zaprzyjaźnionych gwardzistów – wszyscy oni należeli do spisku, mającego wynieść Katarzynę do władzy – podłożył ogień pod opuszczony dom, stojący w pobliżu tymczasowego pałacu, żeby odwrócić uwagę od krzyków Katarzyny. Dowiedziałam się później, że wybuchł wielki pożar, płomienie trawiły ściany i buchały z okien. Sufit się zawalił, belki z hukiem runęły w żar i kłęby dymu. Kurczęta z osmalonymi piórami uciekały z kurnika, świnie z głośnym kwikiem ganiały po podwórzu. Tłum gapiów gwarantował, że nikt, kto opuści pałac przy bulwarze Wielkim z zawiniątkiem w ramionach, nie będzie śledzony.

Katarzyna nadała dziecku imię Aleksiej Grigorijewicz.

Ucałowała synka, po czym oddała mi go i odwróciła się. Owinęłam dziecko w błam bobrowej skóry i zaniosłam bezdzietnej parze, która zgodziła się nim zaopiekować. Byli lokaj i jego żona rozpływali się ze szczęścia, kiedy podałam im noworodka.

– Tylko do czasu, kiedy matka będzie mogła go odebrać – zastrzegłam. – Ani chwili dłużej.

*P*o szczęśliwym rozwiązaniu Katarzyny przygotowania do przewrotu pałacowego pochłonęły nas bez reszty.

Orłowowie się nie mylili. Pięć miesięcy po objęciu władzy przez Piotra liczba spiskowców przerosła najśmielsze oczekiwania pałacowej gwardii.

W maju wojska rosyjskie dowodzone przez Suworowa zdobyły twierdzę Kołobrzeg. Zwycięstwo uznano za decydujące. Wszyscy mówili o przełamaniu linii pruskiej obrony i zajęciu Prus Wschodnich.

Z początku Piotr nie ukrywał swojego niezadowolenia z porażki Prus. A potem zrobił coś jeszcze gorszego: zaproponował Fryderykowi pokój. Król Prus nazwał tę decyzję „cudem domu brandenburskiego". Był to pokój bez żadnych roszczeń, zwrot, który ocalił chwiejące się w posadach królestwo Fryderyka.

Sankt Petersburg z niedowierzaniem wstrzymał oddech.

I to ma być odpłata za naszych mężów, synów i braci, którzy zginęli w krwawych bitwach pod Groß-Jägersdorfem i Sarbinowem? – pytali ludzie.

W miarę jak przychodziły kolejne raporty o radości Prusaków z tak niespodziewanej odmiany losu, miesiące, które Aleksiej spędził na zdobywaniu sojuszników pochlebstwami i obietnicami, zaczynały przynosić plon. Hrabia Cyryl Razumowski, brat „cara nocy", zadeklarował swoje poparcie dla Katarzyny. Tak samo postąpili książę Trubecki i książę Repnin. Tylko hrabia Panin, wychowawca carewicza Pawła, jeszcze się wahał. Szczerze podziwia wielką księżnę, powiedział, ale nie chce kolejnej kobiety na rosyjskim tronie.

– Nawet w charakterze regentki jej syna? – kusił go Aleksiej.

Za każdym razem kiedy przynosiłam jej nowe wieści, Katarzyna wyglądała promienniej. Nie było po niej widać, że wstawała o świcie, a kładła się spać późną nocą. Porzuciła lekturę i zajmowała się pisaniem listów z prośbą o pożyczki, negocjowaniem cen papierów wartościowych i łagodzeniem zniecierpliwionych wierzycieli obietnicami przyszłych nagród. Na Wyspie Wasiljewskiej drukarz, który pamiętał jeszcze mego ojca i przyrzekł mi pełną dyskrecję, drukował proklamację Katarzyny: „... wolność od wszelkiego poniżenia i ucisku... wolność od przemocy i wolność od lęku". Obietnicę, że jej Rosją będą rządziły rozum i prawo. Hrabia Panin, który w końcu dał się przekonać, że Katarzyna obejmie władzę w zastępstwie Pawła, przyłączył się do spisku.

Każde poniedziałkowe popołudnie Daria spędzała w cesarskim pokoju dziecinnym, bawiąc się z wielkim księciem Pawłem. Zaprowadzałam ją tam sama albo robiła to Masza, a służące wpuszczały nas bez pytania.

Daria uwielbiała te wizyty. Paweł miał łamigłówki do rozwiązywania, bąki do nakręcania, całą kolekcję gwizdków, wielkiego konia na biegunach. Razem ganiali po pałacowych korytarzach i bawili się w chowanego w pustych komnatach wokół jego pokoju. Czasem Paweł prosił ją, żeby mu poczytała; czasem Daria uczyła go nowego tańca, który właśnie opanowała.

– Powiedziałaś wielkiemu księciu, że jego *maman* za nim tęskni? – pytałam Darię przy każdej okazji.

Powiedziała, ale jej słowa nigdy nie wywoływały reakcji innej niż wzruszenie ramion albo zakłopotane spojrzenie.

Wcale mnie to nie dziwiło.

Paweł nie potrzebuje słów, tylko czasu, myślałam. Czasu spędzonego z matką. Tylko we dwoje. Nieśpiesznego czasu na dziecinne błahostki. Czasu, który leczy rany.

Ale nie było sensu mówić Katarzynie o tym, o czym sama świetnie wiedziała.

W czerwcu z nastaniem białych nocy zapanował nastrój zniecierpliwienia. Nabrzeżem Newy, oświetlonym światłem słonecznym mimo zbliżającej się północy, włóczyły się bezpańskie psy, zakłócając ciszę swoim powarkiwaniem i skowytem. Nad bulwarem Wielkim unosiła się woń topionego smalcu zmieszana z zapachem pieczonego chleba i słodowanego jęczmienia.

W cesarskiej garderobie te suknie Elżbiety, do których nie zgłosiły pretensji ani *das Fräulein* ani damy dworu, pruto, rozdzielając je na sztuki materiału i łokcie obszyć. Krawcy z petersburskich domów mody stanęli do przetargu na najlepsze kawałki wstążek, koronek i haftów. Wszystko, co nie zostało kupione, zniknęło. Skrawki cesarskich jedwabi zaczęto sprzedawać w kramach na tatarskim targu i wkrótce tak lubiane przez Elżbietę odcienie różu pojawiły się na obszyciach sukien żon kupców wkładanych na niedzielną mszę.

W pałacu tymczasowym pokojówki Katarzyny zaczęły pakowanie, ale tym razem nie chodziło o doroczne letnie przenosiny na wieś. Car ogłosił, że w tym roku do Oranienbaumu zamierza udać się w towarzystwie *das Fräulein* oraz następcy tronu. Jeśli wielka księżna także chciałaby uciec z miasta przed skwarem, ma do dyspozycji stary pawilon Mon Plaisir przy pałacu w Peterhofie. A w sierpniu, kiedy tylko dwór powróci do Sankt Petersburga,

Katarzyna będzie musiała się przenieść do przeznaczonego dla niej czteropokojowego apartamentu w Pałacu Zimowym, oddzielonego od komnat cara pięcioma korytarzami.

Pałac tymczasowy zbyt długo był solą w cesarskim oku. Miał zostać zrównany z ziemią.

W naszych pokojach także zaczęło się pakowanie. Masza owinęła portret Igora w stare prześcieradła i spakowała stare zabawki i sukienki Darii, lekceważąc moje prośby, żeby te, z których Daria wyrosła, oddać pomywaczkom dla ich dzieci.

– Nigdy nie wiadomo, co się może przydać – wymruczała Masza, uciekając leniwym okiem przed moim spojrzeniem. A poza tym nie ma powodów, żeby się ograniczać: słyszała, że w nowym Pałacu Zimowym nawet dworki *das Fräulein* mają komnaty dwukrotnie większe niż te, w których teraz mieszkamy.

– Bo przecież tam się przenosimy? – zapytała. – Do pałacu?

Nie odpowiedziałam.

Nie chciałam kusić losu.

Wiedziałam, że przewrót pałacowy to nie zwykły rzut kośćmi jak inne pałacowe gry.

Czym się skończy, zwycięstwem czy klęską? – myślałam, patrząc na moją córkę, zajętą odrabianiem lekcji albo zabawą. W ciągu ostatnich miesięcy jej ciało zaczęło dojrzewać, zdradzając pierwsze zarysy kobiecej sylwetki. A jednak często patrzyła na mnie uległym, bezbronnym spojrzeniem, tak jakby wciąż jeszcze była małą dziewczynką. Na stoliku przy jej łóżku leżała księga baśni, w pięknej oprawie ze złoceniami, prezent od hrabiego Poniatowskiego. Stanisław liczył na wiadomości, choćby najbardziej błahe, i pytał, czy przypomniałam Zofii o jego obietnicy powrotu do Sankt Petersburga. „O niektórych marzeniach nie sposób zapomnieć, nie wyrzekłszy się przy tym części własnej duszy" – pisał.

Wzdrygnęłam się na myśl o przyszłości, w której moja córka musiałaby żyć wspomnieniami o moim dotyku.

$\mathcal{A}$ potem, w przeddzień wyjazdu dworu do Oranienbaumu, wydarzył się przykry incydent.

Rozpoczynając uroczysty bankiet, Piotr wzniósł toast za zdrowie rodziny cesarskiej. Wszyscy biesiadnicy z entuzjazmem podnieśli się z miejsc, gotowi za nie wypić. Wszyscy z wyjątkiem Katarzyny.

– Za zdrowie rodziny cesarskiej! – powtórzył Piotr, patrząc prosto na żonę.

Goście i dworzanie zamarli, niepewni, czego są świadkami. Czy car chciał, żeby Katarzyna powstała, mimo że sam siedział? Czy nie pili za zdrowie zarówno jego, jak i jego żony? Chyba nie chciał zakomunikować w ten sposób Katarzynie, że ona nie należy już do rodziny cesarskiej?

Zapadła długa i niezręczna cisza.

– Za zdrowie rodziny cesarskiej! – powtórzył Piotr po raz kolejny i upił wreszcie łyk wina. Na ten znak wszyscy z ulgą wychylili swoje puchary.

Bankiet się rozpoczął, filiżanki zaczęły podzwaniać o spodeczki, serwetki pokryły się plamami masła i ciemnego sosu grzybowego, błyszczące od tłuszczu usta otwierały się szeroko. Lecz kiedy tylko toast został spełniony, *das Fräulein* zwróciła się ku carowi. Pokręciła głową i pogładziła go po ramieniu. Piotr pochylił się ku niej, wyciągając szyję.

Chwilę później cesarski generał podszedł do Katarzyny. Głosem na tyle donośnym, by wszyscy go usłyszeli, powiedział:

– Jego Cesarska Mość zapytuje, dlaczego Wasza Wysokość nie wstała na czas toastu.

– Czy rodzina cesarska nie składa się z Waszej Wysokości, mnie oraz naszego syna? – Katarzyna była bardzo blada, ale jej głos nie zdradzał żadnych oznak zdenerwowania. Wszyscy umilkli.

– *Dura*! – wrzasnął Piotr.

Głupia. Car nazwał swoją żonę głupią.

Dowiedziałam się o tym kilka godzin później, w komnacie Katarzyny w tymczasowym pałacu. Aleksiej Orłow błagał mnie, żebym pomogła jego bratu uspokoić wielką księżnę.

– Zapłaci za to, Katinko, przysięgam! – rozwścieczony głos Grigorija Orłowa zagłuszał szloch Katarzyny. – Nie pozwolę mu tak cię poniżać!

Nadal miała na sobie tę samą suknię, którą nosiła na bankiecie; mlecznobiała skóra jej ramion przeświecała przez czarną, żałobną koronkę. Zanosiła się tłumionym łkaniem, wtulona w szeroką pierś Grigorija.

– Ten tchórz! Ten cherlak! – grzmiący głos jej kochanka odbijał się od gołych ścian, z których tylko co zdjęto draperie. – Będzie cię jeszcze błagał o wybaczenie. O miłosierdzie! Zobaczysz, Katinko. Zobaczysz.

Włączyłam się do zapewnień Grigorija.

– Twoi przyjaciele nigdy cię nie opuszczą – powiedziałam. – Przyglądamy się temu, co się dzieje. Niczego nie zapomnimy.

Ale Katarzyna nie dawała się pocieszyć.

– Jedź do Peterhofu, Katinko. Zaczekaj tam, aż sobie ze wszystkim poradzimy. Co tydzień będę do ciebie przyjeżdżał i przywoził wieści.

Zobaczyłam, jak dłoń Grigorija głaszcze Katarzynę po plecach, ześlizguje się po lśniącej tafcie jej żałobnej sukni i zatrzymuje u podstawy jej sznurówki.

– Pod koniec sierpnia, kiedy wróci do Sankt Petersburga, pojmiemy go u bram. Przywiedziemy go do ciebie w kajdanach!

Katarzyna nie podnosiła wzroku, a ja modliłam się, byśmy nie musiały tak długo czekać.

Rankiem 28 czerwca, w przeddzień uroczystości świętych Piotra i Pawła, imienin cara i carewicza, Aleksiej Orłow zaskoczył mnie w moim saloniku w tymczasowym pałacu wiadomością, że nasz sojusznik pułkownik Passek został aresztowany.

Piotr bawił w Oranienbaumie razem z *das Fräulein* i wielkim księciem. Katarzyna przebywała w pawilonie Mon Plaisir na skraju pałacowych ogrodów Peterhofu, w których następnego dnia miała się odbyć wielka imieninowa feta.

W swoich znoszonych spodniach do jazdy konnej i dopasowanym kaftanie Aleksiej wyglądał jak typowy młody weteran wojny pruskiej, niepewny, co ze sobą zrobić. Czuć było od niego wódką.

– Nie mamy czasu do stracenia, Warwaro Nikołajewna – powiedział mi. – Passek wie, gdzie ukryliśmy wydrukowane kopie manifestu Katarzyny, ogłaszającego objęcie przez nią władzy. Jedna runda tortur wystarczy, by nasz spisek wyszedł na jaw. Katarzyna musi natychmiast wracać do stolicy. Musi sięgnąć po tron teraz, dopóki car nie wie, co się dzieje.

Poczułam, jak oblewa mnie zimny pot. Przez szparę w zasłonach do pokoju wsączało się poranne światło jak do więziennej celi.

Wpatrzyłam się w twarz Aleksieja, w zygzak blizny na jego policzku. Przypomniały mi się żartobliwe wyjaśnienia, skąd się wzięła: raz dosięgła go pruska szabla, kiedy indziej ostry róg jednorożca.

– Jest w bezpiecznym miejscu – powiedział Aleksiej.

Miał na myśli syna Grigorija, swojego małego bratanka, który aż kwilił z radości, kiedy się nad nim pochylałam. Ostatnim razem, kiedy odwiedzałam synka Katarzyny, usłyszałam, jak jego mamka nazywa go „naszym złociutkim carewiczem". Była zraniona do żywego, kiedy kazałam jej uważać na słowa.

Zauważyłam przebłysk dumy, z jaką Aleksiej wymawiał imię swojego bratanka: Aleksiej Grigorijewicz.

Czy domyślałam się już wtedy? Odgadłam, jak daleko sięga ambicja Orłowów? Jak wielkie są długi, które Katarzyna będzie miała do spłacenia? Jeśli tak, nie przyznawałam się do tych myśli nawet sama przed sobą.

Przez głowę przemknęło mi wspomnienie o Igorze, o goryczy, z jaką skarżył się, że dworskie intrygi podkopują siłę armii. „Tak jakby Rosja nie miała prawdziwych wrogów" – powiedział.

Masza włożyła mi do rąk naszą kopię rocznika dworskiego, prosząc, żebym jej przeczytała nazwiska żołnierzy z pułku Igora, którzy otrzymali odznaczenia albo awans. Było ich tak niewielu. Co miałam powiedzieć naszej wiernej służącej, która zastanawiała się, kim byłby teraz jej pan, gdyby żył? Nadal porucznikiem? Ciągle w długach?

Pomyślałam o małym carewiczu w Oranienbaumie, o straszliwym zamęcie, jaki zapanuje na wieść o zamachu stanu. Puste korytarze, zrozpaczone niańki. „Przysięgnij, że nie pozwolisz go nikomu skrzywdzić" – powiedziała Elżbieta na łożu śmierci. „Na życie swojej córki".

– Pojadę do Oranienbaumu – oznajmiłam Aleksiejowi Orłowowi. – Zabiorę ze sobą Darię. Paweł nas dobrze zna. Pojedzie z nami, jeśli go o to poproszę.

Aleksiej obrzucił mnie pełnym obawy spojrzeniem.

– Nie boisz się?

– Nie – skłamałam. – Gdzie Grigorij?

Grigorij był w koszarach, zabiegając o poparcie gwardzistów z Pułku Izmaiłowskiego. Pozostali trzej bracia czekali w domu na jego rozkazy.

W sąsiednim pokoju Daria pytała Maszę:

– Czy to wujek Aleksiej? Dlaczego nie mogę się z nim zobaczyć?

– Czas na mnie, Warwaro Nikołajewna – powiedział Aleksiej. – Powiedz Darieńce, że wrócę.

*K*azałam Maszy przygotować nasze stroje podróżne.

– Szybko! – nagliłam. – Wyjeżdżamy natychmiast.

Oszacowałam czas podróży. Sankt Petersburg dzieliło od Peterhofu dwadzieścia osiem wiorst. Sześć godzin jazdy powozem, jeśli po drodze dwukrotnie każę zmienić konie.

Zdrowe oko mojej starej służącej popatrzyło na mnie przeciągle i chmurnie. Masza wiedziała, co się dzieje, bo nie miałam innego wyjścia jak powierzyć jej nasze sekrety. Jeśli zamach stanu się powiedzie, przywiozę pierworodnego syna Katarzyny do Pałacu Zimowego, gdzie będą go chronić gwardziści ze wszystkich pułków. Jeśli zamach zostanie udaremniony i trafię do więzienia, Masza zabierze Darię na zachód, do Warszawy. Podwójne dno naszego skórzanego podróżnego kufra kryło złote ruble i list do hrabiego Poniatowskiego – gorącą prośbę, by zaopiekował się moją córką.

Usłyszałam, jak Masza mamrocze błogosławieństwo. Poczułam dotyk jej ręki na czole. Zauważyłam, że jej palce wyginają się pod dziwnym kątem. Już wcześniej widziałam, z jakim trudem nawleka igłę.

Daria wyczuła, że to nie jest zwykła wycieczka.

– Dokąd jedziemy, *maman*?

– Do Oranienbaumu – odparłam, siląc się na wesołość. – Odwiedzić wielkiego księcia Pawła.

Dotrzymać przysięgi, którą złożyłam na twoje życie, pomyślałam.

Rozkazałam stangretowi zatrzymać się przed tylnym wejściem do oranienbaumskiego pałacu. Miałam nadzieję, że nikt nie zwróci uwagi na nieoznakowany powóz, który odjedzie, kiedy tylko wejdziemy do środka.

Gdy wysiadłyśmy, wygładziłam Darii suknię i wzięłam ją za rękę.

– Spokojnie – powiedziałam jej. – Teraz nie musimy się już śpieszyć.

Poszłyśmy korytarzem dla służby i tylnymi schodami wspięłyśmy się na drugie piętro. U szczytu schodów zatrzymałam się, żeby spojrzeć w głąb korytarza. Był pusty.

Minęłyśmy konny portret Piotra Wielkiego, przebijającego kopią niedźwiedzia, i sfałdowany arras, przedstawiający Adama i Ewę w raju pośród swawolących jagniąt i lwów.

Przez drzwi pokoju dziecinnego usłyszałam śmiech Pawła, jego radosny pisk i tupot. A potem drzwi raptownie się otworzyły i wypadł przez nie car, osłaniając głowę rękoma. W ślad za nim poszybowała poduszka, ale chybiła i spadła na podłogę. Serce załomotało mi w piersi.

– Pudło! Nie trafiłeś! – zaintonował Piotr głosem śpiewaka operowego.

Drzwi pokoju dziecinnego zamknęły się z głośnym trzaskiem.

– A właśnie, że tak! – upierał się Paweł wewnątrz.

Zawahałam się, ale byłyśmy zbyt blisko, żeby wycofać się niepostrzeżenie. Schować się nie było gdzie. Poza tym miałam ze sobą Darię, która cieszyła się już na myśl, jak bardzo Paweł uraduje się na nasz widok.

Car, ubrany w niebieską *robe de chambre*, bez peruki, nadal zanosił się od śmiechu, kiedy nas zauważył.

– Warwara Nikołajewna! Co cię tu sprowadza?

Złożyłam mu ukłon, ciągnąc Darię za rękę, żeby zrobiła to samo, ale car zbył to niecierpliwym gestem.

– Nie róbcie ceremonii. Nie jesteśmy w Pałacu Zimowym – mrugnął do Darii i dał jej znak, żeby się zbliżyła. Puściłam jej rękę; zrobiła ostrożny krok naprzód.

– Przysyła mnie wielka księżna, Wasza Cesarska Wysokość – powiedziałam, wskazując na zamknięte drzwi pokoju dziecinnego. Ze środka słychać było odgłosy bieganiny. – Z prezentem imieninowym – dodałam szybko. Natychmiast zaczęłam przeklinać w duchu moją głupotę: na pierwszy rzut oka było widać, że przychodzę z pustymi rękami.

Nie jestem pewna, czy car w ogóle mnie dosłyszał, ponieważ usiłował właśnie nakłonić Darię, żeby wsunęła rękę do jego kieszeni. Zobaczyłam, jak moja córka wyjmuje z niej całą garść cukierków.

– To tajemnica! – zaszczebiotała Daria. – Musisz przyrzec, że nikomu nie powiesz.

Wpakowała sobie cukierki do ust, zanim zdążyłam ją powstrzymać.

– Wasza Cesarska Wysokość… – dopowiedziałam za nią.

Car zachichotał i położył rękę na sercu.

– Przysięgam.

Następnie zwrócił się do mnie.

– To mówisz, że *Madame* Dobra Rada ma dla syna jakąś nie-spodziankę?

– Tak – potwierdziłam.

– W takim razie wejdźcie – powiedział beztrosko i zostawił nas same. Popatrzyłam za jego oddalającą się tyczkowatą, nie-zgrabną sylwetką. Wymachiwał długimi ramionami i mamrotał coś pod nosem.

Zanim zapukałam do drzwi cesarskiego pokoju dziecinne-go, zdjęłam rękawiczki. Dopiero wtedy uświadomiłam sobie, jak spotniałe mam dłonie. I jakie zimne.

Wieczorem w przeddzień zamachu Daria bawiła się z Pawłem, pomagając mu wznosić fortyfikacje z poduszek i koców. Po kolacji, złożonej z ananasów i lodów, wielki książę udawał, że jest żołnierzem przypuszczającym szturm na twierdzę, a Daria z za-pałem odgrywała rolę księżniczki, porwanej i rzuconej niedźwie-dziom na pożarcie.

– Nie ruszaj się! – ostrzegał ją Paweł z przejęciem. – Udawaj, że nie żyjesz!

Patrzyłam na jego twarz, zaczerwienioną z wysiłku, o szeroko rozstawionych oczach, wąskich wargach, małym, zadartym nosie. Ma rysy Piotra, uznałam. Żeby odeprzeć rosnący niepokój, zaczę-łam myśleć o nocy sprzed ośmiu lat, kiedy się urodził, o rozpaczy jego matki, której nie pozwolono nawet dotknąć syna.

W Peterhofie ogrodnicy w ramach przygotowań do jutrzejsze-go święta zaczęli już pewnie wynosić z oranżerii olbrzymie donice z drzewami cytrusowymi i ustawiać je wzdłuż alejek. Tegorocz-ne cesarskie imieniny miały być obchodzone wyjątkowo hucznie.

Kiedy służące ułożyły Pawła do snu, wielki książę poprosił mnie, bym przy nim posiedziała. Zamknął oczy i leżał w milczeniu przed dłuższy czas, ale kiedy już uznałam, że zasnął, i wstałam, żeby zgasić świecę, znienacka się odezwał.

– Ciocia czasem przychodzi do mnie we śnie – miał na myśli Elżbietę Piotrowną, swoją cioteczną babkę. – Mówi, żebym się nie bał.

– A czego miałbyś się bać? – zapytałam.

– Nie wiem. Ale czasami się boję.

– Wszyscy się czasem boimy.

– Nawet porucznik Orłow?

– Tak, nawet on.

Zaczęłam się zastanawiać, kto wymienił przy Pawle nazwisko Orłowa – i w jakich okolicznościach.

W pałacowych ogrodach kwitły bzy, przesycając powietrze ciężkim i aż mdląco słodkim zapachem. Gdzieś w oddali ktoś stroił gitarę.

– Chcesz się ze mną pomodlić za duszę carycy Elżbiety? – zapytałam wielkiego księcia.

Paweł spojrzał na mnie z ukosa i kiwnął głową. W jego oczach zabłysły łzy.

– Wieczny odpoczynek racz jej dać, Panie... – zaczęłam głośno odmawiać modlitwę za zmarłych, ale tak naprawdę modliłam się o zadośćuczynienie i nadzieję. O to, by wszystko, co zniszczyła Elżbieta, dało się naprawić, a to, co otaczała tajemnicą, stanęło w pełnym blasku prawdy za nowego panowania.

Podczas gdy ja czuwałam nad śpiącymi dziećmi w oranienbaumskim pałacu, w odległym o dwie godziny jazdy Peterhofie na niedużym dziedzińcu pod pawilonem Mon Plaisir czekał zwykły fiakier zaprzężony w parę koni pocztowych.

– Nie możemy już dłużej czekać. Czas na proklamację – powiedział Aleksiej, zapukawszy do drzwi Katarzyny.

– Teraz? – zdziwiła się. – Dlaczego?

W srebrzystym półmroku białej nocy Katarzyna ubierała się pośpiesznie przy wtórze niecierpliwych kroków Aleksieja, który czekał pod drzwiami jej sypialni. Pokojówki przygotowały jej ubranie: koszulę, sznurówkę, pończochy, pantofelki i jej prostą czarną żałobną suknię.

Po przeciwnej stronie ogrodu psy zwietrzyły już obcy zapach przybysza. Wskutek ich zawziętego ujadania zapalały się kolejne światła. Ktoś przenikliwie zagwizdał. Bolesny skowyt przeszedł w ciche skomlenie.

– Aresztowano Passka. Nie ma czasu do stracenia – odpowiedział pośpiesznie Aleksiej.

Katarzyna w obecności pokojówek przeżegnała się i skłoniła przed ikoną. Dwadzieścia jeden lat wcześniej w podobnej sytuacji Elżbieta poprzysięgła, że jeśli Bóg pozwoli jej zostać imperatorową Wszechrusi, za jej rządów nikt nie zostanie skazany na śmierć.

Jeśli Katarzyna złożyła tej nocy w Mon Plaisir jakąkolwiek przysięgę, nigdy mi o tym nie powiedziała. Rozkazała pokojówkom wracać do łóżek i wypiła kilka łyków wody. Musiała wyruszyć, zanim obecność Aleksieja zostanie zauważona.

Jej fryzjer, Kozłow, czesał ją w powozie pędzącym w stronę Sankt Petersburga. Dwie godziny później Grigorij spotkał się z Katarzyną w pół drogi, czekając ze świeżymi końmi, gdy jej zaczynały już opadać z sił. Razem pognali w stronę koszar.

Aleksiej i Grigorij wykonali swoje zadanie jak należy. Kiedy Katarzyna o świcie przybyła do koszar, gwardziści już na nią czekali.

Wysiadła z powozu i stanęła przed nimi, poważna, w czerni; jej żałobna suknia była widomym znakiem, że Katarzyna, inaczej niż jej mąż, nie zamierza zapomnieć o zmarłej carycy. Głos jej nie zadrżał, twarz miała spokojną.

– Car ulega wpływom wrogów Rosji – powiedziała gwardzistom. – Wydał rozkaz, żeby mnie aresztowano. Obawiam się o życie moje i mojego syna.

Zerwał się huragan oburzonych okrzyków, którym Katarzyna pozwoliła wybrzmieć, zanim podjęła:

– Car odmawia mi i mojemu synowi prawowitych miejsc u swego boku. Wy, najlepsi synowie Rosji, wiecie, czego potrzebuje nasza umiłowana ojczyzna. Uciekam się pod waszą obronę. Mój los powierzam w wasze ręce.

Ile potrafi przekazać głos: determinację władczyni, prośbę kobiety. Jej słowa powitał grzmot oklasków; z koszar gruchnęły gromkie wiwaty.

– Nikt cię nie skrzywdzi, pani! – krzyczeli gwardziści. – Póki my żyjemy!

Słysząc okrzyki „Wiwat! Wiwat!", Katarzyna wiedziała, że wygrała pierwszą rundę. Rozpromieniona, olśniewająca, stała triumfalnie wyprostowana, kiedy gwardyjskie pułki: Izmaiłowski, Siemionowski i Preobrażeński kolejno składały jej przysięgę wierności. Żołnierze całowali jej wyciągnięte dłonie i zakurzony po podróży rąbek żałobnej sukni. Rzucali się do stóp Katarzyny, z oczami błyszczącymi jak srebrzyste kulki rtęci w rękach dziecka, i nazywali ją matuszką, swoją małą mateczką. Swoją carycą.

Na kolanach, z pałającymi policzkami, patrzyli na nią tak, jakby była jedyną nadzieją Rosji.

– Każde nowe oświadczenie wywołuje burzę entuzjazmu, Warwaro Nikołajewna – powiedział mi hrabia Panin, który przyjechał do Oranienbaumu w południe, żeby eskortować nas do Sankt Petersburga. O wielkim księciu mówił „car Paweł", nadal przekonany, że Katarzyna będzie rządziła jedynie jako regentka.

Widzimy to, co chcemy widzieć, pomyślałam. Wierzymy w to, w co chcemy uwierzyć.

Hrabia Panin nie starał się złagodzić naglącej nuty w swoim głosie. Musimy się pośpieszyć, zanim wieść o przewrocie pałacowym dotrze do Oranienbaumu. Była już pierwsza po południu. Mamy przed sobą co najmniej sześć godzin jazdy powozem.

Przeżegnałam się.

A więc to już.

Katarzyna jest bezpieczna, pomyślałam. Paweł też. Nic się nam nie stanie.

Podeszłam do okna. W pałacowym ogrodzie właśnie włączono fontanny; słońce malowało tęcze na kaskadach wody. Grupa muzyków, przysiadłszy na kamiennej ławie, zaczęła grać uroczysty utwór. Przez otwarte okna apartamentów Piotra dały się słyszeć salwy śmiechu – widocznie *das Fräulein* wręczyła kochankowi kolejny prezent imieninowy. Przez moment mignęła mi jego sylwetka: Piotr wychylił się z okna i pomachał muzykom.

Car Rosji jeszcze nie wiedział, że został zdetronizowany.

Będzie szczęśliwszy, niż był jako car, myślałam. Z wygnaniem szybko się pogodzi.

Na dziedzińcu konie stukały kopytami. Sznur powozów czekał, żeby wyruszyć do Peterhofu. Zaskrzeczała mewa.

– Pójdziemy teraz do papy? – zapytał mnie niepewnie Paweł, przyprowadzony przez pokojówkę. Nauczyciel uczył go właśnie poematu, który wielki książę miał wyrecytować na imieninowej uczcie, ale ciągle mylił się w tekście.

– Nie, Wasza Wysokość – odparłam. – Wybierzemy się na przejażdżkę.

– To niespodzianka? – oczy Pawła otworzyły się szeroko z zaciekawienia.

– Tak – odpowiedział wesoło hrabia Panin. – Bardzo trafne sformułowanie, Wasza Wysokość. To będzie wspaniała niespodzianka.

Paweł się roześmiał.

– To niespodzianka – powtórzył, mrugając porozumiewawczo do Darii. – Na imieniny papy.

Daria aż podskoczyła z radości. Paweł też zaczął podskakiwać.

– Ale to także imieniny Waszej Wysokości – wtrącił hrabia Panin, domagając się uwagi swojego wychowanka. W jego głosie pobrzmiewało rozdrażnienie, że został zignorowany; powinnam była zwrócić na to baczniejszą uwagę. Zbyt długo żyłam na dworze, by pozwolić sobie na lekceważenie ostrzegawczych sygnałów, posłańców zazdrości.

– Muszę poćwiczyć moją recytację – Paweł nadal patrzył na moją córkę.

– Pomogę ci – zaproponowała Daria.

Kiedy hrabia Panin ostro przypomniał jej o wymogach etykiety, zobaczyłam, jak oczy Darii rozszerzają się ze zdumienia. Ciemny rumieniec wypłynął na jej policzki.

– Ale co ja takiego zrobiłam, *maman*? – zapytała.

To nie był dobry czas na wyjaśnienia.

Gdy nasza gromadka pośpieszyła do powozu hrabiego Panina, dziękowałam Bogu za zamieszanie, które poprzedza każdą, choćby najkrótszą cesarską podróż: za szwaczki uwijające się przy ostatnich poprawkach dworskich sukien, lokajów taszczących kufry i pudła. Za przemykające środkiem dziedzińca koty i ujadające psy.

STWORZENIE CARA
Wziął Pan potęgę góry,
I majestat drzewa…

Zaczął wielki książę cichym, niepewnym głosem, kiedy już pędziliśmy traktem do Sankt Petersburga.

– Dodał opanowanie… – podpowiedziała mu Daria, lecz hrabia Panin nie pozwolił jej dokończyć.

– Wasza Cesarska Wysokość, proszę – odezwał się, kładąc pulchną dłoń na chudym ramieniu wielkiego księcia.

Paweł obrzucił go niespokojnym spojrzeniem.

– Znowu się pomyliłem?

– Nie, Wasza Cesarska Wysokość – zaprzeczył Panin poważnym, afektowanym tonem dworzanina. – Lecz nie czas teraz na poezję. Mam wam coś ważnego do zakomunikowania.

Próbowałam go ostrzec.

– Może jednak lepiej pozostawić to matce – powiedziałam łagodnie.

– Pozwól, pani, że o tym, co najwłaściwsze, decydował będę ja – warknął hrabia. Córka introligatora winna pamiętać, gdzie jest jej miejsce, mówiły jego oczy.

Zamilkłam.

Paweł się przygarbił. Spojrzał na mnie. Dziecko nie potrafi zrozumieć milczenia, nie umie jeszcze dopowiedzieć sobie tego, co nie zostało wypowiedziane.

Odwróciłam wzrok. Zdezorientowana Daria schowała głowę za moje plecy.

Pędziliśmy w stronę Pałacu Zimowego. Obok mnie Panin wyjaśniał wielkiemu księciu, czym jest zamach stanu. A także, na czym polega różnica między carycą a regentką.

Było już dobrze po szóstej, kiedy nasz powóz wjechał w końcu na ulice Sankt Petersburga, mijając wiwatujące tłumy. Okrzyki „Zwycięstwo!" i „Niech żyje caryca!" miały się rozlegać jeszcze długo w białą noc, jasną jak dzień. Jak wezbrana fala, pomyślałam, wspominając obietnice Aleksieja, że raz rozbudzony entuzjazm ogarnie wszystkich i wszystko.

Skonfundowane spojrzenie hrabiego Panina omiotło tłum. Dzieci nie odzywały się już od kilku godzin. Cieszyłam się, kiedy wjechaliśmy na pałacowy dziedziniec i mogliśmy się rozdzielić.

Otwarto drzwi powozu. Paweł odwrócił się w moją stronę.

– Proszę iść, Wasza Wysokość – powiedziałam. – Mama czeka.

Wygramolił się z powozu. Zrobił pierwszy krok, a po nim kolejny, wciąż niepewny, ale nie było już odwrotu. Hrabia Panin wysiadł jako następny, pośpiesznie, jakby się bał, że go wyprzedzę.

Za parę chwil wielki książę znajdzie się w cesarskim pokoju dziecinnym, strzeżonym dniem i nocą przez straże z czterech pułków. Bezpieczny.

Ścisnęło mi się gardło, łzy napłynęły do oczu. Dopiero po chwili wysiadłyśmy z Darią z powozu. Wieczorne powietrze było chłodne. Zadrżałam.

Przed ikoną Naszej Pani z Kazania Katarzyna, nowa imperatorowa i samowładczyni, składała uroczystą przysięgę. Nie będzie niczyją regentką. Wielki książę zdąży dorosnąć, zanim obejmie tron po śmierci swojej matki. Będzie, jak być powinno.

Przystanęłam na dziedzińcu Pałacu Zimowego, uświadomiwszy sobie nagle, że nie wiem, co dalej robić.

– Dlaczego płaczesz, *maman*? – zapytała Daria.

Przycisnęłam ją mocno do siebie – za mocno, bo poczułam, jak się próbuje wyswobodzić.

Katarzynę zobaczyłam godzinę później, na bulwarze Wielkim, otoczoną gwardzistami, ubraną w zielony mundur Pułku Preobrażeńskiego. Z szablą w dłoni, z dębowymi liśćmi przy trójgraniastym kapeluszu, przejeżdżała pośród wiwatujących poddanych na Brylancie, swoim ulubionym siwym ogierze, kierując się z cerkwi Matki Boskiej Kazańskiej do Pałacu Zimowego.

Ludzie padali na kolana, kiedy ich mijała, błagali o błogosławieństwo, podnosili ku niej dzieci, żeby mogły się znaleźć bliżej carycy, dotknąć jej czarnych butów z cholewami. Starcom i chorym pomagano podejść do okien, aby oni również mogli na własne oczy ujrzeć błogosławioną władczynię.

Ja także uklękłam, wspominając chwilę, kiedy zobaczyłam ją po raz pierwszy, czternastoletnią dziewczynkę, nowo przybyłą do Moskwy, niepewną swego losu. Myślałam o młodej, nieustraszonej kobiecie, na którą wyrosła, doświadczonej niesprawiedliwością i bólem, naznaczonej upokorzeniem. Tak wiele jej odebrano, a jednak nie złamano w niej ducha. Moja caryca, pomyślałam.

Rozległ się głos Katarzyny, donośny i dźwięczny:

– Przysięgam Bogu Wszechmogącemu, że uczynię Rosję potężniejszą, niż była kiedykolwiek przedtem!

Aleksiej i Grigorij Orłowowie jechali tuż za nią, w stalowonie-
bieskich mundurach Pułku Izmaiłowskiego, szamerowanych złotem.
Dwaj bracia, towarzysze broni, mocno zbudowani, milczący i czuj-
ni; ich czujne oczy ani na chwilę nie przestawały lustrować tłumu.

Wokół mnie podniosły się ręce, cały las rąk wymachujących
w rytm okrzyków: „Niech żyje nasza Matuszka! Niech żyje nasza caryca!".

Szlochając, przyłączyłam się do tych głosów.

Na ulicach Sankt Petersburga pachniało pieczonymi prosia-
kami, kwaszoną kapustą z grzybami, gotowaną na wolnym ogniu,
i blinami smażonymi na smalcu. We wszystkich oberżach w mieście podawano darmową wódkę i wino. Wkrótce dzień hucznych
zabaw przeszedł w białą noc tańców i miłosnych igraszek – był
to czas, w którym poczęło się więcej dzieci niż zwykle pod koniec wielkiego postu.

Czerwcowych dzieci, jak je później nazywano.

–Wielki chojrak schował się za spódnicą swojej kochanki! –
śmiał się Aleksiej Orłow, kiedy nadeszły wieści z Peterhofu.

Piotr, car już tylko tytularnie, nie mógł uwierzyć w to, że Katarzyna nie wyszła mu na powitanie. Z rosnącym gniewem oglądał nowy kanał dla orkiestry, rzędy olbrzymich donic z drzewami
cytrusowymi, ustawionych wzdłuż ogrodowych alejek, lampiony
zawieszone na gałęziach. To był dzień jego imienin. Cóż ważniejszego ma do roboty jego żona?

Do pawilonu Mon Plaisir wysłał lokajów z przynagleniem.
Kiedy wrócili, twierdząc, że wielka księżna nie zdążyła się przygotować i prosi o więcej czasu, Piotr stanął na pałacowym tarasie
i obserwował fontanny tworzące Wielką Kaskadę.

Gdy pół godziny później Katarzyna nadal się nie zjawiła, zdecydował, że pójdzie po nią sam.

Tubalny głos Aleksieja, imitujący okrzyki Piotra, stał się cienki
i piskliwy: „Gdzie jesteś!? Gdzie się podziałaś?!". Zdetronizowany

car biegał po całym pawilonie, od komnaty do komnaty, wymyślając struchlałym pokojówkom, i zaglądał pod łóżka, do szaf, a nawet do prewetu, tak jakby Katarzyna była małą dziewczynką i bawiła się z nim w chowanego.

Wszyscy zebrani w sali tronowej zabiegali o uwagę Katarzyny. Olbrzymie lustra odbijały jedwabne szustokory i haftowane suknie, mundury, szyje wyciągnięte, by choć przelotnie ujrzeć nową carycę.

„Zwycięstwo!" – słyszałam. „Szczęśliwy dzień!"

Katarzyna II, imperatorowa Wszechrusi. Miała na sobie suknię z gładkiego jedwabiu w kolorze kości słoniowej przepasaną błękitną szarfą Orderu Świętego Andrzeja Powołańca. Obok niej wielki książę Paweł ze spuszczoną głową nerwowo szarpał guzik przy rękawie swojego zielonego munduru Pułku Preobrażeńskiego.

Nie mogłam się nadziwić cierpliwości, z jaką Katarzyna wysłuchiwała niekończących się petycji, i przyjmowała hołdy dworzan, tłoczących się w długich kolejkach, żeby ucałować rąbek jej sukni. Grigorij Orłow próbował ich odepchnąć, ale Katarzyna poprosiła go, żeby nie zabraniał przyjaciołom wyrażać przed nią swojej radości.

Ja także uklękłam przed jej obliczem.

– Warieńka! – powitała mnie.

Jej oczy błyszczały zwycięstwem, włosy lśniły, policzki pałały.

Tłum za moimi plecami zafalował, usiłując przysunąć się jeszcze bliżej.

– Warieńka – powtórzyła.

Podniosła mnie z kolan i ucałowała w oba policzki, a potem, kładąc rękę na mojej dłoni, zapytała:

– Czy teraz będziesz gotowa służyć mi jeszcze większą pomocą?

Skinęłam głową, bo głos uwiązł mi w gardle. Usłyszałam jak donośne słowa Katarzyny ucinają szmer szeptów:

– To dzięki takim przyjaciołom jak hrabina Malikina zdołałam ocalić Rosję przed groźbą autokracji.

Rozległy się kolejne wiwaty.

Zostałam hrabiną, za co nawet nie zdążyłam jej podziękować, bo z tyłu poczułam zniecierpliwione pociągnięcie za rękaw, przypominające mi, że nie jestem jedyną osobą, która łaknie atencji nowej carycy. Stojący obok mnie Aleksiej Orłow powtórzył sugestię, że Katarzyna powinna pokazać się ludowi.

Ulice Sankt Petersburga trzęsły się od plotek: że Piotr przyjechał do miasta w przebraniu, by uzyskać poparcie, że król Prus wysłał mu już na pomoc swoje wojsko, że pozbawiony władzy car zamierza porwać Katarzynę, a nawet, że już to zrobił.

– I to natychmiast, Wasza Wysokość – dodał Aleksiej Orłow głosem ochrypłym z wysiłku, ale wciąż tubalnym. – Błagam, Mateczko. Lud musi was zobaczyć, pani, Was i wielkiego księcia, aby mieć pewność, że nic Wam nie grozi z rąk tego potwora.

Pamiętam, jak okrutne wydały mi się te słowa, i jak niepotrzebne. Przez krótką chwilę liczyłam nawet na to, że Katarzyna go zgani, ale potem oszałamiająca, niewiarygodna radość z naszego zwycięstwa zatarła tę myśl.

Zamach stanu to zaciągnięty dług, który tylko się mnoży.

Katarzyna w preobrażeńskim mundurze dwoiła się i troiła. Prawie nie spała; jadła w biegu, w drodze na przegląd wojska albo na przyjęcie kolejnej delegacji. Z niezrównaną gracją i łaskawością rozdawała przywileje, tytuły, posiadłości i medale, spełniała prośby, uchylała kary.

„Oczekuję Pana najszybciej, jak tylko można, proszę pędzić co koń wyskoczy" – napisała do byłego kanclerza Bestużewa. Hrabia Panin, który zdążył się już pogodzić z faktem, że nie została regentką, z dumą obnosił niebieską szarfę świeżo mu przyznanego Orderu Świętego Andrzeja.

Grigorij Orłow został mianowany generałem i naczelnym dowódcą sił zbrojnych. Cała piątka braci Orłowów otrzymała tytuły hrabiowskie. Głównym uczestnikom spisku zaproponowano po sześćset dusz i pensję w wysokości dwóch tysięcy rubli rocznie albo jednorazową wypłatę w wysokości dwudziestu czterech tysięcy rubli. Także ja, wywyższona córka introligatora, mogłam dokonać wyboru.

Na korytarzach Pałacu Zimowego roiło się od dworzan, a ogromne lustra w złoconych oprawach zwielokrotniały ich odbicia. Wszyscy, na których spojrzałam, kłaniali mi się w pas i czekali tylko na sposobność, by mnie zapewnić o swoim z dawna żywionym przywiązaniu. Hrabia Panin mijał mnie szybkim, zdecydowanym krokiem, rozciągając w uśmiechu karminowe wargi. Jakie stanowisko mu przyobiecano? Kanclerskie? „Zastąpi Woroncowa?" – szeptano.

Ale nawet najbardziej sowite nagrody nie wystarczały. Nie było dnia, żeby jakiś gwardzista nie próbował oddać Orderu Świętego Aleksandra Newskiego, którym dopiero co go odznaczono, i mienił się najnieszczęśliwszym z ludzi, nie dając się pocieszyć dopóty, dopóki Katarzyna nie przeczytała jego petycji osobiście, obiecując rozważyć jeszcze raz dawny wyrok albo przywrócić niegdysiejsze przywileje.

– Każdy gwardzista, patrząc na mnie, może powiedzieć: „To ja ją stworzyłem!" – powiedziała mi Katarzyna w jednej z tych rzadkich chwil, kiedy znalazłam się na tyle blisko niej, by móc z nią porozmawiać. – Ile jeszcze potrwa, zanim zaczną mówić: „I dlatego mogę ją obalić"?

Nie powiedziała: „Obserwuj ich dla mnie, Warieńko. Potrzebuję cię, żebyś nasłuchiwała, o czym mówią".

Nie musiała.

Oto, co usłyszałam podczas tych gorączkowych dni.

Szpiedzy z Oranienbaumu donosili o statku oczekującym u wybrzeża, wyładowanym aż po brzegi zapasami. Ostrzegali, że holsztyńczycy wytyczają najkrótszą drogę do Prus.

– Nie stanie mu się żadna krzywda – wciąż jeszcze dźwięczy mi w uszach obietnica Aleksieja, złożona jego stanowczym głosem, zanim pojechał aresztować byłego cara i eskortować go do więzienia w Szlisselburgu, gdzie Piotr miał przebywać do momentu, aż Katarzyna zdecyduje o jego losie. – I on też nie zdoła wyrządzić żadnej krzywdy Waszej Wysokości.

Raporty napływały strumieniem, w miarę jak rozpromienieni posłańcy, bohaterowie własnych opowieści, wpadali pędem do cesarskich komnat.

Szlisselburska cela nie była jeszcze gotowa, więc Aleksiej zawiózł Piotra do pałacu w Ropszy, oddalonego o trzydzieści sześć wiorst od Sankt Petersburga. Zarzekał się, że nie będzie szczędził wysiłków, żeby zdetronizowanemu carowi na niczym nie zbywało.

A jednak Piotr się skarżył. Jego komnata była za mała, a łóżko za wąskie. Nie miał gdzie odbywać swoich porannych spacerów, a bez nich puchły mu nogi.

Pił. Odmawiał jedzenia śniadań i kolacji. Płakał i błagał, żeby przysłano do niego *das Fräulein*.

„Wyjadę i nigdy więcej nie wrócę. Proszę tylko o mojego psa, mój flet, mojego Murzyna i moją faworytę" – pisał do Katarzyny. „Zrzekam się rosyjskiego tronu. Dobrowolnie ślubuję posłuszeństwo carycy Katarzynie II. Błagam ją o wybaczenie za wszystkie moje złe postępki".

Porwana wirem obietnic, złożonych przez Katarzynę w ciągu tych pierwszych dni jej panowania, usiłowałam odsunąć od siebie wspomnienie o samotnym, łysiejącym mężczyźnie w niebieskim szlafroku, który odchodził w głąb oranienbaumskiego korytarza.

Piotr się poddał, powtarzałam sobie. Będzie lepszym księciem Holsztynu niż carem Rosji. Kilka miesięcy w więzieniu szybko minie. Najszczęśliwszy będzie, kiedy się to wszystko wreszcie skończy.

Nadal nie chciałam przyznać, że „wymierzanie sprawiedliwości" może być tylko inną nazwą na „wyrównywanie rachunków".

Trzeciego dnia po przewrocie o piątej rano czekałam na moją carycą z dzbanuszkiem świeżo zaparzonej kawy. Był to upragniony przywilej, który uważałam za moje prawo. Z nowej sypialni Katarzyny dobiegał głos Grigorija Orłowa:

– Nie myśl o tym, Katinko. Wymaż to z pamięci.

W Pałacu Zimowym Katarzyna zajęła cesarskie apartamenty: sypialnię i sześć przyległych do niej prywatnych komnat, całych w bieli i złocie. Grigorij Orłow przeprowadził się do byłego apartamentu Iwana Szuwałowa piętro wyżej.

Usłyszałam psie szczekanie. Stary Bijou już nie żył; teraz za kilkoma zaniedbanymi pałacowymi kotami, które wciąż się pojawiały, wypatrując Elżbiety, uganiał się *sir* Tom Anderson, charcik włoski. Kotów już nie rozpoznawałam, chociaż niektóre miały szylkretowe futerko Broni i oczy Puszoka.

– Cisza! – krzyknęła ostro Katarzyna. Pies zaskomlał i ucichł.

Powiedziała coś, czego nie dosłyszałam.

Odgłosowi jej kroków, szybkich, krążących po pokoju, wtórował tupot wysokich butów Grigorija.

– Musisz położyć kres tym pogłoskom, Katinko – słyszałam jego namowy. – Aleksiej twierdzi, że on wbije ci jeszcze nóż w plecy.

Oczekując na Katarzynę w antyszambrze cesarskiej sypialni, wygładziłam wiszący na ścianie arras. Spod krzesła wyłowiłam brudną rękawiczkę. Pachniała potem i jaśminem.

Czekałam.

Katarzyna przyszła kwadrans po piątej. Zobaczywszy mnie, posłała mi blady uśmiech. Od razu zauważyłam, że płakała.

– Każdy ustawicznie czegoś ode mnie chce, Wareńko. Nie zdołam przecież zadowolić wszystkich.

Zanim zdążyłam się odezwać, położyła palec na ustach.

List z Ropszy przyszedł piątego dnia rządów Katarzyny. Caryca w otoczeniu dworu przebywała w sali tronowej. Posłaniec, który oprócz listu przyniósł przykry zapach drogi, deszczu i zgniłych wyziewów z bagien, rzucił się jej do stóp.

Katarzyna złamała pieczęć i szybko, w milczeniu przeczytała list. Zacisnęła wargi. Zobaczyłam, jak wyciera palce w jedwabne fałdy swej spódnicy. Zmięła pismo w dłoniach.

– Jestem wstrząśnięta i przerażona – powiedziała, podnosząc oczy.

Nigdy nie zapomnę ani słowa z tego pomiętego listu. „Mateczko, twój małżonek zszedł z tego świata". W Ropszy wywiązała się sprzeczka, pożałowania godny incydent, niezamierzony przez nikogo. Sprzeczka przerodziła się w utarczkę zbyt szybko, by ją zażegnać lub opanować. Wszyscy, którzy byli wtedy przy obalonym carze, są winni, zasługują na śmierć. Ale pod listem podpisał się tylko hrabia Aleksiej Orłow, błagając Katarzynę o łaskę – wybaczenie lub szybki koniec.

„Nic mi po życiu, skoro zawiodłem Was, Pani".

Katarzyna tupnęła błyszczącym obcasem. Nosiła teraz buty wysadzane klejnotami. Usłyszałam gwar głosów, który się zerwał i zamarł.

Nie słuchałam.

Piotr nie żyje, myślałam.

Został zamordowany.

Nie wiem, jakim sposobem dotarłam do naszych komnat w tymczasowym pałacu. Na widok przerażonych oczu Darii zdołałam się uśmiechnąć i wymyślić jakąś kiepską wymówkę. Ależ nic się nie stało, zapewniłam ją. Jestem po prostu zmęczona. Muszę się położyć.

Poczułam się tak wyczerpana, jakbym zdobyła górski szczyt. Na czoło wystąpiły mi krople potu. Każdy oddech sprawiał mi ból. Światło mnie raziło. Kazałam Maszy zaciągnąć zasłony.

Zamiast tego wezwała chirurga.

Puszczono mi krew. Dwukrotnie. Zaaplikowano przeczyszczenie i nacierania octem siedmiu złodziei. Przespałam chyba całą dobę, bo służąca, która przyniosła mi filiżankę gorącego bulionu, zapytała, czy wiem, jaki jest dzień tygodnia. Chciałam jej odpowiedzieć, ale kiedy otworzyłam usta, okazało się, że nie mogę dobyć głosu.

Wszystko mnie ominęło. Oficjalne obwieszczenie, składające śmierć Piotra na karb „kolki hemoroidalnej oraz ostrego bólu brzucha, które doskwierały mu od dawna". Widok zabalsamowanego ciała cara, wystawionego na widok publiczny w monastyrze Aleksandra Newskiego, z szyją obwiązaną grubą chustką. Szepty: niegdysiejszy car niemowlę nadal gnije w szlisselburskiej twierdzy. Która caryca mogłaby sobie pozwolić na trzymanie pod kluczem aż dwóch obalonych carów? Ile by potrwało, zanim jakiś szaleniec spróbowałby uwolnić któregoś z nich?

„Zdrowiej szybko, Warieńko – napisała do mnie Katarzyna. – Potrzebuję Cię u mego boku".

Grigorij Orłow dostarczył mi jej list osobiście.

– Katinka tak się martwi, Warwaro Nikołajewna. Pyta o ciebie co dzień.

Usiadł na fotelu przy moim łóżku; jego przystojna twarz była poważna i blada.

Słuchałam jego słów: „… tragiczny wypadek… Aleksiej nie powinien był pić… nie powinien był dać się sprowokować… Wie o tym… Katinka o tym też wie… Zamach stanu to zawsze ryzyko… Nie wszystko da się przewidzieć…".

Za oknami mały gazeciarz wykrzykiwał: „Najnowsze wiadomości w »Wiadomościach Sankt-petersburskich«!". Jakaś kobieta zaczęła śpiewać balladę, której nie znałam. Rozległ się dźwięk trąbki.

Z gorączki miałam w ustach kwaśny posmak. Od nacięć lancetu bolały mnie nogi.

– On tu jest, Warwaro Nikołajewna. Jutro wyjeżdża z Sankt Petersburga – Grigorij Orłow odchrząknął. – Mój brat prosi, żebyś go wysłuchała.

Kiwając głową na znak zgody, poczułam, jak moje serce przyśpiesza rytm.

Aleksiej czekał chyba zaraz za drzwiami. Wszedł do środka natychmiast, kiedy Grigorij go zawołał. Zrobił niepewny krok w moją stronę i wygładził na sobie stalowoniebieską tunikę.

– To moja wina, Warwaro Nikołajewna.

Blizna na policzku Aleksieja drgała, kiedy mówił. Głos mu się załamywał. Powtarzał się. Katarzyna kazała mu chronić swojego męża, a on ją zawiódł. Nie zamierzał szukać wymówek. Ponosił pełną odpowiedzialność za to, co się stało. Nie mógł już cofnąć tego, co zrobił.

Nierówna podłoga w pałacu tymczasowym skrzypiała za każdym razem, kiedy Aleksiej przenosił swój potężny ciężar z nogi na nogę. Grigorij ze splecionymi dłońmi gorliwie przytakiwał słowom brata.

– Jestem gotowy na śmierć. Jestem żołnierzem. Ale nasza umiłowana Matuszka nie chce mnie ukarać. „Czy twoja śmierć pomoże mi w rządzeniu?" – zapytała. Ubłagałem ją więc, by mnie oddaliła. By za każdym razem, kiedy na mnie spojrzy, nie musiała myśleć o straszliwej cenie, jaką jej przyszło zapłacić.

Głos żołnierza, mocny, a jednak błagalny. Proste słowa, których nie sposób podważyć. Słowa, które będę tyle razy rozważać w przyszłości.

– Stała się rzecz straszna, ale możemy ją wykorzystać.

– Dla dobra carycy.

– Rosji.

– I nas wszystkich.

Zadzwoniłam na Maszę, kiedy tylko Aleksiej i Grigorij wyszli. Katinka, jak powiedzieli mi bracia, musi teraz uporządkować sprawy całego imperium. Po latach zaniedbań tyle jest do zrobienia. Wyjaśnienia. Naprawienia.

– Przyprowadź Darię – powiedziałam ochryple do Maszy.

Darieńka podeszła do mnie na palcach. Moja córeczka.

– Co dzisiaj porabiałaś? – spytałam.

– Nic.

– Dlaczego?

– Stłukłam filiżankę.

– Którą?

– Tę z czerwonymi różami na dnie.

– Kupimy nową.

– Nie gniewasz się?

– Nie.

– Wiedziałam, że nie będziesz się gniewać. Ale *mademoiselle* Dupont powiedziała, że jestem niedbała.

– A byłaś?

– Trochę. Nie zwróciłam uwagi na to, co robię.

– Dlaczego?

– Bo słuchałam, co mówi medyk. Że wkrótce nastąpi przesilenie. Tylko że nikt mi nie chciał powiedzieć, na czym to polega...

W jej dużych ciemnych oczach zamigotał lęk. Opadły mnie wyrzuty sumienia.

– Czuję się już lepiej, *kisońka*. Nie musisz się o mnie dłużej martwić.

Jej twarzyczka aż rozbłysła, wyraz przestrachu zniknął. Uśmiechnęła się, zarzuciła mi ręce na szyję i mocno się do mnie przytuliła.

– Nieszczególnie pachniesz – oświadczyła, marszcząc nos.

W sierpniu, kiedy odzyskałam siły na tyle, żeby chodzić, nadworny ochmistrz Katarzyny przysłał wiadomość, że nasze nowe komnaty w Pałacu Zimowym już czekają. Cztery obszerne pokoje z antyszambrem, oddzielone zaledwie dwoma korytarzami od cesarskiej sypialni. Odnowione i umeblowane zgodnie z życzeniem Jej Cesarskiej Wysokości. Pałac tymczasowy, kiedy wszyscy się z niego wyprowadzą, zostanie zrównany z ziemią i zamieniony w mały park.

Oficjalnej nominacji jeszcze nie było, tylko zaproszenie, bym dołączyła do świty Jej Cesarskiej Mości. Caryca budzi się o piątej i pracuje samotnie w swoim gabinecie do ósmej rano. Goście i suplikanci przychodzą zaraz po zakończeniu porannej toalety. Pięciu sekretarzy stanu kontroluje codzienny napływ suplik. Petycje trzeba rozpatrzyć i zewidencjonować, podarunki uprzejmie przyjąć, niemożliwym do spełnienia prośbom grzecznie odmówić, a wszystko to, co zasługuje na cesarską uwagę, musi być gotowe do wglądu. Popołudnia są zarezerwowane na lekturę, wieczory – dla najbliższych przyjaciół.

Nadworny ochmistrz Jej Cesarskiej Wysokości wyrażał nadzieję, że hrabina Malikina zatroszczy się o to, by nikt nie zakłócał tego porządku bez wyraźnej potrzeby.

*P*ewnego ciemnego październikowego popołudnia, smaganego zacinającym deszczem, posłaniec z brytyjskiej ambasady przyniósł list zaadresowany do *madame* Malikiny. Ktoś skreślił słowo *„Madame"* i nadpisał: „Hrabina".

Nadawcą listu był hrabia Poniatowski.

Odchodził od zmysłów z niepokoju. Od czternastu tygodni nie miał od Katarzyny żadnych wieści. Obawiał się, że jego poprzedni list zaginął.

Do listu dołączył zapieczętowaną wiadomość, opatrzoną napisem „Dla Zofii", i prośbę, abym przekazała ją bezpośrednio do jej rąk.

Nazajutrz weszłam do gabinetu Katarzyny, przynosząc jej poranną kawę. Wyczekiwana chwila, gdy mogłam ją zobaczyć całkiem samą. Nadal padało.

Rozpaliłam ogień w kominku. Katarzyna weszła w towarzystwie *sir* Toma, wspinającego się na tylne łapy w nadziei, że dostanie jakiś smakołyk. Wyglądała mizernie. Niesłabnący wir cesarskich obowiązków dawał o sobie znać. Teraz nachodzono ją już nawet popołudniami, które tak bardzo chciała przeznaczyć na czytanie.

Tacę z dzbankiem kawy postawiłam na zwykłym miejscu, obok zaostrzonych piór i arkuszy papieru ułożonych w równy stosik.

Nalałam kawy do filiżanki i poczekałam, aż Katarzyna upije pierwszy łyk, zanim podałam jej list od Stanisława. Otworzyła go, szybko przebiegła po nim wzrokiem i oddała mi go. Dopiero wtedy zauważyłam, że wiadomość jest zaszyfrowana.

– Spal to, Warieńko – poleciła. – Zanim ktokolwiek zobaczy.

Wrzuciłam list do ognia.

Katarzyna ustąpiła mi miejsca przy swoim własnym biurku.

– Pisz, Warieńko – rozkazała.

Pisałam pod jej dyktando: o tym, że rozsądek wymaga, abyśmy pogodzili się z okolicznościami, na które nie mamy wpływu. O tym, że ona sama musi się nieustannie mieć na baczności. Że jest jej bardzo przykro, bardziej niż to potrafi wyrazić słowami, ale taka jest prawda. „Żegnaj, najmilszy Przyjacielu. Życie często przynosi niezwykłe niespodzianki, możesz jednak być pewien, że dla Ciebie i Twojej rodziny zrobię wszystko, co tylko w mojej mocy".

Katarzyna urwała, jakby zastanawiając się, co jeszcze mogłaby dodać.

– Nie ma sensu walczyć z czymś, czego nie można zmienić, Warieńko – powiedziała tylko, po czym złożony i zapieczętowany list wsunęła do mojej kieszeni.

Usłyszałam stłumiony stukot. *Sir* Tom, usadowiony na zielonej aksamitnej poduszce obok jej biurka, zawzięcie merdał ogonem.

Przed wysłaniem listu od Katarzyny do brytyjskiej ambasady z prośbą, by przekazano go hrabiemu Poniatowskiemu, dodałam kilka słów od siebie. „Proszę nie wierzyć wszystkiemu, co pan słyszy. W cierpieniu najłatwiej podejrzewać najgorsze".

Po południu, kiedy deszcz wreszcie ustał, zabrałam Darię na długo obiecywany spacer.

Wspięłyśmy się po schodach Twierdzy Pietropawłowskiej, żeby spojrzeć na rozpościerające się w dole miasto, fasady wspaniałych pałaców skierowane ku rzece, białe i żółte ściany oświetlone chwilowym blaskiem słońca. Głęboką, szeroko toczącą swoje fale Newę uregulowano, wyłożywszy nabrzeże czerwonym fińskim marmurem, by oddalić groźbę powodzi.

– Ciągle rozmawiam z tatą – odezwała się Daria. Głos jej zadrżał.

– O czym? – spytałam, ale nie chciała mi powiedzieć, więc przygarnęłam ją do piersi i pozwoliłam jej się wypłakać.

Były kanclerz Bestużew przebywał na dworze już od ponad dwóch tygodni, ale udawało mi się go unikać. W końcu sam do mnie przyszedł, schorowany i przygarbiony po latach spędzonych na wygnaniu. Jego oczy w czerwonych obwódkach otaksowały mój salon, bordowe zasłony ze złotym chwostem, puszyste dywany, portret Igora wiszący nad kominkiem.

Nie podobał mi się uśmiech na jego twarzy, podobnie jak rozbawienie w jego głosie, którego nawet nie starał się ukryć.

– Wygraliśmy, hrabino. Wspólnie obstawiliśmy właściwego konia.

Ucałował rękę, którą mu podałam. Zaprosiłam go gestem, żeby usiadł. Zauważyłam pieczołowicie przyklejoną do jego łysej czaszki perukę i plamę z żółtka na aksamitnej kamizelce.

Świeżo mu nadany tytuł feldmarszałka był słabym pocieszeniem w sytuacji, kiedy nie otrzymał żadnego oficjalnego stanowiska na dworze.

– Marszałek konik polny – szydził Grigorij Orłow.

Były kanclerz otworzył tabakierę i wydobył z niej sporą szczyptę tabaki. Poczęstował mnie, ale odmówiłam.

– Ciekawa rzecz – powiedział. – Mój medyk zarzeka się, że tabaka przynosi ulgę w przepiciu, a ja jakoś nigdy tego nie doświadczyłem. W miesiąc zużywam pięć funtów, a lżejszy jest tylko mój pugilares.

Zbliżył szczyptę tabaki, trzymaną między kciukiem a palcem wskazującym, do nosa, zażył i poczekał, aż podrażni mu nozdrza. Kichnął, po czym uważnie przyjrzał się brązowej plamie na swojej chustce. Dopiero wtedy zaczął mówić.

– Bardzo sprytnie – Bestużew pochwalił posunięcia Katarzyny. Pozwoliła Woroncowowi zachować tytuł kanclerza, ale kierowanie polityką zagraniczną powierzyła Paninowi. Postawiła Grigorija Orłowa na czele zupełnie nowej Kancelarii do spraw Cudzoziemców, tak żeby nikt nie mógł powiedzieć, że dała mu odebrane komuś stanowisko. Wobec Aleksieja Orłowa zastosowała prawo cesarskiej łaski – i odesłała go do koszar. Zadbała o to, żeby nikt nie stał się zbyt potężny, tak aby sama mogła wszystkich kontrolować.

Odwróciłam głowę w stronę okna. Nad Newą świeciło blade, niepewne słońce.

Bestużew westchnął ciężko i zmarszczył brwi.

– Nic się nie zmieniło, Warwaro Nikołajewna. Nadal masz przed sobą tę samą alternatywę: być niezastąpiona albo nie znaczyć nic. Próbowałem wieść proste życie. Wierz mi, niewiele ma ono uroków.

– Nic się nie zmieniło? – powtórzyłam, nie wierząc własnym uszom. – Czy widział pan kiedykolwiek władczynię tak pochłoniętą sprawami kraju?

Bestużew przyjrzał mi się bacznie jak medyk stawiający diagnozę.

– Czyżbyś zapomniała, czego cię nauczyłem, Warwaro Nikołajewna? Czy ten twój nowy tytuł odebrał ci jasność widzenia? Muszę ci przypominać, że rozdawane na prawo i lewo tytuły bardzo straciły na wartości? Dom gry nie zmienia się w klasztor tylko dlatego, że zyskał nową właścicielkę.

Pochylił się ku mnie z szyderczym uśmiechem na twarzy.

– Wiesz, jak cię nazywają niektórzy twoi nowi przyjaciele? Wścibską Warwarą, której trzeba utrzeć węszącego nosa.

Wstałam.

– Obawiam się, że musi pan już iść – oznajmiłam. – Wzywają mnie moje obowiązki.

Na dźwięk słowa „obowiązki" poczerwieniała mu twarz; na brzegu peruki zaczęły mu się zbierać krople potu.

– Należy do nich doręczanie listów od jej polskiego kochanka, jak rozumiem? – zadrwił. – Ciekawe, co ona mu takiego wmawia? Że potrzebuje polskiego podnóżka dla zmęczonych stóp?

– Nie widzę powodu, dla którego miałoby to pana interesować.

– A jednak! – zariposował z nagłym błyskiem w oku. – Nie przestaje mnie fascynować skuteczność, z jaką nasza Katarzyna przeprowadza rękoma innych swoją wolę.

– Na litość boską – powiedziałam roztrzęsiona. – Zawsze widzi pan u innych tylko to, co najgorsze.

– Wspięła się na tron po plecach tych, którzy popierali ją dla swoich własnych celów. Teraz zaczyna wierzyć, że zawdzięcza go wyłącznie sobie samej. Wkrótce zacznie się pozbywać przyjaciół, a wtedy, droga hrabino, zrobi się bardzo nieprzyjemnie. Taka jest kolej rzeczy, a ty, Warwaro Nikołajewna, nie jesteś już ukryta w cieniu. Niedługo dorobisz się śmiertelnych wrogów i będziesz potrzebowała ochrony skuteczniejszej niż wspomnienia o dawnej przyjaźni. Jesteś pewna, że już ci się nie przydam?

– Proszę stąd wyjść. – Wstałam i zadzwoniłam po służącą. Chciałam, żeby natychmiast opuścił mój salon. Żeby jego głos umilkł jak najszybciej.

Rozdział dwunasty

1763–1764

W petersburskich gospodach starcy o twarzach pooranych zmarszczkami lubią wspominać niedowierzanie, z jakim w młodości witali zapewnienia, że ta rozległa równina, z rzadka tylko upstrzona chatami fińskich rybaków, zmieni się kiedyś w prężne, tętniące życiem miasto.

Pamiętają wielkiego cara. Piotr Wielki, mówią, stawiał kroki tak olbrzymie, że kiedy szedł, zwykli śmiertelnicy zmuszeni byli biec, by za nim nadążyć. Wspominają zręczność jego dłoni i kunszt jego dokonań: przedmioty, które wyrzeźbił, ikony, które namalował, pantofle, które uszył, zęby, które wyrwał.

– Opóźnienie oznacza śmierć – powtarzają ulubione powiedzenie cara.

Rozgrzani wódką starcy, których oczy widziały w młodości, jak na spowitych mgłą bagnach wyrasta miasto, wspominają poległych towarzyszy. Każdego roku kilofy tych, którzy remontują osuwające się fundamenty, odsłaniają czaszki i kości żołnierzy i chłopów, budowniczych miasta.

W głosach starców nie ma goryczy.

Bo czyż ci żołnierze i chłopi nie umarliby tak czy inaczej? Czyż nie lepiej umrzeć, torując drogę przyszłości? Umrzeć za coś, co będzie trwało dłużej niż zwykłe ludzkie życie?

Z kufrów i skrzyń, które przyjechały z nami do naszego nowego mieszkania w Pałacu Zimowym, wypakowałam wiele skarbów. Rysunek Darii przedstawiający dom i stojącego obok gwardzistę, tak wysokiego, że głową sięgał znacznie ponad komin. Liścik znaleziony na mojej śniadaniowej tacy w dniu, w którym moja córka ukończyła jedenaście lat: *„Maman*, w jakim byłaś wieku, kiedy dostałaś swój własny pokój? A kiedy zaczęłaś nosić długie suknie? Czy jestem już na tyle duża, żeby się kąpać w twojej wannie?"*. Teraz Daria naśladowała gesty dam dworu, niedbały, omdlewający wdzięk ich rozkołysanych kroków.

– Caryca wprost przepada za twoją córką, droga Warwaro Nikołajewna. – Księżna Golicyna specjalnie przystanęła, by mi to powiedzieć.

Cesarskie prezenty w postaci sukien i futer, zaproszenia na bale maskowe dla dzieci, lekcje baletu, które Daria pobiera razem z wielkim księciem – nic nie umknęło jej uwadze, mówiły oczy księżnej. Przed zamachem mogłabym liczyć co najwyżej na przelotne spojrzenie, rzucone mi przez ramię.

Gdzie byłaś, kiedy wielka księżna, pozbawiona perspektyw, potrzebowała przyjaciół? – pomyślałam.

Zaraz po koronacji Katarzyny w moskiewskim soborze Uspienskim wielki książę Paweł zemdlał, wyczerpany długimi godzinami stania u boku matki i machania do rozentuzjazmowanych tłumów. Zaniesiony do swojego pokoju, zlany potem i rozpalony gorączką, krzyczał, że pełzają po nim węże. Prawą nogę miał spuchniętą i siną.

Usiadłam przy jego łóżku. Położyłam mu na czole zimny kompres i zmyłam pot z jego piersi. Kiedy lodowata woda pociekła mu po skroniach, Paweł otworzył oczy i boleśnie ścisnął mnie za rękę.

– Czy ja też umrę? – zapytał cichym, przerażonym głosem.

– Nie – zaprzeczyłam. – Twoja maman nie pozwoli ci umrzeć.

Otworzył usta, aby mnie o coś zapytać, ale nie powiedział ani słowa.

W dniu, w którym wielki książę odzyskał siły na tyle, by móc pokazać się ludowi, jakaś wieśniaczka w czarnej chuście rzuciła się na ziemię, krzycząc: „Niech żyje car Paweł Piotrowicz! Niech żyje nasz *batiuszka*!".

Dopiero wtedy, gdy dwóch gwardzistów ruszyło zdecydowanie w jej stronę, zgromadzony wokół niej tłum się rozpierzchł.

W pierwszą rocznicę objęcia władzy przez Katarzynę wzmożona czujność straży nie była już potrzebna. Fajerwerki rozświetlały noc migotliwymi kręgami i kwiatami, a na jedną zapierającą dech w piersiach chwilę na niebie zawisł roziskrzony cesarski monogram. Tłumy wiwatowały, ochoczo piły z fontann spływających wódką i zamierały z wrażenia, kiedy linoskoczkowie stawiali kolejny ostrożny krok na linie rozciągniętej ponad bulwarem Wielkim.

W sali wielkiej Pałacu Zimowego stoły ozdobione cesarskimi orłami ustawiono rzędem wzdłuż złoconych ścian; dzieci biegały od jednego do drugiego w poszukiwaniu ulubionych smakołyków. Zobaczyłam, jak wielki książę skrada się za hrabią Paninem, wymachując rękami jak żuk przewrócony na grzbiet. Hrabia Panin udał, że tego nie widzi. Zobaczyłam, jak Daria, wyglądająca prześlicznie w zielonej atłasowej sukience, przygląda się sobie ukradkiem w jednym z olbrzymich zwierciadeł *monsieur* Rastrellego.

– Gdyby tylko pan żył i mógł to wszystko widzieć – powiedziała Masza i westchnęła. Na tatarskim targu rzeźnicy zostawiali teraz najlepsze sztuki mięsa dla hrabiny Malikiny, a handlarze ryb odkładali dla niej najdorodniejsze dzwonka wędzonego jesiotra.

W apartamentach carycy pokojówki odciągały mnie na bok, aby opowiedzieć mi o chorej matce potrzebującej pieniędzy albo o ukochanym, który się oświadczy, jeśli tylko otrzymają błogosławieństwo carycy.

– Proszę o mnie wspomnieć naszej Matuszce – błagały. – Hrabiny z pewnością wysłucha.

Każdego ranka o piątej nadal czekałam na carycę z dzbanuszkiem kawy i pocztą dla niej, które zostawiałam na jej biurku. Wieczorami Katarzyna pozwalała mi czasem zostać dłużej w cesarskiej sypialni, zanim Grigorij zszedł do niej po wewnętrznych schodach. Były też cenne chwile, kiedy damy jej dworu znajdowały się poza zasięgiem słuchu; czasem wspólny spacer o zmierzchu po pałacowych ogrodach.

Ile można przekazać podczas takich okazji?

Lepiej było słuchać.

– Cokolwiek zrobię, Warieńko, zawsze kogoś skrzywdzę.

– Boli mnie, kiedy nawet starzy przyjaciele patrzą na mnie oczyma pełnymi przestrachu, zupełnie jakbym była głową Meduzy. Czy przyjaźń musi opuszczać monarchów, Warieńko?

Grigorij Orłow wciąż jeszcze odnajdywał w swoich komnatach rzeczy należące do *das Fräulein*: jedwabną pończochę, smyczek od skrzypiec, pantofel zniekształcony jej utykaniem. Przynosił je Katarzynie jak trofea. Widywałam go, jak wyciągnięty na otomanie czeka na nią w cesarskiej sypialni, tasując karty dla zabicia czasu. Byłam świadkiem, jak długo wyczekiwaną bierze w objęcia i wywija nią młynka aż do utraty tchu. Widziałam, jak pieści szyję Katarzyny pochylonej nad pisaniem, i zanurza rękę w jej włosach.

Na wyłożonych marmurem korytarzach Pałacu Zimowego feldmarszałek Bestużew, z laską w dłoni, wypatrywał ofiary, która dobrowolnie lub nie wysłuchałaby jednej z jego rozwlekłych, chaotycznych tyrad. Grzeczne wymówki nie zdawały się na nic – były kanclerz, niezależnie od tego, czy trzeźwy, czy pijany, nie zwracał uwagi na przyśpieszone kroki ani grymasy zniecierpliwienia. Katarzyna wydała rozkaz, by pod żadnym pozorem nie wpuszczać go do jej komnat. W ambasadzie brytyjskiej lokaje za szybkie ostrzeżenie o jego nadejściu dostawali podwójne napiwki. Wszyscy wyczekiwali tygodni, w których jego zamiłowanie do kieliszka brało górę nad ambicjami i Bestużew był zbyt pijany, żeby składać wizyty komukolwiek.

– Tylko jedno słowo, hrabino. Jedno słóweczko! – wołał ochryple na mój widok. Złota rączka jego laski, wysadzana drogimi kamieniami, połyskiwała w świetle wpadającym do wnętrza przez olbrzymie okna Rastrellego.

Lecz wtedy umiałam już patrzeć i nie widzieć.

– Nie odchodź jeszcze, Warieńko. Chciałam cię o coś spytać w związku z Darią. Ale pozwól, że najpierw to dokończę...

Pośród wielu listów, które jej przyniosłam tego chłodnego październikowego poranka, był list od hrabiego Panina – czy raczej Nikity Iwanowicza, jak go teraz nazywała Katarzyna – odpowiedzialnego za politykę zagraniczną.

Usiadłam na podnóżku przy ogniu i czekałam, wsłuchując się w chrobot zaostrzonego pióra, sunącego po welinowym papierze, który najbardziej lubiła.

Jak to się często podówczas zdarzało, moje myśli powędrowały w stronę Darii. Coraz częściej wracałam do naszych komnat i odkrywałam, że jej nie ma.

– Znów ją wezwano – wyjaśniała guwernantka, wskazując na sufit, tak jakby wezwanie pochodziło od samego Boga.

Kiedy Daria wracała, z twarzyczką zarumienioną z ożywienia, jej opowieściom nie było końca. Pozwolono jej potrzymać wachlarz carycy. Poproszono ją o odczytanie ustępu ze starego modlitewnika. *Sir* Tom wybiegł za kotem na korytarz dla służby, ale udało jej się sprowadzić go z powrotem.

– Kto jeszcze był u carycy? – pytałam, obserwując jej szczęśliwą buzię, kiedy opowiadała mi o cesarskich gościach. Hrabia Panin szurał nogami podczas chodzenia, powiedziała. Wujek Grigorij rozbawił carycę teatrzykiem cieni, pokazując jej pieski tańczące na ścianie.

– I co powiedział?

– Że caryca powinna mi znaleźć dobrego męża. Z dużym domem na wsi.

– Jesteś stanowczo za młoda na rozmyślania o mężach – powiedziałam mojej córce ze śmiechem. – Nie wiedziałabyś nawet, co z takim robić.

Poczułam jednak ukłucie strachu.

Czekałam, aż Katarzyna skończy pisać list. Płomienie w kominku chwiały się i strzelały w górę. Patrzyłam w ogień, myśląc o tym, że moja córka mnie kiedyś opuści. W przyszłym roku skończy czternaście lat. Tyle samo miała Katarzyna, gdy przyjechała do Rosji, żeby poślubić następcę tronu.

Usłyszałam szelest składanego papieru, poczułam zapach topionego nad świecą laku.

– Balet, Warieńko – powiedziała Katarzyna, odłożywszy pióro i odwróciła się ku mnie. – Chcę, by nasze dzieci zatańczyły razem.

Moja ulga była tak wielka, że gorące łzy stanęły mi w oczach.

– Powiem ci więcej, ale tylko pod warunkiem że przestaniesz beczeć – droczyła się ze mną Katarzyna.

Herr Gilferding, austriacki tancmistrz, którego Katarzyna sprowadziła z Wiednia, przedstawił jej pomysł dworskiego widowiska. Ułożony przez niego balet, *Akis i Galatea*, opowiada historię pasterza zakochanego w prześlicznej nimfie. Akis, zabity przez zazdrosnego cyklopa Polifema, zostaje przez Galateę zamieniony w rzekę, a balet kończy się solowym żałobnym tańcem boga Hymena.

Wielki książę Paweł miałby zatańczyć rolę Hymena, a Daria byłaby nimfą.

– O ile jej płaczliwa matka na to pozwoli – droczyła się dalej Katarzyna, kiedy bezradnie sięgnęłam po chusteczkę, oczarowana wizją mojej córki tańczącej na scenie Pałacu Zimowego i oklaskiwanej przez cały dwór.

– W takim razie postanowione – Katarzyna zbyła moje wyrazy wdzięczności machnięciem ręki i zajęła się listami, które jej przyniosłam. Zobaczyłam, jak podnosi jeden z nich i rozłamuje lakową pieczęć. Zanim dotarłam do drzwi, zerwała się z krzesła i zaczęła podskakiwać jak mała dziewczynka. *Sir* Tom z głośnym szczekaniem zeskoczył ze swojej poduszki i zaczął ścigać własny ogon.

– Król Polski August III nie żyje! – wykrzyknęła. – Sprowadź mi tu zaraz Nikitę Iwanowicza.

Lecz zanim położyłam dłoń na klamce, powstrzymała mnie i powiedziała, by z wzywaniem hrabiego Panina jeszcze zaczekać. Musi najpierw spokojnie zebrać myśli. Jej głos, jeszcze przed chwilą tak radosny, brzmiał już poważnie:

– Teraz, kiedy mam okazję spłacić stary dług względem drogiego przyjaciela, nie wolno mi popełnić błędu, Warieńko – powiedziała.

Dwa tygodnie później hrabia Keyserling wyjechał do Warszawy z instrukcją, aby przeprowadzić pomyślną elekcję Stanisława na króla Polski. W połowie listopada w ślad za nim wyruszył książę Repnin, z zapewnieniem jeszcze silniejszego poparcia Rosji. Książę zabrał też bożonarodzeniowe prezenty dla Stanisława: pudełko czarnych trufli, brązową statuetkę Minerwy i wysadzaną drogimi kamieniami tabakierę z profilem Katarzyny, wyrzeźbionym w kości słoniowej na wieczku.

Upojona radością, powtarzałam słowa *sir* Charlesa: „Stanisław król Polski. Katarzyna caryca Rosji. Związani zaufaniem, rządzący dwoma wielkimi narodami w zgodzie i pokoju".

Dawne marzenie, myślałam, zrealizowane w samą porę i pełne obietnic na przyszłość.

W ostatnią listopadową noc, nie mogąc zasnąć, siedziałam samotnie w moim salonie. Próbowałam czytać, ale od światła świec piekły mnie oczy, a moje myśli uparcie krążyły wokół niezałatwionych spraw: zaginionego obrazu z ostatniej paryskiej dostawy i kurczących się zapasów jedwabnej przędzy, niezbędnego surowca dla nowej pasji Katarzyny – wyplatania ozdobnych sznurów, które rozdawała jako cenione podarunki.

Zegar właśnie wybił północ, gdy w antyszambrze usłyszałam jakieś zamieszanie. Przez chwilę bałam się, że to Bestużew zdołał przełamać opór stawiany przez moich lokajów. W ostatnich tygodniach zaczął mnie prześladować listami, które zawierały tę samą prośbę: żebym pomogła mu uzyskać prywatną audiencję u Katarzyny.

Ale to nie był Bestużew.

Rozmamłanym mężczyzną, który wtargnął do mojego salonu, zionąc wódką i czosnkiem, okazał się Grigorij Orłow. W ręku trzymał miseczkę lodów.

– To dla Darieńki – powiedział. – Ukochanej córeczki Igora.

– Jakim cudem udało ci się zdobyć lody w środku nocy, Grigoriju Grigorijewiczu?

– Mam fory u kucharki – wybełkotał. – Nie wiem zupełnie, dlaczego.

Roześmiałam się.

– Moja córka już śpi – dodałam.

Dzierżąc sztywno miskę w obu dłoniach, runął na otomanę, która aż jęknęła pod jego ciężarem. Jego podarunek powoli zmieniał się w roztopioną, kleistą maź.

Usłyszawszy hałas, do salonu wbiegła Masza; jej leniwe oko błądziło gdzieś po suficie.

– Zanieś to Darieńce – wymamrotał Grigorij, kiedy Masza zręcznie wydobyła miskę z jego uścisku i wyniosła z pokoju.

Chwiejnie wstał z otomany.

– Po co ona chce go zrobić królem Polski, Warwaro Nikołajewna? Żeby wyjść za niego za mąż?

A więc to go gryzie, pomyślałam, kiedy słowa Grigorija popłynęły strumieniem, niosąc obelgi, groźby i łzy.

– Ten mydłek… tchórz… Knuje, byleby do niej wrócić! – Wykonał obsceniczny gest. – Ciągle do niej pisze?

– O to trzeba by zapytać samą carycę.

– Ona nie chce o nim rozmawiać – Grigorij Orłow obrzucił mnie mętnym, niewidzącym spojrzeniem. Świeca za jego plecami zamigotała i zgasła. Siedziałam i słuchałam, coraz bardziej przytłoczona zmęczeniem, zastanawiając się, jak długo może jeszcze potrwać ten monolog zazdrosnego kochanka.

– Aleksiej przesłał wiadomość, że ten polski paniczyk nadal do niej pisze, że chce do niej wrócić… Mówi, żebym się pilnował… że wszyscy spiskują przeciwko nam…

Grigorij, potężna góra mięśni, stał nade mną, chwiejąc się na nogach. A potem nagle zwalił się na podłogę.

Przestraszona, że coś mu się stało, pochyliłam się nad nim. Chrapał. Masza przyniosła koc i poduszkę. Grigorij stęknął, kiedy ściągnęła mu buty. „Katinka, przestań. Nie teraz" – wymamrotał. W końcu zostawiłyśmy go śpiącego na dywanie, okrytego kocem.

Miałam nadzieję, że nikogo nie obudziliśmy, ale kiedy już kładłam się spać, usłyszałam zaniepokojony głos Darii, pytający, co się stało. Siedziała na łóżku, szczupła figurka w białej nocnej koszuli, obejmując rękami kolana, z potarganymi ciemnymi włosami, bez czepka, który się gdzieś zapodział.

– Nic takiego – powiedziałam. – Śpij, *kisońka*.

– Nigdy mi nic nie mówisz – westchnęła z rezygnacją. – To był wujek Grigorij?

– Tak.

– Naprawdę przyniósł mi lody?

– Tak. Ale nikomu o tym nie mówmy. Wujek trochę za dużo wypił.

– Wiem – powiedziała, ziewając. – Nie jestem już dzieckiem.

Przyciągnęłam ją do siebie. Jej włosy wydzielały mdławy zapach, chociaż myła je zaledwie wczoraj. Postanowiłam przypomnieć Maszy, by następnym razem nie żałowała żółtek.

„Przyjmij, proszę, moje najszczersze przeprosiny, a także ten drobny upominek dla Darieńki" – napisał Grigorij Orłow w liście, który otrzymałam nazajutrz. – I nie wspominaj o tym nikomu. Nie chciałbym, żeby moja Katinka się dowiedziała, jaki ze mnie głupiec".

Razem z listem dostarczono cały kosz prezentów: zestaw szkatułek z drzewa sandałowego, przemyślnie ukrytych jedna w drugiej; lakierowane pudełeczko z wiekiem ozdobionym wizerunkiem baśniowej księżniczki w koronie z pawich piór.

„Nikomu nic nie powiem – odpisałam – ale twoje prezenty to zbyt wiele jak dla jednej małej dziewczynki, która lubi lody".

Odpowiedź przyszła niezwłocznie. Grigorij Orłow nalegał, żebym przyjęła jego podarunek. „Przez wzgląd na pamięć Igora – napisał. – W dowód starej przyjaźni".

W następnych miesiącach niewiele myślałam o wydarzeniach tamtej nocy. Rozumiałam zazdrość Grigorija, chociaż nie miał do niej żadnych podstaw. Miejsce w łożu carycy zapewnia dostęp do władzy. Wdowa może ponownie wyjść za mąż. Następca tronu może umrzeć.

Listu od Grigorija nie zachowałam. Bo i czemu miałabym to zrobić?

Pośród szybko upływających godzin i dni myślałam głównie o baletowym występie mojej córki.

Będę nimfą! – powtarzała Daria wszystkim wokół, promieniejąc z zadowolenia, zawsze gotowa zaprezentować nową figurę lub nowe pas, których się właśnie nauczyła.

Nie chciałam jej prawić kazań o ludzkiej zawiści.

– Jeśli pokażesz wszystkim swój taniec przed przedstawieniem, nie będzie żadnej niespodzianki – tłumaczyłam.

Pierwsze próby pod kierunkiem _Herr_ Gilferdinga odbywały się w apartamentach carycy, w niebieskiej komnacie do gry w karty, tak by Katarzyna mogła wpaść i popatrzyć na młodych tancerzy. Nikomu innemu na to nie pozwolono.

Oto, co pamiętam z tych zimowych dni, kiedy przychodziłam po Darię po zakończeniu prób: zachwyty Pawła nad jego kostiumem – upierał się, żeby perukę nosić przez cały dzień. Darię obiegającą komnatę na czubkach palców, z twarzyczką obramowaną dłońmi. Ożywione głosy, pełne skupienia twarze. Opowieści o tym, jak mało brakowało, by potknięcie skończyło się upadkiem, o nieprzewidzianych katastrofach, których udało się uniknąć w ostatniej chwili. O nadwyrężonej kostce, zniszczonych rekwizytach.

Pod koniec marca *Herr* Gilferding ogłosił, że próby przenoszą się do dworskiego teatru, gdzie będzie się im mogła przyglądać wyselekcjonowana publiczność.

Zauważyłam, że Daria nie jest tą nowiną tak podekscytowana, jak się spodziewałam, ale złożyłam to na karb tremy. Dlatego bardzo się zdziwiłam, kiedy pewnego dnia przyszła do mnie do salonu i powiedziała:

– *Maman*, będzie ci bardzo przykro, jeżeli nie wystąpię w tym balecie? – Uciekła mi wzrokiem.

– Dlaczego miałabyś w nim nie wystąpić? – zapytałam.

Zaledwie dzień wcześniej *Herr* Gilferding pochwalił wdzięk mojej córki, jej wytrzymałość i siłę wyrazu.

– Ma zaledwie trzynaście lat, ale więcej w niej gracji niż w tancerkach Cesarskiej Szkoły Teatralnej – perorował.

– Możesz mi wszystko powiedzieć – namawiałam ją, kiedy nie odpowiedziała. – Martwisz się, że nie jesteś dobrze przygotowana?

Pokręciła głową. Zobaczyłam, jak podnosi palec do ust. Już od dawna nie obgryzała paznokci.

Poklepałam miejsce obok mnie na otomanie. Usiadła niechętnie.

Zapewniłam ją, że nie ma się czego obawiać. Że kiedy wyjdzie na scenę, wszystkie lęki znikną. Jej ojciec byłby taki dumny, gdyby mógł zobaczyć, jak tańczy z wielkim księciem, podziwiana przez cały dwór. Czy sama caryca nie mówiła często, że chciałaby dla niej zrobić jak najwięcej? I czy nie zasiądzie tego wieczoru na widowni?

Dopiero wtedy moją uwagę zwrócił złoty łańcuszek na jej szyi, którego wcześniej nie widziałam.

– Skąd to masz? – zapytałam, ujmując wisiorek w palce, żeby się lepiej przyjrzeć szlachetnym kamieniom ułożonym w kształt niezapominajki.

– Od carycy – wymamrotała, nadal unikając mego wzroku.

– To jakaś nagroda? Nie musisz się wstydzić tego, że caryca cię nagrodziła.

Ledwo dostrzegalnie kiwnęła głową.

– Za twój taniec?

– Tak – odparła pośpiesznie, oblewając się rumieńcem.

– Dlaczego się czerwienisz, kochanie? Możesz się już zacząć przyzwyczajać do takich pochwał. Jeśli tylko przestaniesz się garbić, będziesz najpiękniejszą z nimf.

Wyprostowała się natychmiast.

– Trema już sobie poszła? – zapytałam i poczułam ulgę, kiedy przytaknęła.

Patrzyłam, jak odchodzi, wyprostowana, ze ściągniętymi łopatkami i wysoko uniesioną głową. Lekcje u *Herr* Gilferdinga sprawiły, że zaczęła się poruszać wolniej i z większą gracją. Wspaniały nauczyciel, pomyślałam. Nic dziwnego, że Katarzyna tak bardzo chciałaby go zatrzymać w Pałacu Zimowym. Ucieszy się, jak jej powiem, że Gilferding zaczął szukać domu w Sankt Petersburgu. Na razie tylko do wynajęcia, powiedział mi jego służący, ale z możliwością zakupu.

Wciąż nie wiem, jakim sposobem Bestużew znalazł się wtedy w moim salonie.

Masza zapewniała mnie później, że niczego nie słyszała. Służący zaklinali się na świętą ikonę, że nie widzieli, jak wchodził, ani tym bardziej nie przyjęli łapówki za złamanie mojego zakazu, ale im nie wierzyłam. Nie tak znów trudno osłabić determinację lokaja czy pokojówki. Sama robiłam to wiele razy.

Były kanclerz ledwie trzymał się na nogach. Cuchnął wódką. Jego zapuchnięte oczy były szkliste.

– Nie odpowiedziałaś na moje listy, hrabino – wybełkotał. – Uprosiłaś carycę, żeby mnie przyjęła?

Odparłam, że miałam wiele petycji do rozpatrzenia.

– Pamiętam, że niegdyś dokładałaś znacznie większych starań, żeby mnie zadowolić.

Przez chwilę sądziłam, że się przesłyszałam. Uśmieszek na jego wargach przekonał mnie, że jednak nie.

Krew odpłynęła mi z twarzy.

– Precz mi stąd! – syknęłam i sięgnęłam po dzwonek, żeby wezwać lokaja.

Bestużew był szybszy.

– Dlaczego jesteś taka uparta? – zapytał chłodno. – Aż taka jesteś pewna, że ona cię potrzebuje? Ciebie, starej przyjaciółki, którą zawsze darzyła zaufaniem? Ty ciągle nie wiesz, prawda?

– Czego nie wiem? – Patrzyłam na jego czerwoną, spoconą twarz, przeklinając moją ciekawość, niezdolna się powstrzymać przed zadaniem pytania, które Stary Lis wyraźnie chciał usłyszeć.

– Że nigdy nie byłaś jej jedyną zausznicką, Warwaro. Nawet wtedy, w sypialni Elżbiety, miała jeszcze inne. – Postukał się w skroń, jakby próbując się zmusić do wytężenia pamięci. – Wiele innych. Zawsze byłem ciekaw, czy już się dowiedziałaś, ale teraz widzę, że nie.

Poczułam, że uginają się pode mną kolana.

– Wyjdź stąd, zanim każę cię wyrzucić – powiedziałam, chwytając dzwonek.

– Po prostu wypełniałaś jej polecenia, zarówno wtedy, jak i teraz. Byłaś pospolitym szpiegiem, Warwaro. Łatwym do zastąpienia. Jedyna różnica polegała na tym, że wydawało ci się, że jesteś wyjątkowa.

Zamrugał i odwrócił się do mnie plecami.

Gdzie się podziewa ten cholerny lokaj?! – pekliłam się w duchu.

Lecz były kanclerz już sam otwierał sobie drzwi. Lokaj, o mało się z nim nie zderzywszy, aż podskoczył.

Po wyjściu Bestużewa przez dłuższy czas siedziałam w salonie sama. Kiedy Masza przyszła zapytać, czy czegoś mi potrzeba, odesłałam ją.

Pocieszałam się wspomnieniem lekceważących słów Katarzyny, z którymi odrzuciła kolejny rozległy plan reform, zaproponowany przez Bestużewa. Poprzedni dotyczył polityki zagranicznej i rozwścieczył Panina. Obecny zakładał wprowadzenie zmian w armii i wywołał szyderczy uśmiech Grigorija Orłowa.

Jest skończony, powtarzałam sobie. Przegrał, i nie może się pogodzić ze swoją klęską. Próbuje zatruć studnię, z której sam nie może już czerpać.

Zamknęłam oczy i czekałam, aż moje serce uspokoi swój rytm.

*P*remierę *Akisa i Galatei* zaplanowano na koniec maja. W końcu kwietnia Katarzyna pokazała mi projekt zaproszeń z listą tancerzy.

Pospieszyłam do naszych komnat, żeby przekazać tę nowinę Darii. Zawołałam ją, ale nie przyszła, zaczęłam więc szukać Maszy. Znalazłam ją w spiżarni, w rozpaczy, bo myszy zdążyły się już dobrać do naszych zapasów. Worek z mąką był przegryziony, a wokół roiło się od mysich kupek.

– Gdzie Daria? – zapytałam.

– Śpi – odpowiedziała.

– Tak w środku dnia? Źle się czuje?

Masza nie była pewna. Daria poszła do sypialni, mówiąc, że musi się na chwilę położyć, powiedziała mi.

– Długo już tam jest?

– Odkąd strzelili z działa na dwunastą – powiedziała Masza, mając na myśli południowy wystrzał z Twierdzy Pietropawłowskiej. – Jak tylko nauczyciel sobie poszedł. Tyle tego tańczenia męczy naszą *kisońkę*.

– Spała już dosyć długo – powiedziałam i ruszyłam w stronę sypialni. Nacisnęłam klamkę, ale drzwi się nie otworzyły. Były zamknięte na klucz.

– Dario! – zawołałam. – To mama. Otwórz!

Zapukałam, najpierw delikatnie, potem mocniej, bo odpowiedzi nie było.

– Darieńko! Śpisz?

Cisza.

Serce zaczęło mi bić jak szalone.

Przyłożyłam ucho do drzwi, ale nic nie usłyszałam. Zaczęłam walić pięściami.

To Masza zgięła się wpół i zdrowym okiem zerknęła przez dziurkę od klucza.

– Nie ma jej – oznajmiła.

Sama spojrzałam przez dziurkę. W świetle wpadającym do środka przez rozsunięte zasłony zobaczyłam puste łóżko.

Przez jedną straszną chwilę myślałam, że zemdlała, spadła z łóżka i leży nieprzytomna na podłodze.

Zaczęłam się szarpać z klamką.

Nadal cisza.

Nadbiegły pokojówki. Szala Darii nie było, powiedziały. Jej trzewiki i płaszcz podróżny z kapturem także zniknęły. W końcu Masza znalazła klucz do sypialni; leżał na tacy z biletami wizytowymi.

Wyrwałam go z jej rąk, pobiegłam do sypialni i otworzyłam drzwi.

Wewnątrz wszystko wyglądało jak zwykle. Łóżko było starannie posłane. Ranne pantofle Darii stały równo obok podnóżka. Wtem zauważyłam, że moja stara cedrowa skrzynia jest otwarta. Widocznie czegoś w niej szukała, bo biała muślinowa suknia mojej matki leżała odłożona na bok.

Wtedy zobaczyłam odpakowane listy Igora, zsuniętą czerwoną wstążkę. „Ciągle rozmawiam z tatą…" – przypomniałam sobie słowa mojej córki, jej bladą, ściągniętą smutkiem buzię.

Domyśliłam się, gdzie może być.

Wysłałam pokojówkę z poleceniem, żeby przygotowano powóz. Stangretowi kazałam się zawieźć na cmentarz świętego Łazarza.

– Szybko! – nagliłam.

Powóz pędził na wschód, na drugi brzeg Fontanki. Śledziłam wzrokiem wszystkie dziewczęce sylwetki, śpieszące po petersburskich ulicach. Myślałam o tamtym dniu, kiedy Daria przyszła mi powiedzieć, że nie chce tańczyć w dworskim balecie. O tym, jak ją nakłoniłam do zmiany zdania.

Gdy tylko powóz zatrzymał się przed cmentarną bramą, wysiadłam, zebrałam w garść sute spódnice i puściłam się pędem po wysypanej żwirem alejce. Biegłam niezgrabnie, na idiotycznie wysokich obcasach, w rozpiętej na rogówce dworskiej sukni. Biegłam, dopóty nie zobaczyłam mojej Darii, drobnej figurki skulonej przy ojcowskim grobie, z twarzą skrytą w dłoniach. Na rozkaz hrabiego Orłowa prosty nagrobek mojego męża zastąpiono marmurowym pomnikiem, nad którym górował posąg żołnierza wspartego na muszkiecie, z trupią czaszką i kośćmi u stóp. Gładka, przystojna twarz żołnierza w niczym nie przypominała twarzy Igora.

– Darieńko! – zawołałam.

Uniosła ku mnie oczy, mokre od łez.

Wymamrotałam słowa ulgi i oskarżenia. Tak się o nią wszyscy martwiliśmy. Szukaliśmy jej wszędzie. Masza zamartwiała się bez końca.

– Nie złość się na mnie, *maman* – poprosiła Daria.

– Nie złoszczę się – odparłam.

Mocno ją przytuliłam i pogłaskałam po lśniących czarnych włosach. Żaden dworski zaszczyt nie jest wart cierpienia mojego dziecka, pomyślałam.

– Nie chcesz tańczyć w balecie? – zapytałam, gotowa przyznać się do błędu. – Wcale nie musisz, *kisońka*. Jutro powiemy carycy, że trzeba poszukać kogoś, kto cię zastąpi.

Ale Daria szlochała nadal; moje słowa wcale jej nie uspokoiły.

– O co chodzi, kochanie? – zapytałam.

Powiedz mi, proszę, błagałam ją w myślach. Proszę, nie taj niczego przede mną. Przycisnęłam ją do siebie, odnotowując, jak szybko zaokrąglają się jej piersi, jeszcze niedawno całkiem płaskie.

– To wszystko przeze mnie – wyłkała.

awałek po kawałku wyciągnęłam z niej całą historię.
Na początku to były drobiazgi. Spojrzenia Katarzyny zaczęły ją niepokoić, chociaż nie umiała powiedzieć dlaczego. Może to przez to głupstwo, które palnął Paweł, że kiedy zostanie carem, zrobi Darię królową Polski? Powiedziała nawet Katarzynie, że wielki książę tylko tak mówi, że to żarty. A caryca odparła, że o tym wie i wcale się nie gniewa.

Potem zaczęła co dzień przychodzić na próby. Oklaskiwała i chwaliła zarówno Darię, jak i Pawła; moja córka była z tego powodu przeszczęśliwa. Ale któregoś dnia po zakończonej próbie Katarzyna wzięła ją na stronę i zaczęła zadawać pytania. Czy balet, w którym tańczą, jej się podoba? Czy *Herr* Gilferding naprawdę jest zadowolony z postępów wielkiego księcia, czy tylko tak mówi? Czy Paweł będzie dobrze przygotowany do występu przed całym dworem?

Herr Gilferding uważa, że wielki książę jest bardzo dobrym tancerzem, zapewniła carycę Daria. Wyznała też, że chociaż historia pasterza Akisa i zakochanej w nim nimfy Galatei jest ładna, zakończenie jej się nie podoba.

– A co ci się w nim nie podoba? – zapytała Katarzyna.

– To, że pasterz musi umrzeć – odparła moja córka.

Caryca pokiwała głową i pochwaliła jej dobre serce. Ale wtedy wielki książę zaczął się niecierpliwić, zawołał Darię i musiała szybko wrócić do reszty tancerzy.

Caryca przyszła też następnego dnia, i następnego, i zawsze zadawała Darii jakieś pytania. Dziwne pytania: czy Daria ma własne łóżko, czy sypia ze mną? Czy budzi się w nocy? Czy wolno jej zostawać do późna? Jak długo? Wreszcie Katarzyna zapytała ją wprost: „Czy do twojej *maman* ktoś przychodzi, kiedy ty idziesz spać?".

Moja córka odpowiedziała, że nie wie, bo kładzie się spać wcześnie i śpi jak kamień. Nie słyszy nawet, jak codziennie wstaję przed świtem.

– I nigdy nic nie słyszałaś? – dopytywała się caryca. – Nigdy?

Wtedy Daria przypomniała sobie o lodach, których nigdy nie dostała, i opowiedziała Katarzynie o nocnej wizycie wujka Grigorija. O tym, że Masza musiała wyrzucić lody, które dla niej przyniósł, bo całkiem się roztopiły. I o pięknych prezentach, które jej przysłał nazajutrz.

Caryca zadała jej wtedy mnóstwo pytań. Jak wyglądał hrabia Orłow? W co był ubrany? Co powiedział? Jakie prezenty jej przysłał? I dlaczego ona się o tym nie dowiedziała?

Bo mama prosiła, żeby nikomu nic nie mówić, odparła Daria, i dopiero wtedy przypomniała sobie, co mi obiecała.

Zapewne miała bardzo nieszczęśliwą minę, bo caryca zapewniła ją, że to nic takiego. Potem podarowała jej naszyjnik i kazała nikomu nie wspominać o tej rozmowie. Niech to będzie ich tajemnica, powiedziała.

Daria złożyła jej obietnicę, że nikomu nie powie. Kiedy musiała mnie okłamać, za co dostała naszyjnik, czuła się okropnie. A potem wujek Grigorij zaczął na nią krzywo patrzeć, a więc on też się dowiedział i na pewno też się na nią gniewa.

– A dzisiaj znalazłam to – wyszlochała moja córka, wyciągając coś z kieszeni płaszcza. Arkusik papieru, złożony na pół. Pomyślałam, że z mojej skrzyni wyjęła jeden z listów od Igora i chciała mi go teraz zwrócić, ale się myliłam. Była to narysowana grubą kreską karykatura, przedstawiająca dwie postaci. Zwalisty mężczyzna o twarzy wykrzywionej okrutnym uśmiechem leżał nago na łóżku, sięgając po cesarską koronę z dwugłowym orłem. Do jego łóżka pchała się kobieta z utrąconym nosem.

– Nie ma się czym przejmować – zapewniłam ją i podarłam karykaturę w drobny mak. Jakimś sposobem udało mi się zachować spokojny głos.

Rysunek znalazła pod moją poduszką, wyznała mi. Myślała, że to sekretna wiadomość, taka jak ta, które zostawiał dla niej tata, żeby naprowadzić ją na ukryty prezent, kiedy była mała.

– Nie gniewam się na ciebie – powiedziałam, ocierając łzy z jej policzków.

Obiecałam, że porozmawiam z carycą.

Obiecałam, że wszystko będzie dobrze.

Kiedy wróciłyśmy do Pałacu Zimowego, zapytałam Maszę i pokojówki, czy ktokolwiek wchodził tego dnia do mojej sypialni. Przysięgały, że nie miałam żadnych gości. Dzień wcześniej lokaj wielkiego księcia przyszedł po Darię, żeby zabrać ją na próbę baletu, ale kazały mu zaczekać na korytarzu i nigdy nie przekroczył naszego progu.

Odesłałam je wszystkie.

Podejrzliwość to wyniszczająca cecha. Przekleństwo wszystkich szpiegów. Długie chwile poświęcone sprawdzaniu pieczęci na doręczonych mi listach. Wewnętrzny głos, który kwestionuje każdy życzliwy uśmiech, rozbrzmiewa ostrzegawczo przy pierwszym przejawie cudzej ciekawości. Każe się bacznie przyglądać wszystkiemu, co niecodzienne, i zastanawiać nad tym, co jest rutyną.

Co ta pokojówka robiła sama w moim pokoju? Skąd ten nagły zapał, żeby wyszorować palenisko w kominku?

Sprawdziłam nawet ściany, żeby się przekonać, czy nie ma w nich tajnych przejść. Nic nie znalazłam.

Pająki przędą dwa rodzaje nici, przypomniałam sobie. Gładką, po której chodzą, i lepką, która jest pułapką.

Wieczorem, kiedy Daria, wciąż płaczliwa, ale uspokojona, położyła się wreszcie do łóżka, pośpieszyłam przez korytarze Pałacu Zimowego, na których lustra w złoconych ramach zwielokrotniały moją postać. Przebiegłam przez wciąż niewykończone skrzydło, komnaty pozostawione przez dekoratorów, gdy *monsieur* Rastrelli, urażony rozkazem Katarzyny, żeby usunął część złoceń ozdabiających cesarskie apartamenty, wyjechał do Kurlandii.

Serce biło mi jak oszalałe, w głowie kłębiły się pytania. Czy przyjaźń musi opuszczać monarchów? – pytałam siebie gorzko. A może to monarchowie opuszczają przyjaciół?

Myślałam o Katarzynie w moskiewskim soborze Uspienskim, w srebrzystej sukni obszytej gronostajem i haftowanej w dwugłowe orły. O Katarzynie ujmującej w dłonie imperatorską koronę i wkładającej ją sobie na głowę.

Do moich rozmyślań uparcie wkradał się głos Bestużewa: „Zaczyna wierzyć, że zawdzięcza tron wyłącznie sobie samej... Taka jesteś pewna, że ona cię potrzebuje?... Byłaś pospolitym szpiegiem. Łatwym do zastąpienia... wydawało ci się, że jesteś wyjątkowa".

W myślach mignął mi obraz przerażonej twarzy Darii, udręczonego dziecka, które namówiono do zdrady. Niewinnej Darieńki, która obwinia się za jad dworskiej zawiści.

Czy tego chcę dla mojej córki?

Prześlizgnęłam się obok lokajów, chrapiących nad stołami, obok gwardzistów, kłócących się zażarcie podczas gry w karty. Przypomniałam sobie pogłoski o brutalnych bijatykach, jakie rozgrywają się w koszarach, o rozbitych głowach, połamanych kończynach, skórze pociętej nożami. Orłowowie mieli ponoć skuteczny sposób na głupców, skłonnych sądzić, że mogliby zastąpić Grigorija w łożu Katarzyny.

Od jak dawna się oszukiwałam? Co jeszcze uszło mojej uwadze? Co już na zawsze utraciłam?

Koty czmychały na dźwięk moich kroków. Służące mówiły, że Murka zdziczała zupełnie. Widują czasem starą kotkę Elżbiety, jak się włóczy po pałacowych ogrodach, zastygając na widok wróbla, i znikając za żywopłotem, kiedy tylko jakiś człowiek zrobi ruch w jej stronę, szeptały.

Wróciłam do naszych komnat przed piątą. Czekała na mnie Masza.

Pomogła mi zmienić zabłoconą suknię, biadając nad zniszczonym jedwabiem. Od takiej łazęgi po nocy zaziębię się na śmierć, łajała mnie. Sprowadzę do domu jakieś nieszczęście.

– A caryca pewno już wstała – oświadczyła.

– Jesteś, Warieńko! – wykrzyknęła Katarzyna, kiedy weszłam do cesarskiego gabinetu, niosąc srebrną tacę. – Nigdy wcześniej się nie spóźniałaś. Martwiłam się o ciebie. Ręce ci drżą, czy coś się stało?

W jej głosie było tyle troski, że na chwilę uległam złudzeniu, iż wszystko, czego się dowiedziałam, wcale się nie zdarzyło. Że najwyraźniej popełniam błąd, że Daria widocznie źle odczytała jej intencje. Te myśli były tak kuszące, że zamarłam, jak we śnie, a słowa, które chciałam wypowiedzieć, uwięzły mi w gardle.

– Daria jest bardzo nieszczęśliwa – wykrztusiłam w końcu. – Nie chce tańczyć w tym przedstawieniu.

Katarzyna odsunęła na bok stos papierzysk i wskazała mi miejsce obok siebie.

– Z powodu zakończenia? – zapytała łagodnie, widząc, że się waham. – Mnie także się nie podoba. Powiedz Darieńce, że rozmawiałam już o tym z *Herr* Gilferdingiem. Po cóż nas tak zasmucać, zasugerowałam mu. Czy mało mamy własnych zmartwień?

Poczułam nagły przypływ paniki. Czarny wir niepewności jednocześnie wciągał mnie i wyrzucał.

– Nie chodzi o zakończenie – wymamrotałam.

Nie usiadłam, ale Katarzyna tego nie zauważyła. Opowiadała mi już o zmianach, które wprowadziła do baletowej historii. Hymen powstrzyma Polifema w ostatnim momencie. Polifem, nękany wyrzutami sumienia, będzie ze wstydu skrywał twarz, dopóki nie uzyska przebaczenia. To będzie balet komiczny. *Herr* Gilferding powiedział, że jej poprawki są znakomite. W końcu, uświadomiwszy sobie, że nadal stoję, zapytała:

– Dlaczego nie usiądziesz, Warieńko?

– Nie chodzi o balet – powiedziałam.

Katarzyna odłożyła pióro.

– W takim razie o co?

Spojrzała mi prosto w oczy, nadal z troską, ale zarazem przynaglająco.

Wtedy to z siebie wyrzuciłam, nawet jeśli nie tymi słowami, którymi chciałam, to bliźniaczo mrocznymi:

– Naprawdę sądziłaś, że cię zdradziłam?! Czy nie byłam ci zawsze wierną przyjaciółką? Jak mogłaś wypytywać moją córkę o takie rzeczy na mój temat?! – Katarzyna zmarszczyła brwi, ale to mnie nie powstrzymało. – Daria jest inna niż my, kiedy byłyśmy w jej wieku. To jeszcze dziecko!

Katarzyna patrzyła na mnie tak, jakbym postradała rozum. Chociaż teraz wydaje mi się to niepojęte, wtedy naprawdę wierzyłam, że wszystko mi wyjaśni. Przekreśli to, co się stało, podobnie jak ja podarłam ten obrzydliwy rysunek, znaleziony przez Darię. Ale słowa, które usłyszałam, były oschłe i zimne.

– Chyba się zapominasz, Warwaro Nikołajewna. A cóż cię tak dotknęło?

Piekące łzy stanęły mi w oczach.

– Kazałaś na mnie donosić mojej własnej córce!

– Poprosiłam ją tylko, żeby mi opowiedziała, co się wydarzyło. Bo ty nie uważałaś za stosowne tego uczynić!

Powiedziała to z taką mocą, że ku własnemu zdumieniu zaczęłam się bronić, wyjaśniając niewinne przyczyny mojego milczenia.

– Grigorij jest zazdrosny o Stanisława. Za dużo wypił i przyszedł do mnie zapytać, czy Stanisław nadal do ciebie pisze. Zasnął po pijanemu w moim salonie. Kiedy się obudził, przepraszał i błagał, żebym nikomu o tym nie mówiła. Był zażenowany.

– Masz ten liścik, który ci przysłał? – Katarzyna pochyliła się w moją stronę. Nie odrywała oczu od mojej twarzy.

– Nie zachowałam go. Uznałam, że to nic ważnego.

– Powiedziałam ci już kiedyś wyraźnie, żebyś osąd, co jest ważne, a co nie, pozostawiła mnie, Warieńko.

Przez głowę przemknęło mi wspomnienie smagnięcia rózgą po łydkach, przeszywająco bolesnego, rozcinającego skórę. Poczułam gorzki smak własnej bezsilności.

– Jesteś carycą – wypaliłam. – Postępujesz tak, jak uważasz.

Katarzyna westchnęła, z miną matki doprowadzonej do rozpaczy przez krnąbrne dziecko, a jednocześnie pewnej swego.

– Nie mam czasu bawić się w oskarżenia. Wiem, że niekiedy jest ci ciężko. Ale nie musisz przecież zaraz robić scen urażonej dumy. Nie wspominajmy o tym więcej. Powiedz Darieńce, że będzie zachwycającą nimfą.

– Daria nie zatańczy – usłyszałam swój głos.

Katarzyna rzuciła mi zniecierpliwione spojrzenie.

– Dobrze, Warieńko – powiedziała. – Daria nie zatańczy w tym przedstawieniu, skoro obie tego nie chcecie. A teraz muszę się już zająć ważnymi sprawami, ty zaś musisz się uspokoić, zanim wrócimy do tej rozmowy.

Zrobiłam krok w stronę drzwi. Nie zdołałam się jednak pohamować.

– Ile ich jeszcze miałaś? – rzuciłam szorstko.

Podniosła głowę.

– Ile miałam czego? – zapytała.

– Informatorek. W sypialni Elżbiety. Ile oprócz mnie?

Zobaczyłam wyraz jej twarzy, uśmiech zabarwiony politowaniem. Po omacku odnalazłam drzwi.

Chwilę później zbiegałam na oślep po szerokich marmurowych schodach Pałacu Zimowego, przeklinając moje łzy.

Epilog

1764

Warszawa

Jest już dobrze po północy, co potwierdza mój kosztowny zegarek Duvala, z tarczą otoczoną rzędem drobnych diamencików – jeden z prezentów od Katarzyny.

„Droga Warieńko – pisze do mnie caryca w ostatnim liście. – Kiedy wracacie"? Wyobrażam ją sobie, jak siedzi przy swoim biurku o świcie, z dzbanuszkiem parującej kawy ustawionym obok na srebrnej tacy.

Świeca na moim biurku migoce i skwierczy. Jakaś ćma osmaliła sobie skrzydła i leży teraz, trzepocąc, w kałuży stopionego wosku. Sprawdzam, czy gęsie pióra są dobrze przycięte, atrament nie za gęsty, czy mam wystarczający zapas papieru, zwykłego, bo od satynowanego bolą mnie oczy. Woń atramentu jest słodka, nawet lekko mdląca. Na zewnątrz ścieli się gęsty listopadowy mrok, od czasu do czasu przeszyty blaskiem latarni niesionej przez jakiegoś przechodnia i wyciem psów. W Sankt Petersburgu Stanisław nazywał tę porę „czasem zwierzeń". To właśnie podczas takich północnych zim, kiedy noc zapada wcześnie i trwa długo, czyni się wyznania i ujawnia sekrety.

$-\mathcal{W}$ysoce niefortunny wybuch, Warieńko – powiedziała Katarzyna, wezwawszy mnie kilka godzin później do cesarskiej sypialni. – Ale nie pozwolę mu zniszczyć naszej długoletniej przyjaźni.

Jej jedwabne spódnice szeleściły, kiedy przemierzała komnatę tam i z powrotem; rąbek jej złocistej sukni zamiatał podłogę.

Przyglądałam się jej uważnie, gdy mówiła. Jej oczy błyszczały, twarz rozjaśniał ciepły uśmiech. Tak jakby zupełnie nic się nie wydarzyło, jakbym to sobie wszystko wymyśliła.

– Podróż świetnie ci zrobi, Warieńko. Najlepiej taka, jaką sama chętnie bym odbyła. Zabierz Darię do Paryża, Berlina, Warszawy. Niech twoja córka rozejrzy się po świecie i spędzi pewien czas z dala od Sankt Petersburga. I niech wróci na dwór w pełnym rozkwicie.

$-\mathcal{C}$o ty tam tak piszesz, *maman?* – zapytała mnie Daria dziś rano. Jej polszczyzna jest zbyt rozkołysana, zbyt śpiewna, wyraźnie naznaczona przez rosyjski.

Moja córka rozmawia ze mną po francusku.

Przypomniałam sobie, jak gdy miała pięć czy sześć lat, przyszła, niosąc worek pełen pokruszonego chleba, i poprosiła, żeby ją zabrać nad kanał obok Pałacu Letniego, bo chce nakarmić kaczki. Był listopad i woda przy brzegu zdążyła już zamarznąć. Daria rzucała chleb kaczkom, które, gnane łakomstwem, nadbiegały ku niej i wpadały w poślizg na lodzie. Myślała, że to wszystko specjalnie dla niej, dla jej zabawy.

– Spisuję swoje myśli – odparłam.

– Jakie? – zapytała.

– Te, których nie chcę zapomnieć.

$\mathcal{P}$ojechałyśmy do Paryża i Wiednia. Spacerowałyśmy po szerokich bulwarach, oglądałyśmy wspaniałe obrazy, bywałyśmy w odznaczających się niezwykłym przepychem pałacach, gdzie podejmowano nas dwornie i z ciekawością. Plotki na nasz temat budziły mój uśmiech. Owdowiała rosyjska arystokratka z prześliczną córką, bliska przyjaciółka carycy – dowodów cesarskiej łaski nie da się ukryć tak łatwo.

Zwłaszcza w Paryżu miano przyjaciela Katarzyny jest upragnionym zaszczytem. *Monsieur* Voltaire robi wszystko, żeby na nie zasłużyć. W swoich listach do Katarzyny, otwartych i szeroko znanych, nazywa ją filozofem na tronie, Semiramidą Północy, Gwiazdą Polarną, która zawsze wskazuje właściwą drogę zbłąkanym podróżnikom.

Monsieur Voltaire nabił sobie głowę konceptem, że Katarzyna uzdrawia barbarzyńską Rosję, nadrabia dziesięciolecia „bezprzykładnych zaniedbań i nadużyć", zupełnie jakby Francja takich grzechów nie znała. Katarzyna osusza rosyjskie bagna kopiąc kanały, ogłosił. Otworzyła szpital i sierociniec. Karczuje lasy sosnowe. Rosyjscy senatorzy jeszcze nigdy nie pracowali tak ciężko. „Jej motto brzmi »Być użyteczną« – mówi *monsieur* Voltaire tym, którzy dreptają za nim w podziwie. – A jej godłem jest pszczoła".

Iwana VI – niegdyś cara niemowlęcia, a przez długie lata więźnia numer jeden szlisselburskiej twierdzy – znaleziono martwego w kałuży krwi 5 lipca. Byłam akurat w Paryżu, kiedy tę wiadomość podały wszystkie gazety. Słowa Katarzyny cytowano przy każdej okazji: „Poważny i niebezpieczny spisek został stłumiony w zarodku". Broszurki, które wtykali przechodniom do rąk mali chudzielce – drukarscy pomocnicy, były znacznie mniej oględne: „Kolejny car, który zdecydował rozstać się z tym światem i to w niespełna rok po śmierci pierwszego? Ile jeszcze takich dogodnych tragicznych »wypadków« może się zdarzyć na rosyjskim dworze?". Anonimowi autorzy posuwali się w ponurych wnioskach jeszcze dalej: „Filozof na tronie – czy Messalina, która zabija i zdradza, kiedy jej to na rękę?".

– Nie mnie się wypowiadać w sprawach Rosji – odpowiadałam, kiedy proszono mnie o komentarz.

Lecz wkrótce inne wieści z Sankt Petersburga przyćmiły te spekulacje – Katarzyna zaczęła kupować obrazy. Całe kolekcje, które, przez nikogo nieoglądane, kurzyły się w niszczejących zamkach, można było sprzedać za żywą gotówkę. Marszand carycy dobrze płacił i nie zadawał wielu pytań. Miał tylko jedno zastrzeżenie: Katarzyna, jego monarchini, obdarzona miękkim, kobiecym sercem, nie chciała żadnych obrazów o tematyce wiążącej się ze śmiercią czy stratą.

„Jakie to wzruszające – słyszałam. – I jakie rosyjskie".

Rządzić to znać słabości ludzkiego serca, przypomniałam sobie. I umieć z nich zrobić użytek.

Nie masz prawa spodziewać się niczego innego, powtarzałam sobie.

Czy sama nie uważałaś się za jej przyjaciółkę? Czy nie byłaś powiernicą jej sekretów?

Do Warszawy przybyłyśmy w pierwszym tygodniu września, zaraz po elekcji, w wyniku której Stanisław został królem Polski, tak jak życzyła sobie tego Katarzyna.

Chłodne niebieskie popołudniowe niebo skrzyło się w promieniach zachodzącego słońca, kiedy jechałyśmy w stronę Wisły przez labirynt krętych uliczek. Gdy otworzyłam okno powozu, żeby wpuścić trochę świeżego powietrza, usłyszałam gwar głosów, ale nie potrafiłam rozróżnić słów.

Wyjechałam stąd prawie trzydzieści lat temu, lecz kiedy znalazłyśmy się w sercu miasta, umiałam jeszcze pokazać mojej córce katedralne wieże i dach królewskiego zamku na tle gorejącego nieba. Byłam zdziwiona, bo wszystko wydawało mi się znacznie mniejsze, niż pamiętałam. Zanim dotarłyśmy na ulicę Senatorską, gdzie wynajęłam mieszkanie, gęstniejący mrok rozjaśniały już tylko płomienie latarni, migoczące jak robaczki świętojańskie.

– Na ulicach jest pełno błota! – poskarżyła się Daria.

Teraz, miesiąc później, Warszawa nadal nie budzi jej zachwytu. Fasady tutejszych pałaców nie rozciągają się na całe kwartały ulic. Nie ma kanałów. Parki są zaniedbane i zatłoczone, mosty – wąskie.

Słyszałam, jak szepczą między sobą po rosyjsku. Jak Masza zwierza się mojej córce ze swojej tęsknoty.

Nie za Sankt Petersburgiem, nie za życiem na dworze, ale za Rosją, gdzie północne wiatry wieją nad olbrzymimi połaciami ciemnozielonych lasów. Za styczniowymi nocami, jasnymi prawie tak jak białe noce, ale nie od promieni słońca, które nie chce zajść, tylko od srebrnego blasku księżyca. Za lodowymi taflami kry, ocierającymi się o siebie z trzaskiem, za skałami, w których uwięzione szlachetne kamienie wyglądają jak zamarznięte krople krwi. Za świętymi miejscami, gdzie w podniosłej chwili, która nadchodzi, gdy się jej najmniej spodziewamy, można zajrzeć do innego świata.

Zdrowe oko Maszy jest smutne i puste; w jej oddechu można wyczuć słodkawą woń wódki. Moje pytania zbywa grymasem wypierającym się wszystkiego.

– Kiedy wracamy? – pyta.

Odpowiadam, że jeszcze nie wiem, i moja markotna stara służąca odchodzi, powłócząc nogami.

– Ona chce umrzeć w Rosji – wyjaśnia mi Daria. – Chce zostać pochowana w wiosce, w której się wychowała. Obok swojej matki.

Masza mówi o śmierci tak, jakby była powrotem z dalekiej podróży. Chce, żeby ją pochowano z twarzą zwróconą w stronę morza, w piaskach północy, w których ciało się nie rozkłada. Marzy o prostej mogile ze świeżo obciętymi gałęziami jodły na dnie, tak żeby łatwiej było wyciągnąć sznur spod opuszczonej do grobu trumny. O mogile, na którą stare kobiety z jej wioski będą sypały okruchy chleba, i dokąd będą przychodzić, żeby siedzieć i dumać o dalekich drogach, jakimi potoczyło się jej życie, i o tym, czy tu na ziemi widziała już tamten świat.

*B*arbaro! – Stanisław, kiedy przychodzi do nas w odwiedziny, zwraca się do mnie moim polskim imieniem. – Przyjaciółko z tak drogiej mi przeszłości.

Gęste czarne włosy nosi tutaj związane na karku. Dla mężczyzn czas jest bardziej łaskawy: Stanisław, trzydziestodwulatek, nie wygląda starzej, niż wtedy gdy opuszczał Sankt Petersburg przed czterema laty.

Nie pyta o powód mojej podróży.

Książę Repnin właśnie dostarczył oficjalne oświadczenie Katarzyny: Polacy dobrze wybrali nowego króla. Imperatorowa Wszechrusi przewiduje dla Stanisława, jego rodziny i jego kraju wspaniałą przyszłość.

– Widziałaś ją zaledwie przed kilkoma miesiącami. Wspominała o mnie? – pyta Stanisław.

– Ależ oczywiście, Wasza Wysokość – kłamię. Nie potrafiłabym go zranić.

Stanisław siedzi, milcząc, w moim salonie; jego klasyczny profil oświetlają promienie listopadowego słońca. O czym myśli? O ich Marzeniu? Dwóch potężnych słowiańskich narodach, rządzonych przez rozum; o carycy filozofce i królu filozofie, niestrudzonych w trosce o dobro poddanych?

W tym kraju nikt nie szepcze. Kupcy głośno skarżą się na klientów, którzy nie spłacają długów; medycy i aptekarze z zapałem rozprawiają o szczegółach kuracji pacjentów. Wszyscy mają mnóstwo do powiedzenia na temat Stanisława. Dochód z jego posiadłości nie przekracza pięćdziesięciu tysięcy złotych rocznie; niejaki Szydłowski usiłuje mu wyswatać swoją córkę. Także herb Poniatowskiego, ciołek – młody byczek – jest źródłem powszechnej wesołości. Temat żartów jest przewidywalny: dywagacje na temat polotu bydła tudzież obrócenia polskiego dworu w oborę.

Tu nikt nie lubi Katarzyny.

Na ulicach Warszawy wojska rosyjskie, sprowadzone przez wujów Stanisława, aby „zagwarantować pokój", są obwiniane już nie tylko o kradzież kurczaków i połamane płoty. Rosjanie są jak szarańcza, słyszę. Tratują uprawy. Przemocą płodzą bękartów.

Rosyjskie pieniądze, rosyjskie wojsko, rosyjska dyplomacja dały mu tron, mówią ludzie. Co będzie musiał dać w zamian?

– Caryca nie może sobie pozwolić na to, by słuchać podszeptów serca – tłumaczę Stanisławowi.

Lekko wzdryga się na sformułowanie „nie może".

– Wiem o tym – odpowiada mi z dworską galanterią. – Istnieje jednak wiele sposobów, by dochować wierności temu, w co się wierzy.

– Tak – przyznaję. – Bez wątpienia tak.

Nie umiem przejść obok stoiska z książkami i nie dotknąć tomów, które kryją się pośród pudełek francuskiej tabaki i toników na pokrzepienie i poprawę nastroju, sprzedawanych tu przez ulicznych handlarzy. Podnoszę te stare księgi, otwieram, przekartkowuję, oglądam oprawy. Chwalę doskonałość złoceń i znakomity gatunek skóry. Czasami pytam, skąd pochodzą. Księgarze opowiadają mi, że aby zdobyć takie książki, trzeba iść śladem śmierci. Najlepszy moment na rozmowy z rodziną to ten zaraz po pogrzebie. Spadkobierców, którzy nie są wdzięczni za możliwość natychmiastowego spieniężenia księgozbioru, można policzyć na palcach jednej ręki.

Kompletuję bibliotekę, która pozwoli mi przetrwać długie i samotne wieczory, jakich się spodziewam. Bibliotekę, która pomoże mi zrozumieć znaczenie tego, co przeżyłam, i utwierdzi mnie w mojej decyzji. Moim najnowszym zakupem jest *Kandyd, czyli Optymizm*. Podobno sprowadzony do Warszawy w największym sekrecie i oferowany wyłącznie najbardziej wymagającym i wiarygodnym klientom. Jego autor, bliżej nieznany Docteur Ralph, to oczywiście nikt inny jak *monsieur* Voltaire we własnej osobie.

Ale wieczorami zatapiam się w lekturze Tacyta. Czytam o ostentacji, której celem jest uwodzić i usypiać czujność sobie podporządkowanych, o łaskach, za które można kupić ich dusze. Czytam o szpiegach wysyłanych na obserwację lamentu żałobników – bo to, jak rozpaczamy, także nas zdradza.

Utrzymać się u władzy to jak utrzymać się na grzbiecie wilka, czytam.

*P*an Korn, właściciel niewielkiej, lecz dobrze prosperującej księgarni przy Krakowskim Przedmieściu wiele sobie obiecuje po nowym królu.

– To człowiek światły – mówi o Stanisławie. – Człowiek, który nie tylko nosi ze sobą książki, ale także je czyta.

Pan Korn jest całkiem przystojny; ma ciemne włosy, starannie rozdzielone nad czołem, gęste, ciemne brwi i łagodne oczy. Kiedy zjawiamy się u niego z Darią, wita nas uśmiechem.

Księgarz, myślę sobie. Bratnia dusza dla córki introligatora.

Częstuje nas herbatą osłodzoną miodem i pokrojonym na kawałki strudlem z orzechami włoskimi i rodzynkami. Pozwala Darii myszkować między regałami i zdejmować z nich książki podróżnicze, którymi ostatnio zaczęła się zaczytywać. Wczoraj podarował jej *Przypadki Robinsona Kruzoe* – przeczytała je już do połowy, zatonąwszy w opisach bezludnej wyspy i dni wypełnionych konstruktywną pracą.

Podobnie jak inni mieszkańcy tego miasta pan Korn chętnie opowiada mi o swoim życiu. Jego rodzina pochodzi z Niemiec, ale wyjechała stamtąd, kiedy był jeszcze na tyle mały, że język swoich przodków zna już tylko biernie.

Dlaczego wyjechali?

Przyczyny, dla których ludzie pakują swój dobytek i opuszczają rodzinny kraj, zawsze są podobne, odpowiada z uśmiechem.

Pyta mnie o Rosję. Relacje podróżników, które czytał, bardzo go rozczarowały. Podróżnik zauważa to, co wydaje mu się inne i dziwne, mówi. Wyławia szczegóły, które mogą być ważne, ale nie muszą.

– A pani spędziła tam prawie całe życie – przypomina mi. – Proszę mi o tym opowiedzieć.

Spędziłam tam prawie całe życie, ale także i ja opisuję mu tylko fragmenty. Lodowate podmuchy wiatru, które hamują wzrost drzew. Zapach ładanu unoszący się przed ikonami jeszcze długo po przejściu wielkanocnej procesji. Sposób, w jaki lodowa skorupa Newy ciemnieje na wiosnę i zaczyna pękać jak ziemia spalona słońcem.

– Nigdy nie wspomina pani o ludziach – zauważa.

– Nie chcę kłamać.

$\mathscr{K}$oronacja Stanisława odbędzie się 25 listopada, w dzień świętej Katarzyny. Wybór tej daty, podobnie jak zgoda na wkroczenie wojsk rosyjskich, budzi wiele kontrowersji.

Drewniany chodnik nakryty czerwoną materią będzie prowadził do katedry Świętego Jana, w której Stanisław zostanie namaszczony na króla. Mam nadzieję, że powaga tego sakramentu sprawi, iż niechęć niektórych choć trochę zmaleje.

Warszawa niecierpliwie wygląda uroczystości koronacyjnych. Uliczkę wiodącą z katedry, w której hrabia Stanisław Poniatowski przyjmie tytuł Stanisława Augusta króla Polski, na Rynek Starego Miasta udekorowano już jodłami i obeliskami. Na rynku, gdzie mieszkańcy stolicy powitają nowego władcę, ustawiono tron królewski, a przed nim stanął łuk triumfalny, podtrzymywany przez alegorie Miłości, Pokoju, Męstwa i Sprawiedliwości. Za dzień lub dwa zwieńczą go portret Stanisława i figura polskiego białego orła. To tam nowy król otrzyma klucze do bram miasta.

Dostrzegam liczne sposobności, które ucieszyłyby Katarzynę. Tutaj, w samym sercu Polski, mogłabym z łatwością prowadzić salon na paryską modłę. Z fasonem, na wysokim poziomie. Bywałby u mnie sam król. Mogłabym stworzyć miejsce, w którym dyskutowano by o najnowszych książkach, spotykano najwspanialsze umysły i najpiękniejsze kobiety. Ludzie i bez tego mówią tutaj za dużo, a potrzeba, by się wydać ważnym, prowokowałaby ich do dalszych niedyskrecji.

– *J*estem świadom moich słabości, Barbaro – twierdzi Stanisław. – Znam też moje mocne strony. Jestem łatwy w pożyciu, cierpliwy, nie obrażam się bez powodu. Umiem ocenić, co jest możliwe do przeprowadzenia, a co lepiej odpuścić.

Myślę o rzekach, o cichej nieustępliwości ich nurtu.

– Piotr Wielki chciał, żeby Polska stanowiła bufor pomiędzy Rosją a resztą Europy – ciągnie Stanisław. – Ale słaby bufor to bufor nieprzydatny. Silna Polska leży w interesie Rosji.

Chodzimy po pustych komnatach zamku, przez lata zaniedbywanego przez królów Sasów, którzy woleli rezydować w odległym Dreźnie. Odgłos naszych kroków odbija się echem od łuszczących się ścian i sufitów pokrytych liszajami pleśni. Myślę o starym Pałacu Zimowym, którego skrzypiące drewniane podłogi zastąpiono posadzkami z uralskiego marmuru.

Warszawa potrzebuje nadwornych malarzy i architektów o dobrej sławie, dworskiej orkiestry z prawdziwego zdarzenia i własnego kapelmistrza. Pałacu, w którym król będzie mógł przyjmować dostojnych gości, nie płoniąc się ze wstydu; w którym adwersarze będą się spotykać i szukać porozumienia, opowiada mi Stanisław, zapalając się coraz bardziej. W ten sposób chce jasno dać znać Europie, że Warszawa, Polska i polski król są światowi, oświeceni i gotowi do poświęceń, by sprawować silne rządy.

– Zostań w Warszawie, Barbaro. Dość mam już wrogów i osób, które źle mi życzą. Zdaję sobie sprawę, że to, co mogę ci zaoferować, blednie wobec wspaniałości Sankt Petersburga, ale byłabyś tu wśród przyjaciół.

Pozwalam mu ująć moją dłoń i podnieść ją do ust.

Myślę o szpiegach, którzy przeszli na drugą stronę, którzy służą jednemu panu, wybierając, o czym doniosą drugiemu. Zdrada,

która może się powieść, jeśli tylko ma się dość sił do następnej walki, jeśli się wierzy, że władca może zmienić naród, którym rządzi.

– Mógłbym ci zaoferować…

Przerywam mu, zanim zdąży dopowiedzieć to zdanie do końca.

– Doprawdy otrzymałam już aż za dużo.

Pod domem przy Senatorskiej stadko wróbli przysiadło na
gałęziach nagiego krzewu, który opiera się o ogrodzenie.
Moi nowi polscy służący nazywają go samosiejką, bo nikt go tam
nie posadził. Nie znam jego prawdziwej nazwy, wiem już jednak,
że jest bardzo odporny i dobrze znosi przycinanie. Najładniejsze
są w nim drobne owoce, jasnopomarańczowe, niemal kuliste, teraz pomarszczone z zimna.

Lubię skrzypienie mojego pióra, sunącego lekko po papierze,
kiedy piszę. Dobry papier ze znakiem wodnym, świeżo przycięte
pióro, czarny atrament, który wysycha, w miarę jak zapełniam stronę.

Nadal mam swoje źródła informacji w Sankt Petersburgu. Moi
korespondenci, których nazwiska pozostaną moją tajemnicą, do-
starczają wyłącznie faktów i obserwacji. To mądrzy ludzie. Nie
ferują sądów.

Do czytania ich raportów zmusza mnie ciekawość – chęć do-
wiedzenia się czegoś o ludziach, których niegdyś kochałam i nie-
nawidziłam, a których losy teraz mogę już tylko śledzić. Ale w du-
żej mierze czytam je także dla własnej korzyści. Tylko głupiec
ignoruje stan morza, którego fale w każdej chwili mogą porwać
jego łódź z powrotem w sam środek sztormu. Grigorij Orłow ugania się za kolejną dwórką, a jego brat nadal bacznie się przygląda
wszystkim przystojnym mężczyznom, którzy usiłują się zbliżyć
do Katarzyny. Aleksiej wdał się już w poważną bójkę z niejakim
Grigorijem Potiomkinem, wachmistrzem gwardii konnej, który
w dniu przewrotu wręczył Katarzynie swój rapeć. Bójka ta kosz-
towała Potiomkina oko.

Królewskie dary od Katarzyny – wędzony astrachański jesiotr i książka Pierre'a Brantôme'a – przybyły zawinięte w lśniący materiał i przewiązane zielonymi wstążkami, na których końcach opieczętowanych lakiem widniały jej symbole: pszczoła, ul, garniec miodu. Darii, która w tym miesiącu będzie obchodzić piętnaste urodziny, Katarzyna przysłała wspaniałą klatkę dla ptaków wraz z liścikiem przypiętym do haftowanej poduszki, zawierającym polecenie dla księcia Repnina, rosyjskiego ambasadora w Warszawie, by wymienił ten list na dwie papużki, których figle podbiją serce mojej córki.

„Kiedy wrócisz, Daria zostanie prześliczną dworką, gotową do zawarcia znakomitego małżeństwa – pisze mi Katarzyna. – Rosja nie zapomina o swoich przyjaciołach".

Myślę o deszczu, rozcinającym ciemności wokół pałacu w Ropszy, łomoczącym o szyby. Widzę drzewa wyginane porywistym wiatrem, kłoniące się aż ku ziemi; pola nasiąkające wodą, glebę rozmiękłą w błoto.

Tamtej nocy, piątego dnia po przewrocie, nie było żadnej niezamierzonej sprzeczki, żadnej pijackiej burdy, żadnego wypadku.

Otworzyły się drzwi. Mężczyzna z blizną na twarzy, który wszedł do komnaty Piotra, nie miał żadnej broni. Nie potrzebował jej. Potrafi łamać podkowy gołymi rękami.

Nie potrzebował też rozkazów. Wiedział, czego chce caryca. Znał cenę cesarskiej przyjaźni.

Wyobrażam sobie Piotra, który, szlochając, pada na kolana i błaga, żeby go oszczędzono. „Czemu miałaby się obawiać takiego głupca jak ja? Chcę tylko żyć w spokoju!" Jego głos, dziecinnie piskliwy ze strachu, staje się coraz głośniejszy i coraz bardziej histeryczny.

Modlę się o przeszłość, jakby można ją było jeszcze zmienić. Spraw, dobry Boże, by Piotr był zbyt pijany, żeby zauważyć, kiedy ręce Aleksieja Orłowa zacisną się na jego gardle. By Aleksiej się nie ociągał, bo kiedy nie zostaje już nic innego, jedyną łaską jest szybka śmierć.

$\mathcal{B}$iorę do ręki broszurkę, którą wyszukał dla mnie pan Korn. Prosta mapka, rysunek dworu z dwiema kolumnami u wejścia. „Nieduża posiadłość wraz ze stajnią, wozownią i dobrze utrzymanym sadem, szesnaście kilometrów na południe od Krakowa". Właściciel zmarł bezpotomnie. Spadkobierca, daleki kuzyn, uważa, że to dla niego obciążenie. Zależy mu na pieniądzach.

Majątek nazywa się Wyszyń. Właśnie go kupiłam.

Leży daleko od rosyjskiej granicy, mówię sobie. Przyszłość jest ważniejsza niż przeszłość.

$\mathcal{D}$o rąk własnych Jej Wyskości Imperatorowej Wszechrusi" – „ zaczynam list, który najpierw naszkicuję, a potem przepiszę najstaranniejszym pismem. Katarzyna przyjmie moją decyzję z zadowoleniem, powtarzam sobie. Nie będzie musiała więcej na mnie patrzeć. Moja twarz przypominałaby jej tylko o dawnych marzeniach.

Czas działa na moją korzyść.

Po kilku miesiącach w podróży nie jestem już na bieżąco z tym, co dla carycy najważniejsze. Zaczęłam wieść życie prowincjuszki, osobne, samotne, ograniczone do wąskiego kręgu znajomych.

Daria nie zostanie dworką Katarzyny. Wytłumaczę mojej córce dlaczego. Zostaniemy w Warszawie do koronacji Stanisława, a potem wyjedziemy do mojego nowego domu. Chcę schować się w cień, zniknąć. Chcę, żeby o mnie zapomniano.

Nie byłam jej jedyną zausznicką, powtarzam sobie. Bycie jedną z wielu ma swoje dobre strony.

Za Wyszyń zapłaciłam pieniędzmi przywiezionymi z Rosji, moją nagrodą za udział w spisku Katarzyny. Jak dotąd tylko pan Korn wie, że wyjeżdżamy zaraz po koronacji, i dochowa tajemnicy.

Mój list zaczynam od drobnego nawiązania do *monsieur* Voltaire'a, wiedząc, jak wysoko ceni go teraz Katarzyna. Pod koniec *Kandyda* znajduje się fragment, w którym prosty starzec oświadcza, że ci, którzy mieszają się w sprawy publiczne, czasami marnie kończą, a on chce tylko w spokoju uprawiać swój ogródek.

„Mądrość bijąca z tych linijek porusza mnie głęboko" – piszę do Katarzyny, prosząc ją, żeby zechciała mnie zwolnić z cesarskiej służby.

Słowa, które przychodzą mi na myśl, są proste, lecz w moim liście będę je musiała ukryć: „Wiem, co władza potrafi zrobić z sercem. Znam cenę strachu. Twój świat nie jest światem, którego chcę dla mojej córki".

Odzywają się kościelne dzwony. Biją po trzy razy. „Na *Anioł Pański*", jak się tutaj mówi. Daria wraca ze spaceru. Z przedpokoju, gdzie zdejmuje właśnie płaszcz i rękawiczki, dobiega mnie jej dźwięczny, radosny głos.

– Jesteś, *maman*? – woła. – Wreszcie je znalazłam!

Powoli traci swój cudzoziemski akcent, podchwytuje nowe polskie słowa. Któregoś razu jakiś starszy mężczyzna obrzucił obelgami ją i Maszę, kiedy rozmawiały na ulicy po rosyjsku. Daria nie popełniła więcej tego błędu. Za mniej więcej rok nikt już nie będzie pamiętał, że nie jest rodowitą Polką.

Nie słyszę już żadnych skarg na Warszawę. Daria dobrze sypia i budzi się pełna energii, by doglądać rozpakowywania swoich kufrów. Niedługo będzie musiała spakować je z powrotem.

Wchodzi do mojego pokoju z niewymuszonym wdziękiem, tak często chwalonym przez Stanisława. Jej koronkowe rękawy nigdy nie zahaczają o oparcia krzeseł, jej stopy w ozdobionych klamrami pantofelkach nigdy nie zaplątują się w fałdy obrusa.

– Co takiego znalazłaś, *kisońka*? – pytam.

Moja córka siada na szezlongu i zwraca ku mnie twarz. Ze ściśnięciem serca po raz kolejny uświadamiam sobie, że ma ciemne oczy Igora.

– Ptaki, które mi się naprawdę podobają!

Po obejrzeniu tuzina papug, różowych, żółtych, zielonych, Darieńka wybrała sobie w końcu urodzinowy prezent obiecany jej przez Katarzynę. Parka pochodzi z Indii i ma opalizujące zielone upierzenie z czarnym kołnierzem. Papużki nie mówią jeszcze wiele, ale Daria wie, jak je nauczyć. Lekcje będą się odbywały wieczorami, zawsze o tej samej porze. Najpierw będzie im musiała podać kawałek chleba umoczony w winie, przykryć klatkę suknem, wygasić światła i głośno powtarzać wybrane słowa lub wyrażenia. Potem, już przy świetle, będzie powtarzać te same słowa, trzymając przed papużkami zwierciadło, tak żeby myślały, że mówi do nich inny ptak.

Patrzę na ożywione rysy mojej córki, na jej gładkie policzki i błyszczące oczy.

– Czy pamiętasz, jak caryca bała się, że wypuścisz jej ptaki w Oranienbaumie? – pytam.

– Co za głupstwa przypominają ci się o mnie! – woła Darieńka i cała rozpromieniona, wybucha śmiechem. Zrywa się z miejsca i całuje mnie w czubek głowy. To jej nowy zwyczaj, który sprawia, że czuję się malutka.

Zbieram w sobie wszystkie siły, jakie mi pozostały.

– Muszę ci coś powiedzieć – mówię.

Szturcham pogrzebaczem brzozowe polano, płonące w kominku. Rozpada się w garść żaru.

– O co chodzi, *maman*? – pyta Daria. – To jakaś niespodzianka? Kręcę głową.

Marszczy nos jak królik. Jest taka śliczna, że moje serce mięknie i ściska się zarazem.

– Posłuchaj – zaczynam. – Opowiem ci historię.

– Prawdziwą?

– Tak – potwierdzam. – Najprawdziwszą.

Dwór rosyjski
(1744–1764)

Caryca Elżbieta Piotrowna, młodsza córka Piotra I Wielkiego i jego drugiej żony Katarzyny I

Wielki książę Piotr Fiodorodowicz (Karol Ulryk), późniejszy car Piotr III

Wielka księżna Katarzyna Aleksiejewna (Zofia), księżniczka Anhalt-Zerbstu. Po dokonaniu zamachu stanu caryca Katarzyna II

Księżna Joanna Anhalt-Zerbst, matka Katarzyny

Aleksy Piotrowicz Bestużew-Riumin, kanclerz Rosji na dworze carycy Elżbiety, później zastąpiony przez wicekanclerza Woroncowa

***Das Fräulein*, hrabianka Woroncowa**, jedna z dworek Katarzyny, bratanica wicekanclerza i siostra księżnej Daszkowej; faworyta cara Piotra III

Księżna Daszkowa, dworka

Iwan Iwanowicz Szuwałow, dworzanin i faworyt carycy Elżbiety

Siergiej Sałtykow, dworzanin

***Sir* Charles Hanbury Williams**, ambasador Wielkiej Brytanii na rosyjskim dworze

Hrabia Stanisław Poniatowski, poseł na rosyjskim dworze, w 1764 roku obrany królem Polski

Orłowowie, Grigorij i jego młodszy brat Aleksiej, oficerowie gwardii z Pułku Izmaiłowskiego

Francesco Bartolomeo Rastrelli, nadworny architekt carycy Elżbiety

Hrabia Aleksy Razumowski, „car nocy", faworyt carycy Elżbiety

Hrabia Lestocq, francuski chirurg uszlachcony przez carycę Elżbietę

Podziękowania

Katarzyna Wielka. Gra o władzę to powieść historyczna, inspirowana i posiłkowana licznymi znakomitymi biografiami Katarzyny Wielkiej i książkami o jej dworze. Szczególnie wiele zawdzięczam książkom Virginii Rounding *Catherine the Great. Love, Sex, and Power*, Simona Dixona *Catherine the Great*, Johna T. Alexandra *Catherine the Great. Life and Legend* oraz Isabel de Madariagi *Catherine the Great. A Short History*. Ponadto sama Katarzyna Wielka opisała swoją młodość w pamiętnikach i listach, do których często sięgałam, nawiązując do jej słów i obserwacji w mojej powieści.

O autorce

Ewa Stachniak, z urodzenia wrocławianka, absolwentka anglistyki Uniwersytetu Wrocławskiego i Uniwersytetu McGill w Montrealu. Od 1981 roku mieszka w Kanadzie. Karierę pisarską rozpoczęła od opowiadań publikowanych w kanadyjskich magazynach literackich. Wydała dotychczas trzy powieści: *Konieczne kłamstwa*, *Ogród Afrodyty* oraz *Dysonans*. Obecnie pracuje nad kontynuacją opowieści o losach Katarzyny Wielkiej.

Spis treści